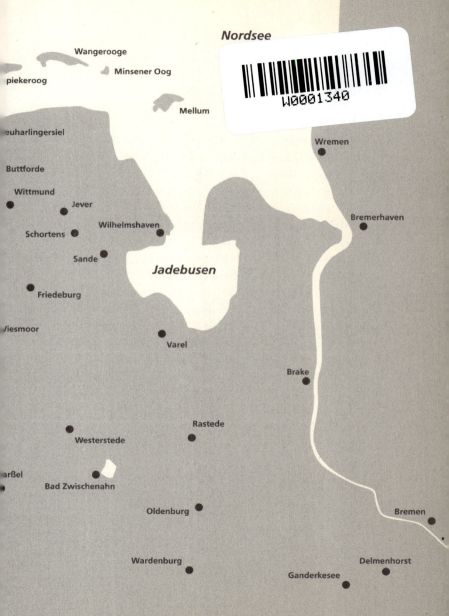

Die Hoffnung stirbt zuletzt, dachte er noch, bevor das Wasser ihn mitriss. Aber jetzt hatte er keine Hoffnung mehr.

Eine Schulklasse hat mit ihrem Lehrer eine Wattwanderung gemacht. Und ist ohne ihn zurückgekommen. Da gibt es zwei Möglichkeiten, denkt sich Ann Kathrin Klaasen. Entweder war er ein verantwortungsloser Mensch, der seine Klasse in große Gefahr gebracht hat, und dabei selbst ums Leben gekommen ist. Oder ein paar teuflische Schüler haben die Situation ausgenutzt, um einen unliebsamen Lehrer loszuwerden … Doch als eine Leiche im Watt auftaucht, stellen sich plötzlich ganz andere Fragen.

Denn der Tote ist nicht ertrunken, sondern er wurde erschossen.

Klaus-Peter Wolf, 1954 in Gelsenkirchen geboren, lebt als freier Schriftsteller in der ostfriesischen Stadt Norden, im gleichen Viertel wie seine Kommissarin Ann Kathrin Klaasen. Wie sie ist er nach langen Jahren im Ruhrgebiet, im Westerwald und in Köln, an die Küste gezogen und Wahlostfriese geworden.

Seine Bücher und Filme wurden mit zahlreichen Preisen ausgezeichnet, u. a. mit dem Anne-Frank-Preis, dem Erich-Kästner-Preis, dem Rocky Award (Kanada) und dem Magnolia Award (Schanghai).

Bislang sind seine Bücher in 24 Sprachen übersetzt und über acht Millionen Mal verkauft worden. Mehr als 60 seiner Drehbücher wurden verfilmt, darunter viele für »Tatort« und »Polizeiruf 110«.

Sein Roman »Ostfriesensünde« wurde von den Lesern der »Krimi-Couch« zum »Besten Kriminalroman des Jahres 2010« gewählt.

www.klauspeterwolf.de
www.fischerverlage.de

KLAUS-PETER WOLF

OSTFRIESEN ANGST

Kriminalroman

Fischer Taschenbuch Verlag

Die Ann-Kathrin-Klaasen-Serie

Ostfriesenkiller (Bd. 16667)
Ostfriesenblut (Bd. 16668)
Ostfriesengrab (Bd. 18049)
Ostfriesensünde (Bd. 18050)
Ostfriesenfalle (Bd. 18083)

7. Auflage: September 2012

Originalausgabe
Veröffentlicht im Fischer Taschenbuch Verlag,
einem Unternehmen der S. Fischer Verlag GmbH,
Frankfurt am Main, März 2012

© S. Fischer Verlag GmbH, Frankfurt am Main 2012
Satz: Dörlemann Satz, Lemförde
Druck und Bindung: GGP Media GmbH, Pößneck
Printed in Germany
ISBN 978-3-596-19041-6

»Andere haben ein schickes Auto und eine Ferienwohnung.
Ich leiste mir den Luxus einer eigenen Meinung
– das ist viel teurer.«
Ann Kathrin Klaasen, Hauptkommissarin, Kripo Aurich

»Bin ich ein Barhocker?
Muss ich mit jedem Arsch klarkommen?«
Rupert, Kommissar, Kripo Aurich

»Nicht jammern. Einfach besser sein!«
Ubbo Heide, Kripochef Aurich / Wittmund

Das Schlimmste war: Bollmann wusste genau, dass er keine Chance hatte. Das Wasser im Priel war zu einem reißenden Fluss geworden. Er versuchte, sich mit einer Hand an einem Muschelhaufen festzuhalten. Es waren wilde Austern, die ihre Kolonie aber nicht auf einem Felsen gebildet hatten, sondern auf einer Miesmuschelbank. Die scharfen Schalen schnitten in seine Finger, trotzdem zog er sich hoch, drückte sogar sein Gesicht dagegen, ja versuchte, sich festzubeißen.

Unter seinem Gewicht lösten sich die Austern ab, und er verlor den letzten Halt.

Es kam ihm vor wie ein makabrer Witz. Wie oft hatte er gesagt, für Austern würde er sterben? Wie oft hatte seine Frau ihn gewarnt, das glibbrige Zeug würde ihn noch umbringen? Aber er liebte es, frische Austern zu schlürfen. Mit Zitrone. Oder mit einem Spritzer Sekt.

Jetzt würde er mit Austern in der Hand verrecken. Hier, in seiner geliebten Nordsee, zwischen Norderney und Norddeich, im Watt.

Er schluckte Salzwasser und hustete.

Er stellte zu seiner eigenen Verblüffung fest, dass es pazifische Austern waren, die hier wilde Kolonien gebildet hatten.

Die Hoffnung stirbt zuletzt, dachte er, und Hoffnung hatte er keine mehr.

Er spürte seine Beine nicht. Vom Bauchnabel an abwärts war er wie gelähmt.

Bollmann hatte eigentlich vorgehabt, sich nach der Pensionierung hier, am Küstenstreifen, niederzulassen. Er glaubte, Ostfriesland sei ein guter Ort, um alt zu werden und um den Lebensabend zu genießen. Er hatte sich mit seiner Frau sogar gegen ihren anfänglich heftigen Widerstand auf eine Seebestattung geeinigt.

Sie hatte behauptet, eine Seebestattung sei für den überlebenden Partner keine gute Lösung. Sie selbst bräuchte für sich einen Ort der Erinnerung, an den sie gehen könnte, um ihm nah zu sein, falls er vor ihr sterben sollte, was Gott verhindern möge, denn sie fürchtete nichts mehr als das Alleinsein.

Nun, eine Art von Seebestattung war das hier ja im Grunde. Er hoffte für seine Frau und seine Schüler, dass er nicht als Wasserleiche gefunden werden würde.

Wenn das Meer mich nimmt, dann soll es mich auch ganz nehmen, dachte er. Sie sollen mich so in Erinnerung behalten, wie ich gelebt habe. Ich will nicht irgendwo aufgeschwemmt und angefressen an Land gespült werden.

Er schaffte es nicht, sich über Wasser zu halten. Eine Qualle platschte in sein Gesicht.

Rita Grendel konnte sich das Gekrampfe nicht länger mit ansehen. Mit ungeschickten Fingern versuchte Ann Kathrin Klaasen, aus einer weißen und einer roten Serviette eine Papierblume zu formen. Das Gebilde sah aber eher aus wie ein leck geschossenes Piratenschiff.

Rita nahm es ihr aus der Hand und zeigte ihr Schritt für Schritt, wie es geht.

Nach der Bastelanleitung gelang Ann Kathrin eine einigermaßen ansehnliche Papierblume.

Frank Weller sah ihr dabei gespannt zu, drückte ihr innerlich die Daumen und klatschte jetzt übertrieben Beifall.

Ann Kathrin sah ihn tadelnd an. »Ich habe eine Papierrose gebastelt, Frank, nicht das Empire-State-Building gebaut.«

Rita grinste. »Wenn ich Fernsehkrimis gucke, dann leben die Kommissarinnen immer in kaputten Beziehungskisten oder haben gar kein Sexualleben mehr. Aber wenn ich euch zwei Turteltäubchen sehe, dann stimmt entweder mit euch etwas nicht oder mit den Fernsehkrimis! Tut mir richtig leid, euch trennen zu müssen. Aber nach alter ostfriesischer Sitte machen die Frauen jetzt hier in der Stube die Blumen und die Männer draußen den Bogen.«

Peter Grendel stimmte ihr zu. Er stand in der Tür und füllte den gesamten Rahmen aus. Er zog Weller zu sich.

Weller hielt noch die mitgebrachte Schnapsflasche in der Hand.

Peter Grendel betrachtete den Aquavit kritisch und lachte: »Wie schrecklich muss denn Schnaps schmecken, den man erst in Fässern über den Äquator schippern muss, damit man ihn überhaupt trinken kann?«

Ann Kathrin zwinkerte ihrem Frank zu. Er las in ihrem Blick: *Siehst du. Hier trinkt man Doornkaat, Liebster, Norder oder wenigstens Corvit.*

Peter Grendel klopfte Weller auf die Schulter. Der knickte fast in den Knien ein.

»Keine Angst, wir lassen dich mit deinem Klaren nicht hängen. Wir helfen dir dabei, den zu vernichten. Da sind wir Kumpels, ist doch klar. Und jetzt komm mit nach draußen.«

Peter hatte Handschuhe für alle Männer dabei. Die waren Frank Weller allerdings ein paar Nummern zu groß.

Peter Grendel hatte die Tür von dem neuen Nachbarn bereits ausgemessen und den Holzrahmen für den Bogen geschnitten. Die Männer umwickelten den Rahmen jetzt mit Tannenzweigen.

»Es ziehen immer mehr Nordrhein-Westfalen zu uns, aber gerade deshalb ist es wichtig, solche Traditionen aufrechtzuerhalten«, sagte Peter Grendel nicht ohne Stolz. »Die neuen Nachbarn sollen wissen, dass sie willkommen sind.«

Alle Bewohner der Straße halfen mit. Der gesamte Distelkamp hatte sich versammelt. Es war gar nicht genug Arbeit für alle da, dafür aber genug Bier.

Laura Godlinski warf sich auf dem Deich ins Gras. Sie wurde von einem Heulkrampf geschüttelt und wollte nur noch nach Hause. Sie konnte diese Rufe nach Bollmann nicht mehr ertragen. Selbst Felix und Kai, die sonst aus allem einen Witz machten, hatten ihre Clownsgesichter verloren. Das blanke Entsetzen war ihnen anzusehen.

Noch vor kurzem hatten sie Bollmann verflucht und ihm die Pest an den Hals gewünscht. Jetzt fieberten sie mit dem Seenotrettungsdienst, und wenn Laura sich nicht täuschte, betete Felix sogar heimlich.

Zwei Hubschrauber kreisten über ihnen. Es war noch hell, doch Laura wusste, dass all das Suchen sinnlos war. Niemals würde sie den Rettungskräften erzählen, was im Watt geschehen war, und der Polizei schon gar nicht. Aber sie schämte sich wie noch nie zuvor in ihrem Leben, und am liebsten wäre sie auch gestorben oder zu Hause bei ihrer kiffenden Mutter gewesen, die mal wieder einen neuen Freund hatte. Natürlich einen Gitarristen. Sie verliebte sich nie in Schlagzeuger oder den Bassmann. Nein, es musste immer der Frontmann sein. Sänger und Leadgitarrist.

Auch Bollmann spielte Gitarre. Konzertgitarre. Sie sah ihn jetzt wieder vor sich – so lebendig! Er spielte wieder diese alten Woodstocksongs.

Sie schüttelte sich. Nein, sie wollte diese Bilder jetzt nicht sehen. Sie sollten raus aus ihrem Kopf.

Frau Müller-Silbereisen kam über den Deichkamm auf Laura zu. Die Lehrerin schwankte. Manchmal wusste Laura ganz genau, was passieren würde, kurz bevor es geschah. Dies war so ein Moment.

Frau Müller-Silbereisen lächelte noch milde, doch dann brach sie zusammen. Ihr Körper rollte den Deich hinunter, wie Kinder es manchmal übermütig taten, nur war Frau Müller-Silbereisen ohnmächtig und drohte gegen die steinernen Wellenbrecher zu schlagen.

Laura packte ihre Füße und hielt sie fest. Mit dem Oberkörper lag Frau Müller-Silbereisen schon auf dem Asphalt, mit den Beinen aber noch im Deichgras.

Laura fuhr Felix und Kai an: »Was glotzt ihr so? Vielleicht helft ihr mir mal?!«

Aber bevor die zwei bei ihnen waren, hob Frau Müller-Silbereisen schon ihren Kopf. Sie riss die Augen weit auf und verzog den Mund zu einem irren Lächeln. Sie wischte sich mit einer fahrigen Bewegung die Haare aus der Stirn und versuchte aufzustehen.

»Ich bin okay«, sagte sie, »es geht mir gut. Alles in Ordnung.« Dann brach sie erneut zusammen.

Ann Kathrin Klaasen war ganz stolz auf sich, weil sie die Blumen inzwischen so schön hinkriegte. Es lagen schon zweiundzwanzig vor ihnen auf dem Tisch.

Rita Grendel schenkte Ostfriesentee nach. Es war schon die vierte Tasse. Eigentlich hätte Ann Kathrin lieber Kaffee getrunken oder ein Glas Rotwein, aber sie wollte kein Sakrileg begehen. Dies hier war ein ostfriesisches Ritual und sie, als Zugereiste, hatte den Ehrgeiz, es besonders richtig zu machen.

Vom Tee und vom Schnaps war ihr ein bisschen flau, aber es

lagen Frikadellen von Meister Pompe auf dem Tisch und sie aß schon die dritte, um den Abend durchzustehen.

»Als ich mit meinen Eltern von Gelsenkirchen zunächst nach Köln gezogen bin, ist dort kein Mensch auf die Idee gekommen, unsere Tür zu bekränzen und uns willkommen zu heißen«, sagte Ann Kathrin.

Draußen hörten sie die Männer lachen. Die Frauen gingen gemeinsam raus, um zu schauen, wie weit die Männer waren. Das Fässchen Bier war leer und das Holz des Bogens unter dem Tannengrün gar nicht mehr zu erkennen.

Fritz Lückemeyer kam auf dem Fahrrad vorbei, um bei einem Freund, der im Urlaub war, die Mülltonne herauszustellen. Er hielt an, und nachdem er den Bogen genügend bewundert und einen Schnaps mitgetrunken hatte, erwähnte er, dass in Norddeich irgendetwas Schlimmes passiert sein müsste.

»Ich bin bei Diekster Köken am Deich entlanggeradelt. Da ist ein großer Aufwand an Rettungskräften.«

Ann Kathrins und Wellers Handys meldeten sich mit nur wenigen Sekunden Abstand. Ann Kathrins Handy heulte wie ein in Not geratener Seehund, Wellers spielte »Piraten Ahoi!«.

»Du hattest mir doch versprochen, das Ding zu Hause zu lassen«, tadelte Rita Grendel ihre Freundin, doch da hatte Ann Kathrin ihr Gerät schon am Ohr.

»Nein, Ubbo. Egal, was du mir erzählen willst, wir kommen jetzt nicht. Wir machen gerade einen Bogen für die neuen Nachbarn und …«

Ihr Chef Ubbo Heide atmete schwer. Er klang müde und heiser. Er versuchte wie immer, durch Sachlichkeit zu überzeugen: »Ann, eine Schulklasse hat mit ihrem Lehrer eine Wattwanderung gemacht. Und sie sind ohne ihn zurückgekommen. Es gibt zwei Möglichkeiten. Entweder hat ein verantwortungsloser Lehrer seine Klasse ohne Wattführer in große Gefahr gebracht, ist dabei ums Leben gekommen, und wir müssen froh sein, dass die Schüler es überlebt haben, oder eine paar teuflische Kids haben die Situation genutzt, um einen unliebsamen Pauker loszuwerden ...«

Er sprach nicht weiter.

»Von uns kann keiner mehr fahren«, sagte Ann Kathrin.

»Das ist mir egal. Ich brauche euch hier. Nehmt euch ein Taxi. Ich kann euch keinen Wagen schicken. Hier ist die Hölle los. Und in ein paar Stunden werden hier die Eltern dieser Kinder anrücken. Mit ihren Anwälten und Psychologen. Bis dahin sollten wir wissen, ob sie Opfer oder Täter sind.«

Ann Kathrin nickte Weller zu. Er hatte die aufgeregte Sylvia Hoppe am Handy, die ihn anflehte, sofort nach Norddeich zu kommen. Sein Handy war wie immer so laut gestellt, dass alle Umstehenden mithören konnten.

»Wieso Norddeich? Wer geht denn von Norderney nach Norddeich? Das ist wegen der tiefen Priele und des Fahrwassers doch kaum möglich. Wattwanderungen nach Norderney starten in Neßmersiel und führen auch dahin zurück.«

»Ja, diese und viele andere Fragen gilt es zu klären. Du kannst dir nicht vorstellen, was hier los ist. Wir haben es mit halbtoten Kindern zu tun. Wir wissen noch nicht einmal, wie viele fehlen.«

Ann Kathrin machte eine schneidende Handbewegung durch die Luft. »Wir kommen!«

Ein Taxi der Firma Driever fuhr durch den Distelkamp und wollte eigentlich in den Roggenweg. Peter Grendel rannte hin und hielt das Taxi an. »Das ist ein Notfall«, sagte er. »Kannst du die Kommissarin nicht ...«

»Aber klar, Peter.« Der Taxifahrer war sofort bereit, Ann Kathrin und Weller nach Norddeich zu fahren.

Ann Kathrin stieg hinten ein und telefonierte noch einmal mit Ubbo Heide.

»Wir brauchen alle Wattführer vor Ort. Auf deren Sachverstand können wir jetzt nicht verzichten. Tamme. Kurt Knittel. Niko. Anita. Heiko. Die ganze Bande!«

Der Taxifahrer bog auf die Norddeicher Straße ein. Er wischte sich mit dem Handrücken über den Mund und sagte: »Also, wenn Sie mich fragen, die haben den umgelegt.«

»Wer wen?«, fragte Weller.

»Die Schüler ihren Lehrer. So eine Gelegenheit hätten wir uns damals auch nicht entgehen lassen. Ich habe meinen Mathelehrer gehasst ...«

Von hinten meldete sich Ann Kathrin Klaasen zu Wort: »Woher wissen Sie denn von der Sache? Man hat uns erst vor ein paar Minuten informiert.«

»Mein Bruder ist bei der Freiwilligen Feuerwehr. Den haben sie vorhin angerufen, ob er nicht ...«

»Freiwillige Feuerwehr? Was hat die denn damit zu tun?«

»Ich glaube, die brauchen gerade jeden Mann. Es weiß doch keiner, wie viele Schüler noch im Watt herumirren. Der muss doch bekloppt gewesen sein!« Der Fahrer tippte sich heftig gegen die Stirn. »Von Norddeich-Mole nach Norderney! Ich glaube, ich habe schon Wollpullover getragen, die hatten einen höheren IQ als dieser Typ.«

Weller sah sich nach hinten zu Ann Kathrin um. Sie hatten sich beide diesen Abend anders vorgestellt.

Die untergehende Sonne färbte den Himmel jetzt blutrot. Als sie auf Höhe von Ollis Tankstelle waren, kam auf Ann Kathrins Handy eine SMS von Rita Grendel an.

Falls ihr es heute nicht mehr schafft, soll ich dann eure Unterschriften auf dem Willkommensschild für die neuen Nachbarn fälschen?

Trotz der dramatischen Situation tat Ritas Witz Ann Kathrin gut. Sie antwortete knapp: *Ja, bitte tu das.*

Direkt vor Metas Musikschuppen stoppte das Taxi. Weller zahlte und ließ sich eine Quittung geben, während Ann Kathrin bereits ausstieg, die Deichtreppe hochging und sich die Szene von weitem ansah. Sie fühlte sich betrunken, und es war, als würde ihr der Alkohol mit jeder Stufe mehr zu Kopf steigen. Sie sah uniformierte Kollegen aus Norden und aus Aurich und sogar einige, die sie gar nicht kannte. Sie schätzte, dass zwischen Diekster Köken und Utkiek mindestens fünfzig, sechzig Menschen herumrannten.

Obwohl es noch hell war, liefen Hilfskräfte mit Taschenlampen herum und Lichtkegel von Hubschraubern und Rettungsbooten tasteten das Meer ab.

Der Nordwestwind brachte kühle Luft. Abseits vom Geschehen ließen sich hunderte Möwen auf dem Deichkamm nieder. Aus Ann Kathrins Position sah es aus, als hätte jemand eine weiße Decke über die Wiese geworfen. Der Wind bewegte sie wellenförmig.

Weller tauchte hinter ihr auf. Er fragte sich, wieso sie nicht zu den Kollegen ging, sondern hier stand und die Möwen betrachtete. Er ahnte, dass er aus dieser Frau nie wirklich schlau werden würde.

Sie schien sein Kommen nicht bemerkt zu haben.

»Packt Christo jetzt Deiche ein?«, fragte er.

Ann Kathrin reagierte nicht, als sei sie in tiefer Meditation versunken und wolle eins werden mit der Landschaft.

Er stellte sich vor sie, so dass sie ihn ansehen musste. »Christo«, erklärte er gestikulierend. »Dieser Typ, der den Bundestag eingepackt hat ...«

Fast abwesend, als würde sie gar nicht wirklich zu ihm sprechen, antwortete sie: »Ich weiß, wer Christo ist. Er hat nicht den Bundestag eingepackt, sondern den Reichstag.«

Nicht weit von ihnen entfernt, am Rand vom Hundestrand, stieß ein erregter Schüler den Polizisten Paul Schrader mit beiden Händen gegen die Brust. Schrader stolperte und fiel hin. Der Junge lief in Richtung Ann Kathrin und Weller den Deich hoch.

Paul Schrader brüllte. »Haltet ihn!«

Weller wollte dem Rothaarigen den Weg abschneiden. Wenn er geahnt hätte, dass gerade einer der besten Bochumer Sprinter vor ihm weglief, hätte er sich vermutlich geschickter angestellt. So machte der Jugendliche Weller klar, dass er längst zu einer lahmen Ente geworden war.

Ann Kathrin blieb fast bewegungslos stehen, und der Schüler rannte ihr praktisch in die Arme. Vielleicht nahm er eine Frau nicht ernst oder schätzte sie nicht als Kripobeamtin ein. Sie stoppte ihn mühelos. Dann sah sie in sein trotziges Kindergesicht.

Er hatte ein irisches Aussehen. Lange rote Locken und eine sehr weiße Haut, von vielen Sommersprossen gesprenkelt. Er musste eine starke Sonnencreme benutzt haben, die sein Gesicht wie Wachs überzog. Er war dünn und lang. Sein Hemd flatterte aus der Hose, sein Bauchnabel lag frei. Er trug billige Turnschuhe ohne Socken. Ann Kathrin vermutete, dass er so durchs Watt gelaufen war. Er hatte die Hosenbeine bis zu den Knien aufgekrempelt und an seinen Waden klebten angetrocknete Matschspuren.

»Kann ich Ihnen helfen?«, fragte Ann Kathrin.

Er sah sie an, als würde er darüber nachdenken, ob er ihr einen Faustschlag verpassen oder sich lieber in ihren Armen ausheulen sollte. In ihm kämpften Trauer, Wut und Verzweiflung.

»Mein Name ist Ann Kathrin Klaasen. Ich bin Hauptkommissarin aus Aurich.«

»Lassen Sie mich in Ruhe! Sie sind ja besoffen!«

Unwillkürlich hielt Ann Kathrin sich die Hand vor den Mund. »Ja, da haben Sie vielleicht nicht ganz unrecht.«

Er wollte weiter, aber Ann Kathrin hielt ihn fest. Schrader und

Weller kamen angehechelt. Sie gab ihnen ein Zeichen, sie sollten jetzt besser keine Hektik veranstalten und nicht noch mehr Aufregung in die Situation bringen. Weller verstand das sofort, Schrader nicht. Er hätte den jungen Mann am liebsten festgenommen.

Weller konnte Schrader nicht daran hindern, näher zu kommen, aber wenigstens brachte er ihn dazu, langsam zu gehen.

»Ich habe eigentlich frei«, stellte Ann Kathrin klar. »Ich hatte mich auf einen schönen Abend mit meinen Nachbarn gefreut.«

»Ha!«, lachte der rothaarige Junge und wischte sich die Haare aus dem Gesicht. Der Wind wühlte darin und ließ ihn wüst aussehen. Ein paar Locken standen wie Antennen hoch.

»Sehen Sie, da geht es Ihnen genauso wie uns allen. Der Bollmann hat jedem den Spaß vermiest. Darin war er geradezu Fachmann. Perfekt! Der hätte ein Fachbuch darüber schreiben können, wie man anderen am besten die Petersilie verhagelt.«

»Bollmann ist Ihr Lehrer?«

»Sie haben wohl überhaupt keine Ahnung, was? Um den geht's doch!«

Er drehte sich um und zeigte aufs Meer in Richtung Norderney. »Bloß weil der nicht ertragen hat, dass die Müller-Silbereisen mit uns zum Golf wollte!«

»Zum Golf? Nach Lütetsburg?«

»Ja. Und ein paar von uns hatten da echt Bock drauf. Aber für den Bollmann ist das nicht mal ein Sport. Für den zählen nur Sachen, die mit dem Meer zu tun haben. Segeln, Surfen, Angeln, Wattwandern ...«

Weller und Schrader waren jetzt bei ihnen. Schrader klopfte sich die Kleidung ab. Sein Rücken und die Ärmel seiner Jacke waren voll Sand.

»Sie haben also die Wattwanderung nicht mitgemacht?«

»Doch, und ob. Die Müller-Silbereisen konnte sich ja nie gegen den Bollmann durchsetzen. Der hat immer seinen Willen gekriegt. Und dann mussten wir alle diese bescheuerte Wattwanderung machen.«

Ann Kathrin zeigte auf seine Hose. »Sie sehen aber nicht aus wie jemand, der versucht hat, von Norddeich nach Norderney zu gehen. Da wären Sie doch bis zur Brust versunken.«

»Ja, ich bin doch nicht bescheuert! Ich bin umgekehrt, wie die meisten. Nur die Hardliner und die echten Bollmann-Fans sind weiter mitgelaufen.«

»Und warum sind Sie gerade vor meinen Kollegen weggerannt?«

Er sah sich nach Weller und Schrader um. »Weil ich keinen Bock mehr hab! Es reicht mir! Mir ist kalt, ich hab Hunger, ich will nach Hause!«

»Das kann ich verstehen. Aber ganz so einfach geht das nicht. Wir müssen erst Ihre Personalien aufnehmen, und wir brauchen auch alle sachdienlichen Hinweise.«

»Die Personalien haben wir bereits«, brummte Schrader.

Ann Kathrin nickte ihm dankbar zu.

»Das ist William Schmidt aus Bochum«, stellte er ihn vor. »Siebzehn Jahre alt und Klassensprecher.«

»Schulsprecher«, korrigierte William Schmidt ihn.

»Hat Ihre Familie irische Wurzeln?«, fragte Ann Kathrin.

»Mein Vater kommt aus dem Westerwald und meine Mutter aus Gelsenkirchen.«

Unten auf dem Parkplatz wurden mehrere entkräftete Schüler in ein Polizeiauto verfrachtet und nach Norden zur Wache gefahren. Ann Kathrin deutete mit dem Kopf in die Richtung: »Wollen Sie mitfahren? Da ist es bestimmt warm, und es gibt garantiert auch etwas zu essen.«

»Kommen Sie auch mit?«, fragte William.

Sie spürte, dass schon so etwas wie eine Beziehung zwischen ihnen entstand. Wenn er mit ihr sprach, wirkte er weniger angespannt und nicht so latent aggressiv.

»Ich würde mich gerne mit der Lehrerin unterhalten«, sagte Ann Kathrin in Richtung Schrader. Der zuckte nur mit den Schultern, als hätte er damit gar nichts zu tun.

»Ich will nicht dort einsteigen. Ich werde jetzt dahin gehen«, sagte William und zeigte bestimmt auf Diekster Köken. Das Restaurant war hell erleuchtet, sowohl drinnen als auch draußen saßen Gäste. »Ich werde mir dort ein Riesenschnitzel reinhauen, eine Apfelsaftschorle trinken und …«

»Du wirst das tun, was wir dir sagen!«, hustete Schrader. Er klang ungesund.

»Ich habe mit meinen Eltern telefoniert. Sie dürfen mich nicht festhalten. Ich habe ihnen gesagt, dass ich im Diekster Köken auf sie warte. Sie werden in knapp zwei Stunden hier sein.«

»Von Bochum bis hier in zwei Stunden?«, fragte Weller.

Inzwischen war auch Rupert bei ihnen angekommen und mischte sich ein. »Deine Eltern haben dir vielleicht etwas zu sagen. Aber uns nicht. Wir sind nämlich schon groß. Wir sammeln jetzt dich und all deine Freunde ein, und dann sehen wir uns gemeinsam zu einem Gespräch in unseren Diensträumen wieder.«

Damit Ann Kathrin ihm nicht dazwischenfunken konnte, zischte er in ihre Richtung: »Anweisung von Ubbo Heide.«

Ann Kathrin ging mit Rupert ein paar Meter weiter und ließ sich von ihm auf den augenblicklichen Stand der Ermittlungen bringen.

»Von dem Lehrer gibt es keine Spur. Er heißt Bollmann, ist vierundfünfzig Jahre alt. Die einen lieben ihn, die anderen hassen ihn. Wie das so ist.«

»Sind alle Schüler da?«

»Das ist nicht ganz klar.«

»Wie kann das denn nicht klar sein?«

»Zwei sind angeblich gar nicht mitgegangen. Von denen wissen wir nichts. Vier andere haben die Wattwanderung abgebrochen und sind wieder zurückgegangen.«

»Wie zum Beispiel dieser William.«

»Genau. Eine zweite Gruppe um Frau Müller-Silbereisen hat versucht, das Blatt zu wenden und Bollmann zu überreden, umzukehren, als das Watt zu schwierig wurde. Es muss einen Riesenstreit gegeben haben. Sieben Schüler sind dann mit der Lehrerin zurück. Drei sind bei Bollmann geblieben. Laura Godlinski, Kai Wenzel und Felix Jost. Angeblich ist Bollmann zum Schluss ganz alleine weitergelaufen. Die Lehrerin ist meiner Meinung nach nicht vernehmungsfähig. Ein paar der Schüler haben wir ebenfalls in die Ubbo-Emmius-Klinik gebracht.«

»Aber das hört sich doch alles nicht nach Mord an«, sagte Weller, der inzwischen auf ihrer Höhe lief und es nicht ertragen konnte, wie intensiv Ann Kathrin Rupert zuhörte. Er fühlte immer noch eine tiefe Konkurrenz zu Rupert, und er misstraute ihm in Bezug auf Frauen gnadenlos. Rupert würde seiner Meinung nach alles tun, um Ann Kathrin rumzukriegen.

Es gab Tage, an denen Weller geschworen hätte, dass Ann Kathrin gegen jede Art von Verführungskünsten anderer Männer immun war, aber dann wiederum kam sie ihm sehr gefährdet vor. Das Ganze hatte überhaupt nichts mit ihr und ihrem Verhalten zu tun, sondern mehr mit dem Stand seines eigenen Selbstbewusstseins. Manchmal wachte er morgens auf und fühlte sich klein, blöd und nicht liebenswert. Dann fiel es ihm schwer, an ihre Treue zu glauben. An anderen Tagen wusste er, dass er ein toller Typ war, der keinen Vergleich zu scheuen brauchte.

Heute hatte irgendetwas sein Selbstbewusstsein angeknackst. Vielleicht war es die Tatsache, dass er mit dem Taxi zum Tatort fahren musste.

»Es hört sich eher nach entsetzlicher Halsstarrigkeit an, gepaart mit Unvernunft«, sagte Ann Kathrin. »Aber noch wissen wir im Grunde gar nichts. Vielleicht ist er sogar bis Norderney gekommen und trinkt gerade in der Milchbar einen Tee. Vielleicht ist er irgendwo im Watt versunken.«

»Ja, oder einer seiner tollen Schüler ist hinterhergegangen und hat ein bisschen nachgeholfen.«

»Gibt es denn dafür irgendwelche Anhaltspunkte?«

So sehr dieses Aufgebot an Polizisten und die Betriebsamkeit der Rettungskräfte ihn auch faszinierten, er hielt sich selbst dann noch von ihnen fern, als er ahnte, dass sie ihn nicht suchten. Zweimal hatte er einem Polizeibeamten direkt ins Gesicht gesehen. Einmal, als er einigermaßen sauber beim Haus des Gastes aus den öffentlichen Toiletten kam, wo er sich vom Matsch gereinigt hatte und ein zweites Mal vor Diekster Köken. Sie wussten nichts, und so verrückt es war, sie suchten ihn nicht. Wozu also die Hubschrauber und die Rettungsboote?

Die Welt war unberechenbar verrückt, und genau das war seine Chance.

Er spürte in sich drin eine ungebremste Gier zu leben, endlich frei zu sein und gleichzeitig war da die große Erschöpfung. Er hatte etwas in sich, das trieb ihn immer weiter, nahm kein Signal des Körpers ernst, sondern forderte vollen Einsatz.

Er könnte zu Fuß bis Norden laufen und dort am Bahnhof in einen IC Richtung Luxemburg steigen. In Norddeich-Mole würden sie ihn vielleicht am Bahnsteig suchen, aber wie er sie kannte, nicht mal mehr eine Station weiter in Norden.

Er musste sich kurz hinsetzen. Seine Muskeln spielten nicht mehr mit. Er hatte einen Krampf im rechten Bein. Er fand es zu auffällig, sich einfach am Straßenrand auszuruhen.

Vor dem Ocean Wave standen schon keine Stühle mehr. Die Wasserfontänen bei den tanzenden Steinen vor dem Schwimmbad, zwischen denen die Kinder sonst so gerne herumspringen, waren versiegt. Aber in der Bowlingbahn brannte noch Licht.

Gegenüber, wo das alte Schiff in der Mitte der Straße einen

Blickfang bot, schleppte er sich zum Parkplatz. Er lehnte sich an den Kassenautomaten und sah sich um. Hier war es einfach, an ein Auto zu kommen. Er hätte jede Wette gehalten, dass hier mindestens drei, vier Fahrzeuge nicht abgeschlossen waren.

Hinter dem Parkplatz standen die Wohnwagen in einer Reihe. Die Lichter darin waren verlockend warm. Zwischen den Wagen saßen Camper. Würstchen wurden gegrillt und Bierflaschen geöffnet. Einige Fernsehgeräte liefen.

Er fragte sich, ob bereits über das Ereignis im Watt berichtet wurde. Zu gern hätte er jetzt n-tv gesehen.

Lautes Lachen von Skatspielern ertönte. Eine Mutter rief ihre Kinder.

Er hätte sich zu den Campern gesellen können und garantiert sofort Anschluss gefunden. Unter Urlaubern ging so etwas schnell. Keiner fragte misstrauisch: »Was willst du denn hier?« Jeder war schließlich ein Neuankömmling. Nirgendwo konnte man sich besser verstecken als in einem Urlaubsort. Nirgendwo waren die Menschen argloser und Fremden gegenüber aufgeschlossener.

Der Krampf ließ nicht nach. Es schmerzte bis in die Leistengegend.

Ich könnte mich hier unter ihnen bis morgen verstecken und dann eine Fähre nach Norderney zurück nehmen ...

Der Gedanke gefiel ihm. Sie würden ihn überall suchen, aber bestimmt nicht auf einer ostfriesischen Insel. Schwerverbrecher flohen so weit wie möglich weg von ihrer Tat, dachte er.

Er beschloss, genau das Gegenteil zu tun.

Ich bin ein freier Mann. Ein Tourist unter lauter Urlaubern. Eine bessere Tarnung gibt es nicht.

Der Schmerz im Bein ließ nun nach. Es war, als würde Sand durch seine Adern nach unten in die Füße rieseln. Er spürte sich so sehr. Es war ein fast geiles Gefühl.

Die Pistole drückte an seinem Bauch. Einem kritischen Auge

würde nicht entgehen, dass er unter dem T-Shirt etwas verborgen hielt. Der Gürtel hielt die Waffe über seinem Bauchnabel fest. Sie bildete so etwas wie den Mittelpunkt seines Körpers. Er wusste nicht, wie viele Patronen sich noch im Magazin befanden. Er kannte das Modell nicht einmal. Trotzdem hatte er sie benutzt. Erfolgreich. Am liebsten hätte er sich die Waffe jetzt genau angesehen und sich mit ihr vertraut gemacht, aber dazu stand er zu öffentlich herum.

Ein Pärchen näherte sich zielstrebig dem Parkscheinautomaten. Obwohl die junge Frau ein superkurzes Strandkleid trug, wirkte ihr Freund viel femininer als sie. Die zwei waren frisch verliebt und interessierten sich nur füreinander. Der Rest der Welt war ihnen egal. Vor dem Automaten knutschten sie und beachteten ihn gar nicht.

Für einen Moment überlegte er, die zwei auszurauben oder als Geiseln zu nehmen. Sie würden keinen Widerstand leisten. Er brauchte Bargeld. Er hatte nur noch knapp einhundert Euro. Damit würde er nicht weit kommen.

Er fragte sich, ob sie sein Konto schon gesperrt hatten. Es spielte keine Rolle. Er durfte ohnehin nichts abheben. Mit einer Buchung hätte er sofort seinen Aufenthaltsort verraten.

Die zwei nahmen den Parkschein und gingen Arm in Arm zu einem silbernen Nissan, der seine besten Tage längst hinter sich hatte. Es wäre ein Leichtes für ihn gewesen, sie jetzt mit vorgehaltener Waffe auszurauben und dann in ihrem Auto zu verschwinden. Aber etwas stimmte ihn milde. Er ließ sie fahren und schlenderte rüber zu den Wohnwagen.

Ich kriege, was ich brauche, dachte er. Ich habe es immer bekommen. Irgendwie.

Laura Godlinski wurde von Kai Wenzel und Felix Jost getrennt. Zunächst wurden alle in Norden am Markt 10 in eine Polizeiinspektion gebracht, die von außen eher wie eines der Knusperhäuschen aussah, wie Laura sie an jedem Weihnachten von ihrer Omi geschenkt bekam. Sogar jetzt noch. Ihre Omi backte die Wände selbst aus Lebkuchen und klebte alles mit einer Mischung aus Puderzucker und Eiweiß zusammen.

In der Polizeiinspektion war alles recht funktional und gar nicht weihnachtlich. Es roch auch nicht nach Gebäck und Schokolade oder Gewürzen. Es sah aus wie ein ganz normaler Bürobau. Hier hätte die Buchhaltung eines Unternehmens untergebracht sein können.

Die zuckenden Lichter vom Jahrmarkt draußen erhellten rhythmisch die blassen Gesichter der Schüler und ließen die Szene merkwürdig unwirklich erscheinen, wie in einem Horrorfilm.

Kai Wenzel, der seine Zeit lieber im Internet verbracht hätte als in Ostfriesland, spottete über »die alten Möhren, die die hier als Computer haben«.

»Ja«, grinste Felix Jost, »Mein Handy hat mehr Speicherkapazität als deren Gurken hier.«

Der Flur erinnerte Laura an den Flur der Krankenkasse, bei der sie ein Praktikum gemacht hatte. Seitdem wusste sie, dass sie ganz sicher niemals bei einer Krankenkasse arbeiten wollte, auch nicht, wenn die sich Gesundheitskasse nannte.

Jemand bot den Schülern heißen Tee an. Hagebuttentee. Laura hasste Hagebuttentee.

»Da haben die gegenüber ein Teemuseum, und hier servieren sie uns so eine Plörre!«, beschwerte Anja sich.

Aber noch bevor Laura den Tee ablehnen konnte, wurde sie mit einigen Schülerinnen in ein anderes Gebäude gebracht. Sie mussten quer über den Marktplatz. Die Luft war merklich abgekühlt. Es roch nach Bratwurst und Popcorn. Auf einem Karussell kreischten Jugendliche.

Jemand mit Namen Ubbo Heide hatte gesagt, für so viele Schüler sei es hier im Mutterhaus zu eng. Einige sollten rüber ins alte Weinhaus, was ja viel schöner klang als Polizeiinspektion, aber leider auch eine war.

Erst jetzt fiel Laura auf, dass alle Jungen geblieben waren und alle Mädchen in das andere Gebäude neben der Ludgerikirche gebracht wurden, das nicht ganz so schnuckelig aussah wie das Knusperhäuschen, aber auch schon recht alt war. Draußen hing ein Schild: Altes Weinhaus 1539–1821.

Die Polizeibeamten waren freundlich, ja richtig nett, fand sie. Trotzdem blieben sie bestimmt. Sie wussten genau, was sie wollten. Laura fragte sich, was passieren würde, wenn sie jetzt einfach so versuchen würde, wegzurennen.

Sie tat es nicht. Sie trottete mit den anderen mit. Sie war hundemüde und fürchtete doch, nie wieder einschlafen zu können. Diese Bilder würden sie ewig verfolgen. Aus solchen Erinnerungen waren Albträume gemacht.

Laura wäre gerne bei Kai und Felix geblieben. Sie dachte darüber nach, was die zwei wohl aussagen würden. Sie war sich nicht sicher. Felix machte gern auf dicke Hose und galt als Aufschneider, der alles größer machte als es war und ein Talent hatte, sich selbst in besonders strahlendem Licht leuchten zu lassen. Verglichen mit ihm war Kai eher der große Schweiger. Kai würde auch jetzt den Mund halten oder nur sehr vorsichtig Auskunft geben, alles kleiner machen und herunterkochen, aber sie befürchtete, Felix könnte wieder von der Lust gepackt werden, im Mittelpunkt zu stehen und wichtig zu sein.

Lauras Magen rebellierte. Er machte Geräusche, als hätte sich in ihren Gedärmen ein Tier eingenistet, das sich jetzt ins Freie beißen wollte.

Vielleicht, dachte Laura, sollte ich mich auch ins Krankenhaus bringen lassen. Die Müller-Silbereisen hat das schon ganz richtig gemacht. Die zieht sich ja gerne durch Krankheit aus der Affäre. In der Schule ist sie auch die halbe Zeit nicht da.

Ann Kathrin kannte sich in der Ubbo-Emmius-Klinik gut aus. Hier war sie schon mehrfach krank hineingekommen und gesund wieder herausgegangen. Sie kannte die junge Ärztin. Eine Chirurgin, Perid Harms. Sie begrüßte sie mit einem freundlichen Blick, der mehr sagte als viele Worte. Es war Ann Kathrin peinlich, sie hatte das Gefühl, immer noch nach Alkohol zu riechen. Sie sprach es offen an: »Haben Sie vielleicht ein Pfefferminz für mich, Frau Harms?«

Die junge Ärztin guckte belustigt.

»Ein Hustenbonbon oder so. Ich komme direkt vom Bogenmachen.« Ann Kathrin hielt sich die Hand vor den Mund. »Ich führe nicht gerne Ermittlungen, wenn ich nach Schnaps stinke.«

Die Chirurgin strich sich die blonden Locken aus dem Gesicht und sagte verständnisvoll: »Sie können sich den Mund ausspülen. Wir haben Mundwasser da und auch Zahnbürsten ...«

Ann Kathrin nickte dankbar und nahm die Hilfe gerne an.

Die Lampe im Badezimmer flackerte. Ann Kathrin sah sich im Spiegel und fand, dass sie schlecht aussah, aschfahl und müde, dabei hatte dies hier gerade erst begonnen. Sie rechnete nicht damit, in den nächsten Stunden ins Bett zu kommen.

Sie wusch sich mit kaltem Wasser das Gesicht und trank dann Leitungswasser, indem sie die Lippen direkt in den Strahl hielt. Das Wasser tat ihr gut. Erfrischt und mit besserem Atem ließ sie sich zu Frau Müller-Silbereisen bringen.

Die Lehrerin hatte ein Einzelzimmer. Das Kopfteil von ihrem Bett war hochgestellt, so dass Ann Kathrin sie halb aufrecht, mehr sitzend als liegend, in ihrem Bett vorfand. Sie starrte gedankenverloren auf den Schlauch, der an ihr Handgelenk angeschlossen war. Das regelmäßige Tropfen beruhigte sie. Es war, als käme dadurch etwas wieder ins Lot, das aus den Fugen geraten war. Sie nahm Ann Kathrin gar nicht wahr.

»Frau Müller-Silbereisen? Ich bin Kommissarin Ann Kathrin Klaasen von der Kripo Aurich. Darf ich Ihnen ein paar Fragen stellen?«

Die Lehrerin wandte sich sehr langsam, wie in Zeitlupe, Ann Kathrin zu und lächelte merkwürdig bekifft. Ann Kathrin führte ihr Verhalten darauf zurück, dass sie Beruhigungsmittel bekommen hatte.

Die Frau machte selbst jetzt in diesem Zimmer unter der Krankenhausbettdecke einen sportlich-durchtrainierten Eindruck auf Ann Kathrin.

Plötzlich veränderte sich ihr Blick. Ihr Körper straffte sich. Ihre Gesichtsmuskulatur bekam mehr Spannkraft.

»Haben Sie alle Schüler gefunden?«

»Noch nicht«, sagte Ann Kathrin. »Vermuten Sie denn, dass außer Herrn Bollmann noch Schüler im Watt geblieben sind?«

Jetzt sah Frau Müller-Silbereisen aus wie ein kleines Mädchen, das seine Lieblingspuppe verloren hat.

»Ich weiß nicht ... ich habe ... den Überblick verloren. Aber ich glaube nicht ...«

Ann Kathrin konnte ihr den Vorwurf nicht ersparen: »Sie wissen schon, dass es völlig verantwortungslos ist, ohne Wattführer so weit rauszugehen?«

Die Frau kämpfte mit den Tränen. Sie ballte die linke Hand zur Faust und schlug damit mehrfach auf die Matratze.

»Ich ... ich wollte das ja auch nicht. Ich war dagegen.«

»Ja, das haben auch einige Schüler ausgesagt. Aber ich brauche jetzt eine genaue Schilderung der Ereignisse von Ihnen.« Ann Kathrin hielt ihr ein Papier hin. »Das hier ist eine Namensliste. Bitte lesen Sie sie genau. Sind das alle? Fehlen da Namen?«

In dem Moment war es, als würde ein Seehund losheulen. Die

Lehrerin zuckte zusammen und ließ das Papier fallen. Ann Kathrin pflückte ihr Handy vom Gürtel und meldete sich knapp mit: »Ja.«

Rupert klang heiser. Wind verzerrte den Handyempfang. Er sprach laut: »Kannst du mich verstehen, Prinzessin?«

»Ich bin nicht deine Prinzessin.«

»Wir haben ihn gerade aus dem Wasser gefischt, Ann.«

»Wen? Bollmann?«

»Nein. Elvis. Wir wussten doch im Grunde alle, dass er lebt und hier jeden Sommer Urlaub macht.«

Sie mochte Ruperts Art zu reden nicht. Inzwischen hatte sie begriffen, dass er so eine Schutzschicht zwischen sich und die Dinge brachte. Es war seine Art, sich abzugrenzen und nicht zu viel an sich heranzulassen, aber sie kam einfach nicht damit zurecht.

»Kann ich mal eine ordentliche Meldung haben?«

»Okay. Die Rettungskräfte haben den Pauker gerade aus der Nordsee gefischt. Er ist mausetot und hat zwei Kugeln im Körper.«

Ann Kathrin wandte sich von Frau Müller-Silbereisen ab und verließ das Zimmer. »Bitte? Soll das ein Scherz sein? Er wurde bei der Wattwanderung erschossen?«

»Ja. Da ist jemand auf Nummer sicher gegangen. Eine Kugel im Bauch und eine in der Brust.«

»Das bedeutet ...«

»Ja. Genau das, Prinzessin. Unsere braven Schüler haben ihren Lehrer abgeknallt.«

Ann Kathrin rief Weller an und gab die Anweisung, sämtliche Schüler sollten auf Schmauchspuren an den Händen untersucht werden.

»Da wird nicht mehr viel sein, Ann. Das Salzwasser ... außerdem haben sich inzwischen alle gewaschen und ...«

»Trotzdem. Außerdem brauchen wir von allen die Oberbekleidung. Wer zwei Schüsse abgibt, hat irgendwo am Körper Spuren ...«

»Einige haben sich umgezogen. Die waren voller Matsch und ...«

»Stell alles sicher.«

»Das heißt, wir haben es nicht mit unschuldigen Schäfchen zu tun, sondern einer von ihnen ist ein Killer?«

»Einer oder eine. Falls es nicht ein Zusammenspiel mehrerer war.«

Weller klang geradezu respektvoll: »Meine Fresse! Das hätten wir früher nicht gebracht. Wir haben vielleicht davon geredet oder geträumt. Aber wir hätten doch nie ...«

»Die haben es aber, Frank.«

Sie küsste ihn in Gedanken, beendete dann das Gespräch und wollte wieder zu Frau Müller-Silbereisen zurück.

Jetzt bekam das Ganze eine neue Dimension.

»Frau Klaasen!«

Ann Kathrin hatte die Türklinke schon in der Hand. »Ja?«

Perid Harms kam durch den langen Flur auf sie zu. »Bitte übertreiben Sie es nicht. Die Patientin ist in einem Erschöpfungszustand eingeliefert worden, fast dehydriert und ...«

»Ja, ja, schon gut.« Ann Kathrin tat es sofort leid, die nette Ärztin so unwirsch abgefertigt zu haben. Sie drehte sich noch einmal um und ging zu ihr.

Ann Kathrin flüsterte: »Wir haben es mit Mord zu tun, und erfahrungsgemäß sinken die Chancen, eine Tat aufzuklären, mit jeder Stunde, die verstreicht. Am Anfang, direkt nach der Tat, sind die Erinnerungen und Emotionen noch frisch. Später kommen dann Überlegungen hinzu, Strategien, Absprachen. Andere erinnern sich nicht mehr richtig. Die meisten Morde klären wir innerhalb der ersten vierundzwanzig Stunden auf. Danach wird es kompliziert.«

Dann zog Ann Kathrin einen schwierigen Vergleich. Sie

merkte sofort, dass sie jetzt auf dünnem Eis ausrutschte. »Das ist bei Ihnen doch nicht anders. Je früher ein Kranker zu ihnen kommt, umso größer sind die Heilungschancen. Wenn man zu lange wartet, ist der Patient tot ...«

»Ja«, lächelte die Ärztin, »oder wieder gesund.«

Wir verstehen uns, dachte Ann Kathrin. Wir machen beide einen harten Job, und wir versuchen beide, gut zu sein. Sie hätte jetzt lieber mit der jungen Frau einen Kaffee getrunken und über das Leben diskutiert, statt diese Befragung fortzusetzen, aber sie entschied sich für die Pflicht.

Frau Müller-Silbereisen wartete schon ungeduldig auf Ann Kathrin und empfing sie mit der Aussage: »Ein Name auf der Liste ist falsch!«

Ann Kathrin schloss die Tür hinter sich und trat ans Bett. »Wie, falsch?«

»Naja, der Name ist schon richtig, aber Sascha Kirsch ist gar nicht mitgefahren.«

»War er krank?«

Die Lehrerin verzog den Mund. »Bei ihm weiß man es nie so genau ... Seine Eltern leben in Scheidung. Sie sind sich spinnefeind. Sagt der eine hü, sagt der andere hott. Ich glaube, es ging im Wesentlichen um die Kosten. Offiziell ist er krank.«

Ann Kathrin nahm den Zettel wieder an sich und machte ein Kreuz hinter dem Namen Sascha Kirsch. Sie überlegte, Ubbo Heide oder Weller anzurufen, damit nicht länger nach dem Jungen gesucht wurde, aber sie entschied sich dagegen. Vermutlich hatten die anderen Schüler alles längst erzählt. Schließlich war es kein Geheimnis. Der Name war nur auf die Liste gekommen, weil jemand die Namen aller Klassenkameraden aufgeschrieben hatte.

Frau Müller-Silbereisen setzte sich im Bett aufrecht hin. Sie holte tief Luft und was dann passierte, kannte Ann Kathrin nur zu gut: Sie sprudelte los. Verdächtige oder Zeugen verhielten sich oft ähnlich im Kontakt mit der Polizei. Nach einer ersten

Zurückhaltung brachen plötzlich alle Dämme, und Wortkaskaden prasselten auf die Ermittler ein. Unerfahrene Kollegen wurden von dem Wasserfall an Informationen oft weggespült und verloren unter all den Nebensächlichkeiten den Blick für das Entscheidende.

»Ich habe mit Engelszungen auf Bollmann eingeredet. Wenn er nur auf mich gehört hätte. Aber nein! Für den war Golf ein ganz dekadenter Sport. Ach, was sage ich: Sport? Er hat Golf nicht einmal als Sport ernst genommen ...«

»Sie wollten also mit den Schülern lieber zum Golfen nach Lütetsburg statt ins Watt?«, fasste Ann Kathrin die Aussage zusammen.

»Ja, aber auf mich hörte ja mal wieder keiner ...«

Die Stimme der Frau klang gepresst und unnatürlich hoch. Im Gegensatz zu den meisten ihrer Kollegen achtete Ann Kathrin auf so etwas. Erfahrungsgemäß wurden die Stimmen von Verdächtigen heller, wenn sie logen. Manchmal einen halben oder ganzen Ton. Sie atmeten nur noch in den oberen Brustbereich, und es hörte sich für Ann Kathrin so an, als müssten die Töne sich durch ein zu enges Rohr den Weg mühsam nach außen erkämpfen.

»Warum sind Sie nicht einfach mit der Hälfte der Schüler nach Lütetsburg gefahren? Warum sind Sie mit ins Watt gegangen?«

Frau Müller-Silbereisen rollte mit den Augen. »Wegen der Gemeinschaft! Die heilige Klassengemeinschaft. Deshalb hat Bollmann die ganze Fahrt doch nur veranstaltet. Damit wir uns alle gut verstehen und nicht nur Individualisten werden. Vom Ich zum Wir! Eine Gemeinschaft wollte er aus uns schmieden. Seine Schüler sollten über die Schulzeit hinaus miteinander verbunden und vernetzt werden. So ein Spinner war das!«

»Warum reden Sie von ihm in der Vergangenheit?«

»Ja, lebt er denn noch?«

»Haben Sie ihn sterben sehen?«

»Ja. Das heißt, nein.«

Sie bewegte sich, als hätte sie plötzlich Schüttelfrost bekommen. Für Ann Kathrin war das eine sehr alte, archaische Reaktion, wie Tiere sich schütteln, um Ungeziefer loszuwerden, das sich in ihrem Fell versteckt und ihr Blut saugte. Frau Müller-Silbereisen hatte also etwas gesehen, und es belastete sie.

»Ja oder nein?«, hakte Ann Kathrin nach.

Die Stimme der Lehrerin wurde noch heller. Sie quietschte fast. »Ich habe mich erst breitschlagen lassen, und dann ... dann bin ich mit. Mein Kollege hat ja behauptet, den Weg zu kennen, und mit den Touristentruppen wollte er nicht ins Watt. Er musste ja unbedingt auf eigene Faust ...«

»Haben Sie ihn sterben sehen?«

»Nein, verdammt!«

Ann Kathrin stand entspannt und verlagerte ihr Gleichgewicht auf das rechte Bein. Sie tippte sich selbst mit dem Zeigefinger auf die Nasenspitze und richtete ihn dann auf Frau Müller-Silbereisen.

»Warum glaube ich Ihnen nicht?«

»Sie ... Sie müssen mir aber glauben, ich ... Es war heiß, wir waren nicht richtig ausgerüstet, und wir kamen kaum vorwärts. Anja Sklorz hatte einen Schuh verloren, der war im Schlick steckengeblieben, und sie schnitt sich an den Muscheln den Fuß auf. Sie hat geheult und geschrien. Sie hatte Angst, die Wunde könnte sich durch den Schlamm entzünden. Sie hat nur noch geheult und wollte nicht mehr weiter. Die Anja hat sich einfach hingesetzt. Die konnte nicht mehr vor und nicht mehr zurück. Der William hat den Helden gespielt und sie Huckepack genommen. Aber er ist zu tief mit ihr eingesunken. Dann musste sie selber weiterlaufen.«

»Sie haben trotz der Verletzung die Wattwanderung weiter durchgeführt?«

»Nein. Ich bin umgekehrt.« Sie zählte es an den Fingern ab wie ein Kindergartenkind. »Der William, die Anja, die Karla, die Hannah, der Mecki, Aysche und Chris.« Sie blickte zu Ann Kathrin hoch. »Sieben! Sieben Schüler sind mit mir zurückgegangen.«

»Warum haben Sie nicht über Ihr Handy Hilfe gerufen?«

»Ach, Sie wissen doch, wie das ist. Erst schämt man sich und denkt, das packt man so, und dann später, als wir alle nicht mehr konnten, da funktionierten die Scheißdinger ja nicht mehr.«

»Wie? Das verstehe ich jetzt nicht. Wollen Sie mir sagen, alle Handys waren gleichzeitig kaputt?«

»Wir sind ja in diesen Platzregen gekommen. Nicht lange, aber heftig. Wir waren völlig durchnässt, und dann hat uns dieser Fluss im Watt plötzlich den Weg abgeschnitten.«

»Priel.«

»Was?«

»Priel. Einen Fluss im Watt nennt man Priel.«

Wieder schüttelte Frau Müller-Silbereisen sich. »Jedenfalls mussten wir da durch. Erst ging uns das Wasser ja auch nur bis zu den Knien, dann bis zur Hüfte und dann wurde es ganz reißend und wir mussten schwimmen. Wenn der William nicht gewesen wäre ... Der ist ein guter Sportler. Der hat dann die Anja wieder rausgeholt. Die war schon ganz weit abgetrieben. Ich fahre nie wieder ans Meer, das kann ich Ihnen sagen. Da golfe ich lieber auf der Schwäbischen Alb oder in Südtirol.«

Ann Kathrin verfiel jetzt im Krankenzimmer unwillkürlich in ihren Verhörgang. Drei Schritte, eine Kehrtwendung, drei Schritte. Nach jedem zweiten einen Blick auf die Verdächtige. Das Zimmer war eigentlich zu klein dafür, und das Bett stand ungünstig, so dass Ann Kathrin beim dritten Schritt direkt mit der Nase vor der Wand stand. Sie konnte das Desinfektionsmittel riechen, mit dem hier gründlich geputzt worden war. Sie unterdrückte den Impuls, das Fenster zu öffnen, aber dadurch wurde ihr Verlangen nach frischer Luft nur noch größer.

»Bevor Sie jetzt tiefer in Ihre Urlaubsplanung einsteigen, Frau Müller-Silbereisen ...«

Ann Kathrins Spitze verfehlte ihre Wirkung nicht. Trotzig verschränkte Frau Müller-Silbereisen die Arme vor der Brust. Dabei spannte sich der Schlauch bedenklich.

Das muss doch weh tun, dachte Ann Kathrin, aber Frau Müller-Silbereisen verzog keine Miene.

Ann Kathrin fuhr fort: »Hatte einer Ihrer Schüler einen Grund, Herrn Bollmann zu hassen? Hat er selbst mal geäußert, dass er sich bedroht fühlt?«

Frau Müller-Silbereisen räusperte sich. Jetzt sprach sie deutlich tiefer weiter, sie war dabei um genaue Artikulation bemüht.

»Was soll die Frage? Er wurde doch nicht umgebracht.«

»Irrtum«, sagte Ann Kathrin und stoppte ihren Gang. »Genau das wurde er. Und ich möchte gern herausfinden, von wem und warum.«

Frau Müller-Silbereisen begann zu weinen. »Warum sagen Sie so etwas? Macht es Ihnen Spaß, mich zu quälen?«

Ann Kathrin schluckte den Satz: *Ja. Genau, deshalb bin ich Polizistin geworden*, ungesagt hinunter. Sie nahm die in ihr aufwallende Biestigkeit als deutliches Zeichen, dass diese Frau etwas in ihr auslöste. Sie hatte eine Art an sich, mit der sie Ann Kathrin gegen sich aufbrachte.

Ann Kathrin reckte sich und bog den Rücken durch. Sie rang um Professionalität.

»Hatte er Feinde?«

»Hören Sie auf! Er ... er ist ertrunken. An seiner eigenen Starrsinnigkeit gescheitert. Die Jugendlichen haben sich rührend um ihn bemüht. Sie haben ihr eigenes Leben riskiert, um ihn zu retten.«

»Wie darf ich mir das vorstellen? Davon haben Sie mir bisher nichts erzählt.«

Wieder schüttelte die Frau sich wie ein nasser Pudel.

»Wir waren schon weit weg von Herrn Bollmann und seiner Gruppe.«

»Wie weit?«

»Ach, das kann im Watt doch kein Mensch abschätzen. Das wissen Sie doch besser als ich. Man denkt, noch hundert Meter und dann ist man da, und dann ist es in Wirklichkeit ein Kilometer und mehr.« Frau Müller-Silbereisen zeigte es zwischen Daumen und Zeigefinger. »Die waren nur noch so groß. Höchstens. Aber wir hörten sie rufen. Der William ist dann zurück, um zu helfen, und nach einer Weile sind wir alle hinterher. Nur die Anja nicht mit ihrem kaputten Fuß. Der Bollmann war bis hierhin eingesunken im Morast.«

»Im Schlamm?«

»Ja. Es guckte nur noch der Kopf raus. Man konnte auch nicht hin zu ihm, der Felix und die Laura haben es versucht und sind selbst dabei in höchste Not geraten.«

Ann Kathrin schluckte schwer. »Deshalb hat jeder Wattführer ein Seil mit.«

»Ja, meinetwegen. Wir hatten jedenfalls so etwas nicht.«

Ann Kathrin wurde unruhig. Es musste noch viel getan werden. So viele Vernehmungen, so viele Punkte mussten bedacht werden. Sie hatte Mühe, der Frau in diesem schlecht gelüfteten Raum länger zuzuhören.

Unwahrscheinlich, dachte Ann Kathrin, dass sich ein Schüler eine illegale Waffe gekauft hat. Das braucht viel kriminelle Energie und Kontakte. Sie vermutete, dass ein Vater im Schützenverein war und der Sohn zu Hause dadurch leicht an eine Waffe kam. Vielleicht hatte er sie nur zum Angeben mitgenommen und dann hatte die Sache sich verselbstständigt oder emotional zugespitzt. Komischerweise dachte sie als Täter nur an junge Männer, die Schülerinnen blendete sie irgendwie aus. Sie beobachtete sich selbst dabei und tadelte sich dafür.

Ermittlungen, hatte ihr Vater ihr beigebracht, *müssen ergebnisoffen geführt werden und ohne Ansehen der Person.*

Sie musste grinsen. Ohne Ansehen der Person ging es natürlich nicht. Sie sah sich eben jede Person sehr genau an. Sie hielt ihrem Vater, der den Satz zu Lebzeiten oft gesagt hatte, zugute, dass er sicherlich *ohne Rücksicht auf die Person* gemeint hatte.

Die Tür öffnete sich, und die freundliche Ärztin schaute noch einmal herein. Sie sah Ann Kathrin nur einmal ermahnend an. Ann Kathrin nickte ihr zu. »Ja, wir machen bald Schluss.«

Frau Müller-Silbereisen blickte wütend drein, so als seien sie auf unverschämte Weise gestört worden. Sie saß mit demonstrativ geöffnetem Mund schweigend da, bis die Tür wieder zu war und Ann Kathrin sich ganz auf sie konzentrierte.

»Können Sie sich jetzt vorstellen, was das für ein Mensch war? Der hat das nicht zum Anlass genommen, umzukehren. Jeder hätte das getan. Jeder vernünftige Mensch wäre umgekehrt, aber natürlich nicht Bollmann. Er behauptete, der Weg nach Norderney sei jetzt kürzer als der zurück zum Festland.«

Sie schüttelte heftig ihren Kopf.

»Ist er allein weiter in Richtung Norderney gegangen?«, fragte Ann Kathrin ungläubig.

»Laura, Felix und Kai sind ihm gefolgt. Vielleicht ein bisschen, um sich bei ihm einzuschleimen oder auch aus Mitleid.«

»Mitleid?«

Sie zuckte mit den Schultern und gestikulierte abwehrend mit den Armen. Dann griff sie an ihr Handgelenk, wo die Nadel des Tropfers saß und ihr Schmerzen bereitete.

»Ja. Laura ist eine sehr sensible Schülerin. Ich weiß, alle meckern über die Jugend von heute. Konsumorientiert. Faul. Anspruchsvoll. Doof. Gewalttätig. Null Bock. Aber zum Glück stimmt das nicht. Einige sind ganz anders. Reflektiert. Sensibel ... manchmal viel zu sensibel, und sie wollen die Welt noch retten ...«

Ihre Worte gefielen Ann Kathrin und nahmen sie zum ersten Mal für die Frau ein. Ein Hauch von Sympathie wehte durch den Raum. Dann fügte Frau Müller-Silbereisen leise hinzu: »Als ob da noch etwas zu retten wäre.«

»Sie machen einen sportlich durchtrainierten Eindruck, Frau Müller-Silbereisen. Laufen Sie?«

»Nein. Ich golfe. Kein Alkohol und eine vegetarische Ernährung. Das reicht aus«, antwortete die Lehrerin nicht ohne Stolz.

Ann Kathrin verabschiedete sich.

Vor der Tür telefonierte sie sofort mit Ubbo Heide.

In seiner Stimme lag eine tiefe Traurigkeit, als hätte er längst aufgegeben, deshalb gab Ann Kathrin nicht gleich ihre Überlegung durch, sondern fragte: »Ubbo? Bist du okay?«

»Alles klar, Ann. Nur für meinen Magen ist das Gift. Lass uns den Täter so rasch wie möglich fassen. Das ist für meine Gesundheit das Beste.«

Er stieß auf und entschuldigte sich für den Rülpser.

»Ubbo – wenn es ein Schüler war, ist die Waffe der schnellste Weg zu ihm.«

»Klar, wenn er sie noch bei sich trägt.« Ubbo lachte herzhaft. »Aber so blöd werden Gymnasiasten doch heutzutage nicht sein, oder? Die gucken doch Krimis. Die Pistole liegt längst irgendwo im Schlick. Muscheln werden sich an ihr festhalten. Kleintieren wird sie ein Zuhause geben, Krebsen und ...«

Sie bremste ihn. »Ubbo! Wie kommt ein Siebzehnjähriger an eine scharfe Waffe?«

»Die Eltern!«, rief Ubbo Heide, und es klang ein bisschen, als hätte er gerade eine religiöse Erweckung durch eine Gotteserscheinung gehabt.

Überflüssigerweise fügte Ann Kathrin noch hinzu: »Schützenvereine oder ...«

»Schon in Arbeit. Ich setze Rupert dran. Mach du mit den Vernehmungen weiter, du bist da ... na, sagen wir, einfühlsamer als ...« Er überlegte.

»Unser ostfriesischer Schimanski?«, ergänzte Ann Kathrin den Satz für ihn.

Er stieß erneut auf. »Seit der Idee mit den Eltern geht es meinem Magen schon bedeutend besser.«

»Was macht dir solche Sorgen? Wir haben einen klar eingegrenzten Täterkreis. Es ist nur eine Frage der Zeit, bis wir ...«

»Die Eltern, Ann. Die Eltern ... sie rollen wie eine Lawine aus dem Ruhrgebiet auf uns zu.«

»Na und?«

Er blies Luft aus. »Ich kann das nicht so leicht nehmen wie du, Ann. Ich weiß, was ich für ein Vater gewesen bin, als Insa in dem Alter war. Dauernd habe ich den Lehrern die Hölle heiß gemacht. Wegen jedem Mist stand ich auf der Matte und habe mich eingemischt. Immer wollte ich meiner kleinen Prinzessin beweisen, was für ein guter Vater ich bin.«

Da war es wieder, dieses Wort, das Rupert im Moment so gern gebrauchte: Prinzessin.

»Du hörst dich an, als hättest du Angst vor dir selber.«

»Ja. Vor Typen, die sind wie ich und ihr ganzes politisches und ökonomisches Gewicht für ihr Kind in die Waagschale werfen.«

Ann Kathrin formulierte es als Frage, aber es klang wie eine Feststellung: »Weil sie sich selbst angegriffen fühlen, wenn jemand ihr Kind in Frage stellt?«

»Ja«, stöhnte er. »Ist das denn bei dir anders?«

Er berührte damit einen schmerzhaften Punkt in ihr. Noch immer wohnte ihr Sohn Eike bei Papa und dessen Geliebter Susanne Möninghoff in Hage. Nur zwanzig Minuten mit dem Fahrrad von ihr entfernt, aber sie sahen sich kaum noch. Es war, als würden die Gedanken ihr eine Schlinge um den Hals legen.

Sie hatte Mühe zu sprechen. »Ich bin eine Frau«, sagte sie gepresst.

»Und das ist bei Frauen nicht so? Werdet ihr nicht zu reißenden Raubtieren, wenn es darum geht, eure Kinder zu beschützen?«

Seine Worte machten Ann Kathrin auf eine bestürzende Art traurig. Sie konnte sich kaum gegen die aufsteigenden Tränen wehren. Sie klammerte sich an ihrem Verstand fest wie an einem Rettungsring und erklärte sich alles nur mit dem Alkohol, der sie sentimental und müde gemacht hatte.

Sie musste sich jetzt ganz auf ihren Job konzentrieren. Die nächsten Stunden ohne Gefühlsausbruch überleben, den Mörder überführen und nach einem unterschriebenen Geständnis ausgiebig duschen und schlafen. Danach würde sie ihr Leben in Ordnung bringen, ihren Sohn Eike treffen, sich für ihn interessieren und vielleicht auch mal wieder etwas kochen für Weller und sich. Einfach nur so, damit es im Haus schön roch.

Ubbo Heide riss sie aus ihren Gedanken. »Hier kommt gerade die Information, ein erster Test mit dem Rasterelektronenmikroskop hat bei keinem Schüler Schmauchspuren an den Händen nachweisen können. Die Untersuchung der Kleidungsstücke kann natürlich noch dauern, aber ich setze da wenig Hoffnung rein ...«

Ann Kathrin wunderte sich, wie schnell das gegangen war, und fragte sich, wie gründlich die Untersuchung vorgenommen worden war.

»Ausschließen können wir gar nichts, außer Selbstmord«, sagte sie.

Ubbo Heide schmatzte merkwürdig. »Psst. Diese Lehrer heutzutage ... Er war an den Brustwarzen gepierct und hatte eine Tätowierung auf der rechten Schulter und an der linken Wade. Irgend so ein chinesisches oder japanisches Schriftzeichen. Ich habe das Foto auf dem Bildschirm. Komischer Typ. Dem hätte ich meine Tochter nicht gerne anvertraut.«

Ann Kathrin ging am Krankenhauskiosk und an der Information vorbei nach draußen. Am Automaten für Telefonkarten stand eine entnervte Dame in Bademantel und Pantoffeln und schimpfte mit dem Kasten: »Ja, ich habe doch den Schein reingeschoben! Er kommt ja immer wieder raus! Och, komm, nun mach schon!«

Die Dame sah sich hilfesuchend um und sagte mit fragendem Tonfall: »Junge Frau, ich komme mit dem Ding nicht klar.«

Ann Kathrin hätte gerne geholfen, aber jede Minute war kostbar. Sie rief der Frau zu: »Der Kasten ist nur ein bisschen bockig! Reden Sie ihm nur gut zu. Das mache ich auch immer.«

Die Dame zog den Gürtel des Bademantels fester, fuhr sich durch die silbergrauen Haare und sagte freundlich zum Automaten: »Bitte, ich will doch nur meine Schwiegertochter anrufen, und ohne Karte geht mein Telefon nicht. Die lebt in Wilhelmshaven und kriegt ein Kind. Mit zweiundvierzig!«

Sie schob den Schein noch einmal ein, und diesmal klappte es. Erfreut und erstaunt sah sie hinter Ann Kathrin her, die inzwischen draußen vor der Glastür bei den Rauchern frische Luft schnappte.

»Danke!«, rief sie Ann Kathrin nach. »Danke! Sie hatten recht! Der brauchte nur ein bisschen Zuspruch!« Dann streichelte sie den Automaten noch einmal und sagte zu ihm: »Du bist eben wie wir alle. Wer ist nicht mal mies drauf?«

Ann Kathrin ging auf dem Parkplatz auf und ab. Für sie spitzte sich alles auf diesen William Schmidt zu oder auf die drei, die bis zuletzt bei Bollmann geblieben waren. Laura Godlinski, Felix Jost und Kai Wenzel. Sie nahm sich vor, zunächst mit Laura Godlinski zu sprechen. Entweder war einer dieser Schüler der Mörder oder sie hatten den Mörder auf jeden Fall gesehen.

Ann Kathrin hatte die Hoffnung, noch vor dem Morgengrauen ins Bett zu kommen. Sie sah sich nach einem Polizeiwagen um. Sie sollte abgeholt werden.

Paul Schrader wartete schon seit zehn Minuten auf Ann Kathrin. Er war mit seinem Privatwagen gekommen, weil alle Fahrzeuge im Einsatz waren. Er parkte auf einem für medizinisches Personal vorgesehenen Platz und hörte Schlager auf NDR 1. Er grölte mit: »Auf der Straße nach San Fernando, da stand ein Mädchen wartend in der heißen Sonne ...«

Ann Kathrin entdeckte ihn. Er drehte Michael Holm leiser. Er schämte sich ein bisschen, weil sie ihn beim Singen beobachtet hatte. Er kam sich erwischt vor, als hätte er öffentlich an den Dienstwagen gepinkelt.

Als Ann Kathrin endlich neben ihm saß, sagte er: »Ich sollte dich holen, weil du zum Fahren zu blau bist, hat Rupert gesagt.«

»Ja, danke, sehr freundlich.«

Weller heftete vier Karteikarten an die Wand. Auf einer standen die Namen der drei Schüler, die bis zuletzt bei Bollmann geblieben waren: Laura Godlinski, Felix Jost und Kai Wenzel.

Auf der nächsten die Namen derer, die mit Frau Müller-Silbereisen umgekehrt waren: Anja Sklorz, William Schmidt, Hannah. Mecki, Aysche, Chris, Karla.

Dann die vier, die die Tour unter Protest abgebrochen hatten: Jens Grohe, Mahmut Yildirim, Nicole Großmann, Lore Brauner.

Auf der letzten Karte die Namen der zwei Schüler, die erst gar nicht mitgegangen waren: Mirko Nüßchen und Ecki Wazlaw.

Für Rupert war diese Besprechung reine Zeitverschwendung. Ubbo Heide saß aschfahl da, steif wie mit Sekundenkleber am Stuhl fixiert. Er sah sich die Karteikarten von Weller nicht an, sondern tastete mit seinen Blicken ein Bild von Ole West ab, das auf eine alte Seekarte gezeichnet war, das unverwechselbare Markenzeichen des Künstlers. Es hing neben der Tür über dem

Lichtschalter. Ein handsigniertes Original. Er hatte das Gefühl, das Bild wirke wie eine entspannende Medizin auf seinen nervösen Magen.

Sylvia Hoppe schlürfte Kaffee und tippte dabei auf ihrem Laptop herum.

»Die erste Gruppe scheidet meiner Meinung nach aus«, sagte Weller. »Sie waren immer zusammen, ihre Lehrerin bei ihnen, sie haben nur versucht, heil aus dem Wahnsinn herauszukommen.«

Allgemeine Zustimmung.

Ann Kathrin sah Weller aufmunternd an. Er sollte weiterreden. Sie hatten keine Zeit zu verlieren. Ann Kathrin hätte jetzt am liebsten ein Sprudelaspirin in Wasser aufgelöst, aber sie wollte sich die Blöße vor den Kollegen nicht geben. Wer Medikamente brauchte, galt als angeschlagen, wenig einsatzfähig, unzuverlässig. Sie wollte den Kollegen jetzt, da Ubbo Heide so offensichtlich schwächelte, ein Bild der Stabilität bieten. Manchmal gefiel es ihr, für die anderen das zu sein, was früher ihr Vater für sie gewesen war: ein Fels in der Brandung.

»Von den beiden Totalverweigerern hier fehlte zunächst jede Spur, aber sie haben sich inzwischen beide gemeldet. Mirko Nüßchen hat sich wohl mit einer jungen Camperin angefreundet. Der hat von der ganzen Sache angeblich gar nichts mitgekriegt und sich auf dem Parkplatz im Norddeich bei Bier und Würstchen amüsiert. Dann waren sie auf dem Riesenrad. Also praktisch direkt vor unserer Haustür.«

»Haben wir ihn aufgegriffen oder hat er sich gemeldet?«, wollte Sylvia Hoppe wissen.

Rupert, der sie nicht leiden konnte und ihr das bei jeder Gelegenheit demonstrierte, verzog die Lippen, als hätte sie versehentlich einen Herrenwitz gemacht, ohne ihn selbst zu verstehen.

Weller antwortete sachlich: »Er behauptet, im Fernsehen von einer Klasse gehört zu haben, die Schwierigkeiten im Watt hatte. Dann hat er versucht, seine Klassenkameraden zu erreichen, bekam aber keinen Kontakt und ist zur Jugendherberge in der Sandstraße gelaufen. Dort wurde er informiert.«

Sylvia Hoppe unterbrach Weller und zeigte auf ihren Bildschirm: »Na, das nenne ich prompte Arbeit. Die Eltern von Mirko Nüßchen haben beide eine Waffenbesitzkarte. Die führen ein Juweliergeschäft. Der Vater von Sascha Kirsch hat sogar eine rote Besitzkarte. Ein Sammler ...«

Weller warf Ann Kathrin einen Blick zu. Ihr waren Waffensammler, die sie meist »Waffennarren« nannte, suspekt.

»Aber der scheidet sowieso aus«, warf Rupert ein. »Der ist ja gar nicht nach Ostfriesland mitgefahren.«

»Wissen wir das definitiv?«, fragte Ann Kathrin spitz.

»Laut Aussagen aller Beteiligten ist das so«, konterte Rupert.

Sylvia Hoppe rang um Aufmerksamkeit. Sie erhob die Stimme: »Aber es kommt noch besser, Leute! Der Vater von Felix Jost ist Ballistiker, hat also garantiert Zugang zu Schusswaffen. Wir sollten uns diese drei genauer ansehen.«

Weller unterstrich die Namen Felix Jost, Mirko Nüßchen und Sascha Kirsch.

Ann Kathrin räusperte sich. »So einfach können wir uns das nicht machen, Kollegen. Die Familienstrukturen sind heutzutage komplizierter. Wir können uns nicht auf die Väter beschränken. Es gibt Patchworkfamilien. Onkel. Brüder. Freunde. Die Waffe kann irgendwoher aus dem Bekanntenkreis stammen.«

»Na toll«, spottete Rupert. »Wenn ich solche Sprüche höre! Damit sind wieder alle verdächtig.«

Laura Godlinski zitterte. Sie bemühte sich, einen coolen, ja gefassten Eindruck zu machen, aber sie war dafür viel zu aufgewühlt. Sie legte ihre Hände wie zum Gebet gefaltet auf den

Tisch. Es sollte locker und entspannt aussehen, aber die Haut über ihren Knöcheln färbte sich weiß, so verkrampft war sie.

»Warum«, fragte Ann Kathrin Klaasen, »seid ihr ohne Herrn Bollmann zurückgekehrt?«

»Weil ... es nicht mehr ging. Der Weg wurde irgendwie immer länger, als würde einer die Insel verschieben. Wir kamen immer langsamer vorwärts. Wir sind bis hierhin eingesunken. Und dann kam das Wasser. Diese Scheißpriele liefen voll ... Wir wollten zurück, aber Bollmann wollte zu der Sandbank, auf der dieser Typ stand.«

»Welcher Typ?«

»Ja, keine Ahnung. Wir steckten bis zur Hüfte im Matsch, aber der war voll zu sehen. Wie eine Erscheinung stand der da. Mit langen, flatternden Haaren, wie so ein Jesus, der übers Wasser gehen kann, hat der Felix gesagt, das weiß ich noch. Aber Bollmann hat behauptet, der steht auf einer Landzunge, einer Sandbank oder was weiß ich, und da käme man trockenen Fußes nach Norderney. Aber wir sind immer tiefer eingesunken, und dann ist Kai durchgedreht. Er hat geschrien, ihm reiche es jetzt, er würde zurück nach Norddeich laufen, bevor das Wasser noch mehr steige, und der ist dann umgekehrt und Felix und ich hinter ihm her.«

»Und dann?«

»Dann haben wir nur noch versucht, uns zu retten. Irgendwann haben wir Bollmann auch nicht mehr gesehen. Es hat mich auch nicht mehr interessiert.«

»Er könnte also Norderney erreicht haben?«

Laura setzte sich anders hin. Sie gähnte.

Ich werde nicht sagen, dass ich seine Schreie gehört habe, dachte sie. Niemals!

»Keine Ahnung. Hat er?«

»Nein. Wir haben seine Leiche gefunden.«

Diese Aussage schien Laura Godlinski nicht sehr zu erschüttern. Ann Kathrin fragte noch einmal nach: »Du hast also einen Mann gesehen?«

»Ja, auf der Sandbank oder so ...«

»Ist der vor euch gestartet, oder woher kam der?«

Laura verzog das Gesicht, als hätte sie auf eine Zitrone gebissen. »Nein, der kam uns von der Insel entgegen.«

»Der kam von Norderney?« Ann Kathrin verschränkte die Arme vor der Brust. Sie hatte keine Lust, sich jetzt zum Narren halten zu lassen. »Willst du mir einen Bären aufbinden? Soll ich jetzt das Märchen vom *Großen Unbekannten* glauben?«

»Sie wollten wissen, wie es war. Ich habe es Ihnen erzählt. Kann ich jetzt gehen? Ich bin müde.«

»Ich auch.«

Laura seufzte: »Frau Kommissarin. Ich habe keinem Menschen etwas getan. Ich bin Opfer. Ich wäre beinahe selbst dabei draufgegangen.«

»Ja, da hast du recht. Was Herr Bollmann mit euch gemacht hat, war verantwortungslos. Aber nun erzähl mir, wie es weiterging.«

Laura fuhr sich mit den Fingern durch die Haare und kratzte sich die Kopfhaut. Auf keinen Fall wollte sie von Bollmanns Schreien erzählen, auch nicht von Felix, der behauptet hatte, das sei nur ein Seehund und Bollmann wäre bestimmt längst drüben.

Im Grunde hatten sie alle tief in sich drin die Befürchtung gehabt, er könnte es nicht schaffen. Deshalb hatten sie ihn ja allein gelassen. Sie waren ihm weit gefolgt, doch sie wollten nicht mit ihm untergehen.

Diese Schreie würden sie immer verfolgen, das wusste sie. Er hatte zuletzt sogar ihren Namen gerufen: »Laura! Laura!« Sie hatte es genau gehört. Das war kein Seehund gewesen.

Seine Stimme hatte sie unter großen Druck gesetzt. Warum rief er ausgerechnet nach ihr? Warum nicht nach einem der Jungs? Aber sie hatte sich auch irgendwie ausgezeichnet gefühlt, als würde dieses Gebrülle ihres Namens sie von den anderen abheben, zu einem besseren Menschen machen als Kai und Felix.

Kai war ganz nah bei ihr in dem Moment. Er war gestürzt und eingesackt, und sie hatte ihm die ausgestreckte Hand hingehalten. Er ergriff sie, als Bollmann zu schreien begann.

»Verreck doch, du Aas!«, hatte Kai gezischt, und dann waren sie gemeinsam weitergelaufen, hinter Felix her, der schon einen ziemlichen Vorsprung hatte.

Ann Kathrin registrierte, dass Laura in ihren Gedanken verschwand, als hätte sie sich in einem Labyrinth verlaufen. Ann Kathrin kannte zweierlei Gründe für solche Reaktionen. Manchmal, wenn der Zeuge scheinbar nach innen versank, bastelte er nur an einer Lüge und überprüfte sie kurz auf ihre Schlüssigkeit, andere wurden durch die Befragung von den Erinnerungen an die Ereignisse wieder eingeholt, ja regelrecht »geflasht«, wie Weller es gerne nannte. Die sagten dann danach meist die Wahrheit, man musste ihnen nur einen Augenblick Zeit geben, das Geschehene zu verdauen.

Wichtig war, diese beiden Reaktionen voneinander zu unterscheiden. Die Lügner brachte Ann Kathrin durch eine Zwischenfrage aus dem Konzept. Bei Laura war sie sich nicht sicher. Die Nummer mit dem Großen Unbekannten glaubte sie nicht, aber diese junge Frau wirkte tief erschüttert, wie unter Schock. Vielleicht, weil sie geschossen hatte oder zumindest Zeugin gewesen war, wie einer ihrer Klassenkameraden den Lehrer getötet hatte ... Jedenfalls hielt sie etwas zurück, das war ganz klar.

Ann Kathrin hatte sich mit ihren Kollegen darauf verständigt, keinen Schüler über die Schussverletzungen zu informieren. Irgendwann würde es jemand von selbst erwähnen und damit preisgeben, dass er mehr wusste.

»Und dann?«, fragte Ann Kathrin.

Laura regte sich auf. »Und dann? Und dann? Dann sind wir in diesen Scheißnebel geraten! Der war plötzlich da wie eine vom

Himmel gefallene Wolke, und wir sind eine Weile sinnlos im Kreis gelaufen. Irgendwann war der Nebel dann weg, genauso schnell, wie er gekommen war. Wir haben von den anderen nichts mehr gesehen und uns zurückgeschleppt zum Deich, wo wir ein paar getroffen haben. Den Mecki, den Chris und den William. Die Anja hat dann gesagt, wir müssten Hilfe rufen für die anderen. Wir wussten ja nicht, wer noch draußen war. Au Mann, ich komm mir jetzt so blöd vor ... Bitte, darf ich zurück in die Jugendherberge? Ich muss mich hinlegen. Ich kann nicht mehr ...«

»Leider nein.«

Kai Wenzel fühlte sich ungerecht behandelt. Er mochte Polizisten nicht, seit er einmal bei einer Ausweiskontrolle in der Disco mitgenommen worden war. Er wollte sich weder von der Polizei noch von seinen Eltern vorschreiben lassen, wie lange er tanzen ging und ob er dabei Drogen nahm oder nicht. Kai nannte Polizisten seitdem, wenn sie nicht dabei waren, »Bullen«, manchmal auch »Scheißbullen«.

Er blieb höflich und gab brav Auskunft, aber er erzählte längst nicht alles. In einem unbeobachteten Moment zog er einen Stick aus einem Computer und steckte ihn ein. Das Ding wog nur ein paar Gramm und war nicht mal so groß wie ein Päckchen Streichhölzer, aber es enthielt garantiert alles, was er brauchte, um sich zu rächen: Passwörter und Zugangscodes.

Der Stick brannte in seiner Hose. Er strahlte geradezu eine Energie aus, die ihm half, die Fragen von Rupert besser zu überstehen.

Er würde ihnen alles heimzahlen. Ich mach dich fertig, du Arsch, dachte er und versuchte, dabei höflich zu lächeln.

»Was gibt's da zu grinsen?«, fragte Rupert.

»Ich grinse nicht.«

»Wenn du denkst, dass du mich verarschen kannst, bist du schief gewickelt.«

»Denk ich nicht, Herr Kommissar. Ich doch nicht.«

Ubbo Heide hatte vor, die Pressesprecherin der Polizeiinspektion Aurich, Rieke Gersema, mit der Aufgabe zu betrauen, doch zum ersten Mal, solange er sie kannte, weigerte sie sich. »Nein, das kann niemand von mir verlangen.«

»Aber warum nicht? Jemand muss mit den Eltern reden. Als Pressesprecherin bist du so etwas wie die Öffentlichkeitsbeauftragte.«

Sie schüttelte den Kopf. Erst jetzt fiel Ubbo Heide auf, dass sie eine neue Frisur hatte. Kurze schwarze Haare, in der Mitte zu kleinen Spitzen hochtoupiert. Sie trug einen auffällig kurzen Rock und hochhackige Schuhe. So erschien sie normalerweise nicht zum Dienst. Sie hatte einen festen Freund und katholische Prinzipien.

»Haben wir dich von einer Party geholt?«, fragte Ubbo.

»Mein Vater wird heute sechzig«, antwortete sie ziemlich pampig, wie er fand.

»Tut mir leid«, sagte er. Aber sie grinste. »Wieso? Er fühlt sich prächtig und hätte – wie er behauptet – nicht die geringste Lust, noch einmal zwanzig zu sein.«

»Es tut mir leid, dass wir dich von der Geburtstagsfeier holen mussten, aber ...«

»Schon gut. Die anderen sind ja auch alle hier, aber ihr könnt nicht von mir verlangen, dass ich mich alleine diesen aufgebrachten Eltern stelle.«

Entweder sie hatte ein anderes Make-up als sonst, oder ihre Wangen glühten.

Ubbo Heide fragte sich, welche Haarfarbe sie vorher gehabt

hatte und musste sich eingestehen, dass er, der gute Beobachter, es nicht genau wusste. Jedenfalls war dieses Schwarz neu.

Er konnte Menschen mit einem einzigen Blick taxieren und genau abschätzen, was mit ihnen los war. Er schloss aus winzigen Details auf einen Gesamtzusammenhang, so auch jetzt bei Rieke Gersema, aber sein Erinnerungsvermögen wurde löchrig. Er nahm die Veränderung an ihr wahr, hätte aber ihr früheres Aussehen nicht beschreiben können. Er erschrak darüber. Werde ich dement, fragte er sich, oder ist es heute nur ein Zuviel an Eindrücken?

»Niemand kann das so kompetent wie du«, sagte er und fügte hinzu: »Du hältst damit den Kollegen den Rücken für die Ermittlungsarbeit frei ...«

Er griff sich an den Magen, aber sie blieb hartnäckig und schüttelte den Kopf.

Er hatte sie nie so erlebt. Sie war immer eine freundliche, kompetente Mitarbeiterin gewesen. Woher kam plötzlich diese Weigerung?

»Ich habe keine Lust mehr, den Menschen Dinge zu erklären, die ich nicht verbockt habe, mich für den Mist anmachen zu lassen, den andere gebaut haben ...« Sie suchte nach Worten und fuhr dann kleinlaut fort: »Oder so ...«

Verwundert fragte Ubbo Heide: »Sagt wer?«

Sie kaute plötzlich auf der Unterlippe herum. »Mein Therapeut ...«

Ach du Scheiße, dachte Ubbo. Auch das noch. Ausgerechnet jetzt.

Aber das sagte er nicht. Stattdessen suchte er Blickkontakt zu ihr und sprach leise: »Da hat dein Therapeut zweifellos grundsätzlich recht, aber das hier ist eine sehr spezielle Situation, und niemand hat etwas verbockt oder Mist gebaut. Du sollst auch für nichts geradestehen. Du repräsentierst unsere Behörde nur nach außen.«

Er sah ihr an, dass sie schon längst nicht mehr zuhörte. Ihre Augen füllten sich mit Tränen.

»Ich habe immer meinen Vater nach außen verteidigt, für ihn gelogen und allen Leuten etwas vorgemacht.«

Vorsichtig legte er den Arm um sie. Es war eine mutige Entscheidung, er war sich durchaus der Möglichkeit bewusst, dass er sich dabei eine Ohrfeige hätte einfangen können. Aber Rieke Gersema lehnte sich dankbar an seine Schultern und ließ die Tränen fließen.

»Säuft er?«

»Nein. Wenn es nur das wäre. Er schlägt meine Mutter. All die Jahre. Und ich ... ich decke ihn ...« Sie schluchzte.

Rupert öffnete die Tür ohne anzuklopfen.

Er sah Rieke in ihrem scharfen Rock im Arm von Ubbo Heide. Ihr Gesicht konnte er nicht sehen, das verbarg sie an Ubbos Brust.

Anerkennend nickte Rupert seinem Chef zu, zeigte ihm den erhobenen Daumen und schloss leise wieder die Tür.

»Mensch«, sagte Rupert zu Schrader, »der Chef und der Knackarsch. Das hätte ich dem alten Sack gar nicht zugetraut.«

»Und was ist jetzt«, fragte Schrader, »lassen wir die Kids nach den Befragungen einfach frei oder erfolgt eine Inobhutnahme?«

»Wir halten sie fest, bis wir den Mörder haben.« Rupert sah auf seine Uhr. »Ich gebe den Kids keine zwei Stunden mehr, dann knickt der Erste ein und gesteht oder haut die anderen in die Pfanne.«

Ruperts Slip kniff. Er fasste sich in den Schritt und versuchte, den Sitz der Unterhose zu verändern. Dabei verrenkte er sich merkwürdig spastisch. Schrader bemerkte das natürlich und sagte: »Mir gehen solche Stresssituationen auch immer tierisch auf die Eier. Ich habe dann manchmal das Gefühl, sie würden platzen.«

»Kenn ich«, stimmte William Schmidt ihm zu, der hinter ihnen aus der Toilette kam und jetzt seine roten Locken schüttelte.

»Was machst du denn hier? Du müsstest doch drüben im Mutterhaus sein – bei den Jungens?!«, fuhr Rupert William an.

»Ach, Entschuldigung. Ich wusste nicht, dass hier in Ostfriesland gerade ein islamischer Gottesstaat eingerichtet wird.«

Rupert konnte sowieso keine rothaarigen Schnösel leiden, von dem hier ließ er sich nicht so anmachen. »Also? Was hast du hier zu suchen?«

»Ich will die Anja sprechen.«

»Warum?«

»Braucht man dafür einen Grund?«

»Ja.«

»Okay. Wir gehen zusammen.«

»Seit wann?«

William sah auf die Uhr. »Seit knapp drei Stunden.«

»Na, da wird der Trennungsschmerz aber groß sein ...«

Ann Kathrin und Weller stürmten nacheinander durch den engen Flur in Richtung von Ubbo Heides provisorischem Büro. Er leitete von hier aus den Einsatz.

Rupert breitete die Arme aus, um die zwei aufzuhalten. »Nicht so hastig, Kollegen. Der alte Schwerenöter möchte gerade nicht gestört werden.«

Schrader drückte sich an die Wand, um Platz zu machen. William Schmidt trat zurück in die Toilette. Rupert wurde zwischen Ann Kathrin und Weller, die ihre Geschwindigkeit nicht abbremsten, eingeklemmt und fast umgeworfen. Sie beachteten ihn gar nicht. Hinter ihnen taumelte er.

»Wer predigt denn hier immer, wir sollten sensibel sein? Ihr oder ich?«

Ann Kathrin und Weller betraten den Raum. Rieke Gersema sagte gerade: »Ich bin überhaupt nur deshalb Polizistin geworden, aber ich habe es nie geschafft, es zu verhindern.«

»Ja«, antwortete Ubbo Heide, »wir haben alle sehr private Gründe, warum wir ...« Er stoppte mitten im Satz. Er sah Ann Kathrin und Weller sofort an, dass im Fall eine Wende eingetreten war.

Ann Kathrin stieß den Satz wie einen Vorwurf aus: »Laura, Felix und Kai behaupten unabhängig voneinander, dort sei ein Mann im Watt gewesen.«

Rieke Gersema schnäuzte sich die Nase und drehte sich so, dass sie möglichst unbeobachtet ihre Tränen abwischen konnte. Es sah aus, als ob sie nur den Bakterienflug von den Kollegen fernhalten wollte. Doch bei aller Höflichkeit der Geste bemerkte Ann Kathrin an Rieke Gersemas Körperhaltung und am Ton, mit dem sie sich die Nase putzte, dass mehr dahinter verborgen war als ein simpler Sommerschnupfen.

Ubbo Heide lehnte sich an den Schreibtisch, als wisse er nicht wohin mit den Händen. Ann Kathrin vermutete, dass Rieke Gersema von ihrem langjährigen Freund verlassen worden war und sich jetzt aufbrezelte, um für den Rest der Männerwelt attraktiv zu sein.

»Der große Unbekannte?!«, rief Ubbo Heide. Es klang mehr nach einer Feststellung als nach einer Frage.

»Es gibt nur zwei Möglichkeiten, warum die Kids uns das erzählen«, sagte Ann Kathrin. »Entweder, es stimmt, oder sie haben sich abgesprochen und die Geschichte erfunden, weil einer von ihnen geschossen hat und sie uns einen Verdächtigen liefern wollen.«

Weller nickte. Das war eine klare Analyse.

Rieke Gersema drehte ihnen noch immer den Rücken zu und schnäuzte sich erneut.

»Gesundheit«, sagte Weller überflüssigerweise.

Ubbo Heide klatschte jetzt die Hände zusammen. »Ja, das ist doch mal eine schöne Geschichte für die Presse. Es läuft ein unbekannter Killer in Ostfriesland herum, der mitten in der Saison im Watt wahllos Menschen erschießt ... Wäre das nicht eine gute Story für deinen Freund Holger Bloem vom Ostfrieslandmagazin?«

»Felix und Kai können ihn sogar beschreiben. Eins achtzig bis eins neunzig. Breite Schultern. V-Rücken. Durchtrainiert. Solche Oberarme. Vermutlich Bodybuilder oder Kampfsportler. Dreitagebart, lange, lockige Haare«, sagte Weller, um Ann Kathrin zu unterstützen. So weit hatten die zwei sich aber noch gar nicht abgesprochen.

Jetzt staunte Ann Kathrin. »Sie haben ihn so genau gesehen? Laura sagte mir, er sei weit weg gewesen.«

»Hm. Aber nach dem Nebel muss er sie überholt haben. Er lief über einen günstigeren Pfad im Watt. Er sackte kaum ein. Das war die Rettung für die Schüler. Felix behauptet, sie seien dann seinem Weg gefolgt.«

»Sie haben mit ihm geredet?«

»Nein. Angeblich ist er vor ihnen weggelaufen, hat sie nicht an sich herangelassen.«

Ann Kathrin schmunzelte. »Der Bodybuilder hatte Angst vor den Schülern?«

Weller zuckte mit den Schultern. »Wenn er der Mörder ist, dann wollte er nicht erkannt werden.«

Ubbo Heide zog ein in Folie eingewickeltes, gelbliches Marzipanbrot aus der Jacke. Es war angebissen. Er brach sich fast verschämt ein Stückchen ab und schob es sich zwischen die Lippen, wie man ein Medikament einnimmt.

»Dazu hätte er nur nach Norderney zurückgehen müssen ... Es wäre ein Leichtes gewesen, ihnen aus dem Weg zu gehen. Der Meeresboden ist weit ...«

Das Ganze hörte sich völlig irre und unglaubwürdig an. Vielleicht begann Ann Kathrin genau deshalb in Erwägung zu ziehen, es könnte doch etwas an der Sache dran sein.

Draußen auf dem Parkplatz vor dem Gebäude gab es Streit.

Lauras Mutter und Bollmanns Frau waren fast zeitgleich angekommen. Es gab nicht genügend freien Parkraum für zwei Autos, und Frau Bollmann behauptete, ihr stünde ein Platz zu.

Ubbo Heide trat ans Fenster und sah nach unten, dann bat er Ann Kathrin und Weller: »Kümmert euch darum. Der Run beginnt. Die ersten Eltern treffen ein.«

Plötzlich drehte Rieke Gersema sich um. »Moin, Kollegen. Ich ... ich mach das schon ...«

Ubbo Heide gab Ann Kathrin einen Wink. Die verstand sofort und hielt Rieke Gersema fest. »Danke, Rieke, aber das mache ich jetzt lieber. Ubbo braucht dich.«

Weller wollte mit den Befragungen fortfahren. So langsam kristallisierte sich ja heraus, was wirklich geschehen war. Er ging an dem Zimmer vorbei, in dem Ann Kathrin gerade mit Laura gesprochen hatte.

Laura machte eine rasche Bewegung, und Weller war sich sicher, dass sie gerade telefoniert hatte. Er trat ein und musterte sie. Laura hockte da, als hätte sie noch nie im Leben auf einem Stuhl gesessen und müsste erst noch herausfinden, wie das am besten geht. Gerade eben hatte sie auf ihn wie eine erwachsene Frau gewirkt. Jetzt eher wie ein Kind. Er musste an seine Mädchen denken. Ein Beschützerinstinkt meldete sich in ihm.

»Willst du deine Eltern anrufen? Du hast doch schon mit deiner Mutter gesprochen, oder?«

Sie machte einen so verunsicherten Eindruck, dass es für Weller wichtig wurde, herauszubekommen, was sie zu verbergen hatte.

»Ich habe nicht telefoniert«, sagte sie jetzt.

Weller lächelte, und sie wusste, dass sie sich verraten hatte.

Sofort versuchte sie, die Lüge wieder hinzubiegen. »Ich wollte ... meine Freundin anrufen. Es gibt ja nun wahrlich eine Menge zu erzählen ...«

Weller nickte ihr wohlwollend zu und schickte sie raus. Sie setzte sich im Flur auf die kleine Bank, hielt es aber nicht lange aus, sondern sprang auf und lauschte an der Tür. Drinnen passierte genau das, was sie befürchtet hatte. Weller drückte die Wahlwiederholungstaste und Sascha Kirsch ging sofort ans Handy.

»Ja, Süße, ich bin ganz nah bei dir. Gegenüber in der Alten Backstube warte ich auf dich. Die dürfen dich nicht gegen deinen Willen festhalten. Sag einfach, dass du in die Jugendherberge willst.«

Weller freute sich über den redseligen Gesprächspartner, wollte aber auch zu gern seinen Namen wissen. »Ich verbinde Sie gern mit Ihrer Süßen, wenn Sie mir kurz Ihren Namen verraten würden, damit ich weiß, wen ich melden darf ...«

Weller bekam keine Antwort. Sein Gesprächspartner legte auf.

Es ist ein junger Mann, dachte Weller. Er sitzt in der Backstube und wartet auf sie. Warum macht sie ein Geheimnis daraus? Einer von ihren Klassenkameraden kann es nicht sein, die haben wir alle ... Hat sie hier einen Lover? Er hat Liebste gesagt. War das so eine Redensart? Sagen Jugendliche das heutzutage, so, wie sie »cool« und »krass« sagen?

Er konnte sich nicht daran erinnern, wie seine Töchter Freunde ansprachen. Viel zu lange hatte er sie nicht mehr mit Gleichaltrigen gesehen.

Weller öffnete die Tür langsam, so dass Laura genug Zeit hatte, sich wieder auf die Bank zu setzen. Er wusste, dass sie gelauscht hatte. Er hätte es an ihrer Stelle genauso gemacht.

»Er wartet gegenüber in der Alten Backstube. Nette Kneipe. Da war ich früher mit meiner Frau oft ...

Seine Worte schafften eine Brücke, und sie ging vorsichtig tastend darüber. »Ich würde ihn gern sehen.«

»Die Sehnsucht?«, fragte Weller, und es lag auch nicht der Hauch von Ironie in seiner Stimme.

Sie nickte fast unmerklich und sah ihn dabei von unten an. Das Vaterherz in ihm pochte wild, und er hätte sie am liebsten rüber zur Backstube begleitet.

Er bremste sich und warnte sich selbst: Vorsicht, alter Junge, die kriegt sonst gleich alles von dir, was sie sich wünscht, weil du an ihr wiedergutmachen willst, was du an deinen Töchtern verbockt hast.

Er schloss kurz die Augen. Etwas Mächtiges, Dunkles, Böses schien sich auf direktem Kollisionskurs zu seinem Leben zu befinden. Er sah sich hilflos nach Ann Kathrin um, aber die stand schon draußen bei den beiden Frauen.

»Manchmal«, sagte er heiser zu Laura, »manchmal halte ich es auch kaum ohne meine Liebste aus.«

»Ach, ich dachte, das geht nur uns so. Haben Jungs das auch?«, fragte sie ein bisschen schnippisch, und Weller nickte: »O ja, Jungs haben das auch.«

Sie sah ihn mit tiefem Verständnis an.

»Wie heißt er?«, fragte Weller, und sie antwortete: »Sascha. Sascha Kirsch.«

Der Name veränderte sofort alles.

»Das bedeutet ja«, folgerte Weller, »er ist hier in Norden.«
»Ja. In der Backstube.«
»Aber ... ich denke, er ist gar nicht mitgefahren nach Norddeich.«

»Ist er ja auch nicht. Also nicht offiziell, weil der Bollmann und er, die waren doch wie der Teufel und das Weihwasser.«

Weller formulierte den Rest für Laura. »Und dann hat er auf krank gemacht, ist aber hinterhergefahren, und so konntet ihr euch ungestört treffen, weil es kein großes Kunststück für dich war, nachts aus der Jugendherberge zu verschwinden und morgens wieder pünktlich da zu sein.«

Sie strahlte ihn mit meineidigem Silberblick an und lächelte komplizenhaft.

»Sie verstehen uns.«

»Ja, klar, ich habe Töchter in deinem Alter.«

Dann tastete er sich vorsichtig heran. »Und er hat dich doch nicht alleine ins Watt gehen lassen.«

»Natürlich. Er konnte ja wohl schlecht mit. Das wäre aufgefallen.« Sie lachte gekünstelt.

»Und wo war er dann die ganze Zeit?«

Sie zuckte mit den Schultern. »Na, er hat auf mich gewartet.«

»Wo?«

»Keine Ahnung.«

Weller zog die Augenbrauen hoch. »So verliebt und keine Ahnung, wo der Liebste ist?«

Sie druckste kurz herum und rückte dann mit der Sprache heraus. Es klang wie die Wahrheit oder war zumindest nahe dran.

»Ich glaube, er wollte mit der Fähre nach Norderney.«

»Und du hättest dich dort von der Gruppe abgesetzt und ihn heimlich getroffen. Lass mich raten – in der Weißen Düne?«

»Nein, im Café Marienhöhe, das liegt total schön und ist innen so ein altbackenes Omacafé mit Torten und richtigen Kellnern, ganz plüschig und ...«

»Du kennst dich ja gut aus.«

Sie lachte. »Meine Mutter ist ein militanter Ostfrieslandfan.«

Weller stutzte, den Ausdruck hatte er noch nie gehört. »Militanter Ostfrieslandfan?«

Laura rollte mit den Augen. »Die verbringt hier jeden Urlaub. Wir waren schon auf allen sieben Inseln. Jedes Jahr auf einer anderen. Auf Norderney habe ich fünfmal die Ferien verbracht. Fünfmal! Meine Mutter hat mal mit einem Typen Schluss gemacht, der war Leadsänger in so einer Heavy-Metal-Band ... schreckliche Krachmacher ... weil er mit ihr nicht nach Ostfriesland wollte, sondern in die Alpen.«

Sie hielt sich für einen Moment die Ohren zu, als würde sie die zu laute Musik noch immer hören. Dann zählte sie es an den Fingern auf: »Die Sommerferien sowieso. Dann die Osterferien, Herbstferien, Weihnachten auf jeden Fall und dann manchmal auch noch über Pfingsten. Sobald die Schule aus war, ab über den Ostfriesenspieß Richtung Meer.«

»Über den was?«

»Ostfriesenspieß. Die A 31! Mann, Sie checken echt gar nichts. Von Bottrop bis Emden immer volle Pulle.«

»Ich kenne die Strecke. Nachts ist da kein Mensch. Wie ausgestorben. Nur wenn die Ferien in NRW beginnen, dann ist da gleich die Sau los. Aber zurück zu deinem Freund. Wer weiß noch, dass er in Norden ist?«

»Niemand.«

»Keine beste Freundin?«

»Niemand.«

Damit gab Weller sich zufrieden. Jetzt stellte er die entscheidende Frage und achtete dabei genau auf ihre Körperreaktion. »Kann es sein, dass Sascha Kirsch der Unbekannte auf der Sandbank war? Ist er dir von Norderney entgegengekommen?«

Sie fuhr hoch, als sei sie auf ihrer Sitzbank gebissen worden. Sie reckte die Brust raus. Ihr Körper war gespannt wie ein Bogen. »Nein! Das war er nicht!«, stieß sie eine Spur zu laut aus.

Die Mütter standen sich angriffslustig gegenüber, wie Schwergewichtsboxer bei der letzten Pressekonferenz vor dem Kampf.

Andrea Godlinski war eine attraktive Frau, der Ann Kathrin

aber selbst jetzt, auf dem Parkplatz der Polizei bei diesem diffusen Licht ansah, dass sie viel zu lange viel zu viel geraucht hatte. Ihre Gesichtshaut hatte den Glanz verloren. Umso mehr funkelten ihre Augen.

Sie sah ihrer Tochter sehr ähnlich, war aber fraulicher und, wie Ann Kathrin fand, auf eine reife Weise schöner. Ihr Blick hatte dieses wache Funkeln, das nach Ann Kathrins Erfahrung auf einen scharfen Verstand schließen ließ. Sie hatte seidige, schulterlange Haare, pechschwarz, und ihre Augen erinnerten Ann Kathrin an glühende Kohlen. Ihre schwarzlackierten Fingernägel gaben ihrem Aussehen etwas Hexenhaftes.

Petra Bollmann dagegen machte eher den Eindruck einer Lesbe, die seit dreißig Jahren verheiratet war und heute ihr Coming-out hatte. Sie sah überhaupt nicht aus wie eine Frau, die gerade ihren Mann verloren hatte. Sie brüllte Lauras Mutter an: »Was machst du denn hier? Kannst du ihn nicht endlich in Ruhe lassen?«

Andrea Godlinski drehte sich eine Zigarette. Die schwarzen Fingernägel glitzerten, als seien darin kleine Sterne eingearbeitet. Sie stand an der Beifahrerseite hinter der geöffneten Tür eines dunklen BMW mit Bochumer Kennzeichen und benutzte die Tür wie einen Schutzschild. Ihre Arme waren lässig darauf gestützt. Sie rollte die Zigarette zu Ende und leckte den Klebestreifen betont lasziv an.

Ann Kathrin sah, dass ein bärtiger Mann hinter dem Lenkrad saß. Zwischen seinen Lippen hing ein Glimmstängel. Seine Augenpartie lag so weit im Schatten, dass Ann Kathrin sein Alter nicht schätzen konnte. Sie wollte sein Gesicht sehen und trat näher an den Wagen.

Jetzt warf Lauras Mutter den Tabakbeutel auf den Beifahrersitz und schnauzte Frau Bollmann an: »Ich komme nicht wegen deinem Mann, sondern wegen meiner Tochter, du bescheuerte Kuh!«

»Ach, hör doch auf! Du bist ihm nachgefahren! In Ostfriesland war doch immer euer Liebesnest!«

Ann Kathrin blieb stehen und betrachtete die Szene in Ruhe. Manchmal, dachte sie, erfährt man durch einfaches Zuhören viel mehr als durch Verhöre und Befragungen. Sie tat so, als ob sie in eines der Einsatzfahrzeuge steigen wollte und nur den Schlüssel suchen würde, aber so viel Täuschung war gar nicht nötig. Die beiden Frauen hassten sich viel zu sehr und waren so heftig auf sich fixiert, dass sie Ann Kathrin gar nicht bemerkten.

»Dein scheinheiliger Ehemann hat meine Tochter in Gefahr gebracht. Ich zeige ihn an! Von Norddeich nach Norderney! Wie blöd ist das denn?«

Frau Godlinski schlug sich mit der flachen Hand gegen die Stirn. Die selbstgedrehte Zigarette wippte kalt zwischen ihren Lippen. Sie fingerte ein Feuerzeug aus ihrer hautengen Jeans und schützte die Flamme mit ihren offenen Handflächen gegen den Nordostwind.

Als Ann Kathrin das Gesicht im Licht der Gasflamme deutlicher sah, klang deren Stimme noch in ihren Ohren nach, und sie musste an einen Satz denken, den sie auf der Internetseite der *Gelsenkirchener Geschichten* gelesen hatte. »Niveau ist keine Hautcreme.«

Frau Godlinski hatte einen leicht ordinären Zug um die Lippen. Ann Kathrins Ex Hero hatte ja behauptet, Männer würden auf so etwas abfahren. Aber der Herr Psychologe fand ja auch Laufmaschen erotisch, Silikonbrüste und Gummistiefel.

Der BMW von Andrea Godlinski und der Audi von Petra Bollmann bildeten eine Speerspitze, die auf einen freien Parkplatz zeigte. Die Kotflügel berührten sich fast.

Ann Kathrin ahnte, dass Frau Godlinski dieses Duell gewinnen würde. Immerhin saß ihr bärtiger Freund hinter dem Steuer. Lauras Mutter musste es also nur schaffen, Frau Bollmann weit genug aus dem Wagen zu locken, und er konnte mit einem einigermaßen geschickten Manöver den letzten freien Platz ergattern.

Der Audi von Frau Bollmann erinnerte Ann Kathrin makabererweise an einen bunten Sarg. Die Motorhaube war in einer anderen Farbe lackiert als die Türen und das Dach. Als Kind hatte Ann Kathrin davon geträumt, in einem bunten Sarg beerdigt zu werden – allerdings nur, um dann von einem ausgesprochen hübschen Prinzen wachgeküsst zu werden.

Frau Bollmann stiefelte auf den Eingang der Polizeiinspektion zu.

»O nein!«, kreischte Andrea Godlinski. »Du willst deine Schrottkiste doch hier jetzt nicht einfach so stehenlassen?!«

Petra Bollmann sah sich zu Lauras Mutter um und behauptete stur: »Ich werde jetzt genau da durch diese Tür gehen, und was du machst, ist mir völlig schnurzpiepegal.«

»Du kannst doch hier nicht einfach rodeoparken!«

Ann Kathrin kannte Übersprungshandlungen von Menschen in Stresssituationen. Als Kind war sie ein paar Tage auf einem Bauernhof in den Ferien zu Gast gewesen. Sie hatte den Bauern beobachtet, der ein Huhn geschlachtet hatte. Er schlug dem Tier auf einem Holzklotz den Kopf ab. Andere Hühner liefen frei herum. Sie begannen, sich merkwürdig zu verhalten. Einige pickten Körner vom Boden, wo gar keine lagen, andere attackierten ihre Artgenossen.

Viele Menschen verhielten sich ähnlich. Wenn sie erfuhren, dass ein naher Angehöriger getötet worden war, taten sie plötzlich unangemessene, sinnlose Dinge. Ann Kathrin hatte eine Mutter erlebt, der sie vom Tod ihres Sohnes berichten musste, und die Frau begann, den Rasen zu mähen. Ein Ehemann, dessen Frau ermordet worden war, schälte einen Apfel, als gäbe es nichts Wichtigeres zu tun. Dann beschimpfte er Ann Kathrin als »gottverdammte Thekenschlampe« und warf den Apfel gegen die Wand. Am Ende lag er weinend in ihren Armen. Er entschuldigte sich nicht. Er hatte das Gesagte vergessen.

Ann Kathrin vermutete, dass es bei Frau Bollmann ähnlich werden würde. Jetzt war sie verbal explodiert wie eine abgezogene Handgranate, aber das würde bald in sich zusammenbrechen.

Zielstrebig lief Petra Bollmann an Ann Kathrin vorbei zum Eingang. Sie bebte vor Zorn, und ihre Lippen waren nur Striche im Gesicht.

Andrea Godlinski knallte die Tür zu, und ihr Freund fuhr den Wagen mit heulendem Motor auf den Parkplatz. Dabei kratzte er mit der Breitseite am Kotflügel des Audi entlang. Metall knirschte.

Frau Bollmann fuhr herum. Obwohl Frau Godlinski den Unfall gar nicht verursacht hatte, sondern ihr Begleiter, ging Frau Bollmann direkt auf sie los. Jetzt entlud sich ihr Frust.

Ann Kathrin schätzte Frau Bollmann auf Mitte bis Ende fünfzig, aber sie sprang ihre Gegnerin an wie ein junger Tiger. Sie krallte sich in ihren Haaren fest, und die beiden Frauen gingen vor der Polizeiinspektion zu Boden und rollten kämpfend über den Parkplatz.

Aus der Alten Backstube torkelte ein einsamer Trinker und sang: »Rolling home, rolling home across the sea.«

Vom Teemuseum brüllte eine weibliche Stimme: »Schnauze, Hein!«, und sofort erstarb der Gesang.

Ann Kathrin atmete einmal tief durch und ging dazwischen, um die Streithähne zu trennen. Sie riss Lauras Mutter hoch und stellte sich zwischen die beiden Frauen. Mit ausgestreckten Armen richtete sie einen Zeigefinger wie den Lauf einer Schusswaffe auf sie und kommandierte: »Sie werden sich jetzt beide beruhigen!«

Andrea Godlinski nickte fast erleichtert und ordnete ihre Kleidung. Sie hatte ihre Zigarette verloren und blutete aus der Nase.

Petra Bollmann stand ungelenk auf. Jetzt wirkte sie wie eine alte Dame, die im Seniorenheim unglücklich gestürzt war.

Ann Kathrin hatte miterlebt, wie flink und behände sie war und hielt das alles für eine Finte. Sie war bereit, den jungen Stier aufzuhalten, falls er gleich losbrechen sollte.

»Verstehe einer die Frauen«, sagte der bärtige Fahrer, der inzwischen aus dem Wagen gestiegen war. Er sah sich den Blechschaden an. Der BMW hatte einen langen Kratzer.

»Vielleicht guckst du mal, wie es mir geht, statt dem blöden Wagen!«, keifte Andrea Godlinski.

»D ... das ist mein Auto!«, stammelte er und sah aus, als könnte er seine Tränen nur schwer unterdrücken.

»Und ich? Bin ich niemand? Du kannst dir gerne eine Neue suchen, wenn ich dir nicht genug bin, oder heirate doch dein dämliches Fahrzeug!«

Frau Bollmann nutzte die kurze Ablenkung der Aufmerksamkeit. Mit einem Ausfallschritt hechtete sie hinter Ann Kathrins Rücken vorbei und verpasste Lauras Mutter einen Fausthieb aufs rechte Auge.

Die hielt sich die Hände vors Gesicht und sackte in sich zusammen. »Robert!«, stöhnte sie, und schon war er da, um seine Liebe unter Beweis zu stellen. Robert war alles andere als ein Engel, und er hatte in seinem Leben schon so manchen Kerl verdroschen, allerdings fiel es ihm schwer, eine Frau zu schlagen. Er holte zwar martialisch aus, zögerte aber einen Moment zu lange, um die Faust abzuschicken. Frau Bollmanns Fuß traf ihn an seiner empfindlichsten Stelle, und er ging mit weit aufgerissenem Mund in die Knie.

Ann Kathrin packte jetzt Frau Bollmann, drehte ihr den rechten Arm auf den Rücken und hielt sie so unter Kontrolle.

In dem Moment trat Rupert vor die Tür, und der Journalist Holger Bloem vom Ostfrieslandmagazin fuhr vor. Er wollte sehen, was an den Gerüchten dran war, die inzwischen von Norden bis Aurich kursierten. Bloem konnte nicht weiterfahren, weil der bunte Audi noch quer stand. Er stieg aus und sah den Mann am Boden knien, daneben die Frau, die offensichtlich einen Schlag ins Gesicht bekommen hatte. Dazwischen Ann Kathrin Klaasen, die mit Frau Bollmann rang.

Holger Bloem hatte sofort den Fotoapparat im Anschlag, zögerte aber, ein Bild zu machen.

»Wie Sie sehen«, sagte Rupert, »hat Frau Klaasen die Dinge wieder mal voll im Griff.«

Ann Kathrin nickte Bloem zu. Frau Bollmann schlug um sich.

»Soll ich lieber später wiederkommen?«, fragte Holger Bloem.

Rupert antwortete für Ann Kathrin: »Aber nein! Für die Presse hat unsere Kommissarin immer Zeit.«

Nachdem Ann Kathrin mit Bloem einen Kaffee getrunken hatte, schüttelte er immer noch den Kopf darüber, warum jemand versuchte, von Norddeich aus über den Meeresboden nach Norderney zu gehen. Natürlich hatte es solche Touren schon gegeben, aber dann mit erfahrenen Wattführern und der richtigen Ausrüstung.

Rupert hatte eine offene Tüte mit Erdnussflips auf dem Schreibtisch liegen lassen. Ann Kathrin bot Bloem davon an. Er ließ sich das nicht zweimal sagen. Er liebte Erdnussflips.

Kaum war die Tüte leer, kam Rupert herein und grummelte: »Ach, da sind ja meine Flips.« Er fischte die knisternde Tüte vom Schreibtisch und sah enttäuscht hinein.

Ich konnte diesen Bloem noch nie leiden, dachte er, lächelte aber und sagte: »Ein Glück, dass die weg sind. Das Zeug macht sowieso nur dick. Nett, dass ihr euch geopfert habt.«

Ann Kathrin versprach, Bloem auf dem Laufenden zu halten. Er verabschiedete sich.

Inzwischen hatte Frau Bollmann sich beruhigt und war jetzt eher in der weinerlichen Phase. Sie schämte sich für ihre Aktion draußen vor der Polizeiinspektion.

»Entschuldigen Sie, Frau Kommissarin. Ich habe mich benommen wie eine Idiotin«, sagte sie.

»Sie sollten nicht so streng mit sich sein. Dies ist eine Ausnahmesituation. Immerhin wurde Ihr Mann ermordet. Sie sind doch sonst nicht so kampfeslustig, oder?«

»Nein, da haben Sie wohl recht. Ich bin eher das genaue Gegenteil. Deshalb hat mein Mann mich gewählt. Verstehen Sie, Frau Kommissarin? Ich war gefügig.«

»Gefügig?«

»Ja. Ich denke, das ist das richtige Wort. Meine Freundin Marianne sagt, ich sei devot. Aber der Ausdruck gefällt mir nicht. Er ist so ... er hat so etwas ...«

Sie sprach nicht weiter.

»Mochte Ihr Mann devote Frauen?«, hakte Ann Kathrin nach.

Frau Bollmann dachte kurz nach und sagte dann bestimmt: »Er mochte Menschen, die ihm folgten.«

»Wie darf ich das verstehen?«

Frau Bollmann schluckte trocken. Ann Kathrin bot ihr ein Wasser an. Sie trank gierig.

»Was glauben Sie, warum er mit den Schülern nach Norderney gegangen ist? Sie halten ihn für einen verantwortungslosen Schwachkopf, stimmts?«

Ann Kathrin nickte ohne zu zögern.

»In Wirklichkeit ging es genau darum. Jeder wusste, dass es Irrsinn war. Nach Juist, das hätte man ja vielleicht noch verstanden. Die Insel liegt gerade vor einem, wenn man in Norddeich am Strand steht. Aber Norderney ... Warum Norderney? Glauben Sie mir, mein Mann war oft hier. Er kannte sich aus. Er ist nach Norderney gegangen, weil es so unmöglich aussieht.«

»Ich verstehe es trotzdem nicht. Gerade wenn er sich auskannte ...«

Ann Kathrin goss das Wasserglas noch einmal voll, aber Frau Bollmann rührte es nicht mehr an. »Er wollte, dass sie ihm bedingungslos vertrauen und folgen. Gegen jede Vernunft. So war er. Nur darum ging es, Frau Kommissarin.«

»Sie meinen, er liebte es, anderen seinen Willen aufzuzwingen?«

»Nennen Sie es, wie Sie wollen. Er liebte es, den Leitwolf zu spielen. Er hatte das Zeug zu einem General, der seine Leute in die Schlacht schickt, obwohl er weiß, dass sie nicht gewinnen können. Er war ein gefährlicher Mann, Frau Kommissarin. Das müssen Sie mir glauben.«

Ann Kathrin massierte sich die Schläfen. Es pochte hinter ihrer Schädeldecke, als würde es dem Gehirn zu eng werden.

»Wie lange sind Sie mit ihm verheiratet, Frau Bollmann?«

»Fast dreißig Jahre. Wir haben uns als Studenten kennengelernt.«

»War er schon immer so?«

»Ja, aber mit den Jahren ist es schlimmer geworden, als müsse er sich irgendetwas beweisen. Am Anfang habe ich ihn ohne Ende bewundert und versucht, genau so zu sein, wie er mich haben wollte.«

Das Brummen in Ann Kathrins Kopf wurde schlimmer. Werde ich nüchtern und habe jetzt einen Kater, ohne dass ich vorher geschlafen habe, fragte sie sich. Normalerweise hat man doch erst nach dem Aufwachen einen Kater.

»Hatte Ihr Mann Feinde? Menschen, die ihm ans Leben wollten?«

»Feinde hatte er bestimmt. Jedes Alphatier hat Feinde. Alle die, die gerne so wären wie er, es aber nicht schaffen ... Kollegen ...«

»Schüler?«

Sie lachte. »Worauf wollen Sie hinaus, Frau Kommissarin?«

Es fiel Ann Kathrin auf, wie oft Petra Bollmann sie als »Frau Kommissarin« ansprach. Ann Kathrin fragte sich, was sie damit bezweckte. Diese Frau war ein gerissenes Luder, befürchtete Ann Kathrin. Vielleicht war das alles nur Show, auch der Ärger draußen vor der Tür. Hatte sie diesen Mord eingefädelt? Ihn mitten in so einer Wahnsinnsstat ausknipsen zu lassen, lenkte den Verdacht auf viele Menschen, nur nicht auf die Ehefrau, die daheim in Bochum saß.

»Ihr Mann hatte eine Geliebte?«

Petra Bollmann winkte ab und spottete: »Männer! Die sind so. Müssen ständig ihren Marktwert testen, ob sie noch gefragt sind.«

Jetzt setzte sie sich anders hin. Sie zeigte zur Tür. »Aber dieses Flittchen da! Diese Godlinski! Die wollte ihn mir ernsthaft wegnehmen. Er ist mit ihr in unser Hotel gefahren. Er hat mit ihr auf Wangerooge im Uptalsboom gewohnt, an der Strandpromenade ...«

»Das hat Sie verletzt?«

Empört setzte Frau Bollmann sich gerade hin. »Hätte es Sie nicht aufgeregt, wenn Ihr Mann systematisch all die Plätze mit seiner neuen Freundin besucht, an die Sie romantische Erinnerungen haben? Das Hotel Georgshöhe auf Norderney. Das Pabst auf Juist ...«

Tut mein Kopf so weh, weil ich gerade eine irre Wut auf meinen Ex kriege, fragte Ann Kathrin sich. Eigentlich müsste ich dem Busenwunder doch dankbar sein, sonst würde ich immer noch in meiner hoffnungslosen Ehe hocken, statt mit Frank Weller das Leben zu genießen.

Sie verzog unwillkürlich den Mund. Der Ausdruck »das Leben genießen« war in letzter Zeit ja wohl fehl am Platz.

»Ihr Mann«, sagte Ann Kathrin jetzt hart, »ist nicht einfach ertrunken. Er wurde erschossen. Ich fürchte, er sieht nicht gut aus, aber ich muss Sie bitten, ihn zu identifizieren.«

»Erschossen? Im Watt?«

»Ja. Wir sind alle genauso fassungslos wie Sie.«

»Hat der Sascha ihn erschossen?«

»Sascha Kirsch?«

»Ja. Der. Mit ihm hatte mein Mann ungeheure Probleme. Der Junge hat sich ihm widersetzt ... die Gefolgschaft verweigert, wenn Sie so wollen.«

»Hat er ihm gedroht?«

»Er hat eine Todesanzeige für ihn aufgegeben. Reicht das?«

Ann Kathrin fragte erstaunt nach: »Die Anzeige ist in der Tageszeitung erschienen?«

»Ja. Und im Internet. Es haben Freunde angerufen, um sich zu entschuldigen, weil sie glaubten, die Beerdigung verpasst zu haben.«

»Und das war Sascha Kirsch?«

»Er hat es zugegeben und dafür die schriftliche Androhung eines Schulverweises kassiert.«

Das veränderte in Ann Kathrins Augen die Lage dramatisch, aber bevor sie Weller unterrichtete, hatte sie noch eine persönliche Frage an Frau Bollmann.

»Warum haben Sie Ihren Mann nicht verlassen?«

»Weil ich ihn liebe«, war die schlichte Antwort, und Petra Bollmann sah dabei aus wie ein Mensch, der zwar verzweifelt ist, aber die Wahrheit sagt.

Als Weller und Ann Kathrin zur Backstube rübergingen, um sich Sascha Kirsch vorzuknöpfen, saß Laura Godlinski mit dem Handy ihrer Mutter auf der Toilette und warnte ihn.

»Hau ab! Die halten dich für Bollmanns Mörder. Seine Alte hat sie gegen dich aufgehetzt.«

»Ich geh nicht ohne dich.«

»Bist du verrückt? Hau ab! Und schalte dein Handy aus. Die orten dich sonst.«

»Ich geh nicht ohne dich.«

»Ich glaube kaum, dass die uns im Knast eine Gemeinschaftszelle geben. Wir treffen uns am Drachenstrand.«

»Nein, lieber an unserer alten Stelle ...«

Er meinte den Strandkorb, in dem sie sich, geschützt vor Wind und Blicken, geliebt hatten. Sie stimmte sofort zu.

»Und jetzt hau ab. Sie müssen jeden Augenblick da sein.«

Es waren nicht mehr viele Gäste in der Alten Backstube. Die letzten Biergläser wurden ausgetrunken. Sascha ging hinter einem frisch verliebten Pärchen raus. Es schmerzte ihn, die hier knutschen zu sehen, während er von seiner Traumfrau zwangsweise getrennt war.

Er sah Ann Kathrin Klaasen und Frank Weller gegenüber bei der Ampel stehen. Sie waren so sehr Ordnungshüter, dass sie sich selbst in dieser Situation an die Gesetze hielten und auf Grün warteten. Dadurch hatte er einen klaren Vorteil.

Zunächst wollte er zum Jahrmarkt flüchten und sich dort zwischen den Schaustellerbuden verstecken, aber wohin sollte das führen?

Er bog in die Westerstraße ab und dann, als sie ihn nicht mehr sahen, rannte er los, vorbei am Comicshop und an der Pizzawerkstatt Mundfein.

Die Straße war menschenleer. Ein Uhr morgens in Norden. Seine schnellen Schritte hallten wie Schüsse auf dem Asphalt.

Wohin? Wohin?

Weller war ihm dicht auf den Fersen. Ann Kathrin blieb stehen und telefonierte.

»Der mutmaßliche Täter flieht zu Fuß über die Westerstraße Richtung Westermarsch. Wir brauchen Verstärkung.«

»Wir könnten ihm auf der Alleestraße den Weg abschneiden. Wir haben da einen Wagen.«

»Ja. Gut. Falls er uns keinen Haken schlägt.«

Weller sah den Jungen nicht mehr. Er hatte keine Lust, sich von dem Schnösel reinlegen zu lassen. Nach Luft japsend blieb Weller stehen. Er bereute jede zu viel gerauchte Zigarette. Seit er mit Ann Kathrin zusammen war, hatte sie versucht, aus ihm einen Nichtraucher zu machen. Ihre Methode war ganz einfach. Sie hielt keine »Gesünder leben«-Predigten. Sie küsste einfach keine Raucher.

Der Junge hatte nur wenig Versteckmöglichkeiten. Entweder kniete er hinter den geparkten Autos da, oder er hatte eine offene Haustür gefunden. Viele Ostfriesen hatten die Angewohnheit, gegen jeden Rat der Kriminalpolizei die Türen vierundzwanzig Stunden am Tag offen zu lassen.

Weller hatte Seitenstiche und seine Lunge brannte, dabei war er keine fünfhundert Meter weit gerannt.

»Komm raus! Du machst doch alles nur noch schlimmer! Du hast keine Chance. Wir haben deinen Namen, deine Adresse, dein Bild. Wo willst du hin? Es ist aus! Man muss wissen, wann man verloren hat!«

Hinter Weller bewegte sich etwas, genauer gesagt, über ihm. Es hätte vielleicht ein Vogel sein können. Doch für eine angriffslustige Möwe war die Bewegung zu schwerfällig.

Weller wirbelte herum. An der Häuserwand hinter ihm war ein Baugerüst angebracht. Eine Folie knatterte im Wind. Na klar. Er war da oben.

Weller zog sich hoch, und schon stand er auf dem ersten Brett. Er kletterte weiter. Er konnte Saschas Atem hören. Es gefiel Weller, dass der junge Kerl genauso hechelte wie er.

Unten kam Ann Kathrin näher. Weller hoffte, ihr gleich den

Täter übergeben zu können. Mit ein bisschen Glück, dachte Weller, kriegen wir bei Peter und Rita noch einen Absacker, und dann ab ins Bett.

Da trat jemand Weller auf die Finger. Weller stöhnte. »Au, verdammt ...«

Er sah nur den riesigen Schatten über sich. Als Weller ein Kind gewesen war, hatte sein Vater ihm gerne mit dem schwarzen Mann Angst gemacht, der angeblich unartige Kinder holte. So, wie dieser dunkle Schatten sich jetzt über ihm bewegte, hatte der kleine Frank sich den schwarzen Mann vorgestellt.

Weller baumelte jetzt an einer Hand in der Luft, und der Schmerz jagte von den Fingern bis in sein Gehirn. Mit links versuchte Weller, den Fuß über sich zu packen und von der Standfläche zu reißen. Aber dann hatte er plötzlich gar kein Gefühl mehr in den Fingern, auch der Schmerz war weg. Da war nur noch dieses Erstaunen, als er fiel.

Er krachte vor Ann Kathrin auf die Straße.

Erst sah Weller dieses Blaulicht, das sich in den Fensterscheiben spiegelte und in der Folie am Baugerüst. Er spürte nichts. Ihm tat nichts weh.

Er hörte nur Ruperts Stimme: »Weller hat sich von dem Schnösel verdreschen lassen. Ja, das ist schon peinlich, wenn sich so ein gestandener Kollege von einem siebzehnjährigen Gymnasiasten fertigmachen lässt. Ja, ich denke auch, er war einfach zu besoffen ...«

Weller wollte hoch und Rupert anbrüllen: *Ich zeig dir gleich, wer hier wen fertigmacht!* Aber er konnte nicht einmal seinen Kopf heben. Es kam ihm vor, als würde er schweben. Dann registrierte er, dass er auf einer Trage lag und in einen Krankenwagen gehoben wurde.

»Halts Maul!«, zischte Ann Kathrin und Weller war sich sicher, dass sie nicht ihn meinte, denn er hatte gar nichts gesagt.

»Fährst du jetzt mit ihm Händchen halten?«, fragte Rupert spitz.

»Nein, ich bleibe hier und passe auf, dass du keinen Mist baust!«

Rupert lachte. »Ja, der war gut. Selten so gelacht. Wer hat sich denn hier gerade von einem Halbstarken vorführen lassen? Dein Frank oder ich?«

Weller wartete auf das Klatschen einer Ohrfeige, aber der Ton blieb aus. Stattdessen schlossen sich Türen, und der Wagen fuhr mit Geruckel an.

Sascha Kirsch wurde zur Fahndung ausgeschrieben.

Andrea Godlinski bestand darauf, ihre Tochter mitnehmen zu dürfen. Ann Kathrin willigte ein, sie hatte gegen Laura nichts in der Hand, da musste der bärtige Rockmusiker gar nicht mit seinem berühmten Anwalt drohen. Im Grunde war Ann Kathrin, genau wie der Rest der Truppe, froh, ein paar Schüler loszuwerden.

Inzwischen war sogar ein Spezialist für Krisensituationen angerückt. Ein Psychologe aus Oldenburg. Er versprach, die Nacht bei den Jugendlichen in der Jugendherberge zu verbringen, um für alle, die nicht abgeholt werden würden, für Gespräche zur Verfügung zu stehen. Alle Eltern waren inzwischen auch offiziell informiert, die von Hannah, Karla und Chris waren schon da, was bei Anja zu einem Weinkrampf führte: »Alle werden abgeholt! Mich holt keiner ab! Ich bin denen doch egal! Ich hab gar nicht so richtige Eltern wie ihr! Meine vergessen mich sowieso! Die sind doch viel zu sehr mit ihrem eigenen Scheiß beschäftigt. Ich bin denen doch bloß lästig.«

Frau Godlinski bot sich an, auch Anja mitzunehmen, schließlich hätten sie hinten im BMW genug Platz und es sei ja kein großer Umweg, sie nach Hause zu bringen, aber Anja schüttelte den Kopf: »Nein! Das will ich nicht! Immer löse ich alle Probleme für die! Die sollen sich auch mal kümmern! Außerdem kann ich nicht laufen mit meinem Fuß.«

Ihre Schnittwunden waren in der Ubbo-Emmius-Klinik gut versorgt worden. Der dicke Verband sah schlimmer aus, als die ganze Sache war.

Während Andrea Godlinski sich noch um Anja kümmerte, verschwand ihre Tochter Laura unbemerkt. Als ihr Fehlen auffiel, war sie bereits in Norddeich in Richtung Strand unterwegs. In der Nähe vom Haus des Gastes stand der Strandkorb. Ihr Treffpunkt.

Der Südwestwind wurde heftiger. Laura rieb sich die Arme. Sie war völlig übernächtigt und erschöpft, körperlich und auch emotional, doch die Hoffnung auf ein Treffen mit Sascha pushte ihren Körper hoch wie eine Prise Koks.

Aber die Stelle war diesmal nicht so einsam, wie sie gehofft hatte. Jugendliche hatten vier Strandkörbe zu einer Art Burg zusammengestellt. In der Mitte prasselte ein kleines Feuer, und die Bierdosen kreisten. Es roch nach Haschisch. Sie hörten laut die *Ärzte*.

Laura ärgerte sich. Der Krach und vor allen Dingen das unerlaubte Feuer würde garantiert Ordnungshüter anlocken. Sie hatte keine Lust, dabei als Beifang mit ins Netz der Behörden zu laufen.

Sie musste Sascha warnen. Aber wie? Sie hatte ihm ja selbst empfohlen, das Handy auszuschalten. Am liebsten wäre sie hingelaufen und hätte diesen Idioten Musik und Feuer ausgemacht, aber die Energie hatte sie nicht mehr.

Da sprach Sascha sie von hinten an: »Hallo, Liebste ...«

Sie erschrak so sehr, sie hätte fast geschrien. Er musste sich ihr völlig lautlos genähert haben.

Vom Hafen aus kamen zwei Lichtkegel näher. Ganz klar, das waren Polizisten oder irgendwelches Aufsichtspersonal.

»Wir müssen hier weg«, sagte sie.

»Ja«, erwiderte er, »und ich weiß auch schon, wohin.«

Ubbo Heide pfefferte das Marzipanbrot in den Papierkorb. Ann Kathrin sah ihn verwundert an. Was war in den großen Marzipanliebhaber gefahren?

»Das ... das ist gar kein richtiges Marzipan. Das ist nicht von ten Cate, sondern irgendein weißer Klebstoff mit Schokolade drumherum. Es schmeckt nach Zucker und Parfüm. Davon wird mir schlecht.«

Als ob wir keine anderen Probleme hätten, dachte Ann Kathrin und fragte höflich-interessiert: »Woher ist es denn dann?«

»Ach, das hat mir mein Schwager geschenkt, die taube Nuss. Der dachte wohl noch, mir mit dem Abfall einen Gefallen zu tun! Aber der guckt ja auch Formel Eins und findet ›Deutschland sucht den Superstar‹ gut und isst saure Nierchen.«

»Ubbo, du hast mich doch sicherlich nicht rufen lassen, um mit mir über Marzipan zu diskutieren oder über deinen Schwager ... Ich bin wirklich kreuzkaputt und ich möchte gerne zu Frank ins Krankenhaus.«

Es war Ubbo Heide sichtlich peinlich, dass er sich so hatte gehenlassen. Er strich sein gemustertes Jackett glatt und versuchte, wieder dienstlich zu werden.

»Es war ein Fehler, die Schüler gehen zu lassen. Die, die noch hier sind, sollen bleiben und die anderen müssen wir ...«

Ann Kathrin ging sofort hoch. In ihrem Kopf arbeitete ein ungebetener Gast mit einem Presslufthammer.

»Wie stellst du dir das vor, Ubbo? Wir haben nichts in der Hand, wenn alle Aussagen gemacht sind, dann ...«

»Es gibt Möglichkeiten. Eine Inobhutnahme ...«

Ann Kathrin legte den Kopf schräg. »Das ist nicht dein Ernst. Wir sind doch nicht das Jugendamt.«

»Wir können sie ohne richterlichen Beschluss für vierundzwanzig Stunden in Gewahrsam nehmen.«

Sauer fuhr Ann Kathrin ihn an: »Ich kenne das Polizeirecht! Mach, was du willst. Ich fahre jetzt zu Frank.«

»Ann! Frank ist gut versorgt, aber da draußen läuft ein siebzehnjähriger Killer rum, der deinen Frank fertiggemacht hat. Reicht das nicht, um seine Gefährlichkeit zu illustrieren? Seine Freundin ist abgehauen und sucht ihn. Vermutlich hat sie ihn sogar vor uns gewarnt. Wie soll das jetzt weitergehen? Werden die sich ein Auto klauen und als Bonnie und Clyde durch die Gegend fahren? Wir müssen das hier schnell beenden, Ann, wer einmal einen Menschen erschießt, für den sind alle Hemmungen gefallen. Der kennt keine Grenzen mehr. Ein verliebtes Paar auf der Flucht, das ist eine verdammt explosive Mischung. Sie brauchen Geld, müssen sich versorgen ...«

»Ubbo ... ich ... ich kann nicht mehr.«

»War das Bogenmachen so anstrengend?«, fragte Ubbo Heide. Ann Kathrin kannte ihn lange genug, um zu wissen, dass er jetzt versuchte, dem Gespräch eine humorvolle Wendung zu geben. Er hatte dabei so danebengehauen und den falschen Ton getroffen, dass sie ihn in seiner stümperhaften Art schon wieder niedlich fand.

»Du weißt, wie man mit Frauen umgehen muss«, sagte sie.

Er strich sich über die silbergrauen Haare. »Meinst du wirklich?«

»Nein. Das war kein Kompliment, das war Ironie.«

Rupert ließ sich im Kollegenkreis über Ann Kathrin Klaasen aus. Schrader hörte ihm zu und biss in sein Matjesbrötchen. Benninga kochte Tee. Sie brauchten alle eine kleine Verschnaufpause.

»Unsere Topkommissarin bringt sich doch immer in die Rolle der Opfer ...«, Rupert grinste hämisch, »um die Tat besser zu verstehen ... und jetzt frage ich mich ...«

»Ob sie als Nächstes eine Wattwanderung macht?«, lachte Schrader.

Doch Rupert hatte noch einen Trumpf. Er spielte ihn genüsslich aus. »Ja, ob sie eine Wattwanderung macht, oder ob sie sich als Nächstes die Brustwarzen piercen lässt.«

»Hat sie das nicht schon?«, fragte Benninga.

Mitten in das viehische Gelächter hinein platzte Ann Kathrin. Sofort waren alle still.

»Oh, störe ich bei der Macho-Olympiade?«

Rupert schüttelte mit unschuldiger Miene den Kopf. »Wie kommst du denn da drauf?«

Benninga drehte sich zum Fenster um, er hatte Angst, sonst einen Lachkrampf zu bekommen.

Der Seehund in Ann Kathrins Handy heulte los, und Rupert fiel in den Ton mit ein. Jetzt konnte Benninga sich nicht mehr halten. Er bog sich vor Lachen, und weil es ihm peinlich war, musste er noch mehr lachen, dabei entschuldigte er sich die ganze Zeit, womit er alles nur noch schlimmer machte. »Entschuldigung! Entschuldigung! Hört auf, ich kann nicht mehr!«

Ann Kathrin, die mit einer Nachricht aus der Ubbo-Emmius-Klinik rechnete, ging ran. Während sie das Handy zum Ohr führte, sagte sie kalt: »Lasst euch den Spaß nicht verderben, nur weil euer Kollege mit gebrochenen Knochen im Krankenhaus liegt ...«

Benninga richtete sich auf und ballte die Fäuste, um sich wieder unter Kontrolle zu bringen. Rupert gefiel es, dass Benninga den Zorn von Ann Kathrin auf sich zog. Zu oft schon hatte er selbst ihn abbekommen. Rupert drehte sich so, dass Ann Kathrin es nicht sehen konnte, wohl aber Benninga; er tat so, als spiele er sich an den Brustwarzen und verzog dabei den Mund, als sei er kurz vor einem Orgasmus.

Benninga kniff die Lippen zusammen, aber es nutzte nichts, er stellte sich Ann Kathrin jetzt nackt vor, mit gepiercten Nippeln, und platzte erneut los.

»Psst!«, fauchte Ann Kathrin und presste ihr Handy ans Ohr. »Kannst du das bitte noch einmal wiederholen?«

»Also, Frau Bollmann behauptet, dass der Tote nicht ihr Mann ist«, sagte Sylvia Hoppe so deutlich wie möglich.

»Manchmal«, erklärte Ann Kathrin, »fällt Angehörigen das Identifizieren schwer. Sie wünschen sich so sehr, dass alles nicht wahr ist, und dann wird dieser Wunsch übermächtig. Außerdem sieht die Leiche oft entstellt aus. Sie haben einen fröhlichen Menschen in Erinnerung und sehen jetzt ...«

»Ann Kathrin, ich bin zwar neu in Ostfriesland, aber ich mache das hier nicht zum ersten Mal. Sie sagt, das ist nicht ihr Mann. Sein Gesicht ist gut erhalten. Die Einschüsse sind im Oberkörper, in Brust und Bauch. Die Leiche hat eine Tätowierung an der linken Wade und an der Schulter. Irgendein chinesisches oder japanisches Schriftzeichen. Sie sagt, ihr Mann hatte so etwas nicht.«

»Kann die Tätowierung neueren Datums sein? Ehemänner, die sich junge Freundinnen nehmen, versuchen manchmal, sich zu verändern. Machen ausgeflippte Sachen. Lassen sich tätowieren, kaufen sich eine Harley ...«

Rupert hielt sich einen Zeigefinger vor die Lippen und flüsterte: »Psst ... da kennt sie sich aus.«

Benninga biss sich in den Handrücken. Schrader war Ruperts Benehmen unangenehm. Er spielte manchmal Skat mit Weller, und Weller war ihm näher als Rupert.

Ann Kathrin war ganz auf das Telefongespräch konzentriert. Sie schloss sogar kurz die Augen, um weniger abgelenkt zu sein vom Herumgekaspere ihrer Kollegen.

»Nein«, sagte Sylvia Hoppe. »Es ist definitiv nicht ihr Mann. Sie sagt, er hatte weder eine Tätowierung noch gepiercte Brustwarzen.«

Damit erstarb Ann Kathrins letzte Hoffnung, Frau Bollmann könnte sich geirrt haben. Sie bedankte sich bei Sylvia Hoppe, bog kurz ihren Rücken durch, ignorierte den Kopfschmerz und sprach laut und sachlich: »Im Fall ist eine Wende eingetreten, Kollegen. Ich fürchte, wir sind noch lange nicht fertig. Der Tote ist nicht Studienrat Bollmann.«

Alle waren baff. Rupert wollte die Sache genauso wenig glauben wie sie selbst gerade noch. Bevor er mit Fragen Protest anmelden konnte, hebelte Ann Kathrin sofort jedes Gegenargument aus: »Sie sagt, ihr Mann hatte keine gepiercten Brustwarzen.«

Allein das Wort reichte aus, und Benninga gackerte los, bis er einen hochroten Kopf bekam und sich nach Luft schnappend auf einen Stuhl fallen ließ.

Ann Kathrin sagte nichts, sah ihn nur mit festem Blick an. Das holte ihn aus der Stimmung heraus, und er sackte innerlich zusammen.

»Tut mir leid ...«, versicherte er noch einmal.

Sie reagierte gar nicht darauf. »Das heißt: Erstens ist Sascha Kirsch vermutlich unschuldig, und die Schüler haben mit der ganzen Sache nichts zu tun, und zweitens haben wir Herrn Bollmann noch nicht gefunden. Möglicherweise lebt er sogar noch ...«

Benninga sprang auf und versuchte, mit einem klaren Satz den Blödsinn, den er verzapft hatte, wieder auszubügeln. Er stand gerade am Tisch wie ein Soldat beim Appell und rief: »Aber die Rettungsaktion ist abgeblasen worden!«

»Klar«, erklärte Rupert überflüssigerweise, »wer sucht denn noch weiter, wenn er bereits gefunden hat?«

Während das Sicherheitspersonal die Jugendlichen in den vier Strandkörben kontrollierte und ihnen einen Platzverweis erteilte, bewegten sich Laura und Sascha schon in Norddeich-Mole auf den Bahnhof zu. Sascha kannte eine studentische Wohngemeinschaft in Bochum, die, wie er behauptete, immer ein Zimmer mit Matratze freihatte. In den letzten Monaten hatte er schon öfter dort übernachtet, aber in Norddeich-Mole fuhr der nächste Zug erst um 5 Uhr 32 ab. So warm der Tag gewesen war, so kalt wurde jetzt die Nacht.

»Bis Bochum kommen wir sowieso nicht. Die kontrollieren bestimmt in den Zügen. Warum musstest du auch den Bullen zusammentreten?«

»Hätte ich mich verhaften lassen sollen? Ich lass mich nicht einsperren. Weder von meinen Alten noch von der Polizei.«

Sie kuschelten sich aneinander. Laura beneidete die Möwen, die sich scheinbar überall zu Hause fühlten und auf den Schiffen und Dalben im Hafen in Rudeln hockten und schliefen.

Sascha zeigte auf die Schiffe im Hafenbecken. »Wir könnten da irgendwo einsteigen und pennen.«

Der Gedanke, auf einem Krabbenkutter zu übernachten, gefiel Laura überhaupt nicht. »Meine Tante Mia ...«, sagte sie wie zu sich selber.

»Was ist mit deiner Tante Mia?« Sascha streichelte Lauras Gesicht. Ihre Wangen glühten.

»Da könnten wir hin.«

Sascha ließ Laura los und tippte mit dem Zeigefinger gegen seine Stirn. »Zu deiner Tante? Spinnst du? Glaubst du, ich will die Nächte bei Rommé- oder Malefizspielen verbringen?«

»Meine Tante Mia hat eine Ferienwohnung auf Wangerooge. Das ist nicht weit.«

»Ich stehe nicht auf Tanten. Kapiert? Auch keine Großeltern oder so!«

»Aber die ist doch gar nicht da.«

Irgendwo ganz nah, aber für sie unsichtbar, zankten sich Möwen um den Inhalt eines Plastikbeutels.

»Die ist gar nicht da? Das hört sich schon viel besser an.«

Sascha sah Lauras fiebrige Augen und die roten Wangen. Entweder kündigt sich eine Krankheit an, oder sie glüht vor Liebe, dachte er.

»Wir könnten morgen mit der ersten Fähre dahin«, schlug sie vor. »Wir müssen nur erst nach Harlesiel. Von da geht die Fähre.«

»Und wer garantiert uns, dass deine Tante nicht plötzlich da auftaucht und uns die schöne Zeit versalzt?«

Laura wischte sich die Haare aus der Stirn. Sie musste schon wieder dringend zur Toilette. Hoffentlich habe ich mir bei der Wattwanderung nicht die Blase erkältet, dachte sie. Ständig nass und immer dieser Wind. Sie trat von einem Bein aufs andere.

»Meine Tante liegt in Bochum im Krankenhaus. Brustkrebs.«

Erleichtert atmete Sascha auf. »Na, dann ab nach Wangerooge.«

»Ich muss mal. Ist hier irgendwo eine Toilette?«

»Siehst du eine?«, fragte er grinsend zurück.

Sie lief zu den Schienen und hockte sich bei den Gleisen nieder. Als es unter ihr plätscherte, stakste eine neugierige Möwe auf sie zu. So in der Hocke sah das Tier beängstigend für Laura aus und angriffslustig. Der Raubvogel betrachtete Laura wie eine mögliche Beute.

»Hau ab! Hier ist nichts zu holen!«, fauchte Laura.

Die Möwe wich einen Meter zurück. Jetzt spürte Laura Flügelschläge über sich. Da kreisten zwei weitere Möwen. Hatten die vor, als Gruppe koordiniert anzugreifen?

Laura beeilte sich.

Unten auf dem Parkplatz stiegen zwei junge Leute in einen Renault ein. Sascha rannte hin. Zunächst schloss der Mann alle Türen per Knopfdruck, weil er sich durch den heraneilenden Fremden mitten in der Nacht bedroht fühlte. Als aber dann eine junge Frau hinter ihm auftauchte, die noch an ihrer Hose herumnestelte, kam in den beiden so etwas wie eine Pärchensolidarität durch. Sie waren frisch verliebt, sahen die Welt mit ebensolchen Augen und empfanden anderen Liebenden gegenüber wenig Argwohn.

Sascha erzählte ihnen, sie seien mit Freunden hier gewesen zum Feiern, aber einer habe sich an seine Gitti herangemacht. Ja, erstaunt, aber durchaus auch mit Respekt stellte Laura fest, dass er sie geistesgegenwärtig Gitti genannt hatte.

Jetzt seien die anderen abgehauen, und nun wüssten sie nach einem eigentlich herrlichen Tag nicht, wie sie wegkommen sollten.

Die beiden machten sofort den Rücksitz frei. »Wir fahren nach Sande. Wo müsst ihr denn hin? Können wir euch unterwegs irgendwo absetzen?«

»Sande ist super!«, freute sich Sascha, der keine Ahnung hatte, wo dieses Sande überhaupt lag. Aber er hoffte, dass niemand einen Wagen mit zwei Pärchen suchte und log: »In Sande habe ich Verwandte.«

»Wen denn da?«, fragte die junge Frau, die einen leicht verhuschten Eindruck auf Sascha machte. Er ging einfach nicht auf sie ein. »Bitte, lasst uns einsteigen. Mir ist verdammt kalt.«

»Mir auch!«, sprang Laura ihm bei.

Im Wagen hörten sie eine CD, die Laura auf Anhieb gefiel. Die Musik brachte sie runter, weg vom nahen Nervenzusammenbruch, hin zu sich selbst. Es war, als würden die Trommeln und Gongs, die Harfen und Flöten, ihrer Seele musikalisch den Weg zurück in ihren Körper zeigen. Sie hörte dem Gespräch der drei anderen nicht zu. Sascha log das Blaue vom Himmel herunter.

Sie blendete alle diese belanglosen Stimmen aus, auch Motorgeräusche hörte sie nicht mehr, nur noch diese Musik, in die sie sich fallen ließ wie in ein weiches Federkissen. Irgendwann dann, nachdem sie jedes Zeitgefühl verloren hatte, kniff Sascha sie und witzelte: »Nun rede doch nicht die ganze Zeit, Gitti. Lass doch andere auch mal zu Wort kommen.«

Sie stotterte: »Die ... die Musik ist klasse. Von wem ist die CD?«

»Thrill & Chill ist von Ulrich Maske.«

Der junge Mann war ganz froh, sein Fachwissen anbringen zu können: »Ich glaube, kein Mensch hat mehr Musik für Hörbücher produziert als der.« Er zählte auf: »Für Tintenherz und das Elfenportal und so ... Früher hat er mit Hannes Wader gearbeitet.«

Es gefiel Sascha, dass sie jetzt über Musik redeten. Er hielt es für ein geschicktes Ablenkungsmanöver von Laura. Er hatte schon nicht mehr weitergewusst und sich zunehmend in Widersprüche verstrickt, weil dieses Pärchen, besonders der Typ, ihn mit Fragen löcherte.

»Irre ich mich, oder ist das da jetzt eine Maultrommel?«, fragte er, um das Gespräch über Musik weiter zu befeuern.

»Ja«, freute sich der Mann, der sich Ben nannte, aber vermutlich Benjamin hieß. »Genau. Eine Maultrommel. Im Mittelalter war das verboten.«

»Was?«

»Das Maultrommelspiel.«

»Du machst Witze.«

»Nein, im Ernst. Kirche und Obrigkeit waren dagegen.«

Das interessierte Sascha jetzt wirklich. »Warum? War das so umstürzlerisch?«

»Nein«, lachte Ben und umarmte mit rechts seine Freundin. »Aber das Maultrommelspiel hat so eine erotisch-verführerische Wirkung!«

Seine Freundin rieb ihren Kopf an ihm. Er lenkte mit einer Hand.

Laura versank neben Sascha schon wieder in der Musik. Sie war hundemüde und schlief ein. Sie schnarchte sogar leise in Saschas Arm.

Als sie in Sande ankamen, war es kurz vor drei Uhr morgens. Es kam Ben zwar komisch vor, die beiden einfach so an einer Bushaltestelle herauszulassen, aber Sascha bestand darauf.

Sie hatten Mühe, Laura zu wecken. Sascha stieß sie immer wieder an und sagte: »Gitti! Gitti! Gitti, wir sind da!«

Als sie endlich die Augen öffnete, erschrak sie und legte sich den Handrücken gegen die Stirn. Sie war überzeugt, krank zu werden. Es war, als würden Stricke ihre Lunge zusammenschnüren.

Mit Sascha saß sie dann unter dem Plastikdach der Bushaltestelle und nickte erneut ein.

Sascha studierte die Fahrpläne.

Morgens nahmen sie den ersten Bus. Um kurz nach acht waren sie am Bahnhof Harlesiel. Laura ließ sich halb wach, halb schlafend, von Sascha leiten. In Harlesiel spendierte er ihr einen Kaffee und ein Stückchen Mohnkuchen, während sie auf die Fähre warteten.

»Komischer Fahrplan. Mal fährt eine um zehn und eine weitere um achtzehn Uhr«, sagte er. »Jeden Tag zu einer anderen Zeit.«

»Das ist so«, belehrte Laura ihn, »wegen Ebbe und Flut.«

»Ja«, spottete er, »so ist das hier in Ostfriesland. Die Scheißgezeiten bringen den ganzen Fahrplan durcheinander.«

»Ich hab mal bei meiner Tante festgesessen, weil wegen einer Sturmflut keine Fähre fahren konnte. Ich habe das total genossen, vor allen Dingen, weil es gar keine bessere Ausrede gibt, wenn man am ersten Schultag nach den Osterferien nicht da ist.

Es war gruselig, wie der Wind die Insel im Griff hatte, aber auch schön, wie ein guter Krimi.«

Es tat Ann Kathrin weh, ihren Frank so im Krankenhaus liegen zu sehen. Vielleicht lag es am Licht, jedenfalls war seine Haut gelblich-weiß wie Pergamentpapier. Drogensüchtige auf Entzug sahen manchmal so aus, nur dass Weller nicht auf Turkey war, sondern zugedröhnt mit einem Medikament, das ihm den Schmerz nahm und ein in der Situation völlig unangebrachtes Lächeln in sein Gesicht zauberte, das ihn verblödet aussehen ließ. Er erkannte sie, streckte zunächst die Hand nach ihr aus und wehrte dann aber ab. Er verdeckte sein Gesicht mit beiden Händen.

»Oje. Ich muss schrecklich aussehen.«

»Stimmt.«

Er ließ die Hände sinken. »Ich habe mich wie ein Anfänger reinlegen lassen.«

»Stimmt auch.«

Er guckte enttäuscht und grinste dann, als hätte jemand einen Witz erzählt, dabei schloss er die Augen.

»Was ist so witzig?«, fragte Ann Kathrin.

»Ich dachte gerade daran, dass meine Ex Renate mir grundsätzlich widersprochen hat. Das war das einzig Berechenbare an ihr.«

»Ach, und nun denkst du, ich sollte das auch mal öfter tun?«

Er nickte fröhlich.

Sie fuhr fort: »Du möchtest, dass ich sage: Du siehst prima aus, mein Held, und du hast dich äußerst klug und umsichtig verhalten?«

»Jaha!«, gibbelte er wie ein betrunkener Teenager.

»Das würde ich auch gern, aber ...«

Die junge Chirurgin Perid Harms öffnete die Tür. Sie lächelte

Ann Kathrin komplizenhaft an. Die Ärztin war einen Kopf kleiner als Ann Kathrin und hatte ein gewinnendes Lächeln. Sie strahlte wortlos eine beruhigende Kompetenz aus.

»Ich habe mir das linke Bein gebrochen!«, triumphierte Weller. Er sagte es, als sei das eine besonders tolle, herausragende Leistung von ihm, auf die er mit Recht stolz war.

»Gibt es die Drogen, die Sie ihm verpasst haben, legal zu kaufen?«, fragte Ann Kathrin scherzhaft.

Die Chirurgin lachte: »Tja, dafür würden einige Spezialisten bestimmt lange Schlange stehen … Nein, im Ernst, er hat starke Schmerz- und Beruhigungsmittel bekommen. Jeder reagiert darauf anders. Er erzählt seit Stunden Witze.«

»Witze? So kenne ich dich ja gar nicht«, sagte Ann Kathrin, und Weller lachte, als sei das schon ein guter Gag gewesen.

»Ich dachte, du behältst keine Witze.«

»Genauso ist es. Er verpatzt jede Pointe. Meist kriegt er nur den Anfang hin.«

Auch das fand Weller irrsinnig komisch.

»Was wird jetzt aus ihm?«, fragte Ann Kathrin.

»Sie werden eine Weile auf Ihren Mann verzichten müssen. Wir operieren noch heute. Er bekommt einen Titannagel in den Knochen.«

»Ja«, freute Weller sich und deutete mit den Fingern die beeindruckende Länge an. »Sie hat mir alles ganz genau erklärt. Der ist so lang!«

Ann Kathrin machte ein sorgenvolles Gesicht, doch die junge Chirurgin beruhigte sie. »Machen Sie sich keine Sorgen. Das machen wir hier routinemäßig.«

Ann Kathrin küsste ihren Frank, und das machte ihn schlagartig weinerlich. Sie streichelte sein Gesicht. »Alles wird gut, Frank. Alles.«

Nachdem Ann Kathrin ihren Frank im Krankenhaus gesehen hatte, wollte sie diesen Sascha Kirsch nur zu gern zur Verantwortung ziehen, aber sie brauchte erst eine Mütze voll Schlaf.

Sie ließ im Distelkamp nicht einmal die Rollläden runter, bevor sie sich voll bekleidet ins Bett warf. Mit den Füßen versuchte sie, sich die Schuhe abzustreifen. Den linken schaffte sie. Den rechten trug sie noch am Fuß, als sie ohnmachtsgleich ins Traumland versank.

Sie hatte knapp drei Stunden geschlafen, fühlte sich aber erstaunlich frisch, als der heulende Seehund in ihrem Handy sie weckte.

»Sitzt du, Ann?«, fragte Ubbo Heide.

»Nein. Ich liege noch im Bett.«

»Umso besser.«

»Warum?«

Sie stellte fest, dass sie noch immer einen Schuh am rechten Fuß trug.

»Ich habe gerade eine vertrauliche Nachricht vom BKA erhalten.«

»Wie – vertrauliche Nachricht?«

Ubbo Heides Stimme bebte. Er war außer sich. »Der Tote ist mit ziemlicher Sicherheit ein Kollege aus Wiesbaden. Ich vermute, er wurde mit seiner eigenen Dienstwaffe erledigt.«

»Ach du Scheiße. Wer geht denn mit der Dienstwaffe im Watt spazieren?«

»Warte. Es kommt noch besser. Die Jungs waren zu fünft auf Norderney ... und rate mal, mit wem ...«

Sie hatte natürlich keine Ahnung und erwartete jetzt den Namen eines Regierungsmitglieds, Popstars oder auf jeden Fall von einer Person des öffentlichen Lebens.

»Mit Gert Eichinger.«

»Dem Filmproduzenten?«

»Nein. Der hieß, glaube ich, Bernd. Kannst du dich nicht mehr an Gert Eichinger erinnern?«

Ann Kathrin fingerte nach der Wasserflasche, die üblicherweise neben ihrem Bett stand, weil sie nachts manchmal mit offenem Mund schlief und dann mit fürchterlichem Brand aufwachte. Sie nahm einen tiefen Schluck. Es kam ihr so vor, als würde Ubbo von einem Zettel ablesen. Jedenfalls raschelte im Hintergrund Papier.

»Gerhart Eichinger. Jahrgang 75. Mit vierzehn zum ersten Mal in Erscheinung getreten. Körperverletzung. Nötigung. Alles eindeutig sexuell motiviert. Mit sechzehn zwei Verurteilungen wegen Vergewaltigung. Mit siebzehn die nächste. Er hat sein Opfer fast drei Wochen lang gefangen gehalten. Fand verständnisvolle Richter, das Kerlchen. Mit achtzehn dann Vergewaltigung mit Todesfolge.«

»Was heißt das? Vertuschungstat oder ein Tötungsdelikt zur Steigerung der Lust?«

Ann Kathrin fragte sich, woraus Ubbo vorlas. Ein Polizeibericht war das sicher nicht, auch wenn er immer wieder eigene Kommentare einstreute, waren die Angaben zu laienhaft und unpräzise. Sie fragte aber nicht nach.

»Der Richter hat es jedenfalls nicht als Mord gewertet.«

»Sondern? So eine Art Betriebsunfall oder was?«, spottete Ann Kathrin.

»Er hat sich dann noch an einer Krankenschwester vergangen. Jedenfalls hat er seine Haftzeit abgesessen, und weil sie irgendeinen juristischen formalen Fehler mit der Sicherungsverwahrung gemacht haben, ist er jetzt wieder auf freiem Fuß. Er hat vor dem Europäischen Gerichtshof geklagt. Blöd ist der nicht. Hat im Knast das Abi nachgemacht und studiert!«

»Was will er werden? Gynäkologe?«

»Es gibt ein psychiatrisches Gutachten, das ihn als höchst

rückfallgefährdet einstuft. Nach dem Gesetz ist er aber ein freier Mann, also wird er auf Schritt und Tritt observiert. Das heißt in dem Fall, fünf BKA-Leute haben ihn auf seine Urlaubsreise nach Norderney begleitet.«

Ann Kathrin holte tief Luft und setzte sich aufrecht im Bett hin. Der Geruch von Weller hing noch im Kopfkissen und machte ihr schmerzhaft klar, dass sie alleine in dem großen Haus war.

»Ja, das stelle ich mir gerade plastisch vor: dieser Eichinger am FKK-Strand, flankiert von fünf BKA-Kollegen. Wo leben wir eigentlich?«

»Er ist ein freier Mann, Ann, er hat seine Strafe abgesessen und darf in Urlaub fahren, wann und wohin er will.«

»Na toll, und wieso wissen wir nichts davon?«

Ubbo Heide stöhnte und kaute etwas. Sie vermutete: Marzipan. Es war, als könnte sie es durchs Telefon riechen.

»Hast du jetzt wieder echtes?«

»Ja, von ten Cate. Ein Traum. Beruhigt den Magen. Also, es gibt im Moment sechzig solcher Fälle in Deutschland. Das hängt mit diesem Europarecht zusammen. Der Mist kam praktisch mit dem Euro. Wenn die Leute irgendwo Wind davon bekommen, gibt es jedes Mal einen Riesenwirbel. Demonstrationen und – ach ...«

Ann Kathrin konnte sich gut vorstellen, was es für ein Urlaubsgebiet bedeutete, wenn plötzlich so ein gefährlicher Mensch dort auftauchte. Vorbei, sicheres Urlaubsland. Von wegen Strandparty.

»Sie versuchen, das alles still und ohne viel Aufhebens zu erledigen. Jedenfalls ist Eichinger jetzt verschwunden, und ein Kollege ist tot.«

»Das heißt, der Typ hat eine Waffe.«

»Zweifellos, und er ist in der Lage und bereit, sie einzusetzen. Uns steht die Scheiße bis zum Hals, Ann. Bitte komm sofort. Die erste Entscheidung, die wir treffen müssen, heißt: Informieren wir die Bevölkerung oder nicht?«

»Gib mir eine halbe Stunde.«

»So viel Zeit haben wir nicht.«

»Ich würde gern vorher duschen.«

Damit war er einverstanden und versprach, für Kaffee und Brötchen zu sorgen.

»Halt, warte«, sagte sie, während sie schon zum Badezimmer unterwegs war. »Hat er die zweite Frau auch gefangen gehalten?«

»Ja. Sieben Tage lang. Dann hat sie einen Ausbruchsversuch gemacht.«

»Wo? Wo hielt er sie gefangen?«

»In seiner von Steuergeldern bezahlten Mietwohnung.«

Ann Kathrins Stimme wurde hallig. Er bekam mit, dass sie schon im Badezimmer war.

»Bis gleich, Ann. Ich denke, das ist jetzt unser Fall. Du übernimmst ihn mit Rupert.«

Auf ihre Proteste ging er nicht ein. Er sagte nur: »Weller liegt im Krankenhaus. Bitte nimm das zur Kenntnis.«

Bollmann, der eigentlich nach Norderney wollte, wurde vor Juist an Land gespült. Eine erste Untersuchung ergab, dass er keine ungewöhnlichen Verletzungen hatte, die auf Fremdeinwirkung hindeuteten. Allerdings konnte niemand ausschließen, dass er unter Wasser gedrückt worden war. Die Hämatome am Hals konnten von den Riemen des Rucksacks stammen, den er beim Start in Norddeich getragen hatte, wie ein Foto belegte, und von dem es keine Spur mehr gab. Doch jemand, der mit einem Gürtel erwürgt worden war, hatte, wie Rupert vermutete, »ähnliche Striemen am Hals«.

Er fand es nicht in Ordnung, dass »die Schüler sich jetzt in alle Welt zerstreuen«. Ann Kathrin beruhigte ihn, Bochum sei nicht »*alle Welt*«, und jeder hätte schließlich einen festen Wohnsitz.

Das junge Pärchen fiel ihm sofort auf. Sie benahmen sich anders als die anderen Fahrgäste. Der junge Mann bemühte sich sehr deutlich, sein Gesicht nicht zu zeigen. Er verhielt sich auffällig unauffällig.

Die Frau an seiner Seite war etwa gleichaltrig. Er schätzte sie auf achtzehn, höchstens zwanzig. Es kam ihm vor, als hätte sie sich am liebsten unsichtbar gemacht.

Sie versuchte, die Lage zu checken und nicht aufzufallen.

Er kannte ein solches Verhalten von Häftlingen am ersten Tag, wenn sie noch nicht wussten, wie der Hase in der JVA lief. Die beiden hier hatten vermutlich Stress mit der Polizei, so schätzte er sie ein. Es konnte sich auch um jugendliche Ausreißer handeln.

Der Gedanke amüsierte ihn. Zwei Liebende auf der Flucht vor Eltern oder Erziehern. Ja, das war ganz nach seinem Geschmack.

Der Typ sah aus wie einer, der Heime von innen kannte. Draußen, beim Warten auf die Fähre, wo das Rauchen noch gestattet gewesen war, hielt er die Zigarette mit seiner Handfläche bedeckt. So rauchten nach seiner Erfahrung nur Menschen, die gewöhnt waren, solche Dinge heimlich zu tun.

Das Mädchen passte nicht ganz in sein Beuteschema. Sie war ihm zu grazil. Er mochte diese Dünnen nicht so gern. In den ersten Tagen nahmen sie immer schrecklich ab, weil sie sich weigerten, zu essen oder alles erbrachen, wenn er sie zwang, mit ihm zu speisen. Er fand hervorstehende Hüftknochen unattraktiv.

Wer hatte denn Lust, es mit so einem Gerippe zu tun?

Bei seiner ersten Sklavin hatten hinterher die Kniegelenke so sehr herausgeragt aus ihren dünnen Beinchen – nein, so etwas konnte niemand schön finden. Ihre Knie waren am Ende dicker gewesen als ihre Oberschenkel.

Es war gut, wenn sie am Anfang ein paar Kilo zuviel drauf hatten, schlank und rank wurden sie dann sowieso.

Er würde sie nicht holen. Nein. Er war darüber hinweg. Er wusste, was er angerichtet hatte in den Seelen der jungen Frauen. Das war ihm in der Therapie klar geworden. Er musste damit aufhören, sonst würde er für immer hinter Gittern verschwinden. Für immer.

Er musste andere Formen finden, sie zu lieben, hatte Frau Riebers gesagt.

Frau Riebers, die Verständnisvolle.

Frau Riebers, die vor den Abgründen männlicher Seele nicht zurückschreckte, sondern wie magisch von ihnen angezogen wurde.

Frau Riebers, die auch ihn verstand.

Frau Riebers, die Fragen stellen konnte, die echt weh taten.

Frau Riebers, die schließlich ihre Stellung verlor und durch einen stiernackigen Seelenklempner ersetzt wurde, der von nichts eine Ahnung hatte. Bei ihm hatte er sich gefühlt, als ob er aufgespießt an einem Schlachterhaken baumelte und mit einem Fleischermesser aufgeschlitzt werden würde.

Um den Gedanken an die letzte Stunde mit diesem Mistkerl loszuwerden, stellte er sich vor, wie es wäre, dieses Mädchen anzusprechen.

Frau Riebers hatte gesagt, er müsse lernen, normale Beziehungen zu knüpfen, in Ruhe aufzubauen und dann auch zu halten.

Leichter gesagt als getan. Er hatte keine Erfahrung mit so etwas.

Er stellte sich vor, ihren Typen einfach über Bord zu werfen, und während die Schiffsschrauben ihn schredderten, könnte er sie trösten.

Nein, das wäre der falsche Weg.

Frau Riebers hatte gesagt, er bräuchte den Vergleich mit anderen Männern nicht zu fürchten, er sei ganz so in Ordnung, wie er sei. Ganz in Ordnung!

Er drückte auf der Bank eine 120-Kilo-Langhantel dreißigmal! Aber das half ihm wenig beim ersten Satz.

»Hallo, Engel, hat es eigentlich weh getan, als du vom Himmel gefallen bist?«

Zu abgedroschen.

»Wenn ich dich so ansehe ... werde ich ganz sentimental ... Du erinnerst mich an meine tote Mutter ...«

Nein, das ließ ihn wie ein Muttersöhnchen aussehen.

Überhaupt, was sollte er jetzt mit einer Freundin? Er war auf der Flucht vor der Polizei. Es war völlig lächerlich. Endlich hatte er seinen schlimmen Trieb überwunden, war stärker geworden als diese zerstörerische Kraft, und nun war er auf der Flucht.

Ein Treppenwitz des Schicksals! Er hatte diesen verdammten Bullen abgeknallt. Wie sollte er jetzt sein neues Leben beginnen?

Sie machten es ihm unmöglich, die gemeinen Schweine, dachte er grimmig.

Dieses Mädchen, das eigentlich für seinen Geschmack eine Spur zu dünn war, beugte sich über die Reling und zeigte auf irgendetwas. Einen Seehund auf einer Sandbank oder einen Krabbenkutter. Er verstand ihre Worte nicht. Der Wind schluckte sie. Aber er sah diesen knackigen Po in der engen Jeans. Sie saß wie eine zweite Haut. Er fragte sich, ob sie ein Höschen trug. Er hoffte, dass sie kein Arschgeweih hatte. Er hasste diese Tätowierungen über dem Hintern. Sie entweihten alles. Nie hätte er eine Frau mit Arschgeweih genommen. Solche Frauen konnte er unmöglich lieben, es sei denn, er würde es ihnen vorher herausschneiden.

Er hatte Glück. Sie bückte sich nach etwas, und ihr Shirt rutschte hoch, die Jeans über dem Po ein Stückchen nach unten. Der String von ihrem blauen Tanga wurde sichtbar.

Früher, dachte er, bedeckte eine Unterhose die Arschbacken. Heute ist es umgekehrt.

Dieser kleine Idiot neben ihr wollte auch jetzt, hier an Bord, rauchen. Das war ganz klar verboten. Es stand an allen strategisch wichtigen Stellen und war gerade noch vom Kapitän durchgesagt worden. Hielten sich die jungen Männer an gar keine Regeln mehr? Machten die einfach, was sie wollten? Er hatte Lust, ihn zu bestrafen. Vielleicht sollte er ihn doch über Bord werfen ...

Er fuhr mit der rechten Hand über seine Stoppelhaare. Die Kopfhaut war an einer Stelle wund. Er hatte sich zweimal geschnitten, aber so würde ihn niemand erkennen. Kein Wuschelkopf mehr. Kein Vollbart.

Eine innere Veränderung, hatte Frau Riebers gesagt, *geht oft mit einer äußeren Veränderung einher. Es ist eine Mutation. Wie Schlangen sich häuten oder wie aus einer Larve ein Schmetterling wird.*

Er musste ein völlig neues Leben beginnen. Er brauchte einen neuen Namen, eine neue Identität. Geld ...

Er hatte einen Plan B, aber er durfte nicht in alte Verhaltensweisen zurückfallen. Er musste es üben, normale, echte Beziehungen anzuknüpfen. Wenn es ihm gelänge, diesem schlaksigen Schnösel die Freundin wegzunehmen, dann würde auch Frau Riebers sagen, er sei auf einem guten Weg.

Ach was, guter Weg ... Sie wäre stolz auf ihn. Er war ihr Musterschüler. Ihr Lieblingspatient. Ihr zu Ehren wollte er normal werden. Ein guter Junge. Einer, der es nicht nötig hatte, Frauen einzusperren, einer, der nicht gefürchtet, sondern geliebt wurde.

Er fragte sich, ob dieses Mädchen es schaffen konnte. Wenn ich sie bekomme, dachte er voller Hoffnung, dann bekomme ich alles andere auch. Einen neuen Namen. Eine neue Identität. Geld ... ein ganz neues Leben. Am besten in einem andern Land.

Wenn ich sie kriege, werde ich auch mit dem Gentleman fertig. – Ja, sogar mit dem!

An der Dienstbesprechung nahmen außer Ubbo Heide nur noch die Pressesprecherin Rieke Gersema, Sylvia Hoppe, Rupert und Ann Kathrin teil.

Die kurzen Versuche, sich nach Frank Wellers Zustand zu erkundigen, empfand Ann Kathrin als herausgestellte Pflichtübungen, als Minimalkonsens in Sachen Höflichkeit.

Sie beantwortete die Fragen knapp und sachlich, dann legte Rupert als Erster los, das dürfe doch alles gar nicht wahr sein und ob die beim BKA grundsätzlich nur noch Trottel einstellen würden. Daraus schloss Ann Kathrin, dass Ruperts Versuch, vom LKA zum BKA zu wechseln, endgültig gescheitert war.

Ubbo Heide hatte vor sich einen Marzipanleuchtturm von ten Cate auf dem Tisch liegen. Früher, als noch fast jeder Erwachsene, der ernst genommen werden wollte, rauchte, legte man vor sich die Zigarettenpackung auf den Tisch, um zu betonen, dass man vorhatte, an der Sitzung teilzunehmen. Heute hatten Ubbo Heide Marzipan, Rupert und Rieke Gersema einen Laptop, Sylvia Hoppe Hustenbonbons und Nasenspray und sie selbst einen Stift und einen kleinen, karierten Schreibblock dabei.

Ubbo Heide erhob seine Stimme: »Was da warum schiefgelaufen ist, wird sicherlich Gegenstand eines Disziplinarverfahrens werden. Es ist unmöglich, dass Gert Eichinger von nur einem Beamten begleitet wurde. Vorgesehen waren mindestens vier.«

Sofort nahm Rupert die Kollegen, die gerade noch Idioten für ihn gewesen waren, in Schutz: »Man muss natürlich berücksichtigen, dass da einerseits die Aufgaben, die wir erledigen sollen, immer umfangreicher werden und andererseits kürzen uns die Sparschweine das Personal.«

»Eigentlich«, sagte Ubbo Heide, »braucht man für eine Rundumbewachung mindestens zehn Leute, wenn man berücksichtigt, dass immer einer krank ist, einer Urlaub hat und sich die Leute abwechseln müssen. Aber das ist jetzt nicht unser Thema. Dieser Typ läuft hier frei herum und die Frage ist: Was tun wir?«

Rupert meldete sich als Erster. »Aufspüren. Verhaften. Einlochen. Für immer wegsperren.«

»Tolle Idee«, sagte Ann Kathrin und ärgerte sich gleich darüber, das überhaupt formuliert zu haben.

Rieke Gersema warf ein: »Informieren wir die Presse?«

Sylvia Hoppe tippte etwas in ihren Laptop und las fasziniert einen Text, ganz so, als sei sie alleine im Büro und hier fände gerade keine Besprechung statt.

»Das ist die Frage. Ich meine, was haben wir? Einen ertrunkenen Lehrer, einen erschossenen Polizisten, der mutmaßliche Mörder ist ein Serienvergewaltiger, der seine Opfer tage-, ja wochelang gefangen hält und laut Europäischem Gerichtshof nicht nachträglich sicherungsverwahrt werden darf ...«

»Das wird einige Menschen sehr nervös machen.«

»Eben!«, triumphierte Rupert. »Aufspüren. Verhaften. Einlochen. Wegsperren für immer!«

Ubbo Heide riss die Gesprächsführung gestisch wieder an sich. »Dummerweise ist er ein freier Mann, solange wir ihm den Mord nicht nachgewiesen haben ...«

»Und er hat einen eigenen Fanclub«, mischte Sylvia Hoppe sich ein.

Einen Moment trat Ruhe ein. Sylvia war nicht die Frau, die mit so etwas Scherze machte. Sie galt eher als ernsthaft und nachdenklich.

»Einen Fanclub?«, grinste Rupert.

Rieke Gersema, die offensichtlich schon mehr wusste, räusperte sich. »Ja, ich war auch auf der Homepage.«

Ann Kathrin hoffte, das hier nur zu träumen. »Ein Serienvergewaltiger mit eigener Homepage und Fanclub? Habt ihr was geraucht?«

Rieke Gersema drehte ihren Laptop so, dass alle den Bildschirm sehen konnten. Es war ein Foto von einer Frau darauf, neben ihr ein Buchcover.

»Seine Therapeutin hat ein Buch geschrieben über Sexualstraftäter. Sie hat ihm ein eigenes Kapitel gewidmet. Diese Website hier fordert die Aufhebung der ständigen Überwachung.«

Sie drehte das Display wieder zu sich und las laut vor: »Es verstößt gegen elementare Grundsätze des Rechtsstaats, wenn Menschen, die ihre Strafe abgesessen haben, auf Schritt und Tritt von Polizeibeamten beschattet werden. Es ist unmenschlich für alle Beteiligten. Pro Woche kostet den Steuerzahler so eine Aktion mindestens vierzigtausend Euro. In der nächsten Zeit werden 350 weitere Fälle hinzukommen. Die ständige Überwachung verhindert eine Reintegration in die Gesellschaft. Von Resozialisierung kann unter solchen Bedingungen ohnehin nicht die Rede sein.«

Rupert stöhnte: »Müssen wir uns den Quatsch jetzt anhören?«

»Hier, jetzt kommen die Briefe. Anne P. aus S., die ihre Anonymität wahren will, schreibt: Ich habe Gert Eichinger als sensiblen Menschen kennengelernt, der seine Taten zutiefst bereut und sich nichts sehnlicher wünscht, als wieder ein normales Leben zu führen. Ich habe ihm eine Bibel ins Gefängnis geschickt. Er ist auf dem besten Wege, seinen Frieden mit Gott zu machen und den Glauben für sich zu entdecken ...«

Rupert hielt sich demonstrativ die Ohren zu.

Ubbo Heide sagte: »Es ist ein bekanntes Phänomen, dass solche Männer immer Frauen finden, die sie gerne retten wollen. Wenn sie berühmt sind und viel über sie geschrieben wurde, umso mehr. In der Tat hat Gert Eichinger einige Verehrerinnen, die ihm ständig ins Gefängnis geschrieben haben ...«

»Wir müssen die Namen haben«, sagte Ann Kathrin. »Es ist nicht auszuschließen, dass er sich an eine von ihnen wendet. Er braucht jetzt Hilfe und Unterstützer. Geld. Schlafplätze ...«

Rupert spottete: »Nicht auszuschließen? Du bist gut. Es ist höchst wahrscheinlich.«

So, wie Ubbo Heide aussah, hatte er noch einen Trumpf in der Hand. »Vierzehn Frauen haben ihm Liebesbriefe geschrieben oder versucht, ihn zu bekehren. Sechsen hat er geantwortet. Hier sind die Namen.« Er hielt einen Zettel hoch, auf dem mit Füller notiert sechs Namen standen. »Fragt mich besser nicht, wie ich da drangekommen bin. Noch ist das nicht unser Fall. Es gibt im Moment ein bisschen Kompetenzgerangel, aber es war ein Mord in unserem Einzugsgebiet ... und auf so etwas reagiere ich allergisch.«

Ann Kathrin beugte sich vor und nahm den Zettel an sich. Hinter den Namen standen Adressen. Eine ließ sie zusammenzucken. Sie sprang auf: »Die ist aus Wittmund. Er könnte noch da sein!«

»Hey, hey, halt, Prinzessin! Wo willst du hin?«, fragte Rupert.

Sie war schon an der Tür. »Ins Nagelstudio, mein Prinz. Ich brauch dringend eine Maniküre, die Farbe meiner Nägel passt nicht zu meinem neuen Ferrari. Und dann überlege ich noch, ob ich mir die Haarspitzen rund oder eckig schneiden lasse.«

Ubbo Heide wollte diesen alten Streit nicht und entschied sich für einen pädagogischen Satz: »Ihr seid ein Team!«

Wortlos schloss Ann Kathrin die Tür hinter sich, und niemand machte mehr den Versuch, sie aufzuhalten.

Im Flur kam ihr Staatsanwalt Scherer entgegen. Er betrat den Besprechungsraum mit einer klaren Linie. Keine Informationen an die Presse. Den Fall mit Hochdruck lösen. Und dann alles zusammen mit einer Erfolgsmeldung raus ans große Publikum.

»Sag ich doch«, freute sich Rupert. »Aufspüren. Verhaften. Einlochen. Wegsperren.«

Scherer nickte. »Wenigstens einer, der weiß, wo es langgeht. Wetzen wir die Scharte aus, die das BKA hinterlassen hat. Wir haben höchstens vierundzwanzig Stunden.« Er sah auf die Uhr. »Jede Minute zählt. Wo ist eigentlich Frau Klaasen?«

»Zur Maniküre«, grinste Rupert.

Weil Ubbo Heide sich nicht sicher war, ob Staatsanwalt Scherer das ernst nahm, sagte er schnell: »Sie befragt eine mögliche Kontaktperson in Wittmund.«

»In Wittmund? Wen denn?«

Ubbo Heide musste erst selbst auf den Zettel sehen. »Gundula Tschirner.«

Frau Tschirner war ein bisschen pummelig. Höchstens einssechzig groß, aber knapp achtzig Kilo schwer, schätzte Ann Kathrin. Wobei ihr ovales Gesicht mit seinen feinen Zügen eher zu einer schlanken Frau gepasst hätte. Ebenso ihre Finger. Sie war wie aus zwei Personen zusammengesetzt. Die Teile passten nicht recht zueinander, so als hätte jemand Kopf und Hände an einen fremden Körper genäht.

Sie trug Goldschmuck, zwei Ringe mit Steinen, eine Gliederkette um den Hals und fünf, sechs Armreife ums Handgelenk. Alles sah schon sehr alt und altmodisch aus. Ann Kathrin kannte solche Armreife, wie sie an Frau Tschirners Handgelenk klimperten, von ihrer Mutter. Die hatte sie »Bettelringe« genannt. Ann Kathrins Vater hatte sie toll gefunden. So wusste er an jedem Weihnachten, was er seiner Frau schenken sollte. Jeweils einen »Bettelring«.

Gundula Tschirners Frisur wirkte für Ann Kathrin ein bisschen zu herausgestellt brav, wie die junge Mireille Mathieu. Wenn Menschen sich zu betont spießig und brav gaben, vermutete Ann Kathrin immer Abgründe in ihnen, die sie durch zur Schau gestellte Angepasstheit verstecken wollten.

Ihr Make-up war dezent und ihre Kleidung irgendwie farblos. Grautöne dominierten.

Das Haus war vollgestopft mit Büchern, was Ann Kathrin sofort für Gundula Tschirner einnahm. Im langen Flur standen Buchregale an beiden Wänden. Sie wurden nur von den Türen unterbrochen, und auch über den Türen gab es jeweils noch ein Brett mit Taschenbüchern.

Ann Kathrin schätzte Gundula Tschirner auf Anfang bis Mitte dreißig. Einige Bücher waren wesentlich älter. Sie stammten aus der Hochzeit des Bertelsmann-Leserings. Hier fanden sich garantiert alle Hauptvorschlagsbücher der Jahre 65 bis 80.

Ann Kathrin folgerte daraus, dass Gundula Tschirner im Haus ihrer Eltern wohnte. Auch die Möbel passten nicht zu einer jungen Frau. Das Wohnzimmer, in das sie Ann Kathrin führte, war ganz in Eiche und Leder gehalten, dazu dicke Teppiche auf dem Boden. Handarbeit aus Marokko oder Tunesien. Nur der Computer auf dem riesigen Schreibtisch schien aus diesem Jahrtausend zu sein.

Gundula Tschirner füllte zwei große Gläser mit Leitungswasser und stellte sie auf den Tisch. Sie selbst ließ sich im Ohrensessel nieder und bot Ann Kathrin einen Platz auf dem Ledersofa an.

Ann Kathrin wurde das Gefühl nicht los, dass die Frau genau wusste, warum sie gekommen war. Da noch nichts in der Zeitung gestanden hatte, konnte das nur bedeuten, sie hatte Kontakt zu Gert Eichinger.

Sie hatte sich Ann Kathrins Ausweis nicht einmal angesehen, sondern war einfach in die Wohnung vorangegangen.

»Sind Sie Befragungen durch die Polizei gewöhnt?«

Gundula Tschirner lächelte gequält, was wohl eine Antwort sein sollte, die aber Ann Kathrin nicht ausreichte.

Neben Ann Kathrin auf dem Sofa lag ein umgefallener Stapel Bücher. Mit einem Blick sah Ann Kathrin, dass sich alle mit Serienkillern, Massenmördern oder Kannibalen beschäftigten. Es waren keine Romane, sondern Sachbücher über reale Fälle und Täter.

»Faszinieren solche Menschen Sie?«, fragte Ann Kathrin.

Jetzt beantwortete Gundula Tschirner die vorherige Frage, als hätte sie erst die nächste Frage gebraucht, damit irgendein Knoten sich löste.

»Was glauben Sie, wie viele Besuche ich von der Polizei bekommen habe, seit er entlassen wurde? Seine erste Reise führte ihn sofort zu mir. Warum nehmen Sie und Ihre Leute uns die Zukunft?«

Ann Kathrin ahnte, worauf sie hinauswollte, sah sie aber nur fragend an.

Frau Tschirner hob die Arme und gestikulierte: »Es ist nicht gerade sehr romantisch, wenn fünf solcher Kleiderschränke einen nicht aus den Augen lassen.«

»In die Wohnung werden die Kollegen ihm ja nicht folgen.«

Sie machte den Eindruck, als würde sie gleich überschnappen. Da hatte sich viel Wut angestaut, und jetzt platzte sie heraus: »Nein, hier habe ich das Hausrecht. Aber einen Besuch beim Italiener können Sie vergessen! Verdammt, ich kann nicht einmal zum Markt gehen und fürs Mittagessen mit ihm einkaufen. Wir werden bestaunt wie Aliens! Ihre Leute haben dafür gesorgt, dass ich jetzt gemieden werde. Für alle bin ich eine Aussätzige. Die mit dem Monsterfreund! Die Schöne und das Biest. Sie haben mir das Leben zur Hölle gemacht. Am liebsten würde ich das Haus verkaufen und mit ihm wegziehen. Ganz weit weg.«

Ann Kathrin wollte ihre Kollegen gegen die Anklage in Schutz nehmen und stellte klar: »Die Polizei ist nicht gekommen, um Ihnen zu schaden, sondern um Sie zu schützen.«

»Ja. Danke. Sehr nett!«

»Haben Sie ihm Geld gegeben?«

»Wovon soll er denn sonst leben? Von dem bisschen Stütze?«

»Mein Gott, was erwarten Sie eigentlich? Er hat mit Frauen sehr schlimme Dinge gemacht. Schwere Vergewaltigung. Freiheitsberaubung. Körperverletzung. Eine hat es nicht überlebt. Sollen wir ihm einen Sportwagen kaufen? Einen Butler für ihn anstellen und ein Landhaus in der Bretagne mieten?«

Gundula Tschirner schob das Kinn vor und berührte mit der Spitze ihrer Zunge die Oberlippe. Sie hatte plötzlich etwas Echsenhaftes an sich.

»Nein, aber Sie sollen ihm nicht jede Chance verbauen. Glauben Sie mir, der will arbeiten und sein eigenes Geld verdienen. Ich hätte ihn auch gerne eingestellt. Ich besitze drei Blumengeschäfte. Aber können Sie sich das vorstellen? Wie soll das denn gehen? Würden Sie in einem Laden einkaufen, der von fünf Polizisten belagert wird, damit der Verkäufer Ihnen nichts tut?!«

Ann Kathrin lächelte. »Gert Eichinger als Florist. Interessanter Gedanke ...«

»Spotten Sie nur! Also, was wollen Sie? Mich auch vor ihm warnen? Geben Sie sich keine Mühe. Ich bin ein hoffnungsloser Fall.«

»Wenn Sie so eine enge Freundin von ihm sind oder gar seine zukünftige Ehefrau, warum ist er dann ohne Sie nach Norderney gefahren?«

Sie dachte kurz nach und verschränkte die Arme vor der Brust. »Ist er nicht! Sie bluffen. Sie wollen mich eifersüchtig machen. Auch da sind Sie nicht die Erste. Ihre Komplizen haben behauptet, er hätte außer mir noch ein paar andere Frauen.«

Sie richtete den Blick zur Decke.

»Ich habe keine Komplizen«, sagte Ann Kathrin. »Ich habe Kollegen.«

Darauf ging Gundula Tschirner nicht ein. »Klar schreiben ihm auch andere Frauen. Nicht alle stehen auf Blümchensex! Einige werden eben gerne etwas härter rangenommen und sehnen sich nach einem richtigen Kerl, der weiß, was er will und das auch ganz klar sagt. Aber mit den Weibern hatte er nichts. Das sind nur deren Wunschträume und Phantasien.«

Jetzt nahm Ann Kathrin einen Schluck von dem Leitungswasser. Sie musste sich beherrschen, diese Frau nicht bei den Schultern zu packen und durchzuschütteln.

»Wenn er sich bei Ihnen meldet, würden Sie uns dann informieren?«

Gundula Tschirner grinste Ann Kathrin unverschämt an.

»Ja«, sagte Ann Kathrin. »Das dachte ich mir.«

»Sie haben ihn also verloren, stimmt's?« Frau Tschirner klatschte vor Freude in die Hände. »Er ist schlau. Den kriegen Sie so bald nicht wieder! Oh, das gönne ich ihm so, ein bisschen freie Zeit ... Endlich ist er mal alleine für sich.«

»Er hat bei seinem Weg in die Freiheit einen Polizeibeamten getötet.«

»Hat er nicht!«

Ann Kathrin wiegte den Kopf hin und her, als würde sie den Einwand ernsthaft bedenken. »Sie meinen, der Kollege hat sich mit zwei Kugeln selbst umgebracht, um Ihrem unschuldigen Gert einen Mord in die Schuhe zu schieben, damit wir ihn endlich für immer einknasten können? Interessanter Gedanke. Ich muss zugeben, dass wir das bei unseren bisherigen Ermittlungen nicht ernsthaft geprüft haben.«

Frau Tschirner stand auf und lief in ihrem Wohnzimmer auf und ab. Ann Kathrin sah ihr an, dass die Frau ihr glaubte.

»Da ... da ... muss einer doch durchdrehen! Das ist ganz normal. Das hält niemand ewig aus.« Sie zeigte hasserfüllt auf Ann Kathrin. »Das ist Ihre Schuld! Ihre! Ihr Bullenpack habt ihn so weit getrieben!«

Er trug eine große Sonnenbrille und saß direkt an der Promenade bei Schnigge, trank einen Milchkaffee und aß einen Pfannkuchen mit Blaubeeren und Vanilleeis. Die Sonne brannte auf seinen kahlrasierten Schädel, und er sah zwei Touristen hinterher, die vom Uptalsboom kamen und noch einen Strandspaziergang machen wollten. Sie rieben ihre gebräunten Arme im Gehen mit Sonnenmilch ein, und er überlegte, sich ebenfalls ein Sonnenschutzmittel zu kaufen. Die Lichteinstrahlung am Meer durfte man nicht unterschätzen.

Er baggerte sich mit der Gabel Blaubeeren in den Mund und musste lachen. Das sind Probleme, dachte er. Welchen Lichtschutzfaktor soll ich nehmen? Zehn? Fünfzehn? Zwanzig?

Männer auf der Flucht vor der Polizei sollten vielleicht andere Sorgen haben, aber er fühlte sich hier auf der Insel der kurzen Wege absolut sicher. Niemand würde ihn hier vermuten. Es gab keinen Autoverkehr auf der Insel. Zwischen all den Touristen fiel er nicht auf. Er musste sich eine Bleibe für die Nacht suchen, aber das stellte er sich nicht sehr schwer vor. Im Moment genoss er einfach, hier zu sein und streckte die Beine aus.

Hinter ihm, nicht weit von hier – was war hier schon weit? – hatten die zwei versucht, sich einzuquartieren, waren aber gescheitert. Jetzt liefen sie da unten am Strand herum und hielten die Füße ins Wasser.

Ein Vater mit seinem fünfjährigen Sohn fragte Gert Eichinger, ob die Stühle an seinem Tisch noch frei seien. Eichinger nickte ihm freundlich zu. Der Mann zog sich einen Stuhl heran und stellte sein Fernglas auf dem Tisch ab.

Der Kleine wollte ein Eis, und sein Vater nahm ein frisch gezapftes Jever.

Die Gesellschaft der beiden gefiel Gert Eichinger. So verschwand er noch mehr in der Menge.

Der Vater zeigte seinem Sohn die Schiffe. »Hier kreuzen sich drei Schifffahrtswege ganz nah an der Küste, darum kann man hier so viele Schiffe sehen. Der Elbe-Schifffahrtsweg, der Jade-Schifffahrtsweg und der Weser-Schifffahrtsweg.«

»Schifffahrtsweg!«, sagte der Kleine stolz, der gerade ein neues Wort gelernt hatte.

Eichinger hörte den beiden gern zu. Der Mann macht das absichtlich, dachte er. Der ist clever. Er wiederholt schwierige Wörter, bis der Kleine sie drauf hat.

Gert Eichinger dachte an seinen Vater. Er hatte sich vermutlich niemals Gedanken über solche Sachen gemacht. Wenn er Wörter wiederholte, dann: »Lass das! Komm her! Geh weg!«

Aber wenn er ehrlich zu sich war, konnte er sich nicht recht an ihn erinnern. Er selbst musste im Alter dieses kleinen Jungen gewesen sein, als sein Vater sich aus dem Staub gemacht hatte.

»Sieh mal, das da – dieses komische Schiff. Das ist ein Saugbagger. Der muss die Fahrrinne freihalten, sonst versandet alles.«

»Und das da mit den Legosteinen?«

»Das sind keine Legosteine, Tim. Das ist ein Containerschiff. Da drauf sind Container gestapelt. Weißt du, was Container sind?«

Tim schüttelte den Kopf. Der Vater hielt ihm das Fernglas hin, half ihm, es für seine Augen einzustellen und sagte: »Siehst du diese Schachteln da auf dem Schiff? Das sind Container. Die sind jeder einzelne so groß wie unsere Garage.«

Tim wollte nicht länger durchs Fernglas sehen, sondern fragte nach seinem Eis.

Gert Eichinger hatte plötzlich seine Gefühle nicht mehr unter Kontrolle. Es gab etwas in ihm, das unberechenbar wurde. Einerseits hätte er diesen Mann am liebsten umarmt und an sein Herz gedrückt, andererseits stieg eine ungeheuerliche Wut in ihm auf. Er hätte ihn jetzt genauso gut niederschlagen und auf seinem Brustkorb herumtrampeln können.

Er versuchte zu essen, aber so gut es auch schmeckte, er bekam Schluckbeschwerden. Sein rechtes Bein begann zu wackeln, so als würde er einen Takt mitwippen, aber er machte das nicht absichtlich, und hier war auch keine Musik zu hören. Wenn seine Beine so selbständige Bewegungen machten, dann hatte er oft im Leben direkt danach »dumme Dinge« getan. Seine Therapeutin, Frau Riebers, hatte gesagt: »Dein rechtes Bein kündigt Katastrophen an. Es gibt dir die Chance, dies rechtzeitig zu erkennen und zu verhindern.«

Er überlegte, was er tun sollte. Er durfte sich nicht auffällig verhalten. Er saß ganz vorn an der Promenade, hinter ihm in Richtung Restaurant waren alle Tische besetzt. Mindestens zwei Dutzend Menschen sahen in Richtung Meer. Jede hektische Bewegung von ihm würden sie registrieren. Er konnte dem Typen jetzt nicht einfach die Pfannkuchenreste samt den übrigen Blaubeeren und dem geschmolzenen Vanilleeis ins Gesicht hauen. Er durfte auch nicht aufspringen und ohne zu bezahlen wegrennen. Er musste das hier so sauber und gut wie möglich beenden.

Er sah den Mann dabei nicht an. »Darf ich?«, fragte er und deutete auf das Fernglas.

»Aber bitte ...«

Er lüftete die Sonnenbrille, schob sie hoch auf seine Stirn und stellte das Fernglas auf seinen Augenabstand ein. Dann suchte er den Strand ab. Er interessierte sich nicht für Schiffe. Nicht jetzt. Aber er fand Laura und Sascha. Sie zogen sich gerade aus. Sascha war schon nackt, Laura trug noch ein T-Shirt. Sie reckte sich, als sie den Stofffetzen über ihren Kopf zog.

Es war ein schöner Moment für Gert Eichinger. Er stellte sich vor, dass sie es nur für ihn tat. Winkte sie ihm nicht sogar zu?

Die beiden ließen ihre Kleidung im Schutz einer halb eingefallenen Sandburg am Strand liegen und rannten ins Wasser.

Gert Eichinger stellte das Fernglas ab und bedankte sich. Er winkte der Kellnerin. Sie war eine Frohnatur mit sächsischer Sprachfärbung, die sie nicht zu kaschieren versuchte, sondern geradezu charmant-kokett präsentierte. Er zahlte und rundete die Rechnung auf, wodurch ein Trinkgeld von vier Euro zwanzig entstand. Sie bedankte sich und taxierte ihn einen Moment zu lang. War sein Bild gerade über den Bildschirm geflimmert? Hatte die Jagd begonnen?

Aber nein. Er bildete sich ein, sie wollte sich nur den großzügigen Gast merken, um ihn beim nächsten Mal umso freundlicher zu bedienen. Er sah ihr einen Moment nach. Ja. Sie passte sehr gut in sein Beuteschema.

Er ging nur ein paar Schritte und hatte schon Sand unter den Füßen. Wer in Lederschuhen am Strand herumläuft, macht sich verdächtig, dachte er, zog die Schuhe aus und hielt sie an den Schnürriemen fest. Sie baumelten jetzt an seiner Seite wie die Handtasche an der Schulter des braungebrannten Minimädchens vor ihm.

Er hasste den warmen Sand. Er mochte keine Krümel zwischen den Zehen. Er fand seine Füße hässlich, zu groß und irgendwie unförmig. Seine Oberarme gefielen ihm und sein V-förmiger Oberkörper auch. Dafür hatte er lange trainiert. Er hatte sich geformt wie ein Künstler sein Kunstwerk. Viele Stunden hatte er sich jeden Tag mit Hanteln gequält, die Arbeit mit den Eisen hatte aus einem Hänfling einen Tarzan gemacht, aber die Füße waren immer die gleichen geblieben, mit dem verwachsenen kleinen Zeh, weil er viel zu lange viel zu kleine Schuhe getragen hatte. Die Schuhe waren wie seine Zehen gewesen. Alles eine Nummer zu klein.

Er ging zwischen blauweißen Strandkörben auf das Meer zu. Eine Frau las die Bildzeitung, die Schlagzeile irgendetwas mit Dieter Bohlen.

Sie suchen mich nicht, freute er sich.

Der Wind machte der Frau das Zeitunglesen selbst im Strandkorb schwer. Die Seiten knickten um und flatterten. Gert Eichinger konnte den großen Busen der Frau sehen. Sie trug normalerweise ein Bikinioberteil. Die weiße Stelle auf ihrer Haut deutete darauf hin. Er schätzte sie auf Anfang fünfzig. Die Sonnenbrille verdeckte zu viel von ihrem Gesicht, so dass er ihr genaues Alter schlecht schätzen konnte. Am Hals hatte sie Falten. Aber er fand ihren Körper sehr sexy. Sie hatte auch genug Speck auf den Rippen.

Der Wind hob die Zeitung erneut an.

Ja, sie gefiel ihm. Es mussten nicht immer so junge Dinger sein. Vielleicht sollte er es einmal mit einer erfahrenen Frau versuchen. Einer wie der wundervollen Riebers.

Dann hielt sie die Zeitung fester und verschwand wieder dahinter.

Schade, dachte er. Er hätte ihr gerne länger zugesehen.

Warum sucht ihr mich nicht, fragte er sich erneut. Dann begann er laut zu lachen. *Na klar! Ich bin der Weiße Hai! Es ist wie in dem Film. Die Bestie sucht sich an der Küste neue Opfer, aber der Bürgermeister verhindert, dass die Menschen gewarnt werden, denn die Gegend lebt vom Tourismus, und eine Haiwarnung könnte die Urlauber verschrecken. Ja. Ich bin der Weiße Hai Ostfrieslands. Ich könnte euch die ganze Saison verderben, deshalb wollt ihr erst mit der Nachricht rauskommen, wenn ihr mich gefasst habt und Entwarnung geben könnt. So lange schwimme ich hier wie ein Fisch im Wasser.*

Der Gedanke gefiel ihm. Er war der Weiße Hai, aber er hatte sich eigentlich vorgenommen, nicht mehr zu räubern. Er wollte doch ein braver Junge werden.

Der Wind packte Lauras T-Shirt und wehte es über den Strand. Der mit Schuhen beschwerte Rest der Kleidung blieb hinter der Sandburg liegen. Das gefiel Gert Eichinger. Er reagierte, ohne zu überlegen, und rannte hinter dem T-Shirt her. Laura sah, was geschehen war und verfolgte den windschwangeren Stoff jetzt ebenfalls. Es war, als würde sie aus dem Wasser direkt auf ihn zu laufen.

Der Seehund an Ann Kathrin Klaasens Hosengürtel heulte los. Sie aß gerade in einem Stehcafé in Wittmund ein Käsebrötchen, trank einen erstaunlich guten Kaffee und fragte sich, woher der Mandelduft kam. Er erinnerte sie an Mallorca. In der Auslage fand sie kein Gebäck, von dem der Geruch hätte kommen können, und so verdächtigte sie die Bäckereifachverkäuferin, ein bisschen zu viel Parfüm benutzt zu haben.

Ann Kathrin hatte die Begegnung mit Gundula Tschirner noch nicht verdaut und befürchtete, dass ihr ähnliche Treffen mit anderen Frauen bevorstehen könnten.

Mit ihrem Handyklingelton erregte sie Aufsehen hier im Stehcafé. Ein Herr, der gerade in eine Apfeltasche gebissen hatte, regte sich mit vollem Mund über die akustische Umweltverschmutzung heutzutage auf.

Ein Mädchen mit Zahnspange gab ihm Contra und zeigte Ann Kathrin ihren erhobenen Daumen. »Cooler Klingelton! Ich hab meinen Deutschlehrer drauf. Wollen Sie mal hören?«

Ann Kathrin reagierte nicht auf das Mädchen, sondern nahm das Gespräch an. Weller wollte wissen, ob »ihr das Bürschchen habt«.

Das Mädchen hielt ihr Handy hoch und ließ den Ton hören. Ihr Lehrer brüllte: »Yvonne! Du bist dran! Macht denn hier jeder, was er will?!« Der Herr mit der Apfeltasche schüttelte den Kopf. Der Deutschlehrer schrie: »Yvonne! Haaalloooo!«

Ann Kathrin hielt sich das linke Ohr zu und konzentrierte sich ganz auf Weller. Sie beantwortete seine Frage nicht, sondern wollte stattdessen nur wissen, wie es ihm gehe und warum man ihn schon telefonieren lasse. Er behauptete, die Intensivstation längst verlassen zu haben, wieder im Zimmer zurück zu sein, und es gehe ihm blendend. Ann Kathrin fragte ihn, ob er etwas brauche und kam sich gleich blöd vor. Natürlich brauchte er Dinge, und sie hatte ihm nichts gebracht. Keine Wäsche, keine Zahnbürste ... Was bin ich nur für ein liebloses Luder, dachte sie grimmig. Kein Wunder, dass mein Exmann sich eine Geliebte gesucht hat und mein Sohn nichts mehr von mir wissen will. Für mich waren immer die Kriminalfälle wichtiger. Die Dinge beschäftigen mich zu sehr. Wenn ich einen Mörder jage, vergesse ich alles andere um mich herum, leider auch die Menschen, die ich eigentlich liebe.

Sie versprach Weller, ihm Kleidung zu bringen. Er verlangte nach ein paar Büchern. »Neben dem Bett liegt ein Krimi, den ich gerade lese. Von Regine Kölpin. Otternbiss. Ich brauche nur noch ein paar Seiten, dann bin ich durch. Und im Wohnzimmer liegt ein neuer Roman von Peter Gerdes, den will ich auch ... Und dann von Daniel C. Henrich dieses Philosophiebuch.«

»Willst du damit die Krankenschwestern beeindrucken?«

»Nein, Ann«, sagte er sehr ernst. »Mich interessieren die metaphysischen Implikationen in der Diskursethik bei Habermas.«

Es schien tatsächlich mit Weller bergauf zu gehen. Er erzählte, er habe sich mit der Chirurgin über Krimis unterhalten, die verstehe eine Menge davon und sei auch Fan ostfriesischer Kriminalliteratur.

In dem Moment lief es Ann Kathrin heiß den Rücken hinunter. Eichinger musste sich irgendwie neu eingekleidet haben.

»Frank ... ich kann jetzt nicht länger, ich ... muss ... Ich ruf dich später an, und ich komme mit einem Sack voll ostfriesischer Krimis, darauf kannst du dich verlassen.«

Er antwortete verständnisvoll, aber es schwang auch eine Spur Enttäuschung in seiner Stimme mit.

Ann Kathrin drückte die Kurzwahl für Ubbo Heide. Während sie darauf wartete, dass der Chef ranging, nahm sie einen Schluck Kaffee und biss einmal in ihr Käsebrötchen. Sie schlang den Bissen runter. Schon meldete sich Ubbo Heide. Er hatte sich längst daran gewöhnt, dass sie sich nicht mit langen Vorreden aufhielt, sondern gleich zur Sache kam.

»Er muss sich irgendwo Kleider besorgt haben. Er kann nicht mit den Klamotten von der Wattwanderung ...«

»Klar«, sagte Ubbo Heide. Genau so wie jetzt klang er immer, wenn er sich fragte, warum sonst keiner darauf gekommen war.

»Falls er nicht nach Norderney in seine Unterkunft zurückgegangen ist ...«

»Ist er nicht«, warf Ubbo ein.

»Dann hat er entweder in Norddeich oder Umgebung einen Unterstützer, oder er ist irgendwo eingebrochen. Die Läden hatten jedenfalls alle schon zu. Wir müssen sofort ...«

»... alle Einbruchsmeldungen der Nacht überprüfen«, ergänzte Ubbo.

Es gab drei. Auf dem Parkplatz beim Ocean Wave war ein Wohnwagen aufgebrochen worden. In Hage war jemand bei Aldi eingestiegen und in Norden in der kleinen Bäckerei neben Meister Pompe.

»Was klaut einer denn im Aldi?«, fragte Ann Kathrin.

»Sonderangebote?«, schlug Ubbo Heide vor.

Dann wurden sie wieder ernst. »Der Bäcker und Aldi scheiden im Grunde aus. Ich dachte eher an ein Bekleidungsgeschäft. Was wurde aus dem Wohnwagen mitgenommen?«

»Ich lasse mir sofort die Akte holen, Ann.«

»Bis gleich.«

Sie aß den Rest von ihrem Brötchen, ohne wirklich zu schmecken, was sie da kaute. Sie war zu sehr in Gedanken und wild entschlossen, die Kollegen vom BKA zu befragen, denen Gert Eichinger entwischt war. Ubbo Heide hatte versprochen, den Dienstweg dafür zu ebnen.

Nass stand sie vor ihm und sah ihn aus ihren Rehaugen an. Sie hielt sich den linken Arm vor die Brüste und streckte den rechten nach dem T-Shirt aus. Der ostfriesische Wind zauberte ihr eine Gänsehaut. Von ihren Haaren tropfte Meerwasser herab.

Er zögerte die Übergabe nur ganz kurz hinaus, aber er genoss jede Sekunde. Sie drückte die Oberschenkel zusammen und tänzelte dabei so, dass sie künstliche X-Beine bekam.

»Ist das Ihr T-Shirt?«, fragte er und überreichte es ihr.

»Ja, danke«, sagte sie.

»Der Wind bläst hier heftig auf den Inseln«, erläuterte er fasziniert, und sie nickte.

Jetzt kam auch Sascha bei ihnen an. Er hatte die restlichen Sachen mitgebracht.

Laura war unschlüssig, einerseits fror sie, andererseits wollte sie sich das Shirt nicht über die nasse Haut anziehen.

Gert Eichinger fragte sich, was das für ein Stoffel war. Warum bot der seiner Freundin kein Handtuch an und wenn er keins dabei hatte, warum dann nicht sein Hemd?

Sie wollte ins T-Shirt schlüpfen, da sagte Eichinger: »Sie sollten sich vorher abtrocknen. Man holt sich hier leicht eine Erkältung ... Ich würde den Wind nicht unterschätzen.«

»Wir haben unsere Handtücher vergessen«, antwortete sie.

Sascha stellte sich anders hin. Ein bisschen sah er aus wie diese o-beinigen Cowboys in Western, kurz vor dem Shootdown, wenn die Hand griffbereit über dem Colt hängt.

Gert Eichinger knöpfte sein blauweiß gestreiftes Hemd auf,

was seinen muskulösen Oberkörper schön zur Geltung brachte und sagte: »Darf ich Ihnen mein Hemd anbieten?«

Laura war zunächst so perplex, dass ihr keine Antwort einfiel, dann, als Gert Eichinger ihr sein Hemd hinhielt, schüttelte sie den Kopf. Die nassen Haare verteilten Tropfen. Einer traf Eichingers breite Brust und rollte, vom Sonnenlicht zum Diamanten verwandelt, runter zu seinem Sixpackbauch.

»Danke. Aber die frische Luft trocknet mich auch so ...«

Jetzt mischte sich Sascha ein. »Nimm meines.«

Zu spät, dachte Gert Eichinger. Viel zu spät, junger Mann. Der Punkt geht an mich.

Laura nahm Saschas Hemd und rubbelte sich damit trocken. Gert Eichinger sah zu, bis sie es mitkriegte und sich verschämt abwandte. Sascha brachte sich zwischen den beiden in Stellung.

»Darf ich Sie zu einem Milchkaffee einladen? Ich weiß, wo es hier den besten gibt.«

Sascha drehte sich zu Laura um. Die beiden sahen sich an. Sascha schüttelte den Kopf. Laura nickte.

Ubbo Heide informierte Ann Kathrin sofort, als sie in Aurich im Fischteichweg ankam. Er empfing sie mit übertriebener Freude und ausgebreiteten Armen: »Bingo! Er hat den Wohnwagen in Norddeich geknackt. Die daktyloskopische Untersuchung ist eindeutig. Er hat sich keine Mühe gegeben, seine Fingerabdrücke abzuwischen oder ...«

Ann Kathrin ließ sich von Ubbo umarmen. Dabei kam es ihr so vor, als wolle er sie aufhalten, als sei da noch etwas – bisher Ungesagtes – etwas, das ihm schrecklich schwerfiel zu formulieren.

»Er hat einen Rucksack geklaut und sich zwei Jeans Größe 36/32 eingesteckt, dazu ein paar T-Shirts und Hemden. Sandalen. Alles Männersachen. Und zwei Damenslips.«

»Glaubst du, er ist in Begleitung?«

»Nein, ich glaube, dass er eine perverse Mistsau ist. Jedenfalls wissen wir jetzt, dass er auf dem Festland ist und keineswegs zurück nach Norderney.«

Ann Kathrin löste sich von Ubbo. »Oder er will nur, dass wir das denken, hat deshalb so deutliche Spuren im Wohnwagen hinterlassen, und während ...«

Ubbo Heide vollendete den Satz für sie: »... wir hier nach ihm suchen, macht der Wellness auf Norderney.«

Ann Kathrin wollte jetzt an ihm vorbei, aber er ließ sie nicht durch.

»Da ist noch etwas, Ann.«

»Ja?«

»Die Kollegen aus Wiesbaden sind da.«

»Gut.«

Er sah sie mahnend, ja, streng an. »Das ist nicht dein Fall, Ann. Und wir führen hier keine disziplinarrechtliche Untersuchung durch.«

Sie atmete tief durch und lehnte sich dann an die Wand, um möglichst entspannt zu erscheinen. »Ich bin hier in der Mordkommission Ostfriesland. Ein Mensch wurde ermordet. Möglicherweise zwei. Das hier ist mein Fall, und ich werde jeden befragen, der etwas zur Lösung beitragen kann, und wenn es der Papst persönlich ist.«

Mit einer Mischung aus Sorge und Stolz blickte Ubbo Heide hinter ihr her.

Der Tisch im Besprechungsraum war betont familiär locker gedeckt. Eine Kanne Tee. Ostfriesischer Bienenstich und ein paar Schokokekse. Es waren zwei Wiesbadener BKA-Leute da. Nicht, wie Ann Kathrin erwartet hatte, vier. Sie saßen dicht nebeneinander, was sie in diesem großen Raum seltsam verloren aussehen ließ. Außerdem machten beide den Eindruck, als hätten sie eine verdorbene Fischsuppe gegessen und die Lebensmittelvergiftung nur knapp überlebt.

Sie waren beide Anfang vierzig. Der Kleinere von ihnen hatte deutlich zwanzig Kilo zu viel drauf und ein Doppelkinn. Der Dünnere war einen Kopf größer als sein Partner und trug rechts einen bläulich schimmernden Ohrstecker.

Kurz hinter Ann Kathrin betrat Ubbo Heide den Raum und schloss die Tür. Ubbo stellte Ann Kathrin kurz vor. Er gab sich als eine Art Moderator dieses Gesprächs und fühlte sich sichtlich unwohl in seiner Haut.

Er setzte sich an die Kopfseite des Tisches. Ann Kathrin nahm den Wiesbadener Kollegen gegenüber Platz. Sie sah sie fragend an, als nichts erfolgte, schaute sie zu Ubbo Heide. Der fingerte seinen Marzipanseehund hervor und biss hinein.

»Ja«, sagte Ann Kathrin, »nachdem nun jeder weiß, wer ich bin, möchte ich jetzt gerne wissen, mit wem ich es zu tun habe.«

Wieder keine Reaktion. Der Dünne spielte an seinem Ohrring herum.

Die Sache blieb an Ubbo Heide hängen.

»In diesem Fall ist es vielleicht besser, wenn die Kollegen inkognito bleiben.«

Ann Kathrin lachte. »Inkognito? Soll das ein Scherz sein? Seid ihr besoffen? Selbst die Anonymen Alkoholiker müssen ihre Namen herausrücken, wenn bei ihren Treffen einer umgelegt wird, oder sagen wir dann: Oh, Verzeihung, tut uns leid. Na klar, verstehen wir, dass hier jeder anonym bleiben will ...«

Ubbo Heide bremste sie mit erhobener Hand ab. »Ann! Der Vergleich hinkt. Wenn diese Sache an die Öffentlichkeit kommt, und das wird sich auf die Dauer nicht verhindern lassen, dann möchte niemand in der Haut der Kollegen stecken. Stell dir vor, er greift sich wieder eine Frau und ... Ich mag mir das gar nicht vorstellen. Die Presse wird einen Schuldigen suchen und ...« Er zeigte auf die zwei, die immer mehr zusammensackten, »... das könnte zu einer Art öffentlichen Hinrichtung werden. Die Kollegen haben Familien. Ihre Kinder ...«

Ann Kathrin setzte sich anders hin und verschränkte die Arme vor der Brust. »Dies ist ein Mordfall. Anonyme Ermittlungen gibt es nicht!«

Die beiden schauten zu Ubbo Heide. Der machte eine versöhnliche Geste. »Natürlich stehen die Kollegen für alle Fragen zur Verfügung, aber ...«

Ann Kathrin ließ die flache Hand auf den Tisch knallen. Die beiden zuckten zusammen.

»Also, entweder kommen jetzt hier alle Sachen klipp und klar auf den Tisch, oder ich verlasse augenblicklich diesen Raum. Für so ein Affentheater habe ich keine Zeit.«

»Ann, der Innenminister bittet ausdrücklich um ...«

»Wenn der Herr Innenminister sachdienliche Hinweise zu machen hat, höre ich mir die sehr gerne an.«

Ubbo Heide stöhnte und walkte sich das Gesicht durch. Er wusste, warum sie so furchtlos war. Tief in sich drin trug sie die Bereitschaft, diesen Job aufzugeben und etwas anderes anzufangen. Wie oft hatte er sie mit Weller über eine Fischbude in Norddeich reden hören, wo sie sich vorstellen konnten, gemeinsam Matjesbrötchen zu verkaufen. Sie klebte nicht an ihrem Job und ihrer Karriere, und genau das machte sie so stark und zu einer wirklich guten Polizistin.

»Die Namen, Adressen und Dienstnummern sind mir bekannt, Ann. Können wir das jetzt für heute ausklammern?«

Zu seiner Überraschung ging sie sofort darauf ein. »Okay. Wie darf ich sie anreden? Mit Plim und Plum?«

Grinsend zuckte Ubbo Heide mit den Schultern und lehnte sich schon wesentlich entspannter zurück.

»Können die beiden schon selbst sprechen, oder frage ich weiterhin dich?«

Ubbo Heide deutete einfach auf die BKAler, die sich sofort verkrampften. Ann Kathrin begann: »Also. Ich will natürlich wissen, wie das passieren konnte. Wollte er eine Wattwanderung machen, und ihr Helden hattet Angst, nasse Füße zu bekommen, dann ist nur einer von euch mitgegangen, und die anderen waren Eis essen?«

Sie fragte sich, wer von beiden antworten würde. Sie tippte auf den Dünnen, den sie Plim nennen wollte. Lust hatte keiner von beiden. Sie zierten sich regelrecht, aber dann begann, wie erwartet, Plim.

»Es ist uns bewusst, dass wir jetzt wie Idioten dastehen. Aber ganz so einfach ist die Sache nicht. Gert Eichinger ist ein gerissener Hund, und seine Anwälte machen uns die Hölle heiß. Wir dürfen ihm nicht näher als drei Meter kommen. Er darf sich von unserer Präsenz nicht bedroht oder eingeengt fühlen, er hat nämlich eine ganz sensible Psyche und die könnte schweren Schaden nehmen, wenn ...«

Ann Kathrin unterbrach ihn gegen ihre Gewohnheiten barsch. Ubbo Heide wunderte sich, denn gerade sie predigte immer wieder, es sei wichtig, die Leute ausreden zu lassen, weil sich in Nebensätzen und kleinen Details oft die Lösung eines Falles verberge. Entweder lagen Ann Kathrins Nerven blank, folgerte er, oder sie behandelte Kollegen anders als Zeugen oder Tatverdächtige.

»Was ist passiert? Wo waren die anderen?«

Plum wollte etwas sagen, war aber zu langsam. Plim riss das Wort wieder an sich. Noch niemand hatte den Tee angerührt oder den ostfriesischen Bienenstich.

»Also, ich muss vorausschicken, dass das eigentlich gar nicht unsere Aufgabe ist, sondern die Kollegen vom LKA vor Ort ...« Er winkte müde ab. »Aber die haben drei solcher Fälle in Wiesbaden. Für jeden bräuchte man fünfzehn Beamte. Das schafft keine Dienststelle. Und bei Gert Eichinger lag der Fall nochmal komplizierter. Die anderen treiben sich in ihrem Viertel herum, sind relativ einfach unter Kontrolle zu halten. Die haben kein Geld und ...« Er seufzte.

Plum nickte ihm aufmunternd zu. In seinen Augen schlug sich Plim ganz tapfer.

»Da haben wir dann den Reiselustigsten übernommen. Wir waren froh, dass er nach Norderney ist, wir dachten, auf einer Insel schaffen wir das auch mit kleiner Besetzung und hohem Engagement ...«

»Na, das hat ja dann nicht so ganz funktioniert. Würden Sie jetzt meine Frage beantworten, Plim. Ich darf Sie doch Plim nennen, oder?«

»Ja«, sagte Plim. »Bei Engpässen und Schwierigkeiten wollten wir vor Ort Verstärkung anfordern.«

Jetzt wurde Ann Kathrin richtig sauer. »Verstärkung?! Wir wussten nicht einmal, dass ihr in Ostfriesland seid! Eine kleine Information hätten wir nett gefunden.«

»In Wiesbaden stand etwas in der Zeitung. Mit Fotos. Er war unkenntlich gemacht, sein Scheiß-Anwalt hat uns aber trotzdem verklagt, wir hätten die Presse informiert. Sein Klient würde zur Bestie gemacht und solle durch unseren Einsatz vorgeführt werden. Wir halten uns so bedeckt, wie es nur eben geht.«

Ann Kathrin beugte sich über den Tisch. »Was ist passiert?! Wo waren die anderen?!«

Klasse, dachte Ubbo Heide, wie hartnäckig sie bleibt. Sie lässt sich nicht einlullen.

Da von Plim und Plum nichts kam, machte Ann Kathrin einen Vorschlag, um die zwei zu provozieren: »Ihr hattet einfach von dem ganzen Mist die Nase voll, dazu die Sonne, die Urlaubsstimmung auf der Insel, das erotisierende Reizklima, da habt ihr euch ein paar Mädels auf die Bude geholt und mal so richtig die Sau rausgelassen.«

»Nein, verdammt!«, protestierte Plum. »Der hatte Hilfe auf der Insel. Der ist uns dauernd ausgebüxt. Einmal am FKK-Strand. Ein zweites Mal bei der Weißen Düne. Das war wie ein Katz-und-Maus-Spiel. Der hat sich einen Spaß daraus gemacht, und wenn wir ihn dann überall gesucht haben, dann stand er plötzlich lachend hinter uns und hat sich amüsiert wie ein Kind beim Versteckspiel.«

Ann Kathrin zeigte auf Plum: »Moment, Sie haben da gerade etwas gesagt: *Der hatte Hilfe auf der Insel*. Wie darf ich mir das vorstellen?«

Plum sah Plim an, und der gestand: »Einmal hat einer mich und …« Fast hätte er den Vornamen des Kollegen ausgesprochen, stoppte aber in letzter Sekunde. »Also, da hat uns jemand eingeschlossen, und das war definitiv nicht Eichinger, der war zu dem Zeitpunkt bewacht von drei Kollegen in der Sauna.«

Plum fuhr fort: »Ich war mit in der Sauna, und von dort versuchte er, genau zeitgleich zu türmen. Das war eine abgesprochene Aktion. Geht gar nicht anders.«

Ann Kathrin schielte zu Ubbo Heide rüber. Der wurde jetzt richtig nervös.

»Das heißt, er hat einen Helfer? Vermutlich eine Helferin aus seinem Fanclub oder wie wir den Harem nennen wollen – und die Flucht war geplant?«

Beide nickten.

»Dagegen spricht der Einbruch in den Wohnwagen. Bei einer geplanten Flucht hätte garantiert Kleidung zur Verfügung gestanden und ein Fahrzeug und …«

»Und wenn der Einbruch uns nur von ebendieser Überlegung ablenken soll?«

Ann Kathrin kam wieder zu ihrer Ursprungsfrage zurück: »Also, wie genau ist es gelaufen?«

»Es war in der Innenstadt. Er ist in die Buchhandlung Lübben und hat da Postkarten gekauft und ein Taschenbuch. Dann saß er damit draußen im Eiscafé Rialto. Er schrieb Postkarten, aß Spaghettieis – das dort übrigens sehr gut ist –, und dann ging er zur Toilette. Ich unauffällig hinterher. Dort hat er hinter der Tür auf mich gewartet und mir eins auf die Birne gehauen.«

Plum zeigte eine Verletzung in seinem Haarbüschel vor, die Ann Kathrin sonst durch seine Frisur nie aufgefallen wäre.

»Er kam also von der Toilette nicht zurück?«, fragte sie.

Plim nickte. »Genau. Zuerst dachten wir uns nichts dabei. Er hatte ja die Postkarten und das Buch auf dem Tisch liegen und sich gerade noch einen doppelten Espresso bestellt ... aber das war eine Finte. Als es dann immer länger dauerte, ging ich nachgucken, und da sah ich ihn.« Er zeigte auf Plum. »Da war alles voller Blut. Solche Kopfwunden machen immer eine Riesensauerei, sind aber halb so wild.«

»Geschenkt«, sagte Ann Kathrin. »Und dann?«

»Na, dann haben wir ihn gesucht.«

»Ich nicht«, gab Plum zu »ich war beim Arzt.«

»Wir haben uns aufgeteilt.«

»Klar, so groß ist die Insel ja nicht, dachtet ihr!«, spottete Ann Kathrin. »Und dann ist Gert Eichinger übers Watt geflohen? Euer Kollege hat ihn gesehen und ist hinterher, oder wie?«

Sie wussten es beide nicht. Das sah ehrlich aus, fand Ann Kathrin, konnte es aber kaum glauben. »Ja, hat er euch kontaktet? Hat er gesagt: Ich hab ihn, kommt an den Strand, oder was?«

»Ja. Aber seine Angaben waren ungenau. Ich meine, Watt ... das ist verdammt weit, das sind auf dieser Insel zehn Kilometer oder mehr.«

»Und dann seid ihr hin?«

»Ja. Aber wir haben keinen von beiden gefunden. Dann kam ja auch dieser Nebel, der durchs Watt zog. Kein Wunder, dass die Menschen früher an Elfen und Fabelwesen glaubten. Das sah echt unheimlich aus.«

Die Sache klang schlüssig, aber etwas stimmte für Ann Kathrin nicht. Sie hätte nicht sagen können, was, aber da war so ein Unwohlsein. Sie konnte es körperlich spüren.

»Und wo sind die beiden anderen Kollegen? Ich würde gerne mit ihnen reden.«

Jetzt machten sich Plim und Plum gleichzeitig gerade, so als seien sie dabei, aufzubrechen. »Wir kennen Gert Eichinger besser als irgendwer sonst. Seine Tricks, seine Verhaltensweisen ... Die Kollegen suchen ihn auf Norderney, und wir wollen so schnell wie möglich ...«

»Bevor er wieder zuschlägt.«

Jetzt nahm sich Ann Kathrin ein Stück Bienenstich und aß den Kuchen aus der Hand. Die Krümel fielen ihr von den Lippen auf den Tisch, und die Füllung tropfte herunter. Sie hatte einen mörderischen Hunger. Sie griff auch nach der Teekanne. Erst als sie das Stück Kuchen komplett verschlungen hatte, fragte sie: »Was wissen wir über seinen Helfer?«

»Nichts.«

Ann Kathrin verdrehte die Augen. »He, Jungs! Nichts gibt es nicht! Wie haben die Kontakt gehalten? Handy? Hat er sich unter euren Augen mit jemandem getroffen? Das kann euch nicht entgangen sein.«

»Ist es auch nicht, aber wir haben ...«

»Schlampig gearbeitet?«, schlug Ann Kathrin vor.

Das ging Ubbo Heide entschieden zu weit.

»Wer hat euch eingeschlossen? Wer hatte da im Hotel Zugang? War er dort Gast? Gibt es Fingerabdrücke? Das kleine Einmaleins ...«

Beide sahen betreten aus. Plum bäumte sich auf: »Er kann sich mit der Person durchaus getroffen haben. Er hatte ja Kontakte. Am Strand. Im Restaurant. Wir können ja schlecht von jedem Menschen, mit dem er spricht, erst mal die Papiere verlangen.«

Ubbo Heide nahm sich auch einen Tee. Er hatte sein Marzipan inzwischen verzehrt. »Ich muss jetzt hier für die Kollegen auch mal eine Lanze brechen«, sagte er. »Sie haben einen verdammt schwierigen und undankbaren Job. Weil der Staat es nicht schafft, solche Täter rechtmäßig wegzusperren, müssen Kripobeamte als lebende Mauer dienen, damit diese Bestien, die angeblich zu Schafen geworden sind, sich in freier Wildbahn kein neues Opfer greifen.«

Seine Worte taten Plim und Plum gut. Ubbo Heide zeigte auf sie: »Die hätten wahrlich etwas Besseres zu tun! Wenn hier jemand auf die Anklagebank gehört, dann nicht die überforderten Kollegen, sondern die Politiker, die nicht in der Lage sind, eindeutige Gesetze zu verabschieden, und die Richter, die solche unmöglichen Urteile fällen. Wenn dann wieder etwas passiert, wird der Schrei nach Todesstrafe laut, dabei müsste man diese Typen nur vernünftig einsperren, ohne jedes Wenn und Aber, um die Gesellschaft zu schützen.«

»Wir«, stimmte Plum zu, »machen doch nur die Drecksarbeit.«

»Wo erreiche ich die beiden, wenn ich sie in nächster Zeit sprechen will?«, fragte Ann Kathrin Ubbo Heide.

»Wir haben«, beruhigte er sie, »ihre Handynummern.«

Die beiden standen auf.

»Halt, eins noch!«, sagte Ann Kathrin. »Kennt ihr die Frauen, die ihm ins Gefängnis geschrieben haben?«

Plim bog seinen Rücken durch, als sei er hier beim Fitnesstraining. Plum antwortete: »Fast alle. Diese Gundula Tschirner aus Wittmund haben wir neulich noch besucht, um sie zu warnen.«

»Wenn sie auf der Insel gewesen wäre, hättet ihr sie erkannt.«

»Sicher. Man muss natürlich berücksichtigen, dass Frauen sich oft sehr rasch verändern können, wenn sie es wollen. Neue

Frisur, anderes Styling. Aber dieses Pummelchen hätten wir garantiert erkannt. Sie hat etwas, das vergisst man nicht.«

Da musste Ann Kathrin ihnen recht geben.

»Er wird bei einer dieser Frauen auftauchen, und dann haben wir ihn. Es ist nur noch eine Frage der Zeit«, versicherte Plim.

Die beiden verabschiedeten sich von Ubbo Heide geradezu zackig.

Als sich die Tür hinter ihnen geschlossen hatte, sagte Ann Kathrin: »So dumm ist er nicht. Er weiß genau, dass wir bei den Frauen auf ihn warten.«

Die Kontaktlinsen bereiteten ihm keine Schwierigkeiten, aber das Gebiss verursachte einen ständigen Speichelfluss. Dauernd musste er schlucken und hatte Angst, dass in einem unbedachten Moment Speichel aus seinem Mundwinkel tropfen könnte.

Er schätzte die beiden jetzt ganz klar als Ausreißer ein. Für Kids in dem Alter verhielten sie sich ungewöhnlich. Dieser Sascha benutzte sein Handy nie. Es war ausgeschaltet. Laura schien gar keins zu besitzen. Sie waren ohne Gepäck hier und besaßen offensichtlich kaum Geld.

Aber inzwischen hatte Laura den Schlüssel für die Ferienwohnung ihrer Tante von der Nachbarin geholt. Laura hatte sich dort umgezogen. Sie trug jetzt die Kleidung einer Frau Mitte fünfzig, und die Sachen standen dem jungen Mädchen verdammt gut, fand er. Entweder hatte sie eine sehr flotte, farbenfrohe Tante, oder sie verstand einfach etwas von origineller Zusammenstellung. Das Kleid war ihr zwei Nummern zu groß, aber sie raffte es an der Seite mit einer Heftzwecke zusammen, und ein Seidenschal diente als Gürtel. Die halbhohen italienischen Stöckelschuhe gaben ihren Waden ein straffes Aussehen.

Er hätte sich die Wohnung gerne von innen angeguckt, aber

sie luden ihn nicht ein. Er hatte diesen Sascha eindeutig gegen sich.

Als sie aus der Wohnung kamen, sahen sie aus, als hätten sie sich gestritten.

Es wird nicht lange mit ihnen gutgehen, dachte er. Wenn es richtig zwischen ihnen kracht, werde ich da sein. Es würde gar nicht nötig sein, einen Keil zwischen sie zu treiben. Die beiden drifteten sowieso bald auseinander.

Wenn zwischen ihnen alles gut wäre, dann hätten die frisch Verliebten die Wohnung so bald nicht verlassen, sondern sich die Seele aus dem Leib gevögelt und dann gemeinsam gekocht, dachte er.

Sie waren aber keine Viertelstunde gemeinsam in der Wohnung gewesen, und in der Zeit hatte sie sich noch umgezogen.

Wir haben etwas gemeinsam: Wir sind alle drei auf der Flucht vor irgendetwas. Die beiden vermutlich vor den Eltern oder dem Jugendamt. Es war auch möglich, dass die zwei aus einem Heim abgehauen waren.

Er wartete unten beim Café Pudding auf sie. Er sah sich die spielenden Seehunde aus Bronze an. Das Kunstwerk gefiel ihm, und da war auch wieder der Vater mit seinem Sohn. Der Kleine setzte sich auf einen Seehund und rief stolz: »Hüha!« Sein Vater knipste ihn mit einer kleinen Digitalkamera. Gert Eichinger ging rasch zur Seite. Er wollte auf keinen Fall mit aufs Bild.

Von hier aus konnte er den Eingang der Ferienwohnung sehen. Als sie kamen, schlug er ihnen vor, gemeinsam essen zu gehen. Fisch natürlich. Sascha hatte angeblich keinen Hunger.

Er rechnete damit, schon bald namentlich und mit Bild gesucht zu werden. *Der einschlägig vorbestrafte Vergewaltiger Gert Eichinger hat sich durch einen feigen Mord aus der Polizeiaufsicht befreit ...*

Nein, befreit würden sie es sicher nicht nennen, sondern ein anderes Wort dafür finden. Eins, das weniger positiv klang.

Jedenfalls hielt er es für klug, sich nicht mit seinem richtigen Namen vorzustellen. Am liebsten hätte er sich Arnold genannt, nach seinem Vorbild, aber ein Bodybuilder, der Arnold heißt, löst Grinsen aus. Auch Sylvester ging nicht, geschweige denn Bruce. Also nannte er sich George. Wobei er den Namen weich aussprach, als sei kein G in dem Wort. Er schlug vor, sie sollten sich duzen.

Sie gingen gemeinsam die Straße runter in Richtung Bahnhof. Es gab überall Essensdüfte.

Laura sah sich bei der Fleischerei Drees die Angebotstafeln auf der Straße an. Sascha las immer laut die Preise vor, dabei betonte er jede Summe so, dass sie unerschwinglich erschien, dabei wusste er genau, wie günstig das Essen hier war. Es roch nach würziger Gulaschsuppe.

Er sah einem Mann zu, der gierig in ein halbes Hähnchen biss. Sascha schluckte.

Eichinger wog ab, was dagegen sprach, die beiden zum Essen einzuladen, um ihr Vertrauen zu gewinnen und vor Laura zu glänzen. Frauen mochten Ernährertypen. Da war er sich ganz sicher, das war eine uralte Reaktion. Ein Überlebensinstinkt. Wer in der Lage war, Tiere zu erlegen und Fleisch mit nach Hause zu bringen, der konnte auch Frau und Kinder ernähren und bekam folglich die besten Weibchen.

Immer wieder sah er in die Augen der Touristen. Nein, niemand erkannte ihn. Da war auch kein Zögern. Niemand stupste seine Frau an und flüsterte: »Ist das nicht der Typ aus dem Fernsehen? Der wird doch gesucht!«

Wenn er angestarrt wurde, dann wegen seiner Muskeln. Viele Männer wären gerne wie er gewesen, waren aber nicht bereit, dafür so hart zu arbeiten wie er. In den Blicken so mancher Frau glaubte er Begehrlichkeiten zu entdecken. Er befürchtete, von ihnen wiedererkannt zu werden. Es war nur eine Frage der Zeit, dann würde sein Foto über die Bildschirme flimmern.

Er entschied sich dagegen, Laura und Sascha in ein Restaurant einzuladen. Er hatte eine bessere Idee. Eine viel bessere. Er schlug vor: »Wir könnten doch einkaufen gehen und dann etwas kochen.«

»Ja, gerne, George«, freute sich Laura. »Das ist doch eine gute Idee. Das wird nicht so teuer.«

Laura sagte betont amerikanisch George und spielte damit auf Clooney an, den sie klasse fand.

Sie strahlte Sascha erwartungsvoll an, aber er maulte: »Ich kann nicht kochen, Georg.« Er nannte ihn bewusst Georg, mit zwei G, nicht Dschordsch. Georg klang spießiger, fand Sascha.

»Hey, was soll das heißen, junger Freund? Du kannst nicht kochen? Das ist eine sinnliche Erfahrung. Das ist wie ...« Er schmatzte und sog die Meerluft durch die Nase ein, als würde er eine Fischsuppe abschmecken. »... wie Liebe machen.«

Laura kicherte. Eichinger blähte seinen mächtigen Brustkorb auf.

Es gab in der Charlottenstraße zwei Supermärkte nebeneinander. Den Frischemarkt und SPAR. Die Früchte waren draußen ansprechend präsentiert, wie es in Bochum nur die türkischen Läden schafften.

Die Art, wie Gert Eichinger einkaufte, faszinierte Laura. Sascha war sofort davon genervt, ließ es sich aber nicht anmerken, sondern spielte mit. Er spürte, dass dies alles hier eine größere, ja vielleicht lebensentscheidende Bedeutung hatte.

Eichinger packte nicht einfach Sachen in den Einkaufswagen. O nein, er prüfte, wog ab, probierte, wo es möglich war. Längst nicht jede Frucht und schon gar nicht jedes Gemüse überzeugte ihn. Er gab den Feinschmecker.

Endlich hatte er sich für ein paar Strauchtomaten entschieden. Er hielt sie Laura wie eine Offenbarung vors Gesicht. »Riech mal.«

Sie tat es mit geschlossenen Augen.

»Das sind noch echte Tomaten«, sagte er. »Diese da bestehen nur aus Wasser und Dünger.«

Sascha ärgerte sich, weil Laura auf solchen Mist abfuhr. Er hätte am liebsten gespottet: »Ja, sind wir hier beim Kochduell oder was?« Auch wäre es ihm ein Leichtes gewesen, Georgs Lispeln zu parodieren. »*Dieße da beßtehen nur auß Waßßer und Dünger.*« Aber er hielt den Mund.

Eichinger zupfte jetzt an den Blütenblättern der Ananas herum. Wenn sich oben ein Blatt mühelos auszupfen lasse, sei sie reif, behauptete er und roch jetzt an dem ausgerupften Ende. Dann hielt er es Laura hin. Die beschnüffelte die frische Stelle und nickte Gert Eichinger zu.

Als Sascha nach einer knappen Stunde glaubte, die Sache sei endlich erledigt und auch die Kräuter im Einkaufswagen dufteten, begann Gert Eichinger, mit Laura über die Weinfrage zu diskutieren.

Sascha kaute auf der Unterlippe herum und fragte sich, ob die beiden noch ganz dicht waren.

Laura hatte einen halbtrockenen Rotwein für acht Euro zweiundneunzig ausgesucht. Sascha fand das wahrlich teuer genug. Eichinger nannte den Wein »ein mieses Zuckerwasser, das alles verderben wird«.

Er fischte eine Flasche Chateauneuf du Pape für knapp zwanzig Euro aus dem Regal, fragte sich dann aber, ob der nicht vielleicht zu dominant werden könnte.

Die tun so, als sei der Wein von ähnlicher Bedeutung für die Menschheit wie der Ausgang des Ersten und Zweiten Weltkriegs, dachte Sascha. Er kam sich mit seinen Problemen plötzlich klein dagegen vor. Er hatte ja nur ein zerrüttetes Elternhaus, in dem sich die beiden Menschen bekämpften, die er am meisten geliebt hatte. Es war ihnen binnen weniger Wochen gelungen, alles zu zerstören, auf das sie einmal stolz gewesen waren. Sie zerfleischten sich nur noch.

Das Haus war unter den Hammer gekommen, weil sie sich nicht einigen konnten, wer es in Zukunft besitzen sollte, und die Zinsen für die Hypotheken konnte einer alleine nicht aufbringen. So wurde aus einem Einfamilienhaus ein Berg mit hundertzehntausend Euro Restschulden.

Weil sein Vater seiner Mutter keinen Unterhalt zahlen wollte, ließ er sich rausschmeißen und wurde lieber arbeitslos, als »der Schlampe auch noch Geld in den Rachen zu werfen!«

Natürlich stritten sie sich um das Sorgerecht, und der Vater wollte nach Australien auswandern, wo angeblich alles besser war als in Deutschland. Das wusste sein Vater genau, obwohl er nie dort gewesen war.

Die Weinfrage schien sich der Entscheidung zu nähern. Gert Eichinger fand einen Lagrein aus Südtirol, war sich aber nicht sicher, ob der nicht vielleicht zu jung war, denn, so sagte er mit Kennermiene: »Der Lagrein braucht immer ein paar Jahre. Der 2010er ist zu jung. Lass uns schauen, ob es einen von 2006 oder 2007 gibt. Wenigstens einen von 2008.«

Ich bin auf der Flucht, dachte Sascha grimmig. Ich Idiot habe einen Polizisten vom Baugerüst gehauen. Das ist mindestens schwere Körperverletzung. Vielleicht sogar versuchter Totschlag. Hoffentlich hat er den Sturz überlebt. Außerdem halten die Bullen mich vermutlich für den Mörder von Oberstudienrat Bollmann. Ich habe meinem Vater vierhundert Euro gestohlen und bin mit seinem Auto ohne Führerschein von Bochum nach Ostfriesland gefahren. In Leer ist die Scheißkarre verreckt. Bestimmt haben sie die Kiste längst gefunden. Ich bin hier im Grunde völlig abhängig von Laura, und statt mit mir ein paar schöne Tage auf der Insel zu verbringen, bis sich das schlimmste Unwetter verzogen hat, lässt die sich von diesem Muskelpaket beflirten.

Immerhin zahlte Gert Eichinger an der Kasse alles und beteuerte, seine neuen Freunde einladen und fürstlich bewirten zu wollen.

In der Ferienwohnung ging es dann keineswegs sofort los. Gert Eichinger suchte die passenden Töpfe und Pfannen aus, dann fand er alle Messer ungeeignet. Er begann ernsthaft, sie zu schleifen. Dabei setzte er sich breitbeinig auf den Stuhl und positionierte sich scheinbar unabsichtlich so, dass Laura das Spiel seiner Muskeln sehen konnte, ja, fast musste, während er – den Oberkörper nur mit einem Unterhemd bekleidet – sich dieser so herausgestellt männlichen Tätigkeit widmete.

Sascha kam sich Eichinger gegenüber mickrig vor. Gibt es irgendetwas, fragte Sascha sich, das ich besser kann als dieses glatzköpfige Sixpack?

Die Zwiebeln und Tomaten schienen dann tatsächlich aus lauter Angst vor dem scharfen Messer in mundgerechte Scheiben zu zerfallen. Eichinger ließ Sascha sogar mithelfen, und Laura durfte Knoblauch schälen und hacken, dabei stellte sie sich aber so ungeschickt an, dass Gert Eichinger ihr unbedingt zeigen musste, wie man das macht, ohne sich in die Fingerkuppen zu schneiden.

Inzwischen war gut ein halbes Kilo Zwiebeln gewürfelt, und obwohl die Schüssel fast zwei Meter von Laura und ihm entfernt stand, stiegen beiden die Tränen in die Augen vom scharfen Duft. Bei Laura sah das süß aus, und Eichinger reichte ihr ein Papiertuch. Aber Sascha fand, bei sich selber wirkte das irgendwie weiblich. Er kam sich halb schwul dabei vor, hier in der Küche zu heulen. Er fragte sich, warum es Gert Eichinger nichts ausmachte, die Zwiebeln zu schneiden. Gab es irgendeinen Trick?

Langsam beschlich ihn das Gefühl, er könnte eine Menge von Eichinger lernen. So hirnlos, wie er aussah, war der Typ gar nicht.

Warum hat mir mein Vater so etwas nicht beigebracht, fragte er sich. Diese Lebensart. Damit kann man Frauen beeindrucken.

Jetzt goss Eichinger Olivenöl in eine Schale und stippte Weißbrot hinein, um es zu probieren. Nein, er war gar nicht damit einverstanden.

»Da steht kalt gepresst drauf. Alles Lüge. Das ist praktisch Industrieöl. Die pressen die Oliven mit zu viel Druck, dadurch wird alles viel zu heiß. Die Vitamine gehen verloren und der Geschmack.«

Laura nickte und verzog den Mund, als sei ihr das nur zu bekannt.

Gert Eichinger streute Gewürze auf das Öl, presste eine Knoblauchzehe aus und rieb den Saft hinein. Er tunkte erneut Weißbrot hinein, schnupperte daran und biss mit spitzen Lippen ab. Dann hielt er es Laura hin. Sie probierte mit Kennermiene und schloss dabei die Augen.

Beim Küssen sieht sie nicht halb so begeistert aus, dachte Sascha.

Georg hielt noch kurz die Pfeffermühle übers Öl. Dann war auch er zufrieden.

Und am Ende von dem ganzen Brimborium gab es dann doch nur ziemlich enttäuschende Spaghetti mit Tomatenstückchen, Pinienkernen, Ananas und Olivenöl.

Laura fand das: »Großartig. Ein geradezu exotisches Geschmackserlebnis!«

Sascha hörte ein merkwürdiges Klappern, wenn Georg aß. »Trägst du ein Gebiss?«, fragte er.

Laura sah ihn tadelnd an, als dürfe man so etwas nicht fragen. Georg tat, als hätte er nichts verstanden, schlürfte seine Spaghetti und fragte: »Bitte?«

»Ach, nichts. Ich wollte nur sagen: Schmeckt echt geil.«

Ann Kathrin saß an Wellers Bett. Sie hatte ihm die Bücher mitgebracht, außerdem das neue Ostfrieslandmagazin und von seinem Lieblingsrestaurant Minna am Markt eine Portion Matjes Hausfrauenart mit Bratkartoffeln.

Vom Jahrmarkt hatte sie ihm zwei Berliner und eine Apfeltasche als Nachtisch geholt. Sie wusste, wie sehr er diese Backwaren von Hinrichs liebte. Immer wenn der Wagen aus Buttforde zwischen den Schaustellerbuden stand, war Weller als Kunde da. Für ihn und Peter Grendel waren Berliner von Hinrichs eine Art Religion. Jedes Mal, wenn er hineinbiss, musste Ann Kathrin sich anhören, dass der Teig nach einem hundert Jahre alten Geheimrezept gemacht wurde.

Er aß den Nachtisch zuerst und seine Gesichtszüge zeigten Begeisterung.

»Wenn die Geschmacksnerven wieder in Ordnung sind, funktioniert der Rest auch bald wieder«, sagte Ann Kathrin und zitierte damit unbewusst ihren toten Vater, der ihr immer Süßigkeiten gebracht hatte, wenn sie krank war, wofür er oft Ärger mit seiner Frau bekommen hatte, die es nicht mochte, wenn er »das kranke Kind mit Bonbons und Pralinen vollstopfte«.

Dann berichtete sie Weller von den Ereignissen und ihren Überlegungen. Während ihres gesamten Besuchs schnarchte der zweite Patient in Wellers Krankenzimmer. Die tiefen, blubbernden Töne hatten erst etwas Störendes, dann Beruhigendes und schließlich Lustiges.

»Mir scheint«, schloss Ann Kathrin, »da ist etwas aus dem Ruder gelaufen. Er hat seinen Helfer gar nicht getroffen oder sie haben sich gestritten. Diese Flucht ins Watt ist doch bescheuert. Er war dafür nicht ausgerüstet. Das mit den Postkarten und dem Buch war ein klasse Trick. Er hat alles auf dem Tisch im Rialto liegen lassen, um die Kollegen zu täuschen und Zeit zu gewinnen. Das war durchdacht und geplant.«

»Der hatte doch nicht vor, übers Watt nach Norddeich zu laufen«, stimmte Weller ihr zu. »Das Watt klingt nach einer Notlösung, ja, nach nackter Verzweiflung.«

»Dazu passt auch der Einbruch in den Wohnwagen. Der hatte schon geplant, sich der Polizei zu entziehen. Aber nicht so ...«

Ann Kathrin gähnte. Am liebsten hätte sie sich zu Weller ins Bett gelegt.

Sie schüttelte seine Bettdecke aus. Es waren viele Krümel und Zucker von den Berlinern darauf. An Wellers Kinn klebten weiße Reste vom Hering Hausfrauenart.

»Wir brauchen den Helfer, dann finden wir ihn.«

»Das ist nicht irgendwer, Ann. Wenn die Kollegen die Wahrheit gesagt haben, dann hat er einen hochrangigen Beschützer. Wer bezahlt diese Anwälte, die versuchen, die Arbeit der Kollegen unmöglich zu machen, ja, sie zu kriminalisieren? Das sind nicht irgendwelche Wichtigtuer. Die haben echt was drauf.«

Sie konnte ein erneutes Gähnen nicht unterdrücken. Weller streichelte ihr Gesicht. Seine Finger waren feucht und klebrig. Obwohl sie sich nach der Berührung eigentlich sehnte, war sie ihr plötzlich unangenehm. Sie zog den Kopf zur Seite und zupfte an seiner Bettdecke herum.

»Ja«, sagte sie. »Da kannst du recht haben. Die Jungs vom BKA sahen wirklich aus, als hätten sie in den letzten Tagen mächtig unter Druck gestanden. Kein Wunder. Sie sind echt nicht zu beneiden und müssen einen Scheiß-Job machen.«

»Hast du seine Kontobewegungen? Wer zahlt die Anwälte?«

Sie reckte sich. »Sei nicht böse. Ich bin hundemüde. Ich muss mich hinlegen.«

Sie sah ihn jetzt aus einer anderen Perspektive und seine Traurigkeit sprang sie geradezu an. Sie wusste nicht, wohin mit ihren Fingern. Wieder strich sie seine Decke glatt und fragte, ob sie das Oberteil seines Betts höher einstellen sollte, aber er behauptete, das selbst zu können. Dieses Bett, scherzte er, sei eine Art Raumschiff, vermutlich könne es auch fliegen, er habe nur den

Knopf dafür noch nicht gefunden. Aber sein Scherz klang nicht witzig, eher traurig, ja, verzweifelt.

Ann Kathrin sprach es an. Sie wollte auch jetzt, bei allem beruflichen Druck, für ihn da sein.

Er sah sie nicht an. »Ich bin okay. Ich meine, alles in Ordnung, abgesehen davon, dass ich mir den Unterschenkel dreimal gebrochen habe und hier unnütz herumliege, während du ...« Er biss sich auf die Unterlippe.

»Ich habe mal gelesen, wenn Leute sich die Knochen brechen, dann werden irgendwelche Eiweiße freigesetzt, die ins Blut kommen, die die Stimmung beeinflussen. Manche werden sogar depressiv. Das lässt dann nach, sobald das Eiweiß im Blut abgebaut ist.«

Sie kam sich dämlich vor, während sie das sagte, so klugscheißerisch. Am liebsten hätte sie sich jetzt dafür entschuldigt, doch dafür fehlten ihr die passenden Worte.

Weller sagte: »Nein, das ist es nicht. Meine Mädchen haben mich nicht besucht.«

Ann Kathrin griff sich an den Kopf. »Ich Trottel! Ich hätte sie benachrichtigen müssen. Ich habe es verdaddelt. Es tut mir leid, ich ...«

Er hob beschwichtigend die Hände. »Ich habe sie angerufen und ...« Er sah gequält aus.

»Und?«, hakte sie nach.

»Ihre Handynummern stimmen nicht mehr.« Er ballte die rechte Faust. »Meine Töchter haben ihre Handyanbieter gewechselt und mir nicht einmal ihre neuen Nummern mitgeteilt.«

Ann Kathrin lachte demonstrativ: »Ach, das kenne ich. Ist bei meinem Sohn Eike nicht anders. Manchmal geht die Kommunikation nur noch per E-Mail, und wenn ich Pech habe, hat er sich eine neue E-Mail-Adresse zugelegt. Dann schicke ich wochenlang Nachrichten und Grüße an ein totes Postfach. Kids sind so ...«

»Ich habe es auf dem Festnetz versucht und mit Renate gesprochen.«

Ann Kathrin winkte ab. »Na siehst du, und sie hat es nicht weitergegeben. Deine Kinder haben dich nicht besucht, weil deine Ex es ihnen nicht gesagt hat, sonst wären sie längst bei dir gewesen.«

»Ja«, sagte er resigniert, aber es klang so, als würde er es mehr ihr zuliebe sagen. »Ja, bestimmt.«

Frank Weller schlief noch nicht. Er hatte sich in »Otternbiss« festgelesen. Ja, diese Kölpin konnte schreiben. Er vergaß fast den Schmerz, oder waren es die Drogen vom AOK-Dealer?

Er kannte die Frau nicht, die jetzt sein Zimmer betrat, aber er hatte gleich so ein ungutes Gefühl, als ob von ihr eine unbestimmte Gefahr ausgehen würde. Da war etwas in ihren Augen ...

Sie kam ihm verschlagen vor. Aber sie hatte einen bunten Sommerblumenstrauß dabei. In der Hand hielt sie eine von der Größe her unpassende Vase. Weller mutmaßte, dass die Vase aus den Krankenhausbeständen war.

Sie trug Highheels, machte damit aber nicht den üblichen Lärm. Er hatte keinerlei Klack-Klack-Geräusche gehört. Entweder war sie es gewöhnt, in solchen Schuhen zu schleichen, oder der Sturz hatte nicht nur seine Knochen beschädigt, sondern auch sein Gehör.

Er hatte Rupert schon oft von »arschengen Jeans« reden hören. Jetzt wusste er, was damit gemeint war. Die Jeans war weiß, und Weller hätte ein Monatsgehalt darauf gewettet, dass sie darunter nichts trug, was sich hätte abbilden können. Undenkbar, dass sie in der Lage war, sich mit der Hose zu bücken. Er fragte sich sogar, ob es einen speziellen Trick gab, wie sie sich damit setzen konnte.

Aber er wollte sich von ihren zur Schau gestellten erotischen Reizen nicht ablenken lassen. Er traute ihr zu, hinter dem Blumenstrauß ein Messer zu verbergen. Er wusste nicht, warum sie versuchen sollte, ihn abzustechen, aber er war auf der Hut. Fast hätte er den Alarmknopf für die Nachtschwester gedrückt, aber er kam sich blöd dabei vor, als Kommissar eine Krankenschwester um Hilfe zu bitten, zu allem Überfluss noch gegen eine Frau auf Highheels.

Ihre Haare waren lang, lockig und rotblond. Sie fächerte die Blumen in der Vase malerisch auf und stellte den Strauß auf der Fensterbank ab. Dann erst sprach sie, und zwar so, als hätte sie Sorge, ihn zu wecken und damit zu verärgern, dabei hielt er doch das Buch in der Hand, saß halb aufrecht im Bett, und die Lesebeleuchtung war an. Neben ihm in der Tüte lag noch ein Berliner von Hinrichs. Die eiserne Reserve.

Ihre Stimme war die eines sehr erkälteten jungen Mädchens. Sie krächzte: »Ich bin die Mutter von Sascha Kirsch.« Jedes Wort schien eine Überanstrengung für ihre Stimmbänder zu sein.

Weller brachte seine Linke scheinbar zufällig in die Nähe des Rufknopfs. Weil er sie so fragend ansah, erklärte sie: »Sascha Kirsch, der Junge, der Sie angeblich in diese Lage gebracht hat, ist mein Sohn. Ich ... ich bin gekommen ...«

Sie beugte sich vor.

»Ich bin gekommen, um mich für meinen Jungen zu entschuldigen. Er ist ein guter Junge.«

»Was wollen Sie hier?«, presste Weller hervor.

»Na, das sage ich doch. Mich entschuldigen.«

»Finden Sie nicht, Ihr Sohn sollte besser kommen?«

»Das geht nicht.«

»Warum nicht?«

»Er ist auf der Flucht.«

»Na klar. Super. Und was erwarten Sie jetzt von mir? Dass ich die Entschuldigung annehme? Wir die Fahndung abblasen?«

»Herr Kommissar ... Sie tun meinem Jungen Unrecht.«

»Das glaube ich nicht. Ich werde Wochen brauchen, bis ich wieder laufen kann.«

Die Frau trat näher an sein Bett. Er konnte ihr Eau de Toilette riechen, ihre Hautcreme und ihren Schweiß. Sie berührte seinen Arm mit ihren Fingern, und ein Schauer rieselte durch seinen Körper.

»Was glauben Sie«, fragte sie mit rauchiger Stimme, »wie sich eine Mutter fühlt, wenn sie weiß, dass ihr Kind gejagt wird wie ein Stück Wild?«

Sie zog sich den Stuhl heran und setzte sich vorsichtig. Dabei sah sie ihn so merkwürdig an.

Ihm wurde ganz anders.

War sie eine verzweifelte Mutter, die sich für ihren Sohn einsetzte, oder hatte sie vor, ihn jetzt hier zu verführen? Im Krankenhaus? Mit einem dreifach gebrochenen Unterschenkel? Oder stand er nur unter Drogen und erlebte die Sache anders, als sie in Wirklichkeit war? Er begann, an seiner Wahrnehmung zu zweifeln.

Er starrte jetzt auf sein Buch. Las ganz langsam den Titel. Buchstabe für Buchstabe. Er schluckte trocken, bemühte sich, sie nicht anzusehen und presste seine rissigen Lippen aufeinander.

»Ich mache mir Sorgen um ihn. Ihre Kollegen werden nicht gerade zimperlich mit ihm umgehen, wenn sie ihn haben. Ich weiß doch, wie das ist. Mein Bruder war Taxifahrer. Als einer von ihnen ausgeraubt wurde, haben sie den Täter gemeinsam gejagt und vor der Polizei in die Finger bekommen. Sie hätten ihn fast erschlagen ...«

»Wir sind die Polizei ...«

»Eben. Das macht mir ja Sorgen.«

»Ich muss Sie jetzt wirklich bitten zu gehen ...«

»Ich dachte, wir könnten miteinander reden ...«

Sie streichelte über seinen Oberarm. Weller wollte sich wegdrehen, das fiel ihm aber schwer.

»Soll ich Ihnen das Kissen aufschütteln?«, fragte sie.

Er schüttelte den Kopf. Barsch fuhr er sie an: »Wollen Sie jetzt hier zu mir ins Bett steigen oder was?«

Sie ließ sich durch den Ton gar nicht irritieren. Sie sah ihn vielversprechend an und raunte: »Ja, auch dazu wäre ich bereit, Herr Kommissar. Sie können alles von mir haben. Alles. Wenn ich damit nur ein bisschen wiedergutmachen kann, was mein Sohn angerichtet hat ...«

»Bitte gehen Sie jetzt«, sagte Weller wütend.

Sie stand auf und strich ihr T-Shirt über dem Bauch glatt. »Warum behandeln Sie mich so? Ich habe versucht, nett zu Ihnen zu sein. Sind Sie schwul oder was?«

»Warum benehmen Sie sich wie eine ...« Weller erschrak über seine Worte. Er sprach den Satz nicht zu Ende. Es tat ihm leid, ihn überhaupt begonnen zu haben.

»Hure? Wollten Sie das sagen, Herr Kommissar? Habe ich Geld von Ihnen verlangt? Warum beleidigen Sie mich, wenn ich versuche, nett zu Ihnen zu sein?«

Weller war froh, sie ein bisschen auf Abstand zu haben. »So helfen Sie ihrem Sohn nicht.«

Sie blickte ihn spöttisch an. »Ach nein? So habe ich mein Studium finanziert. BWL. So habe ich meine ersten zwei Jobs bekommen.«

Dann stellte sie sich anders hin, stemmte die Hände in die Hüften und drückte das Becken vor. »Ich habe Sachen drauf, davon wagt Ihre Frau nicht einmal zu träumen.«

»Das bezweifle ich«, sagte Weller und kam sich gut dabei vor.

Dann fügte er hinzu: »Glauben Sie mir, ich kann ohnehin nichts für Ihren Sohn tun. Da müssen Sie sich gar keine Mühe geben. Es wäre vertane Liebesmüh.«

Sie räusperte sich. »Das sehe ich ganz anders. Sie könnten zum Beispiel sagen, dass Sie ohne sein Zutun vom Gerüst gestürzt sind. Machen wir aus der ganzen Sache einen Unfall ...«

Plötzlich veränderte sich die Frau. Sie ließ die Schultern hängen, zog die Mundwinkel runter, hob die Hände hoch über ihren Kopf und ließ sie kraftlos wieder fallen. Jede Spannkraft wich aus ihrem Körper.

»Haben Sie nie für sexuelle Gefälligkeiten mal ein Auge zugedrückt?«, fragte sie resigniert.

»Nein, habe ich nicht«, antwortete er ohne nachzudenken.

Sie verzog spöttisch den Mund. »Na, herzlichen Glückwunsch, da sind Sie der Erste, den ich treffe.«

»Wenn Sie Ihrem Sohn helfen wollen, dann sorgen Sie dafür, dass er sich stellt. Seine Flucht macht alles nur noch schlimmer.«

»Toller Tipp. Und wie soll ich das machen?«

»Rufen Sie ihn an oder ...«

»Hab ich längst versucht. Er hat sein Handy nicht an. Er weiß garantiert, dass Sie ihn sonst orten könnten.«

Weller kam die Frau jetzt vernünftig vor, ja hilfsbereit. »Er wird versuchen, Sie zu kontakten. Er braucht Geld. Unterschlupf. Reden Sie mit meinen Kollegen. Sagen Sie ihnen, wo er Versteckmöglichkeiten hat. Wir brauchen die Adressen von möglichen Ansprechpartnern. Hilfsbereiten Personen ...«

Sie öffnete den Mund zu einem empörten Staunen. »Sie erwarten doch nicht im Ernst, dass ich meinen Sohn ... ausliefere?!«

»Ich würde an Ihrer Stelle mit der Polizei kooperieren.«

Sie stöhnte und drehte ihm den Rücken zu. Dann verschwand sie in seinem Bad, knipste dort das Licht an, ließ die Tür offen und beugte sich über das Waschbecken. Sie schlürfte Wasser aus dem Hahn.

Sie richtete sich wieder auf und betrachtete sich im Spiegel, ordnete ihre Haare mit den Fingern. Ein paar Wassertropfen waren auf ihr T-Shirt gespritzt. Das reichte noch nicht für den Miss-Wet-T-Shirt-Wettbewerb aus, gab aber schon beachtliche Flecken.

Sie trat aus dem Lichtkegel des Zimmers und blieb im Türrahmen stehen. Sie war sich ihrer Wirkung auf ihn durchaus bewusst, und es verunsicherte sie, dass er so standhaft blieb. Männer herumzukriegen war noch nie ein großes Problem für sie gewesen. Sie gab noch nicht ganz auf. Diese Nuss musste doch zu knacken sein.

Manche Männer, so wusste sie, hatten Angst vor Frauen mit zu offener erotischer Ausstrahlungskraft. Sie fühlten sich bedrängt und fürchteten den Vergleich mit anderen Männern, wie ihn nur eine Frau mit viel Erfahrung ziehen konnte. Das waren die Typen, die gerne graue Mäuse eroberten, nur, um vor ihnen den großen Hecht zu spielen. Sie fragte sich, ob sie an so einen geraten war.

»Mein Sascha ist kein schlechter Kerl. Sein Vater, der Waschlappen, konnte ihm nur kein gutes Vorbild sein. Der lässt sich von jedem in die Ecke drängen und zur Minna machen. Er hat immer gespürt, wie sehr ich seinen Vater verachte und sich in scharfer Abgrenzung zu ihm entwickelt. Sascha spielt gerne den harten Kerl. Redet unflätig daher, spielt Streiche ...«

Weller deutete auf sein Bein: »Ein Streich war das nicht.«

Sie ging gar nicht darauf ein, sondern stützte sich im Rahmen der Badezimmertür ab und sagte: »Er hat für seinen Lehrer eine Todesanzeige aufgegeben. In stiller Trauer ... so etwas in der Art.« Sie tippte sich an die Stirn. »Völlig bescheuert. Aber ... deswegen hat er ihn doch noch lange nicht umgebracht ...«

»Woher wissen Sie überhaupt ...«

Mit einer wegwerfenden Handbewegung sagte sie: »Ich wurde angerufen. Von seiner Lehrerin und von Lauras Mutter.« Dann fuhr sie fort: »Gut. Er hat ihm mal die Reifen zerstochen, aber ... auch das macht ihn nicht zum Mörder ...«

»Hass«, sagte Weller, »ist ein gutes Motiv. Ein sehr gutes ... Und jetzt gehen Sie bitte. Es geht mir nicht besonders ...«

Er drückte den Knopf, um die Nachtschwester zu rufen. Bevor sie kam, war Saschas Mutter verschwunden. Trotzdem hatte Weller das Gefühl, ihre Anwesenheit würde den Raum noch immer dominieren. Er hatte den dringenden Wunsch nach frischer Luft und das Bedürfnis, etwas mit Ann Kathrin zu klären, so als müsste er sich für den Annäherungsversuch der Dame bei ihr entschuldigen.

Die Nachtschwester öffnete die Tür. Sie wirkte fröhlich, wie ein Mensch, dem gerade eine gute Nachricht überbracht worden war. Weller tippte, dass sie frisch verliebt war. Er konnte ihr schlecht erzählen, warum er wirklich geläutet hatte. Aus Verlegenheit bat er sie um ein Schlafmittel. Er habe Schmerzen. Sie brachte ihm einen schnapsglasgroßen Plastikbecher. Er nickte ihr dankbar zu, trank das Zeug aber nicht, sondern schrieb eine SMS an Ann Kathrin.

Du glaubst nicht, was hier los war, Ann. Ich hatte gerade Damenbesuch.

Dann drückte er den falschen Knopf. Auf dem Display erschien: *An alle beruflich*. Er wollte das stoppen, aber es gelang ihm nicht. Er nahm die Batterie heraus, um den Vorgang abzubrechen. Dann fragte er sich, ob ihm dieser Fehler schon öfter passiert war und was er überhaupt genau falsch gemacht hatte. Er legte die Batterie wieder ein und startete das Handy erneut. Er überprüfte die letzten Kontakte an seine Kinder per SMS. Sie waren nicht beantwortet worden. Vermutlich hatte jeder außer Sabrina und Jules sie gelesen.

Wie geht es dir, meine Prinzessin?
Ruf mich doch mal an, Prinzessin. Ich erreiche dich nicht.

Er wunderte sich, warum niemand ihn über die fehlgeleiteten SMS informiert hatte. Sie waren an alle seine Kollegen gegangen, Rupert, Ubbo Heide, Rieke Gersema, Sylvia Hoppe.

Sie alle waren bei ihm unter »Berufliche Kontakte« gespeichert. Ann Kathrin hatte die Kurznachrichten nicht erhalten. Sie war unter »Privat« gespeichert. Eine falsche Tastenbelegung führte zu diesen Missverständnissen. Er fragte sich, was Rupert, Ubbo, Rieke oder Sylvia dachten, wenn sie von ihm eine SMS erhielten mit dem Wortlaut: *Wie geht es dir, meine Prinzessin?*

Sie hatten den Wein miteinander geleert, der untergehenden Sonne zugesehen, und dieser Georg machte keinerlei Anstalten zu gehen. Am liebsten, dachte Sascha, würde der hier bei uns übernachten. Er sagte es vorsichtshalber nicht, denn er befürchtete, Laura würde gleich ohnehin vorschlagen, er könne doch auf dem Sofa in der Wohnküche schlafen.

Georg wirkte unentschlossen auf Sascha, und genau das war er ja auch. Er verfolgte offensichtlich irgendeinen Plan, befand sich aber gerade an einer Kreuzung und wusste nicht, wo er abbiegen sollte. Er ging auf den Balkon. Draußen wehte vom Meer her ein scharfer Wind, der die Vorhänge lang in die Ferienwohnung flattern ließ. Georg sah sich den Sternenhimmel an. Sascha trat zu ihm auf den Balkon.

»Wo hast du denn dein Zimmer?«, fragte Sascha.

»Ich hoffe, das soll kein Rauswurf sein«, lachte Gerd Eichinger und legte einen Arm um Sascha. Er drückte ihn an sich. Das konnte als Freundschaftsgeste verstanden werden, aber auch als Drohung. *Tu, was ich sage, Junge, oder ich zerquetsche dich mit meinen starken Armen.*

»Quatsch! Natürlich nicht!«, sagte Sascha.

Georg lispelte heftig. Es klang fast lächerlich, und wenn Sascha ihm zuhörte, musste er an Mädchen mit Zahnspangen denken.

Drinnen räumte Laura Geschirr in die Spüle.

Gerd Eichinger breitete seine Arme aus. Für Laura sah es so aus, als ob er nach der Fregatte greifen würde, die vor der Küste kreuzte und beleuchtet war wie ein Partyschiff für Touristen.

»Kinder«, tönte Eichinger, »es ist viel zu früh, um ins Bett zu gehen – jedenfalls für mich!«

»Willst du noch an den Strand?«, fragte Sascha.

»Nein! In den Ashampoo Beachclub.«

»Kenne ich!«, rief Laura aus der Wohnküche. »Das ist beim Kinderspielhaus. Die Disco war früher mal ein Schullandheim oder eine Jugendherberge oder so ...«

Sascha ging zu ihr rein. Er spürte einen lächerlichen Stich Eifersucht, so als sei es nicht in Ordnung, dass sie schon einmal ohne ihn in einer Diskothek war. »Woher kennst du den Laden denn?«, wollte er wissen.

Sie stand an der Spüle. Der ärgerliche Ton in der Frage ließ Laura aufblicken.

»Meine Tante hat hier eine Ferienwohnung. Schon vergessen?«, fragte sie angezickt nach. »Du stehst gerade mittendrin. Da werde ich ja wohl die Insel kennen. Ist ja nicht gerade groß.«

Sie merkte, dass sie zu lange und heftig auf die Frage geantwortet hatte. Jetzt war sie erst recht verdächtig, und genau so sah Sascha sie auch an. Sie hatten sich versprochen, immer offen zueinander zu sein und sich nicht zu belügen. Er hatte durch den ewigen Ehekrieg seiner Eltern genug davon, und sie wollte eine gute Beziehung, die lange halten sollte. Nicht dieses ständige Ver- und Entlieben ihrer Mutter. Sie hatte ihm von jeder kleinen Knutscherei mit anderen Jungens erzählt und davon, wie sie mit vierzehn auf Wangerooge entjungfert worden war. Von einem Typen, über den sie eigentlich nur sagen konnte, dass er nach Schnaps und Knoblauch roch und einen Dreitagebart hatte, wie die meisten Musiker ihrer Mutter. Sie war jetzt noch sauer auf sich, weil sie sich genauso benommen hatte, wie sie es eigentlich nicht wollte, nämlich wie ihre Ma.

Zwei von ihren Leadsängern hatten sie angegraben. Dem einen, der sich Jason nannte, hatte sie sogar nachgegeben, dem anderen eine reingehauen. Beide hatte ihre Mutter danach sofort an die Luft gesetzt.

All das hatte sie Sascha erzählt, auch das von der Fummelei auf der Party mit William Schmidt, kurz nachdem er Schulsprecher geworden war. Nur diesen Ashampoo Beachclub hatte sie nie erwähnt, und genau das nahm Sascha ihr krumm.

Er versetzte ihr einen kleinen Seitenhieb, indem er sie an die Mails erinnerte, die sie ihm von hier aus in den Sommerferien geschrieben hatte. »Von wegen Rentnerinsel und nix los! Ich dachte, du hättest dich hier mit deiner alten Tante fast zu Tode gelangweilt.«

»Hab ich auch!«, zischte sie zurück.

Gert Eichinger hatte sich draußen umgedreht und sah ihnen zu. Der Wind war zu heftig. Er konnte ihre Worte nicht gut verstehen, aber ihre Gesichter sprachen Bände.

Er wäre zu gern in der Wohnung ein paar Minuten allein gewesen.

Dort stand im Flur bei der Garderobe ein Telefon. Hier würde ihn noch niemand vermuten. Der Apparat war garantiert sicher, von hier aus konnte er gefahrlos den Mann, der sich Gentleman nannte, anrufen.

Vielleicht war es dumm, das zu tun. Aber viele Möglichkeiten gab es nicht mehr für ihn. Er brauchte frisches Geld. Eine neue Identität, ja am besten eine Gesichtsoperation. Die neue Glatze würde nicht lange ausreichen, um die Menschen zu täuschen und dieses Gebiss, das der Gentleman »Kieferformer« nannte, war eine Qual.

Er hatte vom Gentleman bereits einen beträchtlichen Vorschuss erhalten. Zwanzigtausend Euro. Steuerfrei. Eine Menge Geld für einen Exhäftling unter Polizeiaufsicht. Genug, um sich den Urlaub auf Norderney zu gönnen.

Aber Eichinger wollte den Rest. Die volle Summe. Nicht nur die Anzahlung von zehn Prozent. Dafür war er bereit, viel zu tun.

Eichinger gestand sich ein, dass der Gentleman ihm unheimlich war. Ja, er fürchtete ihn. Aber er wollte sich nicht von ihm hereinlegen lassen. Hundertachtzigtausend waren eine Menge Geld.

Der Gentleman schien ein mächtiger Mann zu sein. Einflussreich genug, um teure Rechtsanwälte gegen alles und jeden zu hetzen, aber auf die Polizei reagierte er geradezu phobisch.

Ständig führten die Anwälte Worte wie »Menschenrechte« im Mund und »Persönlichkeitsrecht«. Sie schienen diebische Freude daran zu finden, den Staat, die Justiz und den Polizeiapparat lächerlich zu machen und vorzuführen.

Er hatte nie wirklich kapiert, warum der Gentleman ausgerechnet ihn wollte. Er hätte mit seinem Geld doch jeden bekommen können.

Jetzt, in dieser Sekunde, den ostfriesischen Wind im Rücken, fragte Eichinger sich, ob er vielleicht nicht nur vor der Polizeiaufsicht, sondern viel mehr auch vor dem Gentleman geflohen war. Er kannte die Handynummer auswendig. Vermutlich war der Gentleman noch auf Norderney.

Er würde ihn suchen, um einen Kontakt herzustellen. Im Moment war es selbst für den Gentleman schwierig, ihn aufzustöbern. Dieses Telefon war eine Möglichkeit, doch er musste allein sein, um anzurufen.

Vielleicht, dachte er, war es gar nicht so schlecht, noch zu warten. Er wollte sich Zeit lassen, um über alles nachzudenken. Hier war er erst einmal sicher. Diese idyllische kleine Insel. Diese Ferienwohnung war ein ideales Versteck.

Er beschloss, jetzt ohne die zwei ins Ashampoo zu gehen und sich im Beachclub eine Touristin für eine Nacht klarzumachen. Ein One-Night-Stand mit anschließendem Frühstück. Ja, genau so stellte er sich die nächsten Stunden vor.

Er betrat die Wohnküche. »Also«, sagte er, »ich lass heute Abend noch eine Kuh fliegen. Kommt ihr mit?«

Laura und Sascha sahen sich kurz kritisch an, dann nickte sie, und er schüttelte den Kopf.

Er ging dann doch mit und kam sich vor wie das dritte Rad am Wagen.

Die Stimmung im Ashampoo ging gerade dem Höhepunkt entgegen. Eine junge Frau mit einer Figur, wie Eichinger sie liebte, tanzte nach stampfendem karibischem Rhythmus, umringt von gut zwanzig klatschenden Fans. Ihr Körper war von einer glänzenden Schweißschicht bedeckt. Ihr bauchfreies Top klebte auf ihrer Haut. Sie trug einen grünen Glitzerstein als Bauchnabelpiercing, und das Licht brach sich mehrfach darin. Der Stein funkelte wie ein echter, kunstvoll geschliffener Smaragd.

Gert Eichinger fand sie rattenscharf. Sie ließ sich durch das Klatschen zu immer heftigeren Hüftbewegungen animieren, machte ein Hohlkreuz und schüttelte ihren Oberkörper in fast waagerechter Haltung zum Boden, wie beim Limbotanz, nur dass es hier keine Stange gab, unter der sie sich hätte entlangschlängeln können. Ihre bordeauxroten Haare hingen fast bis zum Boden herunter, wenn sie in dieser Haltung war. Ihre weit gespreizten Beine zitterten.

Gert Eichinger bekam feuchte Hände.

In die Musik hinein sprach jemand, den Eichinger nicht sehen konnte. »Ja, das ist Limbo! Erfunden auf karibischen Sklavenschiffen, wo unter Deck wenig Platz war!«

Gelächter.

»Der Weltrekord liegt bei einer Stangenhöhe von sechzehn Komma fünf Zentimetern über dem Boden! Ob unsere Dolores das auch schafft?«

Laura beobachtete abwechselnd Gert Eichinger und Sascha. Sie versuchte zu ergründen, was in ihren Köpfen vorging, wenn sie dem sehr sexualisierten Tanz der Rothaarigen zusahen. Sie vermutete, dass beide sich gerade vorstellten, wie es wäre, mit ihr zu schlafen. Komischerweise machte sie das wütend auf Sascha, gefiel ihr aber bei George.

Es passte zu ihm. Er war ein Genussmensch. So wie er einen Wein probierte, ohne ihm deswegen für den Rest seines Lebens treu zu sein, so würde er auch diese Frau vernaschen, um sich dann, gestärkt durch diese Erfahrung, anderen Genüssen zu widmen.

George stand mit dem Rücken zur Wand. Er stützte den Hinterkopf gegen die Mauer. Das ließ seinen Adamsapfel am Hals hervortreten. Er bewegte sich auf und ab.

Jetzt klatschte George mit. Nur Sascha, der Feigling, nicht. Er schielte kurz zu ihr und stand da wie ein verklemmter Junge im Biologieunterricht. Er war viel zu gehemmt, um sich zu amüsieren. George hingegen ließ sich einfach auf die Situation ein und genoss sie in vollen Zügen.

»Was ist?«, fragte sie Sascha. »Amüsierst du dich nicht?«

Mit verständnislosem Gesicht antwortete er: »Ich weiß nicht, ob das hier der richtige Ort für uns ist. Ich werde von der Polizei gesucht.«

Er wollte einen Arm um ihre Schultern legen. Sie entzog sich ihm. »Aber nicht hier.«

Sein Hinweis hatte ihr die gute Laune verdorben. Sie wollte sich jetzt nicht den Sorgen und der Realität stellen. Ja, sie waren auf diese Insel geflohen, aber hier hatte eine merkwürdige Leichtigkeit sie ergriffen, als sei Wangerooge ein Ort, an dem die Alltagssorgen sich in Luft auflösten. Irgendwie nicht mehr real waren, so wie aus dem Fenster eines Flugzeugs betrachtet die Häuser klein und niedlich wurden und die Menschen zu unwirklichen Punkten.

Sie wusste nicht genau, ob die Insel diese Wirkung auf sie hatte oder George. Irgendwie war es die gesamte Chemie. In Georges Nähe wurde alles einfacher. Geruch und Geschmack spielten eine große Rolle. Komplizierte Gedankenspiele interessierten ihn nicht.

Er reduzierte Dinge auf das Wesentliche.

Die Insel nahm den Dingen ihre Schwere. Ihre Tante sagte immer, Wangerooge sei das Paradies der kurzen Wege. Manchmal sagte sie auch schlicht: die Ferienwohnungsinsel.

Laura glaubte, Wangerooge würde mit dem heutigen Tag für sie die Insel der Schwerelosigkeit werden.

Sie musste über den eigenen Gedanken laut lachen. Sie stellte sich vor, wie das wäre – alle schwebten durch den Raum. Nicht einmal die Getränke hielt die Erdanziehung mehr in den Gläsern. Durstig schwamm sie durch die Luft hinter Colatropfen her.

Dann wünschte sie sich, von George auch einmal so angesehen zu werden wie diese rothaarige Limbotänzerin.

Eichinger hatte schon die Richtige gefunden. Die würde ihn mit zu sich nehmen, da war er ganz sicher. Er hoffte nur, dass sie kein Doppelzimmer mit ihrer Freundin bewohnte. Obwohl … Mädchen wie diese hatten meist Einzelzimmer, blieben abends für sich, lasen lange und träumten von wilden Affären, die aber immer nur die anderen hatten.

Sie war ein bisschen pummelig, aber das stand ihr gut. Ihre Frisur war konservativ und für ihr Gesicht unvorteilhaft. Er wettete, dass ihre Mutter ihr die Frisur verpasst hatte, als sie noch ein Kind war. Er stellte sich vor, mit wenigen Handgriffen und ein bisschen Farbe aus ihr einen flotten Feger zu machen.

Sie stand am Rand einer Gruppe und nippte an ihrem blauen

Drink. Sie hielt das Glas mit beiden Händen wie jemand, der etwas sucht, woran man sich festhalten kann.

Die jungen Männer mit den gegelten Haaren interessierten sich nur für ihre Freundin und beflirteten sie geradezu hysterisch, während ihr niemand wirklich Beachtung schenkte. Er glaubte sogar gesehen zu haben, dass sie auf der Unterlippe herumkaute. Sie fühlte sich unwohl und dachte schon darüber nach zu gehen.

Gert Eichinger löste sich aus dem Kreis der Limbotänzerin-Bewunderer und schlenderte scheinbar unabsichtlich in die Nähe von Angelika. Er stieß sie in dem Gedränge an, so dass ein bisschen von ihrem klebrigen Drink verschüttet wurde. Er entschuldigte sich. Sie beeilte sich zu sagen, das mache doch überhaupt nichts, aber er bestand darauf, ihr einen neuen Drink zu spendieren. Sie winkte ab, aber er besorgte trotzdem zwei Caipirinhas. Er hielt ihr ein Glas hin und lachte: »Ich weiß zwar nicht, was du da hattest, aber das hier ist garantiert besser.«

Sie nahm den Cocktail und schlürfte am Strohhalm, dann lächelte sie ihn an. »Stimmt«, gab sie zu. Damit war das Spiel in seinen Augen bereits gelaufen. Sie würde ihn mitnehmen. Der Rest war Formsache. Die Frage war nur, ob sie eine sturmfreie Bude hatte oder nicht. Es war nicht nötig, vorher noch mit ihr zu tanzen. Die Musik gefiel ihm im Moment sowieso nicht.

Er sagte: »Warm hier.«

Sie nickte.

»Komm, wir gehen raus.« Ohne auf eine Antwort zu warten, wühlte er sich durch die Menge in Richtung Tür. Sie folgte ihm.

Er fragte sich, wie es sei, mit diesem Pferdegebiss im Mund eine Frau zu küssen. Vor dem Ashampoo nahm er es raus und ließ es in der Hosentasche verschwinden. Sein Kiefer schmerzte, als hätte er ein paar Kinnhaken einstecken müssen.

Hoffentlich merkt sie nichts, dachte er. Ich muss mit ihr ins Dunkle.

Sascha beobachtete Georges Verschwinden mit Erleichterung. Laura mit Missgunst.

Als Ann Kathrin wach wurde, war es taghell im Schlafzimmer. Sie hatte in der Nacht vergessen, die Rollläden herunterzulassen.

Peter Grendel ging draußen mit seinen Hunden Buffy und Sparky spazieren. Für einen Moment wusste Ann Kathrin weder, welcher Wochentag war, noch warum Weller nicht neben ihr lag. Sie kletterte umständlich aus dem Bett und reckte sich. Auf dem Weg zum Bad bog sie kurz in die Küche ab, schaltete die Kaffeemaschine ein und stellte eine Espressotasse unter die Düsen.

Sie kam sich alt und verkatert vor.

Gegen den schlechten Geschmack im Mund benutzte sie zunächst die Zahnbürste und zwei weiße Würste Ajona. Sie duschte und beschloss, heute auf keinen Fall ungeschminkt aus dem Haus zu gehen.

In der Küche zurück sah sie die klebrige Überschwemmung. Sie hatte statt auf *Espresso* auf *Milchkaffee* gedrückt, und die Tasse war natürlich zu klein, um die Menge zu fassen. Sie suchte nach Haushaltstüchern. Um beim Aufwischen für gute Laune zu sorgen, schaltete sie Hit Radio Antenne an. Sie hörte auf dem Küchenboden kniend die letzten Sätze der Nachrichten.

»... *gefährlicher Sexualstraftäter entkam auf Norderney seinen Bewachern. Er erschoss einen Polizisten mit seiner Dienstwaffe* ...«

Ann Kathrin vergaß die duftende Milchkaffeeüberschwemmung sofort und rannte ins Wohnzimmer. Sie schaltete n-tv ein und aktivierte gleichzeitig ihr Handy. Ein Bild von Gert Eichinger wurde gezeigt, die Bevölkerung um Mithilfe gebeten.

»Ach du Scheiße ...«, sagte sie zu sich selbst. Sie tippte ihren Pincode ins Handy. Bevor sie Ubbo Heide anrufen konnte, heulte schon ihr Seehund los. Ubbo war dran.

»Ann, wo bist du? Wir ...«

»Seid ihr völlig bescheuert? Drehen jetzt alle am Rad? Wer hat diese Meldung rausgegeben? Haben Sie Rieke weichgeklopft?«

»Keine Ahnung. Wir sind selbst überrascht worden. Vielleicht das BKA.«

Ann Kathrin stöhnte.

Die Jagd auf athletische, langhaarige Männer mit Vollbart hatte begonnen. Noch während Ann Kathrin mit Ubbo Heide sprach, wurde im Neuen Weg in Norden vor dem Hotel Reichshof ein vierundzwanzigjähriger Mathematikstudent aus Düsseldorf von drei Touristen festgehalten. Der irritierte Student weigerte sich, auf das Eintreffen der Polizei zu warten, was ihm als Fluchtversuch ausgelegt wurde und ihn – mit einem gebrochenen Kiefer und einem ausgerenkten Arm – Bekanntschaft mit Perid Harms machen ließ, die in der Ubbo-Emmius-Klinik gerade erst Wellers postoperativen Zustand überprüft hatte.

Schüler vom Ulrichsgymnasium in Norden schnappten auf dem Marktplatz einen Orgelfan, der gerade aus der Ludgerikirche kam und vergessen hatte, wo sein Fahrrad abgestellt war. Sie brachten ihn direkt in die Polizeiinspektion, wo schon ein langhaariger Jogger aus Duisburg auf seine Vernehmung wartete.

Fast gleichzeitig wurde ein kleiner, dicker Mann angeschleppt, der zwar weder bärtig noch langhaarig oder athletisch war, dafür aber Hessisch sprach, und in den Nachrichten war irgendetwas gesagt worden, in dem das Wort *Wiesbaden* vorkam. Entweder im Zusammenhang mit dem BKA oder dem Geburtsort des Täters, das wussten die aufgebrachten Menschen nicht mehr so genau.

Jedenfalls hatte dieser Herr hier angeblich versucht, mit seinem Handy einem jungen Mädchen, das in der Osterstraße Eis schleckte, unter den Rock zu fotografieren. Er bestritt die Tat, doch als ein Mediamarktmitarbeiter aus Gelsenkirchen, der in Ostfriesland seinen Sommerurlaub verbrachte, ihm das Handy abnahm, fand er rasch fünf Bilder von langen, schönen Frauenbeinen.

»Dann sind das hier wohl Porträtaufnahmen?«, fragte er.

Damit galt der Mann als überführt. Zweimal war er entkommen, aber vor der Schwanenapotheke hatte die Menge ihn schließlich gestellt.

Paul Schrader und Rupert sollten zur Verstärkung der Kollegen nach Norden. Gleichzeitig wurde aus Norderney rasche Hilfe angefordert.

Schrader erreichte Rupert nicht übers Handy. Er musste schon im Haus sein. Warum, verdammt, ging er nicht ran?

Schrader rannte durch den Flur auf Ruperts Büro zu. Sascha Kirschs Mutter kam ihm entgegen. Ihr Lippenstift war verschmiert, und sie zupfte sich die Kleidung zurecht.

Rupert lümmelte sich gutgelaunt wie lange nicht mehr in seinem Bürostuhl. Er hatte so ein entspanntes Lächeln, dass Schrader gleich ahnte, was geschehen war. Er blieb in der offenen Tür stehen und knarzte: »Du hast doch gerade nicht etwa ... Ich glaub es nicht!«

Rupert grinste breit: »Nein, natürlich nicht. Wo denkst du hin? Ich bin ein verheirateter Mann ...«

Schrader blieb verunsichert. »Das sieht mir aber verdammt aus, als ob ...« Er deutete mit dem Daumen hinter sich in den Flur.

Rupert stand auf. »Unsinn. Sie macht sich Sorgen um ihren Jungen. Kann ich ja verstehen. Ich habe sie getröstet. Ich meine, wir reißen doch keinem den Kopf ab, nur weil er Weller mal ... verdroschen hat ...«

Schrader konnte in Ruperts Gesicht die Schadenfreude sehen, als hätte er am liebsten hinzugefügt: *Es wurde ja auch Zeit, dass der mal eins aufs Maul kriegt.*

»Komm jetzt besser mit. In Norden ist die Hölle los.«

William Schmidt, der Schulsprecher aus Bochum mit der blassen, wachsfarbenen Haut und den langen, roten Locken, stand an einem Geldautomaten der Sparkasse Aurich-Norden. Er hatte gerade seine Geheimzahl eingetippt und hoffte, dass sein Konto für eine Abhebung von weiteren zweihundert Euro gut war, als eine Frau, die neben ihm ihre enttäuschenden Kontoauszüge betrachtet hatte, kreischte: »Das ist er!«

Sie rannte raus und brüllte erneut: »Das ist er! Er ist hier!«

William kam gar nicht auf die Idee, dass er gemeint sein könnte. Er drehte sich neugierig um, um zu sehen, was hinter ihm los war.

»Hau ab! Lauf!«, rief Anja Sklorz, die hinter ihm wartete. »Hau ab!«, und genau das tat William.

Von zwei Seiten näherten sich Männer. Einer kam gebückt, mit ausgebreiteten Armen, breitbeinig auf ihn zu wie ein Torwart, der den Ball halten will. Der andere sah aus wie ein Junge, der Fangen spielen wollte. Was die Sache gefährlich machte, war ihr jeweiliger Gesichtsausdruck und das erneute Kreischen der Frau: »Das ist er!«

Die beiden Männer waren viel zu langsam für ihn. Er trickste sie aus und rannte zwischen ihnen durch. Eine Handtasche traf ihn am Kopf.

Der Geldautomat zog die Karte und die Geldscheine wieder ein, weil William sie zu lange im Schlitz gelassen hatte. Von dieser Sicherheitsmaßnahme der Sparkasse kriegte William aber nichts mit. Er stürmte an der Buchhandlung Lesezeichen vorbei in Richtung Marktplatz.

Ein schnell laufender Mann mit wehendem, langem Haar, der auf der Straße verfolgt wurde, hatte es in diesen Stunden nicht leicht in Ostfriesland.

William schlug Haken, bog in eine Seitenstraße ein, rannte an der Polizeiinspektion vorbei, traute sich aber nicht, dort Sicherheit zu suchen, während die Menge, die ihn verfolgte, wuchs und ihn schließlich vor Gittis Grill stellte. Er versuchte, sich gegenüber in die Tafel zu retten, aber dort war geschlossen.

Er hörte hinter sich noch den Schrei: »Haltet das Schwein! Wenn die Gerichte diese Schurken nicht stoppen, dann tun wir das eben selber!«

»Genau, King! Den machen wir fertig!«

Dann traf ihn ein Stein am Kopf und er fiel zu Boden.

»Ihr Schweine! Ihr Schweine! Seid ihr denn total verrückt geworden? Wer war das?«

Noch glaubte Anja, ihr William würde gleich wieder aufstehen und sich zur Wehr setzen. Er konnte als Schulsprecher flammende Reden halten und die Menschen überzeugen. Aber auch als Sprinter war er gut. Der beste der Schule. Wenn einer eine Chance hatte, das hier zu überstehen, dann er.

Aber William Schmidt stand nicht auf. Er begann nur merkwürdig zu zucken.

Das war der Moment, in dem Hark Hogelücht aus Moordorf begriff, dass er möglicherweise auf der falschen Seite stand. Sein Atem rasselte. Er hatte gemeinsam mit dem Steinewerfer William vom Neuen Weg bis hierher quer durch die Innenstadt verfolgt. Er war sich ganz sicher, das Richtige zu tun. Er fühlte sich heldenhaft. Endlich war er einmal nicht das kleine Würstchen, das jeder herumkommandieren konnte. Sein Betreuer, der alte

Kapitän, würde stolz auf ihn sein. Es war ein gutes Gefühl, auf der richtigen Seite zu kämpfen. Ein Retter zu sein.

»Lasst ihn in Ruhe!«, kreischte Anja und stellte sich breitbeinig über ihren Freund, um ihn zu verteidigen. Sie hatte nicht gesehen, wer den Stein geworfen hatte.

»Sei vernünftig, Mädchen«, keuchte der Steinewerfer. »Wir retten dich.«

»Ja, danke, ihr Idioten!«, brüllte sie zurück. »Ruft einen Krankenwagen, verdammt!« Sie deutete unter sich auf William und behauptete tapfer: »Der ist zehnmal mehr wert als ihr alle zusammen! Der hat mich durchs Watt getragen, als ich nicht mehr laufen konnte und wäre dabei fast selbst abgekratzt.«

Scheiße, dachte Hark Hogelücht. Scheiße.

»So schleimen sich diese Figuren immer ein. Am Ende sperrt er dich ein und lässt dich nie wieder raus. Der hat zwölf Jahre wegen schwerer Vergewaltigung gesessen!«, rief Simon König.

Eine Touristin machte Fotos mit ihrem Handy und schickte die Bilder des verletzten William Schmidt als Urlaubsgruß nach Hause. *Von wegen, in Ostfriesland ist nichts los!*

»Zwölf Jahre im Knast? Wegen Vergewaltigung? Der ist siebzehn, ihr blöden Wildsäue! Siebzehn! Glaubt ihr, der hat mit fünf die ersten Frauen vergewaltigt? Im Kindergarten?«

Jemand stieß William mit der Schuhspitze an. Er wälzte sich zur Seite. »Der sieht aber älter aus.«

»Was glaubst du, wie alt du aussiehst, wenn ich mit dir fertig bin?!«, keifte Anja und kratzte dem Mann mit ihren Fingernägeln durchs Gesicht.

Hark Hogelücht hätte sich jetzt am liebsten neben diese tapfere junge Frau gestellt und sie unterstützt. Aber dazu fehlte ihm der Mut. Er konnte sich nicht gegen alle stellen. Das schaffte er irgendwie innerlich nicht, so als würde er sich dadurch selbst zum Außenseiter stempeln, zu einem, der nicht akzeptiert wurde. Seine Angst davor war sehr groß. Er hatte lange gebraucht, um sich in der Klasse vom Prügelknaben zum Klassenclown zu mausern.

Anja war in seinem Alter, und so eine Freundin wünschte er sich auch. Eine, die sich für ihn einsetzte und nicht nur an ihm herumkritisierte und ihm erzählte, wie toll andere Typen waren.

Der Steinewerfer wollte nach William sehen. Anja schlug nach ihm. Der Mann wich zurück. Zu gern hätte er William noch einen Tritt verpasst.

Eine Frau um die fünfzig, die eigentlich in Gittis Grill wollte, um sich zwei halbe Hähnchen zu sichern, zupfte ihren Mann am Ärmel, der eigentlich ein glühender Verfechter der Todesstrafe für Kinderschänder und Sexualverbrecher war und sagte: »Lass uns gehen, Kurt. Damit will ich nichts zu tun haben.«

Ihr Kurt regte sich nicht, er stand wie versteinert, aber auf den Rest der Menge hatten ihre Worte durchaus Wirkung. Es war, als hätte jemand »Stopp!« gerufen.

Anja kam es so vor, als hätte jemand plötzlich Hirn vom Himmel in die Köpfe der Menschen geworfen. Genau so schilderte sie die Situation später.

Eine Hausfrau aus Hage rief: »Mein Gott, der stirbt uns!«

Aus dem Brummelkamp näherte sich eine Bewohnerin des AWO-Seniorenzentrums, gestützt auf ihren Rollator. Sie rief: »Was macht ihr da? Hört doch auf!«

Der Steinewerfer bückte sich, hob den Stein auf und ließ ihn in seiner Jackentasche verschwinden. Dann atmete er auf.

Er musste das Ding beseitigen. Darauf waren seine Fingerabdrücke und das Blut von dem rothaarigen Mann. Wenn die Polizei den Stein ins Labor brachte, war er erledigt.

Er überlegte kurz, wohin damit. Er wollte ihn nicht bei sich tragen. Es konnte sich nur um Sekunden handeln und die Polizei wäre da. Die Inspektion war keine zweihundert Schritte von hier entfernt.

In seiner Schulzeit war er als Kugelstoßer und später als Boßler und Klootschießer ziemlich gut gewesen. Er hätte den Stein mühelos auf das Dach von Gittis Grill werfen können. Aber er stellte sich den Lärm vor, mit dem der Stein herunterpolterte und dann in der Dachrinne hängen blieb.

Nein, das war zu auffällig. Er entschied sich, die Straßenseite zu wechseln und drüben in dem Grünzeug, das ums Ulrichsgymnasium wucherte, den Stein zu entsorgen.

Aber auch dort hätte er sich noch viel zu sehr den Blicken ausgesetzt. Besser war es, fünfzig Meter weiter zu gehen, bis zum Amtsgericht, dort gab es genauso viel Gestrüpp vor dem Gebäude. Vielleicht war dieser Ort sogar viel besser als sein altes Gymnasium.

Einen Moment ließ die Ironie des Gedankens ihn grinsen. Wer suchte eine Tatwaffe im Vorgarten des Amtsgerichts?

Hark Hogelücht sah ihn so merkwürdig an. Hatte der etwas bemerkt? Egal, der Junge würde schweigen. Den hatte er im Griff.

Er zwinkerte ihm komplizenhaft zu. Hark Hogelücht sah weg.

Eine Zahnarzthelferin bückte sich und sah sich Williams Wunde an. Sie sagte: »Kopfverletzungen sehen immer schlimmer aus, als sie sind, weil das Blut so heftig sprudelt.« Sie wollte damit die Anwesenden beruhigen, erreichte aber das Gegenteil, weil ihr Gesichtsausdruck ihren Worten Hohn sprach. Sie sah eher aus, als hätte sie gerade erkannt, dass er unrettbar verloren war.

Hark Hogelücht wurde von einer Panikattacke ergriffen und rannte weg. Ihm war jetzt alles egal. Er wollte nur weg sein. Weit weg.

Aber dann kamen ihm Radfahrer entgegen. Er drehte sich noch einmal um.

Er sah den Steinewerfer am Amtsgericht, und er wusste genau, was der dort gerade machte …

Gert Eichinger wurde am Strand geweckt. Die Sonne brannte seit gut einer Stunde in sein Gesicht. Er war hinter einem Strandkorb eingeschlafen. Hier hatte er bis in die frühen Morgenstunden mit Angelika herumgemacht. Der dicke Knutschfleck an seinem Hals zeugte davon.

Er hatte dann doch nicht mit ihr mitgehen können, weil sie mit ihrer Mutter gemeinsam hier Urlaub machte. Sie erzählte ihm, wie schwierig das für sie sei, weil ihre Ma so besitzergreifend wäre. Aber Angelika fühlte sich verpflichtet, mit ihr diese Zeit hier zu verbringen. Letztes Jahr war ihr Vater gestorben, und ihre Mutter kam mit dem Leben als alleinstehende Frau nicht klar. Ja, sie sagte alleinstehende Frau und vermied das Wort Witwe.

Sie hatte ihn dann unter Liebesschwüren allein gelassen, weil ihre Mutter eine Frühaufsteherin war und, wie Angelika befürchtete, »die Krise kriegt, wenn sie wach wird und ich nicht da bin«.

Er hatte gar nicht mehr in Erwägung gezogen, zu Sascha und Laura zu gehen, sondern sich einfach hinter dem Strandkorb im Sand ausgestreckt. Er blickte in den nachtblauen Himmel, hatte das Gefühl, hochschweben zu können zu den Sternen und fühlte sich frei.

Jetzt schüttelte ein Apotheker aus dem Westerwald mit dickem Bauch und Stachelbeerbeinen, die aus seiner khakifarbenen kurzen Hose ragten, ihn wach.

»He, Sportsfreund, hier ist nicht das Grand Hotel, sondern unser Strandkorb.«

Eichinger schreckte hoch und nahm sofort eine kampf- und fluchtbereite Position ein. Sand rieselte von seinem Rücken. Er fingerte nach dem Gebiss, aber er konnte es sich jetzt schlecht in den Mund stecken. Seine Augen brannten, und er fragte sich, ob die Kontaktlinsen noch saßen. Wie lange konnte man die ohne Probleme tragen?

»Vorsicht, Franz«, warnte die Frau ihren Mann. »Der ist unberechenbar.« Sie hatte keine Ahnung, wie richtig ihre Einschätzung war.

Ihr Mann war es gewöhnt, sich gegen Angestellte und schwierige Kunden durchzusetzen, die ihn für jeden Wahnsinn der di- und perversen Gesundheitsreformen verantwortlich machten. »Ach was«, sagte er laut und deutlich. »Der junge Mann geht jetzt ganz brav in sein Hotel, frühstückt erst mal in Ruhe und schläft sich dann aus.«

Eichinger stellte sich entspannter hin. »Nichts für ungut«, quäkte er mit piepsiger Stimme, die so gar nicht zu seiner Statur passte. »Ich muss wohl eingeschlafen sein.«

Der Apotheker lachte: »War eine harte Nacht, was? Sex and Drugs and Rock'n'Roll. Das ist das Schönste im Leben. Glauben Sie mir!«

»Franz!«, tadelte seine Frau empört.

»Ist doch wahr«, bestätigte der sich selbst. »Das mit den Drogen brauche ich heute nicht mehr. Also höchstens mal ein Glas Rotwein, aber den Rest haben wir auch noch.«

Seine Frau drehte ihm rasch den Rücken zu. Sie mochte es nicht, wenn ihr Mann so redete. In der Apotheke war er ganz der seriöse Spießer, aber im Urlaub an der Nordsee kam immer der halbstarke Motorradfahrer durch, in den sie sich damals verliebt hatte.

Froh, dass niemand vorhatte, die Polizei zu rufen, hob Gert Eichinger die rechte Hand. Franz nahm die Geste sofort auf.

»Gib mir fünf!«, forderte Eichinger fröhlich. Dann klatschten sie ihre Hände zusammen wie zwei in die Jahre gekommene HipHopper, die ihre Freundschaft bestätigen und damit auch die alten Zeiten heraufbeschwören wollten.

Er hatte seinen Rucksack mit den in Norddeich gestohlenen Klamotten und der Polizeiwaffe in der Ferienwohnung von Lauras Tante absichtlich vergessen, um einen Grund zu haben, wiederzukommen. Jetzt fehlten ihm frische Anziehsachen. Er duschte am Strand eiskalt und fühlte sich gleich besser. Er wusch auch das Gebiss ab, an dem Sand klebte, den er sorgsam entfernte.

Plötzlich erschrak er über seine eigene Unvorsichtigkeit. Was, wenn sie seine Sachen durchwühlt und die Pistole gefunden hatten? Sascha, diesem kleinen Wadenbeißer, traute er genau solche Hinterhältigkeiten zu. Laura eher nicht.

Er wollte keine Angriffsfläche bieten und überlegte sich eine Geschichte, mit der er die Existenz der Waffe erklären konnte. Vielleicht gelang es ihm ja sogar, sich damit interessant zu machen.

Das falsche Gebiss, das seinem Oberkiefer eine andere Form gab, verursachte Druckstellen. Sein Mundraum fühlte sich wund an, und er hatte Zahnfleischbluten. Am liebsten hätte er das Ding ausgespuckt. Ständig spielte seine Zunge damit.

Er kaufte Seelchen bei Bolte am Rosengarten, wo schon um sieben die Touristen Schlange standen. Er wollte eigentlich einfach nur Brötchen holen und sich damit bei den beiden zum Frühstück einladen, aber die Strandschönheit mit den polangen Haaren, der das weiße T-Shirt ständig malerisch von der Schulter rutschte, war vor ihm dran und bestellte mit heiserer Stimme: »Vier Seelchen.«

Er hatte diesen Ausdruck für Brötchen noch nie gehört und wusste sofort, dass er Laura damit beeindrucken konnte.

Frauen standen auf solch rührseligen Mist, da war er sich sicher. Die aßen lieber Seelchen als Brötchen, auch wenn sie den Unterschied mit geschlossenen Augen niemals herausgeschmeckt hätten.

Er besorgte auch noch Bienenhonig und Crème fraîche. Dann sah er der Blondine hinterher, deren knallbunte Flipflops bei jedem Schritt ein Klatschen ertönen ließen. So, dachte er, machen Frauen auf sich aufmerksam. Entweder durch das Klack-Klack ihrer Highheels oder durch diese Flipflops.

In der Inselbuchhandlung holte er eine Bildzeitung, die Nordwestzeitung, den Ostfriesischen Kurier und den General-Anzeiger. Er fand sein Bild nicht auf Seite eins. Er registrierte das mit einer Mischung aus Erleichterung und Kränkung. War es möglich, dass er für Seite eins gar nicht wichtig genug war? Ein Polizistenmord gehörte einfach auf die Titelseite, fand er, und nicht in den Lokalteil.

Bevor er den beiden seinen Besuch abstattete, verschwand er in einem Häusereingang und blätterte die Zeitungen ganz durch.

Ausführlich wurde über eine Schulklasse berichtet, deren Lehrer im Watt ums Leben gekommen war. Die Schüler waren mit dem Schrecken davongekommen. Interviews mit Schülern und Eltern nahmen breiten Raum ein.

Wieder fühlte er sich als Weißer Hai vor der Küste. Doch als er die Ferienwohnung betrat, lief im Frühstücksfernsehen ein Beitrag über ihn. Er wurde als Serienvergewaltiger bezeichnet, als krankhaft triebgesteuert. Ein Richter musste sich scharfen Fragen stellen.

»Wie kann es sein, dass so ein Mann frei herumläuft?«, fragte die Reporterin, die für Gert Eichinger so aussah, als sei sie jederzeit bereit, sich einem Erschießungskommando anzuschließen.

Der Fernseher lief wie nebenbei. Sascha guckte ab und zu hin. Laura hatte Filterkaffee aufgebrüht und stellte auch eine Tasse für George hin. Es gab schon Vollkornbrötchen. Sascha hatte sie geholt. Er nannte sie Weltmeister-Brötchen, aber das half ihm wenig.

Laura aß Seelchen und bestrich sie mit Crème fraîche und Honig, genau wie George. Sie fand die Seelchen »göttlich«.

»Warum hast du mir nicht gesagt, dass ich Seelchen holen soll? Du warst doch schon oft auf der Insel. Du kennst die Spezialitäten hier«, brummte Sascha vorwurfsvoll.

Laura konterte: »Ich dachte, du kommst von selbst drauf.«

Eichinger grinste Sascha an. Dann erbarmte er sich und sagte: »Also ich mag auch die Weltmeister-Brötchen. Kann ich eins haben?«

Sascha triumphierte leicht in Richtung Laura, als er Eichinger die Tüte reichte. Der bestrich es ebenfalls mit Honig und Crème fraîche und biss genüsslich hinein.

Im Fernsehen rechnete ein Politiker vor, wie viel die lückenlose Überwachung eines potentiellen Täters kostete. Angeblich mehr als sechzigtausend Euro pro Monat. Eichinger hatte solche Rechnungen schon oft gehört. Jeder kam zu anderen Ergebnissen.

Der Politiker bedauerte außerdem, dass es totale Sicherheit in der Freiheit nicht geben könne.

Gert Eichinger lachte: »Nee, im Ernst. Die Seelchen sind einfach besser. Daran können die Weltmeister nicht tippen.«

Arsch, dachte Sascha, lächelte aber.

»Die Seelchen sind die wahren Weltmeister«, bestätigte Laura und zwinkerte Eichinger zu.

Sascha musste die Zeitungen, die ihre neue Bekanntschaft mitgebracht hatte, immer wieder anfassen, blätterte aber nicht darin, als hätte er Angst vor etwas. Dann stand er mit einem Ruck auf, ließ Laura und Eichinger alleine am Frühstückstisch zurück und fläzte sich betont lässig auf dem Sofa, legte die Füße auf die Kante des Glastischs und blätterte knisternd die Zeitungen auf.

Laura sah George entschuldigend an.

Er fragte sie, ob sie schon mal daran gedacht hätte, ihre Frisur zu verändern. Er berührte ihr Gesicht, strich Haare aus ihrer Stirn und hinter ihr Ohr.

»Ein Mittelscheitel würde dir gut stehen oder in der Mitte so kurze Stoppeln, zwei, höchstens drei Zentimeter lang, hochtoupiert oder mit Gel steif gemacht. Den Rest würde ich links und rechts lang runterhängen lassen ...«

Laura war baff.

Die Frau des toten Polizisten wurde jetzt im Fernsehen gezeigt, wie sie durch ein Blitzlichtgewitter aus ihrer Haustür huschte wie ein gehetztes Wild, abgeschossen und auf der Flucht. Ein Kollege ihres Mannes hielt seine Jacke hoch, um sie notdürftig gegen Fotos und Blicke abzuschirmen. Was ihm aber nicht gelang. Dann sprach ein Tourist von der Insel Norderney, im Hintergrund war die Weiße Düne zu sehen und ein paar Kinder machten Faxen, in der Hoffnung, so im Fernsehen aufzufallen.

»Bist du Friseur?«, fragte Laura.

»Nein, aber ich interessiere mich für … schöne Frauen.«

Laura fühlte sich geschmeichelt.

Der Tourist behauptete, einige Leute würden daran denken, abzureisen. Er selbst nicht, auf keinen Fall wollte er sich den Urlaub vermiesen lassen, allerdings sei es schon ein Skandal, wenn solch gefährliche Verbrecher auf der Insel wären. Man wolle doch wissen, neben wem man da in der Sauna liegt. Er verstieg sich zu der Ansicht, Touristengebiete sollten für Exhäftlinge überhaupt gesperrt werden.

Die Reporterin hakte nach, wie das denn praktisch gehen solle, ob er ein polizeiliches Führungszeugnis bei der Buchung von Hotelzimmern und Ferienwohnungen einführen wolle. Er fand, das sei doch wenigstens mal ein Vorschlag.

Es hielt Sascha nicht länger in den Polstern. Er hechtete hoch und war mit zwei Schritten bei Laura und Georg. Er schob die Zeitung quer über den Tisch, zwischen die beiden, wie eine trennende Mauer.

»Guck mal hier! Zwei Seiten!« Er tippte auf ein Bild. »Der Felix, voll krass!«

Er las vor und ahmte dabei Felix' Art zu reden nach: »Ich dachte, wir überleben das nicht, aber der Herr Bollmann hat uns immer weiter getrieben, selbst als wir alle nicht mehr konnten.«

Sascha lachte. »Vor allen Dingen hat der Felix auch *Herr* Bollmann gesagt!«

»Vermutlich hat der *der* Bollmann gesagt, und der Reporter hat *Herr* verstanden«, sagte Laura.

Sascha regte sich auf: »Ich glaube eher, der Felix hat *die dumme Mistsau* gesagt, denn genau das war der Bollmann. Eine dumme Mistsau!«

»Ihr wart dabei?«, fragte ihr Frühstücksgast.

Keiner von beiden ging darauf ein, stattdessen las Sascha laut einen Hintergrundbericht von Holger Bloem vor. Wattführer wurden nach den Gefahren des Watts befragt. Sie klärten über Fehleinschätzungen auf. Ohne erfahrene Wattführer sei so etwas ein Unding, wurde Kurt Knittel zitiert.

Sascha senkte die Zeitung und stellte fest: »Kein Wort davon, dass Bollmann ermordet wurde. Kein Wort, dass sie mich suchen. Nichts von diesem doofen Bullen, der sich die Knochen gebrochen hat, weil er zu blöd zum Klettern ist.«

Gert Eichinger schob seine leere Kaffeetasse wie eine Aufforderung in Richtung Laura. »Du wirst gesucht?«, fragte er.

Sascha nickte. »Ja. Verdammt, wir sind auf der Flucht vor den Bullen.«

Eichinger lehnte sich amüsiert zurück. »Wie Bonnie und Clyde? Baader und Ensslin?«

»Das ist nicht lustig«, konterte Sascha und bekam endlich Oberwasser. »Du kannst dir das gar nicht vorstellen, Georg! Du kommst einfach hierhin, machst einen auf *alles easy* und immer schön locker bleiben, aber ich ... ich habe Schiss, die Zeitung aufzuschlagen und mein Bild darin zu finden, weil sie mich suchen.«

»Ja«, gab Gert Eichinger ihm recht, »das kann ich mir echt nicht vorstellen.«

Laura nickte anerkennend. »Wir haben uns hier in der Ferienwohnung verkrochen, in der Hoffnung, dass uns hier erst mal keiner vermutet.«

Eichinger nahm sich selber die Kaffeekanne und goss sich nach. »Und was habt ihr weiter vor? Ich meine, das hier geht nicht ewig. Irgendwann habt ihr kein Geld mehr ... Die Besitzerin kommt zurück ...«

Sascha sah ratlos aus. Laura zeigte ihre leeren Hände vor: »So weit denken wir noch gar nicht. Erst mal sind wir hier in Sicherheit.«

Jetzt nahm Gert Eichinger die Zeitung an sich. Er überflog den Text. So bekam er ein paar Minuten Zeit, über seine nächsten Schritte nachzudenken. Die zwei hatten ja keine Ahnung, wie viel er über die Sache wusste. Er wog ab, was es bringen würde, sie einzuweihen.

Morgen, wenn die neuen Zeitungen erschienen, wäre sein Bild überall auf den Titelseiten. Sollte er sich den Trumpf bis dahin aufbewahren? So wie die zwei mit ihm umgingen, waren sie bisher ohne Argwohn. Sie brachten ihn mit den Fernsehbildern in keinen Zusammenhang.

Er fuhr sich mit der Hand über den kahlrasierten Schädel. Kein Wunder, dachte er. Ich hatte höchstens als Baby mal eine Glatze. Auf allen Fotos trug er seit seiner Pubertät schulterlange, lockige Haare, seit seinem zwanzigsten Lebensjahr einen Vollbart. Während der Prozesse war er auch als Engelskopf, Rauschgoldengel oder Hippie bezeichnet worden. Die Kontaktlinsen, die der Gentleman ihm auf Norderney samt einem Plan zur Fluchtvorbereitung ins Zimmer geschmuggelt hatte, verwandelten seine stahlblauen Augen in nussbraune. Er war von einem nordischen Typen zu einem südländischen geworden.

In der Dunkelheit schränkten die Linsen seine Sicht ein. An sonnigen Tagen wie diesen waren sie unproblematisch. Aber an dieses falsche Gebiss konnte er sich nicht gewöhnen. Es verursachte bei ihm einen Brechreflex, obwohl er sich zugestehen musste, dass es ihn auf geradezu bestürzende Weise veränderte.

Aber er hatte Schwierigkeiten beim Essen. Dämlich grinsen konnte er damit gut.

Doch offensichtlich war diese Attrappe nötig. Die Täuschung funktionierte.

»Wie war das denn mit eurem Lehrer? Wie kommen die darauf, dass du ihn umgebracht hast?«

Sascha seufzte und winkte ab.

»Hast du ein Motiv?«, fragte Gert Eichinger.

»Jeder hat eins. Bollmann war ein Vollpfosten. Aber ich habe es nicht getan.«

»Er hat einmal eine Todesannonce für Bollmann aufgegeben ...«, erklärte Laura.

Eichinger pfiff durch die Zähne und war froh, das dämliche Gebiss nicht im Mund zu haben.

»Darf ich mal euer Telefon benutzen?«, fragte Eichinger unvermittelt. Laura machte eine einladende Geste zum Apparat.

»Willst du die Bullen anrufen und uns verpfeifen?«, fragte Sascha halb ernst, halb scherzhaft. Auf gleicher Ebene gab Gert Eichinger zurück: »Ist denn schon eine Belohnung auf deinen Kopf ausgesetzt?«

Laura sagte zu Sascha: »In den Zeitungen steht kein Wort von Mord und erst recht nicht, dass du gesucht wirst.«

Es kam Sascha so vor, als wollte sie ihn damit demütigen, irgendwie kleinmachen, als sei er nicht einmal eine Suchmeldung wert. Sascha bäumte sich auf: »Und der Bulle?«

»Hast du auch einen Bullen umgelegt?«, fragte Eichinger nach.

»Nein! Ich habe überhaupt keinen umgelegt. Höchstens einen zusammengeschlagen.«

Eichinger gab sich beeindruckt. »Einen Bullen zusammengeschlagen?« Er klatschte demonstrativ Beifall.

»Das findest du gut, was?«, staunte Laura.

»Ich bin beeindruckt. Ich hätte dir das gar nicht zugetraut.«

»Ach nein?«

»Nein. Du siehst nicht aus wie einer ...«

Sascha nutzte die Chance, vor Laura den harten Kerl zu spielen. »Wie einer, der richtig zulangen kann?«, versuchte er, Eichingers Satz zu ergänzen. Der nickte, nahm das Telefon und ging damit ins Schlafzimmer. Er warf sich auf das breite, französische Bett und wählte die Nummer.

»Der fühlt sich ja hier echt zu Hause«, flüsterte Sascha zu Laura.

»Na und? Lass ihn doch. Ich mag ihn.«

»Hast du den Knutschfleck an seinem Hals gesehen?«

»Hm.«

»Neidisch? Willste auch so einen haben?«

Obwohl Eichinger aufgeregt war, drückte er seine Nase in das Kopfkissen und atmete Lauras Duft ein, während er darauf wartete, dass der Gentleman abhob. Nach dem vierten Klingelzeichen war es so weit.

»Ja?«

»Ich bin es. Ich bin in Schwierigkeiten.«

»Wo sind Sie?«

»Auf Wangerooge. Ich brauche Geld. Ich will den Rest. Ich kann nichts dafür, dass ...«

Er hörte das Klappern einer Computertastatur.

»Sagen wir heute Mittag am Flugplatz. Kurz nach zwölf.«

»Okay.«

Sein Herz raste. Das bedeutete, der Gentleman war noch ganz in der Nähe. Vermutlich auf Norderney oder in Norddeich. Vielleicht auch auf Juist. Er musste einen Flugplatz in der Nähe haben.

Er überprüfte den Sitz des Gebisses. Es war ihm nicht gelungen, alle Sandkörner zu entfernen. Eins scheuerte sein Zahnfleisch auf. Er spuckte.

Noch einmal roch er an der Bettwäsche. Zwischen den Laken fand er ihren BH. Schlicht und Weiß. 75 B. Er berührte ihn. Er stellte sich vor, sie würde ihm gehören. Ganz und für immer. Ein warmes, erregendes Gefühl durchlief seinen Körper. Leider hatte er jetzt keine Zeit dafür. Laura musste warten. Es galt erst, die Aufgabe des Gentleman zu erledigen. Er würde es rasch tun. So schnell wie möglich, um ihn nicht zu verärgern. Der Gentleman konnte ihn reich und damit unabhängig machen. Das war jetzt wichtiger denn je. Geld und eine neue Identität. Nur der Gentleman konnte ihm diese Chance bieten.

Er ging in die Wohnküche zurück. Sascha war aufgeregt, etwas erzürnte ihn geradezu. Laura stand vor ihm und sagte: »Warum nicht? Stell dich einfach. Du hast doch nichts zu befürchten. Du warst es nicht.«

Sascha schlug sich mit der offenen Hand gegen die Stirn. »Ich bin doch nicht blöd! Die machen mich fertig! Der Bulle hat sich die Knochen gebrochen!«

»Das war ein Unfall!«

Sascha zeigte wutentbrannt auf Eichinger. »Wollt ihr mich los sein? Sturmfreie Bude oder was?«

Eichinger hob abwehrend die Hände, er lächelte verbindlich, sprach aber mit scharfem Befehlston: »Ruhig Blut, Kleiner. Keiner tut dir hier etwas. Ich will dir deine Freundin nicht wegnehmen.«

Ja, mach nur weiter so, du Depp, dann treibst du sie mir direkt in die Arme, dachte er, dann wandte er sich an Laura. »Er hat recht. Sich zu stellen, ist Quatsch.«

Sein Satz erstaunte Sascha noch mehr als Laura. Aber Sascha sagte nichts, er war einfach nur baff.

Laura fragte: »Ja, wie?«

»Die Aufregung und Wut ist jetzt besonders groß, und glaub mir, die können echt unangenehm werden, wenn einer von ihnen was aufs Maul gekriegt hat. Die nehmen dich in die Mangel, Sascha, da erkennt dich deine Laura später nicht mehr wieder.«

Sascha nickte.

»Ja, und was schlägst du vor?«, wollte Laura wissen.

»Wir verkriechen uns hier, bis Gras über die Sache gewachsen ist. Wenn dieser verletzte Bulle erst mal vom Krankenhaus in die Reha gekommen ist und einen Kurschatten hat, sieht alles ganz anders aus. Solange die Wut frisch ist, würde ich mich jedenfalls wegducken.«

»Er hat recht«, sagte Sascha. »Absolut recht.«

Manchmal war es wirklich zum Haare raufen. Jetzt hatten sie allein in Norden sechs Männer, die behaupteten, nicht Gert Eichinger zu sein, sich aber auch nicht zweifelsfrei ausweisen konnten. Eine Überprüfung durch einen Abgleich der Fingerabdrücke war aber nicht möglich, weil der Scanner in Norden zu spinnen begann und die Computer in der Polizeiinspektion in Norden, Aurich und Wittmund durch einen Hackerangriff praktisch lahmgelegt waren. Unsinnige Anfragen müllten die Kapazitäten zu, und sinnlose Zahlenreihen verstopften die Systeme.

Charlie Thiekötter, der in dem Ruf stand, jede noch so gesicherte Festplatte knacken zu können, war gerade erst aus der Herzklinik zurück und im Grunde laut Meinung der Kardiologen reif für die Frühpensionierung, aber er konnte sich ein Leben als Rentner plötzlich gar nicht mehr vorstellen und ging seit der Reha lieber zum Dienst als je zuvor in seinem Leben. Jetzt sah er seine große Stunde gekommen, gleichzeitig beschlich ihn die Sorge, heute jämmerlich zu versagen.

Lediglich auf Ubbo Heides privatem Laptop ließen sich noch E-Mails empfangen. Allerdings spielte das Gerät dabei *Una Paloma Blanca*, gegrölt von offensichtlich schwer betrunkenen Männern, ab. Wenn Ubbo Heide versuchte, den Ton auszuschalten, fuhr er damit den ganzen Computer herunter.

Entnervt gab er auf. »Jemand«, sagte er, »der besser ist als wir, zeigt uns gerade, dass er sauer auf uns ist.«

»Scheiße!«, schrie Rupert. »So eine Scheiße! Wir haben gegen die keine Chance. Das ist unfair, ist das! Wir müssen uns an die Regeln halten. Die denken gar nicht daran. Und besser ausgerüstet als wir sind die allemal!«

»Fluchen hilft uns nicht weiter«, sagte Ann Kathrin.

Ubbo Heide nickte. »Genau! Wir müssen einfach besser sein.«

Rupert trat vor Wut gegen den Schreibtisch. »Wenn ich solche Sprüche höre, könnte ich zur Wildsau werden!«

Thiekötter gab Ann Kathrin recht: »Genau so ist es. Aber auf mich hört ja keiner. Ich habe seit Jahren gepredigt, dass wir neue Sicherheitssysteme brauchen. Norton und eine simple Firewall helfen da nicht.«

»Wer attackiert denn gezielt eine Polizeiinspektion?«

»Das sind geschulte Spezialisten«, behauptete Rupert. »Vielleicht legen die in ganz Deutschland alles lahm und ...«

»Eine Art Terroristenangriff?«, orakelte Thiekötter. Das hätte ihm im Grunde gefallen, denn es entlastete ihn ein bisschen. Er bekam nämlich mit, dass er es mit einem Gegner zu tun hatte, dem er in der Tat momentan unterlegen war. »Wenn ich mich nicht irre«, maunzte er, »laufen hier nicht nur zig Millionen Informationen ein, sondern es gehen auch jede Menge raus.«

»Heißt das«, fragte Ann Kathrin, »da hat jetzt jemand Zugriff auf unsere Dateien?«

»Offensichtlich«, gab Charlie Thiekötter kleinlaut zu, und Rupert trat noch einmal gegen den Schreibtisch.

»Ich wette«, sagte Ann Kathrin, »das sind keine internationalen Terroristen, sondern ein, zwei Schüler, die bald schon ein Einserabitur machen werden.«

Ubbo Heide biss in ein Marzipanbrot. »Da wirst du wohl

recht haben, Ann. Sie fühlen sich von uns schlecht behandelt, und das ist jetzt die Retourkutsche.«

»Außerdem sind wir hinter einem von ihnen her, und das passt ihnen garantiert nicht. Vielleicht wollen sie uns nur beschäftigen, damit wir keine Zeit für Sascha Kirsch haben?!«

Während Ann Kathrin diese Wahrheit aussprach, verstarb der Schüler William Schmidt an seinen schweren Kopfverletzungen.

In der Ruhruniversität Bochum saß Kai Wenzel unerlaubterweise am Arbeitsplatz seines Vaters, der hier Verwaltungsrecht unterrichtete. Hinter ihm stand grinsend Felix Jost.

Kai rieb sich zufrieden die Hände. »So, ihr Arschlöcher«, freute er sich, »nun wünsche ich euch viel Spaß!«

»Eines Tages«, orakelte Felix, »werden die uns dankbar sein. Nach dem GAU bekommen die bestimmt neue, leistungsstärkere Systeme mit richtigen Sicherheitsstandards.«

Leise, aber zuversichtlich, sagte Kai: »Die knacken wir dann auch. Jede Mauer hat ein Loch.«

»Und jetzt«, freute Felix sich, »stellen wir deren gesamten E-Mail-Verkehr ins Netz. Das wird ein Spaß!«

Ann Kathrin Klaasen zog Ubbo Heide zur Seite. Sie wollte alleine mit ihm reden, während Thiekötter die Reißleine zog und sämtliche Computer ausschalten wollte, was aber nicht funktionierte, weil sie automatisch neu starteten.

»Ihr schafft mich nicht, ihr verdammten Wichser!«, fuhr Thiekötter den Bildschirm an. Er hatte seinen Ärzten versprochen, »jetzt im Innendienst eine ganz ruhige Kugel zu schieben«. Damit war es augenblicklich vorbei.

Rupert folgte Ann Kathrin und Ubbo ungebeten in den Nebenraum.

»Hast du nichts zu tun?«, fragte Ann Kathrin ihn spitz.

Rupert blaffte zurück: »Oh, Verzeihung, Prinzessin. Ich wusste ja nicht, dass es sich um eine private Unterredung handelt. Ich dachte, ihr zwei arbeitet hier noch. Hätte ja mal sein können ...«

Ubbo Heide deutete Rupert an, er möge die Bälle flach halten und schob ihn aus dem Raum. Ubbo schloss die Tür und fragte: »Also, was gibt's?«

»Wenn der noch einmal Prinzessin zu mir sagt, haue ich ihm eine rein!«, zischte Ann Kathrin wütend.

»Das wirst du nicht tun.«

»Warum nicht? Weil ich seine Vorgesetzte bin?«

»Nein. Weil ich es dann tue«, beteuerte Ubbo. Damit zauberte er ein Lächeln auf Ann Kathrins Gesicht.

Er sah auf seine Uhr. »Zur Sache, Ann.«

Sie verfiel sofort in ihren Verhörgang. Drei Schritte, Kehrtwendung, drei Schritte, jeweils beim zweiten Schritt einen Blick auf Ubbo Heide, der väterlich lächelte.

»Stell dir doch die Situation mal genau vor. Gert Eichinger mit den fünf BKA-Leuten auf Norderney. Was die uns da erzählt haben, stimmt doch vorne und hinten nicht.« Sie tippte sich an die Stirn. »Er ist ihnen entwischt und ... flieht ins Watt ... Ich kann dir die Geschichte auch ganz anders erzählen. Hast du dir die Personalakten von dem Kollegen mal angesehen, den Eichinger erschossen hat?«

Ubbo Heide wusste nicht, worauf Ann Kathrin hinauswollte. »Nein, warum? Darauf habe ich gar keinen Zugriff.«

»Er heißt Thomas Korhammer.«

»Na und?« Eine Stechmücke brummte nah an Ubbos Ohr. Er schlug nach ihr.

»Vorbildliche Karriere. Tatort-Spezialist. Zusatzausbildungen in ...«

»Ann, bitte.«

Er wusste nicht, woher sie die Informationen hatte, und er wollte es auch nicht wissen. Es tat seiner Meinung nach nichts zur Sache.

Die Stechmücke setzte sich in seinen Nacken und begann unbemerkt, sein Blut zu saugen, während er Ann Kathrin wenig begeistert zuhörte. Dann verblüffte sie ihn mit der Aussage: »Unsere lieben Kollegen aus Wiesbaden hüllen sich merkwürdig in Schweigen. Zusammenarbeit stelle ich mir anders vor.« Sie zählte es auf: »Sie informieren uns zu spät, sie ...«

Ubbo Heide schlug sich in den Nacken. Er erwischte die Mücke aber nicht. Sie umkreiste erneut seinen Kopf. Sie hatte Blut geleckt.

»Ich bin allergisch gegen die Viecher!«, seufzte Ubbo Heide und fuchtelte mit den Händen durch die Luft.

»Seine Schwester ist vor drei Jahren Opfer eines Sexualdelikts geworden.«

»Woher weißt du das? So etwas steht in keiner Personalakte.«

»Internetrecherche. Ganz einfach. Ich habe nur seinen Namen gegoogelt. Es gibt im Netz verschiedene Zeitungsberichte darüber.«

Ubbo Heide hatte die Mücke jetzt direkt vor seinen Augen. Er klatschte die Hände zusammen. Der Luftwirbel schleuderte die Mücke zur Decke. Von dort startete sie einen erneuten Angriff.

»Da sind fünf gut ausgebildete junge Männer, die Frauen und Kinder zu Hause allein lassen, um wochenlang hinter einem Perversen her zu laufen, damit der sich kein neues Opfer sucht. Sie fühlen sich ausgelaugt. Von der Gesellschaft hängengelassen. Sie brauchen Urlaub und kriegen keine Ablösung. Der Mann, den sie beschatten, dominiert ihr Leben. Sie verlieren ihre Selbstbestimmung. Wenn er zum Strand geht, müssen sie mit. Sie können nicht schwimmen gehen, wenn sie Lust darauf haben. Sie müssen ihm folgen. Er entscheidet. Er sucht die Restaurants aus. Sie müssen immer mit. Sie wollen in den Schatten, er in die pralle Sonne ...«

Ubbo Heide vergaß die Mücke. Fasziniert hörte er Ann Kathrin zu. Sie war wie kaum ein anderer Mensch dazu in der Lage, sich in andere hineinzuversetzen.

»Der nette Herr Eichinger findet Gefallen an dem Spiel. Mal versucht er, ihnen zu entwischen, mal zwingt er sie zu einem Tag am FKK-Strand, dann zu einem Saunagang oder ...«

»Worauf willst du hinaus?«

»Einer dieser jungen Männer hat eine Schwester, die nach einer Vergewaltigung ihr Leben nicht mehr auf die Reihe kriegt. Scheidung. Selbstmordversuch. Psychiatrie. Alkohol ...«

Ubbo Heide hielt ihren Gang nicht länger aus. Am liebsten hätte er sie gebeten, endlich stillzustehen, aber er bezweifelte, dass sie seinen Wunsch auch nur in Erwägung ziehen würde.

»Hat Eichinger Korhammers Schwester vergewaltigt? Du willst doch nicht im Ernst behaupten, man hätte ihn dann ... Bei uns passiert ja eine Menge Mist, aber ...«

»Unsinn. Natürlich nicht. Aber es war ein anderer Mehrfachtäter. Nach drei Haftstrafen gerade wieder auf freiem Fuß.«

Ubbo atmete auf und lehnte sich erleichtert mit dem Rücken gegen die Wand. Die Mücke saß jetzt auf seiner Schulter und arbeitete sich zu seinem schweißnassen Hals vor. Sein Nacken juckte, und er hatte Durst auf ein kaltes Bier. Er wünschte sich ein frisch gezapftes Jever.

Ann Kathrin zielte mit dem Zeigefinger auf ihn. »Ich stelle mir nur die Gruppendynamik zwischen diesen sechs Männern vor. Und schließlich sagt einer, er würde ihn am liebsten ausknipsen, auf der Flucht erschießen oder ...«

»Ann, bitte! Nicht Eichinger ist tot, sondern Thomas Korhammer.«

Ann Kathrin hob die rechte Hand, um Ubbo zum Schweigen zu bringen. Er ärgerte sich zwar über die Geste, war aber trotzdem ruhig. Die Stechmücke erreichte lautlos seinen Hals und saugte sich fest.

»Sie diskutieren das. Es ist zunächst ein Gedankenspiel, mehr nicht. Und dann bittet einer seine Kollegen, ihn einfach mit dem Sauhund allein zu lassen. Einerseits sind sie froh, haben endlich mal Ruhe, die Pause, die ihnen laut Dienstvorschrift ohnehin zustehen würde ... vielleicht wissen sie nicht genau, was Korhammer vorhat, aber sie ahnen es, oder sie wollen es nicht wissen. Korhammer begleitet Eichinger ins Watt und dort, in der Einsamkeit und Weite, ziemlich weit draußen, will Korhammer ihn erledigen ... Endlich Schluss machen mit dem Albtraum, dafür sorgen, dass nicht einer Frau wieder passiert, was seiner Schwester geschehen ist, nur weil sie einmal nicht aufgepasst haben ... Aber dann entgleitet ihm die Sache. Vielleicht ist Korhammer nicht entschlossen genug, oder er unterschätzt Eichinger. Eichinger versucht, Korhammer zu entwaffnen. Es löst sich ein Schuss, und dann gibt Eichinger Korhammer den Rest. Jetzt bleibt ihm nichts anderes übrig: Er flieht durchs Watt. Die Kollegen machen keine Meldung, weil sie ja glauben, dass Korhammer Eichinger erschossen hat. Nicht umgekehrt. Dann meldet Korhammer sich aber nicht bei ihnen. Sie sind zunächst ratlos, suchen ihn und können beide nicht finden.«

Ihre Worte machten Ubbo Heide nachdenklich. Er wehrte sich innerlich gegen die Vorstellung, Kollegen hätten so handeln können, aber er musste sich eingestehen, dass Ann Kathrins Überlegungen zwar Spekulation waren, aber durchaus schlüssig.

»Das würde«, flüsterte er, »einiges erklären.«

Ann Kathrin sah ihn mit weitaufgerissenen Augen an und schüttelte den Kopf.

»Nein, Ubbo. Das ist die einzige brauchbare Erklärung für

ihr Verhalten nach dem Vorfall. Wir hätten sonst Minuten später informiert werden müssen, und die ganze Maschinerie wäre in Gang gesetzt worden. Stattdessen haben wir den toten Polizisten für den Lehrer Bollmann gehalten ...«

Sie kannte Ubbo Heide lange genug, um zu wissen, worüber er nachdachte. Er wollte verhindern, dass sie mit dieser Schlussfolgerung zu früh an die Öffentlichkeit ging.

»Da ist noch etwas«, sagte sie und deutete an, dass der Sachverhalt ein winziges, aber delikates Detail war. »Korhammers Schwester hatte genau an dem Tag Geburtstag, als ...«

Sie brachte den Satz nicht zu Ende, weil Ubbo dazwischenfuhr: »Willst du mir erzählen, die Ermordung von Eichinger war als Geburtstagsgeschenk für die Schwester geplant? Jetzt gehst du zu weit.«

»Nein, das glaube ich auch nicht, aber vielleicht war es der letzte Tropfen, der das Fass überlaufen ließ. Korhammer wollte zurück nach Wiesbaden, um seiner Schwester zu gratulieren. Aber weil keine Ablösung kam, hatte Eichinger ihm indirekt auch diese kleine Freude vermiest. Korhammer ruft seine Schwester an – den beiden wird ein inniges Verhältnis nachgesagt –, die ganze Sache wird noch einmal hochgespült. Emotionen flackern auf ...«

»Ann, bitte, du gehst ...«

Sie beendete ihren Verhörgang und winkte ihn näher, als wollte sie ihn ins Vertrauen ziehen. »Weißt du, was aus ihrem Vergewaltiger geworden ist?«, wollte sie von Ubbo Heide wissen, und die Frage klang merkwürdig rhetorisch in seinen Ohren. Ubbo traute sich schon gar nicht mehr zu sagen, dass er vermutlich verurteilt und für Jahre inhaftiert worden war.

»Freispruch mangels Beweisen. Er wurde dann aber kurz darauf beim Verlassen seiner Wiesbadener Stammkneipe von einem vermutlich Betrunkenen überfahren und noch zig Meter mitgeschleift. Er muss sich irgendwie verhakt haben. Na, jedenfalls ist er tot. Die Ermittlungen in Wiesbaden verliefen im Sande. Der Fahrer wurde nie überführt ...«

»Ann, jetzt gehst du wirklich zu weit. Wir sprechen hier über einen toten Kollegen, der in Ausübung seines Dienstes ...«

»Ja? Bist du dir da sicher?«

Rupert stieß die Tür auf. »Wir haben noch eine Leiche an den Hacken. Dieser irische Junge, William Schmidt, ist an seinen Verletzungen gestorben. Das Ganze ist mindestens Totschlag. Jetzt will natürlich keiner den Stein geworfen haben.« Rupert deutete zum Fenster. »Es muss etwas passieren. Da draußen regiert die Angst. Die Leute drehen durch und bringen sich gegenseitig um.«

Ubbo Heide sackte für einen Moment in sich zusammen. Seine Haut juckte von den Mückenstichen, und er wusste, dass er wieder nächtelang nicht würde schlafen können. Er brauchte Kalzium. Er hatte immer ein Röhrchen mit Sprudeltabletten in seinem Schreibtisch in Aurich, aber hier, von Norden aus, kam ihm Aurich plötzlich sehr weit weg vor. Er beschloss, runter zu gehen zur Schwanenapotheke, dabei musste er an den von Bürgern festgenommenen mutmaßlichen Eichingers vorbei.

Ann Kathrin ging neben ihm her und telefonierte mit Holger Bloem vom Ostfrieslandmagazin.

Ubbo Heide stieß sie an. »Du informierst doch jetzt nicht die Presse?«

Sie antwortete ihm nicht, sondern fragte Bloem: »Ihr habt doch bei euch für die Redaktion und die Druckerei bestimmt einen Verantwortlichen für Computerfragen.«

»Einen Systemadministrator? Ja, den haben wir.«

»Könnt ihr uns den mal ausleihen? Hier geht nämlich gerade gar nichts mehr.«

»Och«, stapelte Bloem tief, »wenn die Polizei uns so nett um Hilfe bittet, dann wird hier wohl kaum einer Nein sagen.«

Ann Kathrin bedankte sich herzlich. Sie begleitete Ubbo Heide zur Osterstraße, ohne zu wissen, wohin der Weg genau führen sollte.

»Das wird Charlie Thiekötter gar nicht schmecken«, prophezeite Ubbo.

»Wohin gehen wir eigentlich?«

»In die Apotheke.«

Sie spürte, dass es ihm ihr gegenüber peinlich war, also begleitete sie ihn nicht hinein, sondern holte sich gegenüber in der Eisdiele eine Riesenwaffel mit Erdbeereis und doppelt Sahne. Heute brauchte sie das.

Er hatte das Gebiss kurz herausgenommen. Von dem Druck bekam er schon Schluck- und Atembeschwerden. Das Ding war nicht richtig angepasst worden. Wie denn auch, er hätte das Ganze schlecht unter Polizeiaufsicht anfertigen lassen können.

Er fuhr mit der Zunge über sein Zahnfleisch. Ich will wieder ich sein, dachte er.

Der Schmerz im Kiefer strahlte bis in den Nacken aus, und seine Schultermuskulatur war verkrampft.

Die Sonne brannte auf der Haut. Es war fast windstill. Er saß auf der Terrasse vom Towerstübchen, mit direktem Blick auf die Landebahn. Vor ihm standen ein Mineralwasser und ein Espresso. Den Rucksack hatte er neben sich auf einen freien Stuhl gestellt. Die Pistole steckte hinten in seiner Jeans. Er ärgerte sich darüber, dass er dem Polizisten nicht das Schulterholster abgenommen hatte, aber dafür war alles zu schnell gegangen.

Er beobachtete zwei Maschinen bei der Landung. Die eine wackelte bedenklich mit den Flügeln, als ob der Pilot ein Spaßvogel sei, der Freunde begrüßen wollte, oder – was wahrscheinlicher war – die Maschine nicht wirklich im Griff hatte, weil er zu selten flog.

Er schob sich das Gebiss wieder in den Mund.

Der Gentleman stieg nicht aus.

Eichinger war viel zu unruhig, um jetzt auch noch den Espresso zu trinken. Aber er nahm einen Schluck Wasser, weil sein Hals ausdörrte. Er musste dringend zur Toilette. Er schob das auf die Nervosität und gab dem Drang nicht nach.

Vielleicht, dachte Eichinger, wird das hier sein zweiter Versuch, mich kaltzumachen. Er wurde das drängende Gefühl nicht los, dass dieser Held vom BKA der Todesengel des Gentleman gewesen war. Er brauchte ihn jetzt nicht mehr. Er war nur noch eine Gefahr für ihn. Vielleicht befürchtete er sogar einen Erpressungsversuch.

Du Idiot, dachte er, von wegen neuer Auftrag. Von wegen noch mehr Kohle, falsche Papiere, freies Leben! Der kommt, um dich auszuknipsen, weil der Bulle versagt hat.

Er griff nach hinten zur Pistole. Er war kurz davor, zu fliehen, als die Cessna landete. Es stiegen drei Personen aus der Skyhawk aus. Zwei Frauen mit wehenden, bunten Sommerkleidern und der Gentleman.

Er trug eine große, dunkle Sonnenbrille, die seine Augenpartie völlig verdeckte. Ein weißes Baumwolloberhemd, am Hals zwei Knöpfe offen. Darüber einen blauen Blazer, der vermutlich zu einem Anzug gehörte, aber der Gentleman machte ganz auf sportlich, mit verwaschenen Jeans. Dazu weiße neue Laufschuhe, an der Innenseite verstärkt. Über der Schulter hatte er lässig eine Sporttasche baumeln.

Der Impuls wegzurennen wurde übermächtig in Eichinger. Er stand sogar auf. Der Kellner kam, weil er seinen Espresso und das Wasser noch nicht bezahlt hatte. Um nicht zu viel Aufsehen zu erregen, setzte er sich wieder. Ohne die Augen zu schließen, sah er die Szene wie eine Blitzaufnahme vor sich. Der Gentleman zog lächelnd eine Waffe, hielt sie ihm vor den Kopf und drückte aus unmittelbarer Nähe ab.

Sein rechtes Bein begann zu zittern. Schweiß brach ihm aus. Er nahm noch einen Schluck Wasser.

Der Gentleman ging leichtfüßig in den kleinen Ankunftsraum. Bei Flügen von Insel zu Insel gab es die üblichen Kontrollen nicht. Kein Suchen nach Bomben, Waffen, Drogen. Hier war das Fliegen wie anderswo das Taxifahren.

Garantiert, dachte er, hat der Gentleman in der Sporttasche die passende Anzughose zum Jackett, außerdem eine Krawatte – vermutlich weinrot oder hellblau – und ein Paar schwarze Lederschuhe. Diese kleinen Dinge würden ausreichen, um aus ihm einen anderen Typ zu machen.

Neben all diesen Sachen warteten in der Tasche entweder eine Handfeuerwaffe, um ihn zu töten, oder ein paar Geldbündel. Grüne Hunderter wahrscheinlich, um ihn zu bezahlen, und dazu falsche Papiere. Zwischen diesen beiden Möglichkeiten lag seine Zukunft. Ein Inselgrab oder ein Freifahrtticket in eine sorglose Zukunft.

Eichinger legte ein paar Münzen auf den Tisch. Er wollte fliehen. Aber dann entschied er plötzlich anders. Dies war ein zu öffentlicher Ort für eine Hinrichtung. Der Kellner. Das knutschende Pärchen. Die Familie mit den Kindern beim Eisschlecken.

Nein, hier in unmittelbarer Nähe des Flugplatzes würde der Gentleman keine Hinrichtung durchführen. Der Ort war zu öffentlich.

Schon trat er aus dem Gebäude, sah sich kurz um und schob mit dem Zeigefinger die Sonnenbrille höher auf die Nase. Er hatte Eichinger erkannt und kam schnurstracks auf ihn zu. Vermutlich war er älter, als er aussah. Seine betonte Sportlichkeit ließ ihn höchstens wie Ende dreißig erscheinen.

Wieder schaute er sich in alle Richtungen um. Diesem Mann entging nichts.

Er wählte einen anderen Stuhl als den, den Eichinger ihm anbot. Obwohl genügend Plätze frei waren, hob er Eichingers Rucksack vom Stuhl, platzierte ihn auf dem Boden und setzte sich dann genau dorthin, wo vorher der Rucksack gestanden hatte. Er wollte die Sonne nicht im Gesicht haben, sondern hinter sich. Dieser Mann ließ sich nicht gern blenden. Er brauchte eine klare Sicht auf sein Gegenüber.

Er winkte dem Kellner und bestellte: »Das Gleiche für mich auch.«

Der Kellner entfernte sich schon, da fragte der Gentleman: »Oder taugt der Espresso nichts? Sie haben ihn nicht angerührt ...«

Nicht einmal diese Kleinigkeit war ihm entgangen. Eichinger versuchte herauszufinden, ob der Gentleman unter dem blauen Blazer eine Waffe trug. Er war sich nicht sicher. In den Jackentaschen führte er garantiert keine Pistole mit sich. Dazu war der Anzugstoff zu leicht und edel. Er würde nicht riskieren, ihn auszubeulen.

Eichinger versuchte es mit einem Angriff: »Haben Sie mir diesen Bullen auf den Hals gehetzt? Um die Restsumme zu sparen?«

Der Gentleman breitete seine Arme aus und legte sie lässig über die Stuhllehne links und rechts von sich. Er lächelte breit. »Sie haben für eine Menge Wirbel und Ärger gesorgt. Sie sind Thema Nummer eins in Ostfriesland. Die ersten Politiker schlagen Ihretwegen schon Gesetzesänderungen vor. Tja, wenn das heutzutage so leicht wäre. Solange ich denken kann, vereinfachen sie vor jeder Wahl die Steuergesetze, und dabei wird alles immer komplizierter. Nun, von Steuergesetzen verstehen die meisten Menschen wenigstens noch etwas. Schließlich betrifft es sie ja ...« Er hob die Arme hoch über den Kopf. »Aber herrje!

Das Strafrecht? Oder gar die Prozessordnung. Du liebe Güte! Davon hat doch kein Mensch Ahnung. Die Politiker am allerwenigsten.«

Er will mich einlullen. Besoffen reden. Aber nicht mit mir.

»Haben Sie?«

»Was?«

»Dem Bullen den Auftrag gegeben, mich umzulegen.«

Der Kellner brachte den Espresso und das Wasser. Der Gentleman schwieg.

»Für Sie auch noch etwas?«, fragte der Kellner.

Eichinger schüttelte den Kopf. »Nein, danke. Ich gehe gleich.«

»Nun seien Sie doch nicht so ungesellig«, lachte der Gentleman und probierte den Espresso. Dann hob er lobend den rechten Zeigefinger und nickte dem Kellner zu. »Gar nicht übel. Wirklich, gar nicht übel!«

Der Gentleman fischte die Eiswürfel aus dem Glas und warf das Zitronenscheibchen in den Aschenbecher. »Das Zeug ist heutzutage oft so sehr gespritzt.« Er lachte. »Es sind mehr Chemikalien in der Schale als in meinen Turnschuhen made in Vietnam.«

Als der Kellner sich zu der Familie begab, weil der Kleinste, mit den Mickymausohren an der Kappe, seinen Erdbeershake über die Tischplatte gegossen hatte, fragte Eichinger noch einmal nach. »Haben Sie?«

Der Gentleman sah kurz über seine Schulter. »Er hat also versucht, Sie auszuknipsen?«

»Hm.«

»Und Sie haben ihn erledigt?«

»Hm.«

»Sauber!«, freute der Gentleman sich und nickte anerkennend. »Ich wusste, dass Sie der richtige Mann für uns sind. Überlegen Sie doch mal, warum sollte ich Ihnen ans Leder wollen? Nein. Im Ernst. Ich habe einen neuen Gig für Sie. Es wird dann nicht nur die Restsumme geben, sondern auf die Hundertachtzigtausend lege ich noch einmal hunderttausend drauf. Plus natürlich Eins-a-Papiere. Ausweis. Führerschein. Der ganze bürokratische Wichs.«

Eichinger merkte, dass sein Magen sich entspannte. Er nahm sich vor, nicht unvorsichtig zu werden, doch erst einmal war alles gut ... oder zumindest konnte alles gut werden.

»Was soll ich tun?«

Der Gentleman zeigte seine weißen Zähne und grinste breit. Eine Goldfüllung links oben blitzte auf. »Nochmal das Gleiche.«

»Wie in Wilhelmshaven? Das ist nicht Ihr Ernst.«

»O doch. Eins, die Zwote, wie man beim Film sagt.«

Eichinger war verwirrt. »Was stimmte nicht mit dem ersten Mal?«

»Wir waren höchst zufrieden mit Ihrer Arbeit. Das ist keine Kritik an Ihnen. Sagen wir, Ihre Aktion erfüllte aus Gründen, die Sie nicht zu verantworten haben, nicht ganz ihren Zweck. Deshalb brauchen wir eine Wiederholung.«

Der Gentleman nahm einen Schluck Wasser und fixierte sein Gegenüber, dann hob er seine Sporttasche an. »Fünfzigtausend in bar als Anzahlung direkt nach der Tat. Der Rest auf ein Konto Ihrer Wahl. Frische Papiere. Echter als echt. Ein neues Leben in Lateinamerika. Ich hätte auch noch Indien zur Auswahl. Es gibt da ganz zauberhafte Ecken. Ich persönlich bevorzuge ja ...«

»Welches Pärchen diesmal?«

Er setzte die Tasche wieder ab und nahm die Frage als Einverständnis. Dann legte er ein Foto auf den Tisch. Ein lachendes Paar. Beide höchstens Anfang dreißig.

»Klinkowski sitzt also noch?«

»Nun, sagen wir, die Staatsanwaltschaft braucht noch mehr Argumente, um das Verfahren wieder aufzurollen.«

»Heißt das, ich lege noch zwei Leute um, weil die Penner in der Justiz so lahmarschig sind?«

Der Gentleman lachte. »So kann man es auch sehen.«

Eichinger musste das erst verdauen. »Wo finde ich sie?«

»Wir werden dafür sorgen, dass sie auf die Insel kommen. Sie können hier also ganz in Ruhe ausharren, bis die zwei hier sind.« Er grinste. »Wir treiben die Schafe zu dem reißenden Wolf.«

Der Gentleman steckte das Foto wieder ein. »Namen und Anschrift ihrer Ferienwohnung folgen.«

Eichinger fragte lieber nicht nach, wie der Gentleman das anstellen wollte. Er wusste, dass er damit gegen eine ungeschriebene Regel verstoßen würde.

»Und ich habe tatsächlich schon gedacht, Sie kämen, um mich ...«

»Auszuknipsen? Nein. Im Gegenteil. Ich werde Ihnen noch sehr hilfreich sein. Ich habe ein großes Interesse daran, dass Sie in Freiheit bleiben und unbehelligt von der Polizei Ihre Arbeit tun können. Ich werde also gleich nach Norderney zurückfliegen und dafür sorgen, dass man Sie dort weiterhin sucht.« Er amüsierte sich. »Es wimmelt da vor lauter Schnüfflern. BKA. LKA. Privatdetektive. Pressefuzzis, als sei die Queen zu Besuch. Ich lege Spuren. Das macht Spaß. Es ist wie eine Schnitzeljagd.« Er deutete auf Eichingers Kopf: »Haben Sie Ihre wunderbaren Locken noch?«

Es war Eichinger fast ein bisschen mädchenhaft peinlich. Er hatte es nicht übers Herz gebracht, seine Haarpracht einfach wegzuwerfen. Er hatte sich selbst eingeredet, die Haare könnten verraten, wo er zuletzt war und dass er eben jetzt eine Glatze trug. Also musste er sie ohnehin sorgfältig beseitigen. Unauffindbar für immer. Zunächst hatte er die Haare einfach zusammengebunden, in eine Plastiktüte gestopft, und die führte er jetzt in seinem Rucksack mit sich.

»Warum?«, fragte er.

»Wir könnten ein paar Journalisten und Kripoleute glücklich machen, wenn es eine neue DNA-Spur auf Norderney gäbe. Ich könnte gezielt ...«

Es platzte aus Eichinger heraus: »Sie sind genial.«

Der Gentleman lehnte sich geschmeichelt zurück. »Danke.« Dann trank er aus. »Gehen wir ein Stück spazieren.«

Er winkte den Kellner herbei. Während er zahlte, ging Eichinger schon am Flugplatzzaun entlang. Er hörte die schnellen Schritte des Gentleman hinter sich. Seine neuen Laufschuhe quietschten.

»Kann ich mit Ihnen fliegen? Bringen Sie mich so weit wie möglich weg. Ich erledige dann alles. Ich muss nur erst raus aus diesem verflixten Ostfriesland und weg von dieser Scheißinsel.«

»Irrtum. Wir legen großen Wert darauf, dass Sie hierbleiben. Die Tat muss hier geschehen.«

»Auf Wangerooge? Aber warum? Ich kann dieses Pärchen doch an seinem Wohnort erledigen. Sie müssen die beiden nicht erst auf die Insel locken!«

Der Gentleman schüttelte den Kopf. »Norderney wäre zwar ideal gewesen, aber das geht jetzt ja nicht mehr. Da wären Sie keine zehn Minuten sicher. Die Idioten durchkämmen die ganze Insel. Da haben sie wenigstens etwas zu tun!«

Das Ganze kam Eichinger immer mysteriöser vor. »Aber warum hier?«

Der Gentleman legte jovial den Arm um Eichingers Schulter. »Sagen wir, mein Auftraggeber wünscht es so, und wer zahlt, bestimmt. So ist das im Leben. Klinkowski kam immer zum Morden in den Norden. Er hat seine Opfer alle höchstens hundert Kilometer vom Meer entfernt umgebracht. Meist direkt in Küstennähe. Er hat im Urlaub Paare beobachtet und dann ...«

Eichingers rechtes Bein zitterte.

»Wann? Wann wird es so weit sein?«

»In ein paar Tagen. Sie bekommen von uns Bescheid.«

»Wie?«

Der Gentleman reichte ihm ein Handy und ein Ladegerät. »Ich rufe an.«

Die Sporttasche behielt er bei sich. Er gab Eichinger kein Geld und auch keine neuen Papiere.

»Ich ... ich bin blank. Ich kann nicht an mein Konto und ...«

»Ach ja, fast hätte ich es vergessen.« Der Gentleman steckte ihm einen Briefumschlag zu.

Eichinger sah sofort nach. Fünfhundert Euro.

Er will mich an der langen Leine halten, dachte Eichinger, und es wird bald geschehen. Sehr bald.

Rupert wäre jetzt gerne in Aurich in seinem Büro gewesen, aber er und Schrader hatten diesen toten Jungen aus Norden an der Backe. Sie führten die Gegenüberstellung durch. Diese Anja Sklorz schlug sich erstaunlich tapfer, fand Rupert. Er mochte sie. Weinerliche Frauen, besonders, wenn sie schön und jung waren, verursachten in ihm immer ein Unwohlsein. Ihre Tränen empfand er als Appell an sich, eine bestimmte untragbare Situation zu ihren Gunsten zu verändern. Nach wenigen Minuten fühlte er sich dann als Versager, und das machte ihn wütend, und er wurde ruppig, und sie heulten noch mehr.

Bei Anja Sklorz musste er aufpassen, dass sie nicht die Handlungsführung übernahm und ihm sagte, was er als Nächstes zu tun hatte.

Sie stand neben ihm in dem kleinen Raum. In der Wand nur eine längliche Glasscheibe, die einen Blick auf die Verdächtigen ermöglichte. Eigentlich sollte die Scheibe, wie Anja aus unzähligen Krimis wusste, nur von einer Seite durchsichtig sein, damit die Täter nicht sahen, wer sie identifizieren wollte und auch nicht, ob auf sie gezeigt wurde. Hier, in der Polizeiinspektion im

Alten Weinhaus in der Marktstraße, gegenüber der Alten Backstube, war das aus unerfindlichen Gründen anders. Man hatte – vielleicht aus Sparsamkeit oder aus Versehen – eine ganz normale Glasscheibe eingesetzt. Damit die Zeugin nicht gesehen werden konnte, war die Scheibe mit Pappe verklebt und mittendrin gab es einen mit der Schere hinein geschnittenen Schlitz. Dadurch konnte sie die Verdächtigen betrachten. Sie waren keine drei Meter von ihr entfernt.

Schrader positionierte die Person so, dass Anja sie gut sehen konnte. Dabei gab er scharfe Anweisungen:

»Grinsen Sie nicht so dämlich, wir sind hier nicht im Rheinland beim Karneval!«

»Brust raus! Die Schultern nicht so hängen lassen! Das wird hier kein Foto für Ihren Rentenantrag.«

»Haare aus der Stirn, Kinn nach vorn!«

Andere sprach Schrader freundlicher an:

»Danke, dass du gekommen bist, Hilke. Wir sind auch gleich fertig.«

»Könntest du dich ein bisschen mehr nach hinten ... ja, klasse, Dieter. Genau so. Und schöne Grüße an Tomke.«

Anja verschränkte die Arme vor der Brust, wippte mit dem rechten Fuß auf und ab und musterte Rupert. Der kapierte genau, was los war, aber überflüssigerweise sprach Anja es auch noch schnippisch aus: »Hat diese Methode schon mal funktioniert?«

»Der ... der macht das zum ersten Mal.«

»Nee, wirklich? Das hätte ich jetzt echt nicht gedacht.«

Rupert stöhnte. »Sagen Sie mir doch einfach, wer von denen dabei war und den Stein geworfen hat.«

»Und die anderen sind Ihre Kumpels, oder was?«

»Nein. Die kommen aus der Stadtverwaltung. Das ist nicht weit, und die helfen uns aus.«

»Schon klar. Man kennt sich eben.«

Rupert fegte aus dem Raum und holte Schrader in den Flur. »Die kann jedes Wort drinnen hören, du Pfeife!«

»Wieso ... ich hab doch gar nichts gesagt. ...«

Rupert machte eine Geste, als würde er Schrader am liebsten eine Ohrfeige verpassen. »Wenn Doofheit weh täte, dann ...«

»Macht euren Mist doch einfach alleine, das hier gehört eh nicht zu meinen Kernaufgaben ...«

»Ja. Zum Glück.«

Neben ihnen im Flur standen die Wartenden, die bisher noch nicht an der Reihe waren. »Ja, heißt das, wir können jetzt gehen?«, fragte ein Mann Anfang dreißig, der aussah, als würde er eine Modelkarriere anstreben und sich seit Jahren von Rohkost ernähren. Sein Sommeranzug schlabberte an seinem Körper.

Rupert pflaumte ihn an: »Nein, verdammt!«

Jetzt humpelte Anja in den Flur. Zum ersten Mal wurde deutlich, dass sie längst nicht so gefasst und ruhig war, wie sie tat. Sie zeigte auf die junge Frau, die verheult an die Wand gelehnt stand, das Gesicht wegdrehte und sich am liebsten in sich selbst verkrochen hätte.

Anja brüllte: »Die blöde Ziege hat ihm ihre Handtasche an den Kopf geknallt! Direkt vor der Sparkasse!«

Die junge Frau zuckte zusammen und rutschte an der Wand herunter. Sie verdeckte ihr Gesicht mit ihren Armen und verschwand hinter den langen Beinen des dünnen Herrenunterwäschemodels. Sie warf die Handtasche aus ihrer Deckung weg, als könne sie damit alles ungeschehen machen. Dann stieß sie einen anklagenden Schrei aus.

Rupert hob die Tasche hoch. Es war ein schwarzweißes Lederimitat mit großer Schnalle.

»Damit hat sie ihm den Kopf eingeschlagen?«, fragte Rupert.

»Nein!«, fuhr ihn Anja an. »Damit hat sie nur die Jagd eröffnet!«

»Und wer hat den Stein geworfen?«, fragte Rupert streng.

Betretenes Schweigen.

»Wie sie alle *Hier* schreien«, triumphierte Anja.

Rupert steckte missmutig die Hände in die Hosentaschen. Diese ganze Situation ging ihm auf die Eier. Er hatte das Gefühl, sie würden gleich platzen. Er zupfte am Gummisaum seiner Unterhose.

Schrader schluckte runter, was er sagen wollte. *Ann Kathrin hätte ihn schon, Rupert. Die liest in den Körperhaltungen der Menschen mehr als wir beide in ihren Aussagen.*

Nie hatte Schrader so sehr wie jetzt ihre Überlegenheit gespürt. Wir, dachte er, bemühen uns, alles ordentlich nach den Regeln und Dienstvorschriften hinzukriegen und scheitern schon daran. Er wusste, dass Ann Kathrin sich nicht immer an die Vorschriften hielt, ja, er bezweifelte, dass sie sie immer kannte. Aber eins hatte er inzwischen begriffen: Die Regeln sind nicht das Spiel. Das Spiel ist das Spiel. Und darin war Ann Kathrin einfach besser.

Er fragte sich, was sie jetzt gerade tat.

»Spreche ich mit Plim oder mit Plum?«, fragte Ann Kathrin spitz, und Ubbo Heides Hoffnungen auf eine gütliche Klärung des Problems zerschellten wie eine Flaschenpost in der Sturmflut. Er benutzte beide Hände, als ob er die Worte an ihre Ohren tragen müsste, weil sie zu schwer geworden waren, um durch die Luft zu fliegen.

»Ann. Du wolltest vernünftig mit ihnen reden!«

Es tat ihm leid, ihr die Handynummer überhaupt gegeben zu haben.

Sie brachte es sofort auf den Punkt. »Entweder, ich kann alle beteiligten BKA-Kollegen sofort zum Fall befragen, oder ich lasse sie verhaften und vorführen.«

Ubbo Heide stöhnte. »Ann ... bitte ... du kannst doch nicht ...«

Er musste etwas tun, bevor sie noch mehr Porzellan zerschlug. Aber das Verrückte für ihn war, es konnte an ihrer Theorie durchaus etwas dran sein, und wie würde er dann später dastehen, wenn er sie jetzt ausbremste ... Er musste einen Weg finden, sie zu unterstützen und dabei gleichzeitig verhindern, dass sie das Verhältnis zwischen BKA und LKA, mit dem es ohnehin nicht zum Besten stand, in Schutt und Asche legte.

Aber Ann Kathrin flippte jetzt erst recht aus. Vielleicht war es der Nordseewind, den sie am anderen Ende wahrnahm, oder die Wellen, die an den Strand schlugen, etwas brachte sie noch mehr auf als Plums Schweigen.

»Warum erfahre ich aus der Zeitung und dem Fernsehen mehr Neuigkeiten als bei einer Dienstbesprechung?«

»Es gibt da ein Problem mit Rieke ...«, wollte Ubbo Heide erklären.

»Es ist nicht euer Fall, sondern wir bearbeiten die Sache, deswegen ist auch nicht eure Pressesprecherin zuständig, sondern unsere. Ihr habt einen toten Lehrer und einen Schüler, der erschlagen wurde, wenn ich mich nicht irre«, sagte Plum scharf. »Ich denke, ihr solltet froh sein, wenn wir euch diesen Fall abnehmen.«

»Ach, erwartet ihr jetzt auch noch Dankbarkeit?«

»Das hier«, stellte Plum klar, »ist eine Nummer zu groß für euch. Wir haben hier zweiundsechzig Leute im Einsatz. Wir gehen davon aus, dass er sich noch auf Norderney befindet. Vier unserer Männer kennen ihn genau. Wir durchkämmen die Insel nach ihm. Jedes Flugzeug, jede Fähre wird von uns genau kontrolliert. Eichinger hat keine Chance. Kümmern Sie sich lieber um Ihren toten Lehrer!«

»Bitte nehmen Sie zur Kenntnis, dass Herr Bollmann nicht *mein* Lehrer war. Eichinger ist auch nicht *Ihr* Vergewaltiger!«

»Liebe Kollegin ...«

»Ich bin auch nicht Ihre liebe Kollegin, verdammt! Wenn überhaupt, dann sind Sie im Moment mein Verdächtiger.«

»Verdächtiger? Wessen verdächtigen Sie mich denn?«

»Beihilfe zum Mord...versuch.«

Ubbo Heide starrte sie an. Er schüttelte den Kopf und winkte mit den Händen, sie solle doch verdammt nochmal endlich still sein und am besten auflegen.

»Ich habe für Ihre Spinnereien weder Zeit noch Verständnis. Sie haben doch bestimmt einen Vorgesetzten. Darf ich den mal haben?«

Ann Kathrin hielt das Telefon mit lang ausgestrecktem Arm Ubbo Heide hin. Der nahm es zögernd und meldete sich mit seinem Namen. Seine Stimme klang wenig entschlossen, fand Ann Kathrin. So stellte sie sich jemanden vor, der bereits kapituliert hatte. Am liebsten hätte sie ihm ein Stückchen von seinem Lieblingsmarzipan gereicht. Er kam ihr jetzt vor wie ein kleiner Junge, der eine Süßigkeit brauchte.

Sie hörte nicht genau, was Plum sagte. Aber er brüllte die ganze Zeit. Ubbo hielt sich das Telefon gut zwanzig Zentimeter vom Ohr weg. Da Ubbo offensichtlich keine Lust hatte, sich Plums Geschrei anzuhören, argumentierte Ann Kathrin jetzt in Ubbos Richtung: »Ich habe drei Fragen. Erstens: Warum sollte Eichinger auf eine Insel zurückkehren, wo vier Polizisten nur dazu da sind, ihn zu beschatten? Zweitens: Wie hat er in Norddeich einen Wohnwagen aufbrechen können, wenn er Norderney gar nicht verlassen hat? Und drittens: Wenn ihn zweiundsechzig BKA-Leute auf Norderney suchen und mindestens noch mal genauso viele Journalisten, von den Kamerateams ganz zu schweigen, warum, verdammt, läuft er dann noch frei herum?«

Plum war still. Er hatte Ann Kathrin wohl verstanden und antwortete jetzt ganz ruhig und sachlich, als hätte es den emotionalen Gesprächsauftakt gar nicht gegeben: »Erstens: Er ist möglicherweise in einem ersten Fluchtimpuls nach Norddeich gelaufen und hat sich dort mit frischer Kleidung versorgt. Zweitens: Er ist dann am nächsten Tag mit einer der Fähren zurückgekommen, weil er sich dort auskennt und sich dort bereits, wie wir vermuten, ein neues Opfer ausgeguckt hatte, das er sich holen wollte. Außerdem hat er hier Unterstützung.«

Ubbo Heide griff sich an den Kopf und massierte seine Kopfhaut. Seine Haarwurzeln schmerzten, als seien sie in Brand geraten.

Plum fuhr fort: »Wir haben ihn noch nicht gefunden, weil er sich mit seinem Opfer gemäß seinem üblichen Tatmuster in einer Wohnung verschanzt hat, was bei den vielen Ferienwohnungen nicht schwerfällt. Er geht nicht raus. Sie leben von Vorräten oder werden von seinem Helfer – vermutlich eine Helferin – versorgt. Und jetzt würde ich mich gerne wieder meiner Arbeit widmen, um endlich das Martyrium zu beenden, das sein Opfer garantiert gerade durchmacht.«

Damit beendete Plum das Gespräch.

Ubbo Heide saß wie ein begossener Pudel da, in sich zusammengesackt, auf einem Stuhl vor Ann Kathrin, der eigentlich für Personen gedacht war, die zum Verhör geladen worden waren. Ubbo atmete schwer. »Wenn das an die Öffentlichkeit kommt, verlassen die Touristen in Scharen die Insel.«

»Er irrt sich«, sagte Ann Kathrin. »Eichinger ist nicht auf Norderney. Wer wäre denn so blöd, in die Hände seiner Mörder zu laufen?«

Ubbo Heide war froh, dass Ann Kathrin den Satz nicht zu Plum gesagt hatte.

»Möglicherweise hast du recht, Ann. Aber es ist nicht mehr unser Fall. Er ist es nie gewesen. Die Eltern von William Schmidt wollen dem Mörder ihres Sohnes ins Gesicht sehen und ...«

Ann Kathrin winkte ab, als seien das kleine Fische. »Es fand auf offener Straße statt. Seine Freundin war dabei und zig Zeugen. Den Fall löst Rupert noch vor der Mittagspause.«

Ubbo Heide entnahm ihren Worten, dass sie etwas anderes vorhatte. »Wie geht es Frank?«, fragte er vorsichtig.

»Er wird bestens versorgt.« Damit war für Ann Kathrin das Thema erledigt. Sie ließ sich nicht gern ablenken. »Die Anwälte, die Eichinger vertreten, sind interessanterweise aus Bremen.«

»Na und? Was willst du damit sagen?«

»Ein hessischer Schwerkrimineller wird von einer Bremer Anwaltskanzlei vertreten, die eigentlich mehr mit Handels- und Vertragsrecht zu tun hat.«

»Ann, das muss uns jetzt egal sein.«

»Ist es mir aber nicht. Wer bezahlt die Kanzlei? Da muss auch ein Spezialist für Straf- und Prozessrecht sitzen. Wenn man den Presseberichten glauben darf, waren teilweise fünf, mindestens aber drei Anwälte für ihn tätig. Unsere Kollegen standen ganz schön unter Beschuss aus Brüssel und ...«

»Aaaannn!«, ermahnte er sie, indem er ihren Namen sehr lang zog.

»Ich fahre jetzt nach Bremen und schaue mir den Laden mal an.«

Ubbo Heide ließ sie einfach ziehen. Er wusste, dass es sinnlos war, sich ihr jetzt in den Weg zu stellen. Sie hatte das Gemüt seines alten Jagdhundes Bronco, und wenn der einmal Witterung aufgenommen hatte, war er auch nicht mehr zu halten gewesen. Er wurde überfahren, als er hinter einem angeschossenen Rebhuhn her hetzte. Ubbo hatte diesen Hund sehr gemocht, und Ann Kathrin erinnerte ihn an das kluge Tier.

Er behielt seine Gedanken für sich.

Die Kanzlei lag nahe beim Sender Radio Bremen. Ann Kathrin Klaasen hatte als potentielle Klientin einen Termin gemacht. Sie parkte am Flussufer gegenüber der Senderkantine. Draußen saßen Redakteure bei einem Milchkaffee. Es duftete aber nach Ingwertee und Currywurst.

Sie hatte sich für diesen Termin ihr hellgraues Kostüm angezogen, eine schwarze Strumpfhose und halbhohe italienische Schuhe. Sie erwischte sich dabei, dass sie in den Fenstern der RB-Kantine den Sitz ihrer Frisur überprüfte. Sie musste ihre Haare unbedingt nachblondieren lassen und mindestens vier, fünf Kilo abnehmen, fand sie.

Der Mann, der Ann Kathrin empfing, sprach leise. Seine Ausdrucksweise war geschliffen. Er formulierte druckreif. Er wirkte irgendwie adelig, als ob er aus einer Patrizierfamilie stammen würde. Er ging ein bisschen schief, was Ann Kathrin auffiel, obwohl sein maßgeschneiderter Anzug das gut ausglich. Die Schuhsohle seines linken Schuhs war höher als die des rechten. Garantiert trug er handgearbeitete Schuhe, für ihn persönlich gemacht, um eine Gehbehinderung zu mildern.

An der rechten Hand glänzte ein dicker goldener Ring mit einem blauen Stein. Es musste sich um ein Erbstück handeln, das ihm eigentlich zu groß war, aber er trug den Ring, weil er für ihn eine emotionale Bedeutung hatte. Dr. Claus Schittenhelm war höchstens Mitte dreißig, hatte aber schon schütteres Haar. Seine Krawatte war korrekt mit einem breiten Windsorknoten gebunden. Sein Hemd hellblau, mit weißem Kragen und weißen Manschetten.

Er bot ihr ein Glas Wasser an, das eine Frau, die er Jüthe nannte, aus dem Nebenraum brachte.

Ann Kathrin stellte sich vor, dass er seine Fingernägel regelmäßig manikürten ließ. Wahrscheinlich hatte er den letzten Besuch im Nagelstudio gerade erst hinter sich, so frisch und glänzend sahen sie aus. Sie selbst kam sich in seiner Gegenwart klein, arm und hässlich vor. Sie versteckte ihre Fingernägel und drückte die Wirbelsäule durch, um ganz gerade zu sitzen. Sie hatte Mühe, auf dem Sessel zu bleiben. Am liebsten wäre sie in ihren professionellen Verhörgang verfallen. Jetzt, da sie Dr. Schittenhelm gegenübersaß, kapierte sie, wie viel Kraft sie aus diesem Dreierschritt zog. Wer so ging, hatte die Gesprächszügel in der Hand.

Vielleicht schüchtert mich auch die Einrichtung hier ein, dachte sie. Alles strahlte Geld aus und Ordnung. Diese juristische Fachliteratur in Jahresbänden vermittelte einem jeden Nichtjuristen das Gefühl, etwas falsch gemacht zu haben im Leben, denn wenn es so viele Gesetze und Regelungen gab, konnte niemand alles richtig machen.

Dr. Schittenhelm wartete, bis Jüthe das Zimmer wieder verlassen hatte, dann sagte er: »Also, Frau Dr. Klaasen, was kann ich für Sie tun?«

Damit hatte sie nicht gerechnet. Sie hörte sich sagen: »Ich trage keinen Doktortitel.«

Er lächelte: »Oh, ich bitte Sie um Verzeihung, da muss Jüthe Sie am Telefon wohl falsch verstanden haben.«

Clever, dachte sie anerkennend. So tütet man Leute ein. Jetzt soll ich mich wohl noch kleiner fühlen. Gleichzeitig war sie froh, nicht gesagt zu haben: »Nicht Dr. Klaasen. Hauptkommissarin. Ich bin Hauptkommissarin Klaasen.«

Sie stellte die Beine nebeneinander, die Knie fest zusammen, die Füße auf dem Boden. Sie atmete durch. In ihrem Kostüm kam sie sich plötzlich gar nicht mehr damenhaft schick vor, sondern als hätte sie sich nach einem Trainingskurs der Arbeitsagentur für ein Bewerbungsgespräch zurechtgemacht.

Verdammt, was schüchtert mich hier so ein? Der ist nur ein gebildeter Schnösel in einem Anzug. Sie stellte ihn sich im Ocean Wave in der Sauna beim zweiten Aufguss vor. Gleich fiel es ihr leichter, mit ihm umzugehen.

»Ein Freund von mir wird bald aus der Haft entlassen. Er sollte eigentlich in Sicherungsverwahrung, aber ...«

»Wie heißt Ihr Freund, wenn ich fragen darf?«

Mist, der weiß genau, dass ich lüge. Dem kann man so leicht nichts vormachen ...

»Na«, lächelte er leicht überheblich. »Sie werden doch wissen, wie Ihr Freund heißt.«

»Frank Weller«, sagte sie ein bisschen zu herausgestellt.

Er tippte etwas in seinen Computer.

»Mein Freund und ich, wir wollen in Ruhe leben. In ein anderes Land vielleicht ... wo uns niemand kennt. Wir wollen der ständigen Überwachung durch die Behörden entgehen. Mein Freund hat Angst, dass die Leute in seiner Straße früher wissen, wann er zurückkommt, als ...«

Dr. Schittenhelm fuhr sich über das schüttere Haar, obwohl die phantasielose Frisur saß, wie mit UHU geklebt.

»Sie verschwenden meine Zeit, Frau Klaasen. Sie wären bei anderen Anwälten besser aufgehoben.«

»Aber Sie vertreten doch Gert Eichinger!«

Die Nennung des Namens veränderte alles. Er zeigte mit dem Finger auf sie. »Wer schickt Sie? Sind Sie von der Presse? Wir haben die ganze Geschichte bereits exklusiv verkauft ... Bitte verlassen Sie mein Büro.«

Ann Kathrin stand auf, aber nicht, um zu gehen.

»Also gut. Ich habe Sie angelogen. Ich bin Hauptkommissarin der Kripo Aurich. Ich frage mich, wie Gert Eichinger in der Lage ist, Sie zu bezahlen. Er lebt von der Stütze.«

»Das heißt heute Hartz IV, obwohl ich persönlich es problematisch finde, Gesetze nach lebenden Menschen zu benennen.«

Ann Kathrin ließ sich nicht ablenken. Sie verfiel in ihren Verhörgang und hatte gleich wieder Oberwasser.

»Also, geben Sie mir im Interesse Ihres Mandanten ein paar Auskünfte. Woher kommt das Geld, mit dem Sie bezahlt ...«

Er fuhr mit schneidender Kasernenhofstimme dazwischen:

»Ja, wo leben wir denn, verdammt? Sie kommen hier einfach so hereingeschneit, mischen sich nassforsch in das sehr diffizile Vertrauensverhältnis zwischen Anwalt und Klient, und haben auch noch die Stirn, mir nach allem, was vorgefallen ist, zu erzählen, es sei zum Besten meines Klienten, dessen Grundrechte Sie und Ihre Behörde mit Füßen treten! Bei Ihnen weiß die eine Hand nicht, was die andere tut, was? Hauptsache schikanieren, ja?«

Seine feine Art zu reden und sich zu bewegen, war verschwunden wie ein Bühnenvorhang. Jetzt wurde ein anderes Stück gespielt, und zwar mit voller Power.

»Ihre Leute haben vor drei Stunden die Büros durchsucht und widerrechtlich Akten und Kontoauszüge beschlagnahmt.«

Ann Kathrin zeigte auf die ordentlichen Buchregale im Besprechungsraum. »So sieht es bei Ihnen also nach einer Hausdurchsuchung aus?«

Zornesröte schoss ihm ins Gesicht. Er stemmte sich auf dem Schreibtisch hoch und war mit wenigen Schritten an der weißen Flügeltür zum nächsten Raum. Er stieß sie auf, und sie sah das Tohuwabohu.

Hier hatte zweifellos eine Durchsuchung stattgefunden. Karteikästen und Aktenstapel lagen wie auf einer Müllkippe, achtlos weggeworfen.

Dr. Schittenhelm brüllte sie an und deutete auf seine geordneten Buchregale nebenan. »Für juristische Fachliteratur haben sich, wie Sie sehen, Ihre Kollegen ganz und gar nicht interessiert. Sonst wäre ihnen vielleicht klar geworden, dass es solche Behinderungen der Verteidigerpraxis seit den unsäglichen Prozessen gegen die RAF-Anwälte nicht mehr gegeben hat. Die Kanzleien von Croissant, Ströbele, Schily und Groenewold wurden damals ständig durchsucht, überwacht, abgehört! Ihre unpopuläre These war, dass auch Gefangene der RAF wie Baader, Meinhof, Ensslin, Anspruch auf rechtsstaatliche Behandlung hätten.

Während damals alle im Bundestag vertretenen Parteien sich Mühe gaben, Freiheit und Bürgerrechte immer mehr einzuschränken und auf dem Altar der Terroristenbekämpfung zu opfern, haben sich diese Helden ...« Er bäumte sich auf, dass die Nähte seines Maßanzugs knirschten. »Jawohl, ich nenne sie Helden des Rechtsstaats! Sie haben sich gegen den Verfolgungsdruck gestellt, ihre Diffamierung und Kriminalisierung in der Öffentlichkeit ausgehalten! Sie haben nicht einfach die RAF-Leute verteidigt, sondern die Demokratie und den Rechtsstaat an sich!«

Ann Kathrin hatte das Gefühl, von seiner flammenden Rede verbrannt worden zu sein und jetzt wie ein Häufchen Asche auf dem Teppich zu liegen. Wahrscheinlich würde gleich Jüthe mit dem Staubsauger hereinkommen und ihre Reste einfach wegsaugen.

Jetzt bekam sie eine Ahnung davon, wie geschliffen dieser Mann vor Gericht plädieren konnte. Mit einer Geste, die ein bisschen zu eingeübt aussah, sprach er Ann Kathrin persönlich an: »Was glauben Sie, wie viele Anwälte selbst ins Gefängnis gegangen sind oder das Land verlassen mussten, in Frankreich um Asyl gebeten haben oder in Polen? Klaus Croissant zum Beispiel hat man gleich zweimal eingebuchtet. Einmal zweieinhalb Jahre und dann noch einmal ...«

»Und deshalb helfen Sie Gert Eichinger? Wollen Sie auch so ein Held des Rechtsstaats werden?«, fragte sie ihn ungläubig. Seine Argumentationskette kam ihr merkwürdig abenteuerlich vor. Vielleicht musste man Jurist sein, um das nachvollziehen zu können.

Er drängte sie, vorsichtig eine Berührung vermeidend, gestisch in Richtung Tür ab.

»Jüthe!«, rief er.

Sie war sofort da und schritt energisch in Ann Kathrins Richtung.

Ann Kathrin suchte Blickkontakt mit Dr. Schittenhelm. »Das war eine gute Show. Klasse Schaufensterrede. Aber ich glaube Ihnen kein Wort. Sie machen das nur für Geld.«

»Jüthe. Die Dame möchte gerne gehen.«

Er wendete Ann Kathrin demonstrativ den Rücken zu. Sie packte ihn bei den Schulterpolstern. Er fuhr herum.

»Oder sind Sie nur ein eitles, narzisstisches Würstchen, das unbedingt in die Reihe der großen Querulanten aufgenommen werden will? Wem wollen Sie etwas beweisen? Ihrem Papa? Ihrer Mama? Ihrer Frau?«

Jüthe umfasste Ann Kathrins Handgelenk. Ihr erstaunlich fester Griff erinnerte Ann Kathrin an Peter Grendel. Wie gern hätte sie jetzt mit ihm und Rita auf der Terrasse gesessen und ...

Jüthe zog sie zum Ausgang und riss sie so aus der schönen Szene, die sich gerade erst in ihrem Kopf für sie aufbaute.

Wie oft hatte Weller davon geträumt, mal so richtig aus dem Beruf auszusteigen, ein Sabbatjahr zu machen. Vielleicht Segeln zu lernen oder Tauchen oder besser noch, einfach herumhängen und endlich Zeit zu haben, all die guten Krimis zu lesen, die zu Hause im Regal auf ihn warteten. Dashiell Hammetts »Der Malteser Falke« reizte ihn im Moment sehr. Den ganzen Hammett wollte er noch einmal lesen, und jetzt, da er gut versorgt in der Ubbo-Emmius-Klinik lag, konnte er sich nicht mehr auf die Bücher konzentrieren. Er fühlte sich zu Unrecht zur Untätigkeit verurteilt, empfand es als Makel, ja geradezu unverzeihliche Charakterschwäche, jetzt hier im Bett zu liegen und von Kriminalfällen zu lesen, statt sie zu lösen.

Außerdem wurmte es ihn, dass er keinen Kontakt zu seinen Töchtern bekam, deshalb hatte er Rita Grendel vorsichtig durch die Blume gebeten, ihm den Laptop zu bringen.

»Ach«, hatte Rita geradeheraus gefragt, »traust du dich nicht, Ann Kathrin zu fragen?«

»Ja«, hatte er zähneknirschend zugegeben. »Du hast ja recht.«

Rita brachte ihrem Nachbarn nicht nur den Computer, sondern auch noch selbstgemachten Nusskuchen.

Zunächst schickte Weller seinen Töchtern Sabrina und Jule auf Facebook freundliche Nachrichten. Er staunte über die Vielzahl ihrer Freunde. Sabrina hatte vierhundertzwölf, Jule fast tausend. Im Chat waren die beiden aber leider nicht, und so surfte er jetzt zunächst wahllos im Netz, hatte aber Angst, dabei erwischt zu werden. Er wusste nicht genau, ob das Surfen im Krankenhaus verboten war. Statt zu fragen, hatte er sich eine Vorrichtung aus Handtüchern gebaut, die seinen Laptop gegen die Tür abschirmte. Selbst bei einem unangekündigten Besuch war er in der Lage, das kleine Teil in einer Art Zelt verschwinden zu lassen. Die Krankenschwester hatte ihn so mitwisserisch angelächelt und ihm dann zugezwinkert. Sie vermutete aber offensichtlich in seinem Versteck keinen Computer, sondern eine Schachtel Pralinen, denn sie sagte im Hinausgehen: »Mein Mann ist auch so ein ganz Süßer.«

Er las im Internet alles, was er über Gert Eichinger finden konnte. Insgeheim hoffte er, auf eine Information zu stoßen, die Ann Kathrin behilflich sein konnte. Er dachte sich: Mein Bein ist kaputt. Nicht mein Gehirn. Ich habe Internetzugang und ein Telefon – ich sollte etwas zu den Ermittlungen beitragen können.

Er fand online zig Zeitungsartikel. Er notierte alle Namen mit Kugelschreiber hinten in Regine Kölpins »Otternbiss«. Rechtsanwälte. Kommentatoren. Auch ein Richter, der wegen Befangenheit abgelehnt worden war, war dabei. Namen von Leserbriefschreiberinnen, die härtere Strafen für solche Verbrecher forderten, schrieb Weller genauso auf wie die all derer, die ein gutes Wort für ihn einlegten oder ihn heiraten wollten. Er googelte jeden Namen, und so ergaben sich weitere Namen. Ein Netz entstand. Verbindungen wurden sichtbar. Er hatte kein Papier, das groß genug war, alles aufzuzeichnen. In seinem Büro hätte er gern zusammen mit Ann Kathrin Karteikarten an die Wand geheftet und Wollfäden von einem zum anderen gezogen. In ihrem sogenannten »Spinnennetz« hatten sich oft Drahtzieher offenbart.

Er räumte das Tischchen an seiner Seite frei und schrieb mit rotem Filzstift auf die Resopalplatte. Er malte Vierecke mit Namen als Karteikarten und zog Linien, weil er keine Wollfäden hatte, aber die Methode erwies sich als schwierig, denn Karteikarten ließen sich an der Wand schnell ab- und an anderer Stelle wieder aufhängen, Wollfäden waren rasch umzuheften, aber diesen Filzstift musste er schon mit Spucke wegradieren. Dabei verschmierte er alles, und die Sache wurde immer undurchsichtiger.

Er wurde nervös und durstig. Er trank einen großen Schluck St. Ansgari Mineralwasser und da hatte er, die Flasche am Hals, eine neue Idee. Die Leute zu googeln war eines, aber jetzt suchte er sie mit Freundschaftsanfragen auf Facebook.

Während er noch ganz fasziniert von seiner eigenen Hellsichtigkeit sich immer mehr in den Gedanken verstieg, man könne in Zukunft den größten Teil der Ermittlungen von der Straße ins Bett verlegen und am PC per Mausklick Täter fangen, kam erneut die Krankenschwester mit dem »Süßen Mann« ins Zimmer, sie brachte ein Schmerzmittel und machte sein Bett, dann wischte sie die »Sauerei auf seiner Essplatte« ab, wie sie die improvisierte Pinnwand nannte.

Weller bekam keine Luft mehr. Sie polierte noch kurz nach und fragte ihn dann, ob er einen Tee wolle oder lieber einen Kaffee.

»Einen doppelten Schnaps«, antwortete Weller.

Sie lachte: »Da müssen Sie erst wieder gesund werden. So lange müssen Sie mit Ihren Pralinen vorliebnehmen.« Schon ließ sie ihn wieder allein.

Er tippte jetzt auf Facebook den Namen Sascha Kirsch ein und wurde sofort fündig. Er klickte »Freundschaftsanfragen« an, alle Freunde von Sascha und Laura, und ein Universum tat sich auf. Drei Freundschaftsanfragen wurden direkt bestätigt, und schon war Weller auf deren Pinnwand und konnte jetzt verfolgen, was die Schüler sich über Bollmann und den Vorfall am Meer zu sagen hatten.

Es lief Weller heiß den Rücken runter. Warum, dachte er, sind wir bisher nicht darauf gekommen, unsere Ermittlungen so zu führen? Man braucht gar keine Abhöranlagen mehr oder richterliche Beschlüsse, um Post zu beschlagnahmen. Man kann einfach so mitlesen bei seinen Freunden. Das Ganze kam ihm vor wie eine Erfindung der Stasi, nur schöner, bunter, freier, lockerer und ganz sicher viel effektiver. Alles fand auf freiwilliger Basis statt.

Gleich fünf Schüler befanden sich im Chat. Wobei nur drei von ihnen für ihn einsehbar waren. Statt sie zum Verhör zu laden, konnte er mit ihnen chatten. Ja, dachte er, das ist das neue Jahrtausend. Für einen Moment fühlte er sich geradezu allmächtig. Er würde den Fall von hier aus lösen. Ohne Frage, schon sehr bald. Er stellte sich Ann Kathrins Augen vor. Die würde gucken!

Ann Kathrin Klaasen hasste es, beim Autofahren zu telefonieren, aber jetzt tat sie es. Während der Tachostand ihres froschgrünen Twingo mit dem Sprung im Rückspiegel und dem Rost am Auspuff die magische Zahl von 99 000 erreichte und dann wieder auf null sprang, fragte sie Ubbo Heide ein bisschen zu katzig: »Warum verschweigt uns das BKA wichtige Informationen?«

Er wollte zunächst noch gar nicht wissen, welche. Er fragte zurück: »Und was glaubst du, warum?«

Sie mochte diese Art von ihm nicht. Er warf die Menschen gern auf sich selbst zurück, ließ rhetorische Fragen unbeantwortet abprallen und igelte sich irgendwie ein.

»Weil da einer Dreck am Stecken hat!«, ballerte sie zurück.

»Oder weil das einfach ihr Fall ist und sie gar keine Veranlassung sehen, uns ...«

Sie schüttelte den Kopf, was Ubbo Heide natürlich nicht sah, und ereiferte sich: »Dieser Fall richtet unsere ganze Gegend zugrunde! In Ostfriesland geht die Angst um. Von wegen, sicheres Ferienparadies!« Sie wurde immer lauter, während ein Lkw sie hupend überholte. »Und ob uns das etwas angeht! Die haben Mist gebaut! Nicht wir! Gib mir freie Hand und ich ...«

»Du weißt schon, dass das Telefonieren mit dem Handy am Ohr beim Autofahren verboten ist, oder Ann?«

»Ja. Schreib mir doch einen Strafzettel!«

Sie holte tief Luft und beschimpfte den Lkw-Fahrer, der jetzt kurz vor ihr wieder auf die rechte Spur einschwenkte, weil ihm ein Audi mit der Lichthupe entgegenkam.

»Du verdammter Mistkerl!«

»Die Bezeichnung ist neu für mich. Ich dachte bisher immer, ihr nennt mich ...«

»Ich meinte nicht dich, sondern ...«

»Komm zur Vernunft, Ann. Wir reden, wenn du wieder hier bist. Nicht jetzt.«

Sie wurde sofort sachlich, um ihn am Apparat zu halten. »Sie haben die Akten bei seinen Anwälten beschlagnahmt. Sie wissen jetzt, woher das Geld kommt, also kennen wir seine Helfershelfer; so müsste er rasch aufzuspüren sein.«

»Na prima, dann ist ja alles gut.«

»Ubbo! Wenn ich recht habe, dann verhaften die den nicht, sondern knipsen ihn aus!«

»Wäre das so ein großer Verlust für die Menschheit?«, fragte Ubbo Heide spitz und dann, erschrocken darüber, was er gesagt hatte, stellte er hart klar: »Das BKA ist keine Mörderbande, Ann. Selbst wenn du recht hast und einer von ihnen aus persönlichen Motiven durchgedreht ist, der Rest der Truppe ist sauber. Das sind hervorragende Polizisten, die ...«

»Bla, bla, bla!«, brüllte sie und drückte das Gespräch weg. Sie warf das Handy auf den Beifahrersitz, wo es ein paarmal auf und ab hüpfte, bevor es liegen blieb und dann losheulte. Sie vermutete, dass Ubbo dran war. Er konnte eine schlechte Stimmung nicht lange aushalten.

Im Grunde war er für einen Chef viel zu harmoniesüchtig. Persönliche Unstimmigkeiten mit Menschen, die er in sein Herz geschlossen hatte, bereiteten ihm mit den Jahren immer mehr Bauchschmerzen, aber Ann Kathrin wollte sich jetzt nicht sofort wieder mit ihm versöhnen, auch wenn er ihr väterlicher Freund war.

Sie klammerte beide Hände fest ans Lenkrad und drückte sich in den Sitz. Der Seehund in ihrem Handy hörte nicht auf zu heulen. Sie versuchte, standhaft zu bleiben und starrte wild entschlossen auf die Rücklichter des Lkw. Sie hielt es nicht aus. Mit einer unwirschen Handbewegung griff sie das Handy, ohne hinzusehen. Sie nahm das Gespräch nur an, damit der Seehund endlich schwieg.

Sie sagte knapp: »Nein!«

»Hallo, Ann, schön, deine Stimme zu hören«, säuselte Weller. »Du glaubst nicht, was ich gefunden habe.«

Es tat ihr sofort leid, ihn so begrüßt zu haben. Sie wollte sich entschuldigen, aber er interessierte sich nicht für solche Höflichkeiten.

»Ich bin bei Facebook mit ein paar Schülern befreundet, die

um William Schmidt trauern. Wir sind eine richtige Trauercommunity.«

»Ihr seid was?«

»Naja, jedenfalls kann ich mir dadurch einige Pinnwände angucken.«

»Pinnwände?«

»Ja, so heißt das. Mensch, lebst du hinter dem Mond?«

»Nein, ich sitze hinter dem Steuer meines Twingo.«

Weller versuchte, jetzt ganz ruhig und professionell zu referieren, was er herausgefunden hatte. »Dieser Bollmann war schon eine komische Type. Die haben ganze Unterrichtseinheiten von ihm gefilmt und ins Internet gestellt. Der kann total charismatisch sprechen, man hört ihm zu und denkt: Ja, komm, lass uns eine Sekte gründen. Er hat so etwas Eindringliches, Überzeugendes. Aber Sascha Kirsch bringt ihn immer wieder aus dem Konzept. Der hat den Bollmann bis zur Weißglut gereizt, absichtlich.«

»Klar, absichtlich. Wie denn sonst?«

»Ja, ich meine, absichtlich, nur, um ihn zum Ausrasten zu bringen. Wenn er dann kurz vor dem Nervenzusammenbruch nur noch unflätig rumbrüllt und alle beschimpft, das haben die dann aufgenommen, um ihn auf Youtube bloßzustellen. Du kannst Bollmanns Brüllattacken sogar kostenlos als Klingelton runterladen, und es gibt eine Seite für »Lehrerverbrechen«, da sind all diese Dinge gesammelt. Auch von anderen Lehrern. Ich glaube, die haben Bollmann systematisch fertiggemacht. Die Todesanzeige für Bollmann, die vor seinem Tod aufgegeben wurde, kannst du da auch lesen. Dazu Kommentare wie: *Lieber Gott, wir schicken dir Bollmann zurück, gib uns dafür Kurt Cobain wieder.* Das war so ein Musiker von …«

»Ich kenne Kurt Cobain. Aber sag mir, diese Kommentare, die Sprüche an Gott, sind die vor oder nach Bollmanns Tod gepostet worden?«

»Vorher. Das ist ja der Hammer.«

Frank Weller erwartete jetzt ein Lob. Er hätte viel für ein bisschen Anerkennung gegeben. Aber es kam nichts von Ann Kathrin.

Sie versuchte, den Lkw zu überholen, daraus wurde aber nichts, weil der Twingo nicht auf Touren kam. Sie fuhr auf der linken Spur neben dem Lkw her, aber entweder wurde der Laster schneller, oder ihre Geschwindigkeit fiel ab. Sie trat das Gaspedal bis zum Anschlag durch und sah auf ihren Tacho. Sie fuhr knapp hundert. Der Lkw blieb auf gleicher Höhe. Sie beschleunigte auf 105, mehr war nicht drin. Sie schien an dem Laster festzukleben.

Sie warf das Handy auf den Beifahrersitz zurück, ohne sich die Zeit zu nehmen, es vorher auszuschalten.

»Meinst du, ich merke nicht, dass du das extra machst, du dumme Sau?!«, brüllte sie.

»Ann, wenn ich dich irgendwie beleidigt habe, dann tut mir das leid, aber ich ...«

»Willst du mich abdrängen? Das ist doch nicht dein Ernst!«

Der Lkw schwenkte bedenklich nach links aus. Die weißen Streifen verschwanden unter seiner Ladefläche.

Ann Kathrin lenkte den Twingo auf die Grasnarbe. Sie pflügte zwei schwarzweiße Begrenzungspfosten um. Dann kam der Twingo auf der Wiese zum Stehen. Der Lkw fuhr unbeeindruckt weiter.

Ann Kathrin löste den Sicherheitsgurt und legte beide Hände über das Lenkrad. Sie atmete tief durch und kämpfte mit den Tränen. Sie sah vor sich den Tachostand. Er wies vier gefahrene Kilometer aus. Trotz der stressigen Situation, die sie gerade erlebt hatte, vielleicht sogar deswegen, musste sie lachen. Sie hörte Wellers Stimme durchs Handy. Er klang aufgeregt. Sie verstand aber nicht, was er sagte. Sie hielt sich das Handy ans Ohr und scherzte: »Ich glaube, ich kann die alte Kiste jetzt wieder als Neuwagen verkaufen.«

»Was ... was ist passiert, Ann?«

»Ich fürchte, da wollte mich gerade jemand von der Straße abdrängen.«

»Ein Mordversuch oder ein Versehen?«

Ann Kathrin antwortete nicht. Sie hatte den Wagen abgewürgt und ließ ihn jetzt erneut an.

Weller befürchtete das Schlimmste. »Ann, du machst doch jetzt keinen Mist?! Vielleicht ... vielleicht ist das unabsichtlich geschehen. Ein Zufall.«

Der Motor heulte auf, als die Räder in der weichen Erde durchdrehten.

»Ich glaube nicht an Zufälle.«

Die Ausläufer der Wellen kühlten seine Füße. Die Sonne hatte den Sand bereits aufgeheizt. Am Horizont bewegten sich zwei Schiffe. Sie waren wie eine Materialisierung einer Sehnsucht nach Freiheit und Weite. Er wollte nur weg von hier, in ein Land, in dem er ohne Zahnmaske herumlaufen konnte.

Wieder nahm er das Ding aus dem Mund, spuckte aus. Es war nicht einfach so ein Horst-Schlämmer-Modell, wie man es in jedem Karnevalshandel kaufen konnte, sondern das Teil dehnte die Haut über seinem Kiefer aus und gab seinem Gesicht einen markanten Ausdruck. Aus seiner ovalen Kopfform mit fliehendem Kinn wurde ein fast kantiger Kiefer, der das Gesicht nach unten hin schwerer machte, während es sich nach oben verflüchtigte. Von oben sah seine Kopfform aus wie ein zu kleines Frühstücksei in einem zu groß geratenen, viereckigen Eierbecher. Die Glatze verstärkte diesen Eindruck noch.

Eichinger ließ den letzten Mord für den Gentleman in Gedanken ablaufen. Sein Gehirn kam ihm vor wie eine Festplatte. Er speicherte darauf Daten. Filme. Namen. Gerüche. Er konnte ständig darauf zurückgreifen und sich alles auf den Bildschirm holen. Er sah es wie einen gutgeschnittenen Film mit Hintergrundkommentaren aus dem Off.

Zunächst hatte er sich in Wilhelmshaven wie eine Marionette gefühlt, die von fremden Händen an langen Fäden geführt wurde. Irgendwie gefühllos. Dann immer mehr wie ein Schauspieler, der nach einem guten, sehr detailreichen Drehbuch arbeitete. Er spielte einen Mörder, der ein Liebespaar umbrachte. Er konnte es nicht nach Lust und Laune tun. Es gab einen ganz klaren Plan, an den er sich zu halten hatte.

Die Frau musste mit ihrer eigenen Strumpfhose gefesselt werden. Sogar der Knoten war ihm vorgeschrieben worden. Er sollte ihr den Slip als Knebel in den Mund stecken und mit ihrem hinter dem Kopf zusammengebundenen BH dafür sorgen, dass sie ihn nicht ausspucken konnte.

Ihm kam das stümperhaft vor. Er hätte Teppichklebeband genommen, um den Slip im Mund festzustopfen.

Der Gentleman hatte bei der Besprechung nur müde über den Vorschlag gelächelt. »Sie machen es so und nicht anders. Wenn Sie von den Vorgaben abweichen, betrachten wir die Aktion als gescheitert, und Sie sehen des Rest Ihres Geldes nie. Die zweite Rate kommt, wenn Klinkowski frei ist.«

Er hatte nie wieder protestiert, sondern sich alles genau eingeprägt.

Der Plan war ganz simpel. Ein Killer namens Klinkowski saß in Hannover lebenslänglich im Gefängnis. Er hatte sechs Paare auf exakt die gleiche Art getötet.

Der Gentleman hatte den Auftrag, Klinkowski herauszuholen. Dazu sollte die Mordserie einfach weitergehen. Dadurch müsste auch der dümmste Staatsanwalt merken, dass der Falsche im Gefängnis saß.

Der Plan war einfach und einleuchtend. Er, Gert Eichinger, war die ausführende Hand.

Zweihunderttausend hatte der Gentleman ihm versprochen und gleich zwanzig ausgezahlt. Aber Klinkowski saß noch immer. Der Doppelmord von Wilhelmshaven hatte die Polizei und die Staatsanwaltschaft nicht ernsthaft beeindruckt.

Er musste etwas falsch gemacht haben. Er nahm sich vor, diesmal besonders gründlich zu sein. Er wollte seinen Auftraggeber nicht enttäuschen.

Er lächelte. Seine Therapeutin, Frau Riebers, hatte ihm gesagt, wie sich die »Normalen draußen verhalten«. Sie versuchen, es ihrem Chef recht zu machen. Ihre eigenen Bedürfnisse schieben sie auf die lange Bank. Die Fähigkeit zum Bedürfnisaufschub, so meinte sie, sei eine der wichtigsten Entwicklungsaufgaben während des Erwachsenwerdens. Da sei bei ihm etwas schiefgelaufen. Die willentliche Regulation von Emotionen und Trieben gehöre zum Leben in der Zivilisation dazu, um ein menschliches Miteinander zu ermöglichen. Sie nannte das Zeitverständnis eine wichtige kognitive Leistung:

»Wenn Sie merken, dass Sie etwas völlig Unangepasstes tun wollen, zum Beispiel eine Frau zu küssen, die Sie noch gar nicht kennen oder einen Furz zu lassen, mitten in einer Menschenmenge, dann geben Sie sich einfach die Selbstanweisung: *Nicht jetzt!* Sie müssen die Frau erst kennenlernen und ihr Einverständnis erwirken oder die Menschenmenge verlassen, um sich zu erleichtern.«

Wie oft hatte sie das gesagt: »Geben Sie sich einfach die Selbstanweisung.« Das Wort »Bedürfnisaufschub« flocht sie so oft und selbstverständlich ins Gespräch ein wie Häftlinge »Motherfucker« sagten oder »Wichser«.

Aber sein Problem war nicht, dass er Frauen ungefragt küsste oder in Menschenansammlungen Fürze abdrückte. Er hatte ein ganz anderes Verlangen: Er stand darauf, sich eines Menschen völlig zu bemächtigen. Nur wenn jemand anderes völlig von ihm abhängig war, begann er, sich sicher zu fühlen.

Frau Riebers sagte, das entspräche einem frühkindlichen Wunsch nach Verschmelzung mit der Mutter. Sie habe ihn zu früh allein gelassen.

Das klang nett, irgendwie harmlos. Es gefiel ihm. Es hörte sich an wie: *Gert Eichinger kann als geheilt entlassen werden.*

Aber er wusste, dass seine eigentliche Veranlagung viel schlimmer war. Er liebte es, sie schreien zu hören. Es machte ihn scharf, wenn sie vor Angst zappelten und ihn anflehten, doch aufzuhören. Einige fügten sich irgendwann in ihr Schicksal. Je länger er sie bei sich behielt, umso apathischer wurden sie. Sie wehrten sich nicht länger. Einige taten sogar so, als ob es ihnen Spaß machen würde. Dabei verging ihm jede Lust. Deshalb hatte er irgendwann angefangen, in ihre Haut zu ritzen. Die kleinen Schnitte machten jede panisch.

Er war stolz auf sich, es mit der kleinen Pummeligen am Meer zwischen den Strandkörben ohne all diese »unangepassten, gesellschaftlich nicht akzeptierten Sexualpraktiken« getrieben zu haben. Frau Riebers wäre bestimmt stolz auf ihn, dachte er, aber vielleicht wäre sie auch nur eifersüchtig auf diese Frau, die ihr Lieblingspatient vernascht hatte.

Frau Dr. Riebers hatte ihn liebevoll einführen wollen in die Welt des »Normalsex«. Den ganzen lächerlichen Tantrakram hatte er mitgemacht und dabei doch nur deshalb die volle Manneskraft entwickeln können, weil er sich vorgestellt hatte, wie es wäre, sie dabei zu fesseln und zu schlitzen.

Ein Dackel rannte seinem Besitzer weg und kläffte Eichinger an, als wäre er dem kleinen Mädchen zu nahe gekommen, das dort seine Sandburg verteidigte, an deren Mauern bereits die Wellen leckten.

Das Herrchen, einen Kopf kleiner, aber fünfzig Kilo schwerer als Eichinger, lief aufgeregt herbei. »Der tut nix! Der ist ganz lieb!«

»Ich aber nicht«, knurrte Eichinger und ging vor dem wütend bellenden Tier auf die Knie. Dann bewegte er sich auf allen vieren auf den Hund zu und zeigte ihm seine falschen Zähne. »Ja, komm nur, du kleine Misttöle. Komm. Ich zerfetze dich in der Luft.«

Irritiert wich der Hund zurück.

»Pauli!«, rief der Besitzer, »Pauli! Komm, sei brav!«

Aber Pauli fletschte die Zähne. Da sprang Eichinger vor und heulte wie ein Werwolf. Pauli kniff den Schwanz ein und floh zu seinem Herrchen.

Da wurde sich Eichinger schlagartig bewusst, dass er zu großes Aufsehen erregte. Er stand auf, klopfte sich den Sand ab und begann zu joggen. Schon nach ein paar hundert Metern, als er die Touristen hinter sich gelassen hatte und Muscheln unter seinen Füßen knirschten, kamen die Bilder zurück. Es brauchte gar nicht lange, und er begann, sich mit dem Mörder, den er spielte, zu identifizieren. Es machte ihm Spaß, die Rolle auszugestalten. Er hatte dafür in dem enggesteckten Rahmen des Drehbuchs durchaus seine Möglichkeiten. Bei allen Vorgaben, wie er sie zu töten hatte, war doch eines ganz klar: Niemand interessierte sich für die Worte, die sie sprachen. Nur das Ergebnis der Inszenierung war wichtig. Wie die Polizei sie finden sollte, daran musste er sich peinlich genau halten, aber ob er ihnen Hoffnungen machte, sie gänzlich einschüchterte oder es einfach kalt und mechanisch hinter sich brachte, das war seine Sache.

Zwar hatte der Gentleman verlangt, er müsse dabei schweigen, aber warum, verdammt? Kein Polizist würde das später kontrollieren können. Worte blieben nicht zurück wie DNA-Spuren.

Er vermutete, der Gentleman bestand auf absoluter Schweigsamkeit, weil er einfach alles bestimmen wollte. Er war so ein Kontrollfreak.

Eichinger dachte darüber nach, wie er dieses Pärchen lieber umbringen würde. Auf seine Art. Seine ureigene Art.

Das Geräusch der Schwertmuscheln unter seinen Füßen gefiel ihm. Nein, er würde es nicht tun. Aber »Die Gedanken sind frei«, summte er. »Wer kann sie erraten? Sie rauschen vorbei wie nächtliche Schatten. Kein Mensch kann sie wissen, kein Jäger erschießen, es bleibet dabei: Die Gedanken sind frei.«

Er durfte sie nicht schlitzen, nicht vergewaltigen. Er musste sie nur nach dem Plan des Gentleman umbringen. Hier in Ostfriesland. Warum Ostfriesland? Er war ein Auftragskiller. Ja, so fühlte er sich, aber er war keiner von diesen seelenlosen Ausknipsern, die man brauchte, um Präsidenten zu erledigen, unliebsame Zeugen oder Konkurrenten. Er brauchte kein Zielfernrohr. Er tötete nicht feige aus großer Entfernung. Er ging ganz nah ran, war mit den Zielpersonen in einem Raum und konnte ihren Angstschweiß riechen. Er war der Zauberkünstler unter den Killern. Er legte Wert auf die beste Inszenierung. Bei ihm war der Kunde noch König.

Er summte weiter: »Mein Wunsch und Begehren kann niemand verwehren. Ja, es bleibet dabei: Die Gedanken sind frei.«

Plötzlich breitete sich vom Magen her ein ungutes Gefühl in Gert Eichinger aus. Sein rechtes Bein begann zu zittern. War die Wohnung, in der er das Pärchen umgebracht hatte, verwanzt? Geilte sich der Gentleman an den Bildern auf? War das seine Perversion? Durfte er deshalb nicht sprechen, weil es dem Gentleman den Spaß verdarb?

Ihn erschreckte nicht so sehr der Gedanke, dass ihm jemand bei der Tat zugesehen haben könnte, wohl aber fürchtete er sich vor dem Ergebnis. Gab es Filme? Fotos? War er erpressbar geworden? Musste er damit rechnen, seine Taten bald bei Youtube als Video sehen zu können?

Er steckte sich zwei besonders schöne Schwertmuscheln für Laura ein. Sie glitzerten farbenprächtig in der Sonne.

Weller bekam keinen Kontakt mehr zu Ann Kathrin. Aber was sich gerade auf Facebook tat, brachte ihn dazu, seine Verletzung zu vergessen. Fast wäre er aus dem Bett gesprungen. Fast. Im letzten Moment stieß ihn ein brennender Schmerz, der sein gebrochenes Bein durchzuckte, die Wirbelsäule hinaufjagte und die Haarwurzeln glühen ließ, zurück ins Bett. Sein Laptop krachte auf den Boden. Er reckte sich und fingerte danach. Der Computer lag aufgeklappt, mit leuchtendem Display, vor ihm, aber so sehr er sich auch streckte, er kam nicht dran.

Er wollte nach der Schwester klingeln, hatte aber Angst, sie würde freundlich, aber bestimmt, wie sie war, das Arbeitsgerät konfiszieren. Rechtlich war das völlig unmöglich, aber was nutzte es ihm, dass die Gesetze auf seiner Seite waren, wenn sie es einfach trotzdem tat?

Habe ich, fragte er sich, das gerade wirklich gesehen, oder bekomme ich von den Schmerzmitteln in Kombination mit dem Erdbeer-Sahne-Joghurt Halluzinationen?

Er rief Ubbo Heide an.

Der meldete sich nur mit: »Hm«.

Das bedeutete entweder, Ubbo war völlig in Akten versunken, oder er kaute gerade auf einem Marzipanseehund herum oder beides.

»Ubbo, die laden gerade auf Facebook mit *Gefällt-mir*-Buttons unseren gesamten E-Mail-Verkehr hoch.«

»Häh? Was?«

Weller bemühte sich, klar und deutlich zu sprechen, um zu seinem Chef durchzudringen. »Ich bin gerade im Internet.«

»Ich denk, du bist im Krankenhaus?«

»Ja. Ich bin im Krankenhaus im Internet.«

Ubbo Heide schmatzte und stöhnte.

»Und halt dich fest, Ubbo, das ist echt der Hammer. Unsere E-Mails kursieren im World Wide Web. Wie damals bei Wikileaks, weißt du noch? Als plötzlich die Berichte vom amerikanischen Botschafter an die Regierung öffentlich wurden.«

Ubbo Heide lachte. »Ja, als klar wurde, dass sie unseren Außenminister für einen Deppen hielten. Eine Meinung, die damals viele teilten.«

Er nahm das Ganze offensichtlich immer noch nicht ernst.

Bei dem Versuch, nach dem Laptop zu angeln, fiel Weller fast aus dem Bett. »Ubbo! Die haben die gleiche Nummer jetzt mit uns abgezogen!«

Eine vietnamesische Krankenschwester mit einem dicken silbernen Kreuz auf der Brust trat ins Zimmer. Sie sagte in freundlichem Singsang etwas, zog Weller ins Bett zurück, hob den Laptop auf und sah Weller tadelnd an. Aber der nickte nur freundlich und las direkt vom Bildschirm vor: »Hier, Ubbo, zum Beispiel eine Mail von Rupert an Thiekötter: *Sei froh, dass du mit der Krankengymnastin turnen darfst. Wenn sie wirklich so scharf ist wie sie aussieht, dann übernimm dich nur nicht, alter Junge. Ich teile derweil mein Büro mit einer flachärschigen Kampflesbe.*«

»Hör auf! Ich will es nicht hören! Woher hast du den Mist?«

»Sag ich doch, von Rupert.«

»Ja, klar. Der redet so. Aber woher hast du es?«

Die Vietnamesin fingerte an Weller herum. Sie war offensichtlich keineswegs gekommen, um seinen Laptop aufzuheben, sondern wollte Fieber messen, Puls fühlen und ihm Blut abnehmen. Weller zappelte unwillig mit den Armen wie ein Kind und drückte das Telefon weiter gegen sein Ohr.

»Verdammt, kapier doch! Das steht im Internet! Die laden unseren gesamten E-Mail-Verkehr hoch. Dienstliches. Privates. Den Müll von Rupert.«

»Oh, mein Gott, und wer kann das lesen?«

»Na, jeder!«

Ubbo Heide begriff jetzt das ganze Ausmaß des Angriffs. »Die haben nicht nur unsere Kommunikation lahmgelegt, die haben uns auch ausspioniert, und jetzt machen sie uns lächerlich?«

»Ubbo, wir werden gerade vorgeführt wie ... wie ...«, ihm fiel kein passendes Beispiel ein. Dann sagte er müde: »Wie kleine Jungs im Biologieunterricht.«

»Wir ... wir müssen das stoppen. Das ist nicht legal.«

»Klar ist das nicht legal. Aber stoppen lässt sich das nicht. Willst du den Server lahmlegen?«

»Warum nicht?«

»Die Amis haben Wikileaks nicht verhindern können, Ubbo. Und wir sind nur eine Polizeiinspektion in Aurich. Die Kids, die uns da fertigmachen, haben von dem Spiel hundertmal mehr Ahnung als wir.«

»Ruf da an und sag, die sollen damit aufhören. Das abschalten oder wie das geht.«

»Ubbo, du kommst echt aus einer anderen Zeit. Wo soll ich denn anrufen? Bei Herrn oder Frau Internet. Mister Facebook oder was?«

»Die stempeln uns also ungestraft zu Idioten.«

»Ja, so sieht's im Moment wohl aus.«

Ann Kathrin hängte sich an den Lkw, aber in ihrem Twingo hatte sie kaum eine Chance, ihn zu stellen. Der Fahrer beantwortete ihre Lichthupe mit dem Stinkefinger, den er aus dem Fenster hielt.

»Gib Gas, mein süßes, kleines Auto! Lass mich jetzt nicht hängen! Ich versprech dir einen Ölwechsel. Ich werde dich waschen, pflegen und ja, ich räume auch das Handschuhfach auf. Aber bitte, mach jetzt!«

Der Abstand zum Lkw vergrößerte sich.

»Och nö! Der fährt doch mindestens 130 und hier sind nur 70 erlaubt. Los, mein kleiner, grüner Frosch! Den kriegen wir!«

Aber mehr als 110 waren aus dem alten Twingo beim besten Willen nicht herauszuholen. Außerdem machte ihr ein Geräusch Sorgen. Ein Knirschen, das von regelmäßigem Wummern abgelöst wurde und dann rhythmisch mit einem Pfeifen endete, bevor es wieder zu knirschen begann.

Ann Kathrin bat ihre Kollegen um Hilfe. »Ich bin auf der E 22 zwischen Delmenhorst und Oldenburg. Vor mir ein Lkw, Kennzeichen WTM-P-32. Der Fahrer fährt mit überhöhter Geschwindigkeit. Er hat versucht, mich von der Fahrbahn zu drängen. Ich erbitte Hilfe!«

Bevor der Kollege in der Einsatzzentrale Genaueres erfragen konnte, bremste der Lkw vor Ann Kathrin scharf ab. Er blieb nicht stehen, drosselte aber seine Geschwindigkeit auf höchstens 30.

Ann Kathrin ließ das Handy fallen und packte das Lenkrad mit beiden Händen. Sie wurde hart in den Sitz gedrückt.

Dann kam der Lkw vor ihr zum Stehen. Sie fuhr so nah auf, dass sie den Lkw hätte greifen können. Mit einer einzigen fließenden Bewegung stieß sie die Tür auf und löste den Gurt. Sie stürmte an der Ladefläche vorbei aufs Fahrerhaus zu.

Vor dem Lkw wartete eine Schlange von sieben Fahrzeugen an einer Baustelle. Der Verkehr wurde durch eine mobile Ampel geregelt.

Ann Kathrin wusste, dass sie nur wenig Zeit hatte. Gleich würde die Fahrt weitergehen. Sie war so unglaublich sauer, sie wusste nicht, wohin mit ihrer Wut. Dies war nicht der Tag für freundliche Gelassenheit.

Der Fahrer sah von oben auf sie herab. Aus der Kabine strömte der Geruch parfümierten Virginiatabaks. Der stiernackige Mann hatte einen Dreitagebart und saß im Unterhemd hinter dem Steuer.

Sein Bieratem schlug ihr entgegen. »Was willst du hysterische Ziege?«

Er zeigte ihr erneut den Stinkefinger. Zwischen Zeige- und Mittelfinger war seine Haut nikotingelb gefärbt.

Ann Kathrin riss die Tür schwungvoll auf. Er fiel fast heraus, aber sein Bauch klemmte hinter dem Lenkrad fest. Erschrocken starrte er sie an.

Ein Blick auf ihn genügte, und Ann Kathrin wusste, der war es gewohnt, dass Frauen Angst vor ihm hatten.

»Steigen Sie aus. Wir werden jetzt hier gemeinsam auf die Polizei warten.«

»Einen Scheiß werden wir!«

Er wollte die Tür wieder schließen, doch Ann Kathrin hinderte ihn daran. Sie packte den Mann und zerrte ihn aus der Fahrerkabine. Während sie das tat, sah sie sich selbst von außen. Sie beobachtete sich, und was sie erlebte, gefiel ihr nicht. Sie sah eine Frau, außer sich vor Zorn, die auf einen angetrunkenen Lkw-Fahrer losging.

»Wer hat dich beauftragt? Häh? Raus mit der Sprache!«

»Wo bist du denn entlaufen? Lass mich sofort los, oder ich bügel dir die Titten!«

Er hatte seine Drohung noch nicht ganz ausgestoßen, da verpasste Ann Kathrin ihm einen Leberhaken, der ihm sofort die Luft nahm. Der Schmerz des Körpertreffers lähmte ihn lange genug, dass Ann Kathrin ihm zwei schallende Ohrfeigen verpassen konnte.

»So redet man mit keiner Frau, du Depp! Wenn deine Eltern und deine Lehrer es dir nicht beigebracht haben, dann lernst du es jetzt eben von mir.«

Der Lkw-Fahrer sah sich um. Ihm war es peinlich, in der Öffentlichkeit von einer Frau geohrfeigt zu werden. Einen Faustkampf gegen einen Mann zu verlieren, war in seiner Welt weit weniger schlimm.

Die mobile Ampel schaltete jetzt auf Grün, und die Schlange vor ihm löste sich auf.

Er drehte sich um und wollte sich ins Fahrzeug retten. Ann Kathrin sah auf dem Beifahrersitz ein Sixpack Dosenbier und eine angebrochene Stange Zigaretten. Im Fußbereich lagen zerdrückte leere Dosen, Papier von Schokoriegeln und Zigarettenschachteln. Der Aschenbecher sah aus wie ein Igel, der statt Stacheln gelbe Zigarettenfilter hatte.

Ann Kathrin hielt den Mann an der Schulter fest. Da fuhr er herum und schlug nach ihr. Er traf ihren Hals und dann ihre Stirn.

»Du hast wohl noch nicht genug!«, schimpfte Ann Kathrin und trat ihm auf den rechten Fuß. Er jaulte auf und sah nach unten.

Sie packte seinen rechten Arm und drehte ihn auf seinen Rücken. Jetzt hatte sie ihn unter Kontrolle. Ihm blieb nichts mehr übrig, als sie zu beschimpfen.

Er deklinierte von »Schlampe« bis »Flintenweib« alles durch, was er draufhatte. Damit nährte er Ann Kathrins Verdacht, jemand habe ihn beauftragt, sie von der Fahrbahn zu drängen. Sie vermutete, dass er sich jetzt nur so prollmäßig benahm, um davon abzulenken. Besoffen schlecht Auto zu fahren und frauenfeindliche Sprüche zu klopfen, war eins. Ein Mordversuch etwas anderes. Dazwischen lagen gut zehn Jahre Gefängnis.

»Wer?«, fragte sie scharf und bog den Arm nach oben.

Er stöhnte. »Du brichst mir den Arm, verflucht!«

»Genau!«, antwortete sie knapp.

Die Ann Kathrin, die der anderen zusah, wunderte sich über sich selbst und ermahnte sich, jetzt besonnen zu handeln, doch ihre Argumente kamen nicht wirklich an. Es war, als würden

Verstand und Gefühl miteinander streiten, und der Verstand war zwar voll da, aber die Gefühle hatten die Oberhand. Der Verstand sagte ihr, dass sie gerade dabei war, an diesem Mann irgendetwas auszuagieren. Vielleicht hatte das Gespräch in der Anwaltskanzlei sie so sauer gemacht ...

Sie drückte das Gesicht des dicken Mannes jetzt auf den Fahrersitz.

»Rück den Namen raus! Du bist doch nur ein kleines Würstchen. Ich lass dich laufen, wenn du mir deine Hintermänner nennst.«

»Hilfe! Hilfe! Das ist eine Verrückte!«

»Wer hat dich beauftragt?«

Sie griff in seine Haare und riss seinen Kopf in den Nacken. Ihr Verstand hatte den Kampf gegen die Wut verloren. Eine Welle des Zorns durchflutete sie.

Er schrie.

Hinter ihnen hupten Autofahrer.

Sie hörte die Stimme ihres toten Vaters: »Ann! Hass und Wut sind schlechte Ratgeber!«

Jemand packte sie von hinten.

Ein Junge sei weggerannt, nachdem William zusammengebrochen war, behauptete Anja Sklorz. Diese Aussage wurde von vier Personen bestätigt.

»Ja«, beteuerte die völlig in Tränen aufgelöste Frau, die William mit ihrer Handtasche geschlagen hatte, »ja, das stimmt. Der ist die ganze Zeit mit dabei gewesen. Schon auf der Osterstraße. Vor Gittis Grill war er auch noch da. Der hatte so ein bescheuertes Hawaiihemd an. Dann, nachdem der Stein diesen William am Kopf getroffen hatte, ist er in Richtung AWO weggelaufen.«

Anja nickte. »Aber da war er nicht der Einzige. Als William umfiel, setzte ja eine regelrechte Flucht ein. Geholfen hat ihm keiner. Der da«, sie zeigte auf den dünnen Hering mit dem schlotternden Anzug, »hat noch nach ihm getreten.«

»Hab ich nicht!«

»Hast du doch! Gucken Sie ihn sich doch mal genau an, Herr Kommissar. Wenn einer schon in so Zuhälterklamotten rumläuft ...«

Schrader nickte.

Rupert schimpfte: »Wir sortieren unsere Verdächtigen nicht nach Modegesichtspunkten!«

Am liebsten hätte er laut »Schnauze!« geschrien. Dieses aufgeregte Geplapper der jungen Stimmen ging ihm unsäglich auf die Nerven.

Dann erreichte ihn eine SMS von Ubbo Heide. Normalerweise kommunizierte der Chef nicht per SMS mit seinen Mitarbeitern. Rupert las und hatte das Gefühl, ein kleines Silberfischchen würde durch sein Ohr schwimmen und in seine Blutbahn eindringen. Es bewegte sich jetzt direkt auf sein Herz zu.

Er bohrte mit dem Zeigefinger in seinem Ohr, aber zu spät, das kleine Tier zappelte schon in seinen Adern. Er wusste, dass es nicht so war, aber die Phantasie war schlimmer, als die Wirklichkeit hätte sein können.

Die SMS gelangte nur langsam, überlagert durch die Bilder vom Silberfisch in seinen Adern, in sein Bewusstsein.

Dein E-Mail-Verkehr ist im Netz.
Ich muss dich sofort sprechen.
Ubbo Heide.

So unglaublich es sich las, er wusste sofort, dass es stimmte. Siedend heiß fielen ihm Sätze und Formulierungen ein, die nicht in die Öffentlichkeit gehörten.

Damit es seiner Frau nicht auffiel, die zu Hause immer wieder gegen alle Absprachen seinen Computer benutzte, hatte er einige Kontakte zu einsamen Frauen, die auf Partnersuche waren, vom Dienstcomputer aus aufrechterhalten, was er jetzt schlagartig bereute.

Schrader sah seinem Freund an, dass der gerade blass wurde.
»Was ist?«, fragte Schrader. »Wird dir schlecht?«
»Ja«, sagte Rupert. »Ich könnte kotzen.«

Hark Hogelücht aus Moordorf tat jeder einzelne Finger weh. Immer wenn er nicht weiterwusste, begannen seine Finger miteinander zu ringen wie Trinker bei einer Wirtshausrangelei. Die kleinen Gelenke knirschten und knackten. Der Mittelfinger der linken Hand baumelte schon weiß und gefühllos herab.

Er musste damit aufhören, er wusste es genau. Aber er konnte irgendwie nicht anders.

Früher, in der Schule, hatte er verschiedene Klassenarbeiten nicht mitschreiben können, weil seine gebrochenen Finger es nicht zuließen. Er war sogar in den Verdacht geraten, sich absichtlich die Finger zu brechen, um die verhassten Arbeiten nicht mitschreiben zu müssen. Aber so war es nicht gewesen. Er konnte nichts dafür. Wenn er unter seelischen Druck geriet, passierte so etwas immer wieder. Die Finger fochten den Kampf der Seele aus. Es gab dabei nur leider nie einen Gewinner. Der Kampf ging immer unentschieden aus.

Aber heute musste er sich entscheiden. Er wusste, wer den Stein geworfen hatte, und er hatte die Pflicht, es zu melden. Aber wie würde er dann dastehen? Als Petzer? Als Verräter? Und was würde der Täter später mit ihm machen? Überhaupt, wie würden seine Freunde reagieren? Der Steinewerfer hatte viele Freunde …

Hark Hogelücht traute sich nicht einmal, Rat beim Kapitän zu suchen. Er ging vor der Tür seines Unterstützers Im Spiet auf und ab. Unterstützer nannte der Kapitän sich selbst.

»Du kannst immer zu mir kommen, Junge, wenn du Rat brauchst«, hatte der Kapitän gesagt.

Aber durfte er dem Kapitän sagen, was er gesehen hatte? War das schon Verrat?

Der kleine Finger der linken Hand brach.

Der Kapitän saß hinter der Scheibe. Er las. Der Kapitän war ein Vielleser. Er behauptete über sich: »Ich esse Bücher. Sie sind mein Lebenselixier.«

Jetzt winkte der Kapitän Hark. »Komm doch rein!«, rief er. Hark las die Worte mühelos von seinen Lippen ab, auch wenn er sie nicht hören konnte.

Was soll ich tun, fragte Hark sich. Was?

Der Kapitän öffnete das Fenster. Die Sonne spiegelte sich in den Scheiben und der Wind ließ die gehäkelten Gardinen flattern.

Eichinger streichelte mit der Schale der Schwertmuschel Lauras Wange wie unabsichtlich, als er ihr das Teil ans Ohr hielt. Er bekam genau mit, dass sie zusammenzuckte. Die Berührung hatte sie elektrisiert.

»Ich mach dir daraus Ohrringe«, sagte er, und es klang, als würde König Lear ganz Cornwall an seine Lieblingstochter verschenken. Nur sah er sie nicht an, wie ein Vater seine Tochter ansieht, sondern wie ein Mann, der eine Frau begehrt und deshalb ihr Herz gewinnen möchte.

Sascha beobachtete das mit Argwohn, und gleichzeitig war er fasziniert davon, wie leicht dieser Glatzkopf seine Laura beeindrucken konnte.

»Muscheln am Ohr?«, spottete Sascha. »Ich hätte Angst, das fängt an zu stinken.«

Laura lachte. »Quatschkopf! Die Muschel ist doch nicht mehr drin.«

»Perlmutt ist einer der ältesten Stoffe, aus denen Menschen Schmuck geformt haben«, sagte Eichinger, und es hörte sich für Sascha an, als würde er jetzt wieder zu einer Geschichte ansetzen.

»Die Schwertmuscheln stammen aus Amerika. Hier gibt es zwar auch welche, aber eine andere Sorte, die in größeren Tiefen lebt und …«

Woher weiß der Arsch all solche Sachen, mit denen man Mädchen beeindrucken kann, fragte Sascha sich. Sonst war dieses Wissen doch zu nichts nütze.

»Man nennt diese hier auch die Amis im Watt«, fuhr Eichinger fort. »Sie kamen angeblich im Ballastwasser eines Ozeandampfers von Amerika in die Deutsche Bucht. Hier vermehrten die Tierchen sich fleißiger als ihre einheimischen Artgenossen. Heute beherrschen sie praktisch das gesamte Watt.«

Sascha hielt es nicht länger aus. »Es sind sozusagen Muscheln mit Migrationshintergrund, ja?«

Laura lachte. Sie mochte Sprachwitze.

Eichinger sah sich zu Sascha um, der mit einem Glas Tee hinter ihm stand.

Dich werde ich auch bald los, dachte Eichinger, und dann mache ich es mir mit Laura hier gemütlich, bis der Gentleman sich meldet.

»Setz dich zu uns«, sagte Eichinger und machte eine einladende Geste. Aber Sascha lehnte ab. Er hatte den alten Apple von Tante Mia wieder zum Laufen gebracht. Das Ding war viel zu langsam, aber es funktionierte.

Sascha wollte die beiden aber nicht alleine in einem Raum lassen, deswegen legte er sich mit dem Apple aufs Sofa. So konnte er surfen und Laura gleichzeitig im Auge behalten.

Er stellte das Teeglas auf den Wohnzimmertisch neben den Computer.

Eichinger zeigte auf Sascha. »Heute bist du mit Kochen dran, mein Freund! Wozu brauchst du den Laptop? Willst du dir Kochrezepte runterladen? Geh lieber einkaufen.«

Das hättest du wohl gerne, dass ich dich mit Laura hier allein lasse und mich noch der Gefahr aussetze, erkannt und verhaftet zu werden, dachte Sascha.

»Wenn ich nicht ab und zu ins Internet komme, ist das für mich wie Verhungern.«

»Das ist ein Facebook-Junkie«, sagte Laura.

»Nein«, sagte Eichinger merkwürdig humorlos, »der hat nur noch nie Hunger kennengelernt.«

Während Sascha auf den Bildschirm starrte und die Füße auf dem Sofa ausstreckte, antwortete er: »Aber du, Georg, ja?!«

»O ja«, antwortete Eichinger. »Hunger nach Liebe kenne ich. Hunger nach Anerkennung. Hunger nach Freundschaft und Loyalität. Nach Wahrhaftigkeit und ...«

Hast du es nicht eine Nummer kleiner, dachte Sascha und sagte versonnen: »Wer nicht? Wer nicht?«

Dann hechtete er hoch. »Die haben den William kaltgemacht!«

Laura sprang so schreckhaft auf, dass ihr Küchenstuhl umfiel.

Eichinger verstand nicht.

»Hier!« Sascha las vor. »Der Kai postet: *Die ostfriesischen Bullen haben unseren Klassenkameraden William Schmidt auf dem Gewissen. William wurde von einem marodierenden Mob gelyncht. Die Polizei sah tatenlos zu.*

Hier, von Felix: *Statt uns zu schützen, verhörte die Polizei ihn.*

Und hier Mecki: *Wir kamen total geschafft aus dem Watt und mussten stundenlange Verhöre über uns ergehen lassen.*

Die Aysche schreibt nur: *Schämt euch. Schämt euch. Schämt euch. Verflucht sei Ostfriesland. Verflucht sei Bollmann, der uns alle fast umgebracht hätte.*«

Laura wankte. »Die haben den William umgebracht?«

Sascha las noch weitere Kommentare vor.

Wir trauern um unseren Schulsprecher.

William, du warst mein Held.

Fotos von Klassenfeten waren ins Netz gestellt worden. Alles, wo William drauf war, hatte Hochkonjunktur.

»Die haben den umgebracht, weil sie mich nicht gekriegt haben ...«, raunte Sascha.

Nicole Großmann wandte sich direkt an Sascha: *Laura, Sascha! Bleibt, wo ihr seid! Sie haben keine Ahnung, wo ihr euch versteckt. Rührt euch nicht, sonst machen sie euch auch noch kalt.*

Karla hatte einen Gefällt-mir-Button angeklickt und dazu geschrieben: *Wenn ich nur wüsste, wie ich euch helfen könnte. Wir lieben euch!*

In diesem Moment stürzte Laura ins Badezimmer, wo sie sich geräuschvoll übergab.

Bevor Ubbo Heide zur Dienstbesprechung ins Sitzungszimmer zurückging, klatschte er sich kaltes Wasser ins Gesicht und machte im Toilettenvorraum zwei Kniebeugen. Er musste Ann Kathrin irgendwie aus der Schusslinie nehmen, das war er ihrem Vater schuldig, auch wenn er damit wieder den Verdacht nährte, den viele klammheimlich hatten: dass er verliebt war in diese Frau.

Rupert hatte das rechte Bein über das linke gelegt. Dadurch

wurde seine Schuhsohle sichtbar. Unter der krummgelaufenen Hacke klebte ein Kaugummi, das früher einmal rosa gewesen war und nach Erdbeer geschmeckt hatte.

Rupert war mit den Ermittlungen noch nicht entscheidend weitergekommen. Er hatte bisher keine Ahnung, wer den Stein geworfen hatte, verdächtigte aber diesen Hark Hogelücht, weil der geflohen war. Die Zahnarzthelferin kannte seinen Namen. Immerhin. Bald wäre die Sache in trockenen Tüchern.

Jetzt weidete er sich an Ann Kathrin Klaasens Niederlage. Es war Zeit, dass sie mal zurechtgestutzt wurde. Er nahm sich vor, sie danach zu trösten. Weller stand dafür im Moment ja wohl kaum zur Verfügung, und Rupert war sicher, dass sie gleich eine starke Schulter brauchen würde.

Rieke Gersema war unglaublich nervös. Sie trug im Raum eine Sonnenbrille und fuhr ständig mit der Zunge über ihre Lippen. Sie funkelte Rupert an. Sie hatte gelesen, was er über sie, speziell über ihren Hintern, geschrieben hatte.

»Das Ganze«, begann Ubbo Heide jetzt, »ist der Super-GAU für unsere Behörde.«

Er zählte es an den Fingern auf: »Ein Triebtäter läuft frei auf Norderney herum und narrt eine ganze SOKO. Ein Schüler legt Weller ins Krankenhaus und entkommt ebenfalls. Die E-Mails und jede Menge Ermittlungsakten aus unserem Hause stehen zur allgemeinen Belustigung im Internet, und zu allem Überfluss verprügelt unsere Ann Kathrin einen unschuldigen Lkw-Fahrer, weil sie glaubt, dass er versucht habe, sie im Auftrag des Bundeskriminalamtes von der Fahrbahn zu schieben.«

»Das habe ich so nicht gesagt!«, empörte Ann Kathrin sich.

Rieke versuchte, von ihr abzulenken. »Keine noch so gute Pressearbeit kann unseren guten Ruf wiederherstellen, nach dem, was jetzt gerade im Internet geschieht. Besonders die unflätigen, frauenfeindlichen Äußerungen unseres Kollegen Rupert ...«

Als hätte sie gar nichts gesagt, verteidigte Ann Kathrin sich in Richtung Ubbo Heide: »Was heißt hier überhaupt *unschuldiger Lkw-Fahrer*? Der hatte eins Komma sechs Promille im Blut!«

Rieke Gersema verschränkte die Arme vor der Brust. Sie ärgerte sich darüber, dass Ann Kathrin ihre Unterstützung überhaupt nicht zur Kenntnis nahm. Die glaubte wohl, Frauensolidarität nicht nötig zu haben und mit allem alleine fertig zu werden.

In dem Moment kam der Kollege Jörg Benninga herein. Er sah aufgeregt aus und hatte Spritzer von der köstlichen Bolognesesauce am Hemd, die er sich leider in der Hektik viel zu schnell mit den Spaghetti hatte reinziehen müssen.

»Chef! 'tschuldigung, dass ich störe. Aber ... wir haben im Lkw gut zwei-, dreihundert Stangen nachgemachter Zigaretten gefunden. Schmuggelware. Die Jungs vom Zoll bedanken sich herzlich.«

Er nickte Ann Kathrin zu und zeigte ihr den erhobenen Daumen. »Super Arbeit, Ann!«

Sie lächelte zurück.

»Glück gehabt«, sagte Rupert. »Aber trotzdem ... wie kommst du darauf, dass er dich umbringen wollte? Ich meine, die Schmuggelware entlastet ihn ja jetzt geradezu. Wer benützt einen mit illegaler Ware beladenen Lkw, um besoffen eine Polizistin zu töten?«

»Ein Besoffener?«, fragte Rieke Gersema spitz.

Wieder nahm scheinbar niemand ihren Einwand zur Kenntnis, stattdessen polterte Ubbo Heide los: »Du hast es gerade nötig, Rupert! Was du da über deine Kolleginnen geschrieben hast, das ...«

Rupert ließ seinen Chef gar nicht weiterreden. »Das«, sagte er so sachlich wie möglich, »was da im Internet steht, darf gar nicht gegen mich verwendet werden. Weder disziplinarrechtlich noch strafrechtlich.«

Er registrierte das Erstaunen aller Beteiligten und fuhr mit deutlichem Oberwasser fort: »Jedes Gericht der Welt würde diese Beweise ignorieren, weil die Art und Weise, wie man daran gelangt ist, illegal war. Das ist so, als würden wir statt einer richterlich angeordneten Hausdurchsuchung einen Einbruch machen und dann die gefundenen Beweismittel ...«

»Wir kennen die Gesetze, Rupert!«, zischte Ubbo Heide und befand sich von seiner Körperhaltung her schon in einem Rückzugsgefecht.

»Du hattest also schon Zeit, neben dem Fall, den du gelöst hast, einen Anwalt zu kontakten«, stellte Ann Kathrin scharf fest.

»Der Fall ist keineswegs gelöst«, sagte Ubbo Heide.

»Doch, klar. Dieser Hark Hogelücht ist als Einziger getürmt. Ich wette, der ...«

Ubbo Heide mochte Sätze wie »ich wette« im Zusammenhang mit Ermittlungen nicht.

»Aber das kann doch kein Problem sein«, behauptete Ann Kathrin. »Es geschah in aller Öffentlichkeit!«

Patzig fuhr Rupert sie an: »Ja, und wie immer hat kein Mensch etwas Brauchbares gesehen.«

Ann Kathrin verschränkte beide Hände hinter dem Kopf und bog sich durch. Rieke hätte sich nie getraut, solche Turnübungen während einer Dienstbesprechung zu machen. Sie staunte immer wieder erneut über Ann Kathrins scheinbar unbeschwerte Art.

»Also, wo ist das Problem? Du nimmst alle Fingerabdrücke und vergleichst sie mit denen auf dem Stein.«

»Welchem Stein?«, fragte Rupert.

Ubbo Heide und Rieke Gersema stockte der Atem.

Obwohl ihr die Frage dumm vorkam, antwortete Ann Kathrin: »Na, ich denke, der Junge wurde durch einen Steinwurf getötet.«

Dies war einer der seltenen Momente, in denen Ubbo Heide ausflippte: »Das ist das kleine Einmaleins, verdammt! Sag mir jetzt nicht, wir haben die Scheiß-Tatwaffe nicht! Es würde uns gut zu Gesicht stehen, wenn wir wenigstens diesen Fall rasch lösen würden!«

Rupert knickte in sich zusammen wie ein Kartenhaus bei Westwind. »Da ... da war kein Stein ...«, verteidigte er sich hilflos.

»Na, da wird Staatsanwalt Scherer sich aber freuen!«, grinste Rieke.

Ruperts Unterhose schien plötzlich immer enger zu werden und seine Eier einzuklemmen. Er fasste sich in den Schritt und zog am Gummi, das brachte aber kaum Erleichterung. Er fühlte sich von Blicken an die Wand genagelt und suchte nach einem guten Argument zu seiner Verteidigung.

»Man hat nicht immer eine Mordwaffe ... Es gab schon oft Prozesse ohne Tatwaffe. Mein Gott, guckt doch nicht so! Ich habe den Stein doch nicht gegessen!«

»Wenn wir dem Richter nicht das Corpus Delicti in einer durchsichtigen Plastiktüte auf den Tisch legen, wird er jeden Beschuldigten mangels Beweisen freisprechen«, brummte Ubbo Heide und stieß sauer auf.

»Und wollen wir dann wegen des Todes von diesem bescheuerten Lehrer die Nordsee in Tüten packen, oder was?«, ereiferte sich Rupert.

Ubbo Heide zielte mit dem Zeigefinger auf ihn. »Red dich nicht raus. Du hast schlampig gearbeitet.«

Ruperts Unterlippe hing schlaff herab.

»Oder der Täter war verdammt clever und hat den Stein verschwinden lassen?«, überlegte Ann Kathrin laut.

»Der Finger ist so dick angeschwollen, damit musst du zum Arzt«, sagte der Kapitän. »Damit ist nicht zu spaßen.«

Er füllte Eiswürfel in einen Plastikbeutel und hielt Hark Hogelücht das Ganze hin.

Der zögerte.

»Was ist? Willst du lieber einen Schnaps?«

Hark schüttelte den Kopf, obwohl ein Klarer jetzt vermutlich genau richtig gewesen wäre. Aber beim Kapitän wusste er nie so genau, ob eine Frage ernst gemeint war oder nur eine Prüfung.

Der Kapitän bekam kein Geld für das, was er tat. Er sprach mit Hark Hogelüchts Eltern, Lehrern, Arbeitskollegen. Der Kapitän kannte auch den Steinewerfer. Hark Hogelücht war sich nicht sicher, ob der Kapitän in diesem Fall zu ihm halten würde.

Hark hatte schon öfter im Leben einen Freund gehabt. Immer war etwas passiert, das alles zerstört hatte. Alles war kaputtgegangen. Die Ehe der Eltern. Die zweite Ehe der Mutter. Der Job in der Lackiererei.

Was ich anfasse, dachte Hark, ruiniere ich. Ich lege alles in Schutt und Asche.

Jetzt stand die Beziehung zum Kapitän auf dem Spiel und zu dem Steinewerfer.

Hark konnte vor Angst kaum sprechen.

Der Eisbeutel tat gut.

»Keinen Schnaps«, sagte Hark Hogelücht, und der Kapitän lachte. »Das war ein Scherz, Hark. Ein Scherz. Und jetzt erzähl mal, Junge. Was hast du denn auf dem Herzen? Du siehst ja aus, als seist du gerade aus der Nordsee gefischt worden.«

Hark Hogelücht wäre am liebsten wieder weggelaufen, aber die ruhigen Bewegungen des Kapitäns brachten ihn dazu, zu bleiben und sich zu setzen.

Ungefragt kochte der Kapitän Tee und redete dabei, weil Hark nicht mit der Sprache herausrückte, über Romane. Er sprach über Bücher wie über Freunde, die ihm von ihrem Leben erzählt hatten. All diese dicken Bände, die sich in den viel zu kleinen Regalen in Zweierreihen stapelten, waren für ihn eigenständige Persönlichkeiten. Er strahlte die Gelassenheit eines Mannes aus, der sich in seinem Freundeskreis wohlfühlte.

»In deinem Alter«, sagte er, »habe ich Abenteuerromane gelesen. Später dann bin ich zu Krimis gewechselt und historischen Romanen. Das Mittelalter hat mich immer fasziniert. Vieles davon ist heute noch spürbar ...«

Hark hörte nicht mehr zu. Er nickte zwar und heuchelte Interesse, hoffte aber nun, dass der Kapitän ihn nicht gleich fragen würde, ob er »Robinson Crusoe« endlich ausgelesen hätte.

Jedes Mal, wenn er den Kapitän traf, versuchte der, ihm ein Buch in die Hand zu drücken, und beim nächsten Mal wollte er sich mit Hark darüber unterhalten. Ja, er fragte nicht einfach: »Na, wie hat es dir gefallen?« Er wollte darüber reden. Hark hatte sich vorgenommen, nur noch Bücher anzunehmen, die auch verfilmt worden waren.

Trotz der Eistüte auf dem gebrochenen Finger begann Hark wieder mit seinem Händeringen. Er bemerkte es selbst nicht, aber der Kapitän sah ihn plötzlich so merkwürdig an, als er die Teetassen aufbaute.

Hark Hogelücht platzte damit heraus: »Ich weiß, wer den Stein geworfen hat. Ich war es aber nicht! Wirklich! Ich war es nicht!«

Der Wasserkessel pfiff.

Holger Bloem wollte sich nicht setzen, sondern rasch wieder gehen.

»Wir haben«, sagte er, »das Loch gestopft. Neue Daten gehen laut unserem Systemadministrator nicht mehr raus, aber was die haben, haben sie. Rückgängig machen können wir das nicht. Ihr müsst jetzt nur noch die Passwörter auswechseln.«

Ubbo Heide nickte erleichtert, und Ann Kathrin warf Holger Bloem einen komplizenhaften Blick zu.

»Moment«, mischte Rupert sich ein, der Bloem nicht für zwei Cent über den Weg traute, »heißt das, der ...«, er zeigte auf den Journalisten, der korrekter angezogen war als alle anderen hier im Raum, »heißt das, der kennt jetzt meine Zugangscodes und kann jederzeit ...«

»Nein«, stellte Holger Bloem klar. »Das müssen Sie selbst neu einrichten. Unser Systemadmin sagt, das alles hier sei vom Sicherheitsstandard her auf Volkshochschulniveau. – Also, ich gebe das jetzt nur wieder. Sie sollten sich vielleicht Gedanken machen, wie Sie in Zukunft ...«

»Ja, das werden wir«, versprach Ubbo Heide, und es klang ehrlich. Ubbo begann, sich überschwänglich zu bedanken und lobte die vertrauensvolle Zusammenarbeit mit der Presse.

Aber Rupert passte Bloems Gesicht nicht. »Wieso grinst der so?«, fauchte Rupert über den Tisch und hatte dabei den Blick einer angriffslustigen Möwe.

Holger Bloem hatte die ganze Zeit versucht, ernst zu bleiben. Er befürchtete, nicht mehr lange durchhalten zu können. Er wollte sich verabschieden, konnte aber dem Kripochef Ubbo Heide gegenüber nicht so unhöflich sein und während der Dankesrede gehen. Bloem trat von einem Bein aufs andere. Er versuchte, Ann Kathrin Klaasen anzusehen und nicht Rupert, so hatte er die besseren Chancen, nicht einfach loszuplatzen.

»Wieso«, beschwerte Rupert sich erneut, »grinst der so? Das geht doch gegen mich!«

Jetzt schwieg Ubbo Heide und ermunterte Holger Bloem zu sprechen.

»Nun ja«, sagte Bloem so diplomatisch wie möglich. »Wir haben die Datenflut ja jetzt gestoppt und den Schaden begrenzt.«

»Aber?«, hakte Rupert lauernd nach. »Da ist doch noch ein Haken!«

Holger Bloem atmete schwer aus. »Schauen Sie am besten selbst bei Facebook nach. Es gibt da eine schnell wachsende Seite mit ...«

Ubbo Heide unterbrach ihn und ergänzte den Satz: »Mit Ruperts Sprüchen in Bezug auf Frauen. Ich weiß, wir haben schon darüber geredet. Wir sind uns der Dramatik bewusst.«

Bloem umfasste die Rückenlehne des Bürostuhls vor sich und drückte die Finger tief ins Leder. »Nein, das ist es nicht. Es gibt jetzt auch Auszüge aus den Ermittlungsakten.«

»Mein Gott!« Rieke Gersema fasste sich an den Kopf, Ubbo Heide an den Magen.

»Das ist datenschutzrechtlich ein GAU!«, sagte Ubbo Heide.

»Ja, und in der Außendarstellung stehen wir auch kurz vor der Kernschmelze«, ergänzte Rieke.

»Und was bitte«, schnauzte Rupert, »gibt es denn da zu grinsen, Herr Bloem?«

»Nun ja, als Journalist bin ich es natürlich gewohnt, auf die Sprache zu achten und da ...«

»Ja? Was und da?«

»Da stehen ein paar Sachen, die sind sprachlich doch sehr bedenklich.«

Rupert ließ nicht locker, er kam Ann Kathrin vor wie ein Masochist, der die ganze Zeit forderte »*Quäl mich!*«, und der Sadist schüttelte nur den Kopf.

Sie gab rasch zwei Suchbegriffe in den Laptop vor sich ein und schon war sie auf Ruperts Fanseite.

»Meinen Sie das hier, Herr Bloem? *Der Tote im Watt wurde praktisch durch Erschießen vorm Ertrinken gerettet.*«

»Nein«, platzte Bloem heraus, »den kannte ich noch gar nicht.«

Fassungslos wiederholte Ubbo Heide: »... durch Erschießen vorm Ertrinken gerettet ...«

Holger Bloem drehte sich um und wischte sich eine Lachträne aus den Augen.

Laura Godlinski lag im Doppelzimmer auf der rechten Seite vom Bett und sah durchs Fenster nach draußen in den Himmel. Die Möwe schien in der Luft zu stehen. Es war ein fast unwirkliches Bild. Ohne jeden Flügelschlag klebte sie im Blau.

Laura fühlte sich beobachtet von dem Raubvogel. Bestimmt sah das Tier auf diese Entfernung jede Falte in ihrem Kopfkissen und vermutlich aus dem Blickwinkel auch die offene Chipstüte, die Sascha neben ihr auf das Nachttischchen gelegt hatte.

Die Möwe kam ihr merkwürdig wissend vor, als hätte der Himmel ihr ein Trosttier geschickt. William war tot. Unfassbar. Er mit seinem Lachen, seiner Frechheit, seinem Mut. Der Schulsprecher. Der Langstreckenläufer. Der Sprinter. Der Typ mit den coolsten Turnschuhen und dem herzlichen Lachen.

Ihr wurde bewusst, dass sie sich und ihre Clique bis soeben für unsterblich gehalten hatte. Nicht im wahren Sinne des Wortes, aber eben doch irgendwie schon. Sie hatte einfach gar nicht in Betracht gezogen, dass einer von ihnen sterben könnte. Eltern starben. Großeltern sowieso. Popstars und Politiker. Aber für sie und ihre Klassenkameraden war etwas anderes vorgesehen. Abitur machen! Studieren! Die Welt kennenlernen! Sich verlieben! Sich entlieben! Zusammenziehen und trennen! Alles, aber doch nicht sterben und auf keinen Fall so!

Sie weinte nicht. Sie lag nur da und sah aus dem Fenster. Es war für einen Moment, als würde diese Möwe auf sie aufpassen.

Dann glitt eine zweite ins Bild. Die Tiere schwebten übereinander, mit weit gespannten Flügeln, und beide, obwohl weit entfernt, sahen doch zu Lauras Fenster rein.

Meinen sie mich oder meine Chips, dachte Laura.

Sie kam sich körperlos vor. Sie spürte sich nicht.

Eine dritte Möwe erschien, und nun wurde das Bild unruhiger. Eine Windböe hob die Tiere aus Lauras Blickfeld. Für ein paar Sekunden war da nur noch der blaue Himmel. Oben links in der Ecke schob sich eine geradezu strahlend, weiße Wolke ins Bild. Dann waren die Möwen plötzlich wieder da. Sie kamen von unten. Nein, sie flatterten immer noch nicht mit den Flügeln. Sie schwebten scheinbar schwerelos über dem Boden.

Alles kam ihr plötzlich so bedeutsam vor. Als könne die Seele des toten William in der Wolke sein oder in einer Möwe. War er gekommen, um ihr etwas zu sagen? Wie mochte es jetzt Anja gehen?

Ein Windzug ließ ein paar Haare hochflattern. Irgendwo im Haus knallte eine Tür zu. Eine Locke verdeckte jetzt ihr linkes Auge, aber sie war außerstande, sich zu bewegen, die Hand zu heben und die Locke wegzuschieben. Sie wollte einfach nur so liegen und den Möwen zusehen.

In der Küche klapperten Töpfe. Sie hörte Sascha und George, sie stritten sich. Sascha war lauter als George. Sie folgerte daraus, dass George mehr Rücksicht auf sie nahm und sie nicht wecken wollte.

»Ich bin doch nicht dein Laufbursche! Ich hol dir keine Zeitung. Wir haben doch Internet.«

Die Erwiderung von George verstand sie nicht. Es war mehr ein Raunen.

Dafür war Sascha umso lauter: »So ein Quatsch! Die Lokalzeitungen haben wir auch! Äi, wo lebst du eigentlich? Hier, NWZ online!«

Dann war da nur noch ein Flüstern, und schließlich polterte Sascha: »Ich werde das Haus so selten wie nur eben möglich verlassen. Ich bin doch nicht blöd! Die Bullen suchen mich. Meinst du, ich will so sterben wie der William?«

Dann hörte sie das typische Geräusch, wenn George Zwie-

233

beln hackte. Es war ganz anders als bei Sascha. George ließ das Messer mit schnellen, harten Bewegungen wie ein Fallbeil in die Zwiebel sausen. Sascha dagegen schnitt jede Scheibe ab, ja sägte die Zwiebel langsam mit ungelenken Fingern auseinander.

Kurz danach roch es gut nach Knoblauch und Zwiebeln und heißem Olivenöl.

Mit dem Küchenduft kehrte Lauras Körpergefühl zurück, und gleichzeitig verschwanden die Möwen. Sie reckte sich auf dem Bett wie nach einem langen, wohltuenden Schlaf. Erst als sie sich aufsetzte, tat ihr der Rücken weh, so als sei sie getreten worden oder einfach hingefallen. Auch das, fand sie, passte nicht zu ihr und in ihre Altersgruppe. Rückenschmerzen, das war aus ihrer Sicht etwas für alte Menschen, für Leute über dreißig.

Der Kapitän sah den kleinen weißen Wölkchen zu, die sich im Tee auflösten, als gäbe es nichts Wichtigeres auf der Welt. Er ließ dabei das Gesagte sacken. Einen Moment die Zeit anhalten und sich fragen: *Was mache ich hier überhaupt? Ist es richtig? Ist es wichtig?*

Hark Hogelücht kannte diese Art des Kapitäns, und seine Ruhe machte ihn rasend.

Der Kapitän führte das Tässchen an seine Lippen, trank aber nicht, sondern roch nur, dann blies er vorsichtig über den Tassenrand. Er erzeugte kleine Wellen, und die weißen Wölkchen begannen einen Tanz, der am Ende dazu führte, dass sie sich auflösen würden. Eine Sahnewolke stieß gegen ein Kandisstück und teilte sich.

»Jede Tasse Tee ist anders, genau wie wir Menschen ...«

Das half Hark nicht weiter. In seinem Gesicht zuckte nervös ein Muskel. Er griff hin. Es war für ihn, als ob ein Tier über seine Lippen laufen würde.

»Was glaubst du denn, was jetzt richtig wäre, Hark?«

Hark stöhnte und drückte seinen Handrücken gegen die Lippen. Jetzt zuckten seine Augenbrauen. Immer fragte der Kapitän so etwas. Immer wieder wollte er zunächst eine Antwort von ihm. Der Kapitän wusste genau, wo es langging, aber er tat zumindest oft so, als ob er es von Hark erfahren wollte.

Inzwischen hatte Hark das Prinzip verstanden. Der Kapitän wollte, dass er selbst lernte, Entscheidungen zu fällen. Hark hasste das.

»Sagen Sie mir, was ich tun soll!«

»Nein.«

»Wie, nein? Warum nicht, verdammt nochmal!?«

Mit spitzen Lippen nahm der Kapitän einen Schluck.

»Und wenn ich mal nicht da bin, was machst du dann?«

So leicht ließ Hark Hogelücht sich nicht austricksen. Er hatte sich längst eine Antwort zurechtgelegt. »Dann rufe ich Sie an!«, konterte er.

Der Kapitän lächelte milde. Dann stellte er die Tasse ab, ballte die rechte Faust und klopfte damit auf sein Herz, das schon zwei Infarkte überstanden hatte und immer noch tapfer weiterschlug.

»Wenn die Entscheidungen nicht aus dir selbst heraus kommen, Junge, wie willst du dann später zu ihnen stehen?«

Er suchte Blickkontakt zu Hark. Der hielt die Situation kaum aus.

»Nur was hier rauskommt, gehört dir wirklich selbst.« Wieder klopfte er auf sein angeschlagenes Herz. »Verstehst du, was ich meine?«

»Ja«, sagte Hark, »und was soll ich jetzt machen?«

»Du hast einen freien Willen. Du weißt selbst, was zu tun ist.«

»Hab ich nicht.«

»Hast du doch.«

»Nein.«

»Wie, nein? Natürlich hast du einen freien Willen.«

Statt seine Finger zu quetschen, ließ Hark Hogelücht die Eiswürfel im Beutel knirschen. Dann platzte unter dem Druck die Tüte und kaltes Wasser lief auf seinen Schoß.

»Der ... der macht mich fertig. Keiner wird das verstehen, wenn ich ihn verrate. Keiner. Ich bin allein. Die sind ganz viele. Der hat Freunde, ich nicht.«

»Ich denke, er hat dich sowieso immer auf dem Kieker gehabt.«

Hark wusste nicht genau, was das bedeuten sollte, und mit dem Wort *Mobbing* konnte er noch weniger anfangen. Hark nannte das *dissen*. »Der disst mich« war seine Umschreibung für das, was er erlitt.

»In der Firma, das war der reinste Battle-Rap, so hat der mich gedisst.«

»Und dann überlegst du noch?«

Hark druckste herum. Er legte den Eisbeutel auf den Tisch. Wasser tropfte auf den Teppichboden. Der Kapitän entsorgte die Plastiktüte mit einem kurzen Sprint in die Küche. Dann setzte er sich wieder, nahm eine Haltung ein, als sei er gar nicht weg gewesen und hörte Hark zu. Etwas lag in seinem Blick, das brachte Hark zum Sprechen und machte ihn gleichzeitig unendlich traurig.

»Jetzt ist endlich alles anders. Jetzt gehöre ich schon fast dazu und ...« Hark schluckte. Er hatte plötzlich viel mehr Speichel im Mund als sonst.

»Dann haben sie jetzt einen anderen gefunden, auf dem sie herumhacken können?«, fragte der Kapitän.

»Ja. Den Kevin.«

»Darüber bist du froh?«

»Ja. Ich weiß, das hört sich gemein an, aber ...«

Wieder wusste Hark nicht wohin mit der Greifenergie in den Fingern. Es war fast wichtiger, eine Arbeit für die Finger zu bekommen als eine Entscheidung für das Problem oder treffende

Worte für die Antwort. Er drückte jetzt mit der gesunden Hand an seinem rechten Knie herum.

»Ist der King eigentlich ein guter Kerl?«

Mit weit aufgerissenen Augen guckte Hark den Kapitän schreckensstarr an.

»Ich meine«, fuhr der Kapitän erklärend fort, »wenn es mehr von seiner Sorte gäbe, wäre dann die Welt besser? Würde man sich wohler fühlen oder ...«

Harks Kinn zitterte. »Ich habe nicht gesagt, dass er es war!«

Nicht einmal jetzt wagte er es, den Namen auszusprechen.

Der Kapitän lachte demonstrativ. »Stimmt, hast du nicht, aber – wie lange begleite ich dich jetzt?«

»Zwei Jahre.«

»Siehst du, und da weiß ich doch, wer dir Schwierigkeiten macht. Ich war dreimal wegen diesem King bei deinem Chef.«

Hark stöhnte. Er verspannte sich so sehr, dass der Kapitän glaubte, nicht nur das Knirschen der Fingergelenke zu hören, sondern auch das der Wirbelsäule.

»Ich ... ich will doch nur ...« Er brachte es nicht heraus.

»In Frieden leben und in Ruhe gelassen werden?«, schlug der Kapitän vor.

Hark nickte heftig mit offenem Mund.

»Manchmal, Hark, muss man Farbe bekennen und kämpfen.«

Hark hatte vor nichts mehr Angst und erinnerte sich an einen Spruch seines Deutschlehrers: »Der Klügere gibt nach.«

»Ja«, sagte der Kapitän. »Deshalb beherrschen ja auch die Schwachköpfe die Erde.«

Er war zunächst einer anderen Frau vom Surfcafé aus gut drei Kilometer quer durch Norderney gefolgt. Aber sie traf sich mit einer Clique zu einem Saunagang in der Oase und wurde damit für ihn uninteressant.

Aber dann sah er sie mit wehendem Haar mit dem Fahrrad vom Zuckerpfad kommen. Ihr war der FKK-Strand nicht einsam genug. Doch an der Nordseite der Insel, auf dem gut vierzehn Kilometer langen Sandstrand, gab es genug einsame Stellen.

Amüsiert hatte er das Schild betrachtet:

Verehrter Gast, ab hier beginnt der FKK-Bereich! Jegliches fotografieren ist hier selbstverständlich nicht gestattet. Textilfreunde und Busausflügler bleiben bitte draußen. Wir danken für Ihr Verständnis!

Er, der immer auf korrekte Sprache bedacht war, hätte am liebsten an die Kurverwaltung geschrieben, das *f* bei *fotografieren* müsse hier großgeschrieben werden, denn das Wort werde hier nicht als Verb, sondern als Substantiv benutzt. Aber Menschen, die Pläne verfolgten wie er, mussten sich leider mit solchen Belehrungen zurückhalten und anonym bleiben.

Die blonde Frau war Mitte zwanzig. Sie lag nun am Dünenrand und schützte sich gegen den Wind mit einem kleinen Zelt. Es war eine hellblaue Halbkugel und sollte wohl an ein Iglu erinnern. Sie hatte ihre Anziehsachen darin verstaut und einen Roman, »Ostfriesenkiller«. Die Cola Zero lag inzwischen viel zu warm im Halbschatten. Der Bikini, den sie in den letzten Tagen getragen hatte, war auf ihrem nackten Körper wie ein helles Kleidungsstück zu sehen.

Erneut rieb sie sich mit Sonnenmilch Schutzfaktor zwanzig ein. Seit er sie beobachtete, tat sie das alle zwanzig Minuten. Trotzdem begann ihre Haut sich deutlich zu röten.

Jetzt kniete sie im Sand und verschwand mit dem Oberkörper im Inneren des Windschutzes. Sie klebte sich ein Blatt auf die

Nase und kämmte dann die Haare streng nach hinten. Von der Sonnencreme glänzten die Strähnchen fettig. Ihren Kopf bettete sie auf eine Adidas-Sporttasche.

Zweimal hatte sie kurz angebunden mit jemandem telefoniert. Wenn sie einen Freund hatte, dann war die Beziehung in der Krise.

Sie gefiel ihm. Ihre Haltung war auf eine zerbrechliche Art grazil. Schlank, ohne abgemagert zu wirken. Fraulich, doch mit einem merkwürdig scharfen Zug um die Lippen, wie ein Mensch, der gewohnt ist, sich verbal zur Wehr zu setzen und anderen deutlich die Grenzen aufzeigen kann.

Aber er hatte sie nicht ausgewählt, weil sie ihm gefiel. Da war noch etwas, und das gab den Ausschlag, sie zu attackieren und keine andere. Sie humpelte. Ihr rechter Fuß steckte noch in einem elastischen Verband. Es musste Sand reingekommen sein, denn als sie den Fuß reinigte, sah er den geschwollenen Knöchel und die dunkelblaue Verfärbung an Spann und Rist.

Sie würde ihm nicht folgen können. Von ihr ging keine Gefahr aus.

Ihre Brille lag neben dem Kriminalroman. Sie konnte nur lesen, wenn sie den Kopf in den Schatten des Windschutzes brachte, sonst war die Sonne zu grell. Mit der Sonnenbrille las sie nicht. Er folgerte also, dass die Sonnenbrille nur ein Lichtschutz war oder aus modischen Erwägungen getragen wurde, nicht aber als Sehhilfe.

Sie läuft nicht schnell, und sie sieht nicht gut. Sie liegt hier an einer relativ einsamen Stelle, sie hat sich bewusst von den großen Touristenströmen isoliert, und ich kann von hier oben aus weit gucken. Mindestens zwei Kilometer in jede Richtung. Spätestens gegen achtzehn Uhr, wahrscheinlich früher, wird der Strand sich leeren, weil die Touristen sich in die Hotels und Ferienwohnungen zurückziehen, um zu duschen und zu Abend zu essen, bevor die Halligalli-Szene auf Norderney ausgeht.

Genau diese Zeit wollte er wählen. Eine Zeit zwischen der Zeit. Nicht mehr ganz Tag, aber auch noch nicht Nacht. Nicht Fisch und nicht Fleisch. Eine unentschiedene Zeit. Ideal für eine Attacke auf eine einsame Frau.

Kurz bevor die Inselbuchhandlung auf Wangerooge schloss, holte Laura dort die gewünschten Zeitungen, die Nordwestzeitung und das Jeversche Wochenblatt.

Obwohl sie wusste, dass das Essen fertig war, hatte sie keine Lust, in die Ferienwohnung zurückzugehen. Die Luft zwischen George und Sascha war zum Schneiden dick.

Laura setzte sich mit den Zeitungen auf die Terrasse des Restaurants Schnigge und schaute aufs Meer. Sie bestellte sich trotzig einen Eierpfannkuchen mit Blaubeeren. Es kam ihr vor wie die höchstmögliche Form von Protest. Sie wusste nicht genau, gegen wen und was, aber das musste jetzt sein. Sie hatte eine irre Wut auf die ganze Welt und irgendwie auch auf sich selbst. William war tot und Sascha wurde verdächtigt, Bollmann umgebracht zu haben.

Verfluchtes Ostfriesland, dachte sie. Verfluchter Pechsommer!

Voller Neid und Missgunst beobachtete sie das turtelnde Pärchen. Sie war schwanger, und er filmte sie mit seiner Digicam. Die beiden zogen eine Riesenshow ab, als würde ihre Liebe erst dadurch erblühen, dass alle Welt daran teilnahm. Die zwei heischten nach Anerkennung. Sie waren ziemlich gut darin. Jeder hier auf der Terrasse kannte inzwischen ihren Kosenamen, obwohl Laura »Mausibärchen« etwa so romantisch fand wie »Hängebauchschwein«, »Nacktmolch« oder »Blindfisch«.

Er tönte jetzt, die Filme gleich ins Netz zu stellen, damit »die zu Hause sehen, wie gut es uns geht«.

In dem Moment machte es in Lauras Kopf »Klick«. Genau

das war die rettende Idee. Sie mussten eine Botschaft über Facebook an alle ihre Freunde verbreiten. Sie konnten nicht länger dabei zusehen, wie ihr Leben den Bach runterlief. Es war ganz leicht. Eine Videobotschaft aus dem Versteck heraus. Buchstaben ließen sich anzweifeln, aber ein Sascha, der mit seinem offenen, ehrlichen Gesicht seine Unschuld beteuerte, würde seine Wirkung nicht verfehlen.

Sie musste an diese Kamera kommen. Sie bildete sich ein, noch nie im Leben etwas geklaut zu haben, abgesehen von den paar Pralinen bei ihrer Oma oder einmal das Kinogeld aus Mamas Portemonnaie, als sie eigentlich Stubenarrest hatte, aber sie fand, das zählte nicht, das war sozusagen innerhalb der Familie, also im Grunde gar nicht wirklich Diebstahl. Aber so eine faustgroße Digitalkamera von fremden Menschen, das war ein anderes Kaliber.

Das Ding stand auf dem Tisch neben der Speisekarte, zwischen den Weißweingläsern und der leeren Flasche Pinot Grigio.

Laura hörte die warnende Stimme in sich selbst: *Wenn du das jetzt tust und erwischt wirst, dann führst du die Polizei direkt zu Sascha. Du erreichst das genaue Gegenteil von dem, was du vorhast. Statt ihn zu entlasten, haust du ihn in die Pfanne.*

Aber egal, es musste eine Lösung geben, so oder so.

Die Schwangere musste zur Toilette. Kaum war sie weg, interessierte ihr ach so verliebter Typ sich brennend für die wiegenden Hüften von zwei Strandschönheiten, die nur mit T-Shirts über den Badesachen an ihm vorbeipromenierten. Die T-Shirts gingen ihnen bis zum Po-Ansatz, und das faszinierte den werdenden Papi.

Die zwei kamen Laura wie gerufen.

Der Mann vom Nebentisch mit dem roten Gesicht und den vorstehenden Augen nutzte die Gelegenheit, um mit dem werdenden Vater ins Gespräch zu kommen. Er beugte sich augenzwinkernd in seine Richtung und zog ihn feixend ins Vertrauen:

»Gestern hab ich die linke angegraben.« Er deutete auf die beiden Frauen. Die eine legte jetzt locker den Arm um die andere.

»Wissen Sie, was die zu mir gesagt hat?«

»Nein. Was denn?«

Der andere bekam vor Lachen den Witz kaum raus. »Die hat gesagt: Besser, wir lassen alles, wie es ist. Sie schlafen weiterhin mit Ihrer Frau – und ich mit meiner.«

Laura stand auf, schlenderte hinter den feixenden Männern am Tisch entlang zum Ausgang und ließ die Kamera dabei so beiläufig mitgehen wie man Bonbonpapier fallen lässt, wenn man keine Lust hat, einen Papierkorb zu suchen.

Das kumpelhafte Schenkelklopfen der Männer machte es ihr leichter. Es kam ihr jetzt vor, als sei ihre Tat eine gerechte Strafe für die zwei, oder wenigstens für den verliebten Weißweintrinker.

Schon war sie um die Ecke. Sie hatte Mühe, den Rest des Weges nicht zu rennen. Sie zwang sich, zügig zu gehen, aber nicht wie jemand auf der Flucht. Eher wie eine junge Frau, die nicht zum Rendezvous zu spät kommen will, wohl aber weiß, dass er bereit ist, eine Weile auf sie zu warten.

Sie klemmte sich die Kamera eingerollt zwischen die Tageszeitungen unter den Arm. Bei einem Auslandseinsatz der Bundeswehr waren drei Soldaten schwer verletzt worden. Einer von ihnen kam aus Oldenburg, was die Meldung auf die erste Seite gebracht hatte. Irgendwie fand Laura das beunruhigend.

Nur die Möwen beobachteten den Mann, der sich Gentleman nannte, als er die junge Frau angriff. Seine Germas-Sturmhaube war schwarz und aus reiner Seide. Das war angenehm auf der Haut. Zum besseren Schutz gegen Zugluft waren nur die Augen ausgeschnitten.

Er hatte beim Sex einmal eine Gore Bikewear Mask getragen,

die sah im Grunde furchterregender aus, aber drunter schwitzte er zu sehr. Dies Ding war eine Art edler Burka für Männer, fand er.

Er hatte eine zweite in der Tasche. Darin klebten drei Haare von Gert Eichinger.

Seine Vermummung schüchterte Kirstin Ortlieb sofort ein und machte ihr schlagartig klar, dass der Mann Übles im Schilde führte. Sie kroch rückwärts über den Sand zurück in ihren Windschutz, als sei der Stoff eine sichere Burg. Sie erinnerte ihn dabei auf eine fast rührende Art an seine Schwester, die sich aus panischer Angst vor dem prügelnden Vater hinter der dünnen Stange einer Stehlampe verkrochen hatte.

Angst machte Menschen irre, das wusste er. Aber sie gab ihnen auch ungeahnte Kräfte und ließ sie gefährlich werden.

Noch bevor er sie berührte, strampelte sie mit den Füßen wie ein kleines Kind und schüttelte den Kopf. Sie öffnete den Mund, schrie aber nicht. Sie raffte Kleidungsstücke zusammen und versuchte, sich damit zu bedecken. Dann warf sie die warme Cola in seine Richtung.

Er packte ihren verletzten Fuß und drückte zu, um ihr klarzumachen, dass sie keine Chance hatte. Ihr Körper wurde von einem Schmerzkrampf geschüttelt.

Später würde Kirstin Ortlieb ihn als Mann mit einer schwarzen Sturmhaube beschreiben, der über sie hergefallen war – falls sie das Wort Sturmhaube überhaupt kannte.

Er kniete jetzt auf ihr und schlug ihr ins Gesicht. Sie biss um sich wie ein in die Enge getriebenes Tier. Er musste aufpassen, um nicht von ihren Zähnen erwischt zu werden. Ein paar Blutstropfen von ihm auf ihrer Kleidung konnten alles verderben.

Dann, als er ihre Arme nach unten drückte und das Blut aus ihrer Nase ihre Lippen erreichte, fand sie zu ihrer Sprache zurück.

Als sie endlich wieder Worte hatte, rief sie keineswegs sinnlos um Hilfe. Nein. Sie warnte ihn: »Ich habe AIDS«, sagte sie fast bedauernd.

Er durchschaute ihren Trick, ließ ihre Arme los und schlug ihr erneut ins Gesicht. »Ich auch!«, brüllte er. »Und Syphilis und Tripper und Herpes dazu!«

Sie bäumte sich unter ihm auf. »Mein Mann ist bei der Kripo. Der ist gleich wieder da, wenn der kommt, dann macht der Kleinholz aus Ihnen!« Sie reckte ihren Kopf und rief: »Franz!«

Für den Bruchteil einer Sekunde irritierte ihr Blick ihn, so als nähere sich hinter ihm wirklich eine Person. Er guckte sich über die rechte Schulter um.

Ihre Faust traf ihn hart. Sie warf ihn ab wie eine zornige Stute den unerfahrenen Reiter, und ehe er sich versah, nahm sie seinen Oberkörper in die Beinschere. Sie versuchte, ihn mit den Schenkeln zu würgen. Es funktionierte nicht ganz, doch sie war erstaunlich stark und flink.

Er bekam kaum noch Luft. Mit so viel Widerstand hatte er nicht gerechnet.

Aus der Adidas-Sporttasche fischte Kirstin Ortlieb ein Eisspray und schoss einen Strahl auf seine Augen ab. Das Zeug brannte erbärmlich.

Dann bekam er ihre Haare zu fassen und knallte ihren Kopf so oft auf den Boden, bis sie ohnmächtig wurde.

Ann Kathrin Klaasen hörte dem Kapitän gern zu. Sie mochte Menschen wie ihn. Sie machten die ostfriesische Gesellschaft erst wirklich lebens- und liebenswert.

Er behauptete, eine wichtige Information in einem Mordfall zu haben. Sie hörte ihn an, so wie sie vielen Menschen in diesen Stunden zuhörte, die einen Beitrag leisten wollten, die Situation aufzuklären.

Rasch sortierte sie Schwätzer, Wichtigtuer und Selbstdarsteller aus. Gefährlicher und nicht so leicht zu durchschauen waren die falschen Zeugen, die andere wider besseres Wissen beschuldigten, um sich zu rächen oder auch einfach nur, weil ihre Phantasie mit ihnen durchging. Übrig blieben die, die wirklich glaubten, etwas gesehen zu haben oder zu wissen.

Brauchbar war auch davon nur ein sehr geringer Teil. Aber manchmal, in seltenen Momenten, kam jemand herein, und sie ahnte gleich: Das ist ein Treffer. Der bringt uns weiter. Weller, der leidenschaftliche Skatspieler, nannte solche Leute »eine Trumpfkarte«.

Der Kapitän war so eine Trumpfkarte. Er erklärte zunächst ruhig und sachlich, warum er glaubte, eine Aussage machen zu müssen.

»Mein Name ist Heiko Gerdes.« Er schob seinen Ausweis über den Schreibtisch in Ann Kathrins Richtung, als ob sie an seiner Aussage gezweifelt hätte. »Ich bin pensioniert. Ich war als Kapitän dreißig Jahre auf einem Kahn für alles verantwortlich und ich ...«

»Ja?«

»Ich wollte jetzt nicht einfach hier als Landratte versauern, und da bin ich bei BoJe eingestiegen.«

»BoJe? Was ist das denn?«

Ann Kathrin glaubte zunächst, das hätte etwas mit Rettung aus Seenot zu tun, doch der Kapitän belehrte sie: »Wir wollen die Ausbildungschancen benachteiligter Jugendlicher in Ostfriesland verbessern. Wir haben ein Patennetzwerk gegründet. Ich bin einer dieser Paten.«

Ann Kathrin nickte und ahnte, warum der Mann ihr sofort gefallen hatte.

»Wir sind eine Stiftung. Wir haben im letzten Jahr fast vierhundert zusätzliche Ausbildungsplätze geschaffen. Wir gehen echt Klinken putzen, wenn es denn sein muss. In dem Rahmen betreue ich einen Jugendlichen. Hark Hogelücht. Er ist eigentlich ein netter Kerl mit guten Anlagen, hatte aber zunächst Schwierigkeiten, den Hauptschulabschluss hinzukriegen. Also, das heißt ja neuerdings nicht mehr so, sondern ...«, er überlegte kurz, »Realschule Plus.«

Seine lange Vorrede stellte Ann Kathrin zwar auf eine Geduldsprobe, aber erstens erfuhr sie Dinge, von denen sie bisher keine Ahnung gehabt hatte, und zweitens wusste sie, dass man Menschen manchmal einfach nur reden lassen musste. Viele hatten so ein großes Mitteilungsbedürfnis, es war nicht klug, sie zu unterbrechen, das brachte sie nur durcheinander und in Rechtfertigungszwang. Ann Kathrin empfand es als ihre Aufgabe, Menschen zum Reden zu bringen, und dann war es ihre professionelle Herausforderung, das Wichtige und Wesentliche von dem restlichen Informationsmüll zu trennen. Diesen Akt nannte sie *die gerichtsverwertbaren Fakten herausfiltern.*

Sie überlegte einen Moment, den Kapitän an Rupert weiterzuleiten, denn die Sache mit dem erschlagenen Schüler William Schmidt war sein Fall, aber dann entschied sie sich anders.

Sie fand, Rupert hatte es vergeigt. Sie beschloss, erst einmal die Aussage von Herrn Gerdes aufzunehmen. Sie ahnte, dass alles darauf hinauslief, dass der Verdächtige Hark Hogelücht sich bei dem Kapitän versteckte und der nun für seinen Schützling irgendeine Sonderbehandlung heraushandeln wollte. Aber es kam ganz anders.

Heiko Gerdes behauptete, Hark Hogelücht hätte ihm erzählt, er wisse, wer den Stein geworfen habe, aus Angst vor Repressalien würde Hark aber schweigen.

Das hörte sich nun gar nicht mehr so gut an.

»Wenn ich Ihnen den Namen nenne, verhaften Sie den Burschen dann?«

»Das kann ich nicht, Herr Gerdes. Was Sie hier aussagen, ist ja nur *Hörensagen*. Sie haben es nicht selbst gesehen. Ich brauche Augenzeugen. Wenn Ihr Schützling zu mir kommt und eine glaubwürdige Aussage macht ...«

»Aber er hat gesagt, er kommt erst, wenn er die Garantie hat, dass ...« Der Kapitän verschluckte den Namen und hustete, um die Peinlichkeit der Situation zu überbrücken. »... dass der Täter verhaftet wird. Er hat Sorge, ihm sonst wieder zu begegnen und dann ...«

»Aber Herr Gerdes, ich bitte Sie, solche Garantien kann Ihnen im Rechtsstaat niemand geben. Vielleicht spricht ein Gericht ihn frei. Vielleicht bekommt er ein paar Jahre auf Bewährung, weil er eine gute Sozialprognose hat und der Richter alles als Unfall mit Todesfolge wertet und nicht als Totschlag und schon gar nicht als Mord.«

Der Kapitän faltete seine Hände wie zum Gebet und tippte mit der Nase an die beiden Mittelfinger. »Genau davor hat der Junge Angst. Sehen Sie, Frau Kommissarin, er hat nicht gerade gute Erfahrungen in seinem Leben gemacht. Er ist misstrauisch und ...«

»Aber Sie wissen schon, dass Sie mir sagen müssen, was Sie wissen. Sie machen sich sonst mitschuldig. Es wäre auch für Ihren Freund ...«

»Freund ist das falsche Wort.«

»Also gut, für Ihren Schützling, besser, sich hier zu melden. Im Moment steht er selbst nämlich unter dringendem Tatverdacht.«

»Ja, ich weiß, mit seiner Flucht hat er sich nicht gerade beliebt gemacht, aber das hat er gelernt, wegzulaufen, wenn es brenzlig wird.«

Ganz gegen seine sonstige Art stieß Ubbo Heide die Tür ungestüm auf. »Ann!«

Er sagte nicht, *ich muss dich sprechen*. Auch nicht, *bitte komm sofort*. Er bat nicht um Entschuldigung für die Störung, und doch lag all dies in seiner Art, ihren Namen auszusprechen.

Kein Mensch konnte mit so vielen unterschiedlichen Ausdrucksformen »Ann« sagen wie ihr Chef Ubbo Heide. Manchmal klang es tröstlich, dann wieder fordernd. Mal dienstlich, mal privat. Dieses »Ann« signalisierte höchste Alarmstufe. Etwas Unerwartetes war passiert. Etwas, worauf sie sofort reagieren mussten.

Sie stand auf und sah den Kapitän an. »Für Ihren Fall ist eigentlich mein Kollege Rupert zuständig. Ich werde Sie zu ihm ...«

»Nein.«

»Wie, nein?«

»Mit dem will ich nicht reden.«

»Warum nicht? Kennen Sie ihn?«

»Nein. Aber er soll ein Idiot sein, hat man mir erzählt.«

»Ann!«, drängte Ubbo Heide erneut.

Sie ging zur Tür. Der Kapitän glaubte jetzt, einen Fehler gemacht zu haben. Er zeigte auf Ubbo Heide. »Ist das Rupert?«

Sie grinste. »Nein. Glück gehabt. Ist er nicht.«

Der Kapitän atmete auf. Ann Kathrin und Ubbo Heide ließen ihn einfach allein.

Ubbo platzte schon im Flur mit der Information heraus: »Gert Eichinger hat auf Norderney erneut eine Frau attackiert. Die Kollegen fordern Verstärkung an. Auf der Insel ist eine SOKO, dreiundsechzig Mann stark. Aber wir sollen die Fähre absichern.«

»Was sollen wir?«

»Die Frisia V ist von Norderney nach Norddeich unterwegs. Es besteht die Möglichkeit, dass er an Bord ist. Ich hätte dich und Rupert gerne dabei!«

»Wenn er auf Norderney ist, kriegen wir ihn.«

»Wenn nicht, dann ist die Hölle los, Ann. Er muss sich eine Frau am Nacktbadestrand gepackt haben oder irgendwo in den Dünen.«

»Hat sie ihn erkannt?«

»Er hatte eine Sturmhaube auf. So ein Ding, wie Skifahrer es tragen, Talibankrieger, Bankräuber oder ...«

»Also hat sie ihn nicht erkannt?«

»Nein. Aber wir haben dieses elende Kleidungsstück.«

»Mit seiner DNA?«

»Genau.«

Ann Kathrins Handy ließ ein Seehundgeheul losbrechen, das selbst erklärte Seehundhasser erreicht hätte, aber sie ging nicht ran.

Rupert fuhr wie ein Fahrschüler in der dritten Stunde, fand Ann Kathrin. Er redete ununterbrochen, als könne er so über seine miesen Fahrkünste hinwegtäuschen:

»Und dann kam ich aus Fuerteventura. Ich war in Corralejo, das war eine Tour mit dem Taxi zum Flughafen Puerto del Rosario. Die Sicherheitskontrollen absolut lächerlich. Ich hatte ein Käsebrot. Damit wollten die mich nicht durch die Absperrung lassen.«

Ann Kathrin befürchtete, dass das jetzt bis Norddeich so weitergehen würde. Rupert suchte verzweifelt ein Gesprächsthema und wollte sie mit seinen Urlaubsabenteuern beeindrucken.

»Rückflug nach Düsseldorf. Da kamen wir erst gegen 23 Uhr an, also keine Chance mehr, mit dem Zug nach Hause zu fahren. Und ich lasse doch mein Auto nicht drei Wochen am Flughafen stehen! Da kannst du es ja gleich in Polen auf dem Schwarzmarkt in Einzelteilen verkaufen. Also hatte ich mir schon vor dem Abflug ein Zimmer im Sheraton gebucht. Das ist ein Airporthotel direkt am ...«

»Ich bin auch schon mal geflogen!«, stellte Ann Kathrin genervt klar. Rupert nahm das zur Kenntnis und fuhr fort: »Das Sheraton hatte Mist gebaut und mein Zimmer doppelt vergeben ...«

»Und da hattest du eine schöne Blondine auf dem Zimmer? Oder war es eine Rothaarige?«, riet Ann Kathrin.

Rupert gefiel der Gedanke, aber er schüttelte den Kopf. »Nein, leider nicht, aber pass auf! Weil mein Zimmer schon bezahlt, aber nun eben weg war, mussten sie mich upgraden.«

»Was?«

Großspurig erklärte er: »Ich kam ins Van der Valk. Ganz neu. Irre stylisch. Riesige Räume.«

»Ich weiß«, sagte Ann Kathrin, »ich war da mal. Alles dunkel und kantig. Ich mag diesen Retrolook nicht. Unbequeme Plastiksessel ...«

Rupert überspielte die Niederlage geschickt: »Aber auf der Herrentoilette warst du garantiert nicht.«

Das gab sie gern zu, und sofort holte Rupert aus, um ihr die große, weite Welt zu erklären: »Nebeneinander sechs oder acht, das weiß ich nicht mehr, Pissoirs.«

»Interessant.«

»Ja, aber es kommt noch besser ... über jedem Urinal das lebensgroße, beleuchtete Foto einer jungen Frau, die sich erschrocken die Augen zuhält oder so. Ich latsch da noch halb besoffen und verpennt rein und denk im ersten Moment, ich sei auf der Damentoilette gelandet, und hier schminken sich gerade ein paar Models oder so, und ich hab ihn ...«, er kicherte, »vor den Mädels rausgeholt.«

»Klasse«, sagte Ann Kathrin, »so erzieht man kleine Exhibitionisten. Muss doch bestimmt ein irres Gefühl sein, wenn man sein kleines, runzliges Ding in die Hand nimmt, und junge Mädchen kreischen entsetzt.«

Rupert gab sich erst einmal geschlagen und atmete tief durch. Eins zu null für dich, du blöde Kuh, dachte er. Du kannst einem aber auch alles madig machen.

Er grummelte noch eine Weile vor sich hin, dann fragte er: »Hast du da auch gefrühstückt?«

»Nein«, gab Ann Kathrin zu. »Das war mit zu teuer.«

Rupert atmete auf und sah eine neue Chance, zu punkten. »Aber ich. Urlaub ist Urlaub. Da guck ich nicht auf ein paar Cent.«

»Fünfundzwanzig Euro«, korrigierte Ann Kathrin, die sich nur zu gut daran erinnerte. Rupert hatte zwar nur sechzehn Euro fünfzig gezahlt, aber auch er war erschrocken, als er im Zimmer die Preisliste gesehen hatte.

Rupert beschlich das Gefühl, sich verrannt zu haben, aber er kam da jetzt nicht mehr raus. Er stand unter Druck, noch einen Punktsieg zu machen.

»Die haben da im Frühstücksraum so ein ganz neues Konzept. Man muss nicht mehr warten, bis der Kellner kommt. Man kann sich einfach alles selber holen am Büfett und auch den Kaffee an ganz hervorragenden Maschinen selber ziehen.«

»Kenn ich«, lachte Ann Kathrin. »Aus der Jugendherberge.«

Rupert empfand das als unerlaubten Tiefschlag. Warum, fragte er sich, bin ich mit so einer Kollegin gestraft? Es gibt so viele tolle Frauen, und ich kriege ausgerechnet diesen Besen.

Als hätte sie ihn noch nicht genügend zurechtgestutzt, fragte sie jetzt demonstrativ interessiert: »Und wie ist das so, wenn man in so ein Fünfundzwanzig-Euro-Brötchen beißt?«

Rupert presste die Lippen fest zusammen und schwieg. Sie befanden sich schon auf der Norddeicher Straße, gegenüber von Ollis Tankstelle. Es war nicht mehr weit.

Sascha wusste gleich, was Laura wollte und war hellauf begeistert. Das hörte sich nach einem Ausweg an. Endlich wurden sie aktiv, hatten einen Plan und zogen sich nicht nur verschüchtert in dieses Mauseloch auf Wangerooge zurück.

Damit niemand die Tapete oder die Möbel erkennen und

Rückschlüsse ziehen konnte, gestalteten sie rasch die Wohnküche um. Sie schoben die Couch von der Wand und befestigten mit Heftzwecken ein weißes Bettlaken an der Wand, so dass die Tapete dahinter nicht mehr sichtbar war.

Vor diese weiße Wand wollte Sascha sich stellen und seinen Text aufsagen, aber vor Aufregung zitterten seine Beine so sehr, dass er einen Stuhl brauchte. Auch über den Stuhl warfen sie ein weißes Laken. Weil er nicht wusste, wohin mit seinen Händen, gab Eichinger ihm eine Tasse Tee.

»Halt dich daran fest«, sagte er, »sonst siehst du aus wie ein verängstigtes Kaninchen.«

Saschas erster Versuch ging grauenhaft daneben. Sein Herumgestammele wurde nur von Räuspern unterbrochen.

»Ich ... ähm ... also ... Um eins gleich klarzustellen: Ich bin der Sascha Kirsch ähm ... hust ... und ...« Er nahm einen Schluck kalten Tee aus der blauen Tasse mit dem roten Henkel und verzog den Mund. »Ich wollte allen meinen Freunden sagen ... ähm ... Ich habe Bollmann nicht umgebracht ...«

»Schluss! Aus!«, rief Eichinger. »Wenn das einer sieht, glaubt er dir kein Wort. Du stotterst hier rum wie einer, der genau weiß, dass er gerade beim Lügen ertappt wird. Da kannst du gleich zu den Bullen gehen und gestehen.«

»Ich habe nichts zu gestehen!«

»Nun macht mal nicht so eine Welle, Jungs. Wir werden das alles jetzt hier ganz cool inszenieren. Wie einen Spielfilm.«

»Ja, Frau Regisseurin. Soll ich vor der Kostümprobe in die Maske oder nachher?«, spottete Sascha und befreite sich damit für Sekunden aus der Angst. Diese Panik kam ihm vor wie ein Tier, das in ihm schlief und durch irgendwelche Ereignisse geweckt werden konnte.

Bollmann hatte nur zu gut gewusst, wie er Sascha in diese Angst stoßen konnte, die ihn dumm erscheinen ließ und aus seinem Gehirn einen Wackelpudding machte.

Sascha kannte nur zwei Wege, um aus diesem Zustand wieder herauszukommen. Er musste die Situation als Witz betrachten. Wahrscheinlich kam daher das Wort »Galgenhumor«. Worüber man lachen konnte, das wurde irgendwie kleiner. Wenn das nicht gelang, blieb ihm nur noch die körperliche Reaktion, also weglaufen oder draufhauen.

»Wir sollten genau aufschreiben, was er sagen muss«, schlug Eichinger vor.

Sascha tippte sich gegen die Stirn. »Klar, und dann lese ich ab, oder was?«

»Nein«, konterte Eichinger, »du lernst es auswendig, wie Goethes Gedichte.«

»Ich kann keine Gedichte von Goethe auswendig. Aus welchem Jahrhundert kommst du eigentlich, Georg?«

»Ich frag mich echt langsam, was ihr auf eurem Gymnasium in Bochum lernt. Ihr könnt nicht kochen. Keine Goethe-Gedichte und keine erste Hilfe. Was sollt ihr werden? Wühlmäuse?«

Wieder ging Sascha in den Spott. Er stellte sich betont lässig hin – eine Hand in der Tasche – und sagte: »Wir werden reiche Playboys. Handybesitzer und Aktionäre. Wenn wir Hunger haben, kochen wir nicht. Wir rufen den Pizzaexpress an. Wenn wir Gedichte hören wollen, laden wir uns ein Hörbuch runter, und wenn jemand einen Unfall hat, rufen wir den Notarzt.«

»Na super. Und wie lange dauert das Studium, bis man als perfekter Konsument fertig ist?«

Laura reichte es. »Worum geht es hier eigentlich? Wollt ihr die Frage klären, wer den Längsten hat? Dann holt sie raus, legt sie auf den Tisch, und ich mess nach. Oder wollen wir hier einen Befreiungsschlag für Sascha hinkriegen?«

Eichinger gab sich als Erster geschlagen. »Okay, okay.« An Sascha gewandt, gab er zu: »Sie hat ja recht.«

Sascha hustete. »Mein Hals kratzt. Ich krieg kaum noch ein Wort raus. Das ist das Scheiß-Inselklima. Der Wind und …«

»Trink was. Auf krank machen geht jetzt nicht. Und hitzefrei gibt's heute auch nicht. Du bist hier nicht in deinem Gumminasium. Das hier ist das echte Leben!«

»Jungs! Es reicht!«, mahnte Laura.

»Besser, wir hören auf unsere Regisseurin«, lenkte Eichinger ein und wollte wissen: »Also, wer schreibt das Drehbuch?«

Weller hatte Durst. Er stellte sich ein frisch gezapftes Jever vor. Im Grunde, dachte er, müsste so etwas von der Krankenkasse gezahlt werden. So eine Art Wiedereingliederungsprogramm ins Berufsleben.

Es gab hier eine Krankenschwester, Jutta Schnitger, die teilte seine Leidenschaft für Kriminalromane. Sie fand es witzig, ihm Christiane Frankes »Tod im Watt« auszuleihen und wollte dafür »Otternbiss« eintauschen. Sie behauptete, einen Krimi pro Woche zu lesen, und wenn Weller mit ihr fachsimpelte, musste er zugeben, dass sie sich in der ostfriesischen Kriminalliteratur noch besser auskannte als er. Sie besuchte im Gegensatz zu ihm Lesungen der Autoren und kannte daher viele persönlich.

Er beschloss, Schwester Jutta ins Vertrauen zu ziehen. Sie wollte ihm Blut abnehmen, weil irgendetwas mit seinem Zuckerspiegel nicht stimmte, aber Weller scherzte: »Ich unterzuckere nicht, gute Frau. Ich unterjevere hier.«

Als erfahrene Leserin wusste sie Sprachspielereien zu schätzen und lachte ihn freundlich an. Sie wollte zwar mit ihm über Bücher diskutieren, aber sie kam nicht auf die Idee, ihm ein Bier zu holen.

Sie pflegte die Marotte, immer wenn sie vermutete, wer der Mörder war, einen roten Strich oben an die Seite zu malen und den Namen des Verdächtigen darunterzuschreiben. Da sie im

Suchen und Finden der Mörder offensichtlich besser war als Weller, fragte er sich schon, ob sie ihre Jobs nicht lieber tauschen sollten.

Weller musste zwar ein paar Tropfen Blut abgeben, bekam im Tausch dafür aber kein frisch Gezapftes. Was ihm dann aber von seinen neuen Facebookfreunden an seine virtuelle Pinnwand geheftet wurde, ließ seinen Blutdruck hochschießen und führte zu einer Adrenalinausschüttung, die es in sich hatte. Unter dem Titel »Sascha ist unschuldig« konnte er ein Video anschauen, das bereits siebenhundertzwölf Mal als »Gefällt mir« angeklickt worden war und zu dem es schon einundvierzig Kommentare im Netz gab.

Es verbreitete sich rasant über Freunde, und Weller begriff jetzt erst wirklich, was mit dem Wort »Soziales Netzwerk« gemeint war.

Er sah Sascha Kirsch vor einer weißen Kulisse. Er trug ein nicht mehr ganz frisches T-Shirt. Seine Haare machten auf Weller aber einen gegelten und gestylten Eindruck. Keine Frage, hier wollte einer nicht nur Mädchen beeindrucken, sondern bewarb sich mit seinen blankgeputzten Zähnen auch noch um dem Preis »bester Schwiegersohn aller Zeiten«.

Eine Wutwelle erfasste Weller und spülte ihn fast aus dem Krankenbett. Das da war der Schnösel, der ihm auf die Finger getreten hatte. Wegen dem lag er jetzt hier mit dreifach gebrochenem Bein. Er hätte das Bürschchen am liebsten aus dem Computer gezogen und vermöbelt, aber so weit war die Technik leider noch nicht. Es blieb ihm nichts anderes übrig, als sich anzuhören, was der Junge zu sagen hatte. Dabei begann Wellers Bein erneut zu schmerzen, als sei jeder Satz von Sascha Kirsch ein Tritt gegen den Bruch.

»Hallo, Freunde! Ja, ich bin es, Sascha Kirsch. Ich wende mich in höchster Not an euch. Die ostfriesische Polizei will mir den Mord an Bollmann unterschieben, aber ich war es nicht! Ich

bin unschuldig! Ich muss mich vor ihnen verstecken. Was Leuten wie uns passiert, wenn sie unschuldig gejagt werden, beweist ja wohl das Beispiel von unserem Schülersprecher William Schmidt. Ich will nicht so sterben wie er, gesteinigt von einem wütenden Mob. Die brauchen einfach nur einen Schuldigen und da ist ihnen jeder recht.«

Er schlug die Beine übereinander und nahm einen Schluck aus der blauen Tasse. Dann war der Film offensichtlich geschnitten worden. Plötzlich lehnte er an der Wand, ohne vorher aufgestanden zu sein. Jemand gab ein Kommando, das aber halb abgeschnitten war. Es klang wie: »N ... arte mal.« Zwischendurch war die Stimme noch einmal da und rief: »Läuft!«

»Ihr fragt euch, warum ich vor diesem doofen, weißen Bettlaken stehe? Nun, ich will der Polizei keinen Hinweis geben, wo sie mich finden kann. Angeblich habe ich einen von ihnen im Kampf schwer verletzt.«

Er lächelte, ein bisschen spürte Weller den aufflammenden Stolz in Sascha Kirsch.

»Das stimmt aber nicht. Ihr kennt mich. Ich bin kein Schläger und kein Mörder, ich habe sogar als Streitschlichter an unserer Schule ...« Er verzog den Mund. *»Aber wen interessiert das schon? Jedenfalls ist dieser Typ selber schuld. Er hat mich verfolgt, aber nicht gekriegt. Er ist im Dunkeln ein Baugerüst hochgeklettert und abgestürzt. Ich war Zeuge. Ich habe es gesehen, aber ich habe es nicht gemacht.«*

Wieder gab es einen Schnitt, und Sascha saß auf dem Stuhl. Die Kamera war jetzt näher an ihm dran. Sein Gesicht war groß zu sehen. Weller hätte dreinschlagen können.

Ich liege im Krankenhaus und die stellen mich noch als Idioten hin ... Er musste an Saschas Mutter denken, die sich so rührend für ihren Sohn eingesetzt hatte.

»Ja, ich weiß, ich habe schlechte Karten. Dass Bollmann und ich keine Freunde waren, ist bekannt. Aber Leute, wer hat ihn

denn nicht gehasst? Was war er auch für ein mieses Arschloch ... Ja, klar. Über Tote soll man nichts Schlechtes sagen. Aber lobt deswegen einer Hitler oder Stalin? Das ist doch alles nur Heuchelei. Ja, ich habe die Beerdigungsanzeige für ihn aufgegeben, aber ich habe ihn nicht umgebracht. Es war ein Witz. Ein Streich. Mehr nicht. Was scheinbar gegen mich spricht, spricht im Grunde für mich. Wenn ich ihn hätte töten wollen, dann wäre ich doch kaum so dämlich gewesen und hätte vorher eine Todesanzeige für ihn aufgegeben.«

Ein erneuter Schnitt. Dann sagte Sascha mit halberstickter Stimme: »*Ich umarme euch. Ich liebe euch ...*«

Seine Stimme versagte, und er winkte ab. Dann war das Video zu Ende.

Weller atmete schwer. Er las die ersten Kommentare:

»Freiheit für Sascha!«

»Wir halten zu dir!«

»Fuck the teachers!«

Ein Mädchen, das sich Katzimausi nannte, rief auf, Geld für einen guten Anwalt zu sammeln, denn, so wusste sie zu berichten: »Wer nicht genug Moos hinblättern kann, darf vor Gericht nicht mit Gerechtigkeit rechnen.« Sie gab ihre Kontonummer an und versprach, »total korrekt mit jedem Cent umzugehen«.

Weller hatte eine Stinkwut, und gleichzeitig war er sich ganz sicher, diesen Fall besser im Internet zu lösen als auf der Straße. Er hätte ein Monatsgehalt darauf gewettet, dass seine Kollegen noch nichts von dem Video wussten.

Er versuchte, Ann Kathrin zu erreichen. Während sein Handy die Verbindung aufbaute, las er weiter Kommentare:

»Wir haben ihre Internetverbindung lahmgelegt und ihren E-Mail-Verkehr online gestellt. Du bist nicht alleine, Sascha! Liebe Grüße auch an Laura. Küss sie, falls sie bei dir ist!«

Weller schluckte trocken. Für ein Jever vom Fass hätte er jetzt bedenkenlos einen Tag seines Lebens gegeben. Am liebsten den, an dem er vom Baugerüst gefallen war.

Michaela Lansing ging auf der Frisia V direkt zur Toilette. Mit ihrem Magen stimmte etwas nicht. Ihr Mann, Klaus, behauptete, das habe keineswegs etwas mit den vorzüglichen Miesmuscheln in Weißwein zu tun, die sie gestern Abend gegessen hatten, sondern sei rein psychosomatisch. Drei Wochen war es ihr auf Norderney gutgegangen. Sogar den Labskaus hatte sie vertragen, und trotz der täglichen Portion Eis hatte sie nicht zugenommen.

»Was dich fertigmacht«, sagte er mit verständnisvoller Stimme, »ist der Gedanke an den Stress im Büro, der vor dir liegt. Wenn ich so einen unfähigen Psychopathen zum Chef hätte wie du, würde mir vor lauter Vorfreude auf das Wiedersehen auch schlecht.«

Das stimmte. Sie reagierte psychosomatisch, aber sie kam sich blöd dabei vor, so als sei es verboten. Ja, von schlechten Muscheln durfte einem übel werden. Einen miesen Chef sollte man aber ohne Magenschmerzen ertragen. Warum eigentlich?

Sie war ihrem Mann dankbar. Am liebsten hätte er sich ihren Chef mal vorgeknöpft und ordentlich durchgeschüttelt. Ja, so war er, ihr Klaus. Er trainierte nach Feierabend zweimal pro Woche mit Gewichten im Gym Studio. Er wollte sie gern beschützen, und sie fühlte sich an seiner starken Schulter wohl, aber es gab Dinge, die musste sie alleine regeln. Zum Beispiel das mit ihrem Chef.

Sie erzählte ihrem Klaus gar nicht alles. Der würde sonst ausflippen und ihrem Boss eins aufs Maul hauen. Eigentlich brauchte der Vorgesetzte einen Betreuer und keine Sekretärin und statt einer Buchhalterin eher eine Psychotherapeutin.

Michaela stellte sich vor zu kündigen, und gleich ging es ihr besser. Sie saß auf der Toilette, hörte die Fahrgeräusche der Fähre, und vor ihrem inneren Auge winselte ihr Chef und flehte sie an, doch zu bleiben, weil Mister Großmaul doch längst kapiert hatte, dass er ohne sie erledigt war.

Volker Gajewski aus Mühlheim war iPhone-süchtig. Er musste ständig die neuesten Nachrichten auf n-tv sehen. Die zivilen Polizisten auf Norderney, die sich auffällig unauffällig verhielten, hatten auch sein Zimmer und ihn kontrolliert. Dieser Eichinger musste noch irgendwo sein. In den letzten Tagen hatte er seine dreizehnjährige Tochter nicht einmal alleine zur Eisbude gelassen. Er hoffte insgeheim, die Familienpapis würden Eichinger in die Finger bekommen, bevor die Polizei ihn erwischte und an die butterweiche Justiz auslieferte.

Er hatte sich jeden Mann auf Norderney genau angesehen. Im Inselhotel König wohnte Eichinger jedenfalls nicht. Im Frühstücksraum kannte Volker Gajewski jedes Gesicht.

Jetzt stand seine Tochter auf und ging an die Reling, weil steuerbord Seehunde gesichtet worden waren.

Volker Gajewski las die Nachrichten auf n-tv. Der mutmaßliche Polizistenmörder Eichinger hatte auf Norderney eine junge Frau in den Dünen attackiert. Im Bericht war ein Foto von Eichinger zu sehen. Volker Gajewski kannte dieses Bild, er hatte es sich gleich beim ersten Mal eingeprägt.

Er suchte seine Tochter. Sie konnte nicht weit sein. Er wollte ihr die Nachricht zeigen, damit ihr endlich klar wurde, wie richtig es war, dass ihr Vater sie so streng beaufsichtigte. Natürlich war ihr das auf die Nerven gegangen. Aber alles geschah nur zu ihrem Schutz.

Fast freute Volker Gajewski sich über den Überfall auf die

Touristin. So behielt er mit seiner Vorsicht nachträglich recht. Er ließ die Blicke suchend über die Fähre gleiten. Es waren viele Passagiere auf dem Sonnendeck.

Dann sah er seine Tochter ganz nah bei diesem muskulösen Mann stehen. Gajewski ließ sich durch den modischen Haarschnitt nicht täuschen. Natürlich hatte Eichinger sich seine Engelhaare abgeschnitten und diese bescheuerte Rex-Gildo-Frisur zugelegt, die damals schon blöd ausgesehen hatte und jetzt wieder von Männern getragen wurde, die gerne einen auf Frauenversteher machten. Dieser Schleimer war praktisch auf Tuchfühlung mit Volker Gajewskis Augenstern.

»Da ist ja das Schwein!«, brüllte Gajewski und zeigte auf den Mann. »Fass meine Tochter nicht an!«

Für einen Moment schien der Sittenstrolch verunsichert zu sein. Er tat auf jeden Fall so, als wisse er gar nicht, wer gemeint sei.

Volker Gajewski riss zunächst seine Tochter weg, dann ging er auf den Mann los. Als Gajewski die Arme seines Gegners berührte und die starken Muskeln spürte, verließ ihn für einen Moment der Mut. Aber dann blies er sich umso heftiger auf und tönte: »Herr Eichinger! Sie sind verhaftet! Wir werden Sie in Norddeich der Polizei übergeben. Machen Sie uns keine Schwierigkeiten.«

Der Mann stieß Volker Gajewski von sich weg. Gajewski fiel hin. Seine Tochter schrie.

Der muskulöse Mann tänzelte mit erhobenen Fäusten kampfbereit. »Ich bin nicht der Eichinger, du Idiot!«, rief er.

Volker Gajewski raffte sich auf, und schon stand er wieder auf den Beinen.

»Ich habe ihn erkannt! Er hat sich an meine Tochter rangemacht, das Schwein!«

Zwei Jugendliche packten den Muskelmann von hinten und versuchten, seine Arme auf den Rücken zu drehen. Doch er wirbelte sie herum wie ein zorniges Kind seine Stofftiere. Einer krachte gegen eine Sitzbank und blieb ohnmächtig liegen.

Die Menschen stoben auseinander, weg von dem Kampfherd. Plötzlich stand der Mann alleine, um ihn herum gut zwei Meter Platz, im Rücken die Reling.

Männer griffen sich Gegenstände. Flaschen. Einen Stuhl.

Ein Schweizer Messer mit Korkenzieher blitzte auf.

Eine Frau mit einem T-Shirt Größe XXL, auf dem stand *Als Gott den Mann erschuf, hat sie nur geübt,* schrie: »Dumm gelaufen, Drecksack! Jetzt haben sie dich!«

Eine Colaflasche traf ihn am Kopf. Ein »Coffee to go« im Pappbecher klatschte gegen seine breite Brust. Der eigentliche Angriff erfolgte dann aber nicht durch die aufgebrachten Männer, die ihn eingeschlossen hatten, sondern durch ein Jeansmädchen, das, nachdem sie es leid war, sich von den Freunden ihrer Brüder und den Liebhabern ihrer Mutter betatschen zu lassen, in Gelsenkirchen zunächst ein Karatetraining begonnen hatte und dann zum Kickboxen übergegangen war.

Sie schoss aus der Menge hervor, erwischte ihn mit dem Fuß am Hals, landete dann eine Rechts-Links-Kombination an seinem Kopf und einen Kniestoß in seinen Unterleib.

Der Muskelmann klappte zusammen und rettete sich auf Knien in Richtung Treppe. Die Leute wichen vor ihm zurück, als hätte er eine ansteckende Krankheit.

Jemand rief: »Bravo! Gut gemacht!«

Ein paar Touristen klatschten Beifall.

Das Jeansmädchen trat erneut zu. Jetzt bekam der Mann ihren Fuß zu fassen und brachte sie zu Fall.

Michaela kam von der Toilette. Es ging ihr wieder besser. Sie suchte ihren Mann Klaus auf dem Oberdeck. Sie hörte den Lärm und verstand nicht, was los war. Hatten sie tatsächlich diesen schrecklichen Eichinger an Bord, über den sie inzwischen so viel gelesen und im Fernsehen gesehen hatte? Wurde sie gerade Zeuge, wie ein gefährlicher Verbrecher dingfest gemacht wurde, oder hatte sie mal wieder das Beste auf der Toilette verpasst, so wie sie sonst alles Wesentliche verpasste, weil sie mit diesem Schwachkopf das depressiv machende Büro teilte, während draußen das Leben tobte …

Sie sah ihren Mann und kreischte. Er wurde gerade quer über das Deck gejagt, durch eine wabernde Furche aus Körpern, die sich jedes Mal vor ihm auftat und gleich wieder hinter ihm schloss.

Einmal sah sie kurz sein Gesicht. Er blutete aus der Nase, und über dem rechten Auge klaffte eine offene Wunde. Sie versuchte, sich zu ihm durchzuarbeiten, was aber kaum möglich war.

Über die Lautsprecher wurde eine Durchsage gemacht. Vorhin, als es um das Rauchverbot an Bord ging und die Bitte, auf keinen Fall die Möwen zu füttern, hatte das jedermann verstehen können. Jetzt gingen die Aufforderungen im Lärm der aufgescheuchten Menschen unter. Das Gekreische verschreckte sogar die sonst wenig menschenscheuen Möwen.

Dann rannten plötzlich alle zu einer Seite, nach backbord, und sahen nach unten.

»Da schwimmt er!«

»Der haut ab!«

»Der ist gesprungen!«

»Nein! Wir haben das Schwein reingeworfen!«

»Verreck, du Aas!«

»Als Fischfutter taugt der vielleicht noch was!«

»Ich ess nie wieder Fisch!«

Michaela bekam zunächst keinen Ton heraus. Dann, als es ihr endlich gelang, die anderen niederzubrüllen, kam ihr ihre eigene Stimme erschreckend fremd vor.

»Das ist mein Mann! Mein Mann! Was habt ihr mit ihm gemacht?!«

Sie beugte sich weit über die Reling. Sie sah ihn nicht mehr.

Da war nur das Glitzern der Wellen, die von der Fähre gemacht wurden.

Michaela schrie: »Klaaaauuus!«

Doch ihr Mann tauchte nicht wieder auf.

Ann Kathrin ließ den Seehund heulen. Sie sah im Display, dass Weller dran war und konnte sich lebhaft vorstellen, wie sehr er sich im Krankenhaus langweilte, aber sie hatte jetzt wirklich keine Zeit, um ihn zu trösten oder ihm die Zeit zu vertreiben.

Zwei Hubschrauber kreisten hinter der Fähre über der Fahrrinne und suchten nach einem über Bord gegangenen Passagier. Wenn sie den Meldungen trauen konnte, war es Eichinger. Aber Ann Kathrin hatte ein merkwürdiges Bauchgefühl. Wenn Menschenmassen Verbrecher jagten, ging das selten gut.

Bei der aufgeheizten Stimmung befürchtete sie das Schlimmste.

Rupert entschuldigte sich bei ihr, er müsse mal rasch zur Toilette.

»Du kannst mich doch hier jetzt nicht alleine stehenlassen!«

»Alleine? Schau dich mal um, Ann, hier wimmelt es vor Kollegen. Viele vom BKA, und fast alle haben höhere Gehaltsklassen als wir.«

»Trotzdem.«

»Wenn ich mir in die Hose mache, ist das eine Alternative?«

Er versprach, sich zu beeilen.

Währenddessen sprach Ann Kathrin mit Schrader und Benninga.

»Wir müssen damit rechnen, dass er anders aussieht und falsche Papiere hat. Keine Nachlässigkeiten! Wenn euch irgendetwas oder irgendjemand komisch vorkommt, kein Pardon.«

»Ich denk, der Typ ist ersoffen ...«, sagte Schrader.

Ein BKAler mantelte sich auf: »In Amerika würden jetzt von

jedem Fingerabdrücke genommen. Ohne biometrische Daten ist eine korrekte Personenkontrolle im Grunde Augenwischerei.«

Neben dem Mann erschien Rupert. »Wir wissen ja nicht, wie ihr das bei euch in Wiesbaden macht, aber wir kennen hier unsere Pappenheimer«, giftete Rupert.

Der BKAler sah auf Rupert herab: »Eichinger ist aber nicht euer Pappenheimer, und offen gestanden ist er für euch doch wohl eine Nummer zu groß.«

Damit wurde auch Ann Kathrins Ehre angekratzt. »Jedenfalls ist er uns nicht entwischt, sondern euch!«, stellte sie klar.

Sie wollte keinen Ärger, sondern das hier nur rasch hinter sich bringen.

Wieder heulte ihr Handyseehund los.

Knapp eine Stunde später stieg der erschöpfte Klaus Lansing aus den Wellen der Nordsee. Er ging direkt ins Restaurant Meerblick und verlangte einen heißen Tee, eine Fischsuppe und ein Telefon, um seine Frau anzurufen.

Bingo, dachte Eichinger. Du bist echt klasse, Gentleman. Du hast es geschafft. Sie glauben, ich sei auf Norderney. Jetzt kann ich mich hier frei bewegen. Die Idee mit den Haaren war genial. Falsche DNA-Spuren zu legen ist eines, aber noch eine versuchte Vergewaltigung dazu, das ist genial.

Es machte ihm keine Sorgen, dass diese Straftat jetzt auch noch auf sein Konto ging. Er hatte den Polizisten umgebracht, dagegen war alles andere zweitrangig, und er würde noch einen Pärchenmord für den Gentleman begehen. Danach gab es nur noch Flucht und ein schönes Leben unerkannt in Freiheit oder den Tod. Lebenslang in den Bau gehen würde er nicht.

Top oder Flop. Alles oder nichts.

Am liebsten hätte er dieses grauenhafte Gebiss herausgenommen und weggeworfen. Das Zahnfleisch war jetzt wundgescheuert, und der Kiefer schmerzte beim Sprechen. Selbst die Spitze der Zunge war fast taub. Ständig stieß er damit gegen eine scharfe Innenkante. Der Vorteil war natürlich, dass er dadurch lispelte und seine Stimme nicht ohne weiteres zu erkennen war.

Immer wieder schluckte er, wie ein Mensch, dessen Speicheldrüsen zu viel Flüssigkeit produzierten, aber es war keine Spucke. Er schluckte sein eigenes Blut. Der nussige Geschmack der Krabben in den Rühreiern wurde überdeckt vom metallischen Blutgeschmack.

Als sie sich beim Essen gegenübersaßen und er über einen selbstgemachten Witz lachte, hatte Laura ihn plötzlich kreidebleich angesehen. Er hatte schon befürchtet, sie würde wieder in Ohnmacht fallen. Ihre schreckensweit aufgerissenen Augen mussten in seinem Gesicht etwas entdeckt haben, das fast zu viel war für ihr mädchenhaftes Gemüt.

Jetzt weiß sie, wer du bist, dachte er. Das meint man mit dem Spruch, *es ist mir wie Schuppen von den Augen gefallen.* Sie sieht plötzlich klar und kombiniert richtig. Wahrscheinlich fragt sie sich gerade, wie sie bisher so blind gewesen sein konnte ...

Sie zeigte auf seinen Kopf und stieß die Worte aus wie ein letztes Röcheln vor dem Ableben.

»Was hast du?«

Nun guckte auch Sascha von seinem zweifellos guten Essen hoch und kommentierte, was er sah, mit einem: »Ach, du Scheiße!«

Eichinger wendete sich von ihnen ab und sah sein Gesicht in der Spiegelung auf der Fensterscheibe. Seine weißen Zähne waren blutverschmiert. In den Ecken seiner Lippen trocknete geronnenes Blut.

»Verdammt! Ich muss mir auf die Zunge gebissen haben«, rief Eichinger. Dabei flogen Speichelreste mit Blut honigtropfenschwer über den Tisch. Ein paar landeten auf Lauras Teller und auf ihren Rühreiern mit Krabben.

Eichinger lief zur Toilette und spülte seinen Mund aus.

Im Spiegel betrachtete Eichinger die Wunde oberhalb der Schneidezähne, wo die Zahnattrappe ins Fleisch gescheuert hatte.

Es sah aus wie ein tiefer Schnitt.

Er wollte das quälende Ding einfach ausspucken, aber es hatte sich verhakt. Oben war es schon locker, aber links hinten hing es fest.

Mit beiden Händen zerrte er am Gebiss und stand völlig verrenkt vor dem Spiegel. Er bemerkte nicht, dass Sascha hinter ihm die Tür öffnete und durch den Spalt in den Raum lugte.

Sein Bein zitterte wieder wie die Ankündigung einer Katastrophe. Das Vorbeben. Die Rauchwolke vor dem eigentlichen Ausbruch des Vulkans. Das Zurückziehen des Meeres vor dem Tsunami. So hatte Frau Riebers es bezeichnet. Ein deutliches Warnsignal.

Ein Messerstich in der Schulter oder eine Kugel im Bein wären ihm jetzt lieber gewesen als das hier.

Wie absurd war das denn? Ein gesuchter Mörder mit Zahnfleischbluten? Ein Serienvergewaltiger mit Fußpilz und Migräne? Ein Monster mit Zahnschmerzen?

Er kam sich so lächerlich vor! Das Ganze war demütigend, fand er.

Er konnte nicht länger in den Spiegel sehen. Er schaute sich selbst dabei zu, wie er ihn mit einem Faustschlag zertrümmerte.

Der Schmerz in den Fingern tat gut. Er jagte durch den Unterarm, explodierte im Gelenk und war schon in der Schulter nur noch als warme Welle zu spüren.

»Du heißt gar nicht Georg«, sagte Sascha merkwürdig ruhig und bewegte dabei kaum seine Lippen.

Jetzt, da es endlich raus war, empfand Eichinger es fast als Erleichterung. Keine Lügen mehr. Kein Verstellen. Keine falschen Zähne. Keine gefärbten Kontaktlinsen.

Einfach nur sein, wer man ist. Eichinger lachte.

Noch immer rieselten Splitter vom Spiegel wie Schnee ins Waschbecken. Sie machten dabei ein Geräusch, das Eichinger an Weihnachten erinnerte, warum auch immer. Das Wort »Glasmusik« huschte durch seinen Kopf.

Dann löste sich das Gebiss vollständig ab. Er hielt es hoch. Blut und Schleim tropften auf die weißblauen Fliesen.

»Du bist auf der Flucht. Genauso wie ich«, stellte Sascha fest.

Eichinger stimmte ihm zu. »Ja, wir sind Brüder.«

Eine Weile sagte Sascha nichts. Er versuchte nur, diesen Satz zu verdauen: »Wir sind Brüder.«

Eine richtige Familie hatte er schon lange nicht mehr. War das hier so etwas Ähnliches?

Er musste an Goethes »Wahlverwandtschaften« denken. Er hatte einen Aufsatz darüber geschrieben und behauptet, das Thema sei der Chemie entlehnt.

Goethe hätte das anziehende und abstoßende Verhalten von Naturelementen auf die Figuren seines Romans übertragen.

Dafür hatte er die letzte Bestnote in Deutsch erhalten. Eine Eins Plus. Danach kam Bollmann als Lehrer, und bei dem kriegte er kein Bein mehr auf die Erde.

Damals kam es ihm so vor, als sei sein ganzes Leben, sein Familiendrama, von Goethe vorwegerzählt worden. Seine Eltern, die es plötzlich nicht mehr miteinander aushielten und sich anderen Partnern zuwendeten. Wie Eduard und Charlotte.

War alles frei verhandelbar?

Konnte man sich seine Familie selbst zusammenstellen?

Suchte man sie aus wie ein Essen im Restaurant und wählte beim nächsten Mal eben ein anderes Menü, wenn die Lieblingsspeise fad zu schmecken begann?

War dieser Typ sein Bruder?

Auf jeden Fall waren sie irgendwie miteinander verbunden.

Eichinger nahm sich ein Handtuch vom Halter und wischte sich damit den Mund ab. Dann wickelte er es um seine rechte Hand, mit der er den Spiegel zertrümmert hatte.

»Wer«, fragte Sascha, »bist du wirklich?«

»Spielt das eine Rolle?«

»Ja. Ich möchte schon wissen, mit wem ich es zu tun habe.«

Jetzt erschien Laura hinter Saschas Rücken.

»Warum?«

»Willst du das nicht?«

Eichinger tupfte sich Blut von der Lippe. Er stand vorgebeugt und wirkte auf Sascha mehr wie der Glöckner von Notre Dame und nicht wie ein durchtrainierter Sportsmann.

»Haben dir die Krabben geschmeckt?«

Sascha wusste nicht, was die Frage sollte, nickte aber.

Laura drängte sich in den Raum und schob dabei Sascha mit hinein, der eigentlich lieber im Türrahmen stehengeblieben wäre. Der kaputte Spiegel irritierte sie noch mehr als Eichingers verändertes Gesicht.

»Ich fand die Krabben köstlich«, sagte sie, um mehr Normalität in die Situation zu bringen. »Mit Zwiebeln, Knoblauch und Eiern ein Gedicht.«

So, wie Eichinger sich jetzt hinstellte, war es nicht auszuschließen, dass er gleich begann, über Kräuter und Gewürze zu reden. Thymian, Petersilie und Schalotten. Solche Worte lagen fast greifbar in der Luft, doch stattdessen sagte er: »Und wenn du jetzt erfährst, dass du gar keine Krabben gegessen hast, ändert das dann etwas?«

»Keine Krabben?« Laura lachte. »Ich habe sie selber gepult!«

Ihre Antwort gefiel Eichinger. Er tänzelte von einem Bein aufs andere. Sascha fragte sich, ob der Typ auf Droge war.

»Und wenn ich dir jetzt sage, dass du trotzdem keine Krabben gegessen hast, ändert das dann etwas?«

Laura zählte es an den Fingern auf: »Sie haben gerochen wie Krabben. Ich habe ihnen aus dem Mantel geholfen wie Krabben. Sie haben geschmeckt wie Krabben, und es stand auf dem Schild: Frische Nordseekrabben. Ich vermute mal, es waren auch Nordseekrabben.«

Sascha wusste nicht genau, ob er erleichtert war, weil Laura die Gesprächsführung übernahm oder ob er sich an die Wand gedrängt fühlte. Hier in diesem engen Bad hatte das alles eine sehr körperliche Dimension. Sie waren wie gemeinsam in einem Kokon eingeschlossen.

Er versuchte einen Scherz: »Es werden kaum Hähnchenschenkel gewesen sein. Obwohl, heute weiß man ja nie so genau, wenn es schon Digitalkäse gibt. Äh, ich meine, Analogkäse, dann ...«

Mit einer Handbewegung wischte Eichinger Saschas Worte weg wie Bollmann Blödsinn von der Tafel.

»Krabben«, dozierte Eichinger lächelnd, »sind Kurzschwanzkrebse. Garnelen sind Langschwanzkrebse. Die Nordseegarnele wird fälschlicherweise immer als Krabbe bezeichnet. Das bleibt aber falsch, egal, wie oft es wiederholt wird.«

Sascha sah Laura an. Die zuckte mit den Schultern. »Mir haben sie jedenfalls geschmeckt.«

»Sehr ihr, genau das meine ich. Wir lassen uns doch den Spaß an einem Krabbenbrötchen nicht verderben, weil irgend so ein Klugscheißer kommt und sagt: das«, er äffte einen oberlehrerhaften Ton nach, »das sind doch gar keine Krabbenbrötchen, das sind Garnelenbrötchen.«

»Du meinst«, folgerte Sascha, »es ist im Grunde völlig gleichgültig, wer du bist?«

Eichinger nickte und überlegte, ob es besser wäre, die zwei jetzt gleich zu töten.

Er musste hier auf Wangerooge auf das Pärchen warten, das er für den Gentleman erledigen sollte. Außerdem war er hier sicher, solange er auf Norderney gesucht wurde. Nur die beiden konnten ihm gefährlich werden. Allerdings waren sie auch nützlich.

Er könnte sich hier in der Ferienwohnung einigeln und Laura losschicken, um Besorgungen zu machen. Er musste die Wohnung im Grunde gar nicht mehr verlassen, bis das Pärchen ankam.

Er würde den Doppelmord hinter sich bringen und dann ab in die Freiheit. Doch wenn Sascha und Laura aus dem Ruder zu laufen drohten, musste er sie vorher töten.

»Du bist aber keine Krabbe, und auch keine Scheiß-Garnele!«, zischte Sascha. »Wer bist du?

Kapitän Gerdes wusste aus intensivem Erleben, wie hektisch das Berufsleben sein konnte. Er war froh, es hinter sich zu haben und sich stattdessen der nachhaltigen Ehrenarbeit in der BoJe-Stiftung widmen zu können. Es war für ihn, als hätte er erst jetzt seine eigentliche Bestimmung gefunden.

In einer Polizeiinspektion war er noch nie alleine gewesen. Er sah sich die Bilder von Ole West an. Schiffe. Seezeichen. Leuchttürme, auf Seekarten gezeichnet.

Er näherte sich den Bildern und versuchte, die Maltechnik zu verstehen. Ihm alten Seebären ging bei der Betrachtung dieser Bilder das Herz auf. Aber sie lenkten ihn trotzdem nur kurz ab.

Er hörte Schritte draußen im Flur. Auf keinen Fall wollte er hier auf die Rückkehr der netten Kommissarin und ihres hektischen Kollegen warten. Er musste zurück zu seinem Schützling Hark Hogelücht.

Im Flur traf er auf Rieke Gersema. Die junge Frau weckte sofort Vatergefühle in ihm. Sie hatte die Körperhaltung eines Menschen, der schon viele Nackenschläge verpasst bekommen hatte und dem die Zeit fehlte, sich davon zu erholen. Sie ging wie eine gebrechliche alte Frau, die zu schwer zu tragen hat, doch sie schleppte keinen Sack Kohlen, sie hielt nur einen Becher Kaffee in der Hand. Als sie bemerkte, dass sie nicht allein war, nahm sie sofort eine andere Haltung ein.

Sie ist es gewohnt, sich nach außen anders zu geben, als sie sich fühlt, dachte Kapitän Gerdes.

Er bekam etwas von dem tiefen Leid mit, das sie in sich trug, und als sie in seine Augen sah, wusste sie, dass er wusste, dass sie etwas in sich verbarg.

Die Situation ließ sie erschrecken, machte sie aber nicht weich, sondern schnippisch.

»Kann ich Ihnen helfen?«, fragte sie, und es klang wenig hilfsbereit, mehr wie die Vorbereitung eines Angriffs oder das Zurückziehen hinter die letzte Verteidigungslinie.

Er antwortete nicht sofort, sondern schwankte zwischen der Möglichkeit, ihr sein Herz auszuschütten oder sie besser zu fragen, ob sie vielleicht selbst jemanden zum Reden bräuchte. Er hatte Angst, sie mit seiner Geschichte von Hark Hogelücht und dessen Nöten zu überfordern. Sie hätte seine Tochter sein können, und er spürte durchaus den Impuls in sich, sie väterlich in den Arm zu nehmen und ihr die Gelegenheit zu geben, sich auszuheulen. Er bremste sich aber, denn er war klug genug, um zu wissen, dass er sich bestenfalls eine Ohrfeige einfangen würde.

»Danke, ich glaube nicht. Ich gehe jetzt besser und komme ein anderes Mal wieder.«

Sein Satz machte sie misstrauisch. Sie stellte sich ihm in den Weg und trat fest mit beiden Beinen auf. Sie drückte die Knie durch und stand breitbeinig vor ihm. Das sollte wahrscheinlich Selbstbewusstsein ausstrahlen oder sogar Dominanz, aber er fand es eher lächerlich.

»Zu wem wollten Sie denn?«

»Ich war bei dieser netten, dunkelblonden Kommissarin mit leichtem Ruhrgebietsakzent.«

»Ann Kathrin Klaasen?«

»Ja, genau, so hieß sie.«

Der Mann kam Rieke Gersema zunehmend merkwürdiger vor. Ann Kathrin hatte das Gebäude mit Rupert längst verlassen. Was wollte der Mann noch hier? Da schlich einer alleine, unbeaufsichtigt, in der Polizeiinspektion herum. Für Rieke gab es im Moment dafür nur zwei Gründe.

Beide gefielen ihr nicht. Entweder war das ein Journalist, der versuchte, sich ganz auf die nassforsche Tour einen Vorteil gegenüber seinen Kollegen zu erschleichen, oder – dieser Gedanke erschreckte sie – vor ihr stand der Täter.

Gerade gestern war sie von Ubbo Heide daran erinnert worden, dass Täter sich oft als Zeugen anboten oder sonstwie die Nähe zur Polizei suchten. Hatte dieser Herr hier etwas mit dem Tod des Schülers oder des Lehrers zu tun?

Sie fuhr ihn streng an: »Bleiben Sie hier stehen!«

Er tat es leicht verdattert.

Sie ging an ihm vorbei und öffnete die Tür zu dem Büro, aus dem er gekommen war. Sie hatte es vermutet. Das Zimmer war leer.

»Was haben Sie hier drin gemacht?«

»Nichts. Ich ... hm ... Gewartet.«

»Worauf?«

»Auf Ihre Frau Klaasen?«

»Sie wollen mir doch nicht weismachen, dass die Kollegin Sie da drin einfach hat sitzen lassen?!«

Er zuckte mit den Schultern und verzog das Gesicht.

Sie setzte zornig nach: »Das glaubt Ihnen kein Mensch!«

Erst jetzt erkannte Kapitän Gerdes, dass hinter dem Schmerz und der Traurigkeit dieser jungen Frau eine große, ungelebte Wut lag und fürchtete, dafür gleich als Blitzableiter herhalten zu müssen. Er zeigte als Zeichen seiner Unschuld seine leeren Handflächen vor. Dann sagte er: »Wenn Sie mir nicht glauben, können Sie mich gerne durchsuchen. Und rufen Sie doch Ihre Kollegin an, sie wird es Ihnen bestimmt bestätigen.«

Rieke richtete den Zeigefinger ihrer rechten Hand wie den Lauf einer Waffe auf ihn und ermahnte ihn scharf: »Regen Sie sich ab!«

»Aber ich rege mich doch gar nicht auf, junge Frau.«
»Ruhig! Ganz ruhig!«
»Ich ... Ich bin ganz ruhig.«

Am liebsten hätte Kapitän Gerdes laut um Hilfe gerufen. Da war etwas Unberechenbares in den Augen der Frau.

»Ich weiß nicht«, sagte er betont ruhig, »welchen Film Sie gerade sehen, aber ich spiele darin offensichtlich eine Rolle, die gar nicht zu mir passt. Bitte entlassen Sie mich daraus. Ich heiße Heiko Gerdes. Ich bin ehrenamtlich für die BoJe-Stiftung tätig, und weil ein Patenkind von mir Schwierigkeiten hat ...«

Er hatte die Stimme ihres Vaters.

»Halten Sie den Mund!«, fauchte Rieke Gersema. »Hände an die Wand! Beine auseinander!«

»Aber bitte, junge Frau, machen Sie sich doch nicht lächerlich. Ich schlage vor, wir rufen einen Ihrer Kollegen zu Hilfe.«

Sie richtete ihr Pfefferspray auf seinen Kopf, drückte aber nicht ab. Ihr ausgestreckter Arm zitterte vor Muskelanspannung. Sie stand jetzt raubkatzenhaft, sprungbereit, um sich die Beute zu sichern.

Obwohl er deutlich spürte, welche Gefahr von ihr ausging, stellte er sich nicht an die Wand, um sich abtasten zu lassen, wie er es aus amerikanischen Polizeifilmen kannte.

Er wäre sich dabei albern vorgekommen, auf eine kindische Art dumm. Nein, er tat nicht, was sie verlangte, er empfand es als zu demütigend.

Plötzlich fand er sich auf dem Boden liegend wieder. Sein Gesicht wurde nach unten gedrückt, sein auf dem Rücken verrenkter Arm nach oben gezogen.

Der Schmerz jagte in Wellen durch seinen Körper.

»Mit mir nicht! Nicht mit mir!«, brüllte Rieke Gersema.

»Ich bin nicht der, für den Sie mich halten.«

»Schnauze, hab ich gesagt! Schnauze!«

Sie spürte sofort, dass gerade etwas mit ihr geschah, das absolut nicht in Ordnung war, aber sie hatte keine Ahnung, wie sie es stoppen sollte.

»Seien Sie doch vernünftig«, stöhnte der Kapitän mit gegen den Boden gepresster Kinnlade.

Hark Hogelücht hielt es in der Wohnung des Kapitäns nicht länger aus, aber er traute sich auch nicht raus. Er fühlte sich verpflichtet, den King anzurufen und ihn zu warnen. Gleichzeitig wusste er nicht, was er sagen sollte. Außerdem, war die Loyalität zum King dann ein Verrat am Kapitän?

Es zerriss ihn fast, wie früher, wenn er nicht zu Mama und Papa gleichzeitig halten konnte, weil die zwei sich spinnefeind waren und praktisch bei keinem Thema mehr zu einer gemeinsamen Meinung fähig.

Hark Hogelücht empfand all die Bücher plötzlich als Vorwurf. Sie schrien ihn praktisch an, waren beleidigt, weil er sie nicht gelesen hatte. Sie grinsten über seine Situation, über all seine Sorgen. In ihnen, so schien ihm jetzt, waren die Antworten auf all seine Fragen ans Leben, aber jetzt hatte er keine Zeit mehr, die Antworten zu suchen. Der Zug war irgendwie schon abgefahren, ohne ihn.

»Welche Bücher muss man denn gelesen haben?«, hatte er den Kapitän gefragt, und der hatte nur gelacht. »Beim Lesen«, hatte er gesagt, »ist wirklich der Weg das Ziel.«

Er hatte das nicht verstanden, und der Kapitän fügte hinzu: »Der Spaß liegt im Suchen. Es gibt für jeden den richtigen Autor und das richtige Buch. Man muss es nur finden, auf der Reise dahin gibt es viele Abenteuer zu erleben. Das ist wie sich verlieben. Man sucht, und wenn man die Richtige gefunden hat, dann macht es wirklich Spaß, aber die Suche ist auch nicht zu verachten.«

Der hat gut reden, hatte er damals gedacht, und jetzt wusste er plötzlich die Lösung. Er würde sich umbringen, einfach Schluss machen. Vielleicht hätte er in einem nächsten Leben bessere Chancen. In diesem war alles vergeigt.

Der Kapitän hatte eine Pistole, und er wusste auch, wo. Er hatte sie ihm einmal gezeigt. Eine .45er. Der Kapitän war in irgendeinem Verein, in dem sie mit solchen Waffen schossen. Irgendwie passte es gar nicht zum Kapitän, fand Hark.

Er holte die Waffe aus dem Schrank. Sie musste eigentlich in einem Tresor abgeschlossen aufbewahrt werden, hatte der Kapitän ihm erzählt, damit kein Unbefugter sich damit unglücklich machte. Der Kapitän besaß auch so einen Tresor, aber darin standen nur zwei Flaschen mit wertvollem Whisky. Der Schlüssel lag obendrauf. Die Flaschen waren handsigniert und nummeriert. Der Kapitän hatte sie aus einer Destillerie in Schottland mitgebracht.

Weil Hark die Liebhaberei des Kapitäns kannte, hatte er ihm einmal aus Freude und Dankbarkeit für die Lehrstelle eine Flasche Bourbon mitgebracht. Der Kapitän hatte sich freundlich bedankt, aber er konnte nicht verbergen, dass Bourbon für ihn kein richtiger Whisky war. Whisky musste aus Schottland kommen, oder wenigstens aus Irland.

»Das«, hatte der Kapitän viel später gesagt und auf den Bourbon gedeutet, »ist nur etwas für Säufer. Scotch ist etwas für Genießer.«

Hark Hogelücht schob sich den Lauf der Waffe in den Mund. Seine Augen waren feucht, und der Zeigefinger war so geschwollen, dass er damit gar nicht schießen konnte.

Er war nicht einmal in der Lage, ihn um den Abzugshahn zu krümmen.

Doch dann hielt er inne. Er hatte von dem Vater gelesen, der verurteilt worden war, weil sein Sohn mit seiner Schusswaffe einen Amoklauf gemacht hatte. Die Pistole hätte der Vater gesichert aufbewahren müssen. Bekam der Kapitän etwa Ärger, wenn er sich hier mit seinem .45er umbrachte?

Er wollte dem Kapitän keine Probleme machen. Der Kapitän war ein guter Mann.

Er fürchtete nicht nur, der Kapitän könnte Schwierigkeiten mit der Polizei bekommen, er fragte sich jetzt auch, ob der Kapitän überhaupt einen Waffenschein hatte. Außerdem ... wenn er sich hier in den Mund schoss, würde sein Blut überall herumspritzen und das ganze schöne Wohnzimmer versauen, den Teppich, die kostbaren Bilder, die Tapeten, den Sessel ...

Nein, das konnte er dem Kapitän nicht antun. Wer sollte das alles wieder sauber machen? Hatte der Kapitän überhaupt eine Putzfrau? Und selbst wenn, wem konnte man zumuten, Gehirn von der Wand zu wischen?

Hark Hogelücht war viel zu ordentlich und pflichtbewusst, um sich hier zu erschießen. Er suchte einen besseren Ort. Er ging in die Garage.

Der große, fast leere Raum erschien ihm geeigneter. Die Fliesen auf dem Boden und an den Wänden erinnerten ihn an das Innere einer Schlachterei, in der er sich einmal beworben hatte. Dann war ihm aber schlecht geworden, und er hatte begriffen, dass er zu diesem Beruf wie zu so vielen anderen nicht taugte.

Er entdeckte das Gestänge des Garagentores. Die Metallschienen, die Führungen, die Ketten. An der Wand in dem Holzregal lagen neben dem Autobatterie-Aufladegerät und dem Verbandskasten die Werkzeugkiste und eine Schachtel, in der der Kapitän alte Batterien aufbewahrte. Nie hätte er sie mit dem Hausmüll entsorgt. Dahinter ein Wagenheber und ein Abschleppseil.

Auch die Gartengeräte waren hier ordentlich aufgereiht. Rechen und Spaten hingen an Haken an der Wand, daneben eine große Baumschere und einige kleinere Scheren zum Beschneiden der Rosen und Heckensträucher.

Hark steckte sich den .45er in den Hosenbund und ließ das Seil durch seine Finger gleiten. Ja, er würde das Seil nehmen, das Seil erschien ihm eine gute Lösung. Hier in der Garage wollte er baumeln und auf die Heimkehr des Kapitäns warten.

Er stellte sich vor, was der Kapitän dann tun würde. Er wäre in dem Fall nicht wütend auf ihn, denn er hätte keine Sauerei hinterlassen, dafür hätte der Kapitän aber eine Mordswut auf den King und die ganze verlogene Bande. Der Kapitän würde ihnen die Hölle heißmachen.

Der Gedanke gefiel Hark. Er beschloss, einen Abschiedsbrief zu schreiben. Er hatte so einiges klarzustellen, jeder sollte wissen, wer die Schweine hier waren. Er würde sie bloßstellen. Sie alle. Eine Anklageschrift wollte er verfassen.

Er ging ins Haus und deponierte den .45er im offenen Tresor. Den Whisky nahm er raus und stellte die wertvollen Flaschen auf den Tisch. Zu gerne hätte er sich jetzt einen Schluck genehmigt oder wenigstens einmal daran gerochen, aber er traute sich irgendwie nicht.

Nein, es war nicht die Angst vor Bestrafung. Schließlich hatte er vor, sich umzubringen. Er wollte den Kapitän einfach nicht enttäuschen. Das war es. Darum hatte er im Betrieb durchgehalten. Darum stand er jeden Morgen pünktlich auf, wenn der Wecker klingelte und der Rest der Familie in den Betten blieb und sich höchstens beschwerte, wenn er zu viel Lärm machte, während er über ihre Bierflaschen und Pizzaexpressreste zum Badezimmer stolperte.

Wie sollte er den Abschiedsbrief schreiben? Am Computer des Kapitäns? Er kannte sein Passwort nicht.

Mit dem Handy? Ein Abschiedsbrief als SMS?

Tschüss, das wars, ich trete hiermit ab. Anbei die Liste der Schuldigen ...

Nein. Er suchte Briefpapier. So etwas gab es im Schreibtisch. Sogar zwei Sorten, ein geschäftsmäßiges und eins aus dickem Büttenpapier, handgeschöpft. Die Adresse war wie mit einem Prägestempel aufgedruckt.

Wie beginnt man so einen Brief? *Lieber Pate? Sehr geehrter Herr Kapitän? Bitte seien Sie mir nicht böse, weil ich mich in Ihrer Garage aufgehängt habe, aus Rücksicht auf Ihre Möbel habe ich mir nicht in Ihrer Bibliothek das Gehirn rausgepustet?*

Er zerriss das Papier. Nein, so ging es nicht. Das klang alles zu flapsig. Außerdem wusste er nicht genau, wie man Bibliothek schrieb.

Der Kapitän sagte nie »Wohnzimmer«, sondern immer nur stolz »Meine Bibliothek«. Aber Wohnzimmer konnte Hark schreiben. Wer will schon einen Abschiedsbrief mit Rechtschreibfehlern hinterlassen?

Jetzt fühlte er sich schuldig, weil er das wertvolle Briefpapier zerrissen hatte. Er überlegte, wie er es entsorgen sollte. Auf keinen Fall sollte der Kapitän seinen Versuch später rekonstruieren.

Hark nahm ein Blatt von dem einfachen Papier und schrieb den Abschiedsbrief erst einmal vor. Später würde er alles auf Büttenpapier abschreiben, am besten mit einem Füller, und dann alles andere verbrennen. Ja, verbrennen war gut, aber wie? Der Kapitän hatte eine Zentralheizung.

Hark nahm sich vor, alles ganz klein zu reißen und unter den Biomüll zu mischen. Dann begann er erneut:

Damit eines ganz klar ist, ich habe den Stein nicht geworfen. Mein Tod ist kein Schuldanerkenntnis.

Hieß es *Schuldanerkenntnis* oder *Schuldanerkennung*? Er kaute auf der Unterlippe herum. Eine SMS wäre doch besser gewesen. Dann schrieb er:

Kapitän, kein Mensch hat je so sehr an mich geglaubt und zu mir gehalten wie Sie. Aber es tut mir leid, ich bin nicht so stark wie Sie. Ich wäre es gerne, um mich gegen all die hirnrissigen Idioten zur Wehr zu setzen, die mich immer fertiggemacht haben. Der King war nur einer von vielen ...

Eichinger drängte die zwei aus dem Badezimmer. Sein rechtes Bein zitterte, aber er spürte die im harten Training aufgebaute Muskelkraft. Sein Bizeps war so dick wie Saschas Oberschenkel. Trotzdem schien Sascha keine Angst zu haben. Er ging zwar rückwärts, versteckte sich aber halb hinter Laura, und tönte laut herum: »Du bist ein Illegaler, stimmt's?«

»Kein Mensch ist illegal. Nirgendwo!«, bremste Laura Sascha.

»So meine ich das nicht. Der hat einen Revolver bei sich und ...«

»Das ist kein Revolver«, stellte Eichinger klar.

Sascha ereiferte sich. »Nein? Sieht aber auch nicht nach einem Marzipanschweinchen aus!«

»Du hast seine Sachen durchwühlt?«, empörte Laura sich.

»Ja, klar. Er war mir unheimlich. Ich wollte wissen, mit wem ich es zu tun habe.«

Eichinger drückte seine Brust raus. Er hatte die zwei vor sich her ins Wohnzimmer bugsiert.

»Ein Revolver«, sagte er, »hat eine Trommel. Das ist eine Pistole. Die hat ein Magazin im Griff.« Tadelnd schüttelte Eichinger den Kopf. »Was bringen sie euch an eurem Gymnasium bloß bei?« Er schnalzte mit der Zunge und dozierte: »Das Wort *Revolver* ist ein Anglizismus, während das Wort *Pistole* ursprünglich aus dem Tschechischen kommt. Früher wurden von Polizei und Militär hauptsächlich Revolver benutzt, aber da in eine Pistole mehr Munition passt, stieg man rasch um. Obwohl ich persönlich Revolver bevorzuge, wegen der Verlässlichkeit. Sie haben einfach weniger Ladehemmungen und ...«

»Föhn mich nicht mit deinem Müll zu! Glaubst du, das interessiert hier irgendwen?«

Eichinger hob die Arme in die Luft und drehte den beiden den Rücken zu. »Okay, okay! Ich hab's kapiert!«

Wenn Sascha diese Situation nicht ausnützen würde, ihn von hinten anzugreifen, dann war er zunächst sicher vor ihm.

»Was hast du kapiert?«, fragte Sascha.

»Dass du eine Scheißangst hast. Es könnte alles rauskommen.«

»Häh? Wovon redest du?«

»Von der Sache mit Bollmann. Eurem toten Lehrer. Schon vergessen, du Schlaumeier?«

Jetzt regte Sascha sich erst recht auf, aber Eichinger begann, das Geschirr in die Spülmaschine zu räumen und die große Pfanne mit der Hand zu säubern. Damit demonstrierte er geschickt, dass er keineswegs vorhatte, diese Ferienwohnung aufzugeben.

Wer aufräumt und abspült, will bleiben. Er ließ heißes Wasser ins Spülbecken prasseln.

Sascha wendete sich an Laura: »Der will nur von sich ablenken. Der weiß nichts.«

Eichinger lachte. »Ich habe seine Schreie gehört.«

»Lass dir nichts erzählen, Laura! Das ist nicht wahr. Der reimt sich das zusammen. Das hat der in der Zeitung gelesen.«

Eichinger zeigte mit einem Finger voller Schaum auf Laura. »Du hast versucht, ihm zu helfen, als er im Watt eingesunken war und nicht weiterkam. Du und noch zwei Jungs.«

»Ja!«, rief Laura überrascht. »Kai und Felix!«

Sascha ließ sich genervt in einen Sessel fallen.

»Aber dann«, fuhr Eichinger fort, »seid ihr in Richtung Norddeich gelaufen und er weiter auf Norderney zu.«

»Das stimmt«, stöhnte Laura. Tränen traten in ihre Augen. Die ganze schreckliche Situation wurde wieder in ihr hochgespült. Es war, als würde sie mitten im Watt stehen. Durstig und erschöpft.

Die Panik kam wieder. Diese Zerrissenheit.

Umkehren oder weiter auf die Insel zu?

Schaffen wir es, oder wird das hier heute unser Todestag?

»Du hast uns zugehört, wie wir darüber gesprochen haben«, behauptete Sascha. Doch Laura hielt sich an der Tischkante fest wie an einem Rettungsring. Es sah unfreiwillig komisch aus.

Sie sagte blass: »Wir haben nicht darüber geredet.«

»Doch, nachts. Du hast geheult. Du konntest nicht schlafen. Er hat uns belauscht, der Spanner.«

Eichinger beachtete Sascha gar nicht, sondern trocknete jetzt die gusseiserne Pfanne ab und erzählte weiter, wie jemand, der am Lagerfeuer seine besten Abenteuergeschichten auspackt: »Als der Nebel kam, hat er nicht aufgehört zu schreien. Er sank immer tiefer, weil er so rumgestrampelt hat in seiner Angst. Er hat eure Namen gerufen. Erst alle: *Kai!* Und *Felix*! Und immer wieder *Laura*! Aber ihr seid einfach weitergegangen. Habt ihn zurückgelassen wie einen alten Mantel.«

Der Plauderton, in dem er sprach, machte alles noch viel monströser, weil die Erzählhaltung nicht zum Inhalt passte.

Laura sah aus, als würde sie dagegen ankämpfen, im Schlick zu versinken. »Nein, das stimmt nicht! Wir haben ihm geholfen!«

Unbeirrt fuhr Eichinger fort: »Zuletzt hat er nicht mehr daran geglaubt, dass einer von den Jungs zurückkommt. Dann hat er nur noch dich gerufen: *Laura! Laura!* Immer wieder hat er *Laura*! um Hilfe angefleht. Ich glaube, der alte Narr hat bis zum Schluss gedacht, du würdest wiederkommen.«

»Hör auf!«, schrie Laura. »Sei ruhig!«

Eichinger war sich der Wirkung seiner Worte auf Laura durchaus bewusst. Er hatte das Gefühl, sie mit Worten unter Kontrolle bekommen zu können. Er hatte das früher mit seinen Freundinnen eingeübt. Sätze waren viel wirkungsvoller als Schläge. Worte tropften wie Gift in einen Menschen oder wie wirksame Medizin, je nachdem. Worte konnten abhängig machen. Sie würde schon bald an seiner Nadel hängen.

»Ja«, sagte er. »Es ist schwer, die Wahrheit zu ertragen.«

»Als der Nebel weg war, hat Bollmann noch gelebt«, weinte Laura mit verzogenem Mund.

»Ja. Das stimmt. Ich habe ihn herausgezogen. Ich.«

Sascha erhob sich. »Du?«

»Ja, was dachtet ihr? Der Erzengel Gabriel? Die Mainzelmännchen?«

Sascha stemmte beide Fäuste in die Hüften. »Und warum ist er dann jetzt tot?«

»Weil er stur weiter in Richtung Norderney gegangen ist, der blöde Hund. Er war völlig entkräftet, humpelte. Dann ist er wohl in einen Priel geraten und ...«

»Was«, fauchte Sascha, »wolltest du denn eigentlich da mitten im Watt?«

Eichinger stieß Sascha gegen die Brust. »Reg dich ab, Kleiner, und setz dich wieder hin. Ich habe Austern gesammelt. Ja, da staunst du, was? Ein Feinschmecker sucht wilde Sylter vor Norderney im Watt. So etwas lernt ihr nicht in eurer komischen Gummischule.«

»Ich gehe nicht in eine Gummischule, sondern aufs Gymnasium. Kannst du dir das merken, Locke?«

Eichinger fuhr sich mit der rechten Hand über seinen kahlrasierten Schädel.

»Der war gar nicht da, Laura. Lass dir von dem nichts weismachen. Das stand alles in der Zeitung, auch das mit dem Nebel.«

Laura ging zum Spülbecken, ließ ein Glas voll Wasser laufen und trank es gierig leer. Sie stöhnte und setzte es hart ab.

»Ich habe jemanden gesehen. Nicht weit von uns. Warst du das?«

»Ich denke schon. Es sei denn, du hast ihn gesehen.« Eichinger zeigte auf Sascha.

Der zuckte zusammen. »Ich war nicht da.«

»O doch, das warst du! Ich habe dich beobachtet, mein Freund.«

»Das sagst du nur, weil du mir etwas in die Schuhe schieben willst.«

»Hör doch auf zu lügen, Sascha. Er weiß es sowieso«, sagte Laura.

Eichinger nickte. »Sascha war der Grund, warum du weiter mit Bollmann gegangen bist, stimmt's? Er hat auf Norderney gewartet. Dann hast du ihm ständig gesmst, wie schwer der Weg ist und wie verrückt die ganze Aktion.«

»Ja!«, schrie sie. »Na und?!«

»Und als dir dann dein Handy in den Matsch fiel und das Salzwasser nicht überlebt hat, da hat dein Schatz sich Sorgen gemacht und ist dir entgegengekommen.«

»Ja, und ...«

Eichinger blähte seinen Brustkorb auf. »Und dann am Priel, da bist du auf Bollmann getroffen, stimmt's, Sascha?«

»Nein!«

»Und dann seid ihr in Streit geraten. Bollmann wusste natürlich sofort, was los war und hat dich zur Rede gestellt, und dann hast du ihm nur einen kleinen Schubs gegeben. Mehr war gar nicht nötig, den Rest hat das reißende Wasser erledigt.«

»Halt die Schnauze, oder ich ...« Sascha hob die rechte Faust.

Eichinger lachte. »Oder was? Mach dich doch nicht zum Affen, junger Freund.«

Er tippte mit dem Zeigefinger gegen Saschas Nase, um ihm klarzumachen, dass er nicht nur stärker, sondern auch viel schneller war.

»Hast du Bollmann umgebracht?«, fragte Laura entgeistert.

Eichinger schmunzelte. Das Gift seiner Worte wirkte. Sie vertraute Sascha schon nicht mehr. Es war so einfach, Beziehungen zu zerstören. Manchmal reichte ein kleiner Nadelstich und sie zerplatzten wie Luftballons.

Trotzig, mit dem Gesicht eines enttäuschten Fünfjährigen, zeterte Sascha: »Aber es geht nicht um mich, verdammt! Es geht um ihn! Der lenkt doch nur ab! Wer bist du? Vor wem versteckst du dich?«

»Also gut. Was soll's. Ich weihe euch ein. Man nennt mich den Hai.«

»Ja und? Meinetwegen kannst du dich auch Zwerg Nase nennen. Aber wir wollen wissen, wer du wirklich bist.«

»Das wird eine längere Geschichte«, sagte Eichinger und begann eine Weinflasche zu entkorken.

Das kam Sascha unangemessen vor. »Sieht das hier nach einer kleinen Party aus?«, fragte er spitz.

»Wenn du Gläser hast und Kerzen anzündest, könnte glatt eine daraus werden.«

Eichinger klemmte die Flasche zwischen die Knie und zog den Korken mit einem satten Plopp heraus. Bevor er eingoss, roch er am Korken, dann sagte er freundschaftlich: »Ich erzähle euch, wer ich wirklich bin, und dann wollen wir von dir genau wissen, wie du Bollmann umgebracht hast.«

»Hab ich nicht!«

»Hast du doch!«

Rieke Gersema kniete vor Kapitän Gerdes. Er saß, mit dem Rücken an die Wand gelehnt, auf dem Boden. Er war blaß, die aufgeplatzte Unterlippe zitterte. Seine Lunge pfiff asthmatisch. Er hielt ein zerknülltes Tempotaschentuch in der Hand. Er sah in Riekes Richtung, aber sein Blick fokussierte sie nicht. Seine Augen wirkten leer, als würden dahinter keine Gedanken stattfinden. Da waren nicht einmal Gefühle, sondern einfach nur ein weites, sinnloses Nichts.

Rieke Gersema berührte mit zitternden Fingern sein Gesicht und strich über die Unterlippe. Sie zitterte leicht.

»Es ... es tut mir leid ...«, stammelte sie. »Ich ... ich wollte das nicht ... Ich bin sonst nicht so ... Ich weiß auch nicht, was mit mir passiert ist. Ich habe einfach die Nerven blank ... ich ...«

Er drückte seine Hände auf den Boden und versuchte, sich hochzustemmen.

»Helfen Sie mir«, sagte er.

Sie federte hoch und griff ihm unter die Arme. Er schob sich mehr an der Wand hoch, als dass er aufstand, aber seine Beine versagten. Die Muskeln wollten ihm nicht gehorchen.

»Haben Sie sich verletzt?«, fragte sie fürsorglich.

Merkwürdig sachlich stellte er fest: »Ich habe mich nicht verletzt. Sie haben mich verletzt.«

»Ja, stimmt. Wenn Sie mich anzeigen, dann werde ich meinen Job verlieren.«

Er atmete schwer. Er hatte Probleme, auszuatmen.

Er betastete seine rechte Seite.

»Haben Sie sich eine Rippe gebrochen?«

Jetzt gelang es ihm, sie zu fixieren. Es kehrte Leben in seine Augen zurück.

»Nein, es ist mein Herz. Ich habe Probleme mit der Pumpe.«
»Soll ich Sie zum Arzt fahren?«
»Haben Sie einen Führerschein?«

Sie wusste nicht, ob das ein Scherz war oder eine echte Frage.
»Ich möchte Ihnen gerne helfen.«
»Sie brauchen selbst Hilfe, junge Frau.«
»Bitte geben Sie mir eine Gelegenheit, das wiedergutzumachen. Ich bin völlig ausgerastet, ich ... Ich bin sonst nicht so. Was müssen Sie von mir denken? Ich ...«

Er versuchte, einen Schritt zu gehen, musste aber von ihr gestützt werden.

»Wenn einen die Teufel der Vergangenheit jagen, und man nicht bereit ist, sich ihnen zu stellen, dann müssen oft andere – völlig unschuldige Menschen – darunter leiden.«

Sie ließ ihn los, um ihn besser anschauen zu können.

Er kippte nach vorn. Sie hielt ihn wieder und drückte ihn mit ihrem Körper gegen die Wand, um ihm Halt zu geben.

»Wie meinen Sie das? Was für Teufel?«

Sie kam sich unglaublich blöd dabei vor, sich von einem älteren Herrn, dem sie gerade den Arm umgedreht hatte, auf dem Polizeiflur beraten zu lassen.

»Als Sie auf mich losgegangen sind, junge Frau, da meinten Sie nicht mich. Wen haben Sie da vor sich gesehen?«

Sie hörte sich selbst wie aus der Pistole geschossen antworten: »Meinen Vater.«

Sie erschrak zutiefst über das, was sie gesagt hatte und wusste doch, dass es die Wahrheit war.

Sie kämpfte mit den Tränen und sagte sich streng: *Ein fremder Mann kommt aus einem leerstehenden Büro. Du hast jedes Recht der Welt, ihn festzuhalten und seine Personalien festzustellen.*

Eine andere Stimme in ihr stellte hämisch klar: *Ja, aber nicht das Recht, ihn auf den Boden zu zwingen und seinen Arm zu verrenken.*

In einem der Büros klingelte ein Telefon.

Eine Tür schlug eine Etage höher zu, und draußen hupte jemand. Plötzlich waren so viele Außengeräusche da, dass sie sich beobachtet fühlte.

Auf keinen Fall wollte sie jetzt so, wie sie war, und dann noch mit ihrem Opfer am Arm, einem Kollegen begegnen.

Noch nie hatten sich die Schritte auf der Treppe für sie so laut angehört wie jetzt.

Sie schob sich mit dem Kapitän in die Damentoilette.

»Bevor Sie sich jetzt die Wäsche vom Körper reißen und versuchen, mich zu verführen«, scherzte der Kapitän, »sollten Sie lieber zum Augenoptiker gehen und sich eine Brille machen lassen. Sie sind vierzig Jahre jünger als ich. Na, sagen wir, dreißig, und auch wenn Ihnen das merkwürdig vorkommt, ich bevorzuge Rentnerinnen aus meiner Altersgruppe.«

Sie hielt sich den Zeigefinger vor den Mund. »Pssst!«

Eine Männerstimme auf der Damentoilette konnte auch bei dem naivsten Kollegen Misstrauen wecken.

Die Schritte bewegten sich auf die Tür zu. Es mussten eine Frau auf Highheels sein und ein Mann.

Der Mann war schwer und atmete keuchend. Er schritt weit aus, denn die Stöckelschuhe machten mehr Schritte als die Sandalen des Mannes, die zu locker saßen und nachklappten, als würde die Sohle bei jedem Schritt auf dem Boden kleben bleiben und sich erst langsam lösen, um dann gegen die bereits erhobene Hacke zu klatschen.

Die Schritte verhallten. Dann flüsterte der Kapitän: »Also, wenn Sie etwas wiedergutmachen wollen, dann ...«

»Ja?«

»Dann können Sie mir vielleicht helfen. Wissen Sie, ich glaube, dass jeder Mensch eine zweite Chance verdient hat ...«

Sie lächelte ihn erfreut an. Sie bezog den Satz auf sich.

»Und bei mir zu Hause, da sitzt ein junger Mann, der steckt echt in Schwierigkeiten.«

»Was kann ich tun?«

»Zunächst einmal versprechen, dass Sie ihn nicht zusammenschlagen.«

Sie hob drei Finger. »Ehrenwort.«

Die einzige Erkenntnis, die Ann Kathrin von der Überprüfung der Passagiere für sich mitnahm, war, dass die Menschen Angst hatten und einige unter ihnen nur zu gern die Sache selbst in die Hand nehmen wollten. Leider entdeckte sie weder Plim noch Plum, aber immerhin hatte Klaus Lansing die Attacke aufgebrachter Bürger überlebt. Sie bat nach einer halben Stunde den Kollegen Wischnewski, sie mit zurückzunehmen. Ihr sei übel.

Sie wollte in ihr Auricher Büro im Fischteichweg, aber auf keinen Fall wollte sie mit Rupert fahren. Sie glaubte, weder zu Hause im Distelkamp noch in der Norder Polizeiinspektion genügend Ruhe zu finden. Sie fragte sich, wann sie ihr Büro in Aurich zum letzten Mal gesehen hatte. Sie dachte an die neuen Nachbarn, den Bogen in der Tür, an Rita und Peter Grendel und das ostfriesische Begrüßungsritual, dann an Frank im Krankenhaus und schließlich an ihren Sohn Eike, den sie ewig und drei Tage nicht gesehen hatte. Sie fühlte sich müde und krank.

Sie bat den Kollegen, auf der Norddeicher Straße, gerade dort, wo es bei MacDonald's zum Combi-Markt abging, kurz anzuhalten.

»'n Hamburger?«, fragte er.

Sie schüttelte den Kopf. »Nein. Ich brauche frische Luft. Lass mich einfach hier raus.«

Er tat, was sie wollte und fragte sich schuldbewusst, ob das etwas mit ihm und seinem Atem zu tun hatte.

Sie sprang fast aus dem Auto und flüchtete geradezu in Richtung Combi, wo sie sich am Grillstand ein halbes Hähnchen kaufte, das sie stehend mit bloßen Händen und gierig aß.

Sie nahm sich eine Nase voll von diesem unwiderstehlichen Geruch. Sie fühlte sich fast zum Schämen, geradezu kannibalisch, als hätte sie gerade kein Hähnchen, sondern ein wohlschmeckendes Stück einer Geschlechtsgenossin verspeist.

Dann sah sie einen Mann aus ihrem Viertel. Fritz Lückemeyer kam mit einem Einkaufswagen voller Waren aus dem Combi. Er begrüßte Ann Kathrin freundlich. Sie nickte.

Fritz war ein netter, hilfsbereiter Mensch. Sie ging zu seinem Fahrzeug. Er packte den Kofferraum mit Gemüse voll.

»Ich muss«, sagte sie, »zum Deich. Meine Kollegen gehen mir im Moment tierisch auf den Keks. Kannst du mich ...«

»Kein Problem.«

Er wollte gar nicht zum Deich, nahm sie aber gerne mit.

»Nein«, bat sie, »nicht zum Hafen. Da wimmelt es noch vor lauter Kripoleuten. Ich muss an eine einsame Stelle.«

»Kein Problem«, nickte er wissend. Die Art, wie er zweimal »kein Problem« gesagt hatte, tat ihr unendlich gut. Er spürte offensichtlich genau, was sie brauchte: eine kleine Verschnaufpause. Eine problemfreie Zone.

Fritz schwieg im Auto, war aber aufmerksam. Er ließ sie kommen, statt fordernd zu fragen.

»Es ist heftig im Moment«, klagte sie.

»Der tote Lehrer?«

»Ja, und dieser frei laufende Vergewaltiger und Frank im Krankenhaus.«

»Wie geht es Frank?«

Sie wollte antworten: »Danke, gut«, hob dann aber nur verzweifelt die Hände vors Gesicht und sagte: »Die ganze Wahrheit ist, ich weiß es nicht. Ich kriege im Moment mein Leben nicht mehr auf die Reihe ...«

»Hattest du deshalb noch keine Zeit, dich um deinen Garten zu kümmern? Soll ich das machen, bis Frank wieder fit ist?«

»Wieso? Was stimmt mit meinem Garten nicht?« Sie fragte

sich, wann sie zum letzten Mal bewusst in den Garten geguckt hatte.

»Na, der Maulwurf. Er hat eine Art Truppenübungsplatz daraus gemacht. Es muss im Prinzip ein ganzes Rudel sein oder eine Familie. Ich weiß nicht, ob Maulwürfe überhaupt in Rudeln auftreten ...«

»Was«, fragte sie, »kann man denn da machen?« Und war schon beim nächsten Problem.

»Ich kümmere mich um den Maulwurf. Ich hatte letztes Jahr auch welche.«

Er bog zum Deich ab.

»Und was hat geholfen?«

»Fischköpfe.«

Na klasse, dachte sie. Wenn alles so einfach wäre.

Fritz ließ sie raus, fragte sogar, ob er sie später wieder abholen solle und wünschte ihr ein paar ruhige Minuten.

Ann Kathrin rannte die Deichwiesen hoch. Sie waren von einer Schafherde abgegrast worden, die sie jetzt noch am Horizont sehen konnte wie ein Wollknäuel, das sich im Gestrüpp verfangen hatte.

Das Geschrei der Lachmöwen tat ihr gut. Ann Kathrin scheuchte eine Gruppe auf, die sich um einen Krebs stritt.

Dann war es, als würde der Wind sie packen und versuchen, sie mit sich in den Himmel zu nehmen oder zumindest hinauf zu der weißen, flockigen Wolke, die ein bisschen aussah wie der lachende Salvador Dalí.

Sie lief schweigend gegen den Wind, der in ihren Haaren wühlte und ihr unter die Kleidung fuhr. Sie kam sich nackt vor, ungeschützt und doch behütet.

Eine Windsbraut.

Ja! Hier gehörte sie hin, nicht in ein Büro. Das hier brauchte sie, weder Computer noch Handy, noch Fernsehen. Einfach nur diese Naturgewalt. Die Nordsee mit ihrem herrlich metallischen Duft, wenn das auflaufende Wasser das Watt überspülte.

Als sie nicht mehr konnte, weil die Büromuskulatur brannte und die Lungenflügel heiß schmerzten, ließ sie sich auf die Wiese fallen und sah aufs Meer. Ja, sie lag im Schafskot. Aber gab es etwas Besseres auf der Welt als den Duft von in der Sonne getrocknetem Schafsdung? Deichwiesenschafe ...

Die Möwen kreisten über Ann Kathrin, als ob sie in ihr eine Beute entdeckt hätten. Das waren Silbermöwen mit ihrem »Kiu! Kiu!«. Sie setzte sich auf und fühlte sich schon besser.

Irgendwie schrumpften die Probleme hier, wurden angesichts des Meeres kleiner, überschaubarer, lösbarer. Sie verloren ihren Alleinvertretungsanspruch.

Das hier war größer, mächtiger, als all diese Sorgen und blieb unbeeindruckt von ihrer Drängeligkeit.

Der Maulwurf im Garten wurde zum Witz, und Frank schien es im Krankenhaus gut zu gehen.

Der Serienvergewaltiger war ein Problem fürs BKA, und ihr Sohn Eike blieb ihr Sohn, auch wenn sie ihn nicht ständig sah.

Sie klammerte eben nicht wie ihr Ex, redete sie sich ein und atmete tief durch.

Die Salvador-Dalí-Wolke schob sich vor die Sonne. Ein Schatten legte sich über Juist. Norderney strahlte noch im Sonnenlicht.

Jetzt fühlte sie sich gestärkt genug, um auf ihr Handy zu schauen. Sie hatte drei Nachrichten auf der Mailbox und fünf ungelesene SMS. Sie entschied sich, zunächst die Mailbox abzuhören.

Eine Silbermöwe wackelte heran und betrachtete das Handy. Ann Kathrin hielt es der Möwe hin: »Hier, guck! Das schmeckt nicht.«

Die Möwe verzog sich.

Dann hörte Ann Kathrin sich an, was Frank zu sagen hatte. Er klang aufgekratzt, wie nach einem Glas Sekt auf nüchternen

Magen. Er sprach nicht wie ein Mann, der mit mehrfach gebrochenem Bein im Bett lag, sondern wie einer, der, das Handy zwischen Ohr und Schulter eingeklemmt, während er auf die Mailbox spricht, seine Jeans zuknöpft und seine Laufschuhe anzieht.

Sie sah ihn vor ihrem inneren Auge aus dem Krankenhaus fliehen.

Eine warme Welle durchflutete ihren Körper. Ja, sie liebte diesen Mann, auch wenn es ihr manchmal, gerade im Dienst, schwerfiel, ihm das zu zeigen. Er hatte, dachte sie, eigentlich eine Bessere verdient. Eine mit mehr Zeit für die Beziehung. Aber dann verwarf sie diesen Gedanken gleich wieder als blöd.

Vielleicht, dachte sie, bekommt ja jeder genau das, was er braucht und verdient. Verglichen mit seiner vorigen Beziehung zu Renate hatte er sich echt verbessert, fand sie. Sie hüpfte wenigstens nicht mit jedem Kerl ins Bett, der ihr schöne Augen machte.

Sie lachte. Auch dafür fehlte ihr die Zeit. Für einen kurzen Moment fragte sie sich, ob sie sich in Abenteuer stürzen würde, wenn sie beruflich nicht so gefordert wäre. Sie kam zu der Überzeugung, dass sie sich und Frank dieses Experiment wohl besser ersparen wollte.

Dann erst ließ sie seine Worte in ihr Bewusstsein dringen. Was bedeutete Sascha Kirschs Video auf Facebook für ihre Ermittlungen?

Sie beschloss, sich das Ding anzuschauen. Sie interessierte sich nicht für das, was er inhaltlich zu seiner Verteidigung vorbrachte, aber sie hoffte, Anhaltspunkte für seinen Aufenthaltsort zu bekommen.

Sie stand auf und reckte sich. Sie wollte zu Frank Weller.

Der Wind unter den Achselhöhlen war erfrischend wie eine Dusche. Am liebsten wäre sie zur Ubbo-Emmius-Klinik gejoggt, aber dann rief sie doch in der Zentrale an und fragte, ob ein Wagen in der Nähe sei.

»So ziemlich alle, die wir haben. Wenn die Gangster in Köln

oder Düsseldorf nicht so blöde wären, würden sie in ihre geklauten Autos springen und nach Aurich oder Wittmund fahren, um hier bei uns Banken zu überfallen und Juweliergeschäfte zu plündern. Wenn sie das Hafengebiet Norddeich-Mole meiden, begegnen ihnen höchstens pensionierte Polizisten.«

Ann Kathrin gab ihren Standort durch und hoffte, nicht gerade von Rupert aufgegabelt zu werden. Als dann Ubbo Heide kam, staunte sie nicht schlecht. Kaum hatte sie sich auf dem Beifahrersitz angeschnallt, legte er ihr eine dünne Akte auf die Knie. Es waren keine zehn Blätter, in einem roten Schnellhefter.

»Sieh dir das an.«

Wortlos kam sie seiner Aufforderung nach. Es waren die ersten Berichte über die versuchte Vergewaltigung auf Norderney.

»Warum gibst du mir das? Wie bist du überhaupt daran gekommen?«

»Frag nicht so viel, Ann. Fragen habe ich selbst genug. Sieh es dir an. Fällt dir etwas auf?«

Er fuhr los. Nur einmal sah sie kurz auf, weil sie befürchtete, er könnte sie nach Aurich in die Polizeiinspektion fahren. Sie sagte kurz: »Ich will zu Frank.«

»Ich auch. Lies.«

In der Akte waren die Aussage von Kirstin Ortlieb, die kriminaltechnische Untersuchung der Sturmhaube und die Laborberichte.

»Die Ausführungen der jungen Frau sind schlüssig. Fast schon auffällig schlüssig und geschwätzig. Opfer von solchen Überfällen haben fast immer Erinnerungslücken, die sie durch Nachdenken oder Phantasien stopfen wollen. Das hier liest sich aber glasklar.«

Ubbo Heide brummte: »Das kann man der Frau schlecht vorwerfen.«

»Nein. Wenn sie als Zeugin echt ist.«

»Was willst du damit sagen, Ann?«

Sie klatschte den Schnellhefter gegen das Armaturenbrett. »Na, es gibt doch einen Grund, warum ich das lesen soll, Ubbo, oder nicht?«

Wieder brummte er. »Ich hab das Gefühl, die sagen uns nicht alles, und ich lasse mich nicht gerne instrumentalisieren.«

»Du meinst, Eichinger ist gar nicht mehr auf Norderney, und die Zeugin ist getürkt? Eine seiner Verehrerinnen, die ihm einen Vorsprung verschaffen will?«

Er schluckte. »So weit habe ich noch gar nicht gedacht.«

Ann Kathrin las weiter, und plötzlich wusste sie, was nicht stimmte. »Wenn die junge Frau ihm etwas in die Augen gesprüht hat, wie sie ausgesagt hat, wieso sind dann davon keine Spuren auf der Sturmhaube zu finden?«

Ubbo Heide achtete nicht mehr auf die Fahrbahn, sondern sah Ann Kathrin an und hätte auf der Höhe des Teemuseums fast einen Auffahrunfall produziert.

»Das haben die nicht untersucht.«

Ann Kathrin lachte. »Ubbo, hier sind doch keine Amateure am Werk! Sie ordnen diese Sturmhaube Eichinger zu. Daraus resultiert eine gigantische Polizeiaktion, und du willst mir erzählen, sie hätten vergessen ...«

»Das alles stand unter großem Druck, Ann. Es wundert mich überhaupt, wie schnell die Ergebnisse haben.«

Ann Kathrin sagte nichts mehr, sie las alles noch einmal genau durch. »Es sind eindeutig Haare von Eichinger in dem Gesichtsschutz gefunden worden.«

Ubbo Heide lenkte und kaute auf der Unterlippe herum.

Einerseits war er froh, Ann Kathrin die Akte gegeben zu haben, andererseits ärgerte er sich darüber. Sie sah an Tatorten dieselben Dinge wie ihre Kollegen. Es war alles für alle sichtbar da, aber sie kombinierte die Fakten anders, stellte Zusammenhänge her, an die sonst keiner dachte. So war es auch beim Lesen dieser Akte.

Warum, verdammt, hatte das niemand bemerkt, er selbst auch nicht?

Er suchte in seiner Jackentasche nach Marzipan, fand aber keines mehr, weil er alles aufgegessen hatte. Sein Marzipanverbrauch sagte viel über den Stand der Ermittlungen aus und war ein gutes Barometer, um seinen Stresspegel zu messen. Je mehr Marzipan er brauchte, umso schlimmer war es.

»Ich muss zu ten Cate«, sagte er trocken.

Sie wusste, was er meinte. Letztes Jahr zu Weihnachten hatten die Kollegen zusammengeworfen und ihm einen 1500 Gramm schweren Marzipanseehund geschenkt. Mitte Januar war er aufgebraucht gewesen.

Er fragte: »Und was folgerst du daraus?«

Sie trommelte mit den Fingern auf den Schnellhefter und zählte dann die Alternativen auf: »Entweder, es ist, wie wir alle annehmen, und der Fall wird von Schnarchnasen bearbeitet. Oder Kirstin Ortlieb lügt und hat die Geschichte gemeinsam mit Eichinger ausgeheckt, damit er in Ruhe ins Ausland fliehen kann.«

Ubbo Heide hakte ein: »Dann wäre sie die große Unbekannte, die auf der Insel laut BKA immer in seiner Nähe war und versucht hat, ihn zu unterstützen. Das wäre in der Tat ...«

»Oder«, fuhr Ann Kathrin fort, »die junge Frau lügt nicht und ist tatsächlich angegriffen worden. Aber nicht von Eichinger.«

»Von wem denn dann?«

»Von jemandem, der will, dass wir glauben, Eichinger sei auf der Insel.«

Ubbo Heide fuhr auf den Krankenhausparkplatz. Er zog die Handbremse, blieb aber angeschnallt sitzen.

»Du meinst im Ernst, es könnte sein, dass ...?«

»Die ganze Sache getürkt ist. Ja.«

Einerseits fand Ubbo Heide, dass Ann Kathrin damit ein bisschen zu weit ging, andererseits ...

Er stieß es heftig aus wie einen Vorwurf: »Klartext: Du denkst, die BKA-Leute legen uns rein, holen sich Eichinger irgendwo und knipsen ihn aus, damit der nicht aussagen kann, was im Watt wirklich passiert ist?«

Ann Kathrin löste ihren Sicherheitsgurt. »Das habe ich nicht gesagt.«

»Aber gedacht.«

Sie druckste einen Moment herum und nutzte den Rückspiegel, um ihre Haare einigermaßen in Form zu bringen.

»Wenn du der Meinung wärst, hier sei alles in Ordnung, dann hättest du dir nicht informell die Akte besorgt, Ubbo. Arbeit haben wir genug.«

Gemeinsam gingen sie auf die Raucher vor der Tür zu. Mit gesenkten Blicken wichen die aus, als seien sie bei einer verbotenen Handlung erwischt worden.

»Das Empfangskomitee«, sagte Ann Kathrin knapp zu Ubbo, als müsse sie die qualmenden Menschen vorstellen.

Ubbo Heide ging zunächst in das kleine Café. Ann Kathrin glaubte, er wolle Kuchen für Weller kaufen, aber er fragte nur nach Marzipan. Sie nahm am Kiosk eine Tüte Haribo für Weller mit, einen Orangensaft und das neue Ostfriesland-Magazin.

Rieke Gersema lenkte den Wagen des Kapitäns und hörte nicht auf zu beteuern, wie leid ihr das alles tue. Sie nervte Kapitän Gerdes damit.

»Nun seien Sie endlich still!«

Er hustete. Sein Herz machte ihm Sorgen. Diese Aufregung war zu viel für ihn. Trotzdem wollte er nicht ins Krankenhaus. Er hielt sich selbst für einen zähen Hund und wollte erst das erledigen, was zu tun war.

Er zeigte Rieke Gersema den Weg zu seinem Haus. Gern hätte er ihr mehr von Hark Hogelücht erzählt, von BoJe und warum es wichtig war, sich in einer Gesellschaft für Benachteiligte einzusetzen, aber das Husten machte es ihm unmöglich.

Sein Gehirn arbeitete noch klar und schnell wie immer, aber die Landschaft verschwamm vor seinen Augen. Wenn Rieke bremste, hatte er das Gefühl, sein Kopf würde gegen die Windschutzscheibe knallen.

»Ist Ihnen nicht gut?«, fragte sie.

»Es geht mir blendend«, antwortete er. »Achten Sie nur auf den Straßenverkehr.«

Als sie endlich vor seinem Haus Im Spiet ankamen, parkte sie den Wagen vor dem Garagentor.

Der Kapitän hing halb ohnmächtig im Sicherheitsgurt. Er suchte mit der linken Hand den Verschluss. Er ertastete das Schnappschloss, aber er hatte nicht genug Kraft in den Fingern, den roten Schalter nach unten zu drücken.

Sie half ihm.

»Mein Gott, soll ich Sie nicht doch lieber zum Arzt fahren?«

»Nun hören Sie endlich auf. Helfen Sie dem Jungen, dann vergessen wir den Ärger, den Sie mir gemacht haben.«

Er griff in alter Gewohnheit den Torheber und richtete den elektronischen Türöffner auf die Garage. Er drückte, aber nichts geschah.

Sie glaubte, auch dafür reiche seine Kraft nicht aus, also nahm sie das Gerät und versuchte es. Das Garagentor hob sich zwanzig Zentimeter, vielleicht dreißig, dann blieb es in der Luft feststecken.

Rieke drückte den Knopf erneut. Das Tor schloss sich, und bei einem zweiten Versuch blieb es wieder hängen. Sie wollte einfach aussteigen, aber der Kapitän wollte nicht, dass seine Nachbarn ihn so sahen. Er wäre lieber von der Garage aus ins Haus gegangen.

»Gehen Sie rein«, sagte er. »Innen ist ein Schalter neben dem Regal, damit kann man die Tür öffnen.«

Sie fühlte sich nicht wohl dabei, aber sie tat es. Ohne ihm zu widersprechen, schritt sie auf die Tür neben dem Garagentor zu, die der Kapitän nie verschloss. Sie hatte etwas gutzumachen.

Hinter ihr sackte Kapitän Gerdes auf dem Beifahrersitz zusammen. Es ging ihm von Minute zu Minute schlechter, aber er wollte es nicht wahrhaben. Wenn man jedes kleine körperliche Gebrechen ernst nahm, dann konnte man am Ende überhaupt nichts mehr hinkriegen.

Es gab eben Arbeiten, die mussten getan werden. Wie eine tibetische Gebetsmühle wiederholte eine Stimme in seinem Kopf immer wieder diesen Satz, und eine zweite sang dazu: *Bei Sturmflut kann man keine Grippe haben. Da gibt es keine Ausrede!*

Und jetzt war Sturmflut!

Sein Nachbar wunderte sich, warum der Wagen vor der Garage stand, warum eine Frau ausstieg, und natürlich wusste der Nachbar, dass dieser Junge alleine im Haus des Kapitäns war. Er hatte es nicht selbst gesehen, sondern seine Frau hatte es ihm verraten.

Sie beobachtete die Straße täglich von vierzehn bis neunzehn Uhr. Sie hatte den Jungen rein-, aber den Kapitän allein rausgehen sehen. Sie wusste, dass der Kapitän sich um schwierige Jugendliche kümmerte.

Das geht nie gut, hatte sie oft gesagt. Da passiert noch einmal etwas. Eines Tages! Wer sich in Gefahr begibt, kommt darin um. Ein Mann in seinem Alter und dann diese Jungens. Mit dem stimmte doch etwas nicht. Warum genoss der nicht in Ruhe seine Pension wie andere Rentner auch?

Er konnte die Sprüche seiner Frau schon nicht mehr hören. Insgeheim wollte sie ihn doch nur davon abhalten, sich zu engagieren wie Heiko Gerdes.

Sie wollte ihren Mann ganz für sich alleine. Lange genug hatte sie ihn geteilt mit der Arbeit, den Kindern, und jetzt sollte er ihr gehören. Es gab einen kleinen, aufsässigen Fleck in ihm, da war diese Sehnsucht zu Hause, so zu werden wie der Kapitän. Doch was er jetzt sah, radierte diesen Fleck aus.

Sekunden, nachdem die junge Frau, um deren Gegenwart er den Kapitän beneidete, in der Garage verschwunden war, kreischte sie. Der Laut erinnerte ihn an das schreckhafte Gefiepe der Lämmer, kurz bevor sein Vater sie geschlachtet hatte, damals, kurz nach dem Krieg.

Kapitän Gerdes stieß die Wagentür auf und wankte wie ein Zombie aus dem Auto. Voller Blut und mit unnatürlichen Bewegungen der Arme, so als würde er um sein Gleichgewicht ringen. Seine Beine bewegten sich staksig vorwärts, als seien seine Knie steif. Aber er schaffte es bis zur Tür. Er hielt sich am Rahmen fest.

»Wir müssen ihn gemeinsam überwältigen«, flüsterte Sascha Laura ins Ohr.

Sie sah ihn an, als wisse sie gar nicht, wovon er redete.

»Ich habe Schlaftabletten im Badezimmer gefunden. Wir könnten sie ihm ins Essen mischen.«

»Spinnst du?«

Er deutete ihr an, sie sei zu laut. »Lass uns für ihn kochen. So eine Art Versöhnungsessen.«

Sie presste die Lippen aufeinander und schüttelte stumm den Kopf.

»Er wird uns umbringen, Laura.«

»Wird er nicht.«

»Psst!«

Eichinger stand im Flur und telefonierte.

»Ja, klar habe ich das mitgekriegt. – Absolut genial. – Kein Mensch. – Wann?«

Der Gentleman sprach in knappen Sätzen. Er drückte sich unmissverständlich aus. Das Pärchen war also unterwegs nach Wangerooge. Sie hießen Kroll.

Bald hätte der ganze Irrsinn ein Ende. Er würde sie genauso töten, wie der Gentleman es von ihm verlangt hatte, und dann war er frei. Frei! Frei!

Er ging in die Wohnküche zurück. Er fragte sich, wie lange er die beiden noch unter Kontrolle halten konnte. So, wie sie ihn ansahen, hatten sie etwas gegen ihn ausgeheckt.

»Du bist Eichinger, stimmt's?«, sagte Sascha unvermittelt.

Eichinger lachte. Er sprang vor und verpasste Sascha eine Kopfnuss. »Witzbold!«

Sascha schützte sich gegen einen weiteren Schlag, aber Eichinger wendete sich von ihm ab.

»Du guckst wohl keine Nachrichten, was? Hängst dauernd im World Wide Web herum, aber weißt nicht, was los ist auf der Welt. Der Typ hat eine Frau auf Norderney vergewaltigt. Ich hab ein Alibi. Ich war hier bei euch.« Er rieb die Hände gegeneinander. »So! Was machen wir denn jetzt mit dem angebrochenen Abend?«

Sascha ließ sich nicht ablenken. Er musste Laura überzeugen. Sie auf seine Seite zu ziehen, war unverzichtbar für ihn.

»Wenn du auf Norderney warst und angeblich das alles mit Bollmann gesehen hast, wieso, frage ich mich, bist du dann jetzt hier? Auf Wangerooge?«

»Ihr seid doch auch hier«, konterte Eichinger geschickt.

»Ja, weil Lauras Tante hier eine Ferienwohnung hat. Deshalb. Aber du, was willst du hier? Du hast nicht einmal ein Zimmer gehabt – in der Hochsaison. Du nistest dich hier bei uns ein, weil du nicht weißt, wohin!«

Eichinger fixierte Laura. »Das ist nicht nett von ihm, Laura.

Nicht nett. Ich bin hier, weil ich euch mag. Ich habe für euch gekocht und ...«

»Nein!«, schimpfte Sascha. »Du bist von Norderney abgehauen, hast den Bullen umgelegt, und jetzt versteckst du dich hier. Clever. Verdammt clever! Wer soll dich hier suchen?«

»Gibst du damit indirekt zu, dass du Bollmann getötet hast? Entweder bin ich Eichinger und habe alles gesehen, oder ich bin nicht Eichinger und habe keine Ahnung ...«

Hark Hogelücht baumelte am Abschleppseil im Gestänge der Torführung. Er hatte sich in die Hose gemacht. Unter ihm hatte sich eine Pfütze gebildet. Es tropfte immer noch an seinem rechten Schuh entlang auf den Garagenboden.

Rieke Gersema konnte ihm nicht ins Gesicht sehen. Sie schrie aus Entsetzen über sich selbst, denn sie wusste, dass sie handeln musste, und fühlte sich doch wie gelähmt.

Die gleiche innere Kraft, die sie veranlasst hatte, auf den Kapitän loszugehen, hinderte sie jetzt daran, irgendetwas zu tun. Sie war nicht einmal in der Lage, dem Jungen ins Gesicht zu sehen.

Es durchfuhr sie wie ein Blitz der Erkenntnis. Vielleicht, dachte sie, kommt daher der Begriff der Erleuchtung. Es lag plötzlich alles so klar vor ihr. Sie sah ihr Leben wie komprimiert in einigen überbelichteten Fotos. Mit den Bildern waren Gefühle von Enge da. Gruselig. Schmutzig. Erdrückend. Sie wusste, was zu tun war, aber statt zu handeln, fühlte sie sich schuldig.

Sie sah ihre Mutter mit verheulten Augen in der Küche sitzen und behaupten, sie sei nur unglücklich gefallen.

Sie sah ihren Vater am Kühlschrank. Immer wenn er ihre Mutter verprügelt hatte, versuchte er, mit Witzen Normalität zu heucheln. So begann Rieke, allen Witzeerzählern zu misstrauen.

Als sie klein war, hatte sie sogar über Papis Scherze gelacht.

Sie hasste sich dafür, aber sie musste es irgendwie tun und warf direkt darauf ihrer Mutter ein entschuldigendes Lächeln zu.

Die größte, ja unverschämteste Form des Protestes, die sie in all den Jahren zustande gebracht hatte, war es, nicht mehr über seine Witze, die zunehmend zotiger wurden, zu lachen.

Lange hatte sie geglaubt, vielleicht sogar versucht, es damit zu provozieren, seine Wut auf sich zu lenken. Ja, es wäre ihr lieber gewesen, er hätte sie geschlagen und ihre Mutter stattdessen in Ruhe gelassen. Aber das tat er nicht.

Er prügelte seine Frau und riss für seine Tochter Witze. Je älter sie wurde, umso deutlicher verabscheute sie seine Art von schlüpfrigem, aber im Grunde verklemmtem, frauenfeindlichem Humor.

Sie stand starr und versunken in einer Flut von Kindheitserinnerungen.

Kapitän Gerdes brüllte sie an: »Bewegen Sie sich! Helfen Sie mir! Ich schaffe das alleine nicht!«

Sie zuckte zusammen wie ein nasser Mensch, der versehentlich an ein Stromkabel geraten ist.

Der Kapitän versuchte, mit einer Gartenschere das Abschleppseil durchzuschneiden. Er kam aber nicht hoch genug. Normalerweise hätte er locker mit ausgestreckten Armen das Seil durchschneiden können, aber er konnte den Arm nicht so hoch heben. Ihm fuhr dabei ein Schmerz durch den Körper, der ihn in der Bewegung stoppte.

Kapitän Gerdes sprang hoch, so gut er konnte, und ließ die Schere schnappen. Er wollte das Seil oberhalb von Hark Hogelüchts Hals erwischen, da, wo es hinter dem Knoten straff nach oben zeigte. Aber er verfehlte mit dem hektischen Versuch sein Ziel und schnitt stattdessen in Harks abstehendes rechtes Ohr.

»Helfen Sie mir, verdammt! Ober wollen Sie, dass ich ihm die Ohren abschneide?«

Rieke Gersema stand immer noch wie eine in Marmor gehauene Statue.

Der Kapitän wandte sich ihr zu, schlug ihr ins Gesicht und brüllte: »Er lebt noch! Schneiden Sie ihn ab!«

Die Ohrfeige war wie eine Erlösung. Sie nahm ihm die Schere ab und riss damit gleichzeitig die Handlungsführung an sich.

»Halten Sie ihn!«, forderte sie. »Er bricht sich sonst den Hals.«

Kapitän Gerdes schlang beide Arme um Hark Hogelücht. Rieke durchtrennte das Abschleppseil mit einem wohlklingenden *Schnipp*. Der Kapitän rutschte in der Pfütze aus und brach unter dem Gewicht seines Schützlings zusammen.

Rieke Gersema war jetzt bei dem Jungen und versuchte, das Seil von seinem Hals zu lösen, denn es drückte ihm noch immer die Luft ab. Sein Ohr blutete heftig. Für Rieke sah es fast aus wie ein Kopfschuss. Sie hatte einmal bei einem Einsatz einen Menschen durch Kopfschuss sterben sehen. Und in ihren dunkelsten Träumen hatte sie sich vorgestellt, ihren Vater so umzubringen.

Einmal, nachdem er mal wieder zugeschlagen hatte und nun schnarchend im Bett lag, war sie hingeschlichen, hatte ihm ihre Dienstwaffe in die Hand gedrückt und den Lauf in seinen Mund geschoben. Er hatte daran genuckelt wie ein Baby.

Es wäre ein Leichtes gewesen, jetzt abzudrücken, und es hätte wie ein Suizid mit der Waffe der Tochter ausgesehen.

Ja, physisch wäre es leicht gewesen, aber psychisch hatte sie es nicht hingekriegt. Sie war keine Vatermörderin. Sie nicht. Noch nicht. Aber sie träumte manchmal davon und wachte dann durch das Knallen des Schusses auf, mit dem sie ihrem Vater die Schädeldecke zertrümmert hatte.

Dieser Knoten saß einfach zu fest. Durch Hark Hogelüchts Gewicht war er zu einer Art Verdickung im Seil zusammengewachsen. Das Blut aus Harks Ohr färbte den Pickel auf dem

Seil rot und machte die Oberfläche glitschig. Sie konnte ihre Fingernägel nicht in eine Ritze schieben. Schon brach der erste ab.

Sie hörte Kapitän Gerdes' Stimme. Er, der besonnene Mann, klang ungehalten.

»Nun machen Sie schon! Er stirbt!«

»Ich ... ich schaffe es nicht, der Knoten ist zu fest.«

Sie zwängte ihren Finger zwischen den Hals des Jungen und das Seil und zerrte daran. Hark hustete. Rieke hatte das Gefühl, ihn nur noch schlimmer zu würgen.

»Nehmen Sie die Schere und schneiden Sie das Mistding einfach durch!«

Kapitän Gerdes lag am Boden. Er versuchte, sich hochzustemmen, doch seine Kräfte schwanden jetzt rapide.

Rieke Gersema hatte Angst, Hark Hogelücht in den Hals zu schneiden. Ihre Hände zitterten. Am liebsten hätte sie die Augen geschlossen. Sie schob eine Schneide zwischen Hals und Seil. Dabei ritzte sie eine tiefe Wunde in Harks Haut. Sie wusste, dass sie genau das Richtige tat. Trotzdem hatte sie Mühe, hinzuschauen.

Mit beiden Händen drückte sie die Schere zusammen. Das Seil glitt von Harks Hals wie eine hinterhältige Würgeschlange.

Aber Hark Hogelücht atmete nicht mehr. Sein Kopf fiel zur Seite.

Rieke Gersema begann ihn zu beatmen und sein Herz zu massieren.

»Was bist du nur für ein Idiot!«, schimpfte der Kapitän. »Das darf doch alles nicht wahr sein! Das ist keine Lösung! Kämpf, Mensch! Kämpf!«

Ann Kathrin ging neben Wellers Bett auf und ab und aß dabei die Haribotüte leer, die sie für ihn mitgebracht hatte. Seine Internetrecherche verblüffte sie. Gerade sie, die immer jeden Tatort regelrecht erschnüffeln musste, die immer den direkten Kontakt mit Opfern und Beschuldigten jedem Aktenstudium vorzog, war erstaunt über all das, was Weller, im Bett liegend, am Laptop herausgefunden hatte.

Es war wie eine zweite Welt, die mehr als ein Spiegel der wirklichen Welt war. Sie sah sich erneut den Film an, den Sascha und Laura gedreht hatten, konnte aber dabei nicht stehen bleiben.

»... Ja, ich habe die Beerdigungsanzeige für ihn aufgegeben, aber ich habe ihn nicht umgebracht. Es war ein Witz. Ein Streich. Mehr nicht. Was scheinbar gegen mich spricht, spricht im Grunde für mich. Wenn ich ihn hätte töten wollen, dann wäre ich doch kaum so dämlich gewesen und hätte vorher eine Todesanzeige für ihn aufgegeben. – Ich umarme euch. Ich liebe euch ...«

Sie brauchte jetzt die Bewegung. Manchmal, wenn sie scheinbar feststeckte und nicht weiterkam, musste sie laufen. Der scheinbaren geistigen Stagnation zumindest die körperliche Beweglichkeit entgegensetzen.

»Es muss Hinweise auf dem Film geben, wo er gemacht wurde«, sagte sie.

Weller lachte. »Ja, das dachte ich auch, aber diese Kids sind clever. Die haben alles mit weißen Laken abgehängt. Die können überall sein. In ihren Kinderzimmern in Bochum oder in einem Hotel in Bad Zwischenahn.«

»Wieso Bad Zwischenahn?«, fragte Ubbo Heide, der den Eindruck hatte, etwas verpasst zu haben.

»Das war ein Scherz.«

»Ein Scherz?«

»Ja, ich habe damit einfach nur sagen wollen, es könnte überall sein.«

Ubbo Heide nickte wissend, als sei er zu einer tiefen philosophischen Einsicht gelangt. »Bad Zwischenahn als Synonym für die Welt?«

»Ja. Wenn du so willst.«

Ann Kathrin blieb stehen und beugte sich über den Bildschirm. »Mach das noch einmal von vorn«, sagte sie mit vollem Mund.

»Ann, da ist nichts. Ich habe es mir zigmal angesehen.«

Wieder griff sie in die Tüte und schob sich eine bunte Handvoll Konfekt in den Mund.

»Schmecken die?«, fragte Weller.

»Hm. Klasse.«

Der Film startete erneut. Weller verlor die Hoffnung, vielleicht doch noch etwas Haribo abzubekommen.

»Im Internet geht bezüglich Eichinger die Post ab. Sein Fanclub überbietet sich mit Rettungsversuchen. Eine Dame aus Duisburg schlägt ihm vor, sie könnten sich in ihrem Liebesnest treffen. – Du weißt schon, wo. – Sie habe Geld, und alles andere, was nötig sei, könne sie besorgen. Eine andere hat irgendwo für ihn ein Auto geparkt. Vollgetankt, versteht sich. Ich glaube, ich weiß auch, wo der Wagen steht. Ich vermute, in Delmenhorst.«

»Wie kommst du denn darauf?«, wollte Ubbo Heide wissen.

»Seid doch mal ruhig!«, forderte Ann Kathrin.

»Da ist von einer Mausefalle die Rede. Das ist in Delmenhorst am Bahnhof.«

»Was glaubst du, wie viele Mausefallen es gibt? Discos. Bars. Das kann überall sein«, krächzte Ubbo Heide, der von Krankenhausluft immer einen trockenen Hals bekam.

Ann Kathrin hob den Laptop von Wellers Bett. »Seid doch endlich mal ruhig!«

Ubbo Heide verbeugte sich gespielt devot vor ihr. »Entschuldigen Sie, Frau Kommissarin, dass ich als Leiter der Kripo auch mal einen Beitrag leisten wollte. Ich werde jetzt natürlich den Mund halten.«

Ich kenne niemanden sonst, dachte Weller, der sich trauen würde, so mit seinem Chef zu reden. Er selbst hätte sich lieber auf die Zunge gebissen. Vielleicht merkte man jetzt noch die Unterschiede in der Erziehung. Ann Kathrins Vater hatte alles getan, um sie zu einer selbstbewussten, starken Persönlichkeit wachsen zu lassen, da war Frank Weller sich sicher, während sein Vater immer nur versucht hatte, ihn kleinzuhalten.

Er sollte ein bequemer Befehlsempfänger werden, und genau das wollte er nicht mehr sein.

Vielleicht liebte er Ann Kathrin deshalb so sehr. Er hätte sie jetzt knutschen können, so, wie sie da stand in ihrem Zorn. Konzentriert, liebenswert und abweisend zugleich. Fordernd und auch eine Spur besserwisserisch. Der Wunsch, Ubbo Heide wegzuschicken, den Laptop zu vergessen und Sascha Kirsch und Gert Eichinger gleich dazu, wurde für einen kurzen Moment übermächtig in ihm. Am liebsten hätte er Ann Kathrin in sein Bett gezogen, gebrochenes Bein hin, gebrochenes Bein her. Bestimmt wären sie zwei erfindungsreich genug, sich auch unter diesen Umständen in diesem Bett zu lieben. Aber so, wie die Lage war, konnte er wohl weder seinen Chef bitten, zu gehen, noch sah Ann Kathrin besonders liebestoll aus.

»Da ist noch jemand bei Sascha Kirsch«, stellte sie fest.

Weller gab ihr recht. »Ja, klar. Diese Laura Soundso.«

»Godlinski.«

»Ja, Laura Godlinski. Einer muss doch die Kamera halten. Ich denk, die beiden sind ein Pärchen und gemeinsam verschwunden.«

Ann Kathrin winkte und verzog den Mund. »Die meine ich nicht. Da ist noch eine männliche Stimme. Hier, hört mal, direkt nach dem Schnitt. Da gibt einer Regieanweisungen.«

Ann Kathrin spielte die Stelle noch einmal ab.

»Stimmt«, sagte Ubbo Heide voller Respekt.

Ann Kathrin zählte an den Fingern auf, was sie wusste: »Er hat einen Internetanschluss, eine Filmkamera, und bei ihm ist eine männliche Person ...«

Sie war noch gar nicht fertig, aber Ubbo Heide prophezeite schon: »Dann haben wir ihn bald. Entweder ist er bei seinem Vater untergeschlüpft oder bei einem männlichen Klassenkameraden.«

»Das ist nicht die Stimme eines Jugendlichen. Das ist ein Erwachsener.«

»Dann sein Vater.«

Weller räusperte sich: »Oder der Freund seiner Mutter.«

Ubbo Heide guckte kritisch.

»Naja, so wie die aussieht, hat sie bestimmt einen Typen ... mindestens ...«, sagte Weller.

»Woher weißt du denn, wie die aussieht? Und bitte sag jetzt nicht, aus dem Internet«, schlug Ann Kathrin vor.

»Nein«, sagte Weller, »sie war hier und wollte mich verführen.«

»Wie? Was?«

»Die tut alles für ihren Jungen.«

»Ich informiere die Kollegen in Bochum. Das wäre der simpelste Weg, wenn wir ihn bei seinem Vater hoppnehmen könnten«, sagte Ubbo Heide und ging mit seinem Handy zur Toilette.

Ann Kathrin fragte sich, ob er das tat, weil er ungestört telefonieren wollte oder weil er ein dringendes Bedürfnis verspürte, oder ob der sensible ältere Herr, der gut ihr Vater hätte sein können, spürte, dass Weller und sie etwas zu klären hatten. Warum auch immer, sie war ihm dankbar dafür.

»Wie war das gerade, Frank?«

»Naja, sie ist hier aufgelaufen und hat mir eindeutige Angebote gemacht. Das war die reinste Dessousshow, sag ich dir! Aber ich habe natürlich abgelehnt.«

»Natürlich.«

»Guck nicht so ... denkst du etwa, ich hätte ... Also, Ann, jetzt bin ich aber echt beleidigt. Du glaubst doch nicht im Ernst ...«

Je mehr er redete, umso verdächtiger machte er sich. Er wusste genau, was sie jetzt dachte. Das hatten sie so gelernt: Wenn ein Zeuge oder eine beschuldigte Person sich lange bei der Verneinung einer Sache aufhält, kann möglicherweise das Gegenteil von dem richtig sein, was sie sagt.

Um irgendwie aus dieser Nummer herauszukommen, ging er ansatzlos zu einem anderen Thema über: »Ich hoffe, ich werde bald entlassen. Ich flipp hier aus. Ich könnte doch mit Gipsbein in der Polizeiinspektion nützlich sein. Mein Gehirn ist ja nicht geschädigt, sondern nur mein Bein gebrochen.«

»Ich glaube«, sagte Ann Kathrin, »du bist uns hier sehr nützlich. Im Grunde hast du im Krankenhaus mehr zur Klärung der Fälle beigetragen als die Kollegen im Dienst.«

Ubbo Heide, der das auf der Toilette mitgehört hatte, riss die Tür auf und polterte etwas zu bullerig in den Raum: »Also bei allem Verständnis, liebe Ann, aber das kann ich jetzt wirklich nicht auf den Kollegen sitzenlassen.«

Sie widmete sich schon wieder dem Video von Sascha Kirsch. »Was hält der da in der Hand?«

»Eine Kaffeetasse«, sagte Weller, froh darüber, endlich wieder Sachfragen diskutieren zu können.

»Kann man den Bildausschnitt vergrößern?«

Weller nickte. »Im Fischteichweg ja. Aber hier auf meinem Mini-Laptop ...«

»Halt das Bild mal an und zoom jetzt rüber!«

»Aber warum, was soll das bringen?«, wollte Ubbo Heide wissen. »Er trinkt halt Kaffee oder Tee.«

»Hm. Ein Heißgetränk, so wie er den Mund verzieht. Er trinkt irgendetwas, das frisch gebrüht wurde.«

»Na und?«

»Das deutet noch einmal mehr darauf hin, dass die Aufnahmen in einer Wohnung gemacht wurden.« Sie zerknüllte die leere Haribotüte und fuchtelte mit den Armen in der Luft herum. »Ja, warum geht denn das nicht größer?«

»Ann, was soll das bringen, frage ich noch einmal.«

Sie antwortete patzig: »Ist es ostfriesisches Geschirr? Bayrisches? Billige Kaufhausware oder das typische Hotelgeschirr?«

Ubbo Heide legte ihr eine Hand auf die Schulter. Sie wurde ruhiger durch die Berührung.

»Die Kollegen in Bochum nehmen sich noch heute Abend seinen Vater vor und besuchen sämtliche Klassenkameraden von ihm. Fahr nach Hause, Ann. Es war ein langer Tag. Morgen früh haben wir den Kleinen.«

Sie schüttelte den Kopf, dass ihre Haare durch die Luft flogen. »So dumm ist der nicht. Der kriecht bei keiner uns bekannten Stelle unter«, sagte sie.

Weller fragte sich, warum sie so erpicht darauf war, Sascha Kirsch zur Strecke zu bringen. Er redete sich ein, das hätte etwas mit ihm zu tun. Wollte sie den Burschen schnappen, der ihn auf so blamable Art in dieses Krankenhaus gebracht hatte? Wollte sie seinen Schmerz nicht ungesühnt lassen, oder ging es ihr um mehr?

Der Notarzt war gerufen. Sie warteten halb liegend, halb sitzend auf dem Boden der Garage. Das Tor öffnete sich halb, schloss sich dann wieder surrend und fuhr mit einem Klack-Klack-Geräusch wieder hoch. Es wirkte auf Rieke Gersema wie die Vergrößerung von Hark Hogelüchts Mund. Auch der öffnete und schloss sich, aber es kamen nur glucksende Laute heraus.

Die Situation war gespenstisch, unwirklich wie eine Halluzination, und doch kam es Rieke so vor, als sei jetzt alles besonders wahrhaftig. Keine Zeit mehr für Lügen und Verstellungen. Lächerlich all das Gehabe und Getue.

»Ich hatte solche Angst«, murmelte Hark.

Der Kapitän stemmte sich noch einmal hoch, dann drehte er sich auf den Rücken und sprach zur Decke: »Was soll denn schlimmer sein als der Tod?«

Hark antwortete mit einem Husten.

»Dieser King? Der ist doch nichts weiter als ein armseliges Würstchen.«

»Ja, für Sie«, krächzte Hark. »Aber ich bin ihm ausgeliefert!«

Rieke hakte nach: »Hat dieser King den Stein geworfen?«

»Ich sage nichts.«

»Wie heißt er richtig?«

»Name!«, sagte der Kapitän.

»Wenn ich ihn verrate, bringt er mich um!«

Der Kapitän musste trotz der Schmerzen lachen: »Und da nimmst du ihm in vorauseilendem Gehorsam die Arbeit vorsichtshalber schon mal ab!«

»Wir haben keine Beweise gegen ihn. Im Moment sind Sie unser Hauptverdächtiger, Herr Hogelücht.«

Hark sah Rieke an. Es klang gut in seinen Ohren, wie sie »Herr Hogelücht« gesagt hatte. Er fühlte sich ernst genommen.

»Wir haben«, fuhr Rieke fort, »keine Tatwaffe. Wir sind auf Zeugenaussagen angewiesen.«

Langsam konnte Hark wieder klarer denken. »Das heißt, im Prinzip kann mich jetzt jeder beschuldigen, und ich bin dann der Doofe?«

»Hm. Es steht Aussage gegen Aussage.«

»Und wenn Sie die Tatwaffe hätten?«

Rieke war wie elektrisiert. Sie spürte, dass sie wenige Zentimeter vor der Lösung stand.

»Wissen Sie, wo die Tatwaffe ist?«

Er nickte.

»Wo?«

»Wenn ich Ihnen das sage, dann ...«

So, wie er guckte, würde er lieber sterben, als es zu verraten.

Rieke kannte sich mit Schweigen und Mundhalten aus. Sie setzte alles auf eine Karte und ergänzte seinen Satz: »Wenn Sie uns das sagen, wird es nie jemand erfahren.«

»Und wenn doch?«

Der Kopf des Kapitäns fiel zur Seite. Sein Körper erschlaffte.

»Wo bleibt denn nur der verdammte Notarztwagen?«

Von ferne waren Sirenen zu hören.

»Ich verspreche Ihnen, dass nie jemand erfährt ...«

»Sag es!«, forderte der Kapitän.

Hark Hogelücht keuchte. »Er hat den Stein vor dem Gericht ins Grün geworfen.«

Rieke hätte den Jungen küssen können. Sie stand auf und ging raus, um dem Notarzt zu winken. Der Wagen parkte auf dem Bürgersteig.

Während der Notarzt und zwei Sanitäter sich um den Kapitän und Hark Hogelücht kümmerten, rief Rieke Rupert an. Sie sagte kurz und knapp: »Wir wissen, wo das Tatwerkzeug ist ...«

Rupert kaute auf einem Matjesbrötchen herum und fragte: »Rieke?«

»Nein. Hier spricht das Sandmännchen. Der Täter hat die Tatwaffe im Vorgarten des Amtsgerichts versteckt. Origineller geht es nicht.«

»Willst du mich verarschen?«

»Ist heute der erste April?«

»Im Vorgarten des Amtsgerichts?«

»Ja. Genau.«

»Wenn wir den Stein haben, haben wir auch den Täter«, freute Rupert sich.

»Ich habe deinen analytischen Verstand schon immer bewundert.«

»Danke.«

»Das war ein Scherz, Rupert! Ein Scherz!«

Erst jetzt wurde ihm klar, dass er den Fall damit ohne Ann Kathrin Klaasen gelöst hatte, und er lachte: »Ich könnte dich küssen, Rieke!«

Er klebte einen Schmatzer aufs Telefon.

»Danke«, sagte sie und verzog angewidert die Lippen. »Nicht nötig. Hol dir lieber den Stein, bevor der Täter ihn entsorgt!«

»Ach du Scheiße! Wir haben alle auf freien Fuß gesetzt ...«

»An seiner Stelle würde ich die Dunkelheit abwarten und dann ...«

»Wir werden schneller sein. Ist ja nicht weit.« Rupert räusperte sich, er hörte die Rettungskräfte im Hintergrund. »Wo bist du?«

»Auf einer Party. Junggesellinnenabschied. Wir haben ein paar Stripper bestellt. Die setzen uns aber scheinbar drauf. Hast du nicht Lust zu kommen?«

»Ich ... Nein ... Wieso ... Ich muss mich um den Stein kümmern.«

»Schade.«

»Aber sag mir noch eins, bevor eure Party dem orgiastischen Höhepunkt entgegengeht: Wer hat dir die Information gegeben?«

»Manchmal muss eine Frau eben auch ein Geheimnis haben.«

»Soll ich das in meinen Bericht schreiben?«

»Nein, natürlich nicht. Schreib einfach, ich würde manchmal die Flöhe husten hören.«

Sie beendete das Gespräch und lief zum Rettungswagen. Sie sah, wie Kapitän Gerdes auf einer Trage in den Wagen gehoben wurde. An seinem rechten Arm hing schon ein Tropf, und er atmete durch eine Sauerstoffmaske, aber er hob die Linke zum Grüßen. Es war wie der Versuch eines Abschiedswinkens.

Für einen Moment schnürte ihr das Gefühl den Hals zu, ihn umgebracht zu haben. Was, wenn er das hier nicht überlebte? Er war nicht mehr der Jüngste. Und er hatte ein schwaches Herz ...

Als würde er ihre Gedanken erahnen, zwinkerte er ihr komplizenhaft zu. Wenn sie sich nicht täuschte, lächelte er sogar zufrieden, als die Flügeltüren geschlossen wurden.

Eichingers Bein zitterte nicht länger. Er hatte eine Entscheidung getroffen. Eine Entscheidung gab ihm die Ruhe zurück. Das hatte er von Frau Riebers gelernt.

»Wenn du dich entschieden hattest, die Frau auch gegen ihren Willen festzuhalten, ging es dir besser, stimmt's?«

»Ja. Viel besser. Der Druck im Kopf ließ nach und dieses Gefühl, vergiftetes Essen gegessen zu haben. Ich litt immer an Verstopfung, wenn ich Angst hatte, sie würde mich verlassen.«

»Klar«, hatte sie gesagt, und nie würde er diesen Blick vergessen. »Aus lauter Verlustangst hast du festgehalten. Alles. Stuhlgang haben heißt loslassen können ...«

Sie wusste wirklich Dinge über ihn, und es machte ihr riesig Freude, recht zu behalten.

Genau so ging es ihm jetzt. Er hatte eine Entscheidung gefällt, und es ging ihm gut. Das Bein zitterte nicht mehr, und er musste dringend zur Toilette.

All die Scheiße, dachte er, will aus mir raus.

Aber er war sich nicht sicher, ob er die Zeit noch hatte, sich vorher zu entleeren. Sascha sah aus, als würde er nur auf eine Gelegenheit warten, zu fliehen oder ihn anzugreifen. Eichinger hatte beschlossen, Sascha nicht zu töten. Noch nicht. Mit ihm als Faustpfand würde Laura alles tun, was er von ihr verlangte, da war er sich sicher. Frauen wie Laura opferten sich gerne für andere auf. Besonders gern für Männer, die in Schwierigkeiten steckten. Nie würde sie etwas tun, das ihm schaden könnte.

Er schlug Sascha ansatzlos ins Gesicht. Der brach, ohne einen Laut von sich zu geben, zusammen. Eichinger schnappte sich die völlig konsternierte Laura, bog ihr den rechten Arm nach hinten, redete auf sie ein, es sei nur zu ihrem Besten und sie würde ihm noch dankbar sein, und dann fesselte er sie mit Paketband.

Sie konnte nicht fassen, was geschah. Sie wehrte sich nicht, aber sie zitterte und weinte.

Er drückte sie auf den Küchenstuhl und fixierte sie darauf. Er klebte ihr den Mund zu, was wahrscheinlich unnötig war, aber Vorsicht, dachte er, ist die Mutter der Porzellankiste, und diese Nummer hier war verdammt zerbrechlich.

Bevor er sich erleichterte, sah er noch nach Sascha. Der befand sich im Traumland, aber Eichinger band ihm trotzdem die Hände auf dem Rücken zusammen.

Als er ins Wohnzimmer zurückkam, hatte er es geschafft. Er war endlich wieder Herr der Lage.

Er schaltete den Fernseher ein. Im NDR wurde eine Pressekonferenz übertragen. Der menschenleere Strand am Abend wurde eingeblendet. Hier genossen die Urlauber im Licht der untergehenden Sonne die Schönheit der Insel. Bilder von anderen Abenden wurden dagegengeschnitten. Pärchen schlenderten am Strand entlang. In den Strandkörben wurden Weinflaschen geköpft. Dann wieder Bilder der Pressekonferenz. Die Urlauber seien auf Norderney völlig sicher.

Eichinger grinste. »Stimmt.«

Sascha regte sich. Er versuchte, seine Hände nach vorne zu ziehen. Er wand sich, und das wirkte irgendwie lächerlich auf Eichinger. Gefesselte Frauen fand er ja irgendwie ästhetisch. Er konnte sich an ihrem Anblick weiden. Er mochte das alles, erst diese Weigerung zu glauben, dass es wirklich geschah, dann ihren wütenden Protest und schließlich ihr Bitten und Flehen, bis sie sich restlos ergaben. Aber bei Männern war das anders. Er mochte es nicht. Die Bewegungen nervten ihn. Dieses nervöse Herumgezucke. Die hektischen Bewegungen, die dann, von den Fesseln gestoppt, so krampfhaft aufhörten. Nein, das war gar nicht schön.

Er trat nach Sascha. »Gib Ruhe!«

Laura stieß trotz des Plastiks vor ihrem Mund einen schrillen Ton aus, als hätte er sie getreten und nicht diesen kleinen Idioten.

»Wenn ihr euch anständig aufführt, koche ich für uns. Ja, wir können ein bisschen fernsehen und zusammen chillen. So sagt ihr doch gerne, stimmt's? Chillen? Gefesselt chillt es sich viel besser. Da kommt man zur Ruhe. Manche müssen eben zu ihrem Glück gezwungen werden. Ihr werdet mir noch dankbar sein. Dankbar!«

Sascha sah Laura vom Boden aus an. In seinem Blick lag die Aussage: Ich habe es dir gesagt. Er bringt uns um!

Sie schüttelte den Kopf, und Sascha war sich nicht klar darüber, ob es der Versuch war, das Klebeband abzuschütteln oder ob sie damit sagen wollte, dass sie immer noch an das Gute in dem Kerl glaubte.

Müde bog Ann Kathrin in den Flökershauser Weg ab. Ihre Beine waren schwer, die Füße seit Stunden zu dick für die schmalen Schuhe. Sie hatte das Gefühl, ihr Blut würde zäh wie Honig durch die Adern fließen. Sie hatte zu wenig getrunken. Ihr Kopf dröhnte lauter als der Motor des alten Twingo.

Im Haverkamp kläffte ein Hund ihr Auto an. Sie kannte das Tier nicht. Es klang angriffslustig. Ein Radfahrer kam ihr aus dem Distelkamp entgegen. Ein Auto parkte voll beleuchtet vor ihr. Junge Leute standen herum, hörten laute Musik. Ein ungewöhnliches Bild für diese ruhige Ecke.

Bei Rita und Peter Grendel brannte noch Licht. Wenn sie nicht so hundemüde gewesen wäre, hätte sie angehalten und mit den beiden noch einen Schlummertrunk genommen, aber sie spürte deutlich, dass sie nicht mehr konnte.

Alles, was jetzt noch kommen konnte, egal, ob erfreulich oder unerfreulich, war einfach zu viel. Selbst ein gutes Gespräch unter Freunden hätte sie jetzt überfordert. Sie musste ins Bett und am besten vorher noch in die Badewanne.

Sie stellte sich vor, in der Wanne ein Glas Wein zu trinken, dieses Gefühl, wenn die Adern sich weiteten, brauchte sie jetzt. Gleichzeitig wollte sie weder die Wanne einlassen noch eine Weinflasche entkorken.

Sie überlegte, ob sie eine CD einlegen sollte. Jan Cornelius vielleicht oder *Thrill & Chill* von Ulrich Maske.

Irgendwann, dachte sie, wird einmal eine Musikanlage erfunden, die spielt einfach den Song, den ich mir wünsche, und ich muss vorher nicht lange eine CD suchen. Am besten per Gedankensignal. Ich denke: Ach, jetzt *Töverland* von Jan Cornelius, und schon geht es los.

Am Ende der Straße, wo bei den Bahnschienen ihr Haus stand, parkten zig Autos. Hier stimmte etwas nicht. Die Straße war richtig verstopft. Ann Kathrins breite Einfahrt war in Zweierreihen zugeparkt. Sie musste ihren froschgrünen Twingo mitten auf der Straße abstellen.

Ein Verdacht machte sich in ihr breit. Alle Türen und Fenster waren geöffnet. Das Haus hell erleuchtet. Musik dröhnte von der Terrasse.

»Wir brauchen Opium. Opium!«

Ann Kathrin glaubte, Bescheid zu wissen, und eine Welle von Zorn durchflutete sie. Hatte Weller seinen Töchtern mal wieder keine Grenzen setzen können und ihnen erlaubt, in ihrem Haus eine Party zu feiern? War es das, was er ihr unbedingt hatte sagen wollen und nicht herausbekommen hatte? Er hatte einen merkwürdig redseligen, aber auch belämmerten Eindruck auf sie gemacht, so als würden zwei sich widerstrebende Drogen in seinem Körper um Dominanz ringen.

Die beiden Gören hatten ihren Vater viel zu sehr im Griff.

Oder hatten sie ihm gar nichts davon gesagt? Fand das hier ohne sein Wissen statt?

Ihren Vater im Krankenhaus besuchten sie nicht, aber hier feierten sie jetzt!

Sauer knallte sie die Twingotür zu. Aber der Sicherheitsgurt war herausgefallen, und die Tür federte mit einem metallischen Krachen zurück. Na klasse.

Sie nahm sich vor, sich das hier auf keinen Fall gefallen zu lassen. Wenn Frank nicht in der Lage war, seine Prinzessinnen zu erziehen, dann würde sie es eben tun.

Süßlicher Haschischgeruch wehte ihr entgegen. Im Flur auf dem Teppich knutschte ein Pärchen am Fuß der Treppe. Sie sah aus wie ein Hippiemädchen, das Anfang der Siebziger in San Francisco in ein Zeitloch gefallen und in der ältesten ostfriesischen Stadt, Norden, im Distelkamp Nr. 13, im neuen Jahrtausend wieder angekommen war.

Er passte nicht ganz dazu. Es sei denn, Hippiemädchen wären damals auf amerikanische GIs mit abstehenden Ohren abgefahren.

Vor der Garderobe lag ein Haufen Taschen und Jacken. In der Küche schien ein Lagerfeuer zu brennen, das sich in den Fensterscheiben und Spiegeln vervielfachte.

Ann Kathrin lief in die Küche. Sie glaubte, durch die offene Tür Jule zu erkennen. Das Mädchen tanzte lasziv mit dem Rücken zu Ann Kathrin. Sie hob ihre Haare hoch und ließ sie herunterrieseln. Dabei wurde sie von ein paar jungen Männern angefeuert.

Auf dem Küchentisch standen sämtliche Kerzen, die die Jugendlichen im Haus gefunden hatten. Sie gaben ein imposantes, vielflammiges Licht ab. Weinflaschen waren zu einer Pyramide neben den Kerzen aufgebaut.

Die jungen Männer sahen Ann Kathrin zuerst. Sie stoben auseinander. Ann Kathrin packte das Mädchen an den Schultern und drehte sie um.

»Jule!«

Ann Kathrin wischte ihr durchs Gesicht. Am liebsten hätte sie ihr die puppenhafte Kosmetik mit einer Scheuerbürste abgeschrubbt.

»Wie kann sich ein hübsches Mädchen nur so grauenhaft entstellen?«

Aber dann erschrak Ann Kathrin, denn sie sah nicht in Jules Gesicht. Sie kannte die junge Frau nicht.

Ihr grell geschminkter Mund verzog sich, und sie spottete: »Reg dich nicht auf, ich hab deinen Teddy nicht angegraben.«

Der dickliche junge Mann, der gerade noch schwitzend den Tanz verfolgt hatte, hielt sich an einer Bierflasche fest und verteidigte sich: »Das ... das ist nicht die ... Susanne ... das stimmt doch alles gar nicht ...«

»Ist mir doch egal, wenn es dich anmacht, Großmütter zu bumsen ...«

Es verschlug Ann Kathrin die Sprache. Dachte diese Göre wirklich, dass sie etwas mit dem übergewichtigen Jüngling laufen hatte? Wenn sie nicht so übermüdet gewesen wäre, hätte sie vermutlich einen Lachkrampf bekommen.

»Tja, Teddy«, sagte Ann Kathrin zu dem verdatterten Gymnasiasten, »tut mir leid, aber ich muss Schluss mit dir machen. Du bist einfach zu alt für mich. Ich steh mehr auf junge Männer, und du bist doch bestimmt schon bald so weit, dass du zur Führerscheinprüfung zugelassen wirst ...«

Dann ließ Ann Kathrin die Kids stehen und machte sich auf die Suche nach Jule und Sabrina. Sie überlegte, mit dem Handy ein paar Fotos zu machen und sie Frank ins Krankenhaus zu schicken. Dieser Kerzenhaufen in der Küche war schon eine originelle Lichtquelle.

Sie riss die Tür zu ihrem Schlafzimmer auf, und dort, wo sie sonst mit Weller lag, liebte sich ein Pärchen in einer Stellung, die Ann Kathrin und Weller noch nie ausprobiert hatten. Es sah unbequem aus, mehr nach einer anstrengenden olympischen Turnübung als nach fröhlichem Sex. Sie kannte die beiden nicht und hatte auch nicht vor, sie kennenzulernen.

Ann Kathrin hörte sich selbst um Entschuldigung bitten, bevor sie die Tür schloss. Dann ärgerte sie sich über sich selbst. Warum, verdammt, dachte sie, entschuldige ich mich?

Sie kehrte um, öffnete die Schlafzimmertür erneut und rief: »Ich ziehe die Entschuldigung zurück! Das ist mein Schlafzimmer! Ich hasse es, wenn fremde Menschen sich hier drin paaren!«

Sie knallte die Tür wieder zu.

Das Wohnzimmer wirkte zunächst leer, ja, fast verlassen, aber als sie das Licht anknipste, war sie erstaunt, aus wie vielen Ecken maulende Pärchen krochen, aber Jule und Sabrina fand sie nicht.

Auf der Terrasse kokelten Würstchen auf einem Holzkohlegrill vor sich hin. Unter Ann Kathrins Füßen knirschten Glassplitter einer zerschlagenen Rotweinflasche. Ihr Zorn wuchs.

Sie lief durch den Garten. Da entdeckte sie aber niemanden mehr. Die Musik erstarb. Der letzte Satz war: »Stress ist vorprogrammiert ...«

Sie atmete einmal tief und bewusst durch den Mund aus, bis sich keine Luft mehr in ihren Lungen befand. Dann sog sie die frische, ostfriesische Abendbrise ein. Der Wind kühlte ihr Gesicht und spielte mit ihren Haaren.

Sie hörte lautes Gelächter. Der Wind blies in die glimmende Holzkohle und wehte glühende Stückchen gegen die Hauswand. Ein richtiger feuriger Regen prasselte gegen die roten Backsteine.

Jetzt wusste Ann Kathrin wieder, warum ihr Exmann Hero auf einem Elektrogrill bestanden hatte. Es ging gar nicht um krebserregende Stoffe, wenn Fett in die Glut tropfte. Es ging um die Brandgefahr, die vom Wind ausging, der das Feuer urplötzlich aufflackern ließ und Funken gegen die Häuser und auf die Rasenflächen trieb.

Sie lief ins Haus zurück, die Holztreppe hoch, in den oberen

Stock. Sie rief: »Jule! Sabrina! Verdammt, wo seid ihr? Glaubt ihr, nur weil euer Vater im Krankenhaus liegt, könnt ihr euch hier aufführen wie die Vandalen? Jule! Sabrina!«

Sie stieß die Tür zum ehemaligen Kinderzimmer auf. Dort kreisten gerade mehrere Joints. Der Qualm über den auf dem Boden sitzenden Jugendlichen war so dicht, dass sie nicht auf Anhieb hätte sagen können, wie viele Menschen da im Kreis auf dem Boden hockten.

Ann Kathrin stürmte zwischen ihnen durch und öffnete das Fenster. Sie war fest entschlossen, das hier jetzt alles sofort zu beenden.

»Das ist ein Nichtraucherhaus. Hier wird weder gekifft noch erlaube ich ...«

»Mama«, sagte Eike, »Du bist voll peinlich.«

Ihr Sohn stand im Schatten eines Bücherregals. An ihm klebte ein ausgesprochen hübsches Mädchen mit langen blonden Haaren.

»Eike!? Was soll das? Was ist hier los?«

»Eine Fete, Mama.«

»Eine Fete nennst du das? In meinem Schlafzimmer macht ein Pärchen Gymnastik, die kenne ich nicht einmal! Der Haschischduft zieht den ganzen Distelkamp entlang!«

»Seit Papa und ich ausgezogen sind, bist du noch spießiger geworden!«

Für einen Moment verunsicherte der Vorwurf ihres Sohnes sie. Dann fuhr sie ihn an: »Ich bin spießig, ja? Was bildest du dir eigentlich ein? Was ist hier los?«

»Hab ich doch gesagt, eine Fete. Du nervst, Mama.«

Das hübsche Mädchen wich von seiner Seite, kniete sich zu den anderen auf den Boden, drückte einen Joint in einer silbernen Keksdose aus, die als Aschenbecher diente und zischte: »Seid ihr verrückt? Seine Mutter ist 'n Bulle!«

»Ach du Scheiße!«

Sofort leerte sich der Raum. Im Flur vor der Tür sagte noch eine junge, postpubertäre Stimme, die sich anhörte, als hätte ihr Besitzer Helium eingeatmet: »Weibliche Bullen müssten doch eigentlich Kühe heißen.«

»Kühe!«, kicherte eine andere Stimme. »Kühe!«

Ann Kathrin regte sich auf, und es tat ihr gut, der Wut freien Lauf zu lassen. Sie hatte sich das Wiedersehen mit ihrem Sohn wahrlich anders vorgestellt, und sie fragte sich, wann sie sich zum letzten Mal gesehen hatten.

»Wo sind Jule und Sabrina? Ich will, dass das hier sofort beendet wird!«

»Mama! Jule und Sabrina sind nicht hier. Die Prinzessinnen von deinem Lover sind doofe Zicken, mit denen ich nichts zu tun habe. Gar nichts.«

Ann Kathrin kam sich blöd vor, weil sie die beiden Mädchen verdächtigt hatte und gar nicht auf Eike gekommen war.

»Wer hat dir erlaubt, das hier abzuziehen?«

Er lachte. »Du, Mama.«

Damit hatte er Oberwasser und ging zum Angriff über: »Und du hast es vergessen, stimmt's?«

»Nein«, verteidigte sie sich erschrocken, »nein, natürlich nicht.«

»Doch! Hast du!«

Sie war sich nicht sicher, ob er bluffte oder nicht. Jetzt befragte er sie auch noch, und die Peinlichkeit für sie stieg.

»Warum hast du mir diese Fete erlaubt?«

Sie zuckte mit den Schultern, »Naja, ich ... hatte deinen Geburtstag vergessen?«

»Nein, hattest du nicht. Du hast mir dieses Scheiß-Hemd geschenkt, gegen das ich allergisch bin.«

»Ja, klar, genau, das war blöd von mir. Ich wusste ja nicht, dass du ...«

»Warum, Mama?«

»Ist doch egal.«

»Ist es nicht! Mir nicht!«

Sie gab auf. »Ich weiß es nicht. Hilf mir.«

Das gefiel ihm. Er streckte den rechten Arm aus und stützte sich an der Wand ab. »Weil ich im Boxverein bei der Stadtmeisterschaft ...«

»Du boxt?«

Er drehte sich um und biss sich in den Handrücken. »Ja, Mama. Was weißt du eigentlich über mich? Was?«

»Aber warum boxt du, du warst doch immer so ein zarter Junge ...«

»Ja, sag doch gleich Weichei zu mir! Ich war es leid, mich verprügeln zu lassen, und ich bin verdammt gut als Boxer, ich ...«

Ann Kathrin hob die Arme: »Okay, ich bitte dich um Entschuldigung, Eike. Es tut mir leid. Ich war in letzter Zeit ein bisschen überlastet. Ich ...«

»In letzter Zeit ist gut! Du interessierst dich doch nur für Kriminelle! Ich wette, als du mir erlaubt hast, diese Fete hier zu geben, weil ich mich bei den Stadtmeisterschaften durchgeboxt habe, da hast du das Telefon am Ohr gehabt, aber während des Gesprächs deine E-Mails gecheckt oder Akten gelesen. Ich bin Stadtmeister geworden!«

»Ich ... Pass auf, Eike, ich habe natürlich nicht vergessen, dass du Stadtmeister im Boxen geworden bist. Ich wäre gerne zu dem Kampf gekommen, aber ich ...«

»Lass es, Mama. Ich boxe nicht. Ich spiele Schach.«

»Schach? Ja, aber, du hast doch gerade gesagt ...«

»Es war ein Test, Mama. Ein Test. Ich wusste, dass du keine Ahnung hast. Ich wusste es.«

Die Musik dröhnte wieder los. Es war die Männerstimme, die gerade »Opium« gesungen hatte. Ironischerweise war der erste Satz des Songs: »Es tut mir leid, wenn es zu viel war ... Kann ja sein, dass ich nicht immer nett war.«

»Wer singt da?«, fragte sie, um irgendwie noch etwas Nettes hinzukriegen.

»Udo«, antwortete Eike mit einem Gesicht, als könne nur eine komplette Idiotin so eine Frage stellen.

»Udo? Udo Lindenberg? Udo Jürgens?«

Eike stöhnte. »Udo Gütschow.«

Ann Kathrin zuckte mit den Schultern.

»Kennst du nicht. Schon klar! Von: *Ich & die Liebe.*«

Ann Kathrin wollte nur noch gehen. »Feiert schön«, sagte sie. »Treibt es nicht zu doll, aber feiert schön.«

»Und du? Was hast du jetzt vor? Willst du mitfeiern oder in dem Lärm jetzt hier pennen?«

Sie ging zur Tür. »Ich schlafe im Hotel«, sagte sie. »Wenn ich morgen Mittag wiederkomme, ist hier alles wieder tipptopp. Klar?«

»Klar!«

Wie im Halbschlaf halluzinierend wankte Ann Kathrin die Treppe runter und ging, ohne nach rechts und links zu sehen, zu ihrem Twingo. Sie fuhr in die Stadt zurück.

Ich werde mir im Smutje ein Zimmer nehmen, dachte sie und war sicher, dass ihre Freundin Melanie Weiß Platz für sie hatte. Vielleicht würden sie sogar noch einen Schlummertrunk miteinander nehmen.

Ich bin eine miserable Mutter, dachte Ann Kathrin. Eine echte Versagerin.

Rupert informierte Schrader und wollte Kriminaltechniker anfordern. Aber die befanden sich alle auf Norderney.

Eine Fähre gab es heute nicht mehr. Also machten Rupert und Schrader sich mit Taschenlampen auf die Suche nach der Tatwaffe.

Rupert wollte keinen Fehler machen. Wenn ich warte, dachte er, verwischen vielleicht Spuren. Es könnte zu regnen beginnen, ein Hund könnte den Stein fressen oder was weiß ich ...

Wenn ich aber ohne Hilfe der Kriminaltechniker irgendetwas versaue, dann lachen sie noch ein paar Jahre über mich.

Er wusste, welche Tricks Rechtsanwälte draufhatten, um Beweisstücke zu entkräften und Aussagen anzuzweifeln.

Er schlüpfte also in den weißen Schutzanzug und nötigte auch Schrader dazu. Sie trugen sogar Kopfbedeckung und Handschuhe, als sie zwischen den Rabatten vor dem Amtsgericht herumkrochen.

Rupert fand ein benutztes Präservativ und Schrader eine halbvolle, aber zerquetschte Packung Marlboro.

Rupert stand kniehoch in den Sträuchern und schimpfte: »Ja, verdammt, wo leben wir denn? Die vögeln vor dem Amtsgericht und lassen ihre Beischlafutensilien rumliegen wie andere Leute ihre ...«

Rupert fiel vor lauter Empörung kein Vergleich ein, der krass genug gewesen wäre.

Schrader sah ihn fragend an: »Wie andere Leute ihre?«

»Socken.«

»Wieso Socken?«, fragte Schrader. »Wer lässt denn Socken vor dem Amtsgericht liegen?«

Rupert sah ein, dass er sich vergaloppiert hatte.

»Wir sammeln hier keinen Müll, sondern tatrelevante Spuren!«

»Ja, soll ich diese Zigaretten dann auch wieder wegwerfen, oder sind die tatrelevant?«

»Klebt Blut dran?«

»Nee, aber es steht groß drauf: Zigaretten töten.«

»Ja, das stimmt vermutlich, macht sie aber noch nicht zu einer Tatwaffe ...«

Schrader grinste, er bückte sich nach einem Stein. Es war ein weißer, kaugummigroßer Kiesel und direkt daneben lag die Schale einer Auster.

»Die feiern hier Orgien«, sinnierte Schrader. »Schlürfen Austern, rauchen, vögeln und ...«

»Ja, das geht uns leider nichts an. Wir untersuchen einen Mord ... oder wenigstens Totschlag.«

Zwei Schüler vom Ulrichsgymnasium kamen auf dem Weg zu Gittis Grill am Amtsgericht vorbei. Sie betrachteten interessiert die weißen Gestalten im Gestrüpp.

»Guck mal, Jason! Sind die Marsmenschen gelandet?«

Auf solche Sprüche hatte Rupert nur gewartet. Er brüllte: »Nein! Dies ist ein Experiment von Jugend forscht! Wir untersuchen das Verhalten geschlechtsreifer Minderjähriger in der ältesten ostfriesischen Stadt!«

Die Gymnasiasten kicherten. Der lange Dünne mit dem vorstehenden Kehlkopf wollte mit seinem Handy ein Foto oder einen kurzen Film machen, aber sein Freund ermahnte ihn zur Vorsicht: »Die sind im Moment total nervös. Ich würde mich jetzt besser nicht mit denen anlegen.«

In genau diesem Augenblick fand Schrader den Stein. Er wusste sofort, dass sie nicht weitersuchen mussten. Er beleuchtete das Fundstück.

Blut oder Hautpartikel konnte er nicht entdecken, und dennoch war er sich sicher, den richtigen Stein gefunden zu haben. Es war so, als würde eine gefährliche, tödliche Energie von ihm ausgehen.

Schrader hielt ihn hoch gegen den Mond. »Das ist er«, sagte er. »Darauf wette ich ein Monatsgehalt.«

»Na«, grummelte Rupert, »das kann ja nicht viel sein.«

Jetzt, auch ohne das schreckliche Gebiss, schmerzte Eichingers gesamter Mundinnenraum. Es war, als sei alles eine einzige Wunde. Das schlug ihm auf die Stimmung. Er hatte keine Lust mehr, gute Speisen zu kochen oder kommen zu lassen.

Alles tat einfach nur weh. Selbst das Trinken fiel ihm schwer. Den Versuch, alles mit einem klaren Schnaps zu betäuben, bereute er sehr. Es brannte, als hätte er probiert, Säure zu trinken.

Der Gentleman hatte das Pärchen angekündigt. Angeblich waren sie mit dem Auto unterwegs. Marlene und Dieter Kroll. Es sollte für sie eine Reise in den Tod werden. Dafür würde er sorgen, und er würde alles ganz perfekt machen, genau so, wie der Gentleman es ihm aufgetragen hatte.

Die Frage war nur, sollte er Sascha und Laura vorher töten? Er würde sie lange alleine lassen müssen, um sich den Krolls zu widmen. Das alles war nicht in ein paar Stunden zu erledigen.

Er konnte nicht davon ausgehen, dass Sascha und Laura ruhig bleiben würden. Dieses Haus war bewohnt. Die Wände nicht gerade die dicksten. Er konnte die Familie über sich hören und den Fahrstuhl im Flur.

Nein, es wäre wohl besser, sie vorher zu töten. Aber musste er dann ihre Körper entsorgen? Konnte er sie einfach in der Ferienwohnung herumliegen lassen? Wurde hier nicht ab und zu sauber gemacht? Es musste jemand nach dem Rechten sehen. Es gab Topfpflanzen. Azaleen. Hibiskus. Benjamini. Einblatt. Jemand musste die Pflanzen ab und zu gießen.

Wenn die Leichen zu früh gefunden wurden, hätte er keine Chance mehr, von der Insel zu kommen. Wangerooge war verdammt klein. Die Polizei wäre in der Lage, jede Ferienwohnung im Laufe eines Tages zu durchsuchen. Man konnte Wangerooge nicht mit Norderney vergleichen. Hier gab es weniger Schlupflöcher.

Um Laura tat es ihm leid. Er überlegte sogar, ob es nicht eine Möglichkeit gab, sie mitzunehmen. Er könnte versuchen, sie gefügig zu machen, sie an sich zu binden. Ideal wäre es, wenn *sie* Sascha töten würde. Er könnte ihn dann entsorgen, und sie wäre ihm verpflichtet. Eine Abhängigkeit musste entstehen. Aber wie sollte er sie dazu bringen, Sascha zu töten? Es war möglich, einen Keil zwischen die beiden zu treiben, ja, das war kein Problem, aber konnte er sie so sehr gegeneinander aufhetzen?

Er brauchte Hilfe. Er dachte an die pummelige Gundula Tschirner aus Wittmund. Sie würde ihren Blumenladen sofort verlassen, um zu ihm zu kommen. Auf ihre Verschwiegenheit war Verlass. Aber nein, Gundula war zu lästig, zu unersättlich.

Er ging die anderen Frauen durch, die ihm ins Gefängnis geschrieben hatten. Im Grunde waren sie ihm alle nur lästig, aber jemand musste ihm auf Wangerooge helfen. Die Aufgaben hier waren einfach zu groß.

Als würde Sascha seine Gedanken lesen, begann er fieberhaft, auf Laura einzureden. Er zerrte nicht an seinen Fesseln. Er bewegte nur seine Lippen und seine Augen.

»Das ist Eichinger, Laura. Kapierst du das nicht? Er hat dich gesehen und Bollmann und mich ... aber es war alles ganz anders, als er es erzählt. Bollmann hat gesehen, wie er den Polizisten erschossen hat, es war doch auf allen Sendern.«

»Halt die Schnauze!«, zischte Eichinger.

Doch Sascha sprach wie auf Droge weiter: »Er hat Bollmann niedergeschlagen und in den Priel geworfen. Er musste den Zeugen loswerden. Natürlich ist er nicht mehr auf Norderney. Da hätten sie ihn längst erwischt.«

Eichinger wollte ihm ins Gesicht schlagen und ihn wieder knebeln, aber das hätte Sascha in Lauras Augen zum Helden gemacht und seine Aussage nur unterstrichen. Besser war es, zu lachen.

Eichinger lachte laut: »Tja, ganz klar. So war es. Und ich verrate euch noch ein Geheimnis: Ich bin der Weihnachtsmann und habe zweiundsiebzig Frauen, die in meiner Weihnachtsbäckerei das ganze Jahr über Plätzchen backen und Spielsachen basteln.«

Laura konnte nichts sagen, weil ihr Mund verklebt war. Auf ihrer Stirn standen ein Dutzend dicker Schweißperlen. In dem merkwürdigen Licht erinnerte ihr Angstschweiß Eichinger an einen indianischen Perlenkopfschmuck, den er einmal auf einem Foto gesehen hatte.

Er ging zu ihr und sah ihr in die Augen. Sein Gesicht war so nah an ihrem, dass er den feinen, feuchten Flaum über ihren Nasenflügeln sehen konnte.

»Ich werde dir jetzt dieses dumme Pflaster abziehen, wenn du vernünftig bist«, sagte er.

Dann löste er langsam, ja liebevoll, das Klebeband von ihrer Haut.

»Wenn du ihr etwas tust, du Drecksack, dann ...«

»Er wird nichts tun ...«, krächzte Laura mit trockener Stimme.

»Er ist ein Serienvergewaltiger, haben sie im Fernsehen gesagt. Fünf Kripoleute haben ihn bewacht, damit er nicht über Frauen herfällt und sie schändet! Der ist echt gestört!« Eichinger ließ Leitungswasser in ein Glas laufen und hielt es Laura an den Mund. »Trink. Das wird dir guttun.«

Sie tat es. Da sie es aber nicht gewöhnt war, ihren Durst von fremder Hand stillen zu lassen, verschluckte sie sich und hustete ins Glas. Wasser klatschte auf ihr T-Shirt und lief an ihrem Hals herunter. Eichinger nahm ein Stück Papier von der Küchenrolle und tupfte behutsam das Wasser von ihrem Hals.

Laura erlebte es als liebevolle Zuwendung, die ihr Mut machte, Hoffnung gab, er würde ihr am Ende doch nichts tun, sondern sie freilassen.

»Dein Freund ist ganz schön mutig«, sagte Eichinger. »Er will mich provozieren, damit ich ihn zusammenschlage. Junge Männer wie er sind so leicht zu durchschauen. Er merkt natürlich, dass du auf mich abfährst. Du fährst doch auf mich ab, oder?«

Sie zog es vor, nichts zu sagen, guckte aber so, als könnte an der Aussage durchaus etwas dran sein.

Eichinger fuhr fort, als hätte sie klar und laut mit »Ja« geantwortet: »Siehst du, und das wurmt ihn natürlich, und nun versucht er, vor dir den Helden zu spielen und macht sich dabei viel größer, als er ist. Ja, so sind Jungs. Er muss mich jetzt dämonisieren, damit sein Licht in deinen Augen umso mehr scheint.«

Er lachte und trank den Rest Wasser aus dem Glas in einem Zug. Er setzte es mit einem lauten Klacken ab, dann fuhr er fort: »Ein Held braucht ein Monster, gegen das er kämpfen kann. Sonst wird er kein Held. Was ist der Ritter in den Augen der Prinzessin, wenn er ein Kaninchen erschlägt? Nichts. Ein Halunke. Aber wenn er einen Drachen hat, gegen den er kämpfen kann, dann ist alles in Ordnung, und er gewinnt das Herz der Prinzessin. Deshalb muss er mich zum furchterregenden Drachen machen.«

Eichinger streichelte, während er das sagte, Saschas Haare. Sascha wollte ihm den Kopf entziehen, aber so gefesselt, wie er dasaß, hatte er keine Chance, den Streicheleinheiten zu entgehen.

Eichinger tätschelte Saschas Wangen. Sascha versuchte, in Eichingers Finger zu beißen. Er schnappte danach und hätte ihn fast erwischt, doch Saschas Zähne knallten hart aufeinander. Es gab ein Geräusch, als wäre Porzellan zerbrochen.

»Ist er nicht süß, unser junger Held!«, spottete Eichinger.

Er giftete in Eichingers Richtung: »Du bist ein Mörder, und mich jagen sie!«

»Wenn ich der Serienvergewaltiger wäre, den er so gerne aus mir machen möchte, dann könnte er mich, den Drachen, töten. Wie würde er dann dastehen, Laura, vor dir? Als Retter. Als Held. Aber der junge Mann hier hat zwei Probleme. Erstens bin ich kein blutrünstiger Drache und zweitens kann er ohne meine Hilfe nicht mal zur Toilette. Er wird sich bepinkeln und einkoten, wenn ich ihm nicht die Gnade gewähre ...«

»Warum quälen Sie uns so? Was wollen Sie von uns?«, fragte Laura.

»Oh, du siezt mich. Haben sich unsere Beziehungen so sehr verschlechtert?«

Er winkte ab, als sei das jetzt nicht mehr wichtig. »Du findest also, ich quäle euch? Du enttäuschst mich, Laura. Du nimmst schon seine Sichtweise der Dinge an. Du lässt dich von ihm viel zu sehr beeinflussen. Das ist ja die reinste Indoktrination. Wer hat dir etwas zum Abtrocknen angeboten, als wir uns am Strand begegnet sind? Er oder ich? Wer hat für euch gekocht und eingekauft? Wer hat erste Hilfe geleistet, als du umgekippt bist?«

Sie sah beschämt vor sich auf ihre Knie.

»Das nennst du also quälen. Du hast eine originelle Wahrnehmung. Vielleicht seid ihr nur verzogene Blagen. Ja, verzogene Blagen! Wissen nichts vom Leben und von der Welt, sind kaum in der Lage, Rühreier schmackhaft zu machen, aber halten sich für Gourmets.«

Er kniete sich vor Laura auf den Boden und berührte ihre Beine. Er schob ihre Knie auseinander.

»Wenn ich der böse Vergewaltiger wäre, dann hätte ich dich schon längst vor seinen Augen genommen. Hab ich aber nicht. Ich habe dir Wasser gebracht. Und musstest du darum bitten? Nein, musstest du nicht! Und warum nicht? Weil ich dir die Wünsche von den Augen ablese, Prinzessin. Ganz im Gegenteil zu diesem Schnösel hier, der immer noch ein Ungeheuer sucht, gegen das er kämpfen kann.«

Er sah sie jetzt von unten an. Es war wie ein Duell, jeder versuchte, in den Augen des anderen zu lesen, was er dachte. Dabei kam es Laura vor, als ob er versuchen würde, in ihre Gedanken einzudringen. Er wollte wissen, was sie dachte. Glaubte sie, dass er jetzt mit den Händen weiter an ihren Schenkeln hochfahren würde? War das hier der Beginn der Vergewaltigung?

Wenn ich denke, dass er es tut, wird er es auch machen, dachte sie. Es fällt ihm dann leichter.

Sie biss sich auf die Lippen, hielt seinem Blick stand und sagte sich, dass es unmöglich war, Gedanken zu lesen. Gleichzeitig bildete sie sich aber ein, in seinen Augen genau zu sehen, was er dachte.

Er wollte herausfinden, wer sie war, ihre Gefühle ergründen, und es war ihr nicht gleichgültig, was er über sie dachte.

»Soll ich dir sagen, wer ich wirklich bin?«

Sie nickte vorsichtig.

Er erhob sich.

»Wenn ich nur eine Hand frei hätte ...«, fluchte Sascha.

»Ja, ich weiß, dann würdest du dir selbst die Nase putzen ... aber so muss ich es wohl tun.«

Eichinger riss erneut ein Stück von der Haushaltsrolle ab und näherte sich damit Sascha. Der drehte den Kopf weg. Da packte Eichinger hart zu, drückte das Papier fest auf Saschas Nasenflügel und verlangte: »So, jetzt schnauben. Wenigstens das haben sie euch an eurem komischen Gymnasium doch wohl beigebracht – oder?«

»Kennst du dieses Gefühl«, fragte Ann Kathrin ihre Freundin Melanie Weiß, »einfach nie allen gerecht zu werden? Wenn ich es beruflich schaffe, dann versage ich als Frau und Mutter und Freundin.«

»Ja«, sagte Melanie, »wenn man das eine tut, bleibt das andere liegen ... so ist das immer. Alle Menschen stehen in dem Dilemma. Aber ich finde, du machst das ganz toll ...«

Ann Kathrin protestierte: »Nein, mache ich eben nicht. Überhaupt nicht. Ich bin eine miserable Mutter und ... als Frau ...«, sie verzog den Mund. »Ich wundere mich, warum Frank nicht längst eine andere hat. Hero ist ja zu seinem Busenwunder gezogen. Ich kann es ihm nicht einmal übelnehmen. Ich habe ihn ja kaum noch beachtet ... gegen Ende ... Aber warum mache ich dumme Kuh immer wieder die gleichen Fehler? Werde ich aus Schaden niemals klug? Sogar mein Kater Willi ist mir weggelaufen, obwohl Katzen doch angeblich so treu sind ... Der ist jetzt bei den Nachbarn und holt sich dort sein Futter. Die haben ihn quasi adoptiert ...«

Melanie schenkte Ann Kathrin noch einen Oberrotweiler Spätburgunder ein. Dann, als Ann Kathrin die richtige Bettschwere hatte, brachte sie sie ins Zimmer »Sylt«. Ann Kathrin wusste das zu schätzen. Dort stand ein Himmelbett, und das Ganze sah aus wie für frisch Verliebte gemacht oder für ein Brautpaar.

Als Melanie Weiß sie verlassen hatte, warf Ann Kathrin sich aufs Bett und weinte ins Kissen.

Da heulte ihr Handy los. Der Seehund hatte nie herzzerreißender gejault, fand sie, und sie ging ran, ohne aufs Display zu gucken. Sie vermutete einen Anruf von Eike, weil das Haus brannte oder von Weller, weil er mit ihr Schluss machen wollte, um eine Krankenschwester zu heiraten oder Sascha Kirschs Mutter.

Aber ihr Chef und väterlicher Freund Ubbo Heide war am Apparat.

»Ann«, sagte er knapp. »Er ist doch auf Norderney.«

»Glaub ich nicht. Ist mir aber auch schon fast egal. Ist ja nicht unser Fall.«

»Ann, Gundula Tschirner aus Wittmund hat sich gestern auf Norderney im Hotel Friese ein Zimmer gemietet.«

»Das ist heiß«, gab Ann Kathrin zu. »Glaubst du, er hat sie informiert, Ubbo?«

»Klar. Die fährt nicht auf gut Glück. Die will zu ihrem Liebsten.«

»Was machen wir jetzt? Das ist doch BKA-Sache.«

»Was hier passiert, ist unsere Sache. Immer. Deine Worte, Ann.«

»Hm.«

Er hatte ja so recht, aber sie wollte und konnte gerade nicht mehr.

»Heulst du?«

»Wie kommst du denn da drauf?«

»Du hörst dich so an.«

»Ich heul nicht. Ich bekomme Heuschnupfen oder so ...«

»Heuschnupfen?« Er hörte, dass sie log. Er kannte sie gut. »Ist was mit Frank?«

»Nein.«

»Alles in Ordnung zwischen euch?«

»Ja, verdammt!«

»Also gut. Ann, wir hätten eine Chance, diesen Eichinger vor dem BKA hoppzunehmen. Wenn du der Spur von Gundula Tschirner folgst, führt sie dich garantiert zu ihm.«

Sie saß aufrecht im Bett. »Und heißt das, du hast das BKA nicht informiert?«

»Wenn deine Theorie richtig ist, wäre es mir lieber, wir würden ihn verhaften, bevor ein BKA-Kollege ihn auf der Flucht erschießt. Die Jungs sind im Moment sehr nervös.«

»Das war keine Theorie von mir, Ubbo. Nur eine Überlegung.«

Er kaute Marzipan. Sie konnte es hören. Für einen Mann, der sogar nachts Marzipan aß, hatte er erstaunlich wenig Gewichtsprobleme, dachte sie. Sie musste ihn fragen, ob er außer Boßeln noch andere Sportarten betrieb, aber das konnte sie schlecht jetzt tun.

»Es gibt da ein paar Ungereimtheiten. Ich meine, das sind sehr ehrenwerte Kollegen mit vorbildlichen Personalakten ...«

Aha, dachte sie, er kennt also ihre Personalakten, dann hat er noch bessere Kontakte, als ich dachte. Auf dem normalen

Dienstweg konnte das schlecht gelaufen sein, aber ein Mann, der so lange dabei war wie Ubbo Heide, hatte überall Freunde, die ihm verpflichtet waren, weil er ihnen auch einmal einen Gefallen getan hatte.

Er räusperte sich. »Einer von den Kollegen, Ann, hat einen Selbstmordversuch unternommen.«

»Versuch? Das heißt, er hat überlebt?«

»Nein. Er hat sich die Dienstwaffe in den Mund geschoben.«

»Gibt es einen Abschiedsbrief?«

»Mehr weiß ich auch nicht.«

Ann Kathrin reckte sich. Gerade war sie noch fast ohnmächtig müde gewesen, jetzt bekam sie Lust zu duschen und sich aufzumachen, nach Norderney zu fahren, um Plim und Plum zu sprechen.

»An der Maske, also dieser Sturmhaube, sind übrigens keine Spuren von diesem Eisspray nachzuweisen.«

»Hast du das überprüfen lassen?«

»Klar.«

Sie fragte sich, wie er das um diese Zeit hingekriegt hatte. Ihr Respekt vor seiner Vernetzung wuchs, und sie kapierte immer mehr, warum er als Chef unersetzlich war.

»Dann glaube ich nicht, dass Eichinger auf Norderney ist. Es hat nur jemand ein starkes Interesse daran, dass wir das glauben.«

»Was gedenkst du zu tun, Ann?«

Sie ließ sich wieder aufs Bett fallen. »Mein Lebensgefährte liegt im Krankenhaus. Mein Sohn hat jeden Grund, mich zu hassen und feiert in meinem Haus eine Orgie. Ich brauche eine Auszeit, Ubbo. Ich muss eine Nacht richtig ausschlafen.«

Ubbo Heide zeigte Verständnis, versuchte ein paar Komplimente, die ihm leider misslangen, und dann verabschiedeten sie sich voller gegenseitiger Wertschätzung.

Sekunden später rief Ann Kathrin ihn noch einmal an und sagte ohne Vorgeplänkel: »Ein BKA-Mann wurde von Eichinger erschossen. Einer hat Suizid begangen. Bleiben noch drei. Entweder, ich bekomme morgen früh die Namen, oder ich nehme sofort meinen Jahresurlaub.«

»Das geht nicht.«

»Ich kann mich auch krankschreiben lassen.«

Sie drückte das Gespräch weg und schaltete das Handy aus. Vielleicht, dachte sie, ist Gundula Tschirner nur nach Norderney gefahren, damit wir alle glauben, dass ihr Schatz dort ist. Zuzutrauen wäre es ihr.

In der Nacht träumte Ann Kathrin von einer angeschwemmten männlichen Wasserleiche, die in Norddeich angespült wurde. Sie sah Plim und Plum, die versuchten, die Leiche an Land zu ziehen, ohne sich selbst dabei nass zu machen. Sie schienen die Wellen der Nordsee zu fürchten, als ob die nicht aus Salzwasser, sondern aus Salzsäure bestehen würden.

Sie musste lachen, weil die beiden sich so landrattenmäßig wie Großstadttölpel in ihren C&A-Anzügen anstellten.

Sie zog ihre Schuhe aus und ging fast triumphierend ins Wasser. Die Leiche schwamm mit dem Rücken nach oben. Der Hintern ragte merkwürdig in die Luft. Die Beine waren nicht zu sehen.

Sie packte den Toten zwischen den Achselhöhlen und zog ihn auf die Uferbefestigung. Es war der Körper eines gut vierzig Jahre alten, leicht übergewichtigen Mannes. Sie drehte ihn um und sah in das Gesicht ihres Sohnes.

»Eike!«, schrie sie. »Eike!«

Als sie wach wurde, stand sie neben dem Himmelbett. Sie war klatschnass und atmete schwer. Sie ging ins Bad und trank Leitungswasser aus dem Hahn, obwohl eine Flasche St. Ansgari Sprudel neben ihrem Bett stand.

Am liebsten hätte sie Eike angerufen, einfach nur, um seine Stimme zu hören, aber sie beherrschte sich.

Marlene Kroll hatte ein Problem damit, im Dunkeln Auto zu fahren. Sie war schon vor Beginn der Tour echt geladen. Angeblich hasste Dieter das Autofahren am Tag. Er nannte es »Sundriving«. Er benutzte gern englische Ausdrücke, und sie empfand es jedes Mal so, als würde er damit versuchen, sich über sie zu erheben.

Jedenfalls hatte er sich mal wieder durchgesetzt, und jetzt sollte es mitten in der Nacht nach Wangerooge gehen. Er schwärmte ihr vor, sie seien bei Sonnenaufgang an der Nordsee und könnten dann die erste Fähre nehmen.

Aber sie ahnte schon, dass alles, was jetzt noch kein Problem war, bald eines werden würde. In spätestens zwei Stunden würde er einen Parkplatz ansteuern, Kniebeugen machen und stöhnen, seine Rückenschmerzen seien unerträglich. Eine Ibuprofen könne er aber nicht nehmen, weil ihn das Zeug immer so müde mache, und dann könne er nicht mehr fahren. Also hätte sie den Schwarzen Peter und müsste den Rest der Fahrt von Frankfurt nach Harlesiel dankbar sein, dass er sich für sie opferte und trotz Rückenschmerzen ohne Medikamente weiterfuhr, weil sie ja leider nicht dazu in der Lage war. Wobei sein Leiden mehr wert war als ihres. Er hatte nämlich etwas Körperliches, während ihre Probleme rein psychischer Natur waren, was für ihn *belanglos* bedeutete.

Sie wollte auf keinen Fall in der Dunkelheit fahren. Auf gar keinen Fall. Das waren für sie schon immer die reinsten Horrortrips gewesen, so als würden plötzlich aus der Finsternis rechts und links neben den Lichtkegeln der Scheinwerfer die Angstgestalten ihrer Kindheit auftauchen und versuchen, sich vor ihr auf die Straße zu werfen, sich am Auto festzukrallen oder ihr die Sicht zu versperren, indem sie auf dem Kühler herumhopsten.

Einmal, bei ihrer letzten Nachtfahrt – danach hatte sie sich nie wieder im Dunkeln ans Steuer gesetzt –, klebte ein Kobold aus einem vorpubertären Albtraum an der Windschutzscheibe fest und nahm ihr die Sicht. Sie hatte behauptet, Probleme mit den Augen zu haben, aber sie wusste genau, dass daran keine Brille etwas ändern konnte – und sie hatte den Fehler gemacht, mit Dieter darüber zu reden.

Aus heutiger Sicht war es ein Fehler gewesen, damals fand sie es richtig. Sie brauchte Verständnis und Zuneigung. Aber sie bekam etwas anderes, die Karten in ihrem Beziehungspoker wurden neu gemischt. Und das ging zu ihren Ungunsten aus.

Plötzlich begann er, im Alltag über sie zu bestimmen.

Es fing mit kleinen Sachen an. Er wusste plötzlich alles besser, hatte immer das letzte Wort und begann, sexuell immer fordernder zu werden, was sie zunehmend verschreckte und ihre aufkeimende Lust im Ansatz erstickte. Jetzt hatten sie ein handfestes Problem, und es hatte mit dem Kobold auf der Windschutzscheibe begonnen.

Marlene Kroll sah ihrem Mann im Gesicht an, dass es nicht mehr lange dauern konnte, bis das Maß seiner guten Laune sich geleert hatte und die Nörgelei beginnen würde. Er meckerte nie sofort an ihr herum. Es begann immer mit einem Schimpfen auf jemand anderen.

Gern richtete seine Wut sich zunächst gegen die Regierung, das Finanzamt oder seinen Chef. Er begann Sätze dann mit Worten wie:

»*Das muss man sich einmal vorstellen ...*«
»*Da fasst man sich doch an den Kopf ...*«
»*Die Versager in Berlin haben doch tatsächlich ...*«

Aber egal, wie seine Hasstiraden auch starteten, am Ende war immer sie das Ziel seines Zorns. Mühelos konnte er an solchen Tagen Ereignisse, die viele Jahre her waren, wie eine Perlenkette aufreihen und mit Beobachtungen aus den letzten vierundzwanzig Stunden verknüpfen. Dann begannen seine Sätze gern mit den Worten:

»*Immer, wenn du ...*«, oder:

»Ich will dir ja nicht zu nahe treten, aber ...«

Die Wut baute sich langsam auf. Der Song von Grönemeyer im Radio, der sonst zu seinen Lieblingssängern zählte, regte ihn jetzt auf. Er drehte mit einer so heftigen Bewegung den Ton ab, dass sie den Gummiknopf schon abbrechen sah. Zwar blieb der Knopf dran, doch ihr wurde plötzlich klar, dass er die Musik nie ausschaltete, sondern immer nur leiser drehte, meistens so leise, dass sie nicht mehr zu hören war. Jetzt kam es ihr so vor, als würde er den Ton regelrecht abwürgen.

So machte er es doch im Grunde mit ihr auch. Er erstickte sie fast, drehte ihr die Luft ab.

Er begann: »Das muss man sich einmal vorstellen, da sind diese Versager von Möchtegern-Schimanskis nicht in der Lage, einen Verbrecher, dessen Namen jeder kennt, auf einer Insel zu fangen! Einer Insel! Und ich rede nicht von England, sondern von Norderney!«

Sie sagte gar nichts.

Die Scheinwerfer schienen die Bäume umzumähen, und sie befürchtete, ein Troll könne sich gleich aus den Baumkronen auf die Straße abseilen oder schlimmer noch, ein Kobold mit Saugnäpfen an den Fingern. Zum Glück saß sie nicht am Steuer. Das Dumme an der Sache war nur: Sie konnte auch nicht abbremsen, auf den Seitenstreifen fahren und einfach zu Fuß über die Felder zur nächsten Stadt laufen. Sie kam sich ausgeliefert vor. Ihrem Mann, dieser Nacht, dieser ganzen, unmöglichen Situation.

Er dozierte jetzt. Das tat er besonders gerne. Er erklärte ihr die Welt.

»Aber das ist typisch für unseren Pleitestaat. Da werfen die das Geld für die Arbeitskraft von fünf Männern raus, um so einen Stinkstiefel zu bewachen, der ihnen dann auch noch abhaut.«

Er schüttelte über so viel Dummheit nur den Kopf. »Weißt du, was das alles kostet? Das ist unser Geld! Unsere Steuergelder! Unsere Steuergelder, sag ich nur! Wenn das nicht so traurig wäre, müsste man darüber lachen.«

Er redete weiter. Sie hörte nicht mehr zu, blendete seine Worte einfach aus und lauschte stattdessen dem Geräusch der Räder auf dem Asphalt der A 3. Sie fragte sich, warum sie eigentlich noch mit ihm zusammen war.

Sie hatten keine Kinder und kaum Schulden, eine Trennung wäre machbar. Immer, wenn sie jedoch genauer darüber nachdachte, fielen ihr tausend Gründe ein, warum es gerade jetzt nicht ging. Beim letzten Mal war es die Goldene Hochzeit seiner Lieblingstante. Sie hatte es nicht übers Herz gebracht, so kurz vor dem großen Ereignis ... Aber jetzt fielen ihr plötzlich keine Gründe mehr ein, warum sie weiter mit ihm zusammenbleiben sollte.

Er war inzwischen bei den Spritpreisen angekommen, auch dafür war seiner Meinung nach dieser Eichinger verantwortlich, denn der größte Teil an den Spritkosten sei »das Stück vom Kuchen, das das Finanzamt sich davon abschneidet, damit der Staat solchen Quatsch bezahlen kann«.

Sein Atem wurde schon schneller. Er sprach sich in Rage.

Manchmal gelang es ihr, ihn abzulenken. Früher hatte sie einfach versucht, ihm zuzustimmen und bei seinen Schimpfkanonaden mitzumachen, aber das tat sie jetzt nicht mehr, denn das ging meistens schief. Er wurde dadurch nur noch mehr aufgestachelt, und am Ende bekam sie es umso heftiger ab.

Nein, er schlug sie nicht. So weit hatte er sich im Griff. Sie hatte lange auf die erste Ohrfeige gewartet, um dann mit ihm Schluss zu machen, aber die kam nicht. Er wurde nur immer miesepetriger, und seine Nörgelei fraß zunehmend an ihrer Selbstwahrnehmung.

»Ein Glück«, sagte sie, »dass wir nicht nach Norderney fahren. Ich hätte da jetzt nicht gerne eine lange Strandwanderung gemacht. Und abends mit einem Rotwein auf der Terrasse zu sitzen, dazu hätte ich wahrlich auch keine Lust. Aber auf Wangerooge … das ist doch ganz etwas anderes. Eine friedliche, kleine Insel. Ein paar Tage ohne jeden Stress. Die waren ja echt flexibel und haben gleich für uns umgebucht. Wir hätten da ja wenig machen können.«

»Von wegen, wenig machen können! Ich lass mir so etwas nicht gefallen. Wer will denn auf so eine Insel, wenn die da …«

Sie stöhnte. Er legte gleich wieder mit seiner Negativität los. Er nahm überhaupt nichts Positives auf.

»Einem geschenkten Gaul«, sagte sie, »schaut man nicht ins Maul.«

»Ja, du lässt dir ja alles gefallen. Mit dir machen sie, was sie wollen, aber mit mir nicht! Die haben angerufen und gefragt, mit welcher Fähre wir ankommen. Da habe ich denen was erzählt! Mit eurer Scheißfähre fahren wir gar nicht, hab ich denen gesagt. Wir sind doch nicht blöd. Norderney, dass ich nicht lache! Sorgt erst einmal für Ordnung auf eurer Insel! Und dann sind die nur noch rückwärts gerudert und haben uns gleich einen Platz auf einer anderen ostfriesischen Insel angeboten.«

Sie nickte dazu, aber sie wusste, dass es gelogen war und er sich nur aufmantelte. Er spielte gern den Helden, vor dem die blöden Spießer, die Erbsenzähler und die Bürokratenärsche zitterten. Aber sie hatte die Stimme auf dem Anrufbeantworter gehört: »Sie haben ja sicherlich von den Ereignissen auf Norderney gehört. Ihr Überraschungsgewinn wurde zu Ihrer eigenen Sicherheit verändert. Wir haben statt Norderney Wangerooge für Sie gebucht. Die zauberhafte Inselbahn wird Sie vom Hafen an einer Lagunenlandschaft vorbei ins Innere der Insel bringen. Ihr Ferienhaus liegt in der Friedrich-August-Straße. Es ist ein moderner Bungalow mit kleiner Sauna, Internetanschluss und Flachbildschirm. Sie werden begeistert sein …«

Von wegen, durch seinen Protest wurde alles verändert. Er wäre nicht einmal auf die Idee gekommen, anzurufen.

»Woher hattest du eigentlich die Telefonnummer?«, fragte sie.

Er warf ihr einen Blick zu, der ihr durch und durch ging. Ihr wurde richtig kalt.

Ihm fiel keine passende Antwort ein. Er fühlte sich ertappt.

Sie hakte nach: »Ich dachte, du weißt auch nicht so genau, wieso wir den Preis gewonnen haben ... und von wem ...«

Er kratzte sich am Hals. Das tat er oft, wenn er vor Wut kochte. Noch vor kurzem wäre spätestens das ihr Signal gewesen, ab jetzt den Mund zu halten oder ihm aus dem Weg zu gehen, aber Abstand zu suchen, war im Auto schwierig und den Mund zu halten irgendwie nicht mehr ihr Ding.

»Wer sagt uns eigentlich, dass wir nicht reingelegt werden und sich irgendjemand lustig über uns macht? So einen am Computer ausgedruckten Gewinnschein kann doch jeder selbst basteln, und wir haben an keinem Gewinnspiel teilgenommen ...«

»No risk, no fun«, grummelte er. »Du kannst ja hierbleiben. Ich fahre jedenfalls.«

Ein Verdacht keimte in ihr auf. Das konnte doch kein Zufall sein, der Gewinn betraf genau die Zeit, in der eigentlich ihre Mutter aus dem Sauerland zu Besuch hatte kommen wollen. Hatte er das Ganze geplant, um ihrer Mutter aus dem Weg zu gehen, die er genauso unausstehlich fand wie sie ihn? Sie traute es Dieter zu, die Gewinnkarte selbst geschickt zu haben. Hatte er eine Freundin und wollte für sich und sein Sahneschnittchen freie Bahn haben? Welch raffinierter Plan! Er war garantiert davon ausgegangen, dass sie zu Hause bleiben würde, um ihre Mutter nicht zu beleidigen. Er hatte doch nicht ahnen können, dass der Besuch sich verschieben würde ...

Na klar, dachte sie grimmig, und jetzt versaue ich den beiden Turteltauben den Liebesurlaub. Das Ganze ist doch im Grunde total durchsichtig, und als ich gesagt habe, dass ich mitfahre, da hat er die Notbremse gezogen. Die Nachtfahrt – und alles in der Hoffnung, dass ich zu Hause bleibe und mir nicht die Blöße geben will, ihn die ganze Zeit fahren zu lassen.

Jetzt bog und reckte er sich schon wieder im Fahrersitz. Er stöhnte demonstrativ: »Meine Wirbelsäule bringt mich um.«

Er musste nicht weiterreden. Den Rest nahm sie ihm ab. »Ich weiß ... ich weiß, und nur, weil deine dämliche Frau so eine Prinzessin auf der Erbse ist, musst du dich jetzt opfern!«

»Das habe ich nicht gesagt.«

»Aber gedacht.«

»Nein!«

»Doch!«

»Du spinnst!«

»Halt an!«

»Warum?«

»Weil ich aussteigen möchte!«, hörte sie sich sagen.

»Aussteigen?«

»Ja, spreche ich chinesisch?«

»Hier?«

»Ja!«

»Warum?«

»Weil ich keinen Bock mehr auf dich habe!«

Wie um ihrer Aussage mehr Nachdruck zu verleihen, löste sie ihren Sicherheitsgurt. Sofort begann das nervötende Gepiepse der Kontrollanlage. Sie wusste, dass dieser Ton ihn kirre machte, aber er bremste nicht ab.

Die Zeiten, in denen sie alles getan hatte, um ihn zu beschwichtigen, waren vorbei. Jetzt machte sie das Gegenteil und fühlte sich gerade großartig dabei.

Es tat ihr gut, zu sehen, wie verblüfft er war.

»Ruf deine Susie an und sag ihr, dass ihr freie Bahn habt. Ich bin euch nicht länger im Weg.«

»Welche Susie?«

»Ach, heißt sie Michaela? Oder Corinna?«

»Was unterstellst du mir da? Ich habe keine Freundin!«

Sie lachte. Er bremste, fuhr auf den Seitenstreifen und schrie sie an: »Mach deinen Sicherheitsgurt fest oder ...«

»Oder was?«

Er hielt sich demonstrativ die Ohren zu. »Ich halte diesen Ton nicht aus!«

»Das ist die Art deines Autos, dir zu sagen, dass etwas nicht stimmt.«

Der Pfeifton wurde immer lauter.

»Du sollst ... deinen ... Sicherheitsgurt ...«

Sie öffnete die Beifahrertür.

»Wo willst du hin?«

»Weg!«

»Kriegst du deine Tage oder was?«

Schon war sie aus dem Auto und stand mit beiden Füßen sicher auf dem Seitenstreifen.

Dieters Gesichtszüge fuhren kreischend ineinander. Die Lichter des Armaturenbretts beleuchteten seine Ratlosigkeit.

Sie fand, dass er jetzt endlich so dämlich aussah, wie er in Wirklichkeit auch war.

Ein Audifahrer hielt an und wollte helfen. »Ist bei Ihnen alles in Ordnung?«

»Hau ab!«, brüllte Dieter Kroll. Aber das brachte den Audifahrer keineswegs dazu, weiterzufahren. Im Gegenteil. Er stieg aus und kam auf Marlene Kroll zu.

»Belästigt er Sie? Brauchen Sie Hilfe?«

Endlich hatte Dieter ein Ventil für seine Wut. »Willst du was aufs Maul?«, fauchte er.

Marlene rannte einfach die Böschung runter. In ihren Schuhen knickte sie um. Sie zog sie aus und ging barfuß weiter. Sie sah das Lichtermeer einer Großstadt. Sie wusste nicht genau, wo sie war.

Es war ihr egal.

Sie ging querfeldein auf die Lichter zu. Hinter sich hörte sie zwei Männer, die sich anbrüllten. Sie fand es amüsant, kümmerte sich aber nicht weiter darum.

Sie sackte mit den Füßen in den schlammigen Untergrund ein. Es machte ihr nichts aus. Sie ging einfach weiter, ohne sich umzudrehen. Sie hatte nicht mehr vor, in die eheliche Wohnung zurückzukehren. Sie fühlte sich beschwingt und leicht. Frei. Fast so, als könne sie fliegen.

Der Schmutz, durch den sie watete, machte ihr nichts aus. Sie fürchtete auch die Dunkelheit nicht. Wenn sie an sich runtersah, konnte sie nicht einmal ihre Füße erkennen, so finster war es hier auf der Wiese.

Aber es würde kein Kobold kommen. Wenn sie zu Fuß war, hatten die Monster ihrer Kindheit sie nie angegriffen. Aber das Auto lockte sie an.

Diese abgeschlossene Situation bei hoher Geschwindigkeit. Wenn sie nicht aussteigen konnte, dann und nur dann, war sie den Nachtgestalten ausgeliefert. Aber sie war ausgestiegen und endlich frei.

Der Fußmarsch hier war die erste autonome Handlung. Ab jetzt ging es nicht mehr um ihn, sondern nur noch um sie selbst. Seit sie ihn kannte, hatte sie ihre eigenen Wünsche und Phantasien fast vergessen. Fast!

Es kam ihr geradezu lächerlich vor, dass sie es so lange bei diesem Typen ausgehalten hatte. Es war ein Treppenwitz und schien schon viele Jahre her zu sein. Unendlich weit weg von ihr. Vor ihr lagen die Großstadt und eine Müllhalde. Der Wind drehte jetzt, und es roch nach Verwesung und Fäulnis, gemischt mit Chemieabfällen.

That is life, dachte sie und lachte. Yeah, Baby, that's reality!

Und dann breitete sich ein Gefühl in ihr aus, das ihr die Freudentränen in die Augen trieb. Es war, als hätte sie gerade nicht einfach nur ihren Mann verlassen, sondern sich selbst das Leben gerettet.

Ann Kathrin schlief so lange wie selten. Gegen neun duschte sie und ging runter. Eigentlich wollte sie nur einen Kaffee und sich bei Melanie bedanken, aber dann bekam sie plötzlich Appetit. Sie aß zwei Portionen Rührei mit knusprig gebratenem Speck.

Sie versuchte, zwischen sich und den schrecklichen Traum ein paar Kalorien zu bringen. Es gab sogar Apfelkuchen, und sie griff zu. Welch ein Frühstück! Nie wieder wollte sie dieses Bild sehen müssen. Ihr Sohn Eike als Wasserleiche mit dem Körper eines Vierzigjährigen, dessen Lieblingssportart Würstchen grillen gewesen war.

Es gefiel Melanie, wie sehr es Ann Kathrin schmeckte. Ungefragt goss sie immer wieder Kaffee nach. Ann Kathrin fragte sich, wie Melanie an dieses ausgeschlafene Lächeln kam. Ihre Freundin hatte doch genauso lange auf den Beinen gestanden wie sie.

Ann Kathrins Seehund jaulte. Ubbo Heide wollte sie sprechen. Sie gestand, im Smutje in Norden geschlafen zu haben und versprach, gleich nach Aurich in die Polizeiinspektion zu kommen. Aber Ubbo schlug vor: »Nein, bleib, wo du bist, mein Mädchen, ich komme zu dir. Im Smutje können wir ungestört reden.«

Das kam Ann Kathrin komisch vor. Was gab es, das sie nicht am Telefon und auch besser nicht im Fischteichweg besprechen konnten?

Dann grinste sie. Wahrscheinlich hatte er nur kein Marzipan mehr und wollte zu ten Cate.

Ubbo Heide parkte nicht auf dem Gelände der Norder Polizei, obwohl dort genügend Parkplätze frei waren.

Er hielt hinter der Piratenschule auf den Touristenparkplätzen. Er trug eine Umhängetasche aus braunem Leder. So, wie er sie mit sich führte, schien der Inhalt wertvoll zu sein.

Er ging am Restaurant Speicher vorbei. Die Wasserfontänen erfreuten schon die Kinder, die dazwischen hin und her sprangen.

Ubbo Heide öffnete die Ledertasche kurz und überprüfte den Inhalt. Dann verschloss er sie sorgfältig wieder mit einer Schnalle und sah sich nach rechts und links um. Er ärgerte sich über sich selbst, weil er genau wusste, dass er sich wie ein Ladendieb mit schlechtem Gewissen verhielt.

Vor dem großen Löwen über dem Eingang zur Sparkasse blieb Ubbo Heide kurz stehen. Er sah in seinem Portemonnaie nach, wie viel Bargeld er noch besaß. Eindeutig nicht genug.

Er zog sich dreihundert Euro. Dann ging er zielstrebig mit großen Schritten den Neuen Weg entlang zur Osterstraße. Er brauchte dringend Nachschub.

Monika Tapper begrüßte ihn. Da niemand mehr Marzipan bei ihr kaufte als der Kripochef, hatte sie sich etwas Besonderes für ihn einfallen lassen. Nein, keinen Seehund, keinen Leuchtturm, sondern ein essbares Polizeiauto. Auf dem Nummernschild stand sein Name.

Er freute sich, nahm das Auto und zehn Marzipanbrote, fünf Seehunde und mit der Bemerkung, man müsse ja auch ein paar Vitamine haben, ein bisschen Marzipanobst.

Er probierte bereits im Hinausgehen und biss in eine Birne. Sie kam ihm saftig vor. Dann fühlte er sich gestärkt für das, was er vorhatte. Den Weg zum Smutje rannte er fast. Jedenfalls war er ein bisschen außer Atem, als er im Frühstücksraum erschien.

Melanie Weiß saß mit dem Rücken zu ihm. Sie stand auf und begrüßte ihn freundlich, wie einen ganz normalen Gast, aber er sah aus wie jemand, der seine Henkersmahlzeit hinter sich hatte und nun darauf wartete, dem Erschießungskommando gegenüberzutreten.

Er stellte die Tüte von ten Cate auf einem Stuhl ab, bat um einen magenfreundlichen Tee, »am besten Kamille und Pfefferminz gemischt«, und setzte sich zu Ann Kathrin.

Melanie wies ihn nicht darauf hin, dass er sich den Tee am Büfett selbst machen konnte. Sie nutzte die Gelegenheit, um sich zu verabschieden. Die zwei hier wollten unter vier Augen reden, das war ihr völlig klar.

Ann Kathrin bot Ubbo Heide etwas von der Marmelade an und ein Brötchen, aber Ubbo lehnte stumm ab. Er schwieg, bis er mit Ann Kathrin allein war. Er wirkte auf sie wie ein Mann, der sich für etwas, das er getan hatte, schämte und nun gleich beichten wollte.

»Du hast dir Marzipan gekauft?«

»Ja.«

Seiner knappen Reaktion entnahm Ann Kathrin, dass er schnell zur Sache kommen wollte. Sonst sprach er gern über Marzipan. Er konnte darüber reden wie andere über Wein oder Fußball.

Er öffnete die Ledertasche und zog Papiere heraus. Sein hektischer Blick zur Tür machte ihr die Brisanz klar.

»Ich habe sie besorgt«, sagte er, ohne auszusprechen, was genau er besorgt hatte.

Er reichte Ann Kathrin die Unterlagen über den Frühstückstisch. Sie wusste sofort, was es war.

»Wie bist du denn da drangekommen, Ubbo?«

Er spielte mit der angebissenen Marzipanbirne. »Das«, sagte er betreten, »gehört zu den drei Dingen in meinem Leben, für die ich mich wohl ewig schämen werde.«

Sie hakte nicht nach. Dazu mochte sie ihn viel zu sehr, und sie wusste, dass er eine Menge guter Verbindungen hatte. Manch einer nannte das nicht ohne Neid *alte Seilschaften*. Es gab offizielle Dienstwege, aber manchmal führten die in Sackgassen oder waren schwerfällig und kosteten Zeit. Kurze Wege, gute Bekannte, alte Freunde konnten da jenseits von Datenschutzbestimmungen sehr wertvoll sein.

Wie er allerdings an die Personalakten der BKA-Beamten gekommen war, war ihr völlig schleierhaft.

»Glaub mir«, sagte er überflüssigerweise, »das willst du gar nicht wissen.«

Sie blätterte und las sich fest, während er weitersprach.

»Es sind gute Männer, Ann. Kollegen, auf die wir stolz sein können. Ich wäre froh, wenn wir ein paar davon in unserer Abteilung ...«

»Plim heißt also Bodo Fädli«, stellte sie fest. »Der Fädli?«

Ubbo Heide nahm sich ein halbes Brötchen von Ann Kathrin, bestrich es mit Butter, schnitt eine Scheibe Marzipan ab und legte sie wie ein Stück Käse darauf. Bevor er hineinbiss, betrachtete er sein Kunstwerk von allen Seiten.

»Er ist ein Spürhund, wie du, Ann.«

»Vielleicht ein bisschen schnell mit der Dienstwaffe.«

»Er hat keine Fahrraddiebe erschossen, sondern ...«

»Echt schlimme Jungs«, beendete Ann Kathrin seinen Satz.

»Wir sollten unser Augenmerk nicht so sehr auf die armen Täter richten, sondern mehr auf die geretteten Opfer.«

»Er hat den Frauensammler erschossen ...«

»Ja, und den Kinderschänder aus München. Das wäre ein neuer Jürgen Bartsch geworden oder ein Marc Dutroux. Wir sollten diese Leute nicht mit Schmutz bewerfen, Ann. Sie sind unsere Helden. Vorbilder für die jungen Kollegen. Männer wie Fädli achten nicht auf Überstunden. Sie sind die wahren Jäger.«

Ubbo Heide biss ins Marzipanbrötchen und schloss die Augen, um den Moment genießen zu können. Dann sagte er: »Zwei Frauen hingen am Andreaskreuz. Ich habe die Fotos gesehen. Ausgepeitscht hatte der Sammler sie schon, aber noch nicht aufgeschlitzt wie die ersten vier Opfer. Bodo Fädli hat die Frauen mit einem finalen Rettungsschuss vor der Hinrichtung bewahrt und stattdessen diesem Monster den Kopf weggepustet. Und der Kinderschänder ... Sieben Mal verurteilt. Sieben Mal wieder freigelassen. Er hatte den nächsten Jungen schon, als Fädli ihn ...«

»... aus dem Verkehr gezogen hat?«

»Es war Notwehr. Er ist mit einem Fleischermesser auf Fädli losgegangen.«

»Ubbo, warum zeigst du mir ...«, sie vermied das Wort *Personalakten*, »... das hier?«

Er setzte sich anders hin. »Damit du siehst, dass die Kollegen in Ordnung sind, Ann. Spürhunde. Mit einer Erfolgsquote weit über dem Bundesdurchschnitt.«

Sie blätterte weiter, und Ubbo Heide kommentierte, was sie sich anschaute.

»Matthias Schneckenberger, vier Jahre im Erkennungsdienst. Einer unserer ganz wenigen Leute, der sich undercover über Jahre hinweg in der Pädophilenszene bewegt hat. Wir verdanken ihm die größten Fahndungserfolge der letzten Jahre. Etliche Kinder wurden durch ihn von ihren Peinigern erlöst und aus himmelschreienden Situationen befreit.«

»Und warum«, fragte Ann Kathrin, »müssen solche hochkarätigen Männer dann einen Perversen wie Eichinger beschatten?«

»Weil unser Staat so organisiert ist. Jemand muss es am Ende tun. Und ich denke, was Schneckenberger geleistet hat, hält niemand lange durch, ohne Schaden zu nehmen. Mir wird schon schlecht, wenn ich nur daran denke. Irgendwann muss man solche Leute abziehen, egal, wie erfolgreich sie sind, sonst tut man ihnen keinen Gefallen. Da tritt nicht nur der berühmte Verbuschungseffekt ein, sie werden einfach seelisch krank. Ein guter Freund von mir, der mit bei der Firma angefangen hat, hielt es irgendwann nicht mehr aus, hat aber den Absprung nicht geschafft und ist schwer depressiv geworden. Er hat die Frühpensionierung nicht mehr erlebt, sondern sich vorher umgebracht. Genau wie Olaf Klein. Der Kollege, der sich seine Dienstwaffe in den Mund gesteckt hat, nachdem Eichinger ihm entwischt war.«

Ubbo Heide nahm den letzten Bissen des Marzipanbrötchens.

»Und jetzt soll ich den lieben Gott einen guten Mann sein lassen und mich der Hausarbeit widmen, oder was?«, fragte sie spitz.

»Du verstehst das falsch, Ann«, sagte er krümelspuckend.

»Wenn all die Kollegen so toll sind, dann frage ich mich zwei Dinge, Ubbo: Wie konnte der unprofessionelle Mist auf Norderney passieren, und warum wollten die Kollegen mir ihre ach so glorreichen Namen nicht nennen, sondern lieber mit Plim und Plum angesprochen werden?«

Ein Pärchen betrat den Frühstücksraum. Sie lachten entspannt und sahen aus wie zwei Menschen, die einen schönen Tag miteinander verbringen wollten.

»Lass uns zahlen und gehen«, schlug Ubbo vor.

Melanie Weiß ging zu den neuen Gästen. Sie wollte kein Geld von Ann Kathrin. Sie zwinkerte ihrer Freundin nur zu. Ubbo Heide verstand das falsch und zwinkerte zurück.

Gemeinsam gingen Ubbo und Ann Kathrin zum Parkplatz.

»Jemand«, sagte Ubbo leise, »hat die Jungs reingelegt.«

Ann Kathrin blieb stehen. »Reingelegt?«

»Ja. Jemand führt die an der Nase herum. Jemand, der uns immer einen Schritt voraus ist und uns vorführen will.«

»Um was zu erreichen?«, fragte Ann Kathrin.

Ubbo Heide zuckte mit den Schultern. »Es kommt mir fast vor wie diese idiotische Aktion der Schüler, die unseren Computer lahmgelegt haben.«

Ann Kathrin winkte ab. »Ubbo, unsere E-Mails im Internet, das war ein Schülerstreich.«

»Das hier ist mehr, Ann. Ich habe das Gefühl, wir sollen als unfähige Idioten hingestellt werden und dahinter steckt ... bitte lach mich jetzt nicht aus ... ein größerer Plan.«

Dann saßen sie gemeinsam im Auto wie in einem Beichtstuhl. Ubbo Heide schämte sich für seine Gedanken, aber Ann Kathrin gegenüber sprach er sie aus: »Wenn jemand Angst und Schrecken verbreiten will, dann muss er zunächst den Menschen die Sicherheit nehmen. Polizei und Staat müssen als korrupt, wehrlos oder zumindest unfähig hingestellt werden. Der Bürger fühlt sich nicht mehr geschützt, sondern dunklen Mächten ausgeliefert und dann ...«

Seine Stimme wurde brüchig. Er schwieg. Ann Kathrin sah ihn nicht an. Sie wollte es ihm dadurch leichter machen. Schließlich war im Beichtstuhl zwischen Priestern und Gläubigen auch eine dunkle Trennwand.

Drüben parkte Peter Grendel seinen gelben Bulli. Sie las die bekannte Aufschrift: *Eine Kelle für alle Fälle.*

Peter erkannte Ann Kathrin und winkte seiner Nachbarin zu.

Ubbo Heide fuhr fort: »Guck dich doch um. Was passiert? Die Leute drehen durch. Nehmen die Sache selbst in die Hand. Denk doch nur an den Vorfall auf der Fähre.«

»Und du glaubst, genau das will jemand erreichen?«

»Hm. Wenn der Staat die Bürger nicht mehr vor Gewaltverbrechern schützen kann, wird schnell der Ruf nach einem starken Mann laut.«

»Ja, klar, das stimmt, aber ich glaube nicht an große, dunkle Pläne, Verschwörungstheorien und ...«

Ubbo Heide stieß sauer auf. »Der Reichstagsbrand hat den Nazis sehr genutzt. Es war ein guter Vorwand für die Ermächtigungsgesetze. Diese unhaltbare Situation, dass Kinderschänder und Vergewaltiger frei herumlaufen, genau das, Ann, könnte unser Reichstagsbrand werden.«

Ann Kathrin war anderer Meinung, aber sie hätte den großen,

alten Mann vor Rührung umarmen können. Er machte sich Sorgen um die Demokratie, weil dieser Eichinger frei herumlief.

»Stell dir vor«, sagte er, »es gelingt denen, noch zweien oder dreien oder allen zur Flucht zu verhelfen, und dann schlägt einer von denen so richtig zu. Nimmt sich eine Frau oder ein Kind ...«

Ann Kathrin schüttelte sich. »Ich mag gar nicht daran denken ...«

Der Nordostwind brachte in der Frühe Hochnebel mit sich. Später dann klarte es auf, und die Sicht wurde weit.

Zeitgleich mit den ersten Sonnenstrahlen hob auf der Insel ein Vogelgezwitscher an, das einen glauben machen konnte, Wangerooge würde nicht von Menschen, sondern von Vögeln bevölkert, so wie Memmert.

Eichinger stand beim alten Kapitänshaus in der Sonne und schleckte ein morgendliches Eis vom Venezia Eiscafé. Es tat gut, den zarten Schmelz zu spüren. Die Kälte betäubte die wunden Stellen im Mundraum, aber zwei Zahnhälse meldeten sich mit Schmerzensblitzen.

Er beobachtete den Bungalow. Hier sollten die Krolls gleich ankommen. Die Fähre war angekommen, und die Inselbahn hatte die neuen Touristen zum Bahnhof gebracht. Von dort wälzte sich jetzt ein fröhlicher, Gepäck schleppender Zug am Leuchtturm vorbei zu den Unterkünften. Das Knattern der Räder unter den Hartschalen-Samsonitekoffern erzählte allen Langschläfern, dass die Fähre neue, ostfrieslandbegeisterte Gäste auf die Insel gebracht hatte.

Eichinger glaubte, seine Zielpersonen gefunden zu haben. Dieses Pärchen da vor ihm suchte etwas.

Die Frau gefiel ihm. Er stellte sie sich nackt vor. Schade, dass er nicht einfach mit ihr machen konnte, was er wollte.

Dieses Töten nach festem Plan und vorgeschriebenem Drehbuch missfiel ihm. Aber trotzdem, diese Frau hatte etwas an sich, das machte ihn rattenscharf. Es war die Art, wie sie sich die Haare aus dem Gesicht kämmte, wie sie sich mit der Zunge die Lippen befeuchtete oder den Kopf kurz in den Nacken legte.

Ihre Bewegungen hatten etwas Fließendes, das er gern mit Fesseln gestoppt hätte.

Die beiden trugen Partnerlook, was Eichinger idiotisch fand. Jeder eine weiße Jeans, ein hellblaues Baumwollhemd und dazu identische Sandalen. Sie hatte die Fußnägel in einem teeniehaft ordinären Pink lackiert, was allein schon ein paar Peitschenhiebe wert war. Die Fingernägel gefielen ihm auch nicht. Aber dafür der Rest der Frau.

Der Mann legte den Arm um die Schultern seiner Frau.

Hier, sagte er, müsse es irgendwo sein. Er staunte, wie sehr die Insel sich in den letzten Jahren verändert hatte, seit sie im Leuchtturm geheiratet hatten.

Sie zeigte auf das Kapitänshaus, vor dem Eichinger stand. Im ersten Moment sah es fast so aus, als ob sie mit dem Finger auf ihn zeigen würde.

»Daran kann ich mich erinnern. Ich bin morgens immer vorbeigekommen, wenn ich Brötchen holen war und du noch geschlafen hast«, lachte sie, und er flüsterte ihr eine Anzüglichkeit ins Ohr. Sie kicherte.

Eichinger war sich sicher, dass die beiden sich, kurz nachdem sie im Zimmer angekommen waren, lieben würden. Er vermutete, dass sie darauf bestehen würde, vorher zu duschen.

Eichinger stellte sich vor, wie es wäre, die beiden dabei zu überraschen.

»Ich bin heute der Sensenmann, und ich bin gekommen, um euch mitzunehmen. Verabschiedet euch von dieser Welt. Das hier ist das Ende der Party. Der Vorhang fällt.«

So oder so ähnlich wollte er sie in Panik versetzen.

Aber dann schüttelte der Typ in der weißen Jeans den Kopf. »Wir sind hier falsch. Da vorne ist unsere Hütte. Ich erinnere mich genau. Die Terrasse geht nach hinten raus, da haben wir gefrühstückt.«

Mit ihren knatternden Kofferrädern gingen sie an Eichinger vorbei, als wäre er unsichtbar. Liebende benehmen sich oft autistisch. Er kannte das. Es hatte ihm immer Spaß bereitet, genau diesen Zustand zu verändern und etwas anderes in ihren Fokus zu schieben. Sich selbst.

Er warf den spitzen Rest der Eiswaffel weg. Die Krümel ließen den Schmerz im Mund wieder aufflammen. Gleich waren zwei flügelschlagende Möwen da, die sich um die Waffel stritten.

Er hatte sie vorher nicht gesehen, doch jetzt wurde ihm klar, dass die Tiere ihn seit einiger Zeit beobachtet haben mussten. Vermutlich lauerten sie, seit er gekommen war, auf eine gute Gelegenheit. Wahrscheinlich hatten sie ihn schon von der Eisbude an verfolgt.

Sie sind wie ich, dachte er, auf der Suche nach einem Opfer, nach Beute. Stets hungrig, und sie können in der Landschaft verschwinden, sich unsichtbar machen, um dann plötzlich zuzuschlagen.

Er vertrieb die Möwen nicht. Er sah ihnen zu, wie sie sich die Krümel gegenseitig abjagten.

Ein Kind fand das toll und wollte die Möwen füttern. Der vorwitzige Junge aus dem Ruhrgebiet warf sein Schokobrötchen zielsicher zwischen die streitenden Parteien und stachelte damit ihren Kampfgeist nur noch umso heftiger an.

Eine dritte Möwe war plötzlich da und nutzte ihre Chance. Jetzt machten die beiden Streithähne gemeinsame Sache gegen den neuen Räuber.

Hier, dachte Eichinger, kann man eine Menge über das Leben lernen. Man muss nur den Raubvögeln zusehen. Etwas davon haben wir alle in uns.

Der Kleine bekam jetzt Ärger mit seiner Mutter. Sie schimpfte, sie habe ihm schon tausendmal gesagt, man dürfe keine Möwen füttern.

»Aber die haben doch Hunger!«

Eichinger grinste. Der Junge gefiel ihm.

»Du sollst nicht die Möwen füttern, sondern selbst etwas essen!«

Der Mann, den Eichinger für den Vater hielt, hatte seinen Kopf mit einem Hut, der zwei Nummern zu klein war und einer Sonnenbrille, die zwei Nummern zu groß war, verunstaltet. Er schwitzte und maulte: »Nun lass den Jungen doch, der wird schon nicht verhungern. Das Klima hier macht hungrig und müde. Deshalb hat man uns früher auch hierhin geschickt. Wir sollten zunehmen und frische Luft tanken.«

Eine junge Frau aus dem Ruhrgebiet, die selbst noch aussah wie ein Teenager, aber wohl schon Mutter war, pflaumte ihre Tochter an: »Zamanta, wenn du noch ma Schlampe für die Omma sachs, is dat Fernsehen für heute gestrichen!«

Eichinger blieb noch fast eine Stunde lang stehen, bis auch die letzten Inselneulinge der zweiten Fähre ihre Quartiere bezogen hatten. Dann wartete er nicht länger.

Etwas war schiefgelaufen. Der Fährbetrieb war hier tideabhängig. Mit den nächsten Feriengästen war erst am Spätnachmittag zu rechnen, gegen achtzehn Uhr.

Es war unwahrscheinlich, dass die Krolls geflogen waren. Sie hatten die Reise geschenkt bekommen, inklusive der Tickets für die Fähre. Jetzt fragte Eichinger sich, was das für ihn bedeutete. Fiel jetzt der ganze Deal ins Wasser? Das hätte dramatische Auswirkungen auf ihn und seinen weiteren Lebensweg. Würde der Gentleman ihn fallenlassen? Musste er einfach ausharren und warten, bis die Krolls doch noch in die Mausefalle liefen, oder sah der Gentleman sich schon nach einem neuen Opfer um?

Was wurde aus dem restlichen Geld, das er noch zu bekommen hatte? Er konnte dem Gentleman schlecht eine Rechnung schicken:

Für den Doppelmord in Wilhelmshaven berechne ich die noch ausstehende zweite Rate in Höhe von 180 000 Euro plus Mehrwertsteuer.

Eichinger ging gedankenverloren weiter und schlenderte einmal um den Pudding herum. Dann entschied er sich, dort oben mit dieser riesigen Aussicht noch ein Eis zu essen. Diesmal ohne Waffel. Er wollte einfach nur eine Riesenportion langsam in sich hineinlöffeln und das schmerzstillende Schmelzen unter dem Gaumen genießen.

Er saß und versuchte, die Gedanken zu ordnen.

Vielleicht war ja alles halb so wild und die beiden kamen mit der nächsten Fähre um achtzehn Uhr. Aber was sollte aus Sascha und Laura werden? Von ihm ging eine unkontrollierbare Gefahr aus. Sascha war nicht bereit, sich in sein Schicksal zu fügen.

Nein, Eichinger hatte keine Sorgen, dass es einem von den beiden gelingen könnte, sich zu befreien. Er galt geradezu als Bondagekünstler. Zu Hause in Wiesbaden hatte er Hüftketten, Hand- und Daumenschellen.

Von japanischen Bondagespezialisten hatte er gelernt, Seile richtig zu verwenden. Die Kunstfaserseile gefielen ihm besser als die Hanf- und Juteseile. In Wiesbaden kannte er genügend Geschäfte, um alles zu beziehen, was er für eine kunstvolle Fesselung brauchte. Aber hier auf Wangerooge gab es solche Läden nicht. Wie sollte er hier an aufblasbare Ballonknebel kommen oder an Zwangsjacken? Selbst eine Internetbestellung kam nicht in Frage. Ein bisschen Klebeband und ein paar Wäschestücke mussten reichen. Jetzt war Kreativität gefordert. Wie gut, dass er Erfahrung hatte. Das kam den beiden jetzt zugute. Sonst hätte er sie gleich töten müssen. So konnten sie noch ein wenig leben. Gefesselt und in Knechtschaft, aber eben doch lebendig.

Er bestellte sein Eis. Einen Ostfriesenbecher mit Rumrosinen.

Die Sonne knallte ihm auf die Glatze. Am Horizont bewegten sich ein Segelschiff und ein Rettungskreuzer direkt aufeinander zu. Es sah aus seiner Perspektive nach einem unvermeidlichen Zusammenstoß aus, aber in Wirklichkeit waren die Schiffe so weit voneinander entfernt, dass an Bord des Seglers kaum die Wellen zu spüren sein würden, die der Kreuzer ins Wasser pflügte.

Das Eis war noch größer, als er gehofft hatte. Zwischen Sahne und Vanillekugeln verströmten die Rumrosinen einen Geruch, der in der Lage war, schon über die Nasenschleimhäute einen Rausch auszulösen. Langsam begann Eichinger zu genießen. Er nahm mit jedem Löffel eine ausgewogene Menge Eis, Sahne und eine Rumrosine als Krönung obendrauf. Er erhoffte sich von dem Rum auch eine Betäubung. Das Eis reduzierte das Brennen.

Er überlegte, ob er ohne groß aufzufallen die Beine auf einem freien Stuhl hochlegen konnte. Er sah sich nach dem Kellner um, und in dem Moment entdeckte er etwas, das ihn zusammenzucken ließ. Unwillkürlich duckte er sich.

Es war nur eine Spiegelung im Bruchteil einer Sekunde.

Im Restaurant hatte sich jemand erhoben oder war auf dem Weg zur Toilette an den großen Fenstern vorbeigehuscht. Jedenfalls war das ein unverwechselbares Gesicht. Allein schon der nach vorne gebeugte Gang, als sei er sonst zu groß, um durch eine normale Tür zu passen, was gar nicht stimmte, und dann dieser bläulich schimmernde Ohrstecker, der zu dem viel zu großen Ohr gar nicht passte.

Aber es konnte nicht sein! Die waren doch garantiert auf Norderney.

Was machte dieser Bodo Fädli hier? Wo der Lange war, da war auch der kleine Dicke nicht weit. Die waren doch unzertrennlich wie Dick und Doof. Nie einer Meinung, klebten sie doch immer zusammen, als hätten sie eine Rechnung miteinander offen, die noch beglichen werden musste.

Er bückte sich, als müsse er seinen Schuh zubinden. Sein Fluchtimpuls war groß. Sein linkes Bein zitterte.

Waren sie gekommen, um ihren Kollegen zu rächen? Oder wollten sie nur zu Ende bringen, was Thomas Korhammer nicht geschafft hatte?

Aber woher, verdammt, wussten sie, dass er auf Wangerooge war? Hatte der Gentleman ihn verraten? Das ergab keinen Sinn. Oder war der Gentleman beim Spurenlegen auf Norderney selbst in eine Falle getappt?

Hatten sie ihn so sehr in die Zange genommen, dass er sich verplappert hatte?

Unwahrscheinlich. Der Gentleman hatte viel zu verlieren. Immerhin hatte er ihn angestiftet, den Doppelmord in Wilhelmshaven zu begehen. Er hatte die Sache vielleicht nicht zur vollen Zufriedenheit des Gentleman erledigt, aber das konnte kein Grund für Verrat sein.

Er wollte losrennen. Das Zittern übertrug sich vom Bein auf den ganzen Körper.

Aber was, wenn er sich irrte und jetzt ohne zu bezahlen sinnlos türmte ... Spielte sein Bewusstsein ihm einen Streich? War es das, was Frau Riebers, die gute Therapeutin, den *»Ich-stell-mir-selber-eine-Falle-damit-ich-gefasst-werde-Effekt«* nannte? Wollte sein Unterbewusstsein oder sein Über-Ich oder was da sonst noch alles laut Frau Riebers in ihm um die Vorherrschaft kämpfte, ihn nur daran hindern, den Auftrag des Gentleman auszuführen?

Wenn du jetzt wegrennst, ruft der Kellner die Polizei, beschreibt dich, und es dauert nicht lange, und sie verhaften dich wegen Zechprellerei. Und wenn sie dich erst einmal haben, dann haben sie dich.

Er schielte zum Fenster. Nichts. Keine Spur von Bodo Fädli.

Er legte fünf Euro auf den Tisch. Erst bezahlen, dann gehen, sagte eine ruhige Stimme in ihm. So etwas wie seine kriminelle Vernunft übernahm die Regie.

Dann entschied er, dass fünf Euro für so einen Becher unter Umständen zu wenig waren. Er wollte auf die Eiskarte gucken, doch die Zahlen verschwammen vor seinen Augen.

In Wiesbaden, dachte er, würde so ein Becher gut sechs, acht Euro kosten. Die Preise hier auf Wangerooge waren lange nicht so hoch. Trotzdem legte er noch ein Zwei-Euro-Stück dazu.

Er musste hier weg. Egal, ob er sich getäuscht hatte oder nicht. Er wollte keinen Moment länger hierbleiben.

Er stand auf, und da sah er sie. Beide! Sie waren es, ohne jede Frage. Sie hatten im Pudding gefrühstückt und gingen jetzt die Treppen hinunter auf die Einkaufsstraße zu.

Eichinger wurde schwindelig. Was bedeutete das? Sie waren ganz klar nicht mit der Fähre gekommen. Vermutlich flogen die Herren First Class im Privatjet des Ministerpräsidenten. Zumindest bewegten sie sich so. Sie kamen ihm erstaunlich selbstsicher vor, wie zwei Männer, die genau wussten, was sie wollten und über genügend Mittel verfügten, das auch zu erreichen.

Er lief an der anderen Seite zur Promenade herunter. Hauptsache, er begegnete den beiden jetzt nicht.

Da sah er sie vor sich: die Rettung. Angelika aus dem Ashampoo Beachclub. Mit der er Sex im sandigen Strandkorb gehabt hatte.

Er war sofort bei ihr, legte den Arm um sie, zog sie zu sich und raunte der verblüfften jungen Frau ins Ohr: »Schön, dass wir uns wiedersehen.«

Sie war verdattert, rang nach Worten und wusste nicht, ob sie sich freuen oder ihn lieber beleidigt abschütteln sollte.

Die Laborergebnisse waren eindeutig. Der Stein wies Fingerabdrücke eines gewissen Simon König auf. Der ehemalige Schüler des Ulrichsgymnasiums lebte jetzt in einer Dachgeschosswohnung in der Krummhörn im Haus seiner Eltern.

Es ließen sich auf dem Stein DNA-Spuren von ihm und dem getöteten William Schmidt nachweisen, außerdem von einem nicht näher spezifizierten Nagetier.

Die Fakten wurden auf Facebook verbreitet, noch bevor Rupert sie gelesen hatte. Ganz so dicht wie Ubbo Heide glaubte, war das Computersystem der Polizeiinspektion Aurich-Wittmund wohl doch nicht.

Rupert las den Bericht mit einem Schmunzeln. »Na bitte, den hatte ich gleich im Verdacht.«

»Ja?«, fragte Schrader. »Wirklich? Ich nicht.«

»Ach, weißt du«, dozierte Rupert, »für so etwas habe ich einfach eine Art sechsten Sinn.«

Schrader war beeindruckt. »Warum hast du das denn nicht gleich gesagt?«

Rupert blähte seinen Brustkorb auf. »Mit so etwas halte ich mich gerne zurück. Ganz im Gegensatz zu unserer Kollegin Ann Kathrin Klaasen will ich mit solchen Aussagen die Ermittlungen nicht unnötig in eine einseitige Richtung lenken.«

»Aber Ann Kathrin hat doch dazu gar nichts gesagt.«

Rupert verdrehte die Augen. »Trotzdem.«

Schrader zog es vor, den Mund zu halten.

Rupert rief Staatsanwalt Scherer an. Dann trank er einen Becher Kaffee und fuhr zusammen mit Schrader in die Krummhörn nach Rysum, um Simon König zu verhaften. Der war aber gar nicht zu Hause, sondern auf der Arbeit. Seine Mutter informierte ihn dort telefonisch, dass die Polizei zu ihm unterwegs sei.

Er kapierte sofort, dass sie kamen, um ihn abzuholen. Er wollte fliehen und nahm den ersten Wagen auf dem Firmengelände, in dem ein Schlüssel steckte. Es war der BMW seines Chefs. Er kam keine dreihundert Meter weit, dann verursachte er einen Auffahrunfall, der den Neuwagen seines Chefs auf den Schrottpreis reduzierte, Simon König für Wochen ins Krankenhaus brachte und damit seine Flucht beendete.

Anja Sklorz wartete vergeblich vor der Polizeiinspektion, um dem Mörder ihres Freundes ins Gesicht spucken zu können.

Weller wollte seiner Ann Kathrin unbedingt vom Krankenbett aus etwas Gutes tun. Er verfolgte die Gespräche seiner neuen jungen Facebookfreunde und wusste jetzt ebenfalls, dass Simon König der Steinewerfer war.

Dann fand er endlich etwas, worüber sich Ann Kathrin garantiert freuen würde. In ihrer Bilderbuchsammlung hatte Wilfried Gebhard einen besonderen Platz, und ein Buch fehlte ihr: *Auf dem Wasser ist was los*. Es ging um ein kleines Papierschiffchen, das auf einem Fluss schwamm. In den Bildern wimmelte es vor Figuren und Ereignissen, und überall musste das Schiffchen gesucht werden.

Ann Kathrin hatte ihn auf eine Ausstellung nach Maulbronn mitgeschleppt. Ja, Leben mit Ann Kathrin Klaasen konnte auch bedeuten, acht Stunden Zug zu fahren, um eine Bilderbuchausstellung zu besuchen.

Die Kinder hatten sie fasziniert, die um eine Säule herumliefen, und das Schiffchen immer schneller fanden als die Erwachsenen.

»Ach«, hatte Weller gesagt, »das sind Erzieherinnen mit ihren Kindergruppen, die lassen die Kids gewinnen.«

Grinsend hatte Ann Kathrin ihn aufgefordert, es selber zu versuchen. Er wurde von zwei stupsnäsigen Fünfjährigen geschlagen, denen es riesigen Spaß machte, *dem alten Mann zu zeigen, wo das Schiffchen schwimmt*. Ob an der Wassermühle, an der Autofähre oder der Schleuse, immer fanden sie es schneller als er.

Dann wollte sie das Buch kaufen, aber es gab keine Originalausgabe mehr. Seitdem versuchte sie es auf jedem Flohmarkt und in jedem Antiquariat, aber vergeblich. Es stand auf ihrer Suchliste ganz oben.

Weller entdeckte eine nur leicht beschädigte Ausgabe des Buches jetzt im Internet. Sein neuer Facebookfreund Kai Wenzel versteigerte »*alle alten Kinderbücher von mir und meiner Schwester, um Geld für Sascha aufzutreiben*«.

Das Spendenkonto wies schon eine Summe von über tausend Euro auf. Jede Zahlung für Kinderbücher, Mangas und schwarz gebrannte CDs von Göschl-Konzerten sollte direkt auf das Spendenkonto »Freiheit für Sascha Kirsch« gehen.

Weller fragte sich zwar kurz, ob es für ihn als Kripomann in Ordnung war, für einen gesuchten Verbrecher zu spenden, und außerdem ging das Geld auch noch genau an den Typen, dem er den Krankenhausaufenthalt zu verdanken hatte, aber er schlug alle Bedenken in den Wind und bestellte das Buch sofort für Ann Kathrin. Er wusste, dass er sich auf den Glanz in ihren Augen freuen konnte. Er musste ihr ja nicht unbedingt erzählen, wie er dazu gekommen war.

Hier fühlte Eichinger sich relativ sicher. Vor ihnen war nur das Meer, kein Gebäude, und er glaubte nicht, dass sie ihn aus nächster Nähe erschießen würden, wenn er nicht alleine war. Trotzdem musste er zurück zu Sascha und Laura.

Er ging sogar mit Angelika in ihren Strandkorb. Er log ihr das Blaue vom Himmel herunter, was ihm bei dem wolkenlosen Wetter nicht schwerfiel. Sie wollte ihm nur zu gern glauben, musste dann aber leider zu ihrer Mutter. Sie wollten gemeinsam einen Strandspaziergang machen, und die gute Dame achtete auf Pünktlichkeit, was Eichinger gerade sehr ins Konzept passte.

Er verabredete sich mit Angelika für den Abend im Ashampoo, hatte aber nicht im Geringsten vor, dorthin zu gehen. Sie hauchte einen sandigen Kuss auf seine Lippen, presste sich einmal kurz an ihn und verschwand.

Eichinger schlug Haken wie ein Hase. Er fühlte sich beobachtet wie ein Wild im Fadenkreuz eines Zielfernrohrs. Er rechnete jeden Moment damit, ein fernes Krachen zu hören und dann den Einschlag in seinem Kopf zu spüren.

Vom Pudding aus oder von den Dächern der Hotels hätte man ihn problemlos mit einem Präzisionsgewehr erledigen können. Aber nichts dergleichen geschah.

Als er den Flur der Ferienwohnung betrat, fragte er sich kurz, ob er den Fahrstuhl benutzen konnte oder besser die Treppen hochlaufen sollte.

Der Gedanke, in dem kleinen Ding gefangen zu sein, gefiel ihm gerade nicht. Er nahm die Treppen.

Was, wenn sie oben auf ihn warteten? Er nahm die Waffe zunächst in beide Hände, bereit, sofort zu feuern. Er lauschte an der Tür. Nichts. Dann nahm er die Pistole in die Rechte und öffnete. Er schloss die Tür mit einem mulmigen Gefühl auf.

Es tat gut, Lauras Wimmern zu hören, und Sascha machte: »Mhmummuh!«

Eichinger grinste. Wenn die Bullen hier wären, dachte er, hätten sie die zwei längst befreit, und sie wären auf dem Weg zum Arzt und zum Psychologen.

Er schloss die Tür der Ferienwohnung hinter sich und ließ den Schlüssel stecken. Auf dem Schränkchen bei der Garderobe stand eine halbvolle Kaffeetasse. Er stellte die Tasse auf die Türklinke. Falls jemand versuchen wollte, heimlich hereinzukommen, würde die Tasse herunterfallen und den Eindringling verraten.

Seit Sascha und Laura ihn gehört hatten, wurden sie immer lauter. Für einen Moment vermutete Eichinger, es könnte sich um eine Falle handeln. Lauerten Bodo und Matthes – wie der kleine Dicke genannt wurde – rechts und links neben der Wohnzimmertür? Spielten Laura und Sascha das Theater nur mit, damit er lebend verhaftet werden konnte?

Er sprang in den Raum und richtete die Heckler & Koch in jede Ecke.

Laura und Sascha waren allein. Sascha lag zugeschnürt auf dem Boden. Bei jeder Bewegung würgte er sich selbst. Das Seil hatte sich um seinen Hals schon so eng zusammengezogen, dass es blutige Spuren hinterließ. Saschas Kopf wirkte wie angeschwollen. Seine Augen quollen ungesund hervor. Es war, als hätte jemand Luft in seinen Kopf gepumpt. Sein Mundknebel saß nicht mehr richtig. Erbrochenes war herausgespritzt. Vielleicht machte Laura deshalb so ein Theater.

Eichinger kümmerte sich zuerst um sie.

»Bitte mach mir jetzt keine Schwierigkeiten. Ich habe schon Probleme genug, und ich muss nachdenken.«

Laura deutete immer wieder in Richtung Sascha.

»Ja«, beruhigte Eichinger sie. »Keine Sorge. Der erstickt schon nicht. Wäre ja auch ein blöder Tod, am eigenen Erbrochenen zu verrecken. Da würde ich lieber erschossen. Echt.«

Seine Worte brachten sie nur zu noch größerem Aufstand. Sie rollte mit den Augen, als hätte sie es auf einer Schauspielschule gelernt. Sie schnaubte durch die Nase wie ein Ackergaul.

»Ich würde dir gern das Atmen erleichtern«, sagte Eichinger, »aber ich kann dir nicht trauen.«

Sie nickte und guckte verzweifelt unterwürfig.

Sie wissen, dass ich auf Wangerooge bin, aber diese Wohnung kennen sie nicht, dachte Eichinger, sonst wären sie hier und hätten mich längst hoppgenommen. Nie hätten sie mich zu den beiden gelassen, damit ich keine Geiseln in die Finger bekomme.

Sascha klopfte mit den Hacken auf den Boden, dabei zog sich die Schlinge um seinen Hals enger.

»Hör auf, du Idiot«, sagte Eichinger. »Du bringst dich noch um.«

Ich werde sie beide so töten, wie der Gentleman es von mir verlangt hat. Sie sind zwar nicht die Krolls, aber Scheiß drauf, sie sind auch ein Pärchen, und sie erfüllen den gleichen Zweck wie diese Marlene und dieser Dieter. Der Sauhund, der freikommen soll, wird freikommen, und damit wird die letzte Rate an mich fällig. Hundertachtzigtausend. Ich werde den Gentleman vorher nicht mehr kontakten. Mein Handy könnte geortet werden. Ich darf niemandem vertrauen. Niemandem.

Er nahm die SIM-Karte aus dem Handy und die Batterien.

Der Gentleman will diesen Klinkowski freikriegen. Dafür tut er alles.

Ich brauche ein Beweismittel, dass ich die Morde in seinem Auftrag erledigt habe, dann ist er erpressbar. Er wird mich bezahlen, o ja, sonst kriegt er seinen Klinkowski nie frei, nie, sondern er geht selbst in den Knast.

Er bückte sich zu Sascha und befreite ihn von dem Knebel. Ein Schwall Erbrochenes ergoss sich über den Teppich. Der säuerliche Geruch ließ Eichinger wegfedern.

Sascha japste nach Luft.

»Es tut mir leid«, flüsterte Eichinger. »Ich würde dich ja gerne einfach so verrecken lassen. Aber daraus wird nichts. Wir werden hier ein kleines Theaterstückchen spielen. Wir bauen ein Mordszenario nach. Kennt ihr die Klinkowski-Morde? Auch das Monster von Rostock genannt oder der Pärchenkiller von Hamburg. Ach ja, er hat viele Namen, und ihm zu Ehren inszenieren wir hier so eine Horrornummer neu. Leider werdet ihr zwei das nicht überleben. Wenn ihr mich fragt, ich weiß gar nicht, warum die Presse so viel Aufhebens um ihn gemacht hat. Ich fand das alles eher uninspiriert, ja stümperhaft. Ein Feingeist ist er nicht gerade. Eher schon ein Schlächter. Ach ja, Schlächter von Rügen hieß er auch schon. Jetzt wird er wohl zur Wildsau von Wangerooge werden oder zum Todesengel Ostfrieslands. Ist ja auch egal.«

»Hilfe!«, brüllte Sascha. »Hiiilfeee!«

Sofort war Eichinger bei ihm und boxte ihm ins Gesicht. »Spielverderber! Ist das der Dank? Ich erleichtere dir das Atmen und du kotzt auf den Teppich und schreist um Hilfe? Haben sie dir das auf deinem komischen Gymnasium beigebracht? So können wir nicht gedeihlich zusammenarbeiten. So nicht!«

Dann überlegte er es sich noch einmal anders. Um achtzehn Uhr, wenn die nächste Fähre kommt, versuche ich es noch einmal. Vielleicht haben die Krolls ja nur die Fähre verpasst. Dann erledige ich sie ganz im Sinne des Gentleman und verscharre die beiden hier in den Dünen.

Er schimpfte mit sich selbst, dabei hörte es sich in seinem Kopf an, als würde Frau Riebers zu ihrem Musterpatienten sprechen.

Du quatschst zu viel, Gerd. Manchmal ist es besser, zu schweigen. Wenn du in der Einzeltherapie sprichst, dann ist das richtig. Aber schon in der Spielerunde kannst du nicht einfach die Lisa fragen, ob ihr schon einmal von ihrem Freund die Brüste abgebunden wurden und auch nicht, dass du Lust hättest, sie an den Tisch zu fesseln und sie von hinten zu nehmen. Du trägst diese Wünsche auf der Zunge, das ist nicht gut. Das macht die Menschen nervös. Du musst lernen, die Dinge für dich zu behalten. Mir kannst du das alles erzählen. Mir sehr wohl, aber es gehört hierher, in diesen geschützten Raum. Auch nicht in Briefe an diese Frauen, die dir schreiben. Du kannst die nicht seitenlang zutexten und alles erzählen, was du mit ihnen vorhast.

Jetzt hatte er wieder mal zu viel geredet. Viel zu viel.

Er leckte sich über die Lippen. Sand knirschte zwischen seinen Zähnen. Ein Sandkorn ließ den Schmerz am Zahnfleisch unterhalb des linken Auges neu aufflammen.

Er setzte sich vor Laura und lachte sie freundlich an. »Siehst du, so ist er.« Er zeigte auf Sascha. »So einen Quatsch glaubt er. Und sei ehrlich, du hast auch einen Moment geglaubt, was ich erzähle, könnte wahr sein. Ist es aber nicht. Ich wollte euch nur vor Augen führen, auf welchen Blödsinn ihr bereitwillig hereinfallt. Nur die Wahrheit wollt ihr nicht glauben.«

Laura sah ihn an, wie er es sonst nur von verliebten Frauen kannte, die begreifen wollten, warum er sie gefesselt hatte und jedes Wort von seinen Lippen aufsaugten wie das Wort Gottes persönlich. Es war diese Mischung aus Furcht vor dem, was als Nächstes passieren konnte und der vagen Hoffnung, es gäbe für alles eine schlüssige Erklärung und einen guten Ausgang.

»Sie suchen mich. Die Bullen sind schon auf der Insel. Ja. Meine ehemaligen Kollegen wollen mich kaltmachen. Ich habe als V-Mann in der Drogenszene nicht nur ein paar Bosse ans juristische Messer ausliefern können. Ich habe auch eine Menge über die Verstrickung unserer eigenen Behörde erfahren. Sie jagen mich, weil ich ihnen gefährlich werden kann. Sie wollen mich töten, bevor ich sie hochgehen lasse. Das ist die ganze Geschichte. Und wenn ihr zwei hier Theater macht, dann finden sie mich und bringen mich um. Willst du das?«

Laura schüttelte heftig den Kopf.

»Ich hatte gehofft«, sagte er leise, »wir könnten Freunde werden.« Er drehte den Kopf weg, als hätte er Angst vor Zurückweisung.

Sie nickte und versuchte, ihm mit den Augen zu verstehen zu geben, dass sie die gleiche Hoffnung gehabt hatte, ja vielleicht immer noch hegte.

»Ich habe mir sogar eingebildet, du hättest dich ein bisschen verliebt in mich.« Er sah sie bewusst nicht an, während er das sagte, aber im Fenster konnte er ihre Reaktion beobachten.

Sascha schnaubte und stieß einen Grunzlaut aus.

Laura versuchte zu sprechen, aber es gelang ihr nicht. Sie wackelte nur hin und her.

Eichinger äffte sie nach. »Was soll das bedeuten?«

»Umpf, mmh!«

»Ach, ich soll dir die Lippenfreiheit zurückgeben? Welch paradiesisches Wort, findest du nicht? Lippenfreiheit. Und dann? Wirst du mich beißen?«

Sie schüttelte den Kopf.

»Um Hilfe schreien?«

Abermals verneinte sie gestisch.

»Wirst du mich beschimpfen?«

Erneut schüttelte sie den Kopf und schloss, wie um die Geste zu unterstreichen, die Augen.

»Also gut«, sagte er. »Wollen wir es noch einmal versuchen?«

Er konnte sehen, wie ihr Gehirn arbeitete, während er sie vom Knebel befreite.

Sie wog die richtigen Worte ab. Formulierte Sätze im Kopf vor. Sie wusste, dass sie nur diese Chance hatte. Sie musste ihn mit Argumenten überzeugen, mit Charme einlullen. Besoffen reden. Sie wollte sich freiquatschen, das war klar für ihn.

Wenn du wüsstest, dachte er, dass alle Liebesmüh umsonst ist. Am Ende musst du doch sterben. Du und dein jämmerlicher Freund.

Eichinger senkte den Kopf und kaute auf der Unterlippe herum. Er wirkte wie ein kleines, gekränktes Kind, aber dadurch nicht weniger gefährlich. Er strahlte selbst mit Kindergesicht die Energie eines Mannes aus, der bereit war, zur Durchsetzung seiner Interessen zu töten. Etwas an seiner Körperhaltung signalisierte ihr, dass er im Grunde genommen tief in sich drin glaubte, Regeln und Gesetze seien für andere Menschen gemacht und würden für ihn nicht gelten.

Sie atmete schwer und spuckte trocken aus. »Wasser. Bitte, ich brauche Wasser.«

Er holte es ihr ohne Eile. Sie legte den Kopf schräg, um Sascha sehen zu können. Sie wäre lieber mit Eichinger alleine gewesen.

Sie befürchtete, ihre Worte könnten Sascha sehr verletzen und ihre Beziehung aufs Spiel setzen. Aber sie konnte für ihn schlecht ihre Aussagen kommentieren.

Wenn ich gut bin, dachte sie, rette ich uns beide. Am Schluss wird er mir dankbar sein.

Eichinger füllte Leitungswasser in eine leere PET-Flasche und stellte sie vor Laura auf den Tisch. Dann, als sie ihn verständnislos anschaute, löste er die Fessel ihrer linken Hand. So konnte sie sich die Flasche selbst an die Lippen führen.

Sie trank so gierig, das die PET-Flasche sich vom Sog zusammendrückte und das Plastik krachte. Erst als die Flasche fast leer war, setzte sie sie ab, deutete mit dem Kopf auf Sascha und bestimmte mehr, als dass sie darum bat: »Gib ihm auch etwas.«

Eichinger lachte. »Na gut. Gegen den schlechten Geschmack im Mund.«

Eichinger füllte die Flasche erneut.

Laura und Sascha versuchten, sich mit Blicken zu verständigen, während das Wasser in die durchsichtige Flasche lief.

Sie fand, dass sie auf einem guten Weg war. Sie hatte eine erste Vergünstigung für sich und Sascha herausgehandelt.

Eichinger kniete sich zu Sascha auf den Boden, hob seinen Kopf an und ließ ihn trinken. Aber Eichinger dachte gar nicht daran, auch eine Hand von Sascha zu befreien. Er ließ ihn auch lange nicht so viel trinken wie Laura. Nach zwei, drei Schlucken zog er die Flasche zurück.

»Gewöhn dich besser erst gar nicht daran, dass ich hier den Kellner spiele.«

Laura betastete mit den Fingern der linken Hand hinter ihrem Rücken die Schlingen und Knoten. Sie hatte es offensichtlich mit einem Fesselungskünstler zu tun. Sie musste an das Bild im Fischrestaurant in Norddeich denken. Da hingen die verschiedenen Seemannsknoten hinter Glas. Wie viele Arten es gab, Seile zu verbinden ...

Sie hatte sich das Bild genau angesehen, weil William, der inzwischen tote Klassenkamerad, ein paar Schifferknoten von irgendeiner Segelprüfung kannte. Er hatte Sätze gesagt wie: »Das ist ein einfacher Achtknoten, und das da ein Palstek.«

Leider hatte sie ihm nicht wirklich zugehört. Sie erinnerte sich noch daran, dass er gesagt hatte, man müsse als Seemann diese Knoten im Dunkeln mit geschlossenen Augen knüpfen können. Sie sollten zwar jede Last sicher halten, aber nach Gebrauch müssten sie auch rasch wieder zu lösen sein.

An diese Aussage klammerte sie sich jetzt: *Rasch wieder zu lösen sein!*

Die Knoten fühlten sich vielschichtig, ja raffiniert an. Sie fragte sich, ob er früher mal zur See gefahren war.

»Warum behandelst du ihn so? Weil er Bollmann umgebracht hat?«

Eichinger ging zum Spülbecken und schäumte sich gründlich die Hände mit einem Geschirrspülmittel ein. Er wollte auf keinen Fall nach Erbrochenem riechen, und der Gedanke, Keime und Bakterien aus Saschas Magenflüssigkeit an den Fingern zu haben, machte Eichinger ganz kirre.

»Er hat euren Bollmann gar nicht erledigt. Er hat ihn nur nicht gerettet. Aber dem war auch nicht zu helfen. Zweimal habe ich ihn herausgezogen. Zweimal. Er könnte noch leben, aber er wollte partout seinen Willen. Er ist schlicht und einfach in die falsche Richtung marschiert. Er hätte mit mir zum Festland laufen können, aber der Herr hielt an seinem Plan fest und wollte zur Insel. Das hat er jetzt davon, der halsstarrige Idiot.«

Eichinger trocknete seine Hände am weißblauen Spültuch ab und setzte sich, dabei spielte er mit dem Tuch, als ob er damit noch Pläne hätte und nur ausprobieren wollte, ob es sich dafür eignete.

»Zurück zu unserem Thema«, sagte er, ohne den Blick vom

Spültuch zu nehmen, das er jetzt wie einen Boxhandschuh um seine rechte Faust band. »Ich hatte den Eindruck, du hattest dich auch in mich verguckt, oder war das ein Irrtum?«

Sie hörte sich mit einer Stimme, die ihr fremd vorkam, sagen: »Nein, das ... das war schon so ...«

Sie erschrak über ihre eigenen Worte, und sie sah Sascha erstarren. Gleichzeitig gestand sie sich ein, dass sie im Grunde Eichinger gar nichts vorlügen musste. War es nicht vielmehr die Wahrheit?

Eichinger zeigte mit der umwickelten Hand auf Sascha. »Wenn der nicht gewesen wäre. Dann hätten wir uns längst geliebt wie die Otter.«

Diesen Ausdruck hatte Laura noch nie gehört. Eichinger fuhr fort: »Wir wären schon am ersten Abend übereinander hergefallen, stimmt's?«

Sie schaffte es nicht, zu antworten. Es kam ihr Sascha gegenüber als nicht richtig vor. Sie schämte sich für Eichingers Worte.

»Jetzt«, erklärte er, »würden wir wahrscheinlich händchenhaltend auf der Terrasse sitzen und aufs Meer gucken. Stattdessen ist für uns diese blöde ... unbefriedigende Situation entstanden.«

»Er ist nicht schuld daran«, sagte sie tapfer.

»Klar. Das musst du jetzt ja sagen. Weil der ja zuhört, und du ein gutes Herz hast.«

Eichinger seufzte und holte durch den Mund tief Luft. Dabei entstand ein Zischlaut.

»Merkst du denn eigentlich gar nicht, wie scheiße dich dieses Muttersöhnchen die ganze Zeit behandelt? Warum lässt du dir das gefallen? Hast du das in deiner Ursprungsfamilie gelernt?«

»Sascha behandelt mich nicht schlecht.«

»Ach, du merkst das schon gar nicht mehr?« Eichinger wiegte den Kopf hin und her. »Oder willst du ihn nur verteidigen? Warum, frage ich mich. Warum?«

Sascha keifte mit erstickender Stimme: »Wie behandle ich sie denn?«

Darauf hatte Eichinger nur gewartet. Er richtete seinen Stuhl auf Sascha aus, setzte sich rittlings darauf und legte beide Arme auf die Rückenlehne, dann dozierte er: »Wenn eine Frau nackt und nass im Wind steht, dann zieht man sein Hemd aus und gibt es ihr, statt ihr auf die Brüste zu glotzen. Kapiert, junger Freund?«

Sascha verzog den Mund. Er wusste natürlich genau, worauf Eichinger anspielte.

»Und man lässt sie auch nicht die schweren Einkaufstüten schleppen, man nimmt sich nicht zuerst das beste Stück vom Teller! Ein Gentleman verhält sich anders, du Gymnasiast, du!« Er benutzte das Wort *Gymnasiast* abfällig, wie ein Schimpfwort.

Gleichzeitig gingen seine Gedanken zum Gentleman. Eine Welle von Zorn und Aggressivität durchflutete Eichinger. Er federte hoch und packte Lauras freie Hand. Einerseits hielt er sie mit schmerzhaft hartem Griff, andererseits streichelte er sie.

»So, jetzt zu uns. Klartext, meine Schöne, woran bin ich mit dir?«

»Lass sie in Ruhe, du Drecksack!«, forderte Sascha.

Eichinger griff wortlos ein Seilende, das locker auf dem Boden lag und zerrte daran. Es war eine perfide Konstruktion. Sascha stöhnte gequält auf. Sein Kopf flog in den Nacken. Sein Mund stand sperrangelweit offen. Seine Füße wurden in Richtung Rücken gezerrt.

Eichinger lief mit dem Seil einfach los und riss Sascha mit sich wie einen Kleidersack. Sascha knallte mit dem Kopf gegen ein Tischbein, verstummte aber vor Schreck über die Brutalität. Er war wie zu einem Rad zusammengeschnürt. Sein Oberkörper nach hinten überdehnt, so dass seine Rippen unnatürlich hervorstanden.

»Du störst hier nur die Unterhaltung, mein Freund. Die gute Laura möchte sich gerne kultiviert mit mir unterhalten, und du quasselst immer dazwischen. Deine Anwesenheit hemmt sie. Merkst du das nicht?«

Er schleifte Sascha weiter durch den Flur ins Bad. Sascha krachte gegen einen Türbalken und ratschte mit dem Brustkorb am Schuhschrank entlang.

Laura ertastete einen Kreuzknoten hinter ihrem Rücken und versuchte, den Zeigefinger der linken Hand in eine Schlaufe zu quetschen, um sie zu lockern. Hier hatte er zwei Seile miteinander verbunden. Sie konnte die unterschiedlichen Materialien spüren, rauen Hanf und glattes Plastik. Sie hoffte, die Schwachstelle in der Verbindung gefunden zu haben. Aber die Dinger saßen fest wie angewachsen. Ihr Fingernagel brach ab.

Eichinger verstaute Sascha in der Dusche. Der Boden war noch feucht. Eichinger ließ Sascha einfach liegen und kehrte zu Laura zurück. Er baute sich vor ihr auf.

»Du hast es doch auch gespürt, dieses gewisse Etwas. Dieses Knistern. Oder nicht?«

Sie schluckte und versuchte, den Finger mit dem abgebrochenen Nagel vor ihm zu verbergen.

»Du bist ein unheimlich netter Mann. Ich finde dich schwer sympathisch und ... du kannst so nett und charmant sein ... als Koch bist du Weltklasse ... und welche Frau lässt sich nicht gerne mit solch kulinarischer Raffinesse verwöhnen ...«

Er strahlte sie zunächst an, aber je länger sie um den heißen Brei herumredete, umso fordernder wurde sein Blick.

»Butter bei die Fische! Was ist Sache? Heißt das, du liebst mich?«

»Du bist ein ungeheuer liebenswerter Mensch und ...«

Er nickte zornig. »Ich habe es kapiert. Es war ein Irrtum. Du stehst nicht auf mich.«

Sie schüttelte den Kopf. »Nein. So ist das nicht. Im Gegenteil.«

Aber er hörte ihr nicht mehr zu. Er steigerte sich in vorwurfsvolle Wortkaskaden und ließ Wasserfälle von Verallgemeinerungen auf sie niederprasseln.

»Ja, so seid ihr Frauen! Mit dem Ärschchen wackeln, mit den Augen zwinkern und uns dann an der langen Leine verhungern lassen! Aber nicht mit mir. Ich bin kein Spielball, mit mir läuft das nicht! Glaub ja nicht, dass du die Erste bist, die mich verarschen will.«

Er hopste vor ihr auf und ab, machte tuntige Bewegungen, hob seinen imaginären BH an und brachte so seine Luftbrüste in eine reizvolle Position. »Oh, denk ja nicht, das ich etwas von dir will, Süßer! Ich doch nicht!«

Er wollte eine Frauenstimme nachmachen, aber es klang nur wie eine Karikatur auf Schwule. Er drehte ihr kokett den Hintern zu, reckte ihn heraus und klatschte sich selbst darauf. »Glotz nicht so! Bilde dir bloß nichts darauf ein! Hast du noch nie einen richtigen Hintern gesehen?«

Er leckte sich übertrieben über die Lippen. »Du kannst auch an gar nichts anderes denken, was?«

Dann setzte er sich vor ihr auf den Tisch. Seine fließenden Bewegungen erstarrten. Seine Gesichtszüge wurden hart. In seiner Stimme klirrte Eiseskälte. Seine Kiefer bewegten sich, als würde er etwas sehr Kleines, aber auch sehr Hartes zerkauen. Aus seinem geschlossenen Mund kamen Töne wie von Glassplittern, die zerrieben wurden.

Eichinger fixierte Laura und zischte: »Wisst ihr eigentlich, was ihr da anrichtet? Klar, wisst ihr das! Spiel jetzt vor mir bloß nicht das Unschuldslamm! Ihr wollt euch damit einen kleinen Vorteil verschaffen. Ihr führt Männer an der Nase herum und manipuliert sie.«

Er packte ihren Kopf und richtete ihn genau so aus, dass sie ihn ansehen musste. Ihr schlug nicht nur der brodelnde Frauenhass entgegen, sie spürte darunter noch etwas. Es war, als würde er sich mit jedem Satz vor ihr entblößen, und sie erkannte hinter all den sexistischen Vorwürfen eine tief verletzte Seele.

Sie war sich der Gefahr durchaus bewusst. Sie erlebte die ganze Situation, als sei ihre Seele aus dem Körper herausgetreten. Sie betrachtete sich von außen. Gab sich Tipps, warnte sich vor Fehlern und suchte eine Chance, mit dem Irrsinn klarzukommen. So, als praktisch gespaltene Person, konnte sie es schaffen, denn er war immer nur in der Lage, einen Teil von ihr zu verletzen. Es gab etwas von ihr, das blieb für ihn unerreichbar. Gleichgültig, was geschah, etwas von ihr gehörte nach wie vor ihr selbst, und er konnte keine Macht darüber erlangen.

»Das hast du jetzt davon! Dein Spiel ist aus! Die Regeln wurden verändert. Das Ende der Nicht-Eingelösten-Versprechungen ist gekommen. So, wie du jetzt dasitzt, weißt du, wie ich mich manchmal fühle!«

»Du dich?«

Etwas passte ihm nicht. Er zuckte nach seinem letzten Satz zusammen, ließ ihren Kopf los und wandte sich von ihr ab. Er hatte zu viel von sich preisgegeben. Er hasste sich dafür, wenn er solche Fehler machte, damit gab er selbst gefesselten Frauen, die ihm völlig ausgeliefert waren, Macht.

»Ist es das?«, fragte Laura sanft. »So fühlst du dich? Wehrlos? Abhängig von der Gunst eines Anderen? Unfähig, dich zu bewegen? Auf einen Stuhl fixiert? So sieht es in dir aus? Du machst das mit anderen, um ihnen zu zeigen, wie es ist?«

Er fuhr herum und schlug ihr ins Gesicht. »Halt's Maul!«

Ihre Unterlippe riss ein, und als er das Blut aus der Lippe quellen und auf ihr Kinn tropfen sah, wandelte sich sein hasserfülltes Gesicht in das eines Fünfjährigen, dem unendlich leidtat, was er angerichtet hatte.

Er tupfte die Blutstropfen von ihrem Kinn. »Ich ... ich wollte das nicht ... Die Hand ist mir ausgerutscht. Es tut mir leid, ich ... möchtest du ein Eis?«

Er war begeistert von seinem eigenen Gedanken. »Ich könnte dich auf ein Eis einladen. Ein Erdbeereis mit Sahne oder ...«

Er wurde traurig, weil er die Ablehnung in ihrem Gesicht las. »Du willst nicht? Du bist böse mit mir?«

»Nein«, sagte sie. »Ich bin nicht böse, sondern nur sehr erschrocken. Es ist auch alles ganz anders, als du denkst. Ich lehne dich nicht ab. Ich habe nicht versucht, dich zu manipulieren. Meine Gefühle waren echt. Ich mag dich. Wirklich! Ich musste nur vorsichtig sein, wegen Sascha. Ich wollte meinen Freund nicht enttäuschen. Das musst du doch verstehen. Ich wollte ihn nicht traurig machen ...«

»Deshalb hast du so getan, als ob du nicht in mich verliebt wärst?«

Sie flüsterte und merkte nicht, dass sie weinte, während sie sprach: »Ja. Genauso war es. Ich habe mich direkt in dich verknallt. Du hast mich behandelt wie eine Dame. Das kannte ich so gar nicht ...«

Es war, als würde sich ihr Darm verknoten. In der Mitte ihres Körpers krampften sich ihre Organe zusammen und machten Geräusche. Sie war verzweifelt und schämte sich, denn sie befürchtete fast, jetzt gerade die Wahrheit zu sagen.

Er spürte das, trocknete ihre Tränen ab und sagte voller Mitgefühl: »Ist es nicht ein schrecklicher Gedanke, dass du diese Fesseln brauchst, um dir endlich die Wahrheit einzugestehen?« Er streichelte ihr Gesicht. »Ja, Fesseln machen frei. Wehrlos erleben wir, wer wir wirklich sind.«

Er führte ihre linke Hand zu seinem Gesicht, streichelte ihre Finger und küsste ihre Handinnenfläche. Er rieb sie gegen sein Gesicht wie ein Kind ein Schmusekuscheltier. Dann verdrehte er ihr den Arm so sehr, dass sie stöhnte. Er band ihn auf ihren Rücken und schlang das Seil einmal um ihren Hals. Jeder Atemzug jagte ihr jetzt einen brennenden Schmerz durch den Arm, und jede Erleichterung würgte sie.

Das gefiel ihm. So hielt er sie hellwach, in der ständigen Balance zwischen genügend Atemluft und der Pein in den anschwellenden Gelenken.

Sie wurde panisch, denn sie wusste, dass sie das nicht lange durchhalten würde, denn jeder Atemzug tat nicht nur weh. Er kostete auch verdammt viel Kraft.

Um ungestört und unbeobachtet reden zu können, besuchten Ann Kathrin und Ubbo Heide das Waloseum. Hier in der ehemaligen Küstenfunkstelle Norddeich Radio war das gigantische Skelett eines Pottwals ausgestellt, der sich vor Jahren ins Wattenmeer verirrt hatte.

Der Raum war düster. Das Skelett schien ihm ein wenig Helligkeit zu geben. Es sollte bei den Besuchern das Gefühl entstehen, sich unter Wasser zu befinden.

Die Walgesänge, die irgendwo aus dem Nichts kamen, waren für manche Besucher zu viel. Sie brachen in Tränen aus, erlebten Glücks- oder auch Angstgefühle.

Ann Kathrin kannte das. Sie ging manchmal an diesen Ort und verharrte ein paar Minuten ganz still. Danach wusste sie wieder, dass sie mehr war als eine Steuernummer, eine Dienstnummer oder ein funktionierendes Rädchen im Getriebe der Zivilisation.

Die Welt war größer als ein Büro. Der Mensch mehr, als in seiner Personalakte stand. Die Nähe zum Meer und zur Tiefsee machte ihr das schlagartig klar. Es war ein Wissen, das nicht vom Verstand kam, sondern aus dem Körper. Ein dunkler Raum, Walgesänge und dieses Skelett relativierten Alltagsprobleme, so wie die Naturgewalten des Meeres.

Sie waren an diesem herrlichen Sonnentag fast allein im Waloseum. Die Touristen kamen meist nur bei schlechtem Wetter.

Eine Familie mit zwei lebhaften Kindern war noch zu Besuch. Die Kinder interessierten sich im Moment noch mehr für die Quarantänestation, in der kleine, kranke Seehunde aufgepäppelt wurden und hatten das Pottwalskelett noch gar nicht für sich entdeckt.

»Fünf BKA-Männer sind mit Eichinger nach Norderney gekommen. Zwei sind tot. Von zweien kennen wir die Personalakten. Was ist mit dem fünften Mann?«, fragte Ann Kathrin.

Ubbo Heide sah sich die endlose Wirbelsäule des Pottwals an. »Auch er ist eine Legende. Rainer Schröter. Er hat Klinkowski zur Strecke gebracht. Das hätte er fast mit dem Leben bezahlt. War zwei Jahre dienstunfähig. Vier Operationen, um seine Wirbelsäule zu retten. Du solltest mal sehen, wie der jetzt aussieht. Der ist nicht unterzukriegen. Von wegen, Invalide. Wo ein Wille ist, da ist auch ein Weg. Er hat letztes Jahr am Marathonlauf in New York teilgenommen.«

»Am Marathonlauf? Mit verletzter Wirbelsäule?«

»Er war immer ein guter Sportler. Aber was tut das zur Sache?«

»In allen Berichten, die ich kenne, in allen Interviews, die Menschen gegeben haben, und davon gibt es wirklich eine Menge, habe ich immer nur von vier Leuten gelesen und gehört.«

Sie zog eine zusammengefaltete Seite vom Ostfriesischen Kurier aus der Tasche, breitete sie aus und stellte sich so, dass eine Lichtquelle von den Walfischknochen auf das Blatt fiel, dann zitierte sie: »Dieser Mann mit den Engelshaaren wurde praktisch von zwei Männern eingekeilt. Sie wichen ihm nicht von der Seite. Ein langer Zweimetermann und ein pummeliger Kleiner. – Ich vermute mal, hier geht es um Plim und Plum.«

»Ja, ich habe Holger Bloems Interviews gelesen. Ann, das ist vielleicht sehr aufschlussreich und für Touristen interessant. Er fängt die Atmosphäre der Angst auf Norderney gut ein, aber für unsere Ermittlungen ist es ohne Belang. Es zeigt nur, wie nah ich mit meiner Vermutung an der Wahrheit dran bin. Hier versucht eine Handvoll Desperados, unser Rechtssystem zu kippen. Laut der neuesten n-tv-Umfrage, die sich mit der von Focus deckt, sind inzwischen in Norddeutschland mehr als sechzig Prozent der Befragten für die Todesstrafe. Das sah vor ein paar Wochen noch ganz anders aus.«

»Trotzdem frage ich mich, warum Eichinger immer nur in Begleitung von zwei, manchmal von drei oder vier Männern gesehen wurde. Nie waren alle fünf da.«

Ubbo Heide lachte übertrieben. »Du kennst doch die Dienstvorschriften! Eigentlich hätten zwölf bis fünfzehn Kollegen für eine Rund-um-die-Uhr-Überwachung abgestellt werden müssen. Einer musste immer auch mal Pause machen, schlafen, ausruhen.«

Ann Kathrin faltete den Kurier wieder und steckte die Zeitungsseite ein.

Ubbo Heide seufzte: »Wir sollten uns nicht mit solchen Nebensächlichkeiten beschäftigen.«

»Warum sind wir hier, Ubbo? Raus mit der Sprache.«

»Ich habe hier eine Liste.« Er gab sie ihr. »Darauf sind alle sechzig Personen, die durch die komplizierte Rechtslage und die Unmöglichkeit der nachträglichen Sicherungsverwahrung in faktisch der gleichen Lage sind wie Eichinger.«

Ann Kathrin verstand nicht. Für einen Moment wurde das Schweigen zwischen ihnen von Walgesängen ausgefüllt.

»Die ersten drei auf der Liste sind besonders gefährlich. Ein Päderast. Ein Vergewaltiger. Ein ... ach ...« Er machte eine wegwerfende Handbewegung, als hätte er keine Lust, auch nur über diese Typen zu reden. »Wenn meine Hypothese richtig ist, werden sie als Nächstes einem von denen zur Flucht verhelfen. Vielleicht auch allen dreien.«

»Warum gerade denen?« Ann Kathrin staunte immer noch über Ubbos Gedanken. Er hatte aus seiner Theorie ein richtiges Gebäude errichtet. Es schien sogar stabile Wände zu haben.

»Einer in Bayern. Einer in der Bundeshauptstadt, und einer ist aus Dresden. Die Wut ist immer da am größten, wo die Angst besonders heftig ist. So verteilt sie sich schön übers Land, außerdem sind alle drei besonders krasse Kandidaten, wenn man die Fehlurteile der Justiz anprangern möchte.«

»Ubbo, glaubst du wirklich an diese wilde Verschwörungstheorie?«

»Während der ägyptischen Revolution haben die Machthaber gezielt Kriminelle aus den Gefängnissen freigelassen, damit sie plündern und Chaos erzeugen. So sollte dem Volk gezeigt werden, wie wichtig die verhasste Polizei war.«

Ann Kathrin konnte sich mit diesen Hypothesen nicht anfreunden. »In Ägypten war das vielleicht so ...«

»Und in Bahrain. Ich rede nur von diesem Jahr ... Es gibt Beispiele ...«

Ann Kathrin wurde heftig: »Ubbo, das ist Quatsch! Man kann das nicht vergleichen. Niemand plündert hier und verbreitet Chaos. Die Regierung ist vielleicht unfähig, aber es wird keinen Volksaufstand gegen sie geben. Wir Polizisten werden auch nicht so sehr gehasst, dass wir unbedingt besonders schlimme Verbrecher brauchen, um in einem besseren Licht zu erscheinen. Du verrennst dich da, Ubbo.«

Jetzt wurde auch er heftig: »Im Gegenteil. Du bist blind. Warum dann der Einsatz der besten BKA-Fahnder? Das wäre eigentlich die Aufgabe der lokalen Kräfte ... Die haben längst Wind und wissen, was da läuft. Der Rainer Schröter hat in Hessen einen gefährlichen Gewaltverbrecher, der laut psychologischem Gutachten *hochgradig rückfallgefährdet* war, nachdem er seinen Bewachern entwischt war, niedergestreckt.«

Ann Kathrin konnte die Freude darüber in Ubbo Heides Stimme deutlich hören.

»Der Kerl hatte sich gerade wieder eine Frau geschnappt und ...«

»Schröter hat sie gerettet«, beendete Ann Kathrin den Satz.
»Ja. Genau.«

Die Familie kam von den Seehunden zum Skelett. Ann Kathrin und Ubbo verließen den Raum und sahen sich draußen alte Taucherausrüstungen an.

»Du meinst im Ernst, die Jungs wurden für die Personenüberwachung von Eichinger abgestellt, weil ...«

»Sie erfahrene Spezialisten im Umgang mit Gewalt- und Sexualstraftätern sind, und weil sie bewiesen haben, dass sie bereit sind, durchzugreifen.«

»Sprich, zu schießen.«

»Nenn es, wie du willst. Sie sind die letzte Mauer zwischen diesen kranken Irren und den nächsten Opfern. Und weil klar ist, dass jemand – ich vermute, eine Organisation – diesen Schweinen zur Flucht verhelfen will, sind die besten ...«

Ann Kathrin versuchte, die aufsteigende Wut zu unterdrücken. Sie wollte Ubbo nicht so anfahren und kam sich schäbig dabei vor, aber es passierte trotzdem. »Ubbo, wenn da oben bekannt wäre, dass es so eine Verschwörung gibt, dann wären nicht fünf fragwürdige Helden mit Eichinger geschickt worden, sondern fünfzehn Leute. Über Personalengpässe würde dann niemand mehr reden.«

Ubbo Heide ließ die Schultern hängen. So sah er aus, wenn er sich geschlagen gab.

Sie nahm ihn in den Arm und führte ihn nach draußen in den Sonnenschein, wie eine Tochter ihren gebrechlichen Vater aus der Seniorenresidenz zum Kaffeetrinken nach Hause holt, nur dass er nicht ihr Vater war, sondern ihr Chef und sie keinen gemütlichen Kaffeeklatsch mit Smalltalk vor sich hatten.

Frank Weller wurde mit einem Gipsbein auf eigenen Wunsch vorzeitig entlassen. Als Perid Harms sah, wie dumm er sich mit den hellblauen Gehhilfen anstellte, hätte sie ihn am liebsten noch ein paar Tage dabehalten. Er selbst sah sich auch schon erneut ins Krankenhaus einfahren, diesmal mit dem gebrochenen rechten Bein, weil er mit den Krücken die Holztreppe im Distelkamp heruntergesegelt war.

Trotzdem freute er sich darauf, nach Hause zu kommen. Er wollte auf der Terrasse sitzen, den Garten genießen, Espresso trinken und ein paar gute Krimis lesen. Die Kieztrilogie von Frank Göhre war gerade neu erschienen, und er freute sich auf das über siebenhundert Seiten dicke Buch.

Am ostfriesischen Himmel war nicht die kleinste weiße Wolke zu sehen, lediglich ein paar Kondensstreifen von Flugzeugen lösten sich auf.

Hier im Körnerviertel, dachte er, werde ich wieder laufen lernen. Er stellte sich vor, mit seinen Gehhilfen durch den Mohnweg zu laufen, durch den Haferkamp, den Kornweg. Vielleicht würde er es sogar bis zum Stiekelkamp schaffen und später dann vielleicht bis zum Deich.

Er musste wieder trainieren. Er hatte das Gefühl, durch den Unfall zu einem alten Mann geworden zu sein, und er wollte wieder fit werden und sich stark fühlen. Natürlich hatte er auch vor, für sich und Ann Kathrin zu kochen. Er konnte die Fischsuppe schon schmecken. Aber er wusste noch nicht, wie er das schaffen sollte. Üblicherweise putzte er das Gemüse im Stehen, tranchierte Fische und hackte Zwiebeln. Erst jetzt wurde ihm klar, dass er dabei immer stand. Die Vorstellung, im Sitzen zu kochen, gefiel ihm überhaupt nicht.

Er ließ sich von Taxi Seeberg nach Hause bringen. Die Taxifahrerin holte seine Tasche aus dem Kofferraum und trug sie für ihn bis zur Haustür.

Weller wunderte sich über die vielen Autos. Hatten die Nachbarn etwa eine Party gegeben? Hatte er einen Geburtstag verpasst?

Noch als er den Schlüssel ins Schloss steckte, fühlte er sich gut, als könnte ein neuer, durchaus schöner Lebensabschnitt beginnen.

Aber dann bot sich ihm ein Bild des Grauens.

Zunächst erinnerte ihn die himmelschreiende Unordnung an das Chaos, das sich ihm oft bei einer Tatortbesichtigung geboten hatte. Einbrecher hinterließen oft völlige Verwüstung. Der Schaden, den sie mit ihrer Zerstörungswut anrichteten, ging meist weit über den Wert dessen hinaus, was sie gestohlen hatten. Aber nach Einbruch, gepaart mit Vandalismus, sah das hier nicht aus. Niemand hatte in die Wohnung gekackt, die Möbel umgeworfen oder an die Wände geschrieben. Dafür lagen in Küche und Wohnzimmer Flaschen und Kleidungsstücke.

Erschrocken musste Weller an einen seiner ersten Mordfälle denken. Ein Verrückter hatte eine siebzigjährige Frau erdolcht und mitten in der Wohnung unter einem Berg Wäsche beerdigt. Alle Schränke waren leer gewesen, die Wäsche hatte sich über der Leiche fast bis zur Decke getürmt. Die alte Dame hatte wohl gerne Cognac getrunken, denn damit war der Wäschehügel getränkt. Vielleicht hatte der Täter vorgehabt, das alles anzuzünden, war dann aber gestört worden.

Sie hatten ihn nie gefasst. War er zurückgekommen?

Der Gedanke fuhr Weller wie ein Schlag in den Magen. Er krümmte sich auf seinen Krücken.

Der Wäscheberg im Wohnzimmer war lange nicht so hoch. Ein Bettbezug. Kopfkissen. Welches Schwein hatte Ann Kathrins Unterwäsche auf dem Boden verteilt? Seit wann trug sie überhaupt solche Tangas?

Weller nutzte die Krücke als verlängerten Arm und hob damit die Bettdecke hoch. Für einen irrwitzigen Moment lang befürchtete er, darunter die tote Ann Kathrin Klaasen zu finden.

Dort lag auch eine Frau. Sie war nicht tot, hatte aber eine solide Alkoholvergiftung. Sie bemerkte seine Anwesenheit nicht einmal.

Die Toilettenspülung wurde betätigt. Jemand klapperte in der Küche. Von dort krächzte eine männliche Stimme: »Gibt's hier irgendwo Aspirin?«

Ein Glas klirrte zu Boden und zersprang auf den Küchenfliesen.

»Äi, bist du bescheuert? Ich bin barfuß!«

Hinter dem Sofa wurde die Antwort formuliert: »Seid doch mal ruhig! Kann man hier nicht mal in Ruhe pennen?«

»Nein«, rief Weller, so laut er konnte, »kann man nicht!« Dann klopfte er mit seiner Gehhilfe auf den Boden und verlangte Antwort. »Was ist hier eigentlich los?«

Aus der Toilette kam ihm jetzt ein Mädchen entgegen. Sie war strubbelig, hatte ein sehr altes Gesicht, trug nur einen Slip, was sie offensichtlich in Ordnung fand.

»Wer bist du denn?«, fragte sie.

»Ich wohne hier.«

»Aha. Du bist nicht«, sie tippte mit dem Finger gegen seine Brust, »du bist nicht Eikes Vater. Ich kenn Hero. Der ist schwer in Ordnung.«

Weller schimpfte los: »Ihr könnt doch nicht so einfach ... Weiß Ann Kathrin überhaupt davon? Jetzt wird hier gelüftet und aufgeräumt, aber subito!«

Die junge Dame verzog das Gesicht, was sie noch älter aussehen ließ, massierte sich die Kopfhaut, bog den Rücken durch und lachte Weller an. »Mach dich mal locker. Nimm dir ein Beispiel an Hero. Der hätte längst Brötchen geholt und Kaffee gekocht, statt hier so 'ne Welle zu machen.«

Die Kleine schaffte es, dass Weller sich spießig und blöd fühlte. Um ein Haar hätte er sich bei ihr für sein Verhalten entschuldigt.

Sie hielt Weller die Hand hin. »Ich bin die Dani, und du?«

Er zögerte. Sollte er jetzt auch nur seinen Vornamen nennen? War damit klar, dass sie sich duzten? Machte er gerade wieder alles falsch? Belastete er jetzt die Beziehung zu Ann Kathrins Sohn? Es war schon schwierig genug mit Eike. Er fand einfach keinen Zugang zu ihm und sorgte sich jetzt darum, alles zu vergeigen und noch mehr in die Sackgasse zu fahren.

Die Stimme aus der Küche wurde jammeriger. »Ich find kein Aspirin.«

»Im Kühlschrank sind Bratheringe«, rief Weller, »und saure Gurken. Die helfen auch!«

Weller entschied sich. »Frank«, sagte er und nahm die Hand.

Sie roch aus dem Mund wie eine Giftschlange, die gerade eine Ratte verspeist hatte.

»Ach, du bist der neue Stecher von Ann Kathrin.«

Das saß. Weller schluckte und stützte sich schwer auf die Krücken. Er drehte den Kopf zur Seite, um Danis Atem nicht riechen zu müssen.

»Sagt man das heute so, wenn eine Frau einen Freund hat? Ich nenne es Liebhaber. Klingt schöner, findest du nicht auch? Hättest du lieber einen Stecher oder einen guten Liebhaber, Dani?«

Sie zog die Augenbrauen hoch und sah ihn an, als ob sie dabei gegen die Sonne gucken müsste, was nicht der Fall war.

»Du gefällst mir«, sagte sie.

Aus der Küche kamen Schreie. »Autsch! Aua, aua! Scheiße, jetzt hab ich einen Splitter im Fuß!«

»Stell dich nicht so an!«

»Mensch, ich blute, siehst du das nicht?«

»Ich fürchte«, sagte Weller zu Dani, »hier wird heute noch ärztliche Hilfe benötigt werden.«

»Mach uns doch schon mal 'n Kaffee«, flötete sie und fügte dann noch hinzu: »Wenn es dir nichts ausmacht, Frank. Ich geh solange duschen.«

Weller suchte Eike, fand ihn aber nicht. Er vermutete ihn eine Etage höher in seinem alten Zimmer, aber mit den Krücken wollte Weller auf keinen Fall die Treppen hoch.

In der Küche wurde jemand verarztet, und auch das Aspirin in der Schublade am Fenster blieb nicht unentdeckt. Als Weller in die Küche humpelte, war noch niemand auf die Idee gekommen, die Scherben wegzufegen, aber zwei junge Männer saßen vor Gläsern, in denen Aspirintabletten sprudelten. Der eine verband sich den Fuß mit einer Haushaltsrolle.

»Hast du ein Hemd von mir an?«, fragte Weller kritisch. Der Junge betastete den Stoff, grinste und fragte zurück: »Sehe ich aus wie einer, der normalerweise so'n Scheiß trägt? Mensch, hellblaue Plastikhemden!«

»Das ist hundert Prozent bügelfrei!«, verteidigte Weller sein Hemd.

»Eben. Sag ich doch. Plastik. Das ist so eine Art Uniform für Versicherungsfuzzis, stimmt's?«

»Ich bin nicht bei der Versicherung, sondern bei der Kriminalpolizei, und ich hätte nicht schlecht Lust, ein paar von euch festzunehmen, um eure Personalien zu überprüfen. Ich darf doch sicherlich davon ausgehen, dass nicht alle Drogen, die hier gestern Nacht konsumiert wurden, legal waren, oder?«

Die jungen Männer starrten ihn kreidebleich an.

Eins zu null für mich, dachte Weller. Ich muss hier ja nicht nur den Gute-Laune-Bär spielen, ich kann ihnen ja auch mal zeigen, wo der Hammer hängt.

In dem Moment erschien Dani in der Tür. Sie putzte sich mit Wellers Zahnbürste die Zähne und hatte weißen Mintschaum vor dem Mund, als sie sagte: »Die Dusche ist verstopft.«

»Wenn nicht bald einer die Scherben hier wegmacht, werd ich zum Elch«, zischte Weller.

»Wenn einer zum Tier wird, sollte er die Tollwutimpfung nicht vergessen«, sagte Eike, der jetzt hinter Dani auftauchte.

»Bitte blamieren Sie mich nicht vor meinen Freunden, Herr Weller. Am besten lassen Sie uns hier einfach in Ruhe und gehen zum Frühstücken in die Stadt.«

»Äi, lass den doch«, schlug Dani vor. »Wieso siezt du den? Der ist voll cool.«

Der verletzte Junge trank sein Sprudel-Aspirin und stöhnte: »Ich brauch 'n Pflaster und richtiges Verbandszeug. Ich wär fast verblutet.«

»Dann hättest du jetzt besser kein Aspirin getrunken«, konterte Weller. »Das Zeug verdünnt nämlich das Blut. Wusstest du das nicht? Du wirst gleich auslaufen wie eine leckgeschossene Regentonne.«

Dani nickte. »Wo er recht hat, hat er recht.«

»Ruhe!«, brüllte jemand aus dem Wohnzimmer. »Ruhe, verdammt nochmal! Ich will pennen!«

Als Ann Kathrin die Polizeiinspektion im Fischteichweg in Aurich betrat, wurde sie schon am Eingang von Benninga informiert: »Du hast Besuch, Ann Kathrin.«

Sie fragte bewusst nicht nach dem Namen, sondern lief einfach die Treppe hoch, denn sie hatte gleich ein schlechtes Gewissen, weil sie vermutete, irgendjemanden geladen, aber dann vergessen zu haben.

Vor ihrer Tür wartete eine Frau, deren Gesicht Ann Kathrin unter den langen, rotblonden Haaren zunächst gar nicht erkennen konnte. Als die Frau Ann Kathrins Schritte hörte, sah sie zu ihr hoch. Sie wirkte übernächtigt und für Ann Kathrins Geschmack ein bisschen zu heftig geschminkt. Sie hatte ihre langen Beine weit ausgestreckt, als wolle sie den Zugang zu Ann Kathrins Büro damit versperren. Sie strich sich die Haare aus der Stirn und stand auf.

Ihr Busen hätte für zwei Frauen gereicht. Sie hatte eine rauchig-kratzige Stimme und stellte sich als Frau Kirsch vor, die Mutter von Sascha.

Eigentlich hatte Ann Kathrin weder Zeit noch Lust, sich mit ihr zu unterhalten, aber sie wollte die Frau, die versucht hatte, ihren Frank im Krankenhaus zu verführen, nur zu gern kennenlernen.

»Ich muss mit Ihnen reden«, sagte Frau Kirsch. »Von Frau zu Frau.«

Ann Kathrin bat sie in ihr Büro. Ungefragt nahm sich Frau Kirsch einen Stuhl und setzte sich. Sie schlug die Beine übereinander wie eine Frau, die es gewohnt war, kurze Röcke zu tragen und auf Highheels zu laufen. Jetzt hatte sie aber Sandalen und hellblaue Jeansshorts an.

»Ich mache mir große Sorgen um meinen Sohn.«

»Wir fahnden nach ihm«, stellte Ann Kathrin klar.

»Ich weiß. Aber ich habe einen sehr guten Kontakt zu ihm gehabt. Wir sind so etwas wie Freunde. Wir telefonieren, zwei-, dreimal am Tag. Er fragt mich um Rat und spricht sich bei mir aus.«

»Ich habe selbst einen Sohn in dem Alter.«

»Na, dann verstehen Sie das ja. Ich bin seine beste Freundin und ...«

»Finden Sie es natürlich, dass Sie seine beste Freundin sind? Wäre es nicht besser, er hätte eine in seinem Alter?«

Etwas an dieser Frau brachte Ann Kathrin sofort auf die Palme. Egal, was sie sagte, Ann Kathrin reagierte dagegen. Sie fand das an sich selbst unprofessionell und warf sich vor, nur deshalb so katzig zu sein, weil diese Frau versucht hatte, ihren Frank zu verführen.

»Er hat mir tausendmal gesagt, wie glücklich er ist, dass er mit mir über alles reden kann. Und gerade jetzt, wo er doch wirklich in Not ist und Hilfe braucht, da ...«

Die Frau stieß auf und hielt sich die Hand vor den Mund. Dann fuhr sie fort: »Da stimmt etwas nicht, Frau Kommissarin. Da ist etwas nicht in Ordnung. Eine Mutter spürt so etwas. Der würde mich doch anrufen, mir die Möglichkeit geben, irgendwo Geld für ihn zu deponieren und ...«

»Hat er das nicht getan?«

»Nein, hat er nicht, sonst wäre ich doch nicht hier.«

»Vielleicht hat er Angst, dass Ihr Telefon überwacht wird oder dass wir seins orten können. Wenn Leute auf der Flucht sind, benehmen sie sich manchmal merkwürdig. Auf jeden Fall anders als sonst.«

Die Frau griff sich an den Magen. »Mir ist richtig schlecht bei dem Gedanken. Mein Sascha braucht Hilfe und ...«

»Was wollen Sie von mir?«, fragte Ann Kathrin. »Wenn ich wüsste, wo Ihr Sohn ist, würde ich ihn mir vorknöpfen, das können Sie mir glauben! Helfen Sie uns, ihn zu finden, dann haben wir beide etwas davon.«

In Frau Kirschs Augen bildeten sich Tränen. »Ich bin verzweifelt, Frau Kommissarin! Vor Ihnen sitzt eine verzweifelte Mutter. Sagen Sie mir, was ich tun soll. Ich will meinen Sohn zurück!«

Ann Kathrin rief ihr Computerprogramm auf. Sie nahm sich vor, einen Gang runterzuschalten und der Frau zuzuhören. Vielleicht besaß sie ja das Wissen darüber, wo ihr Sohn sich aufhielt, ohne selbst eine Ahnung davon zu haben.

»Wir können ja mal gemeinsam eine Liste machen«, schlug Ann Kathrin vor. »Freunde von Ihrem Sohn, Orte, an denen er sich gern aufhält. Erfahrungsgemäß flieht jemand nicht einfach irgendwohin, sondern wendet sich in höchster Not meist an Freunde und Bekannte. Wir haben Männer schon bei ihren Exfrauen gefunden, von denen sie seit zig Jahren geschieden waren, bei alten Schulfreunden. Einmal einen im Altersheim bei seiner Omi. Die demenzkranke Dame wusste nicht einmal, dass er ihr Enkelkind war.«

»Aber das habe ich doch alles schon dem Kommissar erzählt. Ich habe wirklich alles getan. Ich weiß nicht mehr weiter. Sie haben meinen Sohn längst, stimmt's?«

Ann Kathrin sah auf. »Bitte?«

»Ja, Sie haben mich schon richtig verstanden. Sie haben ihn längst! Sie halten ihn irgendwo fest und machen ihn fertig, damit er gesteht!«

»Das hier ist Ostfriesland, nicht Guantanamo, gute Frau.«

Frau Kirsch sprang auf und lief auf die Kaffeemaschine zu, als hätte sie vor, sie aus dem Fenster zu werfen. Sie gestikulierte wild und kreischte: »Was soll ich denn sonst noch tun? Ich habe sogar diesen arroganten Mistkerl von Kommissar gevögelt! Aber der blöde Schwätzer hat mir auch nicht weitergeholfen!«

Etwas in Ann Kathrin zerbrach. Schockartig wurde ihr bewusst, dass ihr Frank doch nicht besser war als alle anderen. Natürlich hatte er sich dieses Busenwunder mit den aufgeschäumten Lippen nicht entgehen lassen. Wer würde sich nicht gern im Krankenhaus trösten lassen?

Sie war auf sich selbst noch viel wütender als auf Frank. Sie spürte, wie sehr sie ihn vernachlässigt hatte. Sie hätte nicht mal auf Anhieb sagen können, wann sie ihn zum letzten Mal besucht hatte. Von einem liebevollen Wort oder einem Kuss ganz zu schweigen.

Ann Kathrin räusperte sich und fuhr die Frau an: »Es ist durchaus unüblich, dass wir mit sexuellen Dienstleistungen bezahlt werden. Normalerweise bekommen wir unser Gehalt vom Land. Es ist nicht viel, aber es reicht den Männern, um sich Huren zu kaufen, falls sie ohne Geld an keine Frau herankommen. Aber meine Kollegen gelten als ziemlich attraktiv und müssen normalerweise nicht dafür bezahlen.«

»Sie brauchen sich gar nicht so aufzumanteln, Frau Kommissarin. Ich bin keine Nutte. Ich habe das für meinen Sohn getan! Jede anständige Mutter würde das tun. Sie etwa nicht?«

Sie sah Ann Kathrin provozierend an. Die schluckte trocken und beantwortete die Frage gar nicht.

»Mein Sohn ist jedenfalls unschuldig!«, schrie Frau Kirsch.

»Das sehe ich anders.«

Ann Kathrin hielt es im Raum nicht länger aus. Sie rannte vor die Tür, und noch bevor sie nachdenken konnte, hatte sie ihr Handy in der Hand, drückte die Kurzwahltaste für *Weller*, und weil nur die Mailbox ansprang, zischte sie wutentbrannt: »Ich bin fertig mit dir, Frank! Fertig! Du bist genauso ein notgeiler Idiot wie mein verblödeter Ex! Es ist nicht zum Aushalten mit euch Kerlen! Am liebsten würde ich lesbisch werden!«

Den letzten Satz hatte Rupert mitgekriegt, der gerade mit Schrader auf dem Weg zu einer Dienstbesprechung war, um den Fall William Schmidt endgültig abschließen zu können.

»Na, das wäre aber ein Verlust für die Männerwelt«, grinste Rupert und stieß Schrader komplizenhaft in die Rippen.

Am Ende des Flurs drehte Rupert sich um und sagte: »Falls du, bevor du zur Lesbe wirst, der Männerwelt noch eine Chance geben willst: R u f   m i c h   a n !«

Ann Kathrin hätte heulen können. Sie wollte jetzt zurück in den Distelkamp, um alleine zu sein. Aber erst musste sie diese Frau aus ihrem Büro werfen.

Sie atmete einmal tief durch, hoffte, keine Dummheiten zu machen und betrat dann, bibbernd vor innerer Aufregung, aber äußerlich gespielt cool, den Raum.

»Sagen Sie mal, nur so interessehalber: Was haben Sie sich denn davon versprochen? Sie dachten doch nicht, dass wir dann besser oder gründlicher ermitteln? Wollten Sie, dass der Kollege Akten verschwinden lässt? Die Anzeige zurückzieht oder ...«

»Ach, tun Sie doch nicht so scheinheilig. Sie wissen doch so gut wie ich, dass man in der Welt Fürsprecher braucht. Die einen haben Geld oder Beziehungen. Ein anderer schafft es, weil er so ein Charmebolzen ist, und ich, ich habe eben«, sie hob ihren Busen an, »das hier. Ich weiß, welche Wirkung ich auf Männer habe. Na und? Haben Sie nie mit dem Lehrer Ihres Sohnes geflirtet, damit der mal bei einer Klassenarbeit ein Auge zudrückt und die Versetzung dann doch noch klappt?«

Ann Kathrin bekam den Mund nicht mehr zu.

»Hätte ich das tun sollen? Ich bin nicht so eine Mutter wie Sie, Frau Kirsch. Mein Sohn muss ... alleine zusehen, wie er an seine Schulnoten kommt.«

»Amer Kerl.«

Warum, fragte Ann Kathrin sich, zerkratze ich ihr nicht das Gesicht? Warum verliere ich immer meine Männer an solche Frauen?

Rupert öffnete die Bürotür und fragte ohne Umschweife: »Du kannst mir doch bestimmt die private Telefonnummer von Holger Bloem geben, Ann.«

»Ja«, giftete sie, »könnte ich. Aber warum sollte ich?«

»Wir haben in Norden einen Mörder verhaftet, der hier groß geworden und zur Schule gegangen ist. Meinst du nicht, das wäre eine Meldung für den Kurier? Ich vermute mal«, freute Rupert sich, »Seite Eins! In der Redaktion erreiche ich ihn aber gerade nicht.«

»Es gibt dort noch mehr Redakteure«, wies Ann Kathrin ihn zurecht, »und private Telefonnummern gebe ich grundsätzlich nicht raus.«

Ann Kathrin bemerkte, dass Frau Kirsch merkwürdig auf Rupert reagierte. Der nickte ihr zu und sagte in Ann Kathrins Richtung. »Danke. Ich wusste doch immer, dass du eine besonders hilfsbereite Kollegin bist.«

Rupert zog seinen Kopf mit einem Gesichtsausdruck zurück, als hätte er Lust, Ann Kathrin die Zunge rauszustrecken. Er tat es aber nicht, um sich keine Blöße zu geben. Er schloss die Tür nicht besonders leise.

Angewidert wischte sich Frau Kirsch mit dem Handrücken über die Lippen und zischte: »Stummelschwanz!«

Ann Kathrin wurde heiß und kalt. Sie zeigte mit dem Daumen auf die Tür und fragte: »Wollen Sie damit sagen, Sie haben den auch ... versucht, von der Unschuld Ihres Sohnes zu überzeugen?«

Frau Kirsch kratzte sich mit den langen Fingernägeln am Kinn. »Was heißt hier auch? Glauben Sie, ich habe mich quer durchs Polizeipräsidium gevögelt?«

»Aber ich dachte, Sie waren bei dem Kollegen im Krankenhaus ...«

Frau Kirsch winkte ab. »Ach, die taube Nuss! Der ist doch schwul! Da ist jede Liebesmüh verloren.«

Mit einem Schlag schien Ann Kathrins Haut zu brennen. Sie hatte sofort rote Flecken im Gesicht und am Hals.

Sein Handy, dachte sie. Ich muss an sein Handy kommen, bevor er die Mailbox abhört.

Ann Kathrin stürmte in die Ubbo-Emmius-Klinik wie jemand, dessen Magen dringend ausgepumpt werden muss und der genau weiß, dass es um Minuten geht, bevor das Gift sich im Körper ausbreitet. Der Pförtner rief ihr noch nach: »Zur Ambulanz links rein und dann die Treppe hoch!«, aber sie hörte ihn nicht. Dies hier war ein Notfall, aber kein medizinischer.

Schlagartig wurde ihr bewusst, wie sehr sie ihren Frank liebte und dass sie ihn nie, niemals verlieren wollte. Sie musste sein Handy an sich bringen und irgendwie diese Nachricht löschen, bevor er dazu kam, sie abzuhören.

Hoffnung keimte in ihr auf. War es nicht im Krankenhaus den Patienten verboten, ein Handy zu benutzen? Konnten die Handys nicht medizinische Geräte stören, ähnlich wie in Flugzeugen? Unwahrscheinlich, dass Weller sich an solche Regeln hielt, aber es konnte ja sein, dass eine resolute Krankenschwester ihm das Handy abgenommen hatte. Immerhin war er nicht drangegangen ...

Doch dann machte ein junger Arzt, der ihr entgegenkam, alle Hoffnungen zunichte. Er sah aus wie George Clooney, nur eben jünger und besser, aber er hatte sein Handy am Ohr und sprach mit einer Stimme hinein, um die ihn jeder Radiosprecher beneidet hätte. Ann Kathrin nickte ihm zu und rannte weiter.

Zunächst glaubte sie, sich in der Aufregung im Zimmer geirrt zu haben. Im Bett vor ihr lag ein Mann, der doppelt so alt war wie Weller und vermutlich auch doppelt so schwer. Er strahlte sie an und freute sich. »Doris! Dass du mich besuchen kommst, nach all den Jahren! Ich hätte dich beinahe gar nicht erkannt. Komm, Mädchen, lass dich drücken!«

Es tat ihr zwar leid, aber sie musste ihn enttäuschen. »Ich bin nicht Doris.«

»Kann ich Ihnen behilflich sein?«, fragte Schwester Jutta.

»Ja, ich suche meinen Mann ... Freund ... Bekannten. Frank Weller.«

»Den mussten wir schon entlassen. Der hat es nicht mehr länger bei uns ausgehalten. Schöne Grüße an ihn. Er hat noch einen Krimi von mir, und am Freitag ist eine Lesung von Christiane Franke und Alexa Stein von den Mörderischen Schwestern. Vielleicht hat er ja Lust. Ich habe zwei Eintrittskarten ...«

Schon wieder spürte sie einen Stich Eifersucht. Wieso lud diese Frau ihren Frank zu einer Lesung ein?

Ann Kathrin riss sich zusammen, um nicht den gleichen Fehler noch einmal zu machen. Sie fragte sich, warum sie im Moment so beziehungsunsicher war. Sie erwischte sich dabei, dass sie sich noch einmal nach Schwester Jutta umdrehte und sich mit ihr verglich.

Mit doppelt schlechtem Gewissen fuhr Ann Kathrin in den

Distelkamp. Sie machte sich Vorwürfe. Warum hatte sie Weller nicht abgeholt? Hatte er ihr von seiner Entlassung erzählt, und das Ganze war in dem Wust von Informationen und Theorien, die sie im Kopf hin und her wälzte, verloren gegangen? Wie fühlte er sich, wenn seine Lebenspartnerin ihn nicht mal aus dem Krankenhaus abholte? Gleichzeitig ahnte sie, in welche Situation er hineingeraten war. Bestimmt hatten viele Kids im Haus übernachtet.

Sie kam nicht in ihre Garage hinein, weil davor ein Motorrad parkte. Auf der Dachrinne hockte eine Möwe und beobachtete die Bewegungen eines daran befestigten Fuchsschwanzes. Sie schien ihn für lebendig zu halten und war kurz davor, ihn anzugreifen, als Ann Kathrin die Tür aufschloss.

Sie wurde mit einem Staubsaugergeräusch empfangen und hörte eine jugendliche Stimme schimpfen: »Verzieht euch mal hier, ich kann sonst nicht sauber machen!«

Ann Kathrin warf einen Blick ins Wohnzimmer, wo sie nicht nur den staubsaugenden jungen Mann sah, sondern auch noch einen Freund ihres Sohnes, der Flaschen einsammelte, um sie in die Garage zu bringen.

Weller saß in der Küche, sein Gipsbein malerisch mitten auf den Tisch gelegt. Er trank aus einem bunten Becher Kaffee, sah gut gelaunt aus und hatte offensichtlich die Regie der Aufräumarbeiten übernommen. Neben ihm saß ein Mädchen mit knabenhaftem Körper in Slip und knubbeligem T-Shirt. Sie hatte beide Füße auf den Stuhl gelegt und knabberte an einem Marmeladenbrot.

Obwohl Ann Kathrin auch oft in der Wohnung so herumlief, kam es ihr unangemessen vor, wie selbstverständlich Weller sich zwischen den halbnackten Teenies breit gemacht hatte.

Ein zweites Mädchen, das aussah, wie in der Vorstellung von Ann Kathrin Dolly Buster im zarten Alter von fünfzehn ausgesehen haben musste, hatte einen Filzstift in der Hand, lag über den Tisch gebeugt und bemalte Wellers Gipsbein. Ihm schien es zu gefallen.

Ann Kathrin hatte nur einen Gedanken: Ich muss an das Handy kommen. So, wie Weller dasaß, hatte er die Mailbox mit Sicherheit noch nicht abgehört.

Er winkte ihr fröhlich zu und wollte ihr demonstrieren, wie sehr er die Sache hier im Griff hatte. Er bot ihr einen Kaffee an, und eine kleine Geste von ihm reichte aus, und die junge Dolly Buster legte den Filzstift nieder und goss für Ann Kathrin eine Tasse Kaffee ein.

»Holst du jemanden ab?«, fragte sie.

Ann Kathrin schüttelte den Kopf. »Nein. Ich bin die Mutter von Eike. Ich wohne hier. Wir haben uns gestern wohl nicht gesehen, da war ich schon mal hier.«

»Nee«, lachte Dolly II, »ich war gestern mehr oben.« Sie deutete auf die erste Etage. »Wir haben da einen durchgezogen.«

Dann hielt sie sich erschrocken, als würde ihr erst jetzt bewusst, dass sie vielleicht zu viel ausgeplaudert hatte, eine Hand vor den Mund. »Oje, du bist doch bei der Polizei, oder?«

»Ja, aber jetzt habe ich frei.«

Dolly II atmete erleichtert auf.

Der Kaffee war Ann Kathrin zu stark. Sie tastete Weller mit Blicken ab. Er schien das Handy nicht am Körper zu tragen. Dann entdeckte sie die Tasche, in der auch sein Kulturbeutel, ein Schlafanzug und andere Sachen, die er im Krankenhaus benötigt hatte, darauf warteten, ausgepackt zu werden.

Sie stellte den Kaffee auf den Tisch, schnappte sich die Tasche und sagte so unverfänglich wie möglich: »Ich mach schon mal die Waschmaschine voll. Das Zeug ist doch bestimmt durchgeschwitzt. Erst mal muss der Krankenhausgeruch raus«, lachte sie.

»Du musst doch jetzt nicht waschen!«

»Ist die immer so ungemütlich?«, fragte Dolly II.

Ann Kathrin lief mit der Tasche ins Badezimmer und schüttete dort alles vor der Waschmaschine auf den Boden. Aber sie fand das Handy nicht.

Es musste hier sein. Sie war sich sicher.

Ann Kathrin öffnete den Kulturbeutel. Hatte er das Handy vielleicht da reingelegt?

Für einen Moment überlegte Ann Kathrin, ob sie mit ihrem Handy einfach Wellers Handy anrufen sollte, um dann dem Klingelton zu folgen. Gleichzeitig befürchtete sie aber, er könne das Gerät irgendwo in der Küche hingelegt haben und würde dann rangehen, was die Situation mit einem Schlag verschärfen würde.

Endlich fand sie das Handy in einer Seitentasche. Es war ausgeschaltet. Sie versuchte, sich an Wellers PIN-Code zu erinnern, tippte aber versehentlich die Geheimnummer ihres Kontos bei der Sparkasse Aurich-Norden ein, was das Handy aber wenig überzeugend fand.

Ann Kathrin spürte einen leichten Anflug von Panik. Wie kann ich, dachte sie, eine Nachricht löschen, wenn ich den PIN-Code nicht habe?

Dann fiel ihr die Lösung ein. Diese Handys waren doch äußerst wasserempfindlich. Ein bisschen Verlust muss man manchmal in Kauf nehmen, dachte sie. Besser, das Handy hat einen Totalschaden als meine Beziehung.

Ich werde es einfach mit in die Waschmaschine stopfen, dachte sie. Na klar. Das ist doch die Idee!

So landete Wellers Krankenhauswäsche zusammen mit seinem Handy in ihrer umweltfreundlichen Waschmaschine mit Aquastoppgarantie.

Ann Kathrin schaltete auf Kochwäsche.

Dann wusch sie sich die Hände und betrachtete ihr Gesicht im Spiegel. Sie sah zufrieden aus, wie eine Frau, die gerade ihre Beziehung gerettet hatte.

Sie ging zurück zu Weller in die Küche und gab ihm jetzt einen Begrüßungskuss.

»Wo ist eigentlich Eike?«, frage sie.

Weller legte einen Finger auf ihre Lippen, damit sie schwieg. »Hör mal«, sagte er. »Kennst du das Geräusch?«

»Ja, das ist unser Rasenmäher.«

Weller sah sie groß an und nickte.

»Och nee, das ist doch nicht dein Ernst! Eike mäht den Rasen?«

Weller schmunzelte.

Ann Kathrin lief durchs Wohnzimmer zur Terrassentür. Und tatsächlich, da stand er: ihr Sohn. Er sah aus, als hätte er den schlimmsten Kater seines jungen Lebens, und das Brummen des Rasenmähers tat seinen Kopfschmerzen gar nicht gut.

»Wie hast du das denn geschafft?«, fragte Ann Kathrin.

Weller lehnte sich zurück und reckte sich. »Ich bin«, sagte er, »ein cooler Typ, musst du wissen.«

Seine beiden minderjährigen neuen Freundinnen nickten. Dolly II stand am Kühlschrank und ergänzte: »Ein verdammt cooler Typ.«

Für einen Moment überlegte Ann Kathrin, ob sie sagen sollte, was sie dachte, nämlich, dass diese beiden jungen Mädels ihn ganz schön um den Finger gewickelt hatten und sich so um jedes Aufräumen und die Hausarbeit drückten, weil sie genau wussten, was sie einem Mann in seinem Alter sagen mussten, damit er sich großartig fühlte. Sie tat es nicht. Sie ließ ihm das Vergnügen. Sie gefiel sich in der Rolle der Gönnerin.

Sie schmunzelte, weil das Handy in der Waschmaschine hin und her rumpelte und ungewöhnlichen Krach machte.

Gegen fünfzehn Uhr war es auf Wangerooge fast windstill und für Ostfriesland ungewöhnlich schwül und drückend. Die Touristen verzogen sich in den Schatten ihrer Strandkörbe oder in ihre Ferienwohnungen. Selbst in den Geschäften war kaum noch jemand anzutreffen. Wetterfühlige Menschen bekamen heftige Kopfschmerzen, und alle trösteten sich damit, dass in Ostfriesland das Wetter nie lange so blieb, wie es war. Es war nicht eine schwarze Wolke am Himmel zu sehen, aber trotzdem lag ein schweres Gewitter in der Luft.

Eichinger empfand das als große Chance. So konnte er zur Ferienwohnung gelangen, ohne vielen Menschen zu begegnen. Er wollte bereits vor den Krolls im Gebäude sein.

Er stellte sich das spannend vor. Während sie sich auf den gewonnenen Urlaub freuten und ihre Koffer auspackten, trat plötzlich ein Fremder aus dem Schrank ...

Die Ferienwohnung war gereinigt, die Fenster gekippt, alles war bereit für die neuen Besucher.

Die Terrassentür hinten hatte einen kleinen Zugang für die Katze. Im Gefängnis hatte Eichinger gelernt, wie man damit umgehen musste. Einbrecherfreundlicherweise waren Balkon- oder Terrassentüren meist nicht mit einem Schloss, sondern nur mit einem Hebel gesichert, den man von innen umlegen musste, um nach draußen zu kommen. Da war so eine Katzenklappe doch ideal.

Er zog sich Plastikhandschuhe über, genau wie der Gentleman es ihm befohlen hatte, schob seinen Arm durch die Katzenklappe und legte mit Hilfe eines Astes den Hebel um. Das Ganze dauerte nur wenige Sekunden, und er war in der Wohnung.

Er schloss die Tür wieder von innen. Niemand, der jetzt außen vorbeiging, konnte erkennen, dass jemand unbefugt in die Wohnung gekommen war.

Eichinger sah auf die Uhr. Die Fähre würde frühestens in zweieinhalb Stunden anlegen.

Er ging durchs Haus und sah sich die Räume in Ruhe an. Dies war ein wunderschönes, kleines Liebesnest. Ideal, um den Plan durchzuführen. Für die Krolls war ein Rundum-Sorglos-Paket gebucht worden, und in der Küche auf dem Tisch stand eine Pappkiste. Darin Kaffee, zwei Flaschen Weißwein, Bocksbeutel aus Franken. Eine Tüte Milch, eine Packung Miracoli-Spaghetti.

Eichinger schob die SIM-Karte wieder ins Handy.

Er hatte noch Zeit. Er beschloss, sich erst mal einen Kaffee zu kochen und ein bisschen vor den Fernseher zu hängen. Beim Switchen durch die Programme konnte er gut nachdenken. Es hatte für ihn etwas Meditatives.

Wenn ich mehr Zeit hätte, dachte er, dann könnte Laura meine werden. Ja, sie ist schon fast bereit dazu. Ich könnte sie an mich fesseln, so wie ich sie an den Stuhl gebunden habe. Ich bräuchte nur mehr Zeit.

Wenn er an Laura dachte, wurde er ruhig, während er im Fernsehen die Programme so schnell umschaltete, dass eine neue Filmcollage entstand, ein Film über den ganz alltäglichen Fernsehirrsinn. Ja, so kam es ihm vor. Er arrangierte mit dem vorhandenen Material alles um und baute sich seinen eigenen, neuen, ganz anderen Film zusammen. Ein Mosaik der zersplitterten Wirklichkeiten.

Dann vibrierte das Handy in seiner Tasche. Das konnte nur einer sein: der Gentleman.

Eichinger meldete sich vorsichtig mit: »Ja?«

»Ich bin's. Was war mit dem Handy los, verdammt? Ich habe zigmal versucht, anzurufen!«

»Keine Ahnung. Wo sind die Krolls?«

»Ich weiß auch nicht, was passiert ist. Wenn sie nicht auf der nächsten Fähre sitzen, kommen sie nicht mehr. Dann müssen wir uns etwas anderes ausdenken. Wo sind Sie?«

»In den Dünen«, log Eichinger. »Wenn sie nicht kommen,

platzt dann unser Deal? Ich brauche das Geld! Oder nehmen wir ein anderes Pärchen?«

»Es muss passieren. Heute. Spätestens morgen. Ich bin schon auf der Suche nach einem Ersatzpaar.«

»Es müssen also nicht unbedingt die beiden sein?«

»Die wären ideal gewesen. Aber es gibt auch andere Möglichkeiten. Wir müssen bald handeln. Unsere Auftraggeber werden nervös.«

Eichingers linkes Bein begann zu zittern. »Ich habe schon ein Pärchen.«

»Wie?«

»Die beiden liegen gefesselt in der Wohnung. Ich kann es genauso machen wie ...«, er schluckte den Namen herunter, »wie besprochen. Ich krieg das genauso hin wie in Wilhelmshaven. Ich muss nur erst noch eine Strumpfhose in ihrer Größe besorgen. Die trägt so etwas nicht. Kein Wunder, bei dem Wetter. Immerhin hat sie einen BH und ich muss nicht erst so'n Ding kaufen. Ich finde das peinlich, in Dessousabteilungen herumzuhängen. Aber ich besorge die Strumpfhose, und dann kriegt ihr eine Arbeit wie in Wilhelmshaven. Versprochen.«

Eichinger bekam das merkwürdige Gefühl, dass sein Gesprächspartner, der sonst so beherrschte und coole Gentleman, aus der Fassung geriet, ja, sich mit anderen besprechen musste. Konnte das sein? War er gerade bei seinem Auftraggeber?

»Wie heißen sie?«

Jetzt fragte Eichinger sich allen Ernstes, ob er wirklich mit dem Gentleman telefonierte. Es war seine Stimme, und schließlich hatte er ihm dieses Telefon selbst gegeben, aber so eine dämliche Frage passte nicht zum Gentleman.

»Ich denke, wir hätten uns darauf geeinigt, am Telefon keinerlei Namen zu nennen.«

»Ja, natürlich. Entschuldigung. Wir müssen uns treffen. Sofort. Ich will mehr über die neuen Zielobjekte wissen. Ich muss das erst mit meinem Auftraggeber abstimmen.«

»Und wenn er Ja sagt?«

»Nun, dann hat er zugestimmt.«

»Wenn Ihre Leute kommen, wird die Arbeit von mir erledigt, wie besprochen. Noch heute.«

»Gut, und wenn nicht, treffen wir uns um zwanzig Uhr an der Strandpromenade bei Schnigge.«

Der Gentleman beendete das Gespräch. Eichinger richtete die Fernbedienung aufs Fernsehgerät und schaltete es aus. Er ging ein paar Meter in der Wohnung auf und ab.

Der Kaffee ist nicht gut, dachte er. Das Zeug schlägt mir auf den Magen.

Dann entdeckte er, als er den Kaffee ins Spülbecken goss und dabei aus dem Fenster sah, auf dem Balkon des gegenüberliegenden Hauses im Schatten eines Kirschbaums den langen Bodo Fädli. Er sah genau zu der Ferienwohnung hinüber, in der die Krolls sterben sollten.

Fädli rauchte eine Filterzigarette und machte einen nervösen Eindruck auf Eichinger.

Die Insel ist klein, dachte Eichinger. Verdammt klein. Muss das furchtbar für euch sein, wenn später herauskommen wird, dass nur wenige Meter von euch entfernt ein Pärchen getötet wurde.

Er fand es jetzt fast schade, dass er die Sache so aussehen lassen musste, als sei es ein anderer gewesen. Es hätte ihm besser gefallen, zu dem Mord zu stehen, und sei es nur, um Fädli und Schneckenberger zu zeigen, was für Versager sie waren und dass er mit ihnen spielen konnte, wenn er nur wollte.

Hinter Fädli ging die Tür auf, und Schneckenberger kam heraus. Er sagte etwas, das Eichinger natürlich nicht verstehen konnte, aber es brachte Fädli sofort dazu, die Zigarette vom Balkon zu werfen und sich ins Haus zu begeben.

Und wenn das kein Zufall ist, dachte Eichinger. Was, wenn die genau wissen, dass ich hier bin?

Was soll der Scheiß? Und warum holen sie mich dann nicht einfach?

Der sportlich durchtrainierte Mann, der gerade noch ausgesehen hatte wie jemand, der an Marathonläufen teilnimmt, aber auch in der Lage ist, Boxkämpfe zu gewinnen, und sich gern Gentleman nannte, war in Sekunden um Jahre gealtert. Die große Sonnenbrille hing schief auf seiner Nase. Wie durch einen Faustschlag hingestreckt lag er mehr im Sessel, als dass er saß. Die Spitzen seiner Laufschuhe ragten nach oben. Er stützte sich nur mit den Hacken ab, um nicht vom Sessel zu rutschen. Sein Kopf hing schlaff nach hinten. Er atmete durch den weit geöffneten Mund. Aus seiner offenen rechten Hand, die auf die Sessellehne gestützt war, glitt sein Handy auf den Boden. Er schien es nicht einmal zu bemerken.

»Kriegt der jetzt einen Herzinfarkt oder was?«, fragte Fädli.

»Soll ich einen Arzt rufen?«, fragte Schneckenberger.

Fädli antwortete für den Gentleman: »Der erholt sich schon wieder. Der braucht nur ein Glas Wasser.«

Schneckenberger hörte zwar den Appellcharakter in dem Satz, wollte aber jetzt den Raum nicht verlassen, um Wasser zu holen. »Die Sache gleitet uns aus den Fingern«, sagte er trocken. »Er hat sich ein anderes Pärchen geholt und hält sie irgendwo auf der Insel versteckt.«

Der Gentleman versuchte, sich im Sessel aufzurichten und so hinzusetzen, dass er seine beiden Kollegen im Blick hatte. Er war blass, kalter Schweiß stand auf seiner Stirn, und er genierte sich, weil er zitterte und so etwas überhaupt nicht zu seinem Ruf passte.

»Das Wilhelmshavener Drama wiederholt sich. Ich habe es immer befürchtet. Er läuft uns aus dem Ruder.«

Obwohl Fädli wusste, wie sehr seine Kollegen es hassten, zündete er sich, das Rauchverbot in der Ferienwohnung missachtend, eine Marlboro an. Er steckte sie sich falsch herum in den Mund. Als er es im letzten Moment bemerkte, riss er den Filter einfach ab. So schmeckte die Zigarette auch viel besser, fand er.

Er nahm zwei tiefe Züge hintereinander und schien den Rauch im Körper zu behalten, statt ihn auszupusten. Schneckenberger kannte das schon von seinem Kumpel Fädli. Wenn er nervös wurde, schien er den Rauch geradezu zu schlucken. Schneckenberger wusste nicht, wo der Qualm blieb. Im Moment hatte er für solche Kunststückchen aber überhaupt keinen Kopf.

»Diesmal«, prophezeite Fädli, »wird gar nichts schiefgehen. Heute noch wird Eichinger dem Sensenmann begegnen. Wir machen Schluss.«

»Das ist das letzte Mal. Ich spiele nicht mehr mit, Leute. Ich kann das nicht mehr.« Der Gentleman griff sich ans Herz. »Ich bin zu alt für so eine Scheiße.«

»Was sollen wir machen? Uns umbringen wie Olaf? Wir sollten die Schweine killen, nicht uns selber.«

Der Mann, der sich Gentleman nannte und in Wirklichkeit Rainer Schröter hieß, beugte sich vor, faltete die Hände und stützte seine Ellbogen auf den Knien ab. »Der rennt jetzt irgendwo in den Dünen herum, um sich in Stimmung zu bringen. Er wird bald hier sein. Wenn die Krolls kommen, geben wir ihm keine zwanzig Minuten. Dann gehen wir rein und erledigen ihn.«

Fädli wehrte ab. »Nicht zu früh. Nicht zu früh. Die beiden müssen sich schon in äußerster Lebensgefahr befinden. Er muss sie schon gefesselt haben. Am besten würgt er sie und dann ...«

Schneckenberger hustete und wedelte den Qualm von sich weg. »Dein Wunsch, als Held hereinzurennen, in allen Ehren, Bodo. Aber diesmal müssen wir auf Nummer sicher gehen. Ich will nicht nochmal zu spät kommen. Das ertrage ich nicht.«

Fädli fuhr ihn an: »Von wegen Helden spielen! Ich denke nur an den Gerichtsprozess. Wenn dort ein Pärchen eine hochemotionale Aussage macht, die junge Frau wurde im letzten Moment vor der Vergewaltigung bewahrt, ihr Freund hat zugesehen, dann fragt keiner, ob der Schuss gerechtfertigt war oder nicht. Wenn die aber noch beim Vorgespräch sind, man die ganze Sache so oder so auslegen kann, dann ...«

»Denkst du immer nur an Gerichtsverhandlungen?«, fragte der Gentleman.

Fädli sog noch einmal den Rauch ein und nickte heftig. »Ja. Denn genau darum geht es. Ich habe da schon so viel Scheiße erlebt und so viel Ungerechtigkeit, so viele Lügen und Intrigen. Jedes Gericht ist ein Rattenloch. Das wisst ihr ganz genau.«

Schneckenberger gab seinem rauchenden Freund recht. »Ja, jeder Gerichtsprozess ist im Grunde nur ein Schauprozess. Wer mit der besten Geschichte kommt, mit dem schlüssigsten Drehbuch und den besten Schauspielern, hat am Ende gewonnen. Und das werden diesmal wir sein.«

»Trotzdem steige ich aus«, sagte der Gentleman. »Eichinger ist der Letzte. Aber das Ding bringen wir noch zu Ende. Er kennt mich. Ich habe ihm den Auftrag gegeben. Wenn er überlebt, komme ich aus der Sache nie wieder raus. Und auch den Doppelmord in Wilhelmshaven wird man mir anhängen. Der läuft schon viel zu lange frei herum. Wenn das hier nichts wird mit den Krolls, dann orten wir sein Handy, befreien das Pärchen und knipsen ihn aus. Noch heute werden wir die Welt von diesem Stück Scheiße befreien.«

»Lasst mich es tun«, schlug Schneckenberger vor und sagte in Fädlis Richtung: »Du hast schon zu viele auf deiner Liste.«

»Ich würde es auch gerne machen«, bot der Gentleman an, und Fädli meinte nur: »Lasst uns würfeln.«

Plötzlich kamen Schneckenberger Bedenken. »Man wird uns fragen, woher wir wussten, dass er auf der Insel ist.«

Der Gentleman lächelte Fädli an, der grinste zurück. Langsam bekam das Gesicht des Gentleman wieder Farbe. Natürlich hatten sie das längt besprochen.

Der Gentleman hielt nicht viel von Schneckenberger, er hätte ihn am liebsten gar nicht mit dabei gehabt. Nach dem Missgeschick in Wilhelmshaven hatte der Gentleman ihn angebrüllt, seine Festplatte im Gehirn sei offensichtlich zu klein, um komplexe Zusammenhänge zu speichern. Der Gentleman gab ihm die Schuld an dem Fehlschlag.

»Er hat mich angerufen«, erklärte der Gentleman und hielt sein Handy hoch. »Eichinger ist ein Prahlhans, das weiß doch jeder. Er hat uns verspottet und behauptet, wir würden ihn niemals kriegen. Im Hintergrund habe ich den Shantychor gehört und die Durchsage der Inselbahn. Das Ganze konnte auch ein Trick sein, eine Tonbandaufnahme, die er an jedem Ort der Welt hätte abspielen können. Aber wir sind hingefahren, um der Sache nachzugehen. Und dann – Bingo!«

Weller fühlte sich spitzbübisch. Allen überlegen. Er wusste nicht, ob es der Nachhall der AOK-Drogen aus der Ubbo-Emmius-Klinik war oder tatsächlich sein erster richtiger Sieg über Eike in all den Jahren. Diesmal hatte der Junge ihn nicht mit einer Rechenaufgabe hereingelegt, ihn nicht vorgeführt, sondern war einfach klein zu Kreuze gekrochen. Dazu hatte Weller nicht einmal laut werden müssen. Drohungen waren nicht nötig und erst recht keine großen Erziehungsansprachen. Was seinen eigentlichen Sieg ausmachte, war die Anerkennung, die er von einigen anderen, speziell weiblichen Jugendlichen, genossen hatte.

Er schrieb das im Augenblick seiner männlichen Ausstrahlung zu, aber Ann Kathrin kommentierte, als sie alleine oben in ihrem Arbeitszimmer waren, den Vorgang so: »Man merkt halt, dass du zwei Töchter hast und den Umgang mit Teenagern gewöhnt bist. Du bist ein echter Mädchenpapi. Mit denen kommst du besser klar als mit den Jungs, stimmt's?«

Weller zuckte mit den Schultern. Er fläzte sich in einem alten Ohrensessel und hatte sein Gipsbein auf einen Hocker gelegt. Am liebsten hätte er Ann Kathrin auf seinen Schoß gezogen und sie geliebt, aber er merkte ihr deutlich an, dass ihr ganz und gar nicht danach war. Sie musste dazu nichts sagen, es lag in ihrer Ausstrahlung, in ihren Bewegungen, in ihrem Blick.

»Lass uns noch einmal«, schlug sie vor, »den Film anschauen, den du von Sascha Kirsch im Internet gefunden hast. Ich glaube nicht, dass er sich in Bochum bei seinen Freunden versteckt hält. Dann wäre seine Mutter nicht mehr hier. Irgendjemand hätte ihr einen Tipp gegeben. So etwas spricht sich schnell herum. Der eine erzählt es hinter vorgehaltener Hand dem anderen, und nach kurzer Zeit weiß es jeder. Ich wette, er ist noch hier.«

»Hier?« Weller tat, als hätte sie Sascha auf der Party von Eike vermutet. Dann grinste er: »Du meinst, in deinem Revier? In Ostfriesland?«

Sie nickte. Dann brachte sie ihm ihren Laptop, und er loggte sich bei Facebook ein. Sekunden später sahen sie sich das Video erneut gemeinsam an.

»*Ich ... ähm ... also ... Um eins gleich klarzustellen: Ich bin der Sascha Kirsch ähm ... hust ... und ...*«

Ann Kathrin und Weller sahen ihm zu, wie er einen Schluck Tee aus der blauen Tasse mit dem roten Henkel nahm und den Mund verzog.

»Ich wollte allen meinen Freunden sagen ... ähm ... Ich habe Bollmann nicht umgebracht ...«

»Kannst du das ranzoomen?«

Weller genoss es, dass sie auf der Lehne des Ohrensessels nah bei ihm saß. Er konnte ihren Körper riechen, und er mochte diesen Geruch. Ja, verdammt, dachte er, ich hätte mich auch mit geschlossenen Augen in sie verliebt.

Er kuschelte seinen Kopf an ihre Hüfte und tat dabei so, als wollte er nur eine günstigere Position einnehmen, um mit ihr besser das Video anschauen zu können. Sie legte ihre linke Hand auf seinen Kopf und begann spielerisch, kleine Löckchen in seine Haare zu drehen, was ihm einen Schauer den Rücken hinunterlaufen ließ.

»Ann«, sagte er, »da ist nichts. Die haben alles in Weiß abgehängt. Die gucken Krimis, die lesen Krimis, die sind geschult. Da spiegelt sich auch nichts in irgendeinem Fenster oder so ...«

Unter dem Video lief der sich ständig verändernde Stand des Spendenkontos mit. Gerade schlug die Zahl auf 3000 um.

»Irgendwie«, sagte Weller, »müssen sie ihm das Geld doch auch zukommen lassen. Sie können es ja schlecht auf ein Konto überweisen.«

»Wieso eigentlich nicht?«, fragte Ann Kathrin. »Wenn er ein Konto hat, können die auch darauf einzahlen, und er kann an jedem beliebigen Automaten das Geld abheben. Bis wir das erfahren, vergehen Tage – wenn überhaupt. Wir bräuchten eine richterliche ...«

Weller freute sich, Ann Kathrin auf diese Idee gebracht zu haben, aber gleichzeitig verwarf sie den Gedanken sofort wieder und bat ihn: »Kannst du die Tasse irgendwie größer machen?«

»Ich kann das ganze Bild ranzoomen.«

»Ich habe so eine Tasse schon mal gesehen. Ich habe sogar schon einmal aus einer ähnlichen getrunken.«

Weller stöhnte. »Ja, Ann Kathrin. Diese Dinger sehen sich alle ähnlich.«

»Schau doch mal genau hin. Das ist nicht irgend so eine Fabriktasse. Die ist unregelmäßig. Statt eines Henkels hat sie einen blauen Knopf an der Seite oder einen Ball.« Sie schnippte mit dem Finger. »Na klar! Luzern! Rebstock! Erinnerst du dich?«

Er nickte. »Ja, sicher. Wir sind zur Bilderbuchausstellung gefahren.«

Er hatte sich damals nicht mal getraut, es in der Polizeiinspektion zu erzählen, weil er Angst hatte, ausgelacht zu werden. Ein Künstler mit dem Allerweltsnamen Jörg Müller stellte in Luzern seine Bildermappen aus: *Alle Jahre wieder saust der Presslufthammer nieder* oder *Die Veränderung der Landschaft*.

Ann Kathrin wollte unbedingt hin, und er musste mal wieder mit. Zwölf Stunden Zugfahrt von Norden bis Luzern. Ein Wochenende in diesem wunderbaren, alten Hotel am Vierwaldstätter See, in dem angeblich jedes Zimmer von einem anderen Künstler gestaltet worden war. Dem Rebstock.

Ann Kathrin hatte sich ein besonderes Zimmer gewünscht, in dem Brigitte Steinemann-Reis das Bad gestaltet hatte. Aber dann war das Zimmer schon belegt gewesen, und der Hotelchef Ferdi Sieber war untröstlich, zeigte Ann Kathrin zwei andere Zimmer, eins origineller als das andere, die Wände voll mit moderner Kunst, aber dann, am nächsten Morgen, wollte Ann Kathrin doch umziehen, um in dem Bad zu duschen, das Brigitte Steinemann-Reis geschaffen hatte.

Nicht eine Fliese war wie die andere, es standen Gedichte darauf, es ragten Nasen und Gesichter heraus, einiges wirkte wie zerschlagen und neu zusammengesetzt. Weller erinnerte sich noch gut daran, dass er viel Zeit im Bad verbracht hatte und das sicherlich nicht, weil er sich so gründlich rasieren musste.

Vom Frühstücksraum konnten sie auf den Pilatus sehen, aber interessanter als dieser Berg waren für Ann Kathrin diese kleinen Gefäße für den Tischabfall, wie es sie in jedem Hotel morgens am Frühstückstisch gab. Nur diese hier waren bunt, hatten Gesichter, Schnäbel, Schwänze, Augen, Brüste. Manche schienen auf vier Beinen geradezu um die Wette laufen zu wollen, andere waren Fabelwesen, die sich in einem unbewachten Moment ein paar Leckerbissen vom Teller stehlen wollten.

Die Jörg-Müller-Ausstellung war wirklich beeindruckend. Ein freundlicher Mensch namens Peter Gyr erklärte jedes einzelne Bild. Einige waren ein paar Meter hoch und lang.

Es war für Weller schwer vorstellbar, wie der Künstler daran gearbeitet haben konnte. Jedes Bild enthielt eine ganze Welt für sich, mit hunderten kleiner Figuren. Aber trotzdem war Ann Kathrin von Brigitte Steinemann-Reis' Kunst noch mehr fasziniert, das hatte Weller deutlich gespürt.

Damals hatte er sich vorgenommen, ihr eine elfteilige Culinamyde zu kaufen. Eine Art Tellerturm. Jeder Teller war etwas kleiner als der andere, und so bildeten sie eine Spitze mit einem Hut obendrauf, der als Salzstreuer dienen sollte. Ihn, den leidenschaftlichen Koch, beeindruckten die Teller noch aus einer ganz anderen Perspektive. Er konnte sich vorstellen, darauf wundersame Speisen anzurichten, in den verschiedenen Tellergrößen, und so geradezu eine Essstraße zu bauen. Aber dann kam der Alltag, alles geriet in Vergessenheit und erst jetzt wurde ihm wieder siedend heiß klar, dass er ihr dieses Geschenk hatte machen wollen. Er hatte keine Ahnung, wie teuer so eine Culinamyde war, aber Ann Kathrin sollte eine bekommen. Sobald er finanziell wieder soliden Boden unter den Füßen hätte. Noch nahmen ihm die Unterhaltszahlungen für die Kinder und seine Exfrau Renate den Spielraum für solche großzügigen Geschenke.

»Du willst doch nicht behaupten, dass die in Luzern im Rebstock sitzen?«, sagte Weller mit trockener Stimme.

»Nein. Aber wo immer sie sind, dort gibt es Porzellan von Brigitte Steinemann-Reis.«

»Okay, meinetwegen. Die Tasse hat jemand irgendwo mitgenommen, oder es ist eine nachgemachte oder ...«

»Genauso wenig wie ihren Weihnachtsschmuck.«

»Weihnachtsschmuck?«

Ann Kathrin nickte, und Weller fühlte sich mal wieder als kulturloser Banause.

Der Weihnachtsschmuck, mit dem Ann Kathrin versucht hatte, dem Tannenbaum eine besondere Note zu geben, war schon recht originell. Bunte Kamele aus Stoff, handflächengroße Tiere, Herzen und schwere getöpferte Kugeln, die der Baum kaum halten konnte, hatte er für selbstgemachte Objekte gehalten, die Frau Kommissarin gebastelt hatte, um sich vom stressigen beruflichen Alltag abzulenken. Jetzt begriff er, dass es Kunstobjekte gewesen waren.

»Das ist unsere Chance. Mit ein bisschen Glück finden wir über Brigitte Steinemann-Reis zu Sascha Kirsch.«

»Du meinst, die weiß echt, wer diese Tasse bei ihr gekauft hat?«

»Das sind Unikate. Ich wette, sie weiß es.«

»Ich habe den Weihnachtsschmuck damals direkt bei ihr bestellt«, sagte Ann Kathrin. »Aber bis ich jetzt die Adresse herausgefunden habe ...«

Schnell suchte sie im Internet die Seite von Brigitte Steinemann-Reis und rief gleich an. Sie erreichte aber niemanden im Atelier, deshalb versuchte sie es im Rebstock. Ferdi Sieber erinnerte sich noch gut an die kunstbeflissene Kommissarin aus Deutschland und versprach, ihr beim nächsten Besuch ganz sicher ihr Lieblingszimmer zu reservieren. Ann Kathrin erzählte, dass sie gern mit Brigitte sprechen wolle, sie aber im Moment nicht erreichen könne. Ob er vielleicht wüsste, wo sie sich aufhalte, denn, so erinnerte sie sich, er habe ihr erzählt, dass die Künstlerin gern bei ihm zu Abend esse.

Er lachte und konnte tatsächlich weiterhelfen. »Bei Claudia

Moser, gegenüber, ist heute ein Künstlertreffen. Sie wohnen alle bei mir im Hotel. Ein paar Schriftsteller aus Deutschland ...«

»Danke«, sagte Ann Kathrin erleichtert. »Herzlichen Dank.«

Sie legte auf und knuffte Weller in die Seite. »Warum soll man nicht auch mal Glück haben?«

Weller, der das Gespräch mit angehört hatte, sah das nicht ganz so optimistisch.

»Ann, du weißt, wo eine Künstlerin heute zu Abend isst. Dadurch ist noch kein Fall gelöst. Ich kann mir nicht vorstellen, dass sie allen Ernstes weiß, wo diese Tasse ist. Und selbst, wenn sie dir sagen kann, wem sie die Tasse verkauft hat, wer weiß, was daraus geworden ist. Sie wurde weiterverkauft, geklaut, kopiert, verschenkt ... herrje!«, Weller hob die Arme zum Himmel.

Aber Ann Kathrin war nicht mehr zu bremsen. »Ich ruf jetzt bei Claudia Moser an.«

Die Künstler waren noch gar nicht bei Claudia Moser eingetroffen. Diese stand noch in der Küche und bereitete einen Salat vor. Sie fürchtete schon, einer könne absagen.

»Du klingst aber heiser, Regina«, sagte sie zu Ann Kathrin, und nachdem das Missverständnis aus dem Weg geräumt war, versprach Claudia Moser, ihre Freundin Brigitte zu informieren.

Für Weller war das Ganze wie ein Zeitgewinn. Er hoffte, dass Ann Kathrin jetzt zur Ruhe kommen und einfach nur auf den Rückruf von Brigitte Steinemann-Reis warten würde, aber er sah ihr schon an, dass sie, von einer inneren Unruhe getrieben, bereits die nächste Aktion vorbereiten wollte.

»Ann«, sagte er mit beruhigender Stimme, »setz dich jetzt erst mal hin. Wir könnten uns einen Tee machen und es genießen, dass die Kids das Haus in Ordnung bringen.«

Sie schüttelte den Kopf. »Nein, ich hab so ein Gefühl, als würden wir vor einer Katastrophe stehen. Als würde etwas ganz Schlimmes geschehen, wenn wir nicht gleich handeln.«

»Du handelst doch. Du hast auf diesem Video mal wieder Dinge gesehen, die keiner von uns mitgekriegt hat. Ich war doch auch im Rebstock. Ich hab das alles genauso gesehen wie du, aber ich hätte es niemals in einen Zusammenhang gebracht ... Freu dich doch jetzt erst mal über die neue Spur ...« Er schluckte den Satz herunter: *Bevor sie sich in Luft auflöst.*

Da klingelte bereits das Telefon, und die Künstlerin war am Apparat. Sie begann aufgeräumt-fröhlich und wollte Ann Kathrin gleich zu einer Ausstellung in ihr Atelier einladen, aber Ann Kathrin kam schnell zur Sache.

Erstaunlicherweise duzten die beiden Frauen sich, obwohl sie sich noch nie persönlich begegnet waren. Zu manchen Menschen hatte Ann Kathrin sofort eine Verbindung. Das hatte Weller inzwischen kapiert. Er wusste nicht, was es war, aber manchmal sprang bei ihr ein Funke augenblicklich über.

Sie nannte die Künstlerin »Brigitt«, und es hörte sich an, als ob die beiden seit Jahren miteinander bekannt wären.

»Ich suche einen jungen Mann, und die einzige Spur zu ihm, die ich habe, ist eine Tasse von dir. Kann ich sie dir beschreiben? Kannst du herausfinden, wer die Tasse gekauft hat?«

Am anderen Ende der Leitung ertönte lautes, helles Lachen und dann ein: »Ja, vielleicht. Unmöglich ist das nicht. Beschreib sie mir, aber besser noch, schick mir ein Foto.«

Jetzt brachte Weller sich ein. »Kein Problem.«

Es klopfte zaghaft an der Tür. Weller vermutete dahinter ein junges Mädchen und war dann umso erstaunter, Eikes schuldbewusstes Gesicht zu sehen und seine piepsige Stimme zu hören.

»Mama? Kann ich dich mal sprechen?«

Ann Kathrin schüttelte den Kopf. »Nein, jetzt nicht.«

Weller fand das nicht in Ordnung. Er wusste, wie sehr sie das schlechte Verhältnis zu Eike belastete, und immer mehr kapierte er, woher es kam. Es waren genau solche Situationen, in denen sie klare Prioritäten setzte.

Das Foto war kaum per E-Mail-Anlage in Luzern angekommen, da rief sie auch schon an.

»Das ist eine Mokkatasse aus der Serie Brizoka, Variante Flussstraße.«

Ann Kathrins Augen leuchteten.

»Es ist ein Geschenk von mir an eine Sammlerin aus Deutschland. Sie hat mich mehrfach in meinem Atelier besucht und einige meiner Stücke gekauft.«

Ann Kathrin strahlte Weller an und zeigte ihm den erhobenen Daumen. Sie schien Eike völlig vergessen zu haben und genoss das Triumphgefühl, mal wieder den richtigen Riecher gehabt zu haben.

»Wie heißt diese Sammlerin, und wo wohnt sie?«

»Ich weiß nicht«, zierte Brigitte sich plötzlich. »Wir kennen uns doch gar nicht. Ich gebe nicht gerne die Adressen und Namen meiner Kunden preis. Ich weiß nicht, ob die das wollen. Ich könnte sie aber anrufen und fragen, ob ich ihren Namen weitergeben darf.«

Mist, dachte Ann Kathrin. Mist. Wenn wir Pech haben, warnt sie den Jungen.

»Nein«, sagte sie, »das ist überhaupt keine gute Idee. Dadurch könnte noch mehr Schaden angerichtet werden.«

Trotzdem wollte Brigitte Steinemann-Reis nicht von dieser Strategie abrücken. Sie versprach, es sofort zu versuchen.

Weller hing noch immer in dem Ohrensessel, während Ann Kathrin ihren professionellen Verhörgang einlegte. Drei Schritte, eine Kehrtwendung, drei Schritte.

Der Duft von Vanilleteig stieg hoch. Entweder gibt es bei den Nachbarn eine Kuchenparty, oder hier backt jemand, dachte Weller.

»Vielleicht solltest du in der Zwischenzeit kurz mit Eike ...«, warf er ein, aber Ann Kathrins strenger Blick brachte ihn sofort zum Schweigen.

Eine Weile kaute er auf der Lippe herum, dann versuchte er es erneut. »Warum gibst du dem Jungen jetzt keine Chance? Sie haben doch alles wiedergutgemacht. Jetzt will er sich wahrscheinlich entschuldigen. Es ist eine gute Gelegenheit, ihm die Hand zu reichen und ...«

»Danke, Frank. Wenn ich Erziehungstipps brauche, frage ich dich natürlich, aber das ist jetzt nicht die Zeit und die Stunde.« Sie zeigte auf ihren Bauch. »Ich habe hier ein Gefühl, als hätte ich Gift geschluckt. Da tickt eine Bombe. Und wir sitzen hier untätig herum.«

Ann Kathrins Seehund heulte laut auf.

»Hier ist Brigitte. Meine Kundin kann ich nicht sprechen. Sie liegt im Krankenhaus. In ihrer Wohnung war eine Freundin, die die Blumen gegossen hat. Die ist rangegangen und hat es mir freundlicherweise gesagt.«

Ann Kathrin seufzte auf: »Bitte. Es geht hier um Leben und Tod! Wir müssen jetzt schnell sein. Wir können uns keinerlei Verzögerungen mehr erlauben. Ich könnte natürlich die Schweizer Kollegen um Mithilfe bitten, die laden dich dann in die Polizeiinspektion und dann ...«

»Schon gut, schon gut«, sagte Brigitte. »Die Sammlerin heißt Mia Klaphecke und kommt aus Bochum.«

Der Städtenamen Bochum löste einen Schauer auf Ann Kathrins Haut aus, als hätte es in der Wohnung angefangen zu regnen.

»Wenn Sie Mia sehen, dann schöne Grüße von mir. Und gute Besserung. Ich hoffe, dass ich ihr mit meiner Auskunft geholfen und nicht geschadet habe.«

»Keine Sorge, Brigitte. Du hast ihr geholfen. Und wie!«

Ann Kathrin wendete sich an Weller. »Das passt doch alles zusammen. Die gute Frau liegt im Krankenhaus, eine Nachbarin kommt die Blumen gießen … Wer weiß, ob Brigitte überhaupt mit der Nachbarin gesprochen hat. Möglicherweise hatte sie eine Freundin von Sascha Kirsch am Telefon, die sich nur als Nachbarin ausgegeben hat. Wenn die Frau im Krankenhaus liegt, ist ihre Wohnung ein idealer Rückzugsort.«

Für Weller stellte sich jetzt nur die Frage, ob Ann Kathrin selber nach Bochum sausen oder den Dienstweg einhalten würde. Und genau das überlegte sie mit einem kurzen Blick auf die Uhr.

»Du willst jetzt nicht ernsthaft mit mir nach Bochum …«, gab Weller zu bedenken.

Sie schüttelte den Kopf. »Nein, keine Sorge. Ich will alleine hinfahren. Bleib du nur hier und leg deinen Gips hoch. Das darf nicht auf die lange Bank geschoben werden …«

»Wenn es schnell gehen muss, Ann, dann sag Ubbo Bescheid. Der kennt immer Mittel, Wege und Tricks.«

Eichinger bekam sein Bein nicht unter Kontrolle. Er musste an Frau Riebers denken.

»Lass dir das eine Warnung sein. Immer, wenn das Zittern im Bein beginnt, bist du kurz davor, eine schreckliche Dummheit zu begehen. Der Körper ist oft klüger als der Geist. Hör auf deinen Körper. Wenn dein Bein zittert, mach erst mal gar nichts. Atme einfach tief durch. Trink einen Liter klares Wasser.«

Der Gedanke, jetzt einen Liter Wasser in sich hineinzuschütten, erschien ihm völlig widersinnig. Hatte sie das nur gesagt, damit er sich in einer extremen Lage, die drohte, außer Kontrolle zu geraten, mit irgendetwas anderem beschäftigte?

Er hatte mehrfach nach ihrer Anweisung gehandelt. Zuerst war seine Wut weggegangen. Dann seine Verwirrung. Und wenn die Wut wieder da war und er handeln wollte, dann hatte ihn ein schrecklicher Harndrang gehindert.

Nein, auf dieses Karussell wollte er jetzt nicht aufspringen. Er brauchte einen klaren Kopf.

Er musste eine Strumpfhose kaufen, um sie damit zu fesseln. Schließlich sollte diesmal alles drehbuchgerecht ablaufen. Er hatte aber ein Zeitproblem. Wenn die Fähre um achtzehn Uhr ankam, konnte es mit der Bahn und dem Weg quer über die Insel und mitten durch die trödelnden Touristen durchaus bis neunzehn Uhr dauern, bis er Gewissheit hatte, ob die Krolls kommen würden oder nicht. Ihr Platz, wo es garantiert Strumpfhosen gab, schloss aber um neunzehn Uhr. Lediglich SPAR hatte bis zwanzig Uhr auf. Er bezweifelte aber, dass die Strumpfhosen im Sortiment führten.

Am liebsten wäre es ihm gewesen, die Sache zu beenden und dann den Gentleman zu treffen. Er wollte ihn vor vollendete Tatsachen stellen. Aber ohne Strumpfhose lief das Ganze nicht.

Warum, verdammt, trug Laura keine Strumpfhosen, wie andere Mädchen in ihrem Alter auch? Waren die Dinger aus der Mode gekommen oder was? Oder lag es nur daran, dass ihre Tante Mia so etwas nicht mochte? Laura trug ja die ganze Zeit Mias Sachen.

Plötzlich sah er wieder seine Therapeutin vor sich. Sie stand wie eine flimmernde Holographie im Raum und sprach mit ihm.

»Ja, das Leben stellt einen schon vor merkwürdige Probleme, findest du nicht? Du kannst das junge Mädchen nicht umbringen, weil die Läden auf Wangerooge zu früh schließen. Da musst du halt Geduld haben und noch einen Tag warten.«

Ganz so, als sei sie wirklich da, antwortete er: »Einen Tag warten? Spinnst du? Das hier ist kein Urlaub für mich! Fädli und Schneckenberger sind hier. Ich muss so schnell wie möglich runter von der Insel. Eine Fähre oder ein Flugzeug, das kann ich schon mal vergessen, es sei denn, dem Gentleman fällt was ein. Ansonsten muss ich ein Boot kapern und damit versuchen, nachts aufs Festland zu kommen. Mir läuft die Zeit weg! Ich kann nicht länger auf die Krolls warten.« Er sah auf die Wanduhr. »Ich muss jetzt los. Scheiß auf die Krolls! Laura und Sascha müssen sowieso dran glauben.«

Inzwischen war es achtzehn Uhr dreißig. Sie mussten jeden Augenblick da sein, oder sie würden überhaupt nicht mehr kommen.

In ihm reifte allmählich die Gewissheit, dass sein Warten umsonst war.

Wieder sah er Frau Riebers vor sich. Sie entkleidete sich vor ihm. Weiße Kittel hatte sie nie getragen, sondern immer ein dunkelblaues oder graues Kostüm mit goldenen Knöpfen. Jetzt stand sie da, wie er sie manchmal hatte telefonieren sehen. Das rechte Bein durchgedrückt, das linke leicht angewinkelt, die Knie schienen spielerisch aneinanderzureiben. Mit links hielt sie sich das Telefon ans Ohr, die rechte Hand war in der Hüfte abgestützt. Sie trug das Haar jetzt offen, drehte sich zu ihm um und ließ den Rock fast unabsichtlich nach unten gleiten.

Der Stoff bedeckte ihre Fußspitzen. Sie stieg heraus wie aus einer Pfütze, um sich nicht schmutzig zu machen.

Unter ihrer schwarzen, fast blickdichten Nylonstrumpfhose bildete sich ein türkisfarbener Slip ab. Die Ränder der Strumpfhose gingen bis zu ihrem Bauchnabel. Sie schob jetzt die linke Telefonhand hinein und sagte: »*Du kannst meine haben, wenn du willst.*«

Er wusste, dass dies ein Trugbild war, doch er fragte sich, woher es kam.

Nun beantwortete sie die Frage für ihn: »*Hattest du manchmal auch Lust, mich umzubringen?*«

»Ich bin nicht Klinkowski, dieser kranke Freak. Ich bin nie auf die Idee gekommen, Frauen mit Strumpfhosen zu erwürgen«, verteidigte er sich.

Sie kam einen Schritt näher auf ihn zu und knöpfte ihre Kostümjacke auf.

»*Warum nicht? Hast du dich nur nicht getraut? Musst du in seine Rolle schlüpfen, um so etwas tun zu können?*«

Sie ließ die Jacke fallen und öffnete jetzt die weiße Bluse. Ihr türkisfarbener BH mit edler italienischer Stickerei schnitt links ein bisschen ein. Ihre Brüste waren ungleichmäßig.

Sie machte einen weiteren Schritt auf ihn zu, berührte ihren BH mit den Fingerspitzen und sagte: »*Brauchst du den auch? In Wilhelmshaven fehlte doch ein BH, wenn ich mich recht entsinne.*«

»Woher weißt du das? Ich habe dir das nie erzählt. Ich ...«

Ein Teil von ihm war völlig gefangen in dieser Situation. Frau Riebers drang in ihn ein, holte Schlimmes und Verborgenes aus ihm heraus. Sie schien keine Angst vor ihm zu haben und immer freundlich zu bleiben. Ja, genau so kannte er sie, und das machte ihn kirre.

Aber da war noch ein zweiter Gert Eichinger in ihm, der wusste, dass das hier nicht real war. Er musste sich nicht verteidigen, sich nicht rechtfertigen. Doch sie hatte sich mit ihren Fragen so sehr in seine Seele gegraben, dass er nicht wusste, wie er sie loswerden konnte. Wie schüttelt man etwas ab, das man in sich trägt? Sie hielt einen pochenden Teil seiner Seele besetzt.

Jetzt hielt sie ihm die Strumpfhose entgegen. Komischerweise trug sie immer noch ihre hochhackigen, italienischen, schwarzen Schuhe. Sie hatte es in seiner Vorstellung geschafft, das Stück Nylon auszuziehen und die Schuhe dabei anzubehalten.

Sie sah in ihrer Unterwäsche jetzt fast ein bisschen so aus, als würde sie Bademoden vorführen. Auf eine irre Weise unschuldig und gleichzeitig verführerisch.

Er schüttelte den Kopf. Er nahm die Strumpfhose nicht.

»Du ... du willst doch nur, dass sie mich wieder fassen! Damit sie mich wieder zu dir bringen! Damit ich dir dann ganz gehöre!«

»*War es denn nicht schön mit uns?*«, fragte sie. »*Du hättest noch viel mehr von mir bekommen können, wenn du nur gewollt hättest. Du schaffst es nicht alleine, Gert. Das weißt du doch. Du brauchst eine starke Hand, die dich führt. Der Gentleman kann das auf die Dauer nicht sein. Komm zu mir zurück, Gert. Bei mir ging es dir doch immer gut.«*

Er hätte ihr am liebsten die Strumpfhose aus der Hand geschlagen und sie gewürgt, sie gefesselt und geknebelt, aber eine Holographie ist nicht zu fassen, ebenso wenig wie eine Wahnvorstellung oder ein Traum.

Er schlug nach ihr, doch seine Fäuste gingen ins Leere, zerfetzten nur das Bild der Holographie für einen Moment, das sich dann sofort wieder zusammenstellte, ja zu wachsen schien.

Er lief ins Badezimmer und klatschte sich Wasser ins Gesicht.

Ich muss los, dachte er. Ich darf mich nicht mehr ablenken lassen. Ich muss einen klaren Kopf behalten. Die Dinge hintereinander durchziehen.

Zum Drogeriemarkt, bevor die schließen.

Eine Strumpfhose kaufen.

Laura und Sascha drehbuchgemäß erledigen.

Dann runter zur Strandpromenade, das Geld kassieren, die Papiere nehmen und nichts wie weg. Nie wieder Wangerooge oder Norderney. Nie wieder Ostfriesland, nie wieder Deutschland, nie wieder Europa. Kein Gentleman mehr, keine Frau Riebers, keine Rechtsanwälte, keine Gerichte. Typen wie Fädli und Schneckenberger würde er nie wiedersehen, sondern einfach nur in der Sonne am Pool liegen, sich von dunkelhäutigen Frauen bunte Cocktails mit Fruchtspießen und Schirmchen drauf servieren lassen.

Bevor er die Wohnung verließ, drehte er sich noch einmal um und rief der Holographie zu. »Hau ab! Lass mich endlich in Ruhe!«

Doch sie war schon nicht mehr zu sehen.

Ann Kathrin hatte in Romanübersetzungen manchmal den Satz gelesen, dass jemandem das Blut in den Adern gefror. Sie fand diese Formulierungen unglaublich dämlich, und meist reichte so ein Satz aus, um das Buch für sie uninteressant zu machen. Doch jetzt begriff sie, was damit gemeint war. Diese plötzliche Kälte. Das Gefühl, zu einem Eisblock zu werden, das von innen heraus kam und sich als Gänsehautschauer nach außen zeigte.

Sie rieb sich die Arme.

Weller starrte sie an und dachte das Gleiche wie sie. Doch er verarbeitete die Meldung anders. Er machte mit dem Arm eine Bewegung, als würde er in eine imaginäre Schlaufe greifen und sie nach unten ziehen.

»Ja!«, schrie er, »Bingo! Jetzt haben wir ihn!«

Das Telefon war laut gestellt.

»Würden Sie das bitte noch einmal wiederholen?«, sagte Ann Kathrin mit bebender Stimme.

»Also, Kollegen, in der Wohnung haben wir niemanden angetroffen. Die steht offensichtlich schon seit ein paar Wochen leer. Die Leute im Haus sagen, dass die Frau im Krankenhaus liegt. Irgendeine Krebsgeschichte, eine Brust-OP oder so etwas. Soweit scheinen eure Informationen richtig zu sein. Aber sie hat seit Jahren eine Ferienwohnung auf Wangerooge. Die Nachbarin, die sich hier um die Blumen kümmert, hat schon zweimal dort Urlaub machen dürfen. Die Nachbarin konnte uns die Straße nicht gleich nennen, sie war so aufgeregt. Aber das lässt sich bestimmt leicht ...«

»Danke, Kollegen. Das war wirklich gute Arbeit. Ich hoffe, wir können uns mal dafür revanchieren.«

»Dafür nicht. Jederzeit gerne. Sie sind hier eine Legende, Frau Klaasen. Niemand hat so viele Serienkiller zur Strecke gebracht wie Sie ...«

»Danke. Schon gut.«

Ann Kathrin beendete das Gespräch mit einem schnellen

Knopfdruck, als hätte sie Angst, ihr Finger könne sonst auf dem Gerät kleben bleiben.

»Jetzt haben wir dich, Bürschchen«, grinste Weller voller Vorfreude. Er klopfte mit einer Krücke gegen sein Gipsbein. »Das wirst du noch bitter bereuen, Sascha.«

Ann Kathrin sah ihn tadelnd an. »Du bist nicht im Dienst, mein Lieber, sondern krankgeschrieben.«

Weller brauste auf: »Na, hör mal, diesen Triumph kannst du mir jetzt nicht wegnehmen. Ich möchte sein Gesicht sehen, wenn ...«

Sie verzog grinsend den Mund. »Wenn er vor dir wegläuft und dir den Stinkefinger zeigt, weil Mister Gipsbein nicht schnell genug hinterherhumpeln kann?«

»Ann, bitte, mach es mir nicht so schwer, ich ...«

»Die sind so sehr mit Eichinger beschäftigt, und wenn wir jetzt zu viel Wind machen, dann tauchen die da mit einer SOKO auf, um ihn hoppzunehmen. Immerhin hat er einen Polizisten schwer verletzt ...«

»Was soll das heißen? Na und, machen wir dem Bürschchen doch mal so richtig Angst!«

»Ich werde jetzt nach Norddeich fahren, und mit dem nächsten Flieger bin ich drüben. In spätestens einer Stunde sitzt ein heulendes Häufchen Elend vor mir.«

»Okay«, sagte Weller, »schnappen wir ihn uns. Ist mir auch lieber, als wenn Rupert jetzt die Trümpfe einsammelt.«

»Mir auch«, sagte Ann Kathrin, »aber du bleibst jetzt hier. Das mache ich alleine.«

»Ann, bitte, ich ...«

Sie ging zur Tür und Weller rief hinter ihr her: »Sei vorsichtig! Pass auf dich auf! Nimm deine Waffe mit!«

Sie drehte sich noch einmal zu ihm um und lächelte ihn milde an. Dann war sie mit zwei Schritten bei ihm, küsste ihn flüchtig und sagte. »Frank, er ist nicht älter als mein Sohn. Das sind doch im Grunde noch Kinder. Wir sollten das alles nicht so hochkochen. Ich werde mit denen schon fertig.«

»Ja«, brüllte Weller hinter ihr her, »ganz im Gegensatz zu mir! Ich weiß!«

Ann Kathrin stürmte die Treppe herunter. Vorsichtig ein Tablett jonglierend, mit einer Tasse Tee darauf und selbstgebackenen Waffeln, kam Dani ihr entgegen.

»Ich hab Waffeln gemacht«, sagte Dani. »Zur Entschädigung. Ich wollte euch ...«

Ann Kathrin schnappte sich eine heiße Waffel vom Teller, pustete den Puderzucker ab und lief dann durch die Puderzuckerwolke nach unten. Ihre Haare sahen jetzt aus, als sei sie mitten im Sommer durch einen Schneesturm gelaufen.

Sie verabschiedete sich nicht von Eike. Sie redete mit niemandem mehr. Sie sprang in ihren grünen Twingo und fuhr nach Norddeich zum Flugplatz.

Während sie versuchte, einen Piloten zu einem außerordentlichen Flug zu überreden, saß Dani bei Weller, der scheinbar gar nicht genug von ihren Herzchenwaffeln kriegen konnte.

Dani lud ihn zu einer Fete ein. »Wir wollen zu Meta, abrocken. Das müsste dir doch gefallen, das ist doch genau die Musik deiner Generation, oder nicht? Also, ich hab nichts gegen ältere Typen.« Dann fügte sie einschränkend hinzu: »Solange sie nicht so spießig sind.«

Weller freute sich zwar über die Einladung, deutete aber auf sein Bein und sagte: »Tanzen ist im Moment nicht so ganz meine Sache. Außerdem weiß ich nicht, ob es so gut wäre, wenn ich mitkomme ...«

»Warum? Kriegst du bei den Bullen, äh ... ich meine ... der Polizei Ärger, wenn die erfahren, dass du da bist? Das ist gar nicht so mit den Drogen, wie die immer alle erzählen. Da gibt's nur gute Musik und was zu trinken, man kann abhängen und ...«

Weller lachte: »Nein, wir dürfen schon feiern, wo wir wollen. Aber weißt du, ich habe Kinder in deinem Alter. Töchter!«

Sie lachte merkwürdig dreckig, fand er, und schreckte zurück.

»Pah, und jetzt hast du Angst, dich mit mir zu blamieren? Du bist ja doch der Spießer, für den dein Sohn dich hält.«

»Nein. Erstens ist Eike nicht mein Sohn, und zweitens bin ich kein Mann für eine Nacht.«

Er musste über sich selbst grinsen, so gut fand er den Satz.

Dani funkelte ihn zornig an, nahm die restlichen Waffeln und ging mit Schritten zur Tür, wie die Models sie bei Heidi Klum lernen. Weller fand allerdings nicht, dass es grazil aussah, sondern auf eine übertriebene Art dämlich, wenn eine Frau einen Fuß genau vor den anderen setzte.

»Man muss ja«, sagte er versöhnlich, »nicht jede Rose, die am Wegrand steht, pflücken.«

Dani drehte sich zu ihm um und giftete: »Ein Poet! Auch das noch! Du liebe Güte!«

Sie klatschte sich mit der flachen Hand gegen die Stirn und ließ Weller allein.

Weller wusste, was er zu tun hatte: Er würde jetzt runtergehen und wirklich alle Jugendlichen rausschmeißen. Er wollte endlich allein sein. Noch bevor sein Gipsbein auf der Holztreppe *Tocktocktock* machte, hörte er unten im Flur Danis Kichern: »Die Typen in dem Alter sind doch alle gleich. Kaum ist man mal nett zu so'm Opi, schon will er einem an die Wäsche.«

»Häh?«, fragte Eike, »hat der dich angefasst?«

Dani lachte. »Nein, aber man merkt das doch, wie die glotzen. Bloß weil ich ihm 'n paar Waffeln gebacken hab, denkt der gleich, ich will mit ihm in die Kiste.« Sie kicherte.

»Jetzt reicht's!«, brüllte Weller. »Haut endlich ab!«

Eichinger war nicht der letzte Kunde. Zwei gutgelaunte junge Frauen, langbeinig und offensichtlich frisch ineinander verliebt, mussten dringend vor Ladenschluss noch eine Lotion gegen Sonnenbrand besorgen, Lippenschutzstift und wasserfeste Mascara. Jede der beiden wäre Eichinger als Opfer lieber gewesen als Laura. Aber er brauchte ein Pärchen, um Klinkowskis Morde zu rekonstruieren. An lesbischen Paaren hatte Klinkowski sich nie vergriffen. Gleichgeschlechtliche Paare hatten ihn immer kaltgelassen, während Heteropärchen manchmal eine mörderische Energie in ihm freisetzten.

Eichinger kam sich blöd dabei vor, mit einer Damenstrumpfhose zur Kasse zu gehen. Wahllos stellte er eine bunte Mischung zusammen. Haarspray, Tampons, ein biologisch abbaubares Geschirrspülmittel, Papiertaschentücher, Schokolade, preiswerte Herrensocken, die angeblich Fußgeruch neutralisierten, eine weiche, zahnfleischschonende Zahnbürste. Er packte alles auf die Strumpfhose und ging dann zur Kasse. Brav wartete er, bis der Rentner vor ihm sein Mückenspray bezahlt hatte. Er fragte sich, was der Mann damit wollte. Mücken gab es hier überhaupt nicht.

Die Kassiererin hatte kurze, schwarze Haare. Sie sah ziemlich fertig aus, als hätte sie selbst dringend Urlaub nötig. Sie hatte tiefe, schwarze Ränder unter den Augen und ein Herpespflaster auf der Oberlippe. Der rechte Arm war mit einem Mullverband umwickelt, der nach Zink roch.

Der Rentner zeigte darauf und fragte: »Sehnenscheidenentzündung?«

Sie nickte. In breitem Ruhrgebietsslang erzählte sie ihm, sie sei nur zur Aushilfe auf der Insel, um sich ihr Studium zu verdienen.

Eichinger trat nervös von einem Fuß auf den anderen. Dieses Gespräch schien gerade erst zu beginnen, und die beiden wirkten nicht so, als hätten sie vor, es rasch zu beenden. Er konnte ihnen schlecht sagen, dass er bis zwanzig Uhr noch einen Doppelmord zu erledigen hatte, also heuchelte er Geduld und lächelte zufrieden, als die Kassiererin ihm einen Blick zuwarf.

»Meine Tochter hat sich ihr Studium auch selbst verdient. Die ist inzwischen Oberärztin. Ich bin jetzt mit meinem Enkel auf der Insel. Die hat ihren Mann schon während des Studiums kennengelernt. Erst hatten sie eine gemeinsame Praxis, aber dann ...«

Er winkte ab, als müsse so etwas immer schiefgehen.

Die Verkäuferin seufzte: »So ein Glück habe ich nicht. Mein Freund hat vor zwei Tagen per SMS mit mir Schluss gemacht. Er hat sich in eine andere verliebt. In Portugal.«

Schätzchen, dachte Eichinger, wenn du dich nicht ein bisschen beeilst, werde ich dich mit der Strumpfhose fesseln.

Er musste grinsen. Frauen wie sie waren seine Lieblingsopfer. Er spielte gerne den Frauenversteher und Frauentröster. Umso schöner war es dann, ihr Erschrecken zu sehen, wenn er sein wahres Gesicht zeigte.

O ja, er bot gerne die Schulter, an die sie sich anlehnen konnten. Aber wenn er seine Bondagekünste an ihnen ausprobierte und ihnen klar wurde, an wen sie in Wirklichkeit geraten waren, sehnten sie sich zurück zu ihren Exfreunden und verherrlichten diese Typen, die sie gerade noch in Grund und Boden verdammt hatten. Jeder untreue Ehemann wurde plötzlich zu einem angebeteten Helden.

Inzwischen war Eichinger längst dran, aber so sehr in seine Gedanken versunken, dass er es gar nicht mitbekam. Er hatte seine Einkäufe nicht aufs Band gelegt, sondern hielt den Korb immer noch mit beiden Händen fest, als hätte er Angst, er könne ihm entrissen werden.

»Ja, was jetzt? Wollen Sie sich hier als Wachsfigur bewerben oder einkaufen?«

Wenn ich jetzt mit dir alleine wäre, würdest du deine losen

Reden schwer bereuen, dachte er grimmig und lud den Inhalt seines Korbes auf das Band.

Hinter ihm diskutierten jetzt die beiden jungen Frauen, die nach ihm den Laden betreten hatten, ob ein bestimmtes Shampoo Allergien auslösen könne oder nicht.

In seinen Ohren war das alles sehr laut und schrill. Er sehnte sich nach Stille und hätte doch am liebsten vor Zorn gebrüllt.

Draußen ging ein Platzregen nieder. Eine Sturmböe warf den Sonnenschirm einer Eisbude um, und ein Klappstuhl segelte über die Uferpromenade wie das Blatt einer weggeworfenen Zeitung.

Zunächst hatte Ann Kathrin Mühe, einen Piloten zu finden, der bereit war, bei dem Wetter zu fliegen. Der Wind peitschte die Regentropfen über die Landebahn, dass sie wie Geschosse klangen. Ein silberner Streifen von aufspritzendem Wasser ließ die Bahn in einem flirrenden Licht erscheinen, das sicherlich Maler oder Fotografen entzückt hätte, Piloten aber eher Sorge bereitete.

Das ist Ostfriesland, dachte sie. Plötzlich kommen die Naturgewalten und zwingen uns, für einen Moment innezuhalten. Es dauert nie lange, aber es geschieht immer wieder. Seenebel, Wolkenbrüche, Sturmfluten. Und kurz danach, als würde jemand einen Schalter umlegen, ist wieder alles ruhig und friedlich. Die Idylle hier war trügerisch. Manchmal kam es ihr so vor, als würde die Natur auf die Menschen reagieren, ja, auf sie selbst. Vielleicht war das eine narzisstische Falle, eine dumme Überheblichkeit. Und trotzdem geschah es ihr immer wieder, dass sie sich als Auslöser sah für das, was um sie herum geschah.

Was hatte dieser Regen mit ihr zu tun?

Warum gabelten sich ausgerechnet jetzt die Blitze über dem

Flugfeld, als würde Thor seine Speere auf die abgestellten Cessnas werfen?

Wie immer in solchen Situationen fragte sie sich, ob sie etwas falsch machte.

Ihr wurde gar nicht bewusst, wie sehr der junge Pilot sie beflirtete. Nick Hermann lud sie ein, bot ihr einen Tee an, versprach, sie später zu fliegen, nichts sei doch so eilig, dass man dafür Kopf und Kragen riskieren müsse. Er versprühte mit gewinnendem Lächeln Charme in ihre Richtung, dass es schon schwer war, auf seiner Schleimspur nicht auszurutschen. Er berührte sie zweimal wie unabsichtlich. Gemeinsam standen sie hinter der großen Scheibe und sahen auf den Flugplatz, der gerade vom Himmel gewässert wurde.

»Okay«, sagte sie. »Trinken wir etwas zusammen. Aber sobald sich die erste Gelegenheit bietet, fliegen Sie mich rüber. Versprochen?«

»Versprochen.«

Es goss so sehr, dass sie keine Chance hatten, zu den Autos rüberzulaufen, ohne dabei durchnässt zu werden. So blieben sie in der Schalterhalle, und es entstand eine kurze, fast peinliche Gesprächspause zwischen ihnen, während sie beide sich nur musterten.

Ann Kathrin kannte seinen Blick. Fünf oder zehn Jahre jüngere Männer fuhren manchmal heftig auf sie ab. Sie löste etwas in ihnen aus. Sie wusste selbst nicht genau, was es war. Sie ließen sich gern von ihr führen und mochten es, wenn sie sagte, wo es langging.

Im Beruf hatte ihr das oft genutzt. Privat wollte sie diese Karte lieber nicht zu oft spielen. Aber jetzt war sie bereit, ihre Dominanz und seine Freude an der Unterwürfigkeit auszunutzen.

Fädli steckte sich einen Kaugummistreifen in den Mund, um seine Gier auf eine Zigarette zu unterdrücken.

Schneckenberger sagte: »Ich habe ein saublödes Gefühl im Magen, genau wie in Wilhelmshaven.«

»Ich auch.«

Beide sahen Rainer Schröter an, der seine Sonnenbrille aufgesetzt hatte, obwohl es im Raum durch das Unwetter draußen recht dunkel geworden war.

»Ich habe alles im Griff, Jungs.«

»Eben. Das war doch in Wilhelmshaven nicht anders. Er hat dort zwei Stunden zu früh zugeschlagen. Wenn er das jetzt auch wieder tut, dann ...«

Schneckenberger biss sich in den Handrücken. »Ich mag gar nicht daran denken.«

»Worauf warten wir noch?«, fragte Fädli.

»Mein Gott, ich habe mich für zwanzig Uhr mit ihm bei Schnigge verabredet. Was soll denn vorher passieren?«

»Der läuft uns aus dem Ruder, ich sag's euch!«, prophezeite Fädli und tippte mit dem Zeigefinger auf einen imaginären Tisch vor sich.

Rainer Schröter konnte das Kaugummigeschmatze nur schwer ertragen. Es kam ihm so respektlos vor. »Muss das sein?«, fragte er.

Fädli nickte und sah ihn provozierend an, als würde er nur darauf warten, dass Schröter ihm einen Vorwand gab, um einen Streit vom Zaun zu brechen.

»Die Luft ist hier gerade zum Schneiden dick, Jungs. Aber wir können ihn uns jetzt nicht holen. Wir können ihn nicht einfach so abknallen. Wir müssen ihn in flagranti erwischen. Seine Opfer retten. Meine Güte, wem erzähle ich das hier?«

Der Gentleman sah beschwörend zur Decke.

Schneckenberger schraubte einen Schalldämpfer auf seine Waffe. »Orte ihn, wir holen ihn uns und fertig.«

»Bei dem Wetter brauchst du keinen Schalldämpfer«, sagte Fädli, und wie eine Bestätigung seines Satzes rollte ein Donnergrollen über Wangerooge.

Überall am Strand flatterten jetzt rote Fahnen. Ein Blitz zerfetzte einen Fahnenmast.

»Orte sein Handy«, kommandierte Fädli.

Schröter schüttelte den Kopf. »Bei dem Wetter funktioniert das nicht.«

Fädli war sich nicht sicher, ob Schröter die Wahrheit sagte. Doch in diesem Moment wurde ihm zum ersten Mal bewusst, wie sehr er diesen Mann hasste. Diesen Mann, seinen Job und alles, was sie gemeinsam getan hatten.

Das Gesicht des jungen Piloten wurde vom Blitz erhellt. Die Heftigkeit der elektrostatischen Entladung erschreckte ihn. Nick Hermann wollte gerne vor Ann Kathrin Klaasen den Helden spielen, aber jetzt, in 250 Metern Höhe, tat es ihm leid. Die Maschine wurde durchgerüttelt, und ein ohrenbetäubender Lärm machte jedes Gespräch unmöglich. Das Zittern der Maschine übertrug sich auf die Körper der Insassen.

Ann Kathrin klammerte sich an ihrem Sitz fest und kämpfte mit der Überlegung, ob es besser sei, aus dem Fenster zu gucken oder die Augen zu schließen. Sie tat es abwechselnd, doch die Bilder, die sie mit geschlossenen Augen sah, waren noch viel furchterregender als die realen beim Blick aus dem Fenster.

Es war, als würde die Natur über die Wissenschaftler, die glaubten, die Gesetze, nach denen sie funktioniert, entschlüsselt zu haben, nur lachen.

Ann Kathrin erwischte sich bei der kindlichen Frage, ob das mit dem Fliegen nicht alles nur ein Irrtum sei. Wie konnte denn so viel Blech in der Luft bleiben? *Menschen sind eben keine*

Möwen, sie gehören nicht in die Luft, rief eine Stimme in ihrem Kopf, *und selbst Möwen kämen nicht auf die Idee, bei diesem Wetter von einer Insel zur nächsten zu fliegen.*

Dann war es, als würde die Maschine in der Luft plötzlich anhalten. Nichts ruckelte mehr. Völlige Ruhe trat ein.

Das Licht veränderte sich. Es war irreal. Eine strahlende Dunkelheit. Eine helle Finsternis. Etwas, das nicht so bleiben konnte, wie es war. Wie ein Übergang in eine andere Welt.

Das Donnergrollen hinter ihnen hörte sich für Ann Kathrin an wie eine Detonation im Heck. Sie wurde nach vorn geworfen und stieß mit der Stirn gegen den Sitz des Piloten. Ihre Finger verkrampften sich in seine Schultern. Er wehrte sich nicht dagegen.

Aus dem Funkgerät kam ein unverständliches Knattern.

Ann Kathrin hörte eine Kinderstimme beten: »*Gegrüßet seist du, Maria, voll der Gnade ... der Herr ist mit dir, du bist gebenedeit unter den Frauen ... und gebenedeit ist die Frucht deines Leibes, Jesus. – Heilige Maria, Mutter Gottes, bitte für uns Sünder jetzt und in der Stunde unseres Todes.*«

Sie brauchte eine Weile, um zu begreifen, dass sie es selbst war.

Laura wusste sofort, dass sich etwas verändert hatte. Leider nicht zum Guten. Eichinger wirkte wie ein anderer Mensch auf sie. Seine Bewegungen waren merkwürdig abgezirkelt und zackig. Ein bisschen roboterhaft, als würde unter seiner menschlichen Haut eine programmierte Maschine stecken, die ferngesteuerte Befehle ausführte. Der richtige Eichinger war in den letzten Stunden schon gruselig genug geworden, aber der jetzt, der war nicht verrückt, sondern präzise, und er verfolgte einen Plan. Seine Augen fokussierten Details, die er dann akribisch veränderte.

Er riss das Klebeband von ihrem Mund ab und begann, in mühevoller Kleinarbeit mit der rauen Seite von einem gelben Scheuerschwamm ihr Gesicht zu schrubben.

Sie wagte kaum zu atmen. Ihr Nacken wurde steif. Mit der rechten Hand hielt er ihren Kiefer im Griff, mit der linken entfernte er auch den letzten Fussel Klebstoff.

An einer Stelle bei ihrem linken Ohr war es besonders schwierig. Zweimal spuckte er hin und versuchte so, die Kleberreste abzulösen. Dann überlegte er es sich anders und holte Geschirrspülmittel dazu. Es roch jetzt nach Zitrone.

Er scheuerte an ihrem Gesicht herum wie an einer verdreckten Bratpfanne. Schaum gelangte in ihr Ohr.

Warum tut er das?, fragte sie sich. Ihr war völlig klar, dass dies nur der Auftakt für etwas anderes war. Sie wurde vorbereitet für etwas. Aber für was?

Er trocknete mit einem Geschirrtuch ihr Gesicht ab und betrachtete sie dann ganz genau. Einzelne Stellen an ihrem Kinn kratzte er noch mit dem Fingernagel ab, dann holte er aus dem Badezimmer eine Tagescreme von Tante Mia und rieb Lauras Gesichtshaut damit fast liebevoll ein.

Sie wagte es nicht, zu sprechen. Sie wollte auf keinen Fall wieder geknebelt werden. Sie war froh, jetzt besser Luft zu bekommen.

Wenn er mich etwas fragt, dachte sie, werde ich antworten. Sonst nicht.

Er wirkte ohnehin unerreichbar, als würde er sich in einer anderen Wirklichkeit befinden. So stellte sie sich Traumwandler vor, nachts auf dem Dach eines Hochhauses. Allerdings musste sie sich eingestehen, noch nie einen Traumwandler gesehen zu haben, außer im Kino.

Es schien ganz so, als ob ihr Schweigen belohnt werden würde, denn jetzt löste er auch ihre Fußfesseln und massierte ihre geschwollenen Gelenke.

Sascha sah, zum Paket verschnürt, zu. Er atmete nur noch sehr flach und schnaufte wie ein kranker Seehund. Seine Augen glänzten fiebrig. Laura fragte sich, ob er nicht längst verrückt geworden war.

Eichinger kniete vor ihr, mit dem Rücken zu Sascha. Er benahm sich, als ob er mit ihr alleine im Raum wäre. Er legte seinen Zeigefinger über seine Lippen und sagte leise: »Pssst ...«

Sie nickte. Sie würde nicht schreien. Ganz bestimmt nicht.

Dann zog er ihr den Slip aus. Obwohl er das tat, war sie sich sicher, dass er sie nicht vergewaltigen würde. Das Ganze hatte mit Sex irgendwie nichts zu tun.

Eichinger wollte ihr den Slip in den Mund stecken. Sie presste die Lippen fest aufeinander und drehte den Kopf zur Seite.

Er lächelte, als hätte er damit gerechnet und das Ganze sei nur ein Spiel. Dann drückte er ihr die Nase zu und wartete ganz ruhig ab, bis sie Luft holen musste.

Aber obwohl Laura die Augen weit aufriss, sah sie vor sich nicht Eichinger, sondern ein Bild ihrer Kindheit. Es war auf dem Bauernhof in Polen, in den Ferien. Sie hatte zugesehen, wie drei Gänse nacheinander von der Bäuerin gestopft wurden. Sie hatte Tage nichts gegessen und auch später niemals im Leben eine Gans. Jetzt kam sie sich selbst vor wie eine. Sie würgte und hustete.

Eichinger verschwand kurz ins Schlafzimmer. Als er zurückkam, hatte er einen BH von Tante Mia dabei. Er zog daran und testete seine Spannkraft. Dann band er das Teil um ihren Kopf und Hals zusammen.

Jetzt begriff sie, dass er vorhatte, sie zu töten.

Er zog Plastikhandschuhe aus seiner Hose und betrachtete sie. Dann steckte er sie wieder ein.

»Hier sind sowieso Fingerabdrücke von mir und DNA-Spuren ohne Ende. Aber hier sind ja auch Spuren von Tante Mia und ihren Ferienwohnungsgästen. Also, was soll's. Ein Ding von

Klinkowski war es, dass sie nie DNA-Spuren von ihm gefunden haben.« Er sprach wie zu sich selbst. Dann lachte er. »Das heißt, wenn es keine Spuren von ihm gibt, dann ist er verdächtig.«

Der Pilot setzte zur Landung an. Er schaukelte die Maschine langsam nach unten, dann kippte sie plötzlich nach links. Ann Kathrin wurde mit der Schulter hart gegen die Wand geschleudert. Sie hatte das Gefühl, ihr Magen würde in den Kopf rutschen und ihr Hirn gleichzeitig an der Decke kleben.

Vor ihrem inneren Auge streifte der linke Flügel den Boden, brach ab, die Maschine überschlug sich und landete auf dem Dach.

Doch ihre Angst wurde nicht Wirklichkeit, sondern Nick Hermann zog die Maschine noch einmal hoch, weil er Angst hatte, über die Landebahn hinauszuschießen.

Beim zweiten Versuch brachte er die Cessna problemlos runter.

Jetzt, da eigentlich nichts mehr passieren konnte, wollte Ann Kathrin nur noch raus aus dem Flugzeug. Raus, raus, raus!

Draußen torkelte sie und fiel fast hin. Das lag nicht am Wind, sondern ihr Gleichgewichtssinn war völlig durcheinander. Sie breitete die Arme aus, als hätte sie jetzt selbst Flügel nötig, um sich auf dem Boden zu bewegen.

Es regnete nicht, als sie ausstieg, doch als sie sich bei Nick Hermann bedankte und ihn umarmte, mehr, um sich an ihm festzuhalten, als um seine Nähe zu spüren, prasselten wieder dicke Regentropfen herab, und der Boden schien zu dampfen.

Mit Sorge betrachtete Laura, dass Eichinger all ihre alten Fesseln in einen blauen Plastiksack entsorgte und stattdessen eine Strumpfhose benutzte, die er offensichtlich extra für diesen Zweck gekauft hatte, denn er musste sie erst aus der Verpackung holen. Auch das Verpackungsmaterial landete in dem blauen Plastiksack.

Sie registrierte sogar, dass er andere Knoten machte als vorher. Das Ganze wirkte auf sie kunstvoll, weniger eingeübt. Er hatte Knoten drauf, die sich bei jeder Bewegung enger zuzogen. Das hier war ganz anders.

»Guck nicht so enttäuscht«, sagte er zu ihr und tätschelte ihr das Gesicht. »Eigentlich bringe *ich* dich gar nicht um, sondern ein Stümper namens Klinkowski.«

Sie verstand nicht, was er da redete. Aber es machte ihr Angst.

Ann Kathrin wusste, wo sie hinmusste. Sie kannte Wangerooge gut, und jetzt rannte sie los.

Als sie vom Flughafen in Richtung Strandpromenade lief, rutschte sie aus und fiel lang hin. Ihre schwarze Esprit-Handtasche klatschte in eine Pfütze. Sie klemmte die Tasche fest unter ihren Arm. Sie spürte die Heckler & Koch darin, und sie war sicher, sie nicht zu brauchen.

Sie zog ihre Schuhe aus und rannte barfuß weiter. Der Regen tat ihr gut. Sie fühlte sich wach dadurch und beschützt. Der Wind war warm, aber sie fror trotzdem.

Warum machst du so eine Hektik, dachte sie. Eine vernünftige Stimme in ihr mahnte zur Ruhe.

Hinterher, sagte die Stimme, wirst du wieder als hysterische Kuh dastehen, die einen unglaublichen Wirbel um nichts macht. Du weißt, in welcher Ferienwohnung sich ein Schüler aufhält, der möglicherweise seinen Lehrer umgebracht hat, vielleicht aber auch in dieser Sache völlig unschuldig ist und lediglich deinen Mann vom Baugerüst gestürzt hat. Wobei selbst da sich die Frage stellt, ob es ein Unfall war oder eine gezielte Aktion. Die Ostfriesen sind nicht gerade als die besten Kletterer der Nation bekannt. Du kannst den Jungen genausogut morgen in der Ferienwohnung einkassieren. Er kann dir im Grunde doch gar nicht weglaufen.

Doch etwas in ihr mahnte zur Eile. Es war eine fast körperliche Reaktion, und die duldete keinen Aufschub.

Sie wollte das hier beenden und sich dann um Frank kümmern, um Eike, um ihr eigenes Leben.

Hinter ihr rief Nick Hermann: »Warte doch, warte! Ich komme!«

So sehr sie den jungen Piloten gerade gebraucht und becirct hatte, so sehr wollte sie ihn jetzt loswerden. Der Platzregen bot gute Möglichkeiten, sich zu verstecken. Mehr als zehn Meter Sicht hatte hier niemand.

Ein blauer Windvogel mit Drachengesicht zog eine lange Nylonschnur hinter sich her und kam Ann Kathrin auf Kopfhöhe entgegengeflogen. Sie duckte sich. Sie suchte in einem Hauseingang Zuflucht und wartete dort, bis Nick Hermann an ihr vorbeigelaufen war.

Mein Leben, dachte sie, ist schon kompliziert genug. Darin ist kein Platz mehr für verknallte Cessnapiloten.

Rainer Schröter sah von seinem Computer hoch. »Ich hab ihn geortet. Er ist hier. Ganz in der Nähe von Schnigge. Da, seht ihr? Das sind alles Ferienwohnungen. Da muss er sein.«

»Geht das nicht genauer?«, maulte Matthias Schneckenberger. Der Satz war Schröter keine Antwort wert.

Ein Fenster schlug zu.

Der lange Bodo Fädli fasste den Gürtel seiner Hose mit beiden Händen und zog ihn höher. Er hatte in den letzten Tagen abgenommen, und die Hose schlabberte an seinen Beinen.

»Wer macht es diesmal?«, fragte Schneckenberger. »Wer hat die Ehre?«

Fädli fingerte drei Streichhölzer aus der Schachtel und brach zwei ab. Dann hielt er alle drei so, dass nur die Köpfe sichtbar waren und schlug vor: »Wer den längsten zieht.«

Aber Schröter schüttelte den Kopf. »Nee, nee. Ich bin draußen. Ich hab schon zu oft zugeschlagen. Das fällt auf. Einer von euch beiden.«

Schneckenberger verzog den Mund, weil er solche Kinderspiele affig fand.

»Nein, so nicht. Nicht so«, sagte er.

Daraufhin holte Fädli ein Zwei-Euro-Stück aus seinem Portemonnaie.

»Kopf oder Zahl?«

Schneckenberger guckte zornig zur Decke.

Direkt über ihrem Haus gabelte sich ein Blitz.

Ann Kathrin sah das Türschild und tat das Einfachste von der Welt: Sie klingelte.

Sie hielt ihre nassen Schuhe in der Hand und verstaute sie in der Handtasche. Sie kam sich frei dabei vor. Unkonventionell. Irgendwie ausgeflippt.

Sie hatte es mit einem Schüler zu tun, im Alter ihres Sohnes.

Was sollte schon groß passieren?

Notfalls würde sie ihn mit ein paar Ohrfeigen zur Räson bringen.

Seine Freunde hatten die Computer der Auricher Kripo angezapft und persönliche, ja geheime Daten ins Internet gestellt.

Das wog möglicherweise noch schwerer als die Körperverletzung zum Nachteil von Frank Weller. Ein guter Anwalt würde das Ganze rasch vom Tisch kriegen. Aber dieser Krieg der Schüler gegen die Kripo musste gestoppt werden. Sascha war dazu der Schlüssel.

Die Tür zum Flur öffnete sich automatisch, als sei Ann Kathrin auf irgendeinen Kontakt getreten. Es kam ihr vor wie das Leitungswasser in manchen Badezimmern. Man hielt die Hände unter den Hahn, und es kam. Sie mochte das nicht. Sie wollte Ursache und Wirkung sehen und nach Möglichkeit selbst im Griff haben.

Jetzt bereute sie schon fast, geklingelt zu haben, denn sie wäre sicherlich auch so in den Flur gekommen. Sie stand vor dem Fahrstuhl, nahm ihn aber nicht.

Eichinger handelte instinktiv, fast, als hätte er die Situation schon einmal erlebt und mehrfach durchgespielt. Es war sinnlos, nicht zu öffnen. Wenn es die Polizei war, würden sie die Wohnung stürmen. Aber vielleicht hatte er es nur mit einem Nachbarn zu tun, der sich Salz leihen wollte, oder die Putzfrau hatte vor, nach dem Rechten zu sehen.

Er schob den Stuhl, auf dem Laura gefesselt war, in die Ecke. Dorthin, wo Sascha lag. Jetzt konnte man sie vom Flur aus nicht mehr sehen.

Eichinger ging zur Tür, sah durch den Spion und betrachtete die klatschnasse, blonde Frau mit einer gewissen Erleichterung. Sie schien allein zu sein. Sie trug keine Uniform. Vielleicht eine Freundin von Mia, die einfach nass geworden war und einen Unterschlupf suchte.

Sie passte in sein Beuteschema, aber er hatte keine Zeit für solche Amüsements.

Er wischte sich übers Gesicht und öffnete die Tür einen Spalt. Er setzte sein charmantestes Lächeln auf und sagte: »Hallo! Sie sind aber ganz schön nass geworden.«

Ann Kathrin nickte und rieb sich die Oberarme. »Das kann man wohl sagen.«

»Was kann ich für Sie tun?« Er sah, dass sie barfuß war.

»Sind Sie zu Gast hier?«

»Ja. Dies ist eine Ferienwohnung. Warum?«

»Ich suche Laura Godlinski und Sascha Kirsch.«

Eichinger wiederholte die Namen und machte ein ratloses Gesicht. »Laura Godlinski und Sascha Kirsch? Kenne ich nicht.«

»Wirklich nicht? Das wundert mich aber. Lauras Tante gehört die Ferienwohnung.«

»Ja, ich weiß, ich habe sie von ihr gemietet.«

Für einen winzigen Moment blitzte in den Augen dieses Mannes etwas auf, das Ann Kathrin kannte. Es war die berechnende Mordlust eines in die Enge getriebenen Raubtieres.

Sie hatte viele Bilder von Gert Eichinger gesehen, aber sie erkannte ihn nicht. Sie brachte die Dinge einfach nicht zusammen. Es war wie eine Blockade im Gehirn. Sie suchte nicht Eichinger, sondern Sascha. Aber mit diesem Mann hier stimmte etwas nicht.

»Hätten Sie etwas dagegen, wenn ich mal kurz hereinkomme?«, fragte sie.

»Ich hab nicht aufgeräumt«, lachte er gespielt verschämt.

»Ich habe versprochen, nach den Blumen zu sehen und sie zu gießen«, log Ann Kathrin. »Ich wohne am anderen Ende der Insel, nahe beim Leuchtturm. Mia und ich sind Freundinnen.«

Er nickte, aber sie spürte, dass er ihr kein Wort glaubte. Trotzdem blieb er ganz im Scherz. »Blumen gießen, bei dem Wetter?«

»Naja, es regnet ja nicht in der Wohnung.«

»Ich erledige das schon. Hier verdurstet nichts.«

Er wollte die Tür schließen, aber Ann Kathrin hatte ihren Fuß bereits so in den Türrahmen gestellt, dass dies nicht mehr möglich war.

Sie hatte das so gelernt. Doch sie trug keine Schuhe und es tat eklig weh, als er versuchte, ihr die Tür vor der Nase zuzuknallen.

Sie jaulte auf.

Er entschuldigte sich wortreich, das habe er nun wirklich nicht gewollt, aber sie wusste genau, dass es Absicht gewesen war. In ihrer aus dem Schmerz geborenen Wut legte sie jede Zurückhaltung ab, zog ihren Ausweis und hielt ihn nah vor sein Gesicht.

»Also gut. Mein Name ist Ann Kathrin Klaasen. Ich bin von der Kriminalpolizei. Sie beherbergen hier eine Person, die wir suchen. Bitte machen Sie mir keine Schwierigkeiten und lassen Sie mich rein.«

Er fragte nicht nach einem Hausdurchsuchungsbefehl, wie es die Leute sonst oft taten, sondern er verbeugte sich vor ihr, übertrieben, wie ein englischer Butler in einer Komödie, riss die Tür sperrangelweit auf und ließ sie herein.

Sie machte den Fehler, voranzugehen. Ihre nassen Füße hinterließen kleine Pfützen auf dem Parkettboden, die vom rechten Fuß waren mit Blut getränkt. Der Schmerz war immer noch so rasend, dass Ann Kathrin nicht vollständig konzentriert handelte.

Noch bevor sie das Wohnzimmer betrat, sah sie Laura und Sascha. Sie fuhr herum. Eichinger richtete den Lauf der Heckler & Koch auf ihr rechtes Auge. Jetzt wusste sie, wer vor ihr stand. Gert Eichinger, in der Hand die Dienstwaffe des erschossenen BKA-Kollegen.

»Verdammt, wie hast du mich gefunden, du kleine Ostfriesenschlampe? Ich denk, ihr sucht mich auf Norderney!«

»Ich nicht.«

Er stieß mit der Pistole nach vorne, so dass der Lauf fast ihre Augenbrauen berührte. »Na los, du weißt doch, wie das läuft.

Gesicht zur Wand, Hände dagegen, Beine auseinander. Ich werde dich jetzt abtasten.«

»Nicht nötig«, sagte Ann Kathrin, »ich gebe Ihnen meine Dienstwaffe gern.«

Er grinste. »Wo ist sie denn?«

Sie deutete mit dem Daumen der linken Hand hinter sich. »Ich trage sie immer direkt am Körper. Dort.«

»Rumdrehen«, sagte er. Sie tat es mit Schwung, so dass die Handtasche vor ihren Bauch klatschte. Sie versuchte, die Tasche mit einer Handbewegung zu öffnen, um an ihre Dienstwaffe zu kommen, doch Eichinger erkannte die Finte, da keine Pistole in ihrem Hosenbund steckte.

Er schlug wütend mit der Heckler & Koch gegen Ann Kathrins Hinterkopf. Sie stürzte nach vorn, auf den blauen Plastiksack. Sie stützte sich aber im Fallen nicht ab, sondern zog stattdessen die Waffe. Als sie auf dem Boden lag und sich umdrehte, zielte Eichinger auf ihren Kopf.

Sie sah es in seinen Augen. Er würde schießen.

Er hatte es schon einmal getan.

Er hatte kein Problem damit, Menschen umzubringen, und Polizisten waren für ihn keine vollwertigen Menschen, sondern die unterste Schublade an Kreaturen.

Wie Fische, die er aß, ohne ein schlechtes Gewissen zu haben oder Mücken, die er erschlug, wenn er sie auf der Haut erwischte.

In diesem Augenblick flog die Tür auf, und Fädli und Schneckenberger stürmten in den Flur. Eichinger fuhr herum.

Ann Kathrin konnte nicht sehen, wer da kam. Es war ihr auch egal. Sie schoss, ohne nachzudenken, in Eichingers Rücken.

Als würde die Wirklichkeit angehalten werden, stoppte alles für einen Augenblick. Da waren keine Geräusche mehr zu hören, nicht einmal der Sturm draußen oder das Prasseln des Regens gegen die Fensterscheiben.

Eichinger fiel nicht um. Er blieb einfach nur stehen, und nichts geschah für den endlosen Bruchteil einer Sekunde. Nie würde Ann Kathrin dieses Bild vergessen.

Dann hob Eichinger die Waffe und versuchte, sie auf die Männer zu richten, die hereingekommen waren. Aber er schaffte es nicht mehr, den Lauf der Waffe gerade zu halten. Die Mündung zeigte an seinem ausgestreckten Arm nach unten.

Er schwankte und erinnerte Ann Kathrin damit auf fatale Weise an die Cessna, mit der sie nach Wangerooge gekommen war.

Fädli feuerte dorthin, wo er Eichingers Herz vermutete. Die Wucht der Kugel warf Eichinger um. Er fiel auf Ann Kathrin.

Sie versuchte, sich noch wegzudrehen, doch dafür war der Raum zu eng, und ein Tischbein stand im Weg. Eichingers Blut färbte ihre Kleidung rot.

»Nehmen Sie ihn von mir runter!«, kreischte Ann Kathrin. »Verdammt, nehmen Sie ihn von mir runter!«

Eichinger hielt die Dienstwaffe des erschossenen BKA-Beamten Thomas Korhammer immer noch in der Hand, aber er war nicht mehr in der Lage, sie zu benutzen.

Der Kapitän hing an Schläuchen. Er sah friedlich aus, wie ein alter Mann, der gerade von einem Mittagsschläfchen erwacht ist. Sein starker Bartwuchs verlangte nach einer Nassrasur, und er war strubbelig, wie es sich für echte Ostfriesen gehörte.

Rieke Gersema saß an seinem Krankenbett und wirkte viel pflegebedürftiger als er. Ihr Blick war gesenkt. Sie betrachtete seine Finger auf der weißen Bettdecke, so als hätte sie noch nie so etwas Merkwürdiges gesehen wie eine Hand mit fünf Fingern dran.

Am liebsten hätte sie die Hand genommen und gestreichelt,

aber sie traute sich nicht, ihn zu berühren. Sie hatte noch gar nicht mitgekriegt, dass er wach geworden war. Sie saß einfach nur da, starrte vor sich hin und hing ihren Gedanken nach.

Zum zweiten Mal ließ sie ihren Tränen freien Lauf. Da war so viel Trauer in ihr, die herauswollte. So viel Bedauern über verpasste Chancen und vertane Lebenszeit. Sie erkannte ihre eigene Rolle im Lügengeflecht ihres Familiensystems und kam sich dabei erbärmlich und lächerlich vor.

Kapitän Gerdes sah Riekes stumme Tränen und sprach sie an. Seine Reibeisenstimme krächzte wie die vom Nikolaus in ihrer Kindheit, der angeblich einen langen Marsch durch Schnee und klirrende Kälte hinter sich hatte, in Wirklichkeit aber aus der Kneipe nebenan kam.

»Ich sterbe nicht«, sagte er. »Es ist alles halb so wild. Ich bin ein altes Schlachtschiff, oft leckgeschossen, aber nie untergegangen.«

Aber sie weinte nicht, weil sie befürchtete, er könnte sterben. Ihr eigenes Leben machte ihr viel mehr zu schaffen. Er wollte die Hand heben und ihr Gesicht berühren, doch seine Hand fiel schlaff wieder auf die Decke zurück.

Jetzt hob sie ihren Kopf und sah ihm ins Gesicht. Sie konnte seinem Blick keine Sekunde standhalten. Vielleicht, weil nicht der geringste Vorwurf in ihm lag. Der Zwang, sich zu rechtfertigen, wurde übermächtig in ihr.

»Mein Vater prügelt meine Mutter. Er tut es schon, solange ich denken kann. Und ich – ich schau zu und tue nichts. Nichts. Ich habe mir so sehr einen Vater gewünscht, wie Sie einer sind, und jetzt ...«

Ihre Stimme erstickte. Sie bekam kein Wort mehr heraus, deshalb sagte er: »Und jetzt haben Sie mich an seiner Stelle attackiert.«

Sie nickte, und er lächelte: »Immerhin. Man könnte es einen Fortschritt nennen.« Er hustete. »Wenn es nicht so weh tun würde.«

»Wie«, fragte sie, »wie kann ich das jemals wiedergutmachen? Sie sind ein so guter Mensch, ich weiß, was Sie für Hark Hogelücht getan haben und für viele andere Jugendliche auch. Ich habe mich inzwischen sogar über Ihren Verein informiert ... Leuchtboje ...«

»BoJe«, verbesserte er.

»Ja, meine ich ja. Ich habe sogar schon mit Frau Eberhardt telefoniert. Ich will Mitglied werden. Ich will auch was tun ...«

»Gehen Sie nach Hause«, sagte er ruhig. »Ordnen Sie zunächst einmal Ihr eigenes Leben, mein Kind.«

Er sagte »mein Kind«, und es hatte überhaupt nichts Kleinmachendes an sich, sondern es rührte sie erneut zu Tränen.

»Ich möchte ...«, flüsterte sie, als würde sie ihm ein ungeheuerliches Geheimnis anvertrauen, »noch eine Weile hier sitzen bleiben und einfach Ihre Hand halten ... Bitte ... Und danach werde ich gehen und hoffentlich die Kraft haben zu tun, was nötig ist.«

Er sagte nichts mehr, sondern überließ ihr seine Hand. Sie schwiegen miteinander und verstanden sich ohne weitere Worte sehr gut.

Ann Kathrin sah den Arzt nicht, der die Platzwunde an ihrem Hinterkopf versorgte. Sie fand es wichtiger, dass er sich um Laura und Sascha kümmerte. Aber sie hatte Probleme, sich durchzusetzen. Auf eine fast natürliche, selbstverständliche Weise hatte Fädli die Regie übernommen. Alles hörte auf das Kommando des langen, dürren BKAlers.

Ann Kathrins rechter Fuß war dick geschwollen. Sie konnte damit nicht mehr auftreten. Sie befürchtete, sich einige Knochen darin gebrochen zu haben. Trotz ihrer Verletzung an Kopf und Fuß versuchte sie, die Handlungsführung zurückzugewinnen.

Sie fragte sich, ob sie eine Zeit ohnmächtig gewesen war.

Es rannten so viele Leute in der Wohnung herum. Rettungssanitäter, ein paar Männer, die sie nicht zuordnen konnte, aber dafür sah sie Eichinger nicht mehr.

War er tot?

Laura saß weinend, in eine Decke gehüllt, auf dem Sofa und hielt mit beiden Händen einen Pappbecher, aus dem sie ein Getränk schlürfte. Jemand musste Kaffee von unten geholt haben. Es roch danach, und Ann Kathrin sah noch zwei solcher Becher auf dem Tisch stehen.

»Die zertrampeln hier alle Spuren. Was soll das, verdammt?«, schimpfte Ann Kathrin, aber niemand nahm sie wirklich zur Kenntnis.

»Sollen wir Sie nach Aurich zurückbringen?«, fragte Schneckenberger. »Wollen Sie in ein Krankenhaus, oder schaffen Sie es in Ihre Wohnung?«

»Ich werde nichts dergleichen tun«, sagte sie. »Wo ist Eichinger?«

Sie bekam keine Antwort, stattdessen kommandierte Fädli: »Die Zeugen nehmen wir mit.« Er hatte ein Handy am Ohr und verlangte zwei Hubschrauber.

»Nein, Sie brauchen sich keine Sorgen zu machen. Das Pärchen lebt, und Kommissarin Klaasen geht es den Umständen entsprechend gut. Es hat einen Schusswechsel gegeben ... Ja, der wird nie wieder einer Frau zu nahe treten ...«

Rainer Schröter stützte Sascha und führte ihn in den Flur.

Obwohl noch jemand hinten an ihrem Kopf herumfummelte, versuchte Ann Kathrin, sich aufzustellen. Sie schwankte und musste sich an der Tischkante festhalten. Es war nicht nur ihr rechter Fuß, der ihr Probleme bereitete, aufrecht zu stehen, sondern ihr war auch schwindlig.

Sie wollte sich diese Situation hier auf keinen Fall von Plim und Plum aus der Hand nehmen lassen. Sie bemühte sich um eine scharfe Befehlstonlage: »Halt! Wo wollen Sie hin mit Sascha Kirsch?«

Schröter drehte sich um und lächelte sie an: »Ich bringe unseren Zeugen runter. Er muss eine Aussage machen ...«

»Ja«, sagte Ann Kathrin, »das ist vielleicht Ihr Zeuge, aber zunächst mal ist er mein Verdächtiger. Ich werde ihn jetzt mit nach Aurich nehmen und dort mit ein paar Fragen konfrontieren. Der junge Mann wird nämlich von uns gesucht.«

Fädli schob sich ins Sichtfeld. Ann Kathrin beugte sich zur Seite, um an ihm vorbei zu sehen, ob Schröter mit Sascha zurückkam oder nicht, aber Fädli versperrte ihr bewusst die Sicht.

»Sie sind verletzt, Frau Kollegin. Sie haben einen schweren Schlag auf den Hinterkopf bekommen, und das hier ist nicht Ihr Fall. Wir werden Sie aufs Festland zurückbringen lassen. Alles Weitere auf Wangerooge können Sie getrost uns überlassen.«

»O nein«, sagte Ann Kathrin, »das werde ich keineswegs.« Sie schüttelte den Kopf, und das war ein Fehler. Sie hatte das Gefühl, ihr Gehirn würde gegen die Schädeldecke schlagen und dort hin und her wabern. Sie musste sich wieder setzen, um nicht hinzufallen.

Zum ersten Mal in ihrem Leben wünschte sie sich sehnlichst Rupert herbei. Sie konnte sich vorstellen, dass der mit seiner kaltschnäuzigen, manchmal ignoranten Art in der Lage gewesen wäre, denen hier Paroli zu bieten.

Dann sah sie, wie Schneckenberger den blauen Müllsack nahm, allerdings nicht so, wie man ein Beweisstück sichert, sondern genau so, wie man einen Müllsack nimmt, den man zum Haushaltsmüll werfen möchte.

Ihr wurde schwarz vor Augen. Ann Kathrin Klaasen fiel um. Fädli verhinderte, dass sie hart auf den Boden aufschlug.

Weller fand sein Handy nicht. Aber auf Facebook breiteten sich Gerüchte aus. Sascha und Laura seien verhaftet worden, es hätte Tote gegeben.

Jemand, der sich *Vollrausch* nannte, drohte *massive Vergeltungsschläge an, wenn ihr Sascha oder Laura auch nur ein Haar krümmt. Ihr wisst ja nicht, wie verletzlich ihr seid! Wir können auch den Flugverkehr in Deutschland lahmlegen oder den Zahlungsverkehr der Banken untereinander. Fordert uns nicht heraus! Freiheit für Sascha! Rache für William!*

Weller versuchte, Ann Kathrin zu erreichen, bekam aber keinen Kontakt. Dann wollte er vom Festnetz aus Ubbo Heide anrufen, aber dort war ständig besetzt. Schließlich erwischte er Schrader, der aber nur wusste, dass Ann Kathrin angeblich angeschossen worden sei. Es gehe ihr aber gut.

Weller bat Eike, ihn zum Flughafen zu fahren, in der Hoffnung, noch eine Maschine nach Wangerooge zu bekommen.

»Wenn es Sie nicht stört, dass ich keinen Führerschein habe ...«, sagte Eike.

Weller informierte ihn nicht darüber, dass mit seiner Mutter möglicherweise etwas nicht stimme. Er rief sich ein Taxi. Doch direkt, nachdem der Sturm sich gelegt hatte, begann ein solch heftiger Flugverkehr zwischen den Inseln, dass Weller keine Chance hatte, in einer Maschine mitgenommen zu werden.

Der Gedanke, dass seine Ann Kathrin ihn brauchte, möglicherweise eine SMS nach der anderen auf sein Handy schickte, er aber weder sein Handy fand noch in der Lage war, anders Kontakt zu ihr aufzunehmen, machte ihn fast verrückt.

Ihre Kommunikation war gestört. Er hoffte, dass das kein schlechtes Zeichen war. Kein Symbol für ihre Beziehung.

Er fuhr in einem Gefühlskarussell Achterbahn. Einerseits übermannte ihn eine Sehnsucht, bei Ann Kathrin sein zu wollen, ihr hilfreich zur Seite zu stehen, andererseits war da dieses Gefühl, chancenlos zu sein, ausgeschlossen und ungewollt.

Am Ende blieb nur dieser gruselige Gedanke, dass sie ihn brauchte und er nicht da war.

Während Weller noch versuchte, nach Wangerooge zu kommen, verließ Ann Kathrin die Insel bereits mit einem Hubschrauber. Bei ihr saß Matthias Schneckenberger, der die ganze Zeit verbissen schwieg und die Hände rang wie jemand, der Flugangst hatte, was Ann Kathrin ihm aber nicht abnahm. Auf der Stirn des kleinen Dicken stand Schweiß.

Im zweiten Hubschrauber befanden sich Bodo Fädli, Rainer Schröter, Sascha und Laura.

»Woher wussten Sie«, fragte Ann Kathrin gegen den Lärm der rotierenden Hubschrauberblätter, »wo Eichinger sich befand?«

Schneckenberger saß mit breit gespreizten Beinen und sah dazwischen auf den Boden, als stünde dort die Antwort geschrieben. Mehrfach schüttelte er den Kopf, sagte aber nichts. Ann Kathrin wiederholte ihre Frage, und Schneckenberger brüllte: »Wir haben Ihnen das Leben gerettet! Wir sind in letzter Minute gekommen!«

»Na, da kommt Freude auf. Ich wurde von Plim und Plum gerettet. Haben Sie geschossen?«, fragte Ann Kathrin.

Er schüttelte den Kopf. »Fädli.«

»Macht der sich dann jetzt noch eine Kerbe in den Colt? Er hat doch auch den Frauensammler erschossen und den Kinderschänder von München.«

Schneckenberger sagte nichts. Er starrte Ann Kathrin nur an.

Sie fragte sich, was in seinem Kopf vorging. Für einen Moment traute sie ihm zu, dass er sie gleich aus dem Hubschrauber in die Nordsee werfen würde.

Der Hubschrauber landete in Norden hinter der Ubbo-Emmius-Klinik, wo sie sich untersuchen lassen sollte, was sie aber keineswegs vorhatte. Sie verlangte von Schneckenberger zu erfahren, wohin Sascha und Laura gebracht wurden. Aber er zischte sie nur an, sie benehme sich äußerst unprofessionell, und er frage sich langsam, ob das durch den Schlag auf den Hinterkopf zu erklären sei.

Sie ließ sich von Taxi Seeberg nach Hause bringen und traf ziemlich zeitgleich mit Weller ein. Das Beste, das sie über diesen Tag sagen konnte, war, dass er vorbei war und das Haus im Distelkamp endlich wieder ihnen allein gehörte.

Sie sprach Ubbo Heide eine Beschwerde auf die Mailbox, und dann betrank sie sich gemeinsam mit Weller. Sie erzählten sich immer wieder gegenseitig, was geschehen war und leerten dabei zwei Flaschen Rotwein.

Dann waren die beiden wild entschlossen, sich zu lieben, Verletzungen hin oder her. Sie wollten diesem Tag noch ein schönes Stückchen Lust abgewinnen.

Weller verzog sich noch schnell ins Bad, um sich die Zähne zu putzen, denn er hatte am Flughafen eine Zigarette geraucht und wusste, wie sehr Ann Kathrin es hasste, Raucher zu küssen.

Als er mit frischem Mundgeruch zurückkam, lag sie zusammengerollt in einer embryonalen Haltung mit offenem Mund laut schnarchend im Bett.

Sascha Kirschs Mutter erschien in Begleitung eines Mannes, der aussah wie die vergeistigte Fassung des jungen John Travolta. Sie selbst machte heute ganz auf feine Dame im hellblauen Kostüm und stellte ihren Begleiter als Diplom-Psychologen vor, dessen Spezialgebiet traumatisierte Jugendliche seien.

Sie verlangte, sofort ihren Sohn zu sehen, und in Zukunft solle Herr Lüppertz bei jedem Gespräch mit ihrem Sohn dabei sein. Sie ließ einen Redeschwall auf Ann Kathrin los, dass sie plane, die Norder Polizei zu verklagen, denn durch die ungerechtfertigte Jagd auf ihren Sohn habe man Sascha überhaupt erst in die schwierige Lage gebracht. Es sei gar nicht auszudenken, welch bleibende psychische Schäden da drohten. Möglicherweise könne ihr Sohn gar nicht wie geplant das Abitur machen, müsse folglich später mit dem Studium beginnen und könnte letztendlich also seinen Beruf erst sehr viel später ausüben, was zu heftigen finanziellen Verlusten führen würde, und für all das sollte nun die Polizei herhalten.

Lüppertz stand neben ihr, lächelte breit und nickte in einem fort.

Ann Kathrin hätte ein Monatsgehalt darauf gewettet, dass Frau Kirsch etwas mit dem jungen Psychologen laufen hatte.

»Das Ganze«, schloss Frau Kirsch, »wird jedenfalls ein Nachspiel für Sie haben, darauf können Sie sich verlassen!«

»Ja danke, ich dachte mir schon, dass Sie kommen, um sich zu bedanken, weil ich Ihren Sohn aus dieser misslichen Lage befreit habe. Das ist aber gar nicht nötig, ich habe ja nur meinen Job gemacht. Sie können Ihre Blumen da in die Vase stellen.«

Irritiert blickte Frau Kirsch zum Psychologen. Der zeigte seine weißen Zähne, die zu schön waren, um echt zu sein. Denn erstens hatte sie keine Blumen mitgebracht, und zweitens stand dort, wo Ann Kathrin Klaasen hinzeigte, keine Vase.

»Ja, ich … äh … ich habe ja auch gar nichts gegen Sie persönlich, Frau Klaasen. Es ist bestimmt für Sie schwer genug, in dieser Männerwelt hier zurechtzukommen. Werden Sie von denen auch ständig sexuell belästigt?«

Ann Kathrin schüttelte den Kopf. »Wir haben hier eine Menge Probleme, doch das gehörte bis jetzt nicht dazu.«

»Ja, ja, natürlich müssen Sie Ihre Kollegen jetzt schützen, das verstehe ich ja. Also, von mir haben sie sogar sexuelle Dienstleistungen erwartet, damit meinem Sohn geholfen wird …«

»Das habe ich aber anders in Erinnerung«, zischte Ann Kathrin und kam sich blöd dabei vor, Rupert zu verteidigen.

Weller saß bei ten Cate im Café und aß das zweite Stückchen Erdbeertorte mit Sahne. In seiner Lieblingsecke konnte er durch die großen Scheiben die Osterstraße überblicken. Gleichzeitig hatte er seinen Laptop vor sich auf dem Tisch. So fühlte er sich lokal angesiedelt, aber doch mit der ganzen Welt verbunden.

Er wollte später zum T-Punkt gehen, um sich ein neues Handy zu bestellen. Seins hatte den Schleuderwaschgang nicht überlebt.

Jetzt suchte er auf der *Krimi-Couch* nach Neuerscheinungen. Jeden Monat einmal diese Seite im Internet zu besuchen, war geradezu Pflicht für jeden Krimifan, fand er. Hier holte er sich Tipps für seine Kaufentscheidungen. Er bestellte dann aber nicht bei Amazon, sondern ging in den örtlichen Buchhandel, zu Hasbargen oder ins Lesezeichen.

Der Chefredakteur der *Krimi-Couch,* Lars Schafft, besprach einen deutschen Kriminalschriftsteller, von dem Weller noch nie gehört hatte. Weller gab Newcomern gern eine Chance.

Weller bestellte sich noch einen doppelten Espresso und sah dann im Internet nach, was seine neuen Gesichtsbuchfreunde bei Facebook posteten. Er war erstaunt über das Mitteilungsbedürfnis von Laura Godlinski, die in den letzten paar Stunden zu einer sehr gefragten Person auf Facebook geworden war. Sie schrieb hier lang und breit ihre Erfahrungen auf und garnierte ihren Erlebnisbericht mit Liebeserklärungen an Sascha Kirsch. Sie stilisierte ihn zum Helden hoch, der bis zuletzt gegen Eichinger gekämpft hätte, aber dann las Weller Sätze, die ihn stutzig machten. Eichinger habe etwas davon gefaselt, sie nicht selbst umzubringen, sondern im Grunde mache das ein gewisser Klinkowski, den er *Stümper* genannt habe.

Es lief Weller eiskalt den Rücken runter, und unter seinem Gips juckte die Haut erbärmlich. In Wilhelmshaven hatte jemand die Klinkowskimorde kopiert. Nicht sehr geschickt, aber doch kopiert. Er konnte sich sehr genau an die Diskussion darüber erinnern, ob Klinkowski nicht vielleicht unschuldig hinter Gittern saß, weil das Morden weiterging. Ann Kathrin hatte damals die Unterschiede zu den Klinkowskimorden aufgeführt. Ihrer Meinung nach konnte gar nicht ein und derselbe Täter am Werk gewesen sein, sondern hier kopierte jemand Klinkowski. Doch warum? Der Fall war nie gelöst worden. War Eichinger der Copykiller? Aber wenn ja, wie konnte es ihm gelingen, unter der Aufsicht des Bundeskriminalamts ...

Weller musste Ann Kathrin sofort informieren, aber ausgerechnet jetzt hatte er kein Handy. Ihr eine E-Mail zu schicken, schien ihm nicht der passende Weg. Er zahlte und humpelte, seinen Laptop unterm Arm, zum T-Punkt, um sich ein neues Handy zu besorgen.

Ann Kathrin saß Laura Godlinski gegenüber. Ihre Aussage ergab noch keinen wirklichen Sinn, doch Ann Kathrin spürte genau, dass dieses Mädchen die Wahrheit sagte. Sie saß nicht verstockt und eingeschüchtert da wie andere Opfer. Die Geschehnisse waren ihr nicht peinlich, sondern sie mussten raus. Jeder Satz kam mit der Energie einer Befreiung.

»Er hat Sie also mehrfach gefesselt und geknebelt allein gelassen. Wissen Sie, wo er dann hingegangen ist? Hat er Lebensmittel besorgt?«

»Nein. Einmal kam er mit einer Strumpfhose wieder. Dann hat er meine Fesseln abgemacht und stattdessen die Strumpfhose genommen. Das hat ihm aber Probleme bereitet, die ließ sich nicht so gut verknoten. Er hat mir meinen Schlüpfer in den

Mund gesteckt, das Schwein. Und dann mit einem BH zugebunden. So.«

Sie machte es vor und saß mit aufgerissenem Mund vor Ann Kathrin.

»Ja, ich weiß, ich habe Sie gesehen. Es war ein fürchterlicher Anblick. Wie können Menschen einem nur so etwas antun?«

»Ja, und vorher hat er mir dieses Teppichklebeband vom Mund abgerissen, mit dem ich geknebelt war. Er hat mir den Klebstoff mit einem Spülschwamm aus dem Gesicht geschrubbt. Der war völlig irre.«

Ann Kathrin ließ Laura weiterreden, ohne sie zu unterbrechen. Aber sie fragte sich, ob er wirklich so irre war oder einen Plan verfolgt hatte. Das Ganze hörte sich doch sehr durchdacht an, so, als würde er versuchen, seine Straftat einem anderen unterzujubeln.

»Er sagte, eigentlich wäre er es ja nicht, der mich umbringen würde, sondern Klinkowski.«

»Hat er wirklich diesen Namen benutzt?«

»Ja.«

Ann Kathrin begann zu begreifen. Sie hatte es nicht einfach mit einem Copykiller zu tun, sondern das hier war viel monströser ...

Ubbo Heide fächelte sich mit einer Akte Luft zu. Aus dem Faxgerät lief ein Papier. Er sah aber nicht hin. Den Postberg auf seinem Schreibtisch hatte er zur Seite geschoben.

Ann Kathrin wusste, wie sehr Ubbo Unordnung hasste. Sie konnte sich gut vorstellen, wie überlastet er war, sonst hätte sein Schreibtisch niemals so ausgesehen.

»Ich kann Sascha Kirsch nicht befragen. Sie schotten ihn vor mir ab. Angeblich *nicht vernehmungsfähig*.« Sie kochte vor

Wut. »Seine Mutter besorgt es ein paar brünstigen Gutachtern und schon ...«

Ubbo Heide unterbrach sie. »Aber bitte, Ann, dass der Junge traumatisiert ist, liegt doch auf der Hand.« Er zählte die Gründe auf: »Seine Eltern zerren ihn in einen dreckigen Scheidungskrieg. Er hat Stress mit seinem Lehrer. Er wird verdächtigt, ihn umgebracht zu haben und befindet sich auf der Flucht. Er wird von Eichinger aufgegriffen, wird als Gefangener gefesselt und geknebelt, muss tagelang um sein Leben fürchten und dabei zusehen, wie Eichinger seine Freundin malträtiert ...«

»Du hast in deiner Aufzählung vergessen, dass er einen Kollegen von uns auf seiner Flucht schwer verletzt hat, Ubbo. Außerdem ist es immer noch möglich, dass er als Mörder von Bollmann in Frage kommt.«

Ubbo Heide schüttelte den Kopf. »Da haben wir nichts, Ann. Gar nichts. Okay, er hat eine Todesanzeige für ihn aufgegeben. Er hat zigmal angekündigt, ihn umzubringen, und er hätte auch ein gutes Motiv. Aber das war es auch schon. Wenn du mich fragst, sollten wir die Sache auf sich beruhen lassen. Die Fakten sind so dünn, damit bekommen wir kein Verfahren eröffnet. Und am Ende müssen wir uns vorwerfen lassen, dass wir das Opfer von Eichinger mit unseren Ermittlungen retraumatisiert haben ...«

»Ja«, sagte Ann Kathrin, »bei Betrachtung aller Fakten glaube ich auch, dass Bollmann schlicht und einfach an seiner eigenen Halsstarrigkeit und Rechthaberei ertrunken ist. Trotzdem würde ich Sascha gern befragen, um zu sehen, ob er die Aussagen von Laura bestätigen kann. Es gibt hier einige Ungereimtheiten.«

Ubbo Heide lehnte sich zurück und fächelte sich wieder Luft zu. Er hatte schon lange kein Asthmaspray mehr benutzt, aber er spürte, dass es bald wieder so weit war.

Er ließ Ann Kathrin reden und verglich sie mit seiner Tochter.

»Erinnerst du dich an den Klinkowski-Doppelmord in Wilhelmshaven?«, fragte sie.

»O ja, Ann. Und das, was Eichinger auf Wangerooge versucht hat zu inszenieren, war eine Wiederholung davon.«

»Hm.«

Ubbo Heides Telefon klingelte, aber er ging nicht dran. Das mochte Ann Kathrin an ihm. Mitten in der Hektik des Alltags war er in der Lage, sich voll auf sie zu konzentrieren. Zumindest ein paar Minuten lang.

»Und jetzt möchtest du gerne deine Freunde Plim und Plum befragen, wo Eichinger zu dem Zeitpunkt war und wie er ihrer Obhut entfliehen konnte, stimmt's?«

»Ja, im Grunde hast du recht, Ubbo. Aber ich glaube, das alles ist noch viel schlimmer, als du denkst.«

»Was hast du vor?«, fragte Ubbo. »Ich sehe dir doch an, dass du etwas planst, und jetzt willst du von mir das OK dazu. Es ist nicht ganz legal, oder?«

Ann Kathrin rückte ein Stückchen näher zu ihrem Chef, und obwohl sie allein im Raum waren, begann sie zu flüstern.

Von ferne betrachtet, wirkten sie vermutlich wie ein Liebespärchen, doch was sie ihm da erzählte, war ganz und gar nicht romantisch.

Weller fand den Plan irrsinnig und weigerte sich, das Haus zu verlassen. Er hatte Angst um Ann Kathrin, um ihr Leben, um ihren guten Ruf und um den weiteren Fortbestand ihrer Karriere. Er wollte bei ihr sein in der Stunde des größten Triumphes, aber auch in der Stunde ihrer schlimmsten Niederlage.

Er hockte in Eikes ehemaligem Zimmer auf dem Bett. Er hatte versprochen, nicht hin und her zu laufen und kein Geräusch zu machen. Er hatte den Laptop auf den Knien. Auf dem Bildschirm konnte er Ann Kathrin im Wohnzimmer sehen, wenn auch verzerrt wie durch ein Bullauge.

Sie kamen tatsächlich zu dritt. Plim, Plum und Schröter, der sich gern Gentleman nannte. Allein diese Situation war für Weller unfassbar. Es war ihr gelungen, diese drei hochkarätigen Leute von Wiesbaden aus nach Norden in den Distelkamp zu zitieren. In eine Privatwohnung. Was für Trümpfe hatte Ann Kathrin noch?

Sie trugen leichte Sommeranzüge, als wären sie gemeinsam einkaufen gewesen. Die Schnitte waren fast identisch, lediglich farblich unterschieden sie sich voneinander. Der Gentleman trug eine cremefarbene, helle Variante, Fädli einen Anzug in Dunkelblau und Schneckenberger in Grau. Fädli und der Gentleman hatten die Hemdknöpfe offen, Schneckenberger hatte sich locker eine dünne Seidenkrawatte umgebunden.

Ann Kathrin empfing die Männer an der Tür, bat sie herein und führte sie ins Wohnzimmer. Auf dem Tisch stand eine Karaffe mit Leitungswasser und für jeden ein Glas.

»Danke, dass Sie gekommen sind, meine Herren«, sagte sie höflich und bot ihnen Plätze an. Fädli blieb am Bücherregal stehen und bestaunte Ann Kathrins Kinderbuchsammlung. Er zog einzelne Titel heraus und sah sie sich an. Während er in Bilderbüchern blätterte, setzte sich Schröter in die Ecke des Sofas, von wo aus er den Raum am besten überblicken konnte und die Tür im Auge hatte. Er war ohne jede Frage der Vorsichtige von den dreien, der den Überblick behalten wollte.

Schneckenberger wirkte nervös, ja fahrig auf Ann Kathrin. Er wäre am liebsten gar nicht gekommen, das spürte sie augenblicklich. Das alles hier war ihm zuwider.

»Sie haben uns«, begann der Gentleman, »nicht wirklich eingeladen, um sich bei uns zu bedanken ...« Er deutete auf den Tisch. »Dann hätte uns doch hier wohl eine große Torte erwartet ...«

»Sie haben auch nicht ernsthaft den weiten Weg auf sich genommen, um sich von mir ein Dankeschön abzuholen«, konterte Ann Kathrin.

Sie wollte auf jeden Fall so stehen oder sitzen, dass sie keinen von den dreien im Rücken hatte. Sie bezweifelte, dass Fädli sich wirklich für die Kinderbücher interessierte. Suchte er nur eine günstige Position im Raum?

Ann Kathrin hatte Mühe, ganz ruhig an die Wand gelehnt stehen zu bleiben, neben dem Leuchtturmbild von Ole West.

Ihr aufgeklappter Laptop stand auf der Sessellehne in einer leicht wackligen Position. Es sah ganz so aus, als hätte sie bis vor wenigen Minuten noch daran gearbeitet.

Sie kam ohne Umschweife zur Sache: »Eichinger hat die Frau auf Norderney nicht attackiert.«

Der Gentleman lachte. »Sie glauben also, dass Frau Ortlieb gelogen hat? Das hätte ich gerade von einer Frau nicht gedacht. Sie glauben Ihrer Geschlechtsgenossin nicht?«

Ann Kathrin ließ sich davon nicht beeindrucken und aufs Glatteis führen. Sie fuhr fort: »Oh, ich denke sehr wohl, dass Kristin Ortlieb auf Norderney angegriffen wurde. Es war bestimmt ganz schrecklich für sie. Aber es war nicht Eichinger.«

»Wir haben seine DNA in der Sturmhaube nachgewiesen. Es sind Haare darin und …«

»Ja, kein Zweifel, das ist so. Aber sie hat ihm Eisspray in die Augen gesprüht. Davon müssten Reste an der Haube sein. Lassen sich aber nicht feststellen. Komisch, nicht wahr? Das kann nur eins bedeuten.«

Fädli ließ die Kinderbücher Kinderbücher sein und staunte Ann Kathrin an. »Nämlich?«

»Es wurden zwei Hauben benutzt. Der Täter hat die Frau nur attackiert, damit wir glauben, dass Eichinger sich auf Norderney aufhält.«

»Interessanter Gedanken. Sie meinen, dass eine seiner Verehrerinnen, als Mann verkleidet, zu so einer Finte fähig wäre?«

»Viel interessanter finde ich die Frage, warum keiner von euch draufgekommen ist«, sagte Ann Kathrin scharf und sah die drei nacheinander an. »Es steht alles in den Akten.«

Schneckenberger stöhnte und setzte sich jetzt. Er schob den Laptop von der Sessellehne und stellte das Gerät auf den Boden.

»Ja«, sagte der Gentleman, »möglicherweise hat jemand von uns einen Fehler gemacht. Das spielt aber jetzt keine Rolle mehr. Sie haben Eichinger doch selbst in flagranti erwischt und erledigt.«

Ann Kathrin ließ das auf sich beruhen. Sie schielte zum Laptop und überlegte, ob sie riskieren konnte, ihn vom Boden aufzuheben und woandershin zu stellen. Sie hatte aber Angst, die Männer dadurch erst wirklich auf das Gerät aufmerksam zu machen. Hatte Schneckenberger schon Verdacht geschöpft?

»Es gibt aber noch mehr Ungereimtheiten«, sagte sie. »Eichinger hat mit Sascha Kirsch und Laura Godlinski versucht, die Klinkowskimorde nachzuahmen. Es liegt der Verdacht nahe, dass er das auch schon in Wilhelmshaven gemacht hat. In dem Zusammenhang stellen sich mir zwei Fragen. Erstens: Er stand damals bereits unter eurer Kontrolle ... Zweitens: Warum hat er das getan?«

Fädli prustete. »Ja, die große, alte existentielle Frage.« Er breitete die Arme aus und ließ seine Hände in der Luft zusammenklatschen. »Warum tun die Bösen Böses? Wir müssen es nicht verstehen. Es reicht, wenn wir sie aus dem Verkehr ziehen.«

»Ich habe großen Respekt vor Ihnen, Kollege Fädli«, sagte Ann Kathrin ohne jede Ironie in der Stimme. »Sie haben den Frauensammler erschossen.«

»Aus Ihrem Munde klingt das fast wie ein Vorwurf, Frau Klaasen.«

»O nein, ich weiß, dass zwei Frauen am Andreaskreuz hingen.«

»Ja, Sie wissen es. Und ich habe die Frauen dort hängen sehen. Ausgepeitscht, auf das nackte Fleisch reduziert. Noch lebendig, aber den Tod vor Augen. Dem Wahnsinn nahe. Halb irre vor Angst.«

»Der Nächste war der Kinderschänder von München.«

»Na, Sie sind ja wirklich gut informiert. Er ist mit so einem Messer auf mich losgegangen.«

»Ich weiß! Die Richter hatten den Kinderschänder sieben Mal verurteilt, und sieben Mal wurde er wieder freigelassen.«

»Worauf wollen Sie eigentlich hinaus, Frau Kommissarin?«

Sie räusperte sich und akzeptierte jetzt Fädli als Wortführer. »Ich weiß Bescheid«, sagte sie trocken.

Fädli lächelte arrogant. »Worüber wissen Sie Bescheid?«

»Sie haben dafür gesorgt, dass Eichinger entkommen konnte. Sie haben ihm den klaren Auftrag gegeben, das Pärchen umzubringen, um dann im entscheidenden Moment aufzutauchen und das Pärchen mit einem finalen Rettungsschuss ...«

Fädli wirkte so, als hätte er im Grunde damit gerechnet. Auch Schneckenberger reagierte gelassen.

Der Gentleman betrachtete seine Fingernägel. »Das muss uns die Frau sagen, die Eichinger in den Rücken geschossen hat«, spottete er.

»Das ist starker Tobak, Frau Klaasen. Ich hoffe, das können Sie auch beweisen«, brummte Fädli, doch der Gentleman fuhr hart dazwischen: »Wenn Sie der Meinung sind, warum laden Sie uns dann privat hierhin zu sich zu dieser kleinen Feierstunde ein, und wieso kriegen wir keine Vorladung vom Staatsanwalt?«

»Ihr versteht mich falsch, Kollegen.« Plötzlich begann sie ein vorsichtiges Du auszuprobieren. Zumindest in der Mehrzahl. »Von mir müsst ihr nichts befürchten. Ich will euch nicht reinlegen. Ich werde meine Erkenntnisse nicht weiterleiten ...«

»Nicht?«

»Glaubt ihr, ich kenne diesen Frust nicht? Wir laufen monatelang hinter den Schweinen her, ermitteln uns wund, verzichten auf Freizeit, verlieren den Kontakt zu Freunden, Kindern, Partnern ... Manche Fälle haben mich bis in die Träume hinein verfolgt. Respekt, Kollegen. Lasst mich eine von euch sein.«

»Verstehe ich das richtig?«

»Ja. Ich glaube schon.«

Schneckenberger nickte. »Ich war vier Jahre undercover in der Päderastenszene. Da kriegt man schon mal Lust, selbst zum Serienkiller zu werden. Ein paarmal hatte ich vor, mir die Pulsadern aufzuschneiden, weil ich es nicht mehr ausgehalten habe, aber dann dachte ich, wieso soll eigentlich mein Blut fließen?«

Der Gentleman warf Schneckenberger einen wütenden Blick zu.

»Wir wohnen in einem Täterstaat«, fuhr Schneckenberger fort. »Die Opfer spielen doch überhaupt keine Rolle mehr. Alle kümmern sich hinterher um den Täter. Psychologen, Sozialarbeiter, diese ganze Resozialisierungsscheiße ... Und am Ende holt er sich sein nächstes Opfer, und dann sind wir wieder an der Reihe. Dieser Kreislauf muss doch irgendwann durchbrochen werden ...«

Ann Kathrin stimmte ihm gestisch zu. »Ihr habt«, sagte sie, »Thomas Korhammer bewusst mit Eichinger allein gelassen, stimmt's?«

Der Gentleman schüttelte den Kopf, doch Schneckenberger platzte damit heraus: »Ja, verdammt! Haben wir! Er hat das nicht mehr ausgehalten, ständig dieses perverse Schwein zu bewachen, damit der nicht wieder zuschlägt. Korhammer hatte ein verdammt gutes Verhältnis zu seiner Schwester. Wissen Sie, was mit der passiert ist ...«

Ann Kathrin nickte. »O ja, ich weiß.«

»Und dieser Eichinger hat uns noch verspottet. Einer musste

es tun. Und Korhammer hat sich um den Job geradezu gerissen. Dann ist im Watt irgendetwas schiefgelaufen. Eichinger hat ihn entwaffnet, und den Rest kennen Sie ja.«

»Es war der zweite Fehlschlag. Wilhelmshaven war der erste, wenn ich mich nicht irre.«

»Was wissen Sie über Wilhelmshaven?«, fragte Fädli scharf.

»Ich stelle mir das so vor: Ihr hattet Erfolgserlebnisse. Zweimal habt ihr Menschen gerettet und mit dem Täter kurzen Prozess gemacht. Das ist was. Man wird gefeiert, man ist ein Held, und die Gerichte können die Sache nicht mehr vergeigen.«

Fädli überprüfte den Sitz seiner Waffe.

»Wer sagt uns, dass Sie uns nicht reinlegen wollen, Frau Klaasen?«

»Sie sprechen mit der Frau, die Eichinger angeschossen hat.«

»In Notwehr.«

»In den Rücken!«

»Ihr wolltet das wiederholen. Darum habt ihr ihm den Auftrag gegeben, das Pärchen in Wilhelmshaven umzubringen. Wer hat es gemacht?« Sie zeigte auf den Gentleman. »Ich wette, Sie.«

Wenn sie einen persönlich anredete, blieb sie beim Sie, aber alle drei wollte sie mit Ihr anreden, um etwas Vertrautes herzustellen. Sie hoffte, dann könnten sie sich ihr besser offenbaren.

Der Gentleman hatte Mühe, sitzen zu bleiben. Er rieb seine Handflächen an seinem cremefarbenen Anzug ab. Auf dem Stoff hinterließ er feuchte Flecken.

»Fädli und Schneckenberger kannte Eichinger. Aber ich wette, er hat Sie nie kennengelernt, zumindest nicht als Polizisten.«

»Sie sind ein sehr schlaues Mädchen, Frau Klaasen. Und Sie haben vollkommen recht. Ich habe ihm den Auftrag gegeben, diesen Mord zu begehen. Damit wir den genauen Zeitpunkt bestimmen konnten, habe ich ihm gesagt, ich würde im Auftrag von Klinkowski handeln, damit der freikommt, wenn die Mordserie weitergeht. So konnten wir Ort, Zeit und Art bestimmen.

Wir wollten natürlich nicht, dass der Mord wirklich stattfindet, sondern wir wollten dann, wenn er die beiden gefesselt haben würde, reinlaufen und die Sache beenden. Aber er ...«

»... hat sich nicht ganz an Ihren Plan gehalten?«, ergänzte Ann Kathrin.

Der Gentleman nickte.

»Und dann habt ihr beschlossen, das Ganze einfach nochmal zu wiederholen? Diesmal auf Wangerooge?«

»Ja«, gestand Fädli, »und wir hatten es auch perfekt geplant. Ein Ehepaar sollte anreisen. Wir hatten die Ferienwohnung gemietet, sie hatten angeblich einen Preis gewonnen. Wir wussten, wo, wir wussten, wann, und wir hätten es natürlich im entscheidenden Moment verhindert.«

»Durch einen finalen Rettungsschuss.«

»Genau.«

»Und ihr wärt wieder die Helden gewesen.«

»Richtig. Und diese unwürdige Überwachungsarbeit wäre endlich vorbei gewesen.«

»Er hat sich aber ein eigenes Paar gesucht, weil unseres wegen Ehestreitigkeiten verhindert war.« Fädli fasste sich an den Kopf. »Man muss sich das mal vorstellen! Und dann hätte er fast die zwei Teenies umgelegt, in unserem Auftrag sozusagen. Zum Glück sind Sie ihm zuvorgekommen.«

»Es muss ja sonst immer erst etwas passieren, damit ein Täter verhaftet werden kann. Wie oft haben wir uns mit diesem Wahnsinn auseinandersetzen müssen. Da terrorisiert einer ewig seine Frau per Telefon, aber wir können nicht einschreiten, bevor er sie nicht zusammengeschlagen und die Treppe heruntergeworfen hat. Mit diesem Irrsinn wollten wir aufräumen.«

Das reicht, dachte Weller. Das reicht. Aus der Nummer kommst du jetzt nicht wieder raus, Ann. Die sind zu dritt, und du bist alleine. Jetzt müssten die Kollegen den Laden stürmen und die Typen hoppnehmen.

Aber Ann Kathrin hatte in ihren Plan nur zwei Leute eingeweiht: ihn und Ubbo Heide. Sie hatte eine fast an Paranoia grenzende Angst vor Verrat.

Fädli, Schneckenberger und Schröter waren hochgeschätzte Kollegen. Sie selbst hatte einige Feinde und Neider. Ihre Befürchtung, jemand könne den dreien einen Tipp geben, war so groß, dass der Einsatz größerer Polizeikräfte dadurch verhindert wurde. Außerdem hätte ein solches Polizeiaufgebot in der Siedlung den dreien auffallen können.

Lediglich Ubbo Heide war ihnen ganz nah. Er saß bei Peter und Rita Grendel auf der Terrasse und trank dort Tee. Die beiden wussten, dass es sich um einen Polizeieinsatz handelte, stellten aber keine Fragen. Die Freunde von Ann Kathrin waren ihre Freunde, und einen netten Menschen auf eine Tasse Tee einzuladen, fanden sie selbstverständlich. Dass er dann die ganze Zeit an seinem Handy herumspielte und einen Knopf im Ohr hatte, irgendwie unglaublich unter Strom stand und sich nicht mal auf ein Gespräch über Boßeln konzentrieren konnte, machte den beiden klar, wie ernst die Lage war.

Plötzlich sprang Ubbo Heide auf. »Es tut mir leid. Ich muss Sie verlassen. Danke für Ihre Gastfreundschaft. Ich ...«

»Wenn es um Ann Kathrin geht«, sagte Peter, »falls sie irgendwelche Schwierigkeiten hat«, er zeigte seine Hand, groß wie eine Bratpfanne vor, »ich bin jederzeit dabei, wenn ...«

»Nein, danke«, sagte Ubbo Heide. »Ich fürchte, das müssen wir selbst klären.«

Dann rannte er in Richtung Distelkamp 13 los. Über sein Handy rief er in der Einsatzzentrale an und gab klare Befehle durch:

»Ich brauche alle zur Verfügung stehenden Einsatzkräfte! Bitte kommt ohne Blaulicht und Alarmsirenen. Drei Kollegen müssen inhaftiert werden. Schneckenberger, Fädli und Schröter.«

Ubbo Heide stand vor dem roten Backsteinhaus. Um den Blumenkübel, bepflanzt mit Margeriten und Männertreu, schwirrten zwei Hummeln.

Er klingelte. Das war für Weller das Signal, nach unten zu humpeln. Jetzt hörte Ann Kathrin doch das Tock-tock-tock, und alles war genau so, wie es nicht sein sollte.

»Du hast uns hereingelegt, stimmt's?«, sagte Fädli, zog aber seine Waffe nicht.

Ann Kathrin nickte. »Ja, Kollegen. Es ist vorbei. Ich fordere euch hiermit auf, eure Dienstwaffen auf den Tisch zu legen und eure Marken abzugeben. Das Gebäude ist umstellt.«

Der Gentleman schüttelte verständnislos den Kopf, hob die Arme hoch und ließ sie wieder herunterfallen. »Das kann doch nicht Ihr Ernst sein, Frau Klaasen! Wir hätten eine so erfolgreiche Truppe sein können. Sie schützen Verbrecher! Wir retten Opfer. Wie können Sie nur ... Ich ... ich habe Ihnen wirklich einen Moment lang geglaubt.«

»Weiber!«, zischte Schneckenberger.

»Was uns von den Bösen unterscheidet«, sagte Ann Kathrin, »ist einfach, dass wir nicht so sind wie sie. Wir dürfen nicht ihre Methoden anwenden. Es sind Unschuldige dabei auf der Strecke geblieben. Das Ehepaar in Wilhelmshaven zum Beispiel ...«

»Ich hab's immer gewusst«, fluchte Schneckenberger, »ich hab's immer gewusst! Irgendwann scheißt uns mal einer an. Sie sind doch selber nicht besser als wir! Sie haben ihm in den Rücken geschossen. In den Rücken!«

»Ja«, sagte Ann Kathrin, »habe ich. Ohne wirklichen Vorsatz. In der Hektik der Ereignisse. Ich habe mich einfach nur zur Wehr gesetzt. Ich wollte die Situation retten und ...«

»Nichts weiter versuchen wir«, zischte Fädli.

»Warum legen wir sie nicht einfach um?«, fragte der Gentleman.

»Weil die Kollegen alles mitgehört haben. Ich wette, der ganze Raum ist verwanzt«, schimpfte Fädli.

»Noch eine Tote?«, fragte Ann Kathrin spitz. »Alles im Dienst der guten Sache? Heiligt der Zweck wirklich alle Mittel?«

»Nerven bewahren, Kollegen«, befahl Fädli. »Beweisen kann das alles niemand, und die Tonbänder hier sind einen Dreck wert. Wir wurden in eine Falle gelockt. Die Hirngespinste der Kommissarin glaubt ihr doch kein Mensch.«

Weller war jetzt mit seinem Gipsbein auf der Treppe. Er öffnete Ubbo Heide die Tür. Gemeinsam liefen sie zum Wohnzimmer durch.

Ubbo zögerte, ob er seine Waffe ziehen sollte oder nicht. Er war als Erster im Raum und hoffte, genügend Autorität zu haben, als er sagte: »Macht uns jetzt keine Schwierigkeiten, Kollegen. Das Spiel ist aus.«

Weller rechnete damit, dass einer von ihnen die Waffe ziehen würde. Eine Schießerei in ihrem Wohnzimmer. Der Albtraum ...

Er war bereit, zuerst zu schießen. Er hielt seine Heckler & Koch fest mit beiden Händen. Aber niemand gab ihm einen Anlass, abzudrücken.

Als Schrader, Rupert und Abel im Distelkamp ankamen, lagen die Waffen der drei Kollegen auf dem Tisch zwischen den Wassergläsern, die sie nicht angerührt hatten. Sie schwiegen und ließen sich abführen.

Rupert entschuldigte sich bei Fädli. Ihm sei das unglaublich peinlich, und er habe keine Ahnung, welchen Blödsinn Ann Kathrin Klaasen jetzt wieder gebaut habe.

»Halt's Maul, Rupert!«, zischte Ubbo Heide.

Der Gentleman spuckte Ann Kathrin ins Gesicht, als er vor ihr stand. Zornig funkelte er sie an. Sie holte zu einer Ohrfeige aus, senkte dann aber die Hand.

»Was ist?«, fragte er. »Bin ich nicht mal eine Ohrfeige wert?«

Sie zeigte auf seine Handschellen und sagte: »Ich schlage keine Gefangenen. Der Richter soll Sie bestrafen.«

Dann ging sie ins Bad, um sich das Gesicht zu waschen.

ENDE

Lesen Sie mehr von Klaus-Peter Wolf ...

Ostfriesenmoor
Der siebte Fall
für Ann Kathrin Klaasen und Frank Weller
Erscheinungstermin: März 2013

Holger Bloem beobachtete das Kranichpärchen durch das Teleobjektiv seiner analogen Canon. Ruhig hielt er das schwere Teleobjektiv mit dem Lederhandgriff.

Ein brütendes Graukranichpärchen im Uplengener Moor. Das ist eine ornithologische Sensation, dachte er und drückte auf den Auslöser.

Der Diafilm surrte in der Kamera.

Der große Vogel reckte den langen Hals und sah sich nervös um. Die federlose rote Kopfplatte schwoll an.

Holger Bloem war noch gut hundertfünfzig Meter von den Tieren entfernt. Er fragte sich, ob sie das Geräusch gehört hatten. Einerseits war er froh, diese Bilder mit seiner alten Kamera schießen zu können, andererseits war das nicht ganz lautlos.

Er konnte Männchen und Weibchen nicht voneinander unterscheiden. Beide Tiere bauten am Nest, und, wenn er sich in den letzten Stunden nicht getäuscht hatte, brüteten sie auch abwechselnd.

Ein Schwarm Schnepfenvögel rauschte vom Ufer des Lengener Meeres ins Wasser. Es kam ihm so vor, als ob die Tiere mit den langen Schnäbeln vor etwas fliehen würden. Aber er ließ sich nicht ablenken und konzentrierte sich auf die Kraniche, die sich jetzt gegenseitig die Federn putzten.

Holger Bloem hatte ein paar hervorragende Aufnahmen gemacht. Er stellte sich bereits vor, wie sie im Ostfriesland-Magazin wirken würden, und fragte sich, ob er schreiben sollte, wo genau er die Tiere beobachtet hatte. Oder musste er befürchten, damit einen Besucherstrom auszulösen, der die scheuen Vögel vertreiben würde?

Er suchte nach dem ersten Satz.

In vielen Kulturen galten Kraniche als Botschafter des Friedens und des Glücks.

Wieder reckte ein Tier den Kopf hoch, und Holger Bloem fühlte sich von den roten Augen geradezu erwischt. Es war ein zorniger, stechender Blick, der gar nicht zu dem anmutigen Vogel passte, der sich so liebevoll um seine Brut kümmerte.

Ich werde eine ganze Serie über Moore in Ostfriesland schreiben, dachte er. Allein dieser Hochmoorsee hier ist eine eigene Reportage wert. Ein Vogelparadies.

Er versuchte jetzt geräuschlos in eine erhöhte Position zu kommen. Ohne die Tiere aufzuschrecken, wollte er einen Blick in ihr Nest ermöglichen. Da war Gestrüpp im Weg, das vor dem Nest aus dem Wasser ragte.

Bloem veränderte den Blickwinkel, aber immer waren diese blöden Äste vor den Kranichen im Bild.

Ganz so, als wollte er sich auf dem Foto nicht verdecken lassen, pickte ein Kranich jetzt nach einem der Äste und zerrte ihn aus dem Wasser.

Braves Tier, dachte Holger Bloem und fotografierte. Doch der Kranich zog mit dem Ast noch mehr hoch. Da hing etwas dran. Es war schwer.

Holger Bloem nahm ein paar Schnappschüsse mit, dann lief ihm ein Schauer über den Rücken.

Es musste ein Irrtum sein. Eine Spiegelung des Wassers. Eine optische Täuschung.

Der Vogel zerrte zweimal voller Wut, dann ließ er den Ast ins Meer zurückpatschen, und Holger Bloem blieb mit dem Gefühl zurück, eine menschliche Hand gesehen zu haben und einen Arm bis zum Ellenbogen.

Jetzt bereute er, die Szene nicht mit seiner Digitalkamera fotografiert zu haben. Dann hätte er sich einfach das letzte Bild im Display anschauen können. Aber so musste erst ein Diafilm entwickelt werden.

Er zögerte. Sollte er warten, ob der Vogel sein Glück noch einmal versuchen würde?

Es war Wasser in Holger Bloems Schuhe gekommen. Er überlegte die nächsten Schritte. Er konnte jetzt schlecht in die Redaktion nach Norden zurückfahren. Dort konnten zwar Schwarzweißfilme rasch entwickelt werden, aber die Diafilme erforderten mehr Aufwand und wurden normalerweise zu CEWE-Color nach Oldenburg geschickt. Das war nur ein Katzensprung von hier aus, wenn er Gas gab, keine fünfzehn Minuten.

Er pirschte rückwärts. Noch im Auto fragte er sich: Habe ich eine Moorleiche entdeckt oder nur eine seltsam geformte Astgabel gesehen?

Über ihm verdeckte eine Wolke die Sonne. Sie sah aus wie ein lachendes Kindergesicht mit aufgeblähten Wangen.

Manchmal, dachte Holger Bloem, treibt die Natur Späße mit uns. Aber das flaue Gefühl im Magen sagte ihm, dass er es hier nicht mit einem solchen Schabernack der Natur zu tun hatte, sondern am Beginn einer grausamen, nur zu realen Entdeckung stand.

Ann Kathrin Klaasen saß in Aggis Huus in Neßmersiel auf dem Sofa. Sie hatte sich mächtig über den Zaun geärgert, mit dem der freie Zugang zum Meer versperrt worden war. Sie wollte keinen Eintritt bezahlen, um an der Nordsee zu stehen, aber es ging ihr nicht so sehr ums Geld, sondern niemand hatte das Recht, der Landschaft durch solche Zäune den Zauber zu nehmen. Gerade erst war sie aus Dornumersiel wutentbrannt abgefahren, weil dort auch so ein Ding die Landschaft verschandelte.

Um etwas gegen den Frust zu tun, hatte sie sich einen Windbeutel bestellt, die Spezialität hier, mit viel Sahne und Eierlikör eine kalorienhaltige Köstlichkeit. Jetzt stand dieser Windbeutel vor ihr und war so gigantisch, dass der Name Sturmsack wohl besser dazu gepasst hätte.

Sie konnte sich nicht vorstellen, dies Ding allein zu verdrücken, gab sich aber Mühe und genoss dabei jeden Bissen. Eigentlich trank Ann Kathrin nicht gern Tee, sondern viel lieber Kaffee, doch hier bestellte sie sich immer wieder gern einen Sanddorntee. Das tat sie auch jetzt. Allein der Duft stimmte sie friedlich.

Der Mann am Tisch gegenüber stand auf. Er hatte gut fünfzehn Kilo zu viel und schob seinen Bierbauch in Ann Kathrins Nähe. Er bewunderte ein T-Shirt vom FC St. Pauli an der Wand, auf dem offensichtlich die ganze Mannschaft unterschrieben hatte.

»Entschuldigen Sie, junge Frau«, sagte er, »ich bin auch St.-Pauli-Fan, und da wundert man sich doch, hier so ein T-Shirt zu finden.«

Ann Kathrin nickte nur und versuchte, sich wieder in ihr Buch zu vertiefen. Ein Spaziergang am Meer, um schließlich in Aggis Huus herumzusitzen, einen Tee zu trinken und ein gutes Buch zu lesen, so stellte sie sich einen entspannenden Nachmittag vor.

»Ich habe Sie vorhin schon gesehen«, sagte der Mann. »Sie haben auch keinen Eintritt zahlen wollen. Weder hier noch in Dornumersiel.«

Ann Kathrin nickte wieder und schaute in ihr Buch.

»Wenn ich Urlaub mache, will ich mich nicht fühlen wie beim Hofgang in einer Justizvollzugsanstalt«, lästerte der Mann. »Da muss es einen grundsätzlichen Unterschied geben, und das haben die scheinbar hier vergessen. Wir werden abreisen.«

»In Norddeich gibt es so einen Quatsch noch nicht«, sagte Ann Kathrin.

Der Mann drehte sich um und rief jetzt viel lauter als notwendig zu seiner Frau: »Hast du gehört? In Norddeich ist das anders. Sollen wir da hinfahren?«

»Ich hab's gehört, Wilhelm. Ich bin doch nicht schwerhörig. Jetzt lass die Dame in Ruhe, du siehst doch, sie will lesen.«

»Ja und? Ich stör sie doch nicht!«

Ann Kathrin nahm einen Schluck Tee und hob ihr Buch höher, um dem St.-Pauli-Fan zu zeigen, dass sie tatsächlich etwas anderes vorhatte, als sich mit ihm zu unterhalten.

»Was lesen Sie denn da? Ist das ein Kinderbuch? Da ist ja eine Pusteblume drauf.«

Ann Kathrin stöhnte. »Das Buch heißt: *Lass los, was deine Seele belastet*. Rita Pohle hat es geschrieben. Ich würde es jetzt gerne weiterlesen.«

»Siehst du! Nun lass die Dame doch in Ruhe! Komm, setz dich wieder hierhin.«

»Jetzt sei doch mal ruhig, Sieglinde, wir unterhalten uns gerade.«

»Nein«, sagte Ann Kathrin, »wir unterhalten uns nicht. Sie reden. Ich möchte lesen.«

Falls Sie unter chronischem Zeitmangel leiden, sich fremdbestimmt oder als Opfer Ihrer Aktivitäten fühlen, sollten Sie Ihre Zeit selbst in die Hand nehmen!

Genau wegen dieses Satzes hatte sie das Buch gekauft.

Obwohl der Mann immer noch vor ihr stand und versuchte, sie in ein Gespräch zu verwickeln, aß sie tapfer ihren Windbeutel und las dabei:

Fragen Sie sich bei jedem neu auftauchenden Termin: Muss der unbedingt sein? Lassen Sie auf keinen Fall zu, dass andere über Ihre Zeit verfügen und Sie verplanen. Enttarnen Sie Zeiträuber, egal, ob menschlicher oder organisatorischer Natur und meiden Sie sie.

Ann Kathrin blickte vom Buch auf und sah dem Mann jetzt hart ins Gesicht. Ja, das war genau so ein Zeiträuber.

Sie wollte ihn jetzt einfach wegschicken. Sie suchte noch nach einem Satz, der nicht allzu verletzend für ihn wäre, da heulte ihr

Handy los wie ein einsamer Seehund auf der Sandbank bei Ebbe.

»Hör mal, Sieglinde«, rief Wilhelm, »ihr Handy klingt wie ein Seehund! Das ist ja originell!«

Ann Kathrin kannte die Nummer im Display nicht. Es war kein beruflicher Anruf, aber noch bevor sie das Gespräch annahm, hatte sie ein schlechtes Gewissen ihrer Mutter gegenüber. Wann hatte sie sie zum letzten Mal angerufen? Wann zum letzten Mal besucht?

Später würde sie oft über diesen Moment nachdenken. Sie wusste, dass es um ihre Mutter ging, noch bevor sie die Stimme der Krankenschwester hörte.

»Mein Name ist Jutta Schnitger von der Ubbo-Emmius-Klinik in Norden. Spreche ich mit Ann Kathrin Klaasen?«

»Ja, das bin ich.«

»Frau Klaasen, ich habe Ihre Telefonnummer in der Handtasche Ihrer Mutter gefunden. Ihre Mutter ist bei uns.«

Ann Kathrins Puls war sofort auf 100, und ihr Blutdruck schoss auf 160 zu 90. Es brummte so sehr in ihren Ohren, dass sie Mühe hatte, die Frau am Handy zu verstehen.

»Ihre Mutter hatte einen Schlaganfall. Sie liegt auf Station 12, Zimmer 1.«

»Kann ich sie sprechen?«

»Ich fürchte, das geht nicht, Frau Klaasen. Besser, Sie kommen und machen sich selbst ein Bild von der Situation.«

»Ist meine Mutter in Lebensgefahr?«, fragte Ann Kathrin erschrocken.

»Nein, das ganz sicher nicht. Aber ihr Sprachzentrum ist getroffen, und es fällt ihr schwer, sich zu artikulieren.«

Während sie telefonierte, versuchte Ann Kathrin, Wilhelm nicht anzusehen. Stattdessen starrte sie auf eine Hexenpuppe, die neben dem Schrank stand, in dem viele verschiedene Teekannen ausgestellt waren. Jetzt war es ein bisschen, als würde die

Hexe sie angrinsen, als sei diese Figur gerade für einen kurzen Moment lebendig geworden.

»Ich komme sofort«, sagte Ann Kathrin und drängte an dem Touristen vorbei, der ihr Hilfe anbot, falls sie jetzt irgendetwas brauche. Sie lehnte dankend ab und wollte nach vorne zur Kasse, um zu bezahlen, aber dann ging sie noch einmal zu ihrem Tisch zurück und baggerte sich mit der Gabel eine Riesenportion Sahne in den Mund. Sie hatte das Gefühl, in nächster Zeit eine Menge Energie zu brauchen.

Allein die Anwesenheit von diesem Bloem machte Rupert schon sauer. In seiner Vorstellung hockte dieser Journalist stundenlang gemütlich irgendwo in der freien Natur und beobachtete Vögel, während er selbst sich seit zwei Tagen den Hintern an diesem Schreibtisch wundsaß und sinnlosen Papierkram erledigte, den sonst keiner machen wollte und der vermutlich in Hannover von irgendwelchen Sesselpupsern für irgendeinen *Willi-Wichtig* erfunden worden war, nur um gute Kriminalisten wie ihn an ihrer Arbeit zu hindern. Das Motto hieß jetzt: *Ihr sollt keine Verbrecher fangen, es reicht, wenn ihr Formulare ausfüllt, das aber bitte gründlich.*

Rupert ärgerte sich, dass er die Sektflasche auf seinem Schreibtisch nicht schnell versteckt hatte. Er hielt nicht viel von Journalisten und von Holger Bloem überhaupt nichts. Immerhin hatte der ein großes Porträt über Ann Kathrin Klaasen gemacht, und in der Aufwertung ihrer Arbeit sah Rupert eine Abwertung seiner eigenen.

Er bot Holger Bloem keinen Stuhl an. Das wäre ja noch schöner, dachte er grimmig. Er beugte sich vor und holte zu einer großen Geste aus.

»Also nochmal ganz langsam, Herr Bloem. Sie haben da also gemütlich bei einem Kasten Bier die Füße ausgestreckt und irgendwelche Vögel beobachtet.«

Rupert rollte den Stuhl ein Stück zurück und legte die Füße auf die Schreibtischkante.

»Kraniche. Ich habe Graukraniche beobachtet, nicht irgendwelche Vögel. Und ein Kasten Bier war ganz sicher nicht im Spiel. Ich trinke nicht während der Arbeit, und wenn ich fahre, schon mal gar nicht.«

»Hm.« Rupert gefiel die Antwort nicht. Er fühlte sich blöd angemacht. Sollte das eine Anspielung auf die Sektflasche sein? Er zeigte auf die Flasche und log: »Ein Geschenk von einem Opfer, weil wir den Täter erwischt haben.«

»Ja. Sehr interessant. Aber kann ich jetzt nicht doch besser Kommissarin Klaasen sprechen?«

»Ich sagte Ihnen doch, dass sie nicht da ist. Haben Sie was an den Ohren?«

Holger Bloem zeigte Rupert jetzt das auf DIN-A4-Format vergrößerte Bild.

»Da. Sehen Sie selbst.«

Rupert betrachtete das Foto voller Missgunst, ohne es in die Hand zu nehmen.

»Ein hässlicher Vogel zieht etwas aus dem Wasser. Wollen Sie sich damit bei Jugend forscht bewerben, oder was? Ich dachte, Sie sind Zeuge eines Verbrechens geworden?«

Holger Bloem tippte mit dem Finger auf die entscheidende Stelle. Dabei kam er Rupert so nah, dass er roch, was der gegessen hatte. Ein Drei-Gänge-Menü: Currywurst, Pommes und Mayonnaise.

»Das da ist eine Hand«, erklärte Holger Bloem.

Rupert lachte laut. »Ja. Mit viel Phantasie kann man darauf kommen. Und hier hinten im Gebüsch, das könnte zum Beispiel ein Troll sein oder auch ein Waldschrat.«

Holger Bloem hatte gehofft, sich auf einem anderen Niveau unterhalten zu können. Es gab hier hervorragende Kriminalbeamte. Ubbo Heide, Frank Weller, Ann Kathrin Klaasen, Sylvia Hoppe. Aber er musste ausgerechnet an Rupert geraten.

»Was erwarten Sie jetzt von uns? Sollen wir das ganze Gebiet abriegeln? Mit Tauchern kommen, um das Meer nach einer Leiche zu durchsuchen?«

Rupert klatschte sich mit der Hand gegen den Kopf. »Lengener Meer! Man sieht schon daran, wie bescheuert die Ostfriesen sind. Sie nennen ihr Meer See und ihre Seen Meere.«

Als würde ihm das erst jetzt bewusst werden, schüttelte Rupert verständnislos den Kopf.

»Ich bin nicht gekommen, um mit Ihnen über Geographie zu diskutieren, Herr Kommissar. Ich glaube, dort liegt eine Leiche. Und Taucher wird man kaum brauchen. Das Lengener Meer ist höchstens einen Meter tief. Wenn überhaupt.«

»Und warum sind Sie dann nicht einfach ins Wasser gestiegen und haben die Leiche herausgeholt, sofern da eine war – was ich bezweifle.«

»Weil dort ein Kranichpärchen nistet, und ich wollte die Vögel nicht aufschrecken.«

Rupert musste so sehr lachen, dass seine Füße von der Schreibtischkante rutschten und auf den Papierkorb knallten. Der fiel um. Rupert zeigte auf Holger Bloem und feixte: »Der war gut! Der war echt gut! Den sollten Sie in Ihrer Witzbeilage veröffentlichen.«

»Wir haben keine Witzbeilage.«

»Na, dann gehören Sie wohl auch zu diesen bescheuerten Tierschützern, die für Millionen Steuergelder einen Tunnel unter der Autobahn her bauen, damit die brünstigen Frösche nicht plattgefahren werden.«

Holger Bloem machte einen Schritt in Richtung Tür. Dann blieb er aber noch einmal stehen, sah Rupert an und fragte: »Hat Ihnen eigentlich schon einmal jemand gesagt, Herr Kommissar, dass Sie ein unglaublich analytischer Kopf sind?«

Rupert setzte sich anders hin. Sollten sich etwa seine geheimen Träume erfüllen, und endlich würde mal etwas Positives über ihn in der Zeitung stehen?

Er fuhr mit der Hand über seine Haare, so als sollte er gleich fotografiert werden und müsste nur noch rasch seine Frisur in Form bringen.

»Ja, äh ... wie?«

»Ich habe gefragt, ob Ihnen noch nie jemand gesagt hat, was für ein guter Polizist Sie sind. Wie wichtig Sie für Ostfriesland sind. Dass wir noch mehr solch klarer analytischer Köpfe wie Sie ganz dringend bräuchten.«

»Nein«, sagte Rupert verunsichert, »das hat noch nie jemand zu mir gesagt.«

»Hm. Und wissen Sie was? Ich befürchte, das wird auch so bald nicht passieren.«

Rupert brauchte einen Moment zu lange, um zu begreifen, dass Holger Bloem ihm gerade ganz schön einen eingeschenkt hatte.

Bloem war schon im Flur, aber Rupert lief ihm hinterher und schrie: »Glauben Sie ja nicht, dass Sie mit solchen Frechheiten bei mir durchkommen! Nun kommen Sie schon wieder rein! Benehmen Sie sich doch nicht wie eine beleidigte Pastorentochter!«

Pressestimmen

Ostfriesenfalle

»Ein Krimierlebnis mit Gänsehautgarantie ... Gekonnt und authentisch.«
Jeversches Wochenblatt, Melanie Jepsen

»Beeindruckend ist es, wie Wolf seinen Romanfiguren Leben einhaucht. Oft wechseln die Sichtweisen der Erzähler, was den Krimi mit einer guten Prise Humor spannend und lebendig werden lässt.«
Wilhelmshavener Zeitung, Svenja Gabriel-Jürgens

»Neuer Wolf-Krimi mit hohem Suchtpotential. Das Grauen versteckt sich in der ostfriesischen Idylle.«
Ostfriesischer Kurier, Holger Bloem

»Hier vereinigen sich Anspruch, Thrill und Humor zu einem grandiosen Schauspiel, das sich keiner entgehen lassen sollte.«
Borkumer Zeitung

»Wolf kennt sein Metier und sein Revier – und Menschen. Gerade deswegen ist ›Ostfriesenfalle‹ nicht nur für Liebhaber von Klaasen & Co., sondern auch für Einsteiger mit einem kleinen Faible für das Norddeutsche eine überdurchschnittlich fesselnde wie oftmals auch dank Wolfs Sicht des Außenstehenden auf Ma-

rotten und Eigenarten der Friesen vergnügliche Lektüre, in der weder Action noch Zoten und Pointen fehlen.«
Lars Schafft, Krimi-Couch, 13. 5. 2011

»Der Krimi fügt sich nahtlos in die Reihe seiner Vorgänger ein. Witzig, intelligent und mit einfacher Sprache führt Wolf seine Leser über einige Wirrungen in die ›Ostfriesenfalle‹.«
Julia Dutta, Delmenhorster Kreisblatt, 8. 5. 2011

»Ein Krimi mit Ironie und einem besonderen Blick auf die norddeutsche Landschaft, das macht den Roman von Klaus-Peter Wolf für die Leser so unwiderstehlich. (...) ›Ostfriesenfalle‹ ist spannend von der ersten bis zur letzten Seite geschrieben und besticht durch die genaue Beobachtung der handelnden Menschen.«
Hans Passmann, Nordwest Zeitung und General Anzeiger, 3. 5. 2011

»Wie ein Puzzle setzt Klaus-Peter Wolf den Thriller zusammen. Als Leser rätselt man, wen Wolf als kleinkriminelles Licht und als großen Drahtzieher auserwählt hat. Fein zusammengesetzt, dieses Bild aus dem traulichen Ostfriesland.«
Peter Groth, Weser-Kurier, 17. 4. 2011

»Wolfs fünfter Roman erzählt von einer Reise voller Überraschungen ins Gelobte Land und von einem Ostfriesland, das wenig Touristenidylle, dafür viel Dunkelheit zu bieten hat. Das ist spannend und durchaus mit leichtem Humor geschrieben.«
Margarete von Schwarzkopf, NDR 1, 22. 2. 2011

»Klaus-Peter Wolf schreibt Kriminalromane von Weltformat! Die Serie um die taffe Kommissarin Ann Kathrin Klaasen ist ein echtes Krimi-Highlight.«
Alex Dengler, Denglers Buchkritik Online, 14. 2. 2011

»Fröhlicher Mann mit einer mörderischen Fantasie: Klaus-Peter Wolf.«
Patrick Buch, Nordwest-Zeitung, 14. 2. 2011

Ostfriesensünde

Ostfriesensünde erhielt den »Krimi-Blitz« der Krimi-Couch. Die Leser der Krimi-Couch wählten Ostfriesensünde mit mehr als 30 Prozent aller Stimmen zum besten Krimi des Jahres 2010!!

»Wer Krimis im Urlaub gerne liest und nicht den Anspruch an ein gutes Buch aufgeben möchte, der sollte sich mit Klaus-Peter Wolf und seiner Reihe Ostfriesenkrimis beschäftigen. Wenn im Buch ein Gewitter im Verzug ist, schließt der Leser selbst bei strahlendem Sonnenschein vorsichtshalber mal die Fenster.
Wiesbadener Kurier, Stefan Schröder

»Klaus Peter Wolf hat in seinem Leben nicht nur an Auflagenhöhe, sondern auch an Qualität viel erreicht. Für die nächsten Ostfriesenkrimis vergeben wir bereits jetzt das Siegel: KPWKSEG (Klaus Peter Wolf Krimis sind einfach gut).«
Eulenspiegel, Matthias Biskupek

»Ein überragender Geschichtenerzähler.«
Westdeutsche Allgemeine Zeitung

»Ein fesselnder Thriller. Ein wahrer Psychokrieg.«
Schwäbische Zeitung

»Der Autor zieht in seinen Bann. Ein spannungsgeladener Roman.«
Südwestpresse

»Da läuft es einem kalt den Rücken hinab. Ganz langsam steigert Krimiautor Klaus-Peter Wolf die Spannung. Immer weiter zieht er seine Leser in einen mörderischen Bann.«
Nordsee-Zeitung

»Man kann Klaus Peter Wolf ja viel vorwerfen, aber im Gegensatz zu seinen Kritikern hat er uns nie gelangweilt.«
SWR

»Man meint, die Seeluft der Nordsee riechen zu können. Durch seine Heldin, die Kommissarin Ann Kathrin Klaasen, die in all seinen Ostfrieslandkrimis dafür sorgt, dass »Ostfriesland sauber bleibt«, trifft Wolf in seinen spannenden Erzählungen den Nerv seiner großen Leserschar.«
Helmut Hogelücht, Nordwestzeitung

»Gnadenlos selbstironisch.«
Rheinzeitung

»Sündhaft spannend ...«
Denise Klein, Stadtspiegel Gelsenkirchen

»Klaus-Peter Wolf ist versierter Verfasser von ›Tatort‹- und ›Polizeiruf‹-Drehbüchern. Er kann spannend erzählen. Seine Charaktere sind unverwechselbar und agieren glaubwürdig.«
Sächsische Zeitung/Kultur, Bettina Schmidt

»Spannende und witzige Stunden kurzweiligster Unterhaltung. Für Krimifreunde gibt es nichts Schöneres.«
Stadtspiegel Gelsenkirchen, Denise Klein

»Es kommt keine Langeweile auf, denn Wolf vermag die Akteure psychologisch dicht und fesselnd zu beschreiben.«
Ostfriesische Nachrichten, Axel Wittich

»Als ich Klaus-Peter Wolf in den siebziger Jahren kennen lernte, war ich für die Kultur bei der WAZ tätig. Klaus-Peter Wolf fiel mir sofort auf durch seine Frische, seine Hartnäckigkeit, seine Zuversicht, seine frühe Professionalität. Und durch seinen Mut, Risiken einzugehen. Das alles ist lange her. Heute ist er ein literarisches Schwergewicht. Klaus-Peter Wolf hat sich durchgesetzt. Regional, deutschlandweit, international, und längst ist er ein Meister des Mordes geworden.«
Jörg Loskill

»Mit Herzblut, Witz und origineller Leichtigkeit sorgt Klaus-Peter Wolf für viel Unterhaltung. Spannung, die Laune macht!«
Oldenburgische Volkszeitung

»Ein Erzähler mit Feingefühl«
Südkurier

»Der Kriminalschriftsteller Klaus Peter Wolf gehört zu den ungewöhnlichsten Exemplaren seiner Zunft, er begab sich selbst ins kriminelle Milieu um darüber schreiben zu können.«
Hamburger Abendblatt, Claas Greite

Ostfriesengrab

»Klaus-Peter Wolf, ein Titan der deutschen Literatur!«
Burkhard Scherer, Nordwestradio, »Gesprächszeit«

»Über satte 400 Seiten ein absolut spannender Krimi, den man kaum aus der Hand legen kann. Klassisch, aber gekonnt, werden falsche Fährten gelegt. Fazit: Bestes Krimihandwerk, das eine Empfehlung verdient.«
Heidelberg aktuell

»Spannung pur.«
Die Berliner Literaturkritik

»Krimi mit gruseligem Wahrheitsgehalt. Klaus-Peter Wolf zieht das Publikum in seinen Bann.«
Nordwestzeitung

»Und schon mit dem ersten Satz seines Romans zieht Klaus-Peter Wolf den Leser in die Handlung hinein und lässt ihn nicht mehr los«
Focus

Klaus-Peter Wolf, an Unterhaltungswert kaum noch zu überbieten.
Daniela Köhler, Westfälische Rundschau

Ostfriesenblut

Ostfriesenblut: Mörderisch gut!
Holger Bloem, Ostfriesischer Kurier, 31. 03. 2008

Spannung erzeugen kann Klaus-Peter Wolf. Dort wo Action gefragt ist, kommt der Drehbuchautor zum Vorschein. Kurze Sequenzen im Wechsel zwischen Ann Kathrin und dem Killer und ein routiniert aufgebauter Spannungsbogen mit einem fesselnden Finale lassen den komplex konstruierten Plot prima zur Wirkung kommen.
Im Gegensatz zu seinen Schriftstellerkollegen, die sich auch mit dem Mord am Deich beschäftigen, hat man bei Klaus-Peter Wolf nie das Gefühl, einen Regio-Krimi in der Hand zu haben, obwohl natürlich die Landschaft und das Leben im Norden auch hier ihren Einfluss haben müssen. Aber man merkt die Routine des Autors, die den Leser nicht nur mit dem Grau des Nordens alleine lässt.
Wolfgang Weninger, April 2008, Krimi-Couch

Ein wahrlich höchst empfehlenswerter Kriminalroman aus deutscher Feder! Klaus-Peter Wolf ist ein leidenschaftlicher Geschichtenerzähler.
In seinem vorliegenden neuen Roman führt er mit spielerischer Leichtigkeit vor, was ein Krimi alles sein kann, indem er sich auf seine Geschichte und seine Figuren voll und ganz einläßt.
Reinhard Busse, Amazon

»Der Krimi ist alles andere als blutarm. Erfreulicherweise gilt das auch für seine Charaktere – denn das zeichnet den Profi aus, der ansonsten auch Drehbücher für den ARD-Tatort schreibt. Er zeichnet bis in die Nebenrollen glaubwürdige und vielschichtige Figuren ...«
Ostfriesen-Zeitung (Literatur), Karin Lüppen

»Alle Zutaten für einen Krimi der Spitzenklasse sind bei »Ostfriesenblut« in ausgewogenem Verhältnis vorhanden. Sollte man sich daher auf keinen Fall entgehen lassen!«
Heidelberg aktuell

»Besonders reizvoll ist der Krimi für alle, die die Nordseeküste lieben und die verschiedenen Schauplätze des Buches selbst schon besucht haben. Beim nächsten Spaziergang über den Deich in Norddeich-Mole oder beim Blick auf den Hafen von Greetsiel wird man an die spannenden Abenteuer der Kommissarin zurückdenken und sich freuen, dass man die Küste selbst unbeschwert genießen kann.«
Life@Magazin

Der Kriminalroman »Ostfriesenblut« von Klaus-Peter Wolf ist nichts für zarte Gemüter. Auf ziemlich harte Weise gibt er Einblick in die kaputte Psyche eines jahrelang unterdrückten und deformierten Menschen, der jedes Mitgefühl verloren hat. Mit der engagierten Kommissarin Ann Kathrin Klaasen dagegen hat der Autor eine sympathische Figur geschaffen, der man als Leser nur allzu gerne folgt. Ihre ständigen Selbstzweifel, ihr eigensinniges Temperament und ihre berufliche Klarheit kombiniert mit ihrer privaten Sentimentalität machen sie so vielschichtig und attraktiv.
Ein spannender Psychokrimi mit ausgefeiltem Personal – unbedingt empfehlenswert
Sibylli Haseke, WDR 4 Buchtipp

Ostfriesenkiller

»… die ideale Lektüre für einen sonnigen Tag im Strandkorb. Flott geschrieben und mit einem besonderen Händchen für das Kino im Kopf. Da lässt sich jemand, der schnelle Schnitte und viel Handlung aus dem EffEff beherrscht, nichts vormachen. Mit Ann-Kathrin Klaasen ist Wolf eine sympathische Figur gelungen.«
Lars Schafft, Krimicouch.de

»Klaus-Peter Wolf zählt zu den erfolgreichsten Krimidrehbuchautoren des Landes. Er trägt einen Rauschebart und ein geflochtenes Zöpfchen … Nach Wolf sind es zwei zentrale Elemente, die den Krimi so faszinierend machen, die grundlegender nicht sein könnten und die im Krimi in Widerstreit geraten: Das Gute und das Böse. Die anspruchsvolle Aufgabe eines Krimiautors sei, sagt Wolf, das Böse nicht nur faszinierend, sondern auch nachvollziehbar zu machen. ›Der Zuschauer muss Momente haben, in denen er denkt, ›Hey, das hätte mir auch passieren können.‹ Er muss den potentiellen Mörder in sich selbst spüren.‹
… Wolf interessieren die Gefühle, Umstände und Taten, die einen ›normalen‹ Menschen zum mordenden Unmenschen machen können.«
Michael Schlieben, Die Zeit

»Wolf versteht, den Leser in die Ermittlungen mitzunehmen ... Sensibel und glaubhaft gelingen ihm dennoch die Charakterskizzen seiner Protagonisten, sodass die Zeit lang werden dürfte bis zum April 2008. Erst dann soll der nächste Klaasen-Krimi erscheinen.«
Nordkurier, 30. 03. 07 (größte Tageszeitung aus Mecklenburg-Vorpommern)

»Viel Lokalkolorit. Die Atmosphäre stimmt. Ein Taschenbuch, das sich sehr gut im Strandkorb lesen lässt. Solide Krimikost, durchaus unterhaltend. Es fühlt sich ein bisschen an wie ›Tatort‹ gucken am Sonntagabend und es enthält den schönen Satz: ›Juist ist wie die Karibik, nur ohne die Scheiß-Palmen.‹«
Antje Deistler, Westzeit, WDR 2

»Mit der Perspektive wechselt Wolf die Wahrheit. Jeder Mensch sieht die Welt anders und jeder hat einigermaßen Recht. Es gibt nicht viele andere Kriminalschriftsteller, die das abbilden können ...
Am rührendsten ist Sylvia Kleine, eine sexuell distanzlose junge Frau, die immer wieder versucht, sich Freundschaften zu kaufen und dabei aber mit überraschender Hellsicht weiß, was sie tut.«
»Untaten & Orte«, eine Kolumne von Michael Schweizer, 3/07, Zeitschrift Kommune, Forum für Politik, Ökonomie und Kultur

»Klaus-Peter Wolf legt im ›Ostfriesenkiller‹ ein flottes Tempo vor. Hier spielt keine heile Welt.«
Der Standard (Wien)
Ingeborg Sperl, 30. 06. 07

»Die herrliche Geschichte einer Frau, die nicht Mutter genug ist, um ihren Psychotherapeuten ernst zu nehmen, Ehemann und Sohn verliert, aber auch nicht Manns genug ist, ihrem inneren Frust ohne Revolver ins Auge zu sehen.«
Timon Seibel, Amazon

»Klaus-Peter Wolf hat mit Hauptkommissarin Klaasen einen ungewöhnlich authentischen Charakter geschaffen. Eifersucht, Verletztheit und seelische Qual der betrogenen Ermittlerin werden so eindringlich beschrieben, dass sie für den identifikationsbereiten Leser fast physisch spürbar werden. Der Autor erzählt eine ungewöhnliche Kriminalgeschichte, die auch von der sexuellen und finanziellen Ausbeutung behinderter Menschen handelt.«
Christoph Fischer, »Elefantino«, Amazon

»Der ›Ostfriesenkiller‹ von Klaus-Peter Wolf hat mich total fasziniert. Ich war vom ersten Satz an in der Geschichte und er hat eine Art, den Spannungsaufbau ins Unerträgliche zu steigern, sodass ich einfach nicht aufhören konnte zu lesen ... Ja, ich oute mich gerne: Ich bin mit diesem Roman endgültig zum Klaus-Peter Wolf-Fan geworden.«
Simone Schäfer, Amazon

»Vielleicht gibt es bessere Krimis, aber ich habe noch nie einen besseren gelesen.«
Anne Witt, Hannover, Amazon

»Ein höchst bemerkenswertes Debüt der Hauptkommissarin Ann-Kathrin Klaasen. Sehr empfehlenswert! Auf eine Fortsetzung hoffend ...«
Reinhard Busse, Amazon, Top-100-Rezensent

»Ein mitreißender Krimi, der kein Schwarz-Weiß Denken aufkommen lässt und Kriterien wie Gut und Böse, Gesund und Krank neu beleuchtet.«
Krimi-Kurier Nr. 21, Gisela Lehmer-Kerkloh

»Höchste Spannungskunst!«
Oliver Schwambach, Saarbrücker Zeitung

»… erstaunlich gute Kriminalromane … Einer, der mit schöner Regelmäßigkeit zeigt, dass ihm im Bereich der Hochspannungsliteratur so gut wie nichts unmöglich ist, heißt Klaus-Peter Wolf. Serieller Fleiß und nomineller Ordnungswille des gebürtigen Gelsenkircheners, der im ostfriesischen Städtchen Norden wirkt, verdienen Bewunderung. Seine erzählerische Stärke blitzt dabei vor allem in profunden Schilderungen versehrter Seelen und in der schlüssigen wie eleganten Verknüpfung von Erzählsträngen und Milieus auf.«
Buchjournal, Hendrik Werner

»Klaus-Peter Wolf malt schöne Bilder in seinen Texten. Sie sind so ursprünglich wie die Natur an der Nordsee. Mit wenigen Sätzen charakterisiert er sein Personal, die Dialoge sind ostfriesisch knapp und auf den Punkt gebracht.«
AZ, Barbara Kaiser

Klaus-Peter Wolf
Ostfriesenfalle
Kriminalroman
Band 18083

Von Borkum nach New York.
Der fünfte Fall für Ann Kathrin Klaasen und Frank Weller

Wie kommt Markus Poppinga ins Restaurant Ben Ash in Manhattan? Eine Klassenkameradin will ihn dort gesehen haben, dabei ist Markus vor drei Jahren tot in seiner Wohnung auf Borkum gefunden worden. Seine Eltern haben ihn eindeutig identifiziert. Die trauernde Mutter trägt die Überreste ihres Sohnes, zu einem bläulich schimmernden Diamanten gepresst, in Herzchenform geschliffen, an einer Kette um den Hals. Doch wer ist der Mann, den die Zeugin für Markus hält?

Fischer Taschenbuch Verlag